LE
FAUX-ARNAULD

OU

RECOEUIL

DE

TOUS LES ECRITS PUBLIEZ

CONTRE

La FOURBERIE de DOUAY,

avec

LE LIBELLE DIFFAMATOIRE

DU

FAUX-ARNAULD

Rimprimé en deux Colonnes selon les deux Editions
fort differentes:

ET

Tout ce que l'on a pû recouvrer de ses Lettres

L'AN M. DC. XCIII.

AVERTISSEMENT.

LA Fourberie de Douay a fait tant de bruit dans le monde qu'on ne doute point que les Ecrits publiez contre une entreprise si surprenante ne soient fort recherchez un jour par les Curieux. C'est ce qui a donné la pensée d'en marquer ici l'ordre & la suite, afin que les particuliers qui les voudront faire relier, & les Libraires qui pourront s'aviser de les faire rimprimer ne soient point embarassez, & puissent avoir sur quoy se regler pour l'arrangement de ces pieces.

Le libelle diffamatoire du Faux-Arnauld, dont l'on vient de rimprimer à deux colonnes les deux differentes editions, parut selon la premiere edition sur la fin du mois de Juin de 1691. & cette piece fut le fondement de toutes les autres.

I. *Libelle Diffamatoire du Faux-Arnauld à deux colonnes.*

M. Arnauld Docteur de Sorbonne aiant vû cet Ecrit, & apprenant en même temps que c'estoit sous son nom que le Fourbe avoit trompé quelques Theologiens de l'Université de Douay, & que M. l'Evêque d'Arras prennoit connoissance de cette affaire, adressa à ce Prelat sa *Premiere Plainte* dattée du 22. Juillet.

II. 1.*Plainte de M.Arnauld.*

Les Jesuites ayant fait rimprimer cette *Lettre à un Docteur de Douay* quelques mois aprés sous le titre de *Secrets du parti de M. Arnauld* avec de fort grands changemens pour le stile & pour la matiere, ce Docteur publia sa *Seconde Plainte* & l'adressa aux Jesuites vers le mois de Septembre.

III. 2.*Plainte.*

Le P. Payen Recteur du College des Jesuites de Douay, qui estoit depositaire des Lettres & des Ecrits dont le Faux-Arnauld s'estoit servi pour composer son Libelle diffamatoire, s'estant comme ensuy de Douay dans le temps que les Theologiens accusez l'avoient mis en procés devant leur Eveque, & estoient sur le point d'obtenir une sentence contre luy, M. Arnauld crut devoir le faire connoître à Liege où il s'estoit refugié sous pretexte d'en regir le College. Ce fut le sujet de la *Troisiéme Plainte*, adressée à Mgr. l'Evesque & Prince de Liege.

IV. 3.*Plainte.*

Sur la fin d'Octobre les Jesuites publierent à Paris un *Avertissement* qui paroissoit fait pour estre mis à la teste d'une Troisiéme edition du Libelle,

laquel-

AVERTISSEMENT.

laquelle ne se debita neanmoins que long-temps aprés. Comme on trouvoit dans cet *Avertissement* un Extrait de Lettre d'un Inconnu, qui faisoit semblant d'estre le Faux-Arnauld; & qui y disoit beaucoup d'impertinences; M. Arnauld y répondit par une *Quatriéme Plainte* adressée aux Jesuites, & datée du 16. Decembre 1691.

Il y avoit alors déja plusieurs mois que l'on avoit fait imprimer *les lettres de l'Imposteur*, c'est-à-dire, sept Lettres qu'il avoit écrites à M. Malpaix Chanoine de Douay, & une huitiéme à M. le Pasteur de Brillon son frere: avec deux du même Chanoine au Faux-Arnauld. Et tout cela étoit accompagné d'une Preface & de Remarques fort amples.

Long-tems aprés parut aussi une Lettre de M. de Ligny à un de ses amis, où ce Professeur fait le recit de son voyage de Carcassone & de ses autres aventures. Et l'année suivante, qui est celle où nous sommes, les *Lettres du Faux-Arnauld à M. de Ligny*, ont aussi été données au public.

Il parut dans le mois de Novembre de 1691. une *Lettre à M. Arnauld sur ses Plaintes adressées à M. l'Evesque d'Arras touchant l'affaire de Douay*.

On y repondit par l'Ecrit intitulé: *Avis importans au R. P. Recteur du College des Jesuites de Paris*, dattez du 1. Janvier 1692. On y justifie de nouveau les Theologiens de Douay; on y defend M. Arnauld sur diverses accusations, sur l'affaire de Mlle Des Lyons, sur des propositions attribuées au livre de la Frequente Communion. O y attaque une These des Jesuites de Paris du 17. Decembre de l'année precedente. On y parle d'une histoire du P. Bouhours. Et enfin on y publie La Lettre du P. de Waudripont Jesuite sur la Fourberie de Douay.

Cette Lettre qui le fait connoître pour le Faux-Arnauld, meritoit bien d'estre examinée: mais comme l'Ecrit estoit déja de dix feuilles, on le fit dans un Ecrit à part intitulé: *Remarques sur la Lettre du R. P. De Waudripont &c.* avec une *Recapitulation des vint principaux faits de cette affaire*, qui en donne une idée toute nouvelle. Dans la conclusion de cet Ecrit on trouve la decouverte d'une nouvelle vertu intellectuelle ou *L'art de fourber, de filouter*, &c. faite par le P. Senapa Jesuite de Rome.

Le P. Payen aprés prés de quatre mois de silence aiant fait paroître sur la fin de Janvier 1692. ou au commencement de Fevrier, sa *Reponse à l'Ecrit intitulé Troisiéme Plainte de M. Arnauld* &c. ce Docteur y répondit par *la Justification de la Troisiéme Plainte* &c. avec la Lettre que le Pape Innocent XI. de Ste memoire luy avoit fait écrire par M. le Cardinal Cibo. L'approbation de cette *Justification* est dattée du 1. Mars de la même année.

C'est du même jour qu'est datté un *Avis de deux pages sur une correction à faire dans la Quatriéme Plainte de M. Arnauld* p. 48. Ce Docteur avoit été informé qu'un fait arrivé à Rouen, dont il avoit parlé de fort bonne foy, estant vray dans le fond, ne l'estoit pas dans quelques circonstances. Il les

re

retracta auffi-toft avant que les Jefuites euffent rien publié fur ce fujet.

Comme cela ne les put empecher de repandre par tout plufieurs libelles, pour reprocher de la plus mauvaife foy & la plus grande injuftice du monde une erreur fort innocente, on repouffa tous ces Libelles par l'Ecrit intitulé : *La Bonne foy de M. Arnauld Docteur de Sorbonne & la mauvaife foy des Jefuites touchant le fait de Rouen :* qui ne parut qu'affez long-tems après, parce qu'on voulut eftre exactement informé de tout avant que de rien dire fur ce fujet.

Les quatre Theologiens de Douay avoient reçu le 20. Fevrier 1692. les Lettres de cachet qui les releguoient en divers endroits du royaume & les mettoient dans l'impuiffance de pourfuivre leur affaire : les Jefuites en celebrerent un triomphe public par leur Ecrit intitulé ; *Satisfaction donnée par fa Majefté tres-Chreftienne à M. Antoine Arnauld fur les Plaintes qu'il a faites & qu'il a à faire pour la defenfe des Janfeniftes de Douay contre l'Abbé de la Croix.* On repouffa cette infulte par *le vain triomphe des Jefuites dans leur libelle intitulé* : SATISFACTION &c.

Le P. Payen enflé du fuccés de l'affaire de Douay fe refolut à faire imprimer une *Reffonfe à la Juftification de la Troifiéme Plainte de M. Arnauld* du 22. Mars : & on repliqua par la *Correction faite au P. Payen Recteur des Jefuites de Liege fur fa Reponfe &c.* elle eft dattée du 17. Avril.

Sur la fin de Juillet ou au commencement d'Aouft parut la *Relation fommaire de ce qui s'eft paffé dans l'affaire de quelques Theologiens de Douay.* On en fit voir les *Illufions* par l'Ecrit qui porte ce titre, & qui fut publié au commencement de feptembre fuivant ; ayant à la tefte une *Preface juftificative* à la fin de laquelle on répond en peu de mots au defi & à la *Declaration du P. Tellier Jefuite à M. Arnauld* à l'occafion des *Remarques fur la lettre du R. P. De Waudripon :* & on luy fait un autre defi fur lequel il eft demeuré muet.

Enfin comme la triomphante *Satisfaction* des Jefuites avoit fait enfanter au P. Payen fa premiere *Reponfe à la juftification de la 3. Plainte ; la Relation fommaire,* qui eftoit le dernier effort des Faux-Arnaulds, luy fit mettre au jour une *feconde Reponfe à la même Juftification.* Et une *Seconde Correction faite au P. Payen* en fût la replique. Dans laquelle on trouve une *lettre circulaire des Jefuites contre la Cenfure dont la Sorbonne flétrit leur apologie des Cafuiftes en 1658.* avec un abregé de l'hiftoire de cette Cenfure, & le denouement de leur faux defaveu de cette infame *apologie.*

On doit ajouter à ces Ecrits françois les trois latins, que les Theologiens de Douay firent imprimer pour leur defenfe, & qui contiennent les Explications de la fauffe Thefe du Faux-Arnauld ; juftifiées d'une maniere tres-folide & tres-favante, & la refutation des autres calomnies du Libelle.

Le 1. Ecrit fut publié fur la fin de Juillet 1691. fous ce titre : *Epiftola ad quem-*

AVERTISSEMENT.

quemdam Sacræ Theologiæ Baccalaureum continens explicationes Theseos ad mentem S. Augustini, de qua libellus, cui titulus: Lettre à un Docteur de Douay &c. *ab approbatoribus missas & ab Autore Libelli suppressas.*

Le 2. est de la fin d'Aoust de la même année, & a pour titre: *Conclusiones Theologicæ quibus suam de gratia & libero arbitrio sententiam complectuntur duo hujus Universitatis Duacensis Sacræ Theologiæ Professores.*

Le 3. du mois de Decembre est intitulé: *Justificatio duorum Sacræ Theologiæ Professorum Universitatis Duacenæ contra atroces calumnias libelli famosi, cui titulus:* Lettre à un Docteur de Douay &c. *Per Erud. P. Philippum Rivette Sacræ Theol. Licentiatum ac Professorem Regium &c.*

Ceux qui voudront joindre les pieces qui ont plus de rapport les unes aux autres pourront les disposer dans l'ordre qui suit.

LIBEL-

LIBELLE
DIFFAMATOIRE
DU
FAUX-ARNAULD

Selon les deux Editions fort differentes qui
en ont été faites ;

La I. au mois de Juin 1691. *sous ce titre :*

Lettre à un Docteur de Douay
sur les affaires de son Université ;

La II. quelques mois aprés sous cet autre titre :

Secrets du parti de M. Arnauld
decouverts depuis peu.

En deux Colonnes ;

Où les endroits changez dans la seconde edition sont imprimez dans l'une & dans l'autre en plus
petits caracteres.

L'AN M. DC. XCIII.

(1)

AVERTISSEMENT

Sur cette nouvelle edition.

VOICI en peu de mots la raison, & le dessein de cette nouvelle edition du Libelle du Faux-Arnauld.

A peine les Jesuites eurent-ils fait paroître la *Lettre à un Docteur de Douai,* qu'ils s'apperçûrent bien que les mesures qu'ils avoient prises pour faire eclatter leur prétenduë découverte, n'avoient pas été assez concertées.

Ils avoient d'abord esperé de pouvoir faire croire au monde que le commerce de Lettres qu'avoient eu durant plus d'un an les Theologiens de Douai avec le Faux-Arnauld, avoit été effectivement avec le vrai M. Arnauld; que les Lettres que ces Theologiens avoient reçuës estoient de ce Docteur, & que c'estoit lui qui leur avoit envoié la these qui estoit le principal fondement de toute la fourberie. C'est ce qu'on a demontré dans le 20º. fait de la *Recapitulation* p. 70.

Mais M. Arnauld aiant publié la premiere Plainte, & dissipé cet horrible dessein; ils furent contraints de reformer leur plan. Car cette entreprise ne pouvant plus, après cela, passer pour autre chose que pour une œuvre de tenebres & pour une insigne fourberie, dont la honte retomberoit inevitablement sur la Societé, ils ne trouverent qu'un seul moïen pour detourner, s'il estoit possible, cet orage de dessus leurs testes. C'estoit de trouver un homme qui fût assez vendu à la Compagnie pour lui sacrifier son honneur & sa conscience, en adoptant la fourberie, & s'en declarant faussement l'auteur à la face du ROY & de ses Ministres. Ils le trouverent cet homme. Il se livra à eux pour estre comme LE BOUC EMISSAIRE DE LA SOCIETE'. Ils le chargerent de toute l'iniquité & de toute la malediction de la fourberie, & l'envoierent ainsi, non au desert, mais à la Cour, pour en faire la confession en son propre & privé nom. Après quoi ils ont eu soin de le payer d'un service si necessaire, non à leurs depens, ils sont trop habiles & trop economes pour cela, mais aux depens de l'Eglise & du Public. Cependant tout couvert qu'il est des bienfaits de la Societé, on le reconnoît, & on le montre au doigt dans Paris comme le Vicaire, le Substitut & le Subdélégué du Faux-Arnauld.

La publication de la *Lettre à un Docteur de Douai* n'estoit pas toutefois un petit embaras. Car il estoit visible qu'elle ne pouvoit estre l'ouvrage que d'une plume Wallone, c'est-à-dire, du P. de Waudripont, le vrai Faux-Arnauld; au lieu que l'homme que l'on produisoit à la Cour comme le faux Arnauld est assurément un François. De plus, l'Ecrivain Wallon avoit mis dans sa Lettre plusieurs choses qui gâtoient le mystere; quelques-unes de-

B

decouvrant le deſſein qu'ils avoient eu de faire paſſer Mr. Arnauld pour celui avec qui les Theologiens avoient eu commerce de Lettres; d'autres marquant trop viſiblement la paſſion des Jeſuites; d'autres enfin paroiſſant contraires à leurs intereſts & à leurs deſſeins. C'eſt pourquoi ils reſolurent de ſupprimer tant qu'ils pourroient tous les exemplaires qui leur reſtoient de cette Lettre, & d'en faire imprimer une autre en bon françois, en retranchant tout ce qui les incommodoit, & lui donnant le titre de *Secrets du parti de M. Arnauld.* Par ce moien ils ont crû que la memoire de la premiere edition s'evanoüiroit peu à peu, & que la poſterité n'auroit connoiſſance que de la ſeconde.

Mais il n'eſt pas juſte de lui envier ce threſor, & on a jugé qu'il eſtoit important que cette piece fuſt conſervée aux ſiecles à venir, afin que l'on y puiſſe connoiſtre cette fourberie incroiable dans toute l'étendüe de ſa malice, & que les preuves que l'on a tirées de ce libelle pour établir les faits de cette hiſtoire, ne puiſſent eſtre affoiblies ni conteſtées par la perte de cet original.

C'eſt ce qui a fait naître le deſſein de faire imprimer en deux colonnes collaterales les deux Editions de ce Libelle, afin qu'on les puiſſe comparer l'une avec l'autre, & en remarquer plus aiſément les differences. Rien ne ſera plus facile, puiſque tout ce qui eſt commun à tous les deux eſt ce qui eſt imprimé de part & d'autre en plus gros caracteres : & que les endroits où l'on a fait quelques changemens ou quelques ſuppreſſions, eſt d'une lettre plus menuë. C'eſt tout ce que j'avois à dire ſur cette nouvelle edition, qui rendra le Receüil complet, eſtant à la teſte de tous les Ecrits dont ce Libelle a eſté le fondement.

LIBELLE

LIBELLE
DIFFAMATOIRE
DU
FAUX-ARNAULD

Selon les deux differentes Editions.

I. ÉDITION.	II. ÉDITION.
Lettre à un Docteur de **DOUAY,**	Secrets du parti de **M. ARNAULD,**
Sur les affaires de son Université.	*Decouverts depuis peu.*

MONSIEUR,

Fort heureusement pour le bien de l'Eglise, & pour l'honneur de vôtre Université, on est venu ces jours passez en connoissance des malheureux desseins, que quelques Professeurs, & Docteurs de Douay ont conceus depuis quelque temps contre la Religion. L'Esprit de cabale, & d'erreur, qui les possede, leur a fait former le plan d'une nouvelle Eglise sur les ruines de celle, que JESUS-CHRIST, a choisie pour son espouse. Tout est prest pour l'execution de cet horrible projet; le formulaire de la nouvelle croyance est dressé, la profession de Foy est signée par les Apôtres du nou-

MONSIEUR,

Fort heureusement pour le bien de l'Eglise, & pour l'honneur de vôtre Université, on a découvert ces jours passez les mauvais desseins, que des Professeurs & des Docteurs du Pays-bas ont conçûs depuis quelque temps contre la Religion. L'Esprit de cabale & d'erreur qui les possede, leur a fait former le plan d'une nouvelle Eglise sur les ruines de celle que JE-SUS-CHRIST a choisie pour son épou-se; Tout est prest pour l'execution de ce grand projet, le Formulaire de la nouvelle croyance est dressé, la Profession de Foy est signée par les Apô-tres du nouvel Evangile; on y trou-

B 2   ve

ve des Catechumenes & des Neophytes, il y a des articles communs pour les Proselytes, il y a des mysteres & des articles de reserve pour ceux qui sont entierement initiez au parti : en un mot, on y voit tout l'appareil d'une Eglise naissante, que le Prophete appelleroit *Ecclesiam malignantium.* *

* Pf. 25. v. 5.

Pour fort que vous puisse paroître ce debut, soyez assuré que ce n'est pas une saillie qui m'emporte, & que c'est beaucoup moins un esprit de parti qui me domine. Non, Monsieur, c'est de sang froid, que je vous parle; ne m'en croyez pas sur ma parole, donnez-vous seulement la patience d'examiner les preuves certaines, indubitables, & tres-authentiques que je produiray; & aprés cela si vous trouvez à redire aux expressions dont je viens de me servir, ce sera sans doute, que par rapport à la matiere, elles sont trop douces & trop moderées.

Du moment que par une disposition particuliere de la Providence il me tomba entre les mains des papiers originaux, qui contiennent toutes les pratiques secrettes, & toutes les intrigues que l'on a concertées chez vous contre les interests de la veritable Religion, je me trouvay un peu en peine sur le choix du moyen le plus efficace pour arrêter le mal dans sa source. Si j'avois pû m'accommoder de la voye de *Denonciation au Pape & aux Evêques, aux Princes & aux Magistrats,* je me trouvois en état de soûtenir ce titre éclatant, & de faire procés à une par-

---

nouvel Evangile ; on y trouve des Catechumenes, & des Neophytes ; il y a des articles communs pour les Proselytes, il y a des mysteres, & des articles de reserve pour ceux, qui sont entierement initiés au parti ; en un mot on y voit tout l'appareil d'une Eglise naissante que le Prophete appelleroit *Ecclesiam malignantium.* *

* Pf. v. 5.

Pour fort que vous puisse parêtre ce debut, soyez asseuré que ce n'est pas une saillie qui m'emporte, & que c'est beaucoup moins un esprit de parti qui me domine; non, Monsieur, c'est de sang froid que je vous parle; ne m'en croyez pas sur ma parole, donnez-vous seulement la patience d'examiner les preuves certaines, indubitables, & de la derniere authenticité que je produiray, & aprés cela si vous trouvez à redire à ces expressions, qui paroissent peut-être à present un peu vehementes, ce sera sans doute, que par rapport à la matiere, vous les jugerez trop douces, & trop moderées.

Du moment que par un secret mesnagement de la Providence, je me vis tomber entre les mains les papiers originaux, qui contiennent toutes les pratiques secretes, & les funestes intelligences, que l'on a concertées chez vous, contre les interests de la veritable Religion, je me trouvay un peu en peine sur le choix du moyen le plus efficace pour arrester le mal dans sa source; si j'avois peu m'accommoder de la voye de *Denonciation au Pape, & aux Evêques, aux Princes, & aux Magistrats,* je me trouvois en fort belle passe de soûtenir ce titre d'esclat, d'eſclat, & de faire procés à une partie de voſtre Univerſité, devant tous les Tribunaux du monde. Je ſçay que la pratique en eſt eſtablie de nos jours, & qu'on s'en eſt fait honneur; mais outre que cet expédient eſt un peu lent; pourquoy, diſois-je en moy-meſme, tout ce vacarme? Pourquoy intereſſer tout l'univers dans cette affaire, & y chercher ſi loin un remède qui eſt à la main? D'ailleurs je doutois que hors les annales des Proteſtans, l'on trouvaſt aiſément des exemples, qui authoriſaſſent la pratique d'eriger les Princes ſeculiers, & les Magiſtrats en Juges, & en arbitres en fait de Religion.

Quoy qu'il en ſoit, pouvois-je mieux m'adreſſer qu'à vous, Monſieur, & par vous à voſtre Univerſité, pour denoncer des enfans à leur Mere, qui dans ſes jugemens mêle toûjours beaucoup de douceur, & ne s'oublie jamais qu'elle eſt à l'eſgard de vous tous *Alma mater Univerſitas*? A ne vous rien déguiſer pourtant, cette bonté maternelle m'incommodoit un peu, & j'apprehendois, qu'elle n'allaſt ſi loin, qu'elle ne degeneraſt en foibleſſe. On me fera peut-être la grace de me pardonner cette crainte, ſi l'on fait reflexion, que ceux, qui devroient eſtre les Juges naturels, ſont enveloppez dans cette intrigue : & puis je ne pouvois oublier, que depuis peu d'années, on s'eſt fait chez vous une telle habitude de regarder d'un air tranquille, juſques aux plus grands eſgaremens en matiere de doctrine, qu'il ſemble qu'on n'eſt pas mal fondé, de craindre

partie de vôtre Univerſité, devant tous les Tribunaux du monde. Je ſçay que la pratique en eſt établie de nos jours, & qu'on s'en eſt fait honneur : mais outre que cet expédient eſt un peu lent, pourquoy, diſois-je en moy-même, tout ce vacarme? Pourquoy intereſſer tout l'univers dans cette affaire, & y chercher ſi loin un remède qui eſt à la main? D'ailleurs je doutois que hors les annales des Proteſtans, l'on trouvât aiſément des exemples, qui autoriſaſſent la pratique d'eriger les Princes ſeculiers & les Magiſtrats en Juges & en arbitres des differens qui regardent la Religion.

Quoy-qu'il en ſoit, pouvois-je mieux m'adreſſer qu'à vous, Monſieur, & par vous à vôtre Univerſité, pour dénoncer des enfans à leur Mere, qui dans ſes jugemens mêle toûjours beaucoup de douceur, & n'oublie jamais qu'elle eſt à l'égard de vous tous *Alma mater Univerſitas?* A ne vous rien déguiſer pourtant, cette bonté maternelle m'incommodoit un peu : j'apprehendois qu'elle n'allât trop loin, & qu'elle ne dégenerât en foibleſſe. On me fera peut-être la grace de me pardonner cette crainte, ſi l'on fait reflexion que ceux qui devroient être les Juges naturels, ſont enveloppez dans cette intrigue : & puis je ne pouvois oublier, que depuis peu d'années on s'eſt fait chez vous une telle habitude de regarder d'un air tranquille juſques aux plus grands égaremens en matiere de doctrine, qu'il ſemble qu'on n'eſt pas mal fondé, de craindre un peu que

B 3   les

les erreurs les plus visibles, ne soient pas encore capables de faire impression sur des esprits accoûtumez à ne s'émuvoir de rien.

Cette plainte ne peut pas regarder Monsieur de la Verdure, ni Monsieur de Cerf: l'on est trop persuadé de leurs bonnes intentions, & de la droiture de leurs sentimens. Mais par malheur ces deux Messieurs faisant la plus petite partie dans une Faculté, où l'on décide à la pluralité des voix; que leur restoit-il autre chose dans ces temps de nuages & de brouillards, que de gemir devant Dieu?

Il est vray, & il le faut publier à l'honneur de vôtre Université; il ne s'est rien vû de plus zélé, & de plus Catholique qu'elle, quand il s'est agi de rejetter les nouveautez, qui ont commencé à desoler l'Eglise de Dieu vers l'an quarante. En vain les Docteurs de Louvain ont mis tout en usage, soit par leurs Ecrits satyriques, soit par leur Deputé *, pour l'engager dans un parti rebelle à Dieu, & à l'Eglise. Les Brefs remplis d'estime & d'éloges, dont Innocent X. & Alexandre VII. l'honorerent pour la pureté de sa doctrine, & pour sa vigueur à s'opposer aux erreurs naissantes, sont des monumens éternels de l'attachement qu'elle a eu aux veritez de l'Evangile.

Il est encore vray que l'an 1665 ce zele n'estoit en rien rallenti, lorsque Monsieur Lalaing Recteur magnifique de l'Université empêcha les Peres Carmes Déchaussez, de soûtenir leurs Theses de Theologie, qu'ils avoient déja distribuées par la Ville; parce qu'on

* *M. Recht.*

dre un peu que les erreurs les plus visibles, ne soient pas encore capables de faire impression sur des esprits accoûtumez à ne s'émouvoir de rien.

Cette plainte ne peut pas regarder Mr. de la Verdure, ni Mr. de Cerf; l'on est trop persuadé de leurs bonnes intentions, & de la Catholicité de leurs sentimens; mais par malheur ces deux Messieurs faisant la plus petite partie dans une Faculté, où l'on décide à pluralité de voix; que leur restoit-il autre chose dans ces temps de nuages, & de brouillas, que de gemir devant Dieu?

Il est vray; & il le faut publier à l'honneur de vostre Université; il ne s'est rien vû de plus zélé, & de plus Catholique qu'elle quand il s'est agi de rejetter les nouveautez, qui ont commencé à desoler l'Eglise de Dieu vers l'an quarante. En vain les Docteurs de Louvain ont mis tout en usage, soit par leurs escrits satyriques, soit par leur deputé *, pour l'engager dans un parti rebelle à Dieu, & à l'Eglise. Les Brefs remplis d'estime & d'éloge, dont Innocent XI. & Alexandre VII. l'honorerent pour la pureté de sa doctrine, & pour sa vigueur à s'opposer à ces erreurs naissantes, sont des monumens éternels de l'attachement qu'elle a eu aux veritez de l'Evangile.

Il est encore vray, que l'an 1665. ce zele n'estoit en rien ralenti, lors que Monsieur Lalaing Recteur Magnifique pour ce temps; empêcha les Peres Carmes Déchaussez, de soûtenir leurs theses de Theologie, qu'ils avoient desja distribuées par la ville; parce

* *M. Recht.*

parce qu'on ne les trouva pas assez éloignées de ces erreurs, qui avoient esté heureusement inconnuës jusques alors à vostre Université.

L'on ne peut pourtant pas disconvenir, que ces temps de force, & de vigueur estoient passez, quand Mr. Gilbert vint répandre le Jansenisme dans vostre Université *à découvert, & sans aucun mesnagement.* Il est de notorieté que ce Docteur avança dans son Traité de la grace les propositions les plus hardies, & les plus insoutenables, sans que seulement l'on songeast à faire la moindre Censure contre luy. Vous vous souvenez encore, Monsieur, comme l'on dogmatisoit pour lors publiquement, & à outrance; ce n'estoit que theses farcies de faussetez, & de paradoxes les plus inouïs; & tout cela se debitoit d'un air asseuré, comme les veritez les plus incontestables puisées de l'Escriture, de la Tradition, des Conciles, & des Peres. Nous sommes à la source du mal; voila le levain qui a gâté une partie de la masse de vostre Université.

Sa Majesté fut avertie de ce danger, & donna ordre ensuite à quelques Docteurs de Paris d'un merite, & d'une capacité distinguée, d'examiner fort attentivement ce Traité de la grace; ils le firent, & cet examen fut suivi d'une Censure très-forte, & tres-vigoureuse dudit Traité, comme vous le verrez plus bas.

Monseigneur d'Arras qui n'oublie rien de tout ce qui est necessaire, pour conserver dans son Diocese la Doctrine de l'Eglise dans toute sa pureté,

qu'on ne les trouva pas assez éloignées de ces erreurs, qui avoient esté jusqu'alors inconnuës parmi vous.

L'on ne peut pas pourtant disconvenir que ces temps de zele & de force étoient passez, quand M. Gilbert vint répandre le Jansenisme dans vôtre Université, *à découvert, & sans aucun ménagement.* Il est de notorieté publique que ce Docteur avança dans son Traité de la Grace les propositions les plus hardies, & les plus insoutenables, sans que seulement l'on songeât à faire la moindre Censure contre luy. Vous vous souvenez encore, Monsieur, comme l'on dogmatisoit pour lors publiquement, & à outrance; ce n'estoit que Theses farcies de faussetez, & de paradoxes les plus inouïs; & tout cela se debitoit d'un air asseuré, comme des veritez incontables tirées de l'Ecriture, de la Tradition, des Conciles, & des Peres. Nous sommes à la source du mal; voila le levain qui a gâté une partie de la masse.

Sa Majesté fut avertie de ce danger, & donna ordre ensuite à quelques Docteurs de Paris d'un merite extraordinaire, & d'une capacité distinguée, d'examiner fort attentivement ce Traité de la Grace. Ils le firent, & cet examen fut suivi d'une Censure tres-forte, comme vous le verrez plus bas.

Monseigneur d'Arras qui n'oublie rien de tout ce qui est necessaire, pour conserver dans son Diocese la Doctrine de l'Eglise en toute sa pureté, se donna

[Marginal notes, left:] ata o- / à & / rtà / nte. / nfura / rifien-

[Marginal notes, right:] Data o- / perà & / aperta / fronte. / Censura / Parifien- / fis.

donna la peine de lire & de relire luy-même ce Traité de la Grace, & il y trouva des erreurs si manifestes, & si solemnellement condamnées comme heretiques par deux grands Pontifes, qu'il ne pût s'empêcher d'en rénouveller la condamnation, & de la faire publier par tous les Curez à leur Prône. C'est ainsi que Dieu ne manque jamais à son Eglise, & qu'au defaut de vôtre zele, il a animé celuy de ces Docteurs étrangers, pour éteindre le feu qui alloit brûler la maison du Seigneur.

Comme ce sont presque les mêmes personnes qu'en ce temps-là, qui font à present la Faculté de Theologie, & que le jugement & la Censure que j'ay à luy demander, regarde ces mêmes erreurs, sur lesquelles elle semble s'estre autrefois endormie à plaisir; je vous laisse à penser si je n'avois pas sujet de douter, si elle sortiroit enfin de cette profonde lethargie, par toutes les remontrances que je pourrois luy faire.

Dans l'embarras où j'étois, j'appris fort à propos que les Peres Carmes Chaussez, ayant soûtenu des Theses de Theologie, qui ne plaisoient pas à quelques Messieurs de la même Faculté, elle se donna d'abord beaucoup de mouvemens, pour empêcher qu'on ne les soûtint; elle demanda promptement l'éclaircissement de ces conclusions, & aussi-tôt elle se mit en action pour proceder sans quartier à une Censure, que l'on bâtit sur le champ. Voilà qui est zelé, & bien expeditif, & qui fait voir
que

té, se donna la peine de lire, & de relire par luy-mesme ce Traité de la grace, & il y trouva des erreurs si manifestes, & si solemnellement condamnées comme heretiques par deux grands Pontifes, qu'il ne pût s'empescher de renouveller leur condamnation, & de la faire publier par tous les Curez à leur prône; c'est ainsi que Dieu ne manque jamais au besoin de son Eglise, & qu'au defaut de vostre zele, il a animé celuy de ces Docteurs estrangers, pour esteindre le feu, qui alloit brûler la maison de Seigneur.

Comme ce sont presque les mêmes personnes qu'en ce temps-là, qui font à present la Faculté de Theologie, & que le jugement, & la Censure que j'ay à luy demander, regarde ces mesmes erreurs, sur lesquelles elle semble s'estre autrefois endormie à plaisir, je vous laisse à penser, si je n'avois pas sujet de douter, si elle sortiroit enfin de cette profonde lethargie, par toutes les remonstrances, que je pourrois luy faire.

Travaillé que j'estois de ces pensées, & de ces embarras, j'appris fort à propos que les Peres Carmes Chaussez, ayant soûtenu des Theses de Theologie, qui ne plaisoient pas à quelques Messieurs de la même Faculté, elle se donna d'abord beaucoup de mouvemens, pour en empescher la défense; elle demanda promptement l'éclaircissement de ces conclusions, & aussi-tôt elle se mit en action pour proceder sans quartier à une Censure, que l'on bâtit sur le champ. Voila qui est zelé, & bien

bien expeditif, & qui fait voir, que s'il y a de la lenteur chez vous, elle n'eſt pas de tout temps, & beaucoup moins à l'eſgard de toutes les perſonnes, & de toute ſorte de matiere. Vous voyant donc à preſent ſi actifs, & ſi differens de vous-meſmes, j'ay crû que ces heureux momens de zele, & de ferveur, donc vous paroiſſez remplis, eſtoient d'autant plus propres à mon deſſein, qu'ayant des choſes bien plus claires, plus conſiderables, & plus dangereuſes à vous propoſer, vous vous feriez un devoir de vous ſignaler en les proſcrivant, & en les deſavoüant de la maniere la plus forte, que vous pourroit inſpirer un zele deſintereſſé, & uniforme, qui ne ſent point le parti, ni la cabale.

Pour vous donner une juſte idée de cette nouvelle Egliſe, je commence par vous expoſer une maniere de theſe, que l'on peut appeller le formulaire, ou le ſymbole de cette faction, que l'on fait ſouſcrire aux partiſans.

que s'il y a de la lenteur chez vous, elle n'eſt pas de tout temps, & beaucoup moins à l'egard de toutes les perſonnes, & de toute ſorte de matiere. Vous voyant donc à preſent ſi actifs, & ſi differens de vous-mêmes, j'ay crû que ces heureux momens de ferveur étoient d'autant plus propres à mon deſſein, qu'ayant des choſes bien plus claires, plus conſiderables, & plus dangereuſes à vous propoſer, vous vous feriez un devoir de vous ſignaler en les proſcrivant, & en les deſavoüant de la maniere la plus forte, que vous pourroit inſpirer un zele deſintereſſé & uniforme, qui ne ſent point le parti, ni la cabale.

Pour vous donner une juſte idée de cette nouvelle Egliſe, je commence par vous expoſer une maniere de Theſe, que l'on peut appeller le formulaire, ou le ſymbole de cette faction, que l'on fait ſouſcrire aux Partiſans.

THESES   THESES

Ad mentem Divi Auguſtini irrefragabilis gratiæ Doctoris

Dans le ſens de Saint Auguſtin, le Docteur irrefragable de la Grace.

THESIS PRIMA.   I.

Gratiam efficacem nec ſemper, nec omnibus dari, probat omnium Theologorum conſenſus, & quotidiana tot pec-

Que la Grace efficace ne ſoit donnée, ni toûjours, ni à tous les hommes; on le prouve, & par le conſentement de tous

C

tous les Theologiens, & par l'experience journaliere de tant de pecheurs. Que cette Grace soit necessaire, afin que l'homme ait un pouvoir vrayement & proprement dit de faire de bonnes œuvres, de vaincre les tentations, &c. c'est de quoy tombent d'accord tous ceux qui sont instruits dans la Tradition de l'Eglise, dans la Doctrine de Saint Augustin, & dans celle de autres Saints Peres.

peccatorum experientia : illam necessariam esse ut quis verè, & proprie possit opera bona exercere, tentationes superare &c. fatetur quisquis in traditione Ecclesiæ, in Augustino, aliisque sanctis Patribus peregrinus non est.

II.

Ainsi ceux qui veulent qu'on admette quelque sorte de Grace suffisante pour l'état où nous sommes, après la perte de l'innocence originelle, s'éloignent infiniment de la pensée de Saint Augustin, lequel ne reconnoît point d'autre Grace dans l'état de la nature avant le peché, que la Grace suffisante; ni d'autre depuis le peché que la Grace efficace.

SECUNDA.

Igitur qui gratiam aliquam sufficientem ab efficaci distinctam, in hunc amissæ innocentiæ statum invehunt, mirum quantùm ab Augustini mente deficiunt! qui naturæ integræ gratiam sufficientem tantùm, lapsæ verò efficacem tantùm attribuit. Hæc si indubitata Augustini principia vel minimùm concutias, tota cælestis illius doctrinæ compages solvatur, necesse est.

III.

Mais la Grace suffisante, au sens des Thomistes, qu'en faut-il penser? Cette opinion paroît moins mauvaise; parce que si l'on ne cherche pas à se tromper, on voit qu'elle renferme une expression qui exclut la suffisance de la Grace; & que d'ailleurs elle est fort propre dans ce temps de nuages & de brouillars, pour cacher les mysteres de la Grace Evangelique. Cependant comme les siecles les plus purs de l'Eglise n'ont connu ni le mot de Grace suffisante, ni la chose exprimée par ce mot, nous

TERTIA.

At quid de gratiâ sufficiente sensu Thomistico? minùs displicet; quia nisi hallucinari velis, particulam includit alienantem, & nebuloso tempore occulendis gratiæ Evangelicæ mysteriis est peridonea. Interim cùm vox illa, & res voce expressa purioribus Ecclesiæ sæculis ignota fuerit, illam meritò ex sanâ Theologiâ relegandam judicamus.

QUAR-

nous croyons avec raison qu'elle doit être rejettée de la saine Theologie.

QUARTA.

Peccatum Philosophicum infelix radix est, in depravatæ Ethicæ seminaris pridem occultè adolescens; mox ubi erupit, Vaticana sensit fulmina, variique errores, infallibili connexione cum detestando illo dogmate concatenati, quasi surculi in radice, eodem ictu protriti sunt.

IV.

Le dogme du Peché Philosophique est une plante malheureuse qui croissoit secrettement depuis long-temps dans les Ecoles de la morale corrompuë. Aussitôt qu'il s'est produit au dehors, il a esté frappé des foudres du Vatican: & diverses erreurs qui par un enchaînement infaillible se trouvent jointes à ce detestable dogme, comme des rejettons à leur racine, ont esté exterminées du même coup.

QUINTA.

Hæc est damnata propositio: Peccatum Philosophicum in eo qui Deum ignorat, non est offensa Dei; pergo ulteriùs; si offenditur Deus, qui ignoratur, non excusat ergò à peccato ignorantia; adeóque tot studiis, & contentionibus agitata quæstio, Pontificio oraculo manet decisa, videlicet quòd nulla ignorantia saltem in jure naturæ excuset à peccato.

V.

La proposition condamnée est celle-cy: Le Peché Philosophique commis par celuy qui ne connoît point Dieu, n'est point offense de Dieu. Sur quoy je raisonne de la sorte. Si l'on offense Dieu, quoy qu'on ne le connoisse point, l'ignorance n'excuse donc pas de peché: & par consequent aprés tant de disputes qu'il y a eu là-dessus, c'est aujourd'huy une question decidée par l'Oracle du Souverain Pontife, que nulle ignorance, au moins du droit naturel, n'excuse du peché.

SEXTA.

Sed quomodò, cum illâ peccati Philosophici censurâ conciliari potest bicornis voluntatis indifferentia, & Aristotelicæ libertatis definitio? Libertas est potentia, quæ positis omnibus ad agendum prærequisitis, potest agere, **C 2**

VI.

Mais puisqu'il n'est pas également en nôtre pouvoir d'eviter ou de ne pas eviter le mal que nous ignorons, comment accorder avec cette Censure du Peché Philosophique, l'indifference de la volonté, & cette définition prise d'Aristote:

stote: La liberté est une puissance qui consiste à pouvoir faire & ne pas faire, lors même qu'on a tout ce qui est necessaire avant l'action? Gardez-vous bien d'avoir icy recours à la distinction du sens divisé, & du sens composé, ou à ce qu'on dit de l'indifference de jugement. Car ce sont-là de vaines défaites inventées mal à propos par quelques nouveaux Theologiens, pour parer aux objections dont les Semipelagiens tâchoient à leur faire peur. C'est pourquoy il nous semble qu'il vaut mieux, & qu'il est plus conforme aux principes de Saint Augustin, de nier absolument que depuis le peché d'Adam on ait eu cette sorte de liberté, qui consiste dans une indifference de la volonté à se déterminer pour ou contre, selon qu'il luy plaist, & dans un pouvoir d'agir ou de n'agir pas, qui soit dégagé de tout empêchement.

re & non agere: cum utique non possit tàm vitari, quàm non vitari, id quod ignoratur. Cave ad sensum divisum, & compositum, aut ad indifferentiam judicii confugias; vana enim sunt illa neotericorum effugia, declinandis Semipelagianorum terriculamentis malè adinventa: satius igitur nobis videtur, & sancti Augustini principiis conformius, ejusmodi libertatem in flexibili ad libitum voluntatis indifferentiâ, & in expeditâ ad utrumlibet potentiâ consistentem, post peccatum Adæ prorsus rejicere.

VII.

Vous allez dire aussi-tôt que c'est-là assujettir les actions humaines à la necessité. Mais ôtez-nous ces frivoles consequences, qui ont esté cent fois tirées vainement des cinq Propositions, & dont on s'est moqué autant de fois. A la verité, lorsqu'il est question de l'état de voyageurs où nous sommes, nous rejettons la necessité qui s'appelle de nature, & qui excluroit la mutabilité: mais pour toute autre sorte de necessité, rien ne doit nous empêcher de l'admettre aprés Saint Augustin, dans le cinquié-me Livre de la Cité de Dieu, chap. 10. Que si l'on parle de la necessité, selon laquelle on dit qu'il est necessaire qu'une

SEPTIMA.

Inferes illicò, necessitatem induci in actiones humanas; apage inania illa consectaria, centies ex famosis quinque propositionibus perperam accersita, & centies explosa; necessitatem quidem naturæ, & immutabilitatis in hoc viatoris statu abhorremus, aliam verò quamlibet necessitatem, nihil est quòd reformidemus, duce Augustino De Civit: l. 5. c. 10. Si autem definitur necessitas, secundum quam dicitur necesse esse, ut ità sit aliquid; vel ità fiat, nescio cur eam timeamus, ne nobis auferat libertatem. Hanc necessitatis cum libertate concordiam deinceps agnoscet, quisquis catholicè

sen-

sentiet, & pestiferam peccati philoso-
phici doctrinam seriò ejurabit.

qu'une chose soit ce qu'elle est, ou
qu'elle se fasse de telle & telle sorte, je
ne sçay pourquoy nous craindrions
que cela ne nous ostast la liberté. *Ce*
moyen d'accorder la necessité avec la li-
berté, sera desormais embrassé par tous
ceux qui auront des sentimens Catholi-
ques, & qui renonceront serieusement
à la pernicieuse doctrine du peché Philo-
sophique.

Pour dures, & pour insoutenables que soient ces conclusions parmy
les fideles, elles ne laissent pas de recevoir dans la nouvelle Eglise des
eloges aussi magnifiques, que si
c'estoient des veritez fondamentales
de la Religion.

Pour dures & pour insoûtenables
que soient ces conclusions parmi les
Fideles, elles ne laissent pas de recevoir dans la nouvelle Eglise des éloges
aussi magnifiques, que si c'étoient
des veritez fondamentales de la Religion.

M. Gilbert, à qui les disgraces devoient avoir fait l'esprit, & qui a esté
obligé de se retirer de Douay, & d'a-
bandonner l'exercice de ses charges,
à cause de sa meschante doctrine, approuve cette these, & souscrit cette
profession de Foy de cette maniere.

M. Gilbert, à qui les disgraces devoient avoir fait l'esprit, & qui a esté
obligé de se retirer de Douay, & d'a-
bandonner l'exercice de ses Charges,
à cause de sa méchante doctrine, approuve cette These, & souscrit cette
profession de Foy en ces termes.

Doctrina in superioribus septem the-
sibus contenta, per Apostolicam tradi-
tionem ad nos transmissa est, à gratiæ
Doctore D. Augustino tradita, & ge-
nuinum Romanæ Ecclesiæ sensum hâc
super materiâ dilucidè exponit: adeóque
ab omni errore, erorisque periculo est
longè remotissima.

La doctrine contenuë dans les sept
Theses ci-dessus, nous est venuë de la
Tradition Apostolique; elle a été ensei-
gnée par S. Augustin le Docteur de la
Grace, & elle expose avec clarté les
vrais sentimens de l'Eglise Romaine sur
cette matiere: de sorte qu'elle est tres-
éloignée de toute erreur, & du danger
même d'erreur. C'est ce que juge &
certifie.

Itâ censet & testatur Jacobus Gil-
bert S. Theologiæ Doctor, &
ejusdem in Universitate Dua-
censi Regius & ordinarius Pro-
fessor.

Jacques Gilbert, *Doc-*
teur & Professeur Royal & or-
dinaire de Theologie dans l'Uni-
versité de Douay.

Un si bel exemple ne pouvoit
man-

Un si bel exemple ne pouvoit
C 3   man-

manquer d'être embrassé par ceux qui envisagent ce Docteur comme un martyr de la Grace. En effet, la même These a esté approuvée avec le même éloge mot pour mot par les personnes suivantes :

M. JEAN BAPTISTE MAL-PAIX, *Bachelier formé de Theologie, & Curé de Brillon au Diocese de Tournay.*

M. JEAN BRUNEAU, *Bachelier formé de Theologie, & Curé de Celle au Diocese de Tournay.*

M. BASILE DU BRON, *Bachelier formé de Theologie, & Président, ou Concierge du Seminaire de Tournay.*

M. JEAN FRANÇOIS MAL-PAIX, *Chanoine de S. Amé à Doüay.*

Un Licentié en Theologie nommé M. Wille, a trouvé que cette Approbation a quelque chose de trop décisif, & de trop doctoral pour un jeune homme comme il est : c'est pourquoy il s'est servi d'autres termes dans son Approbation, mais qui font le même sens, les voici :

J'ay lû avec attention, & meurement examiné ces sept Conclusions: & mon sentiment est que la doctrine qu'elles contiennent, nous est venuë de la Tradition Apostolique, qu'elle a esté enseignée par S. Augustin le Docteur irrefragable de la Grace, & qu'elle ne renferme aucune erreur; mais plûtôt je suis per-

---

manquer d'estre embrassé par ceux qui envisagent ce Docteur, comme un martyr de la grace. En effet la même these a esté approuvée avec le même eloge mot pour mot, par les personnes suivantes

M. *Jean Baptiste Malpaix, Bachelier formé de Theologie, & Curé de Brillon au diocese de Tournay.*

M. *Jean Bruneau, Bachelier formé de Theologie, & Curé de Celle au Diocese de Tournay.*

M. *Basile Du Bron, Bachelier formé de Theologie, & Président, ou Concierge du Seminaire de Tournay.*

M. *Jean François Malpaix, Chanoine de S. Amé à Douay.*

Un Licentié en Theologie nommé M. Wille, a trouvé que cette approbation a quelque chose de trop decisif, & de trop Doctoral pour un jeune homme comme il est; c'est pourquoy il s'est servi d'autres termes dans son approbation, mais qui font le même sens, les voicy :

Has septem conclusiones attentè legi, maturè consideravi, & doctrinam in illis contentam, per Apostolicam traditionem ad nos transmissam esse, atque ab irrefragabili gratiæ Doctore D. Augustino traditam, nullúmque errorem continere, sed genuinum Ecclesiæ Romanæ sensum hâc super

per materiâ exponere censeo ac existimo.

A. Wille, in Universitate Duacensi Licentiatus.

Ce qu'il y a de tres-singulier dans cette affaire, c'est le zele de M. le Docteur de Laleu, de M. Rivette Regent du College du Roy, & de M. de Ligny, qui a fait ses disputes pour sa Licence: comme ils sont tout devoüez à ce nouveau parti, ils se sont voulu distinguer par une ample, & belle approbation legalisée devant notaire & tesmoins. Voila la formule de leur approbation & de la legalisation.

Hæ septem positiones de gratiâ, de peccato Philosophico, & de libertate humanâ, doctrinam continent verè Augustinianam, & Orthodoxam; ac proinde nulli Censuræ obnoxiam.

Ità censent & testantur.
F. De Laleu S. Theologiæ Doctor, & in almâ Universit. Duac. Profes. Regius, & Seminarii Mariani Præses, hâc decimâ Octavâ Novemb. 1690.

P. Rivette, Theolog. Licentiatus, ac Professor Regius ibidem.

P. De Ligny, S. Theologiæ Baccalaureus formatus, ac primarius Philosophiæ Professor in Collegio Regio, ibidem, iisdem die & anno.

L'an mil six cent quatre-vingts dix, le

---

persuadé qu'elle expose les vrais sentimens de l'Eglise Romaine sur cette matiere.

A. WILLE, Licentié dans l'Université de Douay.

Ce qu'il y a de tres-singulier dans cette affaire, c'est le zele de M. le Docteur de Laleu, de M. Rivette Regent du College du Roy, & de M. de Ligny, qui a fait ses disputes pour sa Licence. Comme ils sont tous dévouez à ce nouveau parti, ils se sont voulu distinguer par une belle & ample Approbation legalisée pardevant Notaire, & en presence de témoins. Voila la Formule de leur Approbation & de la Legalisation.

Ces sept Positions touchant la Grace, le peché Philosophique, & la liberté de l'homme, contiennent une Doctrine vraiment Augustinienne & orthodoxe, par consequent qui ne merite aucune censure.

C'est ce que jugent & certifient.
F. DE LALEU, Docteur & Professeur Royal en Theologie dans l'Université de Douay, President du Seminaire de Nôtre-Dame. Ce 18. jour de Novembre 1690.

P. RIVETTE, Licentié en Theologie, & Professeur Royal au même lieu.

P. DE LIGNY, Bachelier en Theologie formé, & premier Professeur de Philosophie dans le College du Roy au même lieu, ausdits jour & an.

L'an mil six cens quatre-vingts-dix le

le dix-huit de Novembre , Georges Evrard Notaire Royal de la Residence de Doüay y admis par Nosseigneurs du Parlement de Tournay, soussigné, assisté de Maîtres Simon Philippes Denys, Prêtre & Jean François de la Vallée Sousdiacre, tous deux étudians en Theologie dans l'Université de cette Ville , certifient à tous qu'il appartiendra, queles charactères & signatures ci-dessus de F. De Laleu, P. Rivette, & P. De Ligny, sont leurs veritables écritures, & qu'ils sont de la qualité qu'ils se sont attribuée, sauf que ledit P. De Ligny n'est pas connu audit Notaire, mais bien ausdits témoins.   En témoignage de quoy lesdits Notaire & témoins ont signé cette , audit Doüay, lesdits jours, mois, & an susdit.

G. EVRARD.

S. PHILIPPES DENYS.
I. FRANÇOIS DE LA VALLE'E.

Cette These , ou si vous aimez mieux, ce Formulaire est assurément d'une malignité qui saute aux yeux; les horribles dogmes qui y sont renfermez, sont d'une évidence qui se fait sentir à quiconque a quelque legere teinture de la bonne Theologie. Pour vous convaincre de cette verité, ce seroit assez de vous dire que cette profession de Foy de nouvelle fabrique, est l'abregé de tout le Traité de la Grace de M. Gilbert; & qu'on y peut voir d'un coup d'œil, tout le venin qui est dispersé dans ses Ecrits. Ce Docteur ne s'en défend pas , il en tombe d'accord de tout son cœur, il
s'en

le dix-huit de Novembre George Evrard Notaire Royal de la Residence de Douay , y admis par Nosseigneurs du Parlement de Tournay , soussigné, assisté des maîstres Simon Philippe Denys Prêtre , & Jean François de la Vallée Sousdiacre , tous deux étudians en Theologie dans l'Université de cette ville , certifient à tous qu'il appartiendra, que les caracteres , & signatures cy-dessus de F. De Laleu, P. Rivette, & P. De Ligny, sont leurs veritables escritures, & qu'ils sont de la qualité, qu'ils se sont attribuée ; sauf que ledit P. De Ligny n'est pas connu audit Notaire, mais bien ausdits tesmoins. En tesmoignage de quoy , lesdits Notaires & tesmoins ont signé cette , audit Douay, lesdits jours , mois , & an susdit.

G. Evrard.

S. Philippe Denys.
I. François de la Vallée.

Cette these , ou si vous aimez mieux, ce formulaire est asseurément d'une malignité , qui saute aux yeux; les horribles dogmes, qui y sont renfermez, sont d'une evidence, qui se fait sentir à quiconque a quelque legere teinture de la bonne Theologie.   Pour vous convaincre de cette verité, ce seroit assez de vous dire que cette profession de Foy de nouvelle fabrique, est l'abregé de tout le Traité de la grace de Mr. Gilbert, & qu'on y peut voir d'un coup d'œil, tout le venin qui est dispersé dans ses escrits. Ce Docteur ne s'en defend pas , il en tombe d'accord de
tout

tout fon cœur, il s'en fait même un merite, & s'en rejoüit dans la lettre qu'il efcrit à Mr. De Ligny : *la thefe, dit-il, & le jugement jufte, que vous en portez, me confolent beaucoup; j'y vois tout ensemble l'abbregé & l'approbation de mon Traité de la grace.* Comme c'eft une verité, qui lui tient fort au cœur, il la repete à un de fes amis, à qui il ne tient rien de caché. *Nos Meffieurs de Douay,* dit-il, *m'ont envoyé une copie de la thefe, & du jugement qu'ils en font ; je trouve l'un & l'autre fort jufte, & font l'abbregé de mon Traité de la grace.* Mr. le Chanoine Malpaix, dont la reconnoiffance va jufques à ne pas penfer, & à ne pas juger autrement que fon bienfaiteur qui l'a gratifié d'un Canonicat, découvre dans cette confeffion de Foy toute la doctrine de fon cher maiftre : *Ce qui rebute, dit-il, beaucoup de perfonnes, de ne pas approuver la thefe, c'eft qu'ils craignent les Jefuites plus que Dieu; ils voyent bien que c'eft la même doctrine de Mr. Gilbert, & ils craignent le même fort.*

Il eft donc conftant par l'aveu même de nos Meffieurs, & par l'evidence de la chofe, que ce formulaire comprend toute la doctrine de Mr. Gilbert, & qu'il en eft, fi j'ofe ainfi parler, la quinte-effence; c'eft de quoy il ne peut y avoir de conteftation. Or eft-il que la doctrine de Mr. Gilbert, eft une doctrine profcrite par les Conftitutions de deux Papes, & contient le pur Janfenifme felon la Cenfure de Monfeigneur d'Arras, & des Docteurs de Paris, com-

s'en fait même un merite, & s'en réjoüit dans la lettre qu'il écrit à M. De Ligny. *La Thefe,* dit-il, *& le jugement jufte que vous en portez, me confolent beaucoup; j'y vois tout ensemble l'abbregé & l'approbation de mon Traité de la Grace.* Comme c'eft une verité qui luy tient fort au cœur, il la repete à un de fes amis, à qui il ne tient rien de caché : *Nos Meffieurs de Douay,* dit-il, *m'ont envoyé une copie de la Thefe, & du jugement qu'ils en font; je trouve l'un & l'autre fort jufte, & font l'abregé de mon Traité de la Grace.* M. le Chanoine Malpaix, dont la reconnoiffance va jufques à ne pas penfer, & à ne pas juger autrement que fon bienfacteur qui l'a gratifié d'un Canonicat, découvre dans cette Confeffion de Foy toute la doctrine de fon cher Maître. *Ce qui rebute, dit-il, beaucoup de perfonnes, de ne pas approuver la Thefe; c'eft qu'ils craignent les Jefuites plus que Dieu; ils voyent bien que c'eft là même doctrine de M. Gilbert, & ils craignent le même fort.*

Il eft donc conftant, par l'aveu même de nos Meffieurs, & par l'évidence de la chofe, que ce Formulaire comprend toute la doctrine de M. Gilbert, & qu'il en eft; fi j'ofe ainfi parler, la quinte-effence; c'eft de quoy il ne peut y avoir de conteftation. Or eft-il que la doctrine de M. Gilbert eft une doctrine profcrite par les Conftitutions de deux Papes, & contient le pur Janfenifme, felon la Cenfure de Monfeigneur d'Arras, & des Docteurs de Paris, com-

comme on va le montrer. Donc le Formulaire comprend une doctrine proscrite par les Constitutions de deux Papes, & le pur Jansenisme; & par une consequence ulterieure, toute la sainte horreur qu'on a conçûë de cette méchante doctrine, toutes les disgraces qu'elle a attirées à son Auteur, doivent rejalir sur les Auteurs & sur les défenseurs de ce Formulaire. Si ce raisonnement n'est pas juste, & s'il ne persuade pas, je ne sçay ce qu'il peut y avoir de juste & de persuasif au monde.

Montrons donc que ce Traité de la Grace de Mr. Gilbert est rempli de Jansenisme, au sentiment de Monseigneur d'Arras, & des Docteurs de Paris nommez par le Roy, pour l'examen de ce Traité : rien n'est plus aisé, il n'y a qu'à produire leurs Censures : rien ne peut être plus convainquant & plus démonstratif; les voicy.

C E N S U R E

Du Traité de la Grace du Sieur Gilbert par les Docteurs de Paris.

Nous soussignez Docteurs & Professeurs en Theologie de l'Université de Paris, suivant les ordres du Roy Tres-Chrétien qui nous ont esté intimez par Monseigneur l'Illustrissime Archeveque de Paris, avons lû certains Cahiers touchant la Grace, qu'un Professeur Royal en Theologie de l'Université de Douay a dictez publiquement dans sa Classe. Et comme Sa Majesté avoit ordon-

comme on va le démonstrer; donc le formulaire comprend une doctrine proscrite par les Constitutions de deux Papes, & le pur Jansenisme; & par une consequence ulterieure, toute la sainte horreur qu'on a conceuë de cette mechante doctrine, toutes les disgraces qu'elle a attirées à son autheur, doivent rejalir sur les autheurs, & sur les defenseurs de ce formulaire. Si ce raisonnement n'est pas juste, & s'il ne persuade pas, je ne sçay ce qu'il peut y avoir de juste, & de persuasif au monde.

Montrons donc que ce Traité de la grace de Mr. Gilbert est rempli de Jansenisme, au sentiment de Monseigneur d'Arras, & des Docteurs de Paris denommez par le Roy, pour l'examen de ce Traité : rien n'est plus aisé; il n'y a qu'à exhiber leurs Censures; rien ne peut estre plus convainquant & plus demonstratif; les voicy.

C E N S U R A

A Doctoribus Parisiensibus lata.

Nos infrascripti Sacræ Theologiæ in Academiâ Parisiensi Doctores, & Professores, jussu Regis Christianissimi, quem nobis aperuit Illustrissimus Archiepiscopus Parisiensis, legimus quaterniones quosdam de gratiâ, à Regio Duacensis Academiæ Professore Theologo publicè in scholâ dictatos; cúmque ferret mandatum Regium, ut nostram tum de scriptis, tum de scriptore

ptore ipſo, quantùm inde colligi poteſt, ſententiam habito accurato examine diceremus; quaterniones illos attentione, quâ par erat, evolvimus, in quibus perſpeximus Janſenii Iprenſis Epiſcopi doctrinam, Innocentii X. & Alexandri VII. Conſtitutionibus ab univerſo orbe Catholico acceptis damnatam, non obſcurè, obiter, aut ſtrictim, ſed apertâ fronte, datâ operâ, & ſummâ contentione, & pervicaciâ; nec ſine acrioribus, quæ novatorum animos redoleant, dicteriis probari, Pontificum Decreta eludi, & in ſenſum peregrinum, atque ab ipſorum mente planè alienum, fictitiâ interpretatione detorqueri; tantùmque illud virus, quo nihil ſit ad ſcholarum inſtitutionem magis exitioſum, iis in ſcriptis ubique ſerpere, & adeò eſſe frequens, ut ea nullatenus emendari poſſint, ſoláque eorum diſerta ejuratio offenſionem ex iis natam tollere valeat: unde & is nobis illorum author viſus eſt, qui abſque Duacenſis Academiæ pernicie ferri non poſſit, ut pergat ad docendum.

Pariſiis die 28. Januarii anno Domini 1687.

Pirot, Doctor & Socius Sorbonicus, Sacræ Theologiæ Profeſſor, Syndicus Facultatis.

Sauſſoy, Doctor & Theologiæ Profeſſor apud Regiam Navarram.

J. Ro-

ordonné, qu'aprés une diſcuſſion exacte nous diſſions nos avis & touchant ces Ecrits, & touchant l'Auteur même, entant qu'on peut juger de luy par ſes Ecrits: Nous avons lû leſdits Cahiers avec l'application que la choſe meritoit, & nous avons reconnu que la doctrine de Janſenius Evêque d'Ypres, condamnée par les Conſtitutions d'Innocent X. & d'Alexandre VII. qui ont eſté reçuës de tous les Catholiques, y eſtoit établie, non pas d'une maniere obſcure & en paſſant, ou en peu de mots, mais ouvertement, de deſſein formé, avec un empreſſement & une obſtination extrême, ſans y oublier les expreſſions injurieuſes & pleines d'aigreur qui reſſentent l'eſprit des Novateurs: que par des interpretations chimeriques on y éludoit les déciſions des Souverains Pontifes, en les détournant à un ſens étranger, & entierement éloigné de leur penſée: Enfin, que ce poiſon auſſi dangereux qu'il y en puiſſe avoir pour les Ecoles, eſtoit tellement répandu dans tous ces Ecrits, qu'il ſeroit impoſſible de les corriger, & qu'il n'y avoit pas d'autre moyen de lever le ſcandale qu'ils avoient cauſé, que de les abjurer expreſſement. Ce qui nous a fait juger qu'on ne pouvoit pas ſouffrir, ſans perdre l'Univerſité de Douay, que celuy qui les a compoſez, continuë d'y enſeigner. Fait à Paris le 28. de Janvier 1687.

PIROT, Docteur de la Maiſon & Societé de Sorbonne, Profeſſeur en Theologie, Syndic de la Faculté.

SAUSSOY, Docteur & Profeſſ. en Theol. au Coll. Royal de Navarre.

     J. Ro-

J. ROBERT, *Docteur de la Maison & Societé de Sorbonne, Professeur Royal, Chanoine & Pénitencier de l'Eglise de Paris.*

B. GUICHARD, *Docteur & Professeur en Theologie, & Grand Maître du College Royal de Navarre.*

DE L'ESTOCQ, *Docteur en Theologie, & Professeur de Sorbonne.*

CENSURE

Faite par Monseigneur l'Illustrissime & Reverendissime Evêque d'Arras d'un Traité de la Grace, dicté dans son Diocese.

GUY DE SEVE DE ROCHECHOUART . . . . .

A ces causes, aprés avoir invoqué les lumieres du Saint Esprit, examiné le susdit Traité de la Grace, & les propositions qui en ont esté extraites, & dont la doctrine a esté reconnuë par l'Auteur, pesé les paroles, le sens, & la suite de son Ouvrage avec beaucoup de maturité & d'exactitude, consulté des personnes sçavantes & éclairées, & eu l'avis de plusieurs Docteurs : Nous avons condamné & condamnons ledit Traité, comme contenant une doctrine fausse, temeraire, condamnée comme heretique par les Constitutions des Papes Innocent X. & Alexandre VII. & plein de termes injurieux, & d'une aigreur contre des Theologiens Catholiques, tres-opposée à la charité Chrétienne.

Lettre à un Docteur &c.

J. Robert, *Doctor & Socius Sorbonicus, Regius Professor, & Ecclesiæ Parisiensis Canonicus, & Pænitentiarius.*

B. Guichard *Doctor & Theologiæ Professor, nec-non summus Regiæ Navarra Moderator.*

De l'Estocq, *Doctor Theologiæ, Professor Regius apud Sorbonam.*

CENSURE

Faite par Monseigneur l'Illustrissime, & Reverendissime Evêque d'Arras d'un Traité de la grace, dicté dans son Diocese.

GUY DE SEVE DE ROCHECHOUART . . . . .

A ces causes, aprés avoir invoqué les lumieres du Saint Esprit, examiné le susdit Traité de la grace, & les propositions qui en ont esté extraites, & dont la doctrine a esté reconnuë par l'autheur, pesé les paroles, le sens, & la suite de son ouvrage avec beaucoup de maturité, & d'exactitude, consulté des personnes sçavantes & éclairées, & eu l'avis de plusieurs Docteurs, nous avons condamné, & condamnons ledit Traité, comme contenant une doctrine fausse, temeraire, condamnée comme heretique par les Constitutions des Papes Innocent X. & Alexandre VII. & plein de termes injurieux, & d'une aigreur contre des Theologiens Catholiques, tres-opposée à la charité Chrétienne.

tienne ; defendons en consequence tres-
expressément & sous les peines de Droit
à toutes personnes de nostre Diocese, d'escrire, enseigner, ou prescher pareille
doctrine, enjoignons à tous étudians ou
autres, qui auroient ledit Traité de la
grace, de le remettre entre nos mains incessamment sous peine d'excommunication : & pour arrester autant qu'il nous
est possible tout esprit de nouveauté dans
sa source, nous croyons devoir exhorter
en même temps tous ceux qui enseignent
la Theologie dans nostre Diocese, lors
qu'ils auront à expliquer, dicter, ou enseigner ces mêmes matieres, de le faire
de la maniere la plus claire, & la plus
intelligible qu'ils le pourront, qui ne
puisse ainsi donner matiere à des soupçons peut-être capables de les rendre ensuite ou inutiles, ou bien moins utiles à
l'Eglise, & de ne pas affecter de certaines expressions, & de certains termes,
qui sont devenus moins ordinaires, &
peu usitez dans les escoles, & dont le
sens peut estre equivoque. Si mandons à
tous Curez de nostre Diocese, de publier
à leur prosne nostre presente Censure le
Dimanche immediatement aprés qu'ils
l'auront receuë ; & à nos Doyens, &
Promoteurs de veiller à l'execution des
presentes. Donné à Arras en nostre Palais Episcopal le 13. d'Aoust 1687.

Signé *Guy Evesque d'Arras*
Et plus bas

Par ordonnance de Mondit Seigneur
l'Illustrissime & Reverendissime
Evesque d'Arras.

         CARON.

ne. Défendons en consequence tres-ex-
pressément, & sous les peines de Droit,
à toutes personnes de nôtre Diocese, d'é-
crire, enseigner, ou prescher pareille doctrine. Enjoignons à tous Etudians ou
autres, qui auroient ledit Traité de la
grace, de le remettre entre nos mains incessamment sous peine d'excommunication. Et pour arrester autant qu'il nous
est possible, tout esprit de nouveauté dans
sa source, Nous croyons devoir exhorter
en même temps tous ceux qui enseignent
la Theologie dans nôtre Diocése, lorsqu'ils auront à expliquer, dicter, ou enseigner ces mêmes matieres, de le faire de
la maniere la plus claire & la plus intelligible qu'ils le pourront, qui ne puisse
ainsi donner matiere à des soupçons peut-
être capables de les rendre ensuite ou inutiles, ou bien moins utiles à l'Eglise ; &
de ne pas affecter de certaines expressions,
& de certains termes, qui sont devenus
moins ordinaires, & peu usitez dans les
Ecoles, & dont le sens peut être équivoque. Si mandons à tous Curez de nôtre
Diocése, de publier à leur Prône nôtre
presente Censure le Dimanche immediatement aprés qu'ils l'auront reçuë ; & à
nos Doyens & Promoteurs, de veiller à
l'execution des Presentes. Donné à Arras en nôtre Palais Episcopal le 13.
d'Aoust 1687.

Signé, GUY, Evêque d'Arras.
Et plus bas,

Par Ordonnance de mondit Seigneur
l'Illustrissime & Reverendissime E-
vêque d'Arras.

         CARON.

Il ne se peut rien dire de plus formel, & de plus précis, que ce que disent ces deux Censures, touchant les erreurs, & les heresies de Jansenius, qui se trouvent dans le Traité de Mr. Gilbert: mais qu'est-il necessaire de s'arrester à ces témoignages, pour convainquans qu'ils puissent estre; quand M. Gilbert veut bien se faire luy-même cette justice, & tomber en quelque façon d'accord de cette verité? C'est dans un Cahier que j'ay icy entre les mains, & qu'il sera peut-être à propos de donner au public. Ce Cayer a pour titre,

JACOBI GILBERT, &c.

Explicationes & Retractationes quarumdam propositionum, in Tractatu suo de Gratia occurrentium, quæ aut explicandæ, aut retractandæ visæ sunt.

Il a été signé par M. Gilbert, en presence du Directeur du Seminaire d'Arras, qui luy avoit été envoyé à cét effet le 27. de Juillet de l'an 1687. à Lille dans l'Hôpital de S. Joseph. Voicy comme il s'énonce dans l'article 25. de sa Retractation.

Je me repens d'avoir dit que les Sectateurs de Molina, en soûtenant une Grace purement suffisante, donnent dans l'erreur de Pelage, touchant la Grace de pure possibilité: & c'est, je l'avoüe, en quoy principalement j'ay pû paroître emporté par l'esprit de Jansenius.

REPRENONS, Monsieur, s'il vous plaist, nos brisées. Le Traité de la Grace de M. Gilbert, au sentiment

---

Il ne se peut rien dire de plus formel, & de plus expressif, que ce que disent ces deux Censures, touchant les erreurs, & les heresies de Jansenius, qui se retrouvent dans le Traité de Mr. Gilbert: mais qu'est-il necessaire de s'arrester à ces tesmoignages, pour convainquans qu'ils puissent estre; quand Mr. Gilbert veut bien se faire luy-même cette justice, & tomber en quelque façon d'accord de cette verité? C'est dans un cayer que j'ay icy entre les mains, & qu'il sera peut-estre à propos de donner au public. Ce cayer a pour titre

JACOBI GILBERT &c.

Explicationes & Retractationes quarundam propositionum, in Tractatu suo de gratiâ occurrentium, quæ aut explicandæ, aut retractandæ visæ sunt.

Il a esté signé par Mr. Gilbert, en presence du Directeur du Seminaire d'Arras, qui luy avoit esté envoyé à cet effet le 27. de Juillet de l'an 1687. à Lille dans l'Hospital de Saint Joseph: Voicy comme il s'énonce dans l'article 25. de sa retractation.

Displicet mihi me dixisse, Molinæ sectatores in assertione gratiæ merè sufficientis, non effugere Pelagii errorem de gratiâ merè possibilitatis, & si alicubi, hìc maximè fateor me videri potuisse Jansenii spiritu abreptum.

REPRENONS, Monsieur, s'il vous plaist: le Traité de la grace de Mr. Gilbert, au sentiment

timent de Monseigneur d'Arras, des Docteurs de Paris, & de l'aveu même de son autheur, est un Traité Janseniste, & ensuite scandaleux, faux, & heretique : Le formulaire aux sept articles qu'a signé la cabale, est un precis, & un abbregé de ce Traité, comme Mr. Gilbert, Mr. Malpaix &c. en conviennent cy-dessus, & la chose se demonstre d'elle-même; donc ce formulaire aux sept articles au sentiment de Monseigneur d'Arras, & des Docteurs de Paris, doit estre censé Janseniste, & ensuite scandaleux, faux, & heretique.

Voila, ce me semble; l'un de ces raisonnemens, contre lesquels la lumiere naturelle ne peut pas tenir. A quoy donc pensoit Monsieur Gilbert, après avoir fait une retractation de ses erreurs si Chrestienne, & si edifiante, de la gâter entierement, en approuvant une these, qu'il sçait, & qu'il confesse en estre l'abbregé, & par consequent en contenir tout le poison?

On dira peut-estre, pour justifier les autres approbateurs, qu'ils n'ont pas fait la reflexion que nous faisons icy, qu'ils ont souscrit ce formulaire à la volée, & qu'il y a plus d'imprudence, & d'indiscretion dans cette approbation, que de malice. Je souhaiterois pouvoir juger aussi favorablement d'eux : mais le puis-je? quand je vois que Mr. Gilbert en advertit expressément Mr. De Ligny en ces termes: *La these, & le jugement juste que vous en portez, me consolent beaucoup: j'y vois tout ensemble l'ab-bregé,*

ment de Monseigneur d'Arras, des Docteurs de Paris, & de l'aveu même de son Auteur, est un Traité Janseniste, & ensuite scandaleux, faux, & heretique: Le Formulaire aux sept articles qu'a signé la Cabale est un précis, & un abregé de ce Traité, comme Mr. Gilbert, Mr. Malpaix, &c. en conviennent ci-dessus, & la chose se démontre d'elle-même. Donc ce Formulaire aux sept articles, au sentiment de Monseigneur d'Arras, des Docteurs de Paris, & de son propre Auteur, doit être censé Janseniste, & ensuite scandaleux, faux, & heretique.

Voilà, ce me semble, l'un de ses raisonnemens contre lesquels la lumiere naturelle ne peut pas tenir. A quoy donc pensoit M. Gilbert, après avoir fait une Retractation de ses erreurs si Chrétienne, & si édifiante, de la gâter entierement, en approuvant une These qu'il sçait & qu'il confesse en être l'abbregé, & par consequent en contenir tout le poison?

On dira peut-être, pour justifier les autres Approbateurs, qu'ils n'ont pas fait la reflexion que nous faisons icy, qu'ils ont souscrit ce Formulaire à la volée; & qu'il y a plus d'imprudence & d'indiscretion dans cette approbation, que de malice. Je souhaiterois pouvoir juger aussi favorablement d'eux: mais le puis-je, quand je vois que M. Gilbert en avertit expressément Mr. de Ligny en ces termes: *La These, & le jugement juste que vous en portez, me consolent beaucoup: j'y vois tout ensemble l'abregé &*

& l'approbation de mon Traité de la Grace.

Quand Mr. de Ligny avouë à son ami, que la signature de cette These luy attireroit une disgrace pareille à celle de Mr. Gilbert, si on sçavoit qu'il l'eust signée; n'est-ce pas à cause qu'il est convaincu, que ce sont les mêmes dogmes qui y sont contenus? Ecoutez, je vous prie, Monsieur, les paroles de sa lettre: *Si vous n'étiez l'homme du monde & de l'Eglise de Dieu le plus experimenté dans les affaires, nous serions en risque de recevoir une Lettre de cachet, en récompense de nos jugemens, touchant les Theses en question·.·.·.· ce seroit sans doute un tres-grand mal pour l'Eglise de Dieu, si M. de Laleu, & M. Rivette venoient à être envoyez en exil.*

M. le Regent Rivette voit bien aussi qu'il a signé un Ecrit à perdre les gens, & il en témoigne son inquietude à son amy, en ces termes: *Nous abandonnons l'usage de nôtre Ecrit à vôtre prudence; nous ne doutons pas que vous ne l'ayez aussi grande qu'elle est necessaire dans cette affaire: car enfin si on en avoit connoissance, les Jesuites ne manqueroient pas de faire tous leurs efforts pour nous perdre.*

M. le Licencié Wille a bien remarqué que cette Approbation étoit un pas glissant, & qui pourroit luy coûter cher: on n'a pas ces apprehensions quand on se conforme aux sentimens communs, & reçûs de la veritable Eglise. *J'ay eu beaucoup de peine, dit-il, d'y mettre mon Approbation, si peu considerable qu'elle soit: mais comme vous*

bregé, & l'approbation de mon Traité de la grace.

Quand Mr. De Ligny avouë à son amy, que la signature de cette thése luy attireroit une disgrace pareille à celle de Monsieur Gilbert, si elle estoit connuë; n'est-ce pas à cause qu'il est convaincu, que ce sont les mêmes dogmes, qui y sont contenus? écoutez, je vous prie, Monsieur, les paroles de sa lettre: *si vous n'estiez l'homme du monde &, de l'Eglise de Dieu le plus experimenté dans les affaires, nous serions en risque, de recevoir une lettre de cachet, en recompense de nos jugemens, touchant les theses en question ...·:·.· ce seroit sans doute un tres-grand mal pour l'Eglise de Dieu, si Mr. De Laleu, & Mr. Rivette venoient à estre envoyez en exil.*

Mr. le Regent Rivette void bien aussi qu'il a signé un escrit, à perdre les gens, & il en tesmoigne son inquietude à son amy en ces mots: *Nous abandonnons l'usage de nostre escrit à vostre prudence; nous ne doutons pas, que vous ne l'ayez aussi grande, qu'elle est necessaire dans cette affaire: car enfin si on en avoit connoissance, les Jesuites ne manqueroient pas de faire tous leurs efforts, pour nous perdre.*

Mr. le Licentié Wille a bien remarqué que cette approbation estoit un pas glissant; & qui pourroit luy coûter cher: on n'a pas ces apprehensions, quand on se conforme aux sentimens communs, & reçeus de la veritable Eglise. *J'ay eu beaucoup de peine, dit-il, d'y mettre mon approbation, si peu considerable qu'elle*

le foit ; *mais comme vous m'avez af-*
feuré, que cela ne me peut faire aucun
mal, je me fie à voftre parole. Cela
veut dire, que ce Licentié ne veut pas
encore eftre le Martyr du parti, & que
les motifs d'attrition font encore impreffion fur fon efprit.

Mr. De Laleu a quelque chofe de
plus détaché : auffi fent-il extremement le facrifice. *Quand à la piece,*
que nous vous envoyons, je la laiffe à
voftre prudence, felon que vous jugerez
qu'exige la gloire de Dieu : Non facio
animam meam pretiofiorem me.

Ces precautions que l'on prend,
cette grande prudence que l'on exige en des circonftances, où il ne s'a-
git que de doctrine, tout cela ne fait-
il pas voir, que l'on s'apperçoit, que
l'on s'engage dans un fafcheux pas, &
que l'on donne dans des fentimens
fufpects ? mais l'expreffion de Mr. le
Chanoine Malpaix a quelque chofe
de plus decifif, & qui fouffre moins
de contredit : *ce qui rebute beaucoup*
de perfonnes, dit-il, de ne pas approu-
ver la thefe, c'est qu'ils craignent les
Jefuites plus que Dieu : ils voyent bien
que c'est la même doctrine, que celle de
M. Gilbert, & ils craignent le même
fort. Cét homme eft naïf, & il n'aime pas le détour ; il eft fafché contre
la lafcheté du fiecle, où pour
l'apprehenfion que l'on a des Jefuites,
on fait façon d'approuver une thefe,
dont la doctrine eft la même que celle de M. Gilbert, peur de fubir le même
fort. Il eft donc vray encor un coup,
que ce n'eft pas une inconfideration,
ny une efchapée, que ce concert de
toute la cabale, à approuver cette
nou-

vous m'avez affuré que cela ne me peut
faire aucun mal, je me fie à vôtre pa-
role. Cela veut dire que ce Licentié
ne veut pas être fi-tôt le Martyr du
parti, & que les motifs d'attrition
font encore impreffion fur fon efprit.

Mr. de Laleu a quelque chofe de
plus détaché : auffi fent-il extrémement le facrifice. *Quant à la piece*
que nous vous envoyons, je la laiffe à
vôtre prudence, felon que vous jugerez
qu'exige la gloire de Dieu. NON *facio*
animam meam pretiofiorem me.

Ces precautions que l'on prend,
cette grande prudence que l'on exige
en des circonftances, où il ne s'agit
que de doctrine ; tout cela ne fait-il
pas voir que l'on s'apperçoit qu'on
s'engage dans un fâcheux pas, &
qu'on donne dans des fentimens fufpects ? Mais l'expreffion de M. le
Chanoine Malpaix a quelque chofe
de plus décifif, & qui fouffre moins
de contredit. *Ce qui rebute beaucoup*
de perfonnes, dit-il, de ne pas approu-
ver la Thefe, c'est qu'ils craignent les
Jefuites plus que Dieu : ils voyent bien
que c'est là même doctrine que celle de
M. Gilbert, & ils craignent le même
fort. Cét homme eft naïf, & n'aime pas
le détour : il eft mal content de la lâcheté du fiecle, où, pour la crainte
qu'on a des Jefuites, on fait façon
d'approuver une Thefe dont la doctrine eft la même que celle de M. Gilbert. † Il eft donc vray encore un
coup, que ce n'eft pas une inconfideration ni une échapée, que ce concert de toute la Cabale, à approuver
cétte nouvelle profeffion de Foy ;
E   mais

mais un deffein formé dans une connoiffance † parfaite que c'étoit la
doctrine de Mr. Gilbert, condamnée
par deux Papes, par l'Evêque du lieu,
& par les Docteurs de Paris. L'on
peut voir par là de quel efprit font
animez ces Factieux, & s'ils font
éloignez des erreurs que nous appellons Janfenifme, aufquelles ils foufcrivent fans ménagement & fans referve.

Si je ne craignois de faire icy une digreffion à contre-temps, je ferois volontiers remarquer par occafion l'impertinence du libelle, qui a pour titre
fe Phantôme du Janfenifme. Outre
cent raifons, & l'experience même
de tous les jours, qui eft capable de
convaincre tous ceux qui ne font pas
infatuez de ce ridicule Paradoxe; ne
faut-il pas fe crever les yeux à plaifir,
pour ne pas voir dans toute cette intrigue de Doüay, qu'il y a des erreurs
qui ont quelque chofe de plus qu'imaginaire? A ce compte, il faudroit que
Monfeigneur d'Arras ne fçût ce qu'il
dit, quand il condamne une doctrine comme fauffe, temeraire, & déja condamnée comme heretique par
les Conftitutions d'Innocent X. &
d'Alexandre VII. C'eft ce qu'on appelle en un feul mot, *Janfenifme.* Il
faudroit que les Docteurs de Paris
fuffent des ignorans & des étourdis,
de trouver dans des Ecrits une erreur
qui ne feroit en effet qu'une chimere, &
qu'un piege fpecieux pour perdre de
faints Ecclefiaftiques. Il faudroit
que le Roy fût injufte, de punir,
de

nouvelle profeffion de Foy, mais
un guet à pan, & un deffein formé
dans une connoiffance parfaite, que
c'eftoit la doctrine de Mr. Gilbert,
condamnée par deux Papes, par l'E-
vêque du lieu, & par les Docteurs de
Paris. L'on peut voir par là, de quel
efprit font animez ces factieux, &
s'ils font efloignez des erreurs, que
nous appellons Janfenifme, aufquelles ils foufcrivent, fi j'ofe ainfi parler,
à corps perdu.

Si ce n'eftoit pas icy une digreffion à
contretemps, je ferois volontiers
remarquer par occafion l'impertinence de ce petit mefchant libelle, qui a
pour titre *Le Phantofme du Janfenifme.* Outre cent raifons, & l'experience même de tous les jours, qui
eft capable de convaincre tous ceux
qui ne font pas infatuez de ce ridicule
Paradoxe; ne faut-il pas fe crever les
yeux à plaifir, pour ne pas voir dans
toute cette intrigue de Douay, qu'il
y a des erreurs, qui font quelque chofe de plus qu'imaginaire? Il faudroit à
ce conte, que Monfeigneur d'Arras
ne fçeuft ce qu'il dit, quand il condamne une doctrine comme fauffe,
temeraire, & déja condamnée comme heretique par les Conftitutions
d'Innocent X. & d'Alexandre VII.
C'eft ce qu'on appelle en un feul mot,
Janfenifme. Il faudroit que les Docteurs de Paris fuffent des ignorans, &
des eftourdis de trouver dans des
efcrits des erreurs, qui ne font en effet
que des chimeres, & un piege fpecieux, pour perdre de faints Ecclefiaftiques. Il faudroit que le Roy
fuft

fust injuste, de punir, de releguer, & de depoüiller de leurs charges de bons Prestres, pour des heresies, qui ne subsistent que dans l'imagination. Il faudroit, que les Evêques de France, & les Papes fussent bien de bon loisir, pour luiter si long-temps contre des ombres: † & bien apprehensifs, pour s'alarmer d'un Phantosme. Il faudroit enfin que M. Gilbert fust inconnu à cette Université, & que ses creatures n'eussent jamais vû Douay, pour défier si hardiment le monde à montrer un Janseniste. Il y a tant d'absurditez, & en même temps, si peu de vray-semblance dans cette reverie, qu'elle porte avec soy sa refutation; & il faut estre furieusement déterminé à faire paradoxe de tout; &, s'il m'est permis de m'exprimer ainsi, il n'appartient qu'à un phantosme de raison de soutenir que le Jansenisme est un Phantosme.

Que cela soit dit en passant, je reviens à nostre formulaire, & vous ayant montré en general, comme il est rempli d'une doctrine monstrueuse, puis qu'il est l'abbregé du Traité de la grace de Mr. Gilbert, faisons quelques petites reflexions plus en détail; mais sensibles, & où l'on puisse entrer sans aucun effort d'esprit.

Je laisse en arriere les propositions dures, & effroyables, qui se presentent presque à chaque article, & ausquelles nous pourrons attacher nos reflexions en d'autres temps, pour m'arrester uniquement à present à faire voir une fois à toute la terre, qu'il n'y a pas de supercherie pareille à celle de ces

No-

de reléguer, & de dépoüiller de leurs charges de bons Prêtres, pour des heresies qui ne subsisteroient que dans l'imagination. Il faudroit que les Evêques de France & les Papes eussent bien du loisir pour combattre si long-temps † des ombres, & qu'ils fussent bien apprehensifs pour s'allarmer d'un Phantôme. Il faudroit enfin que Monsieur Gilbert ne fût pas connu à Doüay, ni ses Partisans dans les Pays-bas, pour défier si hardiment le monde de montrer un Janseniste. Il y a tant d'absurditez, & en même temps si peu de vray-semblance dans cette reverie, qu'elle porte avec soy sa refutation: & il faut être furieusement déterminé à faire paradoxe de tout; &, s'il m'est permis de m'exprimer ainsi, il n'appartient qu'à un phantôme de raison, de soûtenir que le Jansenisme est un Phantôme d'heresie.

Que cela soit dit en passant, je reviens à nôtre Formulaire: & vous ayant montré en general comme il est rempli d'une doctrine monstrueuse, puisqu'il est l'abregé du Traité de la Grace de M. Gilbert; faisons quelques petites reflexions plus en détail, mais sensibles, & où l'on puisse entrer sans aucun effort d'esprit.

Je laisse pour une autre occasion les propositions dures & effroyables qui se presentent presque à chaque article, & je m'arrête presentement à faire voir une fois à toute la terre, qu'il n'y a pas de supercherie pareille à celle de ces Novateurs, qui font mine d'avoir fait ligue avec les Thomistes.

Cette ruse leur a servi plus d'une fois : ils ont trompé en mille rencontres avec ce masque. Ils affectent de certaines expressions des Thomistes, ils empruntent leurs mots & leurs distinctions : † c'est-là le dernier retranchement où ils ont crû se mettre à couvert des Constitutions de deux Papes. Mais attendez un peu qu'ils ayent un temps favorable, vous les verrez bien-tôt insulter aux Thomistes, comme fait Montalte dans sa seconde Provinciale, à l'occasion de la Grace suffisante des Thomistes. Cét esprit badin s'en raille, comme d'une expression peu juste & même ridicule ; & il ne peut consentir qu'on s'en serve, à moins qu'on ne publie à son de trompe, que la *Grace suffisante au sens des Thomistes* est une *Grace suffisante non suffisante*, puisque pour agir il faut que la prédetermination vienne au secours. Ce mauvais plaisant dans les affaires de Religion, ne sçavoit pas apparemment qu'un jour viendroit que cette Grace suffisante, au sens des Thomistes, serviroit à cacher le mystere d'iniquité, & à sauver les débris d'un parti foudroyé par les anathêmes de l'Eglise. En effet pendant qu'on publie avec la derniere insolence que les Commandemens de Dieu sont impossibles, pendant qu'on enseigne que la liberté d'indifference est une invention de la Philosophie, pendant qu'on soûtient que la Grace suffisante n'est propre que de l'état d'innocence, pendant qu'on n'est rien moins que Thomiste, & qu'au nom prés tout plaît dans le Jansenisme ; on se flatte d'être fort orthodoxe,

Novateurs, qui font mine d'avoir fait ligue avec les Thomistes. Cette ruse leur a servi plus d'une fois, ils ont trompé en cent occasions avec ce masque, ils affectent de certaines expressions des Thomistes, ils empruntent leurs mots, & leurs distinctions ; mais dans le fonds ils sont diametralement opposez à leurs principes : c'est là leur dernier retranchement, où ils ont crû trouver une espece d'abry contre les Constitutions de deux Papes ; mais attendez un peu, qu'ils ayent un tems commode, vous les verrez bien-tost insulter aux Thomistes, comme fait Montalte dans sa seconde Provinciale, à l'occasion de la grace suffisante des Thomistes. Cet esprit railleur en badine à outrance, comme d'une expression peu juste, & même ridicule, & il ne peut consentir, qu'on s'en serve, à moins qu'on ne publie à son de trompe, que la *grace suffisante au sens des Thomistes* est une *grace suffisante non suffisante*, puisque pour agir, il faut que la predetermination vienne au secours. Ce meschant bouffon dans les affaires de Religion ne sçavoit pas apparemment, qu'un jour viendroit, que cette grace suffisante au sens des Thomistes, serviroit à cacher leurs mysteres d'iniquité, & à sauver les debris d'un parti foudroyé par les anathemes. † En effet pendant qu'on publie avec la derniere insolence que les Commandemens de Dieu sont impossibles, pendant qu'on enseigne que la liberté d'indifference est une invention de la Philosophie, pendant que l'on soutient que la grace suffisante n'est propre qu'à l'estat d'innocence,

nocence, pendant que l'on n'est rien/ moins que Thomiste, & qu'au nom prés, tout plaist dans le Jansenisme, l'on se flatte d'estre fort Orthodoxe en faisant mine d'admettre la grace suffisante au sens des Thomistes : c'est une piece à tout usage, & dont on fait bouclier contre tout. Ce n'est donc qu'un piege pour les personnes qui ne sçavent pas les détours, & les faux-fuyans de ces esprits entortillez, qui ne trouvent leur salut que dans l'embarras. Aujourd'huy, Monsieur, depoüillons, s'il vous plaist, ces faux Thomistes, dégradons-les d'une qualité, dont ils ne se revétent que pour tromper & pour semer impunément leurs erreurs. C'est ce que je vous feray voir, ce me semble: avec la derniere evidence.

Si l'on avoit voulu dresser une minute d'abjuration du Thomistisme, on n'en pouvoit gueres imaginer qui mesnageast moins ce parti, que le formulaire au 7. articles, approuvé par la faction: ramassez, s'il vous plaist, tout ce qui peut y avoir de plus offensant à l'esgard de cette Escole, & vous verrez qu'on ne l'y a pas oublié.

1. Dans l'article troisiéme *la grace suffisante au sens des Thomistes emporte* (pour me servir des termes de College) *une particule alienante; gratia sufficiens sensu Thomistico includit particulam alienantem.* Ce qui vaut autant en bonne Dialectique que de dire, que la grace suffisante au sens des Thomistes n'est pas suffisante; & c'est donner tout de grand dans la pensée burlesque du secretaire de Port-Royal.

xe, en faisant mine d'admettre la Grace suffisante au sens des Thomistes. C'est une piece à tout usage, & dont on fait bouclier contre tout : ou plûtôt, ce n'est qu'une defaite & un faux-fuyant. Aujourd'huy, Monsieur, demasquons, s'il vous plaît, ces faux Thomistes; dégradons-les d'une qualité dont ils ne se revétent que pour tromper, & pour semer impunément leurs erreurs. C'est ce que je vous feray voir, ce me semble, avec la derniere évidence.

Si l'on avoit voulu dresser une minute d'abjuration du Thomisme, on n'en pouvoit gueres imaginer qui ménageât moins ce parti, que le Formulaire aux sept Articles, approuvé par la faction. Ramassez, je vous prie, tout ce qu'il peut y avoir de plus offençant à l'égard de cette Ecole, & vous verrez qu'on ne l'y a pas oublié.

1. Dans l'article troisiéme *la Grace suffisante au sens des Thomistes emporte* (pour me servir des termes de College) *une particule alienante:* GRATIA *sufficiens sensu Thomistico includit* particulam ALIENANTEM. Ce qui vaut autant en bonne Dialectique que de dire, que la Grace suffisante au sens des Thomistes n'est pas suffisante: & c'est donner justement dans la pensée burlesque du Secretaire de Port-Royal.

2. *La Grace suffisante au sens des Thomistes est tres-propre à cacher les mysteres de la Grace de* JESUS-CHRIST, *au temps de nuages & de* brouïllards : NEBULOSO *tempore occulendis gratiæ Evangelicæ mysteriis est peridonea.* Cela veut dire que la Theologie de ces Messieurs est une pure Comedie, & qu'ils ne tiennent rien moins que ce qu'ils font mine de tenir. On porte fort haut la Grace suffisante au sens des Thomistes : ce n'est pas qu'on la juge veritable, mais c'est qu'on veut être toûjours en droit de dire, quand on le trouvera bon, que cette Grace n'est pas veritablement suffisante, *particulam includit alienantem* : & ensuite quand d'heureuses conjonctures rameneront les beaux jours de la liberté de conscience, aprés laquelle ils aspirent il y a si long-temps, ils ne se donneront plus la peine de faire ce circuit ; mais ils diront tout court, *que la Grace suffisante, soit pour le nom, soit pour la chose, est tout-à-fait inconnuë à la bonne & à la sainte Antiquité* : CUM vox ipsa, *& res voce expressa purioribus Ecclesiæ sæculis ignota fuerit.* Donnez-vous la peine, Monsieur, d'observer le manége de M. Gilbert, & de ses Partisans ; & vous verrez que toute leur conduite n'est qu'une mascarade : que l'habit de Thomiste n'est qu'un habit d'emprunt ; & cét emprunt (comme parle l'un de ces Novateurs) étant fait de bonne foy, on ne manquera pas de s'en dépouiller, & de le restituer aux Thomistes du moment qu'il y aura la moindre ouverture.

3. *Le sens composé & divisé, l'in-*
         diffe-

2. *La grace suffisante au sens des Thomistes est tres-propre à cacher les mysteres de la grace de* JESUS-CHRIST *au temps de nuage & de* broüillas : *Nebuloso tempore occulendis gratiæ Evangelicæ mysteriis est peridonea* : cela veut dire que la Theologie de ces Messieurs est une pure Comedie, & qu'ils ne tiennent rien moins, que ce qu'ils font mine de tenir. On porte fort haut la grace suffisante au sens des Thomistes, ce n'est pas qu'on la juge veritable, mais c'est que l'on est toûjours en droit de dire, quand on † trouvera bon, que cette grace n'est pas veritablement suffisante : *particulam includit alienantem* : & ensuite quand des heureuses conjonctures rameneront les beaux jours de la liberté de conscience, aprés laquelle ils aspirent passé si long-temps, ils ne se donneront plus la peine de faire ce circuit ; mais ils diront tout court, que *la grace suffisante, soit pour le nom, soit pour la chose, est tout à fait inconnuë à la bonne & à la sainte Antiquité* : *Cum vox ipsa, & res voce expressa purioribus Ecclesiæ sæculis ignota fuerit.* Donnez-vous la peine, Mr., d'observer le manege de Mr. Gilbert, & de ses partisans : & vous verrez, que toute leur conduite n'est qu'une mascarade, que l'habit des Thomistes n'est qu'un habit d'emprunt ; & cet emprunt (comme parle l'un de ces Novateurs) estant fait de bonne foy, on ne manquera pas de s'en dépouiller, & de le restituer aux Thomistes, du moment qu'il y aura la moindre ouverture.

3. *Le sens composé & divisé, l'in-*
         diffe-

difference du jugement, &c. pour me servir des termes de l'Ecole, sont des explications mal propres à donner une notion veritable de la liberté : ce ne sont que des deffaites, que l'esprit de nouveauté a imaginées mal à propos pour eluder les meschants raisonnemens des demi-Pelagiens, qui donnoient une fausse peur: *Cave ad sensum divisum, & compositum confugias ; aut ad indifferentiam judicii; vana enim sunt illa neotericorum effugia, declinandis Semi-pelagianorum terriculamentis malè adinventa.* Se peut-il rien dire, ou penser de plus capitalement opposé aux principes de l'Ecole de saint Thomas ? Si l'on veut bannir ces termes, & ces explications de leur Theologie, il faut condamner la meilleure partie de leurs œuvres à estre déchirez, & à estre releguez de toutes les bonnes Bibliotheques.

Si un Jesuite parloit de la maniere, encore aurois-je peine à luy pardonner, parce que quoy qu'il puisse se passer de ces termes conformement à ses principes, que les Papes ont permis d'enseigner, & qu'ils ont deffendu à quiconque de censurer; cependant je n'aimerois pas qu'il s'exprimast d'un air si peu respectueux: *Vana enim sunt illa neotericorum effugia.* Mais que des personnes, qui par tout se font honneur d'estre Thomistes, qui ne pensent pas faire à leurs adversaires de plus sanglants reproches, que de leur dire qu'ils ne sont pas du costé de S. Thomas, qui dans leurs escrits publiques, & dans les disputes solemnelles n'ont point de termes plus à la main, que *sensus compositus & divisus*, & qui font

difference du jugement, &c. pour me servir des termes de l'Ecole, sont des explications mal propres à donner une notion veritable de la liberté : ce ne sont que des défaites que l'esprit de nouveauté a imaginées mal à propos, pour éluder les méchans raisonnemens des demi-Pelagiens, qui donnoient une fausse peur. *Cave ad sensum divisum, & compositum confugias, aut ad indifferentiam judicii ; vana enim sunt illa Neotericorum effugia, declinandis Semipelagianorum terriculamentis malè adinventa.* Se peut-il rien dire ou penser de plus capitalement opposé aux principes de l'Ecole de Saint Thomas ? Si l'on veut bannir ces termes & ces-explications de leur Theologie, il faut condamner la meilleure partie de leurs Ouvrages à être déchirez, & à être releguez de toutes les bonnes Bibliotheques.

Si un Jesuite parloit de la maniere, encore aurois-je peine à luy pardonner, parce que quoy-qu'il puisse se passer de ces distinctions dans ses principes que les Papes ont permis d'enseigner, & qu'ils ont défendu à quiconque de censurer; cependant je n'aimerois pas qu'il s'exprimât d'un air si peu respectueux: *Vana enim sunt illa Neotericorum effugia.* Mais que des personnes qui par tout se font honneur d'être Thomistes, qui ne croyent pas faire à leurs adversaires un reproche plus sanglant que †leur dire qu'ils n'ont pas de leur côté Saint Thomas ; qui dans leurs Ecrits publics & dans les disputes solemnelles n'ont point de termes plus à la main, que *sensus compositus & divisus*; qui enfin ne dé-

dient jamais leurs Theses avec des titres plus auguftes & plus magnifiques
qu'à Saint Thomas; qui ne font prefque des harangues que de Saint Thomas; qui loüent éternellement la doctrine pure, faine, & irreprochable de
Saint Thomas: Que des perfonnes,
dis-je, faites comme cela, fignent
& approuvent un Formulaire où l'on
ruine avec le dernier mépris les termes, les principes, & les raifonnemens de l'Ecole de Saint Thomas;
qu'eft-ce autre chofe que d'impofer
à toute la terre; & de la Theologie,
qui eft la plus ferieufe & la plus fainte
de toutes les fciences, en faire un jeu
de theatre?

4. Il y a bien plus: *La liberté d'in-*
difference, le pouvoir de faire, & de
ne pas faire, n'eft plus qu'une chimere
depuis la chûte d'Adam. SATIUS
igitur nobis videtur . . . libertatem
. . . . in expedita ad utrumlibet po-
tentia confiftentem, prorfus rejicere.
Je fçay que les Thomiftes font trop
orthodoxes pour entrer en focieté
avec des gens qui dogmatifent d'une
maniere fi outrée, & qui ne renver-
fent pas feulement les principes de la
Foy, mais même cette fecrette experience que nous avons de nôtre indifference à agir, malgré tout ce que
l'on peut dire au contraire. Du
moins il eft temps, Monfieur,

d'ou-

font de cette diftinction comme un rocher,
où tous les argumens des adverfaires fe bri-
fent; ou comme des colomnes d'Hercule,
qui empefchent, qu'on n'aille plus outré,
& qu'on ne puiffe esbranler leurs principes,
non plus ultra; qui enfin ne dedient
jamais leurs thefes avec des titres plus
Auguftes & plus magnifiques, qu'à
S. Thomas, qui ne font prefque des
harangües, que de Saint Thomas,
qui font eternels fur les loüanges de la doctrine pure, integre, & irreprochable
de S. Thomas: que des perfonnes,
dis-je, faites comme cela, fignent,
& approuvent un formulaire, où
l'on ruine avec le dernier mefpris
fans deffus deffous les termes, les Principes, & les raifonnemens de l'Efcole de S. Thomas, qu'eft-ce autre chofe, que d'impofer à toute la terre, &
de la Theologie, qui eft la plus ferieufe, & la plus fainte de toutes
les fciences; en faire un jeu de theatre?

4. Il y a bien plus; *la liberté d'in-*
difference, le pouvoir de faire, & de
ne pas faire, n'eft plus qu'une chime-
re depuis la chûte d'Adam: fatius igi-
tur nobis videtur . . . libertatem . . .
in expedit à ad utrumlibet potentià con-
fiftentem, prorfus rejicere. Je fçay
que les Thomiftes font trop Orthodoxes, pour entrer en focieté avec
des gens, qui dogmatifent d'une
maniere fi outrée, & qui ne renver-
fent pas feulement les principes de la
Foy, mais même cette fecrete & intime
experience, que nous avons de noftre indifference à agir; malgré tout
ce que l'on peut dire au contraire.
Mais du moins, il eft temps, Mon-

fieur,

fieur, de déciller les yeux, & de n'eftre pas davantage les dupes de ces impofteurs, qui fous l'apparence de Thomifte fe croyent à l'abry de tout reproche, lors qu'ils debitent les plus grandes fauffetez.

5. Voicy, ce femble, le comble & l'achevement de l'erreur, & de l'abfurdité; on avoüe que *la neceffité de nature, & d'immutabilité ruine la liberté ; mais que toute autre neceffité n'eft en rien contraire au libre arbitre : neceffitatem quidem naturæ & immutabilitatis in hoc viatoris ftatu abhorremus, aliam verò quamlibet neceffitatem nihil eft quòd reformidemus . . . .* Si c'eftoit icy moins une lettre, qu'une difpute, je me fens une grande demangeaifon de battre en ruine cette horrible impieté: Janfenius, Bajus, & tous ces grands ennemis de la liberté, ont-ils jamais rien dit de plus? † Il y a du moins cet avantage dans ces fortes d'extravagance, qu'elles tombent d'elles mêmes, & qu'on n'a qu'à les entendre, pour en concevoir de l'horreur; fi l'on n'a pas deja l'efprit gâté par une malheureufe preoccupation.

On a dit cent fois, que ces Meffieurs eftoient de francs charlatans, & de grands fourbes, & l'on avoit raifon; en voulez-vous une preuve, & un exemple d'efclat? il ne faut pas fortir de la matiere prefente, & l'on verra, comme les Thomiftes font joués, & payent tous les frais de la Comedie.

Mr. Gilbert ayant fait cent fois le brave, & l'intrepide en chaire, & ayant protefté, qu'il eftoit preft de refpandre fon fang, pour foutenir la doctri-

d'ouvrir les yeux, & de n'être pas davantage la duppe de ces impofteurs qui fous l'apparence de Thomiftes fe font paffer pour Catholiques, lorfqu'ils debitent les plus grandes fauffetez.

5. Voicy, ce femble, le comble † de l'erreur & de l'abfurdité. On avoüe que *la neceffité de nature & d'immutabilité ruine la liberté; mais que toute autre neceffité n'eft en rien contraire au libre arbitre.* NECESSITATEM *quidem naturæ & immutabilitatis in hoc viatoris ftatu abhorremus, aliam verò quamlibet neceffitatem nihil eft quod reformidemus.* † Janfenius, Bajus, & tous ces grands ennemis de la liberté ont-ils jamais rien dit de plus fort & de plus impie? Il y a du moins cét avantage dans ces fortes d'extravagances, qu'elles tombent d'elles-mêmes, & qu'on n'a qu'à les entendre pour en concevoir de l'horreur, fi l'onn'a pas déja l'efprit gâté par une malheureufe préoccupation.

On a dit cent fois que ces Meffieurs étoient de francs charlatans & de grands fourbes, & l'on avoit raifon. En voulez-vous une preuve & un exemple d'éclat? Il ne faut pas fortir de la matiere prefente, & l'on verra comme les Thomiftes font joüez, & payent tous les frais de la Comedie.

Monfieur Gilbert qui avoit fait cent fois le brave & l'intrepide en chaire, & qui avoit protefté qu'il étoit prêt de repandre fon fang pour foûtenir la doctri-

F

doctrine de son Traité de la Grace, qui étoit la même, disoit-il, que celle de l'Evangile & des Peres ; ayant appris que la Cour faisoit examiner ce Traité, & qu'en Sorbonne on ne le trouvoit pas si propre à faire des Martyrs que des Apostats de la Religion ; le bon homme commença à mollir, il parla d'un ton plus radouci, il s'accommoda des temperamens ordinaires. Il avoit nié plusieurs fois dans ses Ecrits, & avec aigreur, la Grace suffisante : il avoit fait un paragraphe particulier pour la Grace suffisante au sens des Thomistes, & il avoit répondu absolument qu'il ne luy sembloit pas qu'on dût admettre la Grace suffisante des Thomistes. Voilà qui est net & decisif. Mais il s'apperçut en ce temps-là que cette sincerité luy coûteroit cher : Il n'eut point d'autres ressources que de se sauver aux retranchemens ordinaires, quoy-qu'il semblât s'en être fermé toutes les avenuës par cette conclusion si positive. Il fit donc une These pour développer, disoit-il, ses propositions les plus embarrassées, & qui pourroient avoir un méchant sens ; & dans cette These, qui a paru vers le mois de May de l'an 1687. il déclare au nombre 49. *que quand il a nié la Grace suffisante au sens des Thomistes, il n'en a voulu combattre que le nom, & non pas la chose qui est exprimée par le nom.* D u m *videmur à Gratia sufficiente in sensu Thomistarum recentiorum recedere, nullo modo recedimus à re per illam in sensu Thomistico importatam.* Voulez-vous une explication plus formelle que celle-là ? Il est vray que je n'en sçaurois pas

sou-

doctrine de son Traité de la grace, qui estoit la même, disoit-il, que celle de l'Evangile, & des Peres, ayant appris que la Cour faisoit examiner ce Traité, & qu'on ne le trouvoit pas apparemment à Paris si propre à faire des Martyrs, que des Apostats de la Religion ; le bon homme commença à mollir, il parla d'un ton plus radouci, il s'accommoda des temperamens ordinaires : il avoit nié plusieurs fois dans ses escrits avec aigreur la grace suffisante, il avoit fait un paragraphe particulier, pour la grace suffisante au sens des Thomistes, & il avoit respondu de la maniere. R. *& Dico admittendam nobis non videri gratiam sufficientem Thomistarum :* Voila qui est net, & decisif : mais il s'apperçeut en ce temps, † que cette sincerité luy couteroit cher, il n'eut point d'autres ressources, que de se sauver aux retranchemens ordinaires, quoy qu'il semblast s'en estre fermé toutes les avenuës par cette conclusion si positive : il fit donc une these, pour developper, disoit-il, ses propositions les plus embarrassées, & qui pourroient avoir un meschant sens ; & dans cette these, qui a paru vers le mois de May de l'an 1687. il declare au nombre 49. *que quand il a nié la grace suffisante au sens des Thomistes, il n'en a voulu combattre que le nom, & non pas la chose qui est exprimée par le nom* ; *Dum videmur à gratià sufficiente in sensu Thomistarum recentiorum recedere, nullo modo recedimus à re per illam in sensu Thomistico importatam.* Voulez-vous une explication plus formelle que celle-là ? Il est

vray

vray que je n'en sçaurois pas souhaiter de plus formelle, mais bien de plus sincere, & de plus ingenuë; il a beau nous ajouter dans l'article 31. de la retractation, qu'il a faite entre les mains du Directeur du Seminaire d'Arras le 27. Juillet 1687. *Gratiam sensu Thomistico sufficientem, quæ det posse etiam propinquissimum, libenter admittimus* † puis que tout cela n'est qu'une grimace & que déguisement : car depuis peu sur la fin de l'an 1690, il declare, il signe, & il avouë avec emphase, que la grace suffisante au sens des Thomistes *est inconnuë à la sainte Antiquité, & quant au nom, & quant à la chose signifiée par le nom, & qu'ensuite il ne s'en faut pas servir dans la bonne Theologie : Interim cum vox ipsa, & res voce expressa purioribus Ecclesiæ sæculis ignota fuerit, illam ex sanâ Theologiâ relegandam judicamus.* J'avouë qu'il faut un admirable secret, & une fine dialectique, pour montrer que ces propositions n'ont rien de contradictoire : voila la premiere, *Nullo modo recedimus à re per gratiam sensu Thomistico importatam*; & voila la seconde, *Cum vox ipsa, & res voce expressa purioribus Ecclesiæ sæculis ignota fuerit, illam ex sanâ Theologiâ relegandam judicamus.*

Si ces Messieurs faisoient profession de restriction mentale, on se feroit un effort, pour trouver par quel heureux ressort ils peuvent tellement concilier ces propositions, qu'elles ne se heurtent pas, & sans que l'une ou l'autre choque la verité. Mais on sçait

souhaitter de plus formelle; mais bien de plus sincere & de plus ingenuë. Il a beau ajoûter dans l'article 31. de la retractation qu'il a faite entre les mains du Directeur du Seminaire d'Arras le 27. Juillet 1687. *Gratiam sensu Thomistico sufficientem, quæ det posse etiam propinquissimum, libenter admittimus :* Nous admettons volontiers la Grace suffisante au sens des Thomistes, laquelle donne un pouvoir même tres-prochain. † Tout cela n'est qu'une grimace † car depuis peu sur la fin de l'an 1690. il avoüe, il signe, & il déclare avec emphase, que la Grace suffisante au sens des Thomistes *est inconnuë à la sainte Antiquité, & quant au nom & quant à la chose signifiée par le nom, & qu'ensuite il ne s'en faut pas servir dans la bonne Theologie :* INTERIM *cùm vox ipsa, & res voce expressa purioribus Ecclesiæ sæculis ignota fuerit, illam ex sana Theologia relegandam judicamus.* J'avouë qu'il faut un admirable secret & une fine dialectique, pour montrer que ces propositions n'ont rien de contradictoire. Voilà la premiere : *Nullo modo recedimus à re per Gratiam sensu Thomistico importatam*; & voilà la seconde : *Cùm vox ipsa & res voce expressa, purioribus Ecclesiæ sæculis ignota fuerit, illam ex sana Theologia relegandam judicamus.*

Si ces Messieurs faisoient profession de restriction mentale, on feroit un effort pour trouver par quel heureux secret ils peuvent tellement concilier ces propositions, qu'elles ne se heurtent pas, & sans que l'une ou l'autre choque la verité. Mais on sçait fçait trop combien ils font profession d'être éloignez de cette morale relâchée. Il y a bien des gens qui croyent que ce n'est pas par raison de conscience, mais de commodité. Il leur en coûteroit trop de faire ce détour : c'est un embarras aprés tout, de dire la chose à demi-mot, & de laisser le reste dans l'esprit : il faut de la reflexion & de l'étude pour cela. Le mensonge a quelque chose de plus court : il n'y a pas tant à biaiser. Et puis on en tire une double satisfaction : l'une de passer pour homme de réforme, en persecutant toutes les restrictions ; & l'autre de ne se faire violence en rien, de dire le pour & le contre, comme l'occasion se presente, & comme les interêts le demandent, en mentant sans aucun scrupule.

Pour desavantageuse que puisse sembler cette pensée à leur égard, elle paroîtra tres-bien soutenuë, si l'on fait reflexion à ces paroles de leur Formulaire : *Que la doctrine des Thomistes touchant la Grace suffisante est fort propre à cacher les mysteres de la Grace Evangelique, dans un temps de nuages & de brouïllars ; Et nebuloso tempore* † *occulendis Gratiæ Evangelicæ mysteriis est peridonea.* Ces Messieurs qu'un long usage a rendu si habiles dans l'art de dissimuler, & qui même dans leurs artifices ont ce raffinement que de les couvrir d'un air de candeur & de sincerité : ces Messieurs, dis-je, se sont enfin lassez de joüer un faux personnage, & ils nous font la grace de s'énoncer une fois d'une maniere à convaincre toute la terre, que leur conduite n'est que déguisement & que men-

fçait trop, combien ils font mine d'être éloignez de cette morale relasché ; il y a bien des gens qui croyent, que ce n'est pas par raison de conscience, mais de commodité : il leur en coûteroit trop de faire ce détour, c'est un embarras aprés tout, de dire la chose à demi-mot, & de laisser le reste de reserve dans l'esprit, il faut de la reflexion, & de l'étude pour cela ; le mensonge a quelque chose de plus aisé ; il ne faut pas tant de biais ; & puis on en tire une double satisfaction, l'une de passer pour homme de reforme, en persecutant toutes les restrictions, & l'autre de ne se faire violence en rien, de dire le pour & le contre, comme l'occasion se presente, & comme les interests le demandent, en mentant sans aucun scrupule.

Pour desavantageuse que puisse sembler cette pensée à leur esgard, elle parêtra tres-bien soutenuë, si l'on fait reflexion à ces paroles de leur formulaire ; † *Et nebuloso tempore* (*gratia sufficiens sensu Thomistico*) *occulendis gratiæ Evangelicæ mysteriis est peridonea.* Ces Messieurs, qu'un long usage a rendus si habiles dans l'art de dissimuler, & qui même dans leurs artifices ont ce raffinement, que de les couvrir d'un air de candeur, & de sincerité, ces Messieurs, dis-je, se sont enfin lassé de joüer un faux personnage, & ils nous font la grace de s'enoncer une fois d'une maniere à convaincre toute la terre, que leur conduite, n'est que déguisement, & que mensonge. Car de bonne foi, Mr., que veut dire cette expression ? *& nebuloso tempo-*
re

re &c. sinon que cette grace suffisante des Thomistes est d'une mechanique admirable ; & que selon les beaux, & les mauvais jours du parti, elle change de figure, pour couvrir les mysteres de la cabale. C'est beaucoup dire que cela : mais ne seroit-ce pas encore parler plus rondement, que d'avoüer sans façon, que l'on accommode le mensonge à l'exigence des temps ?

Mais à quoy m'amusay-je, Mr., quand je tasche de persuader evidemment, que ces Messieurs ne sont Thomistes que de parade, ou plustost qu'ils ne se trouvent parmy les Thomistes, que comme des passe-volans ? puis qu'eux-mêmes se font une gloire de le publier ; *Est-ce donc*, dit Mr. Deligny, *qu'il n'est pas presentement vray, que la grace suffisante des Molinistes est une erreur, & celle des Thomistes une sotise ?* Peut-on rien ajouter à un aveu de cette nature ? s'il y a de l'aigreur contre les Thomistes, il y a du moins de la sincerité ; & l'on peut dire avec verité, que le mespris qu'ils font de la doctrine des Thomistes, lorsqu'ils parlent à cœur ouvert, est pour le moins aussi ingenu, que les loüanges, qu'ils luy donnent en public avec tant d'affectations, sont étudiées, & dissimulées. Si la bouche parle de l'abondance du cœur, c'est particulierement quand on se communique en secret, & qu'on s'entretient sans aucune reserve, & c'est justement des lettres familieres, où ces Messieurs ne se mesnagent pas,

&

mensonge. Car de bonne foy, Monsieur, que veut dire cette expression *nebuloso tempore &c.* sinon que cette Grace suffisante des Thomistes est d'une mécanique admirable, & que selon les beaux ou les mauvais jours du parti, elle change de figure pour couvrir les mysteres de la cabale ? C'est beaucoup dire que cela ; mais ne seroit-ce pas encore parler plus rondement, que d'avoüer sans façon qu'on accommode le mensonge à l'exigence des temps ?

Mais à quoy m'amusay-je, Monsieur, quand je tâche de persuader que ces Messieurs ne sont Thomistes que de parade, ou plûtôt qu'ils ne se trouvent parmi les Thomistes que comme des passe-volans ; puis qu'eux-mêmes se font une gloire de le publier ? *Est-ce donc, dit M. de Ligny, qu'il n'est pas presentement vray que la Grace suffisante des Molinistes est une erreur, & celle des Thomistes une sottise ?* Peut-on rien ajoûter à un aveu de cette nature ? S'il y a là de l'aigreur contre les Thomistes, il y a du moins de la franchise ; & l'on peut dire avec verité que le mépris qu'ils font de la doctrine des Thomistes, lorsqu'ils parlent à cœur ouvert, est pour le moins aussi ingenu que les loüanges qu'ils luy donnent en public avec tant d'affectation, sont étudiées & contrefaites. Si la bouche parle de l'abondance du cœur, c'est particulierement quand on se communique en secret, & qu'on s'entretient sans aucune reserve : & c'est justement des Lettres familieres, où ces Messieurs

ne

ne se ménagent pas, & où ils font des railleries continuelles du Thomisme, que l'on peut inferer combien dans le fonds ils font alienez de cette Ecole. *Quant à la Grace suffisante*, dit M. de Ligny, *je vous diray ouvertement ma pensée.* C'est beaucoup pour ces Messieurs, que de parler ouvertement : écoutons donc, voicy sans doute une confidence & une effusion de cœur. † *Je suis persuadé qu'une personne sçavante en a porté un jugement tres-juste & tres-équitable, quand il a dit que la Grace suffisante des Molinistes est une erreur (moy je la crois une heresie) & que la Grace suffisante des Thomistes est une sottise.*

Admirez, je vous prie, Monsieur, la force de ce M o y. *Une personne sçavante*, dit-il, *juge que la Grace suffisante des Molinistes est une erreur : mais moy*, qui suis quelque chose de plus qu'*une personne sçavante*; moy qui suis au dessus des Decrets des Papes, qui défendent expressément de censurer cette Grace suffisante; *moy* enfin qui par les principes de nôtre morale parle en public de la doctrine des Thomistes, comme d'une doctrine celeste, † & qui en particulier la traite de sottise, d'impertinence & d'extravagance, sans le secours d'aucune équivoque ou restriction mentale. Voilà ce † *moy* qui croit que la Grace suffisante des Molinistes est une heresie.

Que pensez-vous, Monsieur, du Licentié Rivette, qui est Regent d'un Collège que l'on veut être tout dévoüé au Thomisme? Voyez, je vous

& où ils font des railleries continuelles du Thomistisme, que l'on peut inferer, combien ils font alienez dans le fonds de cette escole. *Quant à la grace suffisante*, escrit Mr. Deligny, *je vous diray ouvertement ma pensée.* (c'est beaucoup pour ces Messieurs, que de parler ouvertement ; écoutons donc, voicy sans doute une confidence, & une effusion de cœur) *Je suis persuadé qu'une personne sçavante en a porté un jugement tres-juste, & tres-equitable, quand il a dit que la grace suffisante des Molinistes est une erreur (moy je la crois une heresie) & que la grace suffisante des Thomistes est une sotise.*

Admirez, je vous prie, Mr., la force de ce *moy*; *une personne sçavante*, dit-il, *juge que la grace suffisante des Molinistes est une erreur*; *mais moy*, qui suis quelque chose de plus qu'*une personne sçavante*, *moy* qui suis au dessus des Decrets des Papes, qui defendent expressément de censurer cette grace suffisante, *moy* enfin qui par le secret d'une morale inconcevable parle en public de la doctrine des Thomistes, comme d'une doctrine celeste, & dans les termes de loüange les plus exaggeraratifs, & qui en particulier la traite de sotise, d'impertinence, & d'extravagance, sans le secours d'aucun equivoque, ou de restriction mentale, voila cet illustre *moy*, qui croit que la grace suffisante des Molinistes est une heresie.

Que pensez-vous, Mr., du Licentié Rivette, qui est Regent d'un College, que l'on veut estre tout devoüé au Thomistisme? voyez, je je vous prie, si les confidences, qu'il fait à son amy, sont capables de luy attirer les bons grez des Thomistes. *La grace suffisante, dit-il, est devenuë icy comme necessaire: si elle ne suffit pas pour l'action, pour laquelle on l'appelle suffisante, elle suffit quasi pour nous garantir des pieges de nos adversaires; au reste je m'en sers le moins que je puis, & toujours avec soin d'y ajouter la particule alienante. sensu Thomistico.* N'en voila pas *quasi* assez pour faire voir que Mr. Rivette est *quasi* Comedien, en fait de Theologie, & que si la Cour en est informée, il y a bien de l'apparence qu'il recevra *quasi* les lettres d'attache sur la Bulle, qu'il sollicite avec tant d'empressement, pour mettre son frere en possession de son Canonicat d'Aire? Mais que s'ensuit-il du Galimathias de ce Regent? sinon que du moment, que ces Messieurs n'apprehendront plus les pieges de leurs ennemis, ils banniront de leur Theologie l'usage de cette grace suffisante, qui n'est pas suffisante; puisque le *sensu Thomistico* est, à ce qu'il asseure, une particule alienante, & qu'on ne fait mine à present de l'admettre, que pour se sauver des pieges de l'ennemy.

Mais ce qui fait perdre patience aux gens, c'est que ce sont là ces Docteurs, qui par tout nous preschent, qu'il faut se tenir à la verité, que jamais il ne faut la rougir, que Dieu estant verité, *Ego sum veritas*, on ne peut aller à luy que prennant le parti de la verité: point de probabilité, pour grande qu'elle puisse estre, point de cette horrible corruption de la morale: cela pourroit parêtre fort edifiant;

mais

vous prie, si les confidences qu'il fait à son amy sont capables de luy attirer les bonnes graces des Thomistes. *La Grace suffisante, dit-il, est devenuë icy comme necessaire. Si elle ne suffit pas pour l'action pour laquelle on l'appelle suffisante; elle suffit QUASI pour nous garantir des pieges de nos adversaires. Au reste, je m'en sers le moins que je puis, & toujours avec soin d'y ajoûter la particule alienante sensu Thomistico.* N'en est-ce pas assez pour faire voir que M. Rivette est un vray Comedien en fait de Theologie? † Mais que s'ensuit-il du galimatias de ce Regent, sinon que du moment que ces Messieurs ne craindront plus rien, † ils banniront de leur Theologie l'usage de cette Grace suffisante, *qui n'est pas suffisante:* puisque le *sensu Thomistico* est, à ce qu'il assure, une particule *alienante*, & qu'on ne fait mine à present de l'admettre que pour se sauver des pieges de l'ennemi.

Mais ce qui fait perdre patience, † c'est que ce sont là ces Docteurs, qui par tout nous preschent qu'il faut se tenir à la verité, qu'il ne faut jamais en rougir, que Dieu étant verité, *Ego sum veritas*, on ne peut aller à luy qu'en prenant le parti de la verité. Point de probabilité, pour grande qu'elle puisse estre; c'est une horrible corruption de la morale. Ce langage seroit édifiant s'il étoit sincere; mais

par

par malheur ceux qui le tiennent nous fcandalifent par des exemples oppofez à leurs principes, dans une matiere auffi importante & auffi capitale que l'eft celle de la Grace.

Ne pourroit-on pas dire que ces Meffieurs font profeffion de deux fortes de doctrine, comme les valets de la Femme forte font revétus de deux habits, *domeftici ejus veftiti funt duplicibus?* Il y a un habit de cérémonie, qui eft un habit d'affemblée, pour prefider, pour haranguer, &c. mais dont on fe dépouïlle d'abord que l'on eft dans le domeftique. Il y a de même une doctrine de parade, une doctrine de Thefe & de College; & c'eft celle des Thomiftes. On ne garde point de mefures quand il s'agit de la loüer en public : mais eft-on chez foy? fe trouve-t-on avec un confident? écrit-on à un amy? †Auffi-toft on fe dépouïlle de cette doctrine comme d'une robbe incommode : cette doctrine fi folide & fi raifonnable n'eft plus qu'une fottife & une extravagance. Jufte Dieu! faut-il que nous foyons ainfi joüez, & que les plus importantes matieres de nôtre Religion foient traittées comme † des problêmes arbitraires?

C'eft un jeu, Monfieur, il n'eft pas même jufques à M. de Ligny tout enfoncé qu'il eft dans fes études, qui ne forte de fon ferieux, & qui ne veuïlle s'en divertir. A la verité il ne luy fied gueres de badiner; mais il ne rencontre pas mal quelquefois, quand c'eft aux dépens des Thomiftes. *Nous efperons · · · · · · ·, dit-il, que le Sauveur*

mais c'eft dommage, qu'ils nous fcandalifent ainfi par des exemples fi peu conformes à leurs principes, dans une matiere auffi importante, & auffi capitale, que l'eft celle de la grace.

Ne pourroit-on pas dire, que ces Meffieurs font profeffion de deux fortes de doctrine, comme les valets de la Femme forte font revétus de deux habits, *domeftici ejus veftiti funt duplicibus?* Il y a un habit de ceremonie, qui eft un habit d'affemblée, pour prefider, pour haranguer &c. mais dont on fe dépouïlle d'abord que l'on eft dans le domeftique. Il y a de même une doctrine de parade, une doctrine de thefe, & de College, & c'eft celle des Thomiftes; il n'y a pas d'eloge qui puiffe eftre exceffif, quand il s'agit de la loüer en public; mais eft-on à part foy? fe trouve-t-on avec un confident? efcrit-on à un amy, où il ne fert rien de diffimuler? auffi-toft l'on fe dépouïlle de cette doctrine, comme d'une robbe incommode, cette doctrine † n'eft plus qu'une fotife, & une extravagance. Jufte Dieu! faut-il que nous foyons ainfi joüez, & que les plus importantes matieres de noftre Religion foient balotées, comme fi c'eftoient des problemes arbitraires!

C'eft un jeu, Mr., il n'eft pas même jufques à Mr. Deligny tout enfoncé qu'il eft dans fes études, qui ne forte de fon ferieux, & † ne veuïlle s'en divertir : il eft vray qu'il ne luy fied gueres de dire le bon mot; mais il ne rencontre par fois pas mal, quand c'eft aux defpens des Thomiftes : *nous efperons · · · · · · dit-il, que le* le Sauveur ne manquera pas de vous donner des forces suffisantes, point sensu Thomistico, sed Augustiniano; admirez le beau jeu de mots, & la force de l'antithese: il est sans doute fort content de luy-même, d'avoir trouvé cette pointe, pour dauber les Thomistes. Si la raillerie est fade, elle sert du moins à nous découvrir ses veritables sentimens, aussi bien que la roulade, qui suit immediatement, nous fait voir sa moderation, & le respect filial qu'il a pour les Bulles des Papes, * qui defendent de parler avec des termes mesprisans, de la doctrine examinée dans la Congregation de auxiliis, qui est celle de Molina: nous esperons, dit-il, que le Sauveur ne manquera pas de vous donner des forces suffisantes, point sensu Thomistico, sed Augustiniano, pour achever la ruine entiere de ce Colosse d'iniquité, que les Molinistes ont bâti avec tant de calomnies, & d'impostures, depuis que le fameux Molina a commencé à debiter ses impietez touchant la grace de JESUS-CHRIST. Comment peut-on justifier un déchaînement si peu Chrétien? si ce n'est qu'après un amas d'absurditez, on nous debite encor celle-cy, qui n'est pas peut-estre plus incroyable que les autres, que ce Professeur de pure charité a dispensé de la violer impunément, pour mieux soutenir la sainteté de sa morale, & de ses dogmes.

Ce n'est pas seulement à la grace suffisante des Thomistes que l'on en veut, la Predetermination est aussi en but; qui le pourroit croire? Cette predetermination, qui est le sujet de toutes les contestations de cette Uni-

*CLEM. VIII. apud Jo. Putean. in 1. 2. q. III. dub. 4. Pet. L. desm. in Præfat. de auxiliis. Andr. Duval. Tom. I. in 1. 2. de Grat. q. 4. PAUL. V. apud Spondan. an. 1606. INNOC. XI. mart. an. 1679.

veur ne manquera pas de vous donner des forces suffisantes, point sensu Thomistico, sed Augustiniano. Admirez le beau jeu de mots, & la force de l'Antithese. † Si la raillerie est fade, elle sert du moins à nous découvrir ses veritables sentimens, comme le reste de la periode nous fait voir sa moderation & son respect pour les Bulles des Papes *, qui défendent de parler avec des termes méprisans de la doctrine examinée dans la Congregation de auxiliis. † Nous esperons, dit-il, que le Sauveur ne manquera pas de vous donner des forces suffisantes point sensu Thomistico, sed Augustiniano, pour achever la ruine entiere de ce Colosse d'iniquité, que les Molinistes ont bâti avec tant de calomnies & d'impostures, depuis que le fameux Molina a commencé à debiter ses impietez touchant la Grace de JESUS-CHRIST. Comment peut-on justifier un déchaînement si peu Chrétien? Si ce n'est qu'après un amas d'absurditez on nous debite encore celle-cy, qui n'est pas peut-estre plus incroyable que les autres, que ce Professeur de la pure charité a dispensé pour la violer impunément, afin de mieux soutenir la sainteté de leur morale & la verité de leurs dogmes.

Ce n'est pas seulement à la Grace suffisante des Thomistes que l'on en veut: la Prédetermination est aussi en butte; qui le pourroit croire? Cette Prédetermination, qui est le sujet de toutes les contestations de

G   vôtre

vôtre Université; cette Prédetermination, qui est à present comme le sceau & le caractere du Thomisme; cette Prédetermination pour laquelle on voit tous les jours ces Messieurs s'escrimer avec tant de chaleur, *quasi pro aris & focis;* cette Prédetermination enfin qui, comme parle M. Rivette, *fait l'animosité des Colleges,* n'est selon M. de Ligny, *qu'un sentiment purement philosophique,* au lieu que le sentiment de la Grace efficace est une verité capitale de nôtre Religion. Ne trouvez-vous pas de l'onction, Monsieur, dans cette façon de parler? Donnez-luy, s'il vous plaist, toute l'estime qu'elle merite: elle est pure, elle est sainte, † elle est tirée mot pour mot de Jansenius. Mais après tout M. de Ligny raisonne, on voit bien qu'il est Philosophe; il falloit bien aussi qu'après avoir congedié le *sensus divisus,* le *compositus* & *l'indifferentia judicii* des Thomistes, il abandonnast ensuite le système de la Prédetermination, lequel roule tout sur ces termes.

M. Rivette a du chagrin que cette doctrine est si fort en reputation: il luy fait pourtant la grace de la tolerer dans son College, pour deux raisons qui sont fort singulieres, & qui font grand honneur aux Thomistes. La premiere, *parce,* dit-il, *que je ne vois pas de moyen à present de la bannir.* Cette raison est forte; on s'en sert aujourd'huy à Rome pour tolerer les méchans lieux: & elle est encore d'usage dans quelques païs Catholiques, pour y tolerer les Protestans. La seconde est, *parce que nos*
Pro-

Université, cette predetermination, qui est à present comme le sceau & le caractere du Thomistisme, cette predetermination, pour laquelle on voit tous les jours ces Messieurs s'escrimer avec tant de chaleur, *quasi pro aris & focis,* cette predetermination enfin; qui, comme parle Mr. Rivette, *fait l'animosité des Colléges,* n'est au sentiment de Mr. Deligny *qu'un sentiment purement philosophique,* au lieu que le sentiment de la grace efficace est une verité capitale de nostre Religion. Ne trouvez-vous pas de l'onction, Mr., dans cette expression? donnez luy † toute l'estime qu'elle merite, elle est pure, elle est sainte, elle coule de source, elle est tirée mot pour mot de Jansenius: Mais après tout M. Deligny raisonne, on voit bien qu'il est Philosophe; il falloit bien, qu'ayant congedié le *sensus divisus, compositus,* & *l'indifferentia judicii* des Thomistes, il abandonnast par une suite naturelle la machine de la predetermination, qui ne peut se tenir debout que sur ce piedestal.

Mr. Rivette a du chagrin, que cette sentence est si fort en reputation, il luy fait pourtant la grace de la tolerer dans son College pour deux raisons, qui sont fort singulieres, & qui font grand honneur aux Thomistes: la première, *parce que,* dit-il, *je ne vois pas de moyen à present de la bannir;* cette raison est forte, on s'en sert à present à Rome pour tolerer les meschants lieux: & elle est encor d'usage dans quelques païs Catholiques, pour y tolerer les Protestans: la seconde est, *parce que nos*
Pro-

Professeurs, dit-il, *soutenant la predetermination donnent une aversion salutaire du Molinisme*: cela veut dire, que la haine pour le Molinisme est si violente, & si déraisonnable, que pour le destruire, il n'y a rien que l'on ne mist volontiers en usage, jusques aux Principes même, que l'on regarde comme des faussetez, & des mensonges: car il faut sçavoir, que Mr. Rivette regarde la predetermination sur le pied d'une fausseté. C'est ainsi que l'on voit souvent prendre plaisir aux calomnies evidentes, dont un impertinent de gazetier protestant farcit ses relations, dans la pensée que pour fausses, & horribles que soient ces calomnies, elles produisent du moins un bon effet, en fletrissant la reputation de certaines gens, que nous souhaiterions de voir diffamées & aneanties par les voyes même les plus obliques, & les plus éloignées de la verité.

Mais nous verrons plus amplement cy-bas comme la predetermination leur est en horreur. Nos Dogmatistes n'en demeurent pas-là; comme les erreurs n'ont pas moins souvent leur enchaisnement, que les veritez, il faut bien qu'ils se laissent aller, où les engagent leurs meschants principes; ils rejettent la predetermination, il est donc de necessité, que la liberté que les Thomistes admettent par rapport à leur predetermination, leur déplaise infiniment: * *Abyssus abyssum invocat.* Mr. Deligny ne s'en effraye pas, *je vous proteste*, dit-il, *que je suis tres-éloigné de l'opinion, ou si vous voulez, de l'erreur, qui sou-*

* Pf. 41.
v. 8.

Professeurs, dit-il, *soutenant la Prédetermination, donnent une aversion salutaire du Molinisme.* Cela veut dire que la haine pour le Molinisme est si violente & si aveugle, que pour le détruire il n'y a rien que l'on ne mist volontiers en usage, jusques aux principes même que l'on regarde comme des faussetez & des mensonges. Car il faut sçavoir que M. Rivette regarde la Prédetermination sur le pied d'une fausseté. C'est ainsi que l'on voit souvent prendre plaisir aux calomnies evidentes, dont un impertinent de Gazetier Protestant farcit ses relations, dans la pensée que pour fausses & horribles que soient ces calomnies, elles produisent du moins un bon effet, en fletrissant la reputation de certaines gens, que nous souhaitterions de voir diffamez & aneantis par les voyes même les plus obliques & les plus éloignées de la verité.

Mais nous verrons plus amplement comme la Prédetermination est en horreur à nos Dogmatistes. Ils n'en demeurent pas-là: comme les erreurs n'ont pas moins † leur enchaînement que les veritez, il faut bien qu'ils se laissent aller où les engagent leurs méchans principes. Ils rejettent la Prédetermination des Thomistes: il est donc de necessité que la liberté que ces Theologiens admettent par rapport à leur Prédetermination, leur déplaise infiniment: *Abyssus abyssum invocat.* M. de Ligny ne s'en effraye pas. *Je vous proteste*, dit-il, *que je suis tres-éloigné de l'opinion, ou si vous voulez, de l'erreur qui soûtient la liber-*

Psal. 41.
v. 8.

té

té d'indifference. · . · . . . . *Cette nouveauté est de Molina*, & *la seule lâcheté des
Thomistes a souffert* & *reçu cette fauf-
seté.*

Cette protestation se feroit plus
sûrement à Genéve qu'à Doüay ; &
j'assûre le Licentié courant, que s'il
continuë à protester de la sorte, il aura
droit d'entrer dans la communion
des Protestans de Hollande, sans faire une nouvelle profession de Foy sur
cette matiere. Est-il possible que
dans une Academie si Catholique il
s'enfante de si monstrueux dogmes ?
Mais tout cela se verifiera plus au long
cy-aprés.

Il y a encore une reflexion importante à faire sur la conduite peu sincere
† qu'ils ont tenuë à l'égard de Monseigneur d'Arras, dans des circonstances où la sincerité doit être le plus
d'usage. Ce fut lorsque ce Prelat
leur fit rendre compte de leur doctrine & de leur croyance. Pour se tirer
d'affaire, ils eurent recours à leur artifice accoûtumé : ils prirent le masque
de Thomiste, ils signerent tout ce
qu'on voulut leur faire signer, entendant le tout au sens des Thomistes, à ce qu'ils disoient : & ensuite ils
passerent pour orthodoxes dans l'esprit de cét Evêque, qui s'est crû obligé de prendre ces précautions, à cause de l'étroite liaison qu'ils avoient
avec M. Gilbert. Voilà comme il
en parle dans sa Censure du 13.
d'Aoust 1687. *Ceux même que la licence indiscrette, que le monde ne se
donne que trop de juger, avoit voulu
rendre suspects d'avoir quelque attachement à cette doctrine* (de M. Gilbert)

nous

soutient la liberté d'indifference. . . . .
cette nouveauté est de Molina, & la
seule lascheté des Thomistes a souffert &
receu cette fausseté.

Cette protestation se feroit plus
seurement à Geneve qu'à Douay, &
j'asseure le Licentié courant, que s'il
continuë à protester de la maniere, il
aura droit d'entrer dans la communion des Protestans de Hollande, sans
faire une nouvelle profession de Foy
sur cette matiere. Est-il possible que
dans une Academie si Catholique, il
s'y enfante de si monstrueux dogmes ?
Mais tout cela se verifiera plus au long
cy-aprés.

Il y a encor une grosse reflexion à
faire sur la conduite peu sincere,
& fourbe, qu'ils ont tenuë, à l'égard
de Monseigneur d'Arras, dans des
circonstances, où la sincerité doit
estre le plus d'usage. Ce fut lors que
ce Prelat leur fit rendre conte de leur
doctrine, & de leur croyance : pour
se tirer d'affaires, ils eurent recours
à leur artifice ordinaire, ils prirent le
masque de Thomiste, ils signerent
tout ce qu'on voulu leur faire signer,
entendant le tout au sens des Thomistes † & ensuite ils passerent pour
Orthodoxes dans l'esprit de cet Evesque, qui s'est cru obligé de prendre
ces precautions, à cause de l'estroite
liaison qu'ils avoient avec Mr. Gilbert : Voila comme il en parle dans sa
Censure du 13. Aoust 1687. *Ceux
même que la licence indiscrete, que le
monde ne se donne que trop de juger,
avoit voulu rendre suspects d'avoir
quelque attachement à cette Doctrine
(de Mr. Gilbert) nous ont donné des*

tes-

tefmoignages fi certains, fi clairs, & fi authentiques de la fincerité de la leur, que nous ne croyons pas qu'on puiffe douter, qu'ils ne foient fur la matiere de la grace dans une doctrine tres-orthodoxe.

Or je fuis informé par une lettre de Mr. Deligny, que ces Meffieurs, qui ont contenté Monfeigneur d'Arras fur leur doctrine, font Mr. De Laleu, & Mr. Rivette, & qu'ils ne l'ont contenté qu'en s'enonçant à la maniere des Thomiftes, quoy qu'il foit tres-conftant par ce que j'ay avancé, & par ce qui fuivra, qu'ils font dans l'ame fort éloignez de cette doctrine. C'eft ainfi que s'explique Mr. Deligny, pour excufer Mr. De Laleu & Mr. Rivette à fon amy, de ce qu'ils fembloient n'avoir pas approuvé avec affez d'éloge la doctrine du formulaire aux fept articles; *On auroit parlé avec plus de force, dit-il, mais les raifons fuivantes en ont empefché Mr. Laleu & Mr. Rivette: la premiere eft, que Mr. De Laleu, & Mr. Rivette ne pouvoient s'expliquer d'une autre façon plus forte, fans donner occafion aux ennemis de la grace de* JESUS-CHRIST, *de les accufer de contradiction, pour ne rien dire de plus calomnieux; parce que peu de temps aprés, que Mr. Gilbert fut contraint de fe retirer de Douay par les effets de la rage des Jefuites, ils ont foufcrit à un certain efcrit, où la grace efficace & fuffifante eftoit expliquée à la façon des Tho-miftes.* 2. *Mr. De Laleu & Mr. Rivette en enfeignant, & en s'expliquant dans les efcoles publiques, ils fe fervent ordinairement des façons de parler des*

Tho-

nous ont donné des témoignages fi certains, fi clairs, & fi authentiques de la fincerité de la leur, que nous ne croyons pas qu'on puiffe douter qu'ils ne foient fur la matiere de la Grace dans une doctrine tres-orthodoxe.

Or je fuis informé par une Lettre de M. de Ligny, que ces Meffieurs, qui ont contenté Monfeigneur d'Arras fur leur doctrine, font M. de La-leu & M. Rivette, & qu'ils ne l'ont contenté qu'en s'enonçant à la maniere des Thomiftes; quoyqu'il foit tres-conftant par ce que j'ay avancé, & par ce qui fuivra, qu'ils font dans l'ame fort éloignez de cette doctrine. Voicy comme s'explique M. de Ligny pour excufer M. de Laleu & M. Rivette à fon amy, de ce qu'ils fembloient n'avoir pas approuvé avec affez d'éloges la doctrine du Formulaire aux fept articles. *On auroit parlé avec plus de force, dit-il, mais les raifons fuivantes en ont empefché M. de Laleu & M. Rivette. La premiere eft que M. de Laleu & M. Rivette ne pouvoient s'expliquer d'une autre façon plus forte, fans donner occafion aux ennemis de la Grace de* JESUS-CHRIST *de les accufer de contradiction, pour ne rien dire de plus calomnieux; parce que peu de temps aprés que M. Gilbert fut contraint de fe retirer de Douay par les effets de la rage des Jefuites, ils ont foufcrit à un certain Ecrit, où la Grace efficace & fuffifante étoit expliquée à la façon des Thomiftes.* 2. *M. de La-leu & M. Rivette en enfeignant, & en s'expliquant dans les Ecoles publiques, ils fe fervent ordinairement des façons de parler des Thomiftes touchant la*

Grace.

Grace : & ainſi la malignité des Moliniſtes n'auroit pas manqué de les faire
paſſer pour des gens qui ont pondus &
pondus.

Il n'y a pas de feintiſe ni de diſſimulation dans cette Lettre : plût à
Dieu qu'il n'y en eût pas davantage
dans la ſouſcription que M. de Laleu
& M. Rivette ont faite de l'Ecrit de
Monſeigneur d'Arras. Quoy-qu'il
en ſoit, je ſçaurois volontiers ſi une
Grace ſuffiſante, que l'on traite *de*
ſottiſe, *d'extravagance*, *&c.* que
l'on ne veut *être ſuffiſante qu'avec une*
particule alienante; ſi une Grace ſuffiſante, qu'on prend à taſche de tourner en ridicule, peut appaiſer Monſeigneur d'Arras ſur le ſoupçon qu'il
avoit de leur doctrine & de leur
croyance. Eſt-ce ainſi que l'on badine ſur les plus ſaints myſteres de la
Religion, & que l'on pretend être
irreprochable ſur les points de la Foy,
en s'expliquant en des termes frauduleux, équivoques, & qui ont tout
un autre ſens dans l'eſprit de celuy
qui s'en ſert, que de celuy qui l'é-
coute ?

Tout prévenus que ſont ces Meſſieurs
en leur faveur, ils s'apperçoivent bien
que cette conduite n'eſt pas droite. Ils
ne peuvent ſe cacher à eux-mêmes
leur fourberie : mais par malheur,
ſans penſer au terrible compte qu'ils
en doivent rendre à Dieu, ils appre-
hendent uniquement la confuſion
que leur cauſera devant les hommes
le juſte reproche que merite leur le-
gereté, d'opiner en même temps le
pour & le contre, & d'avoir deux
ſortes de meſure & de poids, *pondus*
&

Thomiſtes touchant la grace ; & auſſi
la malignité des Moliniſtes n'auroit pas
manqué de les faire paſſer pour des gens,
qui ont pondus & pondus.

Il n'y a pas de feintiſe, ni de diſſimulation dans cette lettre : pleuſt à
Dieu qu'il n'y en euſt pas davantage dans la ſouſcription que Mr. De
Laleu & Mr. Rivette ont faite à l'eſcrit de Monſeigneur d'Arras. Quoy
qu'il en ſoit, je ſçaurois volontiers,
ſi une grace ſuffiſante, que l'on traite
de ſotiſe, *d'extravagance* &c. que
l'on ne veut *eſtre ſuffiſante qu'avec*
une particule alienante, ſi une grace
ſuffiſante, qu'on prend à taſche de
tourner en ridicule, peut appaiſer
Monſeigneur d'Arras ſur le ſoupçon
qu'il avoit de leur doctrine, & de
leur croyance. Eſt-ce ainſi que l'on
badine ſur les plus ſaints myſteres de
la Religion ? & que l'on pretend d'ê-
tre irreprochable ſur les points de la
Foy, en s'expliquant en des termes
frauduleux, equivoques, & qui ont
tout un autre ſens dans l'eſprit de celuy qui s'en ſert, & de celuy qui l'é-
coute ?

Tout prevenus, qu'ils ſont en leur
faveur, ils s'apperçoivent bien que
cette conduite n'eſt pas droite. Ils
ne peuvent ſe cacher à eux-mêmes
leur fourberie ; mais par malheur ſans
penſer au terrible conte, qu'ils en
devront rendre à Dieu, ils apprehen-
dent uniquement la confuſion, que
leur cauſera devant les hommes le juſte reproche, que merite leur legere-
té, d'opiner en même temps le pour
& le contre, & d'avoir deux ſortes de
meſure, & de poids, *pondus*, & *pon-*
dus,

dus ; en admettant la grace suffisante des Thomistes dans le papier de Monseigneur d'Arras, & en la niant dans le formulaire aux sept articles, & dans les lettres de confidence :

On se contentera de l'aveu sincere qu'ils font de leur contradiction, sans se donner la peine de la faire remarquer davantage, soit à cause qu'une contradiction ne paroit pas un si grand mal dans cette foule de griefs, que l'on a contre eux, soit à cause que la chose est si evidente, qu'elle se fait mieux sentir par elle-même, que par toutes les observations, que nous pourrions y ajouter. La charité pourtant que nous avons pour eux, nous oblige de leur faire souvenir, que cette confusion, qu'ils craignent tant devant les hommes, en passant pour ce qu'ils font, est bien peu de chose en comparaison de celle qu'ils essuyeront au Tribunal d'un Dieu, s'ils ne reviennent de cette miserable & trompeuse duplicité.

Quant à Monseigneur d'Arras, je doute qu'il soit de si bonne composition à leur esgard, qu'il veüille se payer de cette grimace, & d'une momerie de signature. Cet Illustre Prelat ne tombera pas apparemment d'accord, que l'on soit fort Orthodoxe, pour avoir souscrit en secret à son escrit, ni même pour enseigner publiquement la grace suffisante, lorsque l'on dit tout bas, & à l'oreille, que cette grace suffisante est une *sotise & une extravagance*, qu'elle n'est suffisante qu'avec une particule *alienante*, que le *nom de la grace suffisante,*

& pondus, en admettant la Grace suffisante des Thomistes dans le papier de Monseigneur d'Arras, & en la niant dans le Formulaire aux sept articles, & dans leurs Lettres de confidence:

† On se contentera de l'aveu sincere qu'ils font de leur contradiction, sans se donner la peine de la faire remarquer davantage, soit à cause qu'une contradiction ne paroît pas un si grand mal dans cette foule de griefs que l'on a contre eux, soit à cause que la chose est si évidente, qu'elle se fait mieux sentir par elle-même que par toutes les observations que nous pourrions y ajoûter. La charité pourtant † nous oblige de les faire souvenir que cette confusion qu'ils craignent tant devant les hommes, en passant pour ce qu'ils font, est bien peu de chose en comparaison de celle qu'ils essuyeront au Tribunal d'un Dieu, s'ils ne reviennent de cette miserable & trompeuse duplicité.

Quant à Monseigneur d'Arras, je doute qu'il soit de si bonne composition à leur égard, qu'il veüille se payer de cette grimace, & d'une momerie de signature. Cet illustre Prelat ne tombera pas apparemment d'accord que l'on soit fort orthodoxe, pour avoir souscrit en secret à son Ecrit, ni même pour enseigner publiquement la Grace suffisante; lorsque l'on dit tout bas & à l'oreille, que cette Grace suffisante est une *sottise & une extravagance*, qu'elle n'est *suffisante qu'avec une particule alienante,* que le *nom de la Grace suffisan-*

fifante, & la chose marquée par ce nom
ont esté inconnus aux plus purs siecles de
l'Eglise, & qu'ensuite la bonne & saine Theologie ne doit pas s'en accommoder: Enfin lorsque l'on n'attend qu'une
occasion favorable d'éclater contre cette Grace suffisante, & de la mettre
au rang des nouveautez qui alterent
la pureté de l'Evangile.

Il est donc indubitable que ces
Messieurs ne sont pas Thomistes, ou
du moins qu'ils ne le sont que du bout
des levres, & autant qu'il est necessaire pour imposer & pour mieux
joüer leur rôle.   Mais que sont-ils
donc? Seroient-ils bien peut-être
Molinistes? Ce doute paroîtra d'a-
bord un peu ridicule, & je suis assuré
que le plus sensible outrage qu'on
leur puisse faire, c'est de les soupçonner du Molinisme, tant cette doctrine leur est en horreur & en execration.   Cependant ce doute pourroit
bien ne pas être si mal fondé par rapport à leur conduite trompeuse &
équivoque.

Je ne sçay, Monsieur, si cette
pensée vous paroît si extravagante;
voicy du moins de quoy la justifier
un peu.   Il faut convenir que le Dic-
tionnaire de ces Messieurs dit tout à
rebours, & qu'il exprime tout à contre-sens: de sorte que l'oüy au langage du parti vaut autant que le non, &
le non signifie l'oüy, vous le sçavez:
& c'est pour cela que toutes les loüanges & tout l'encens qu'ils donnent à
pleines mains à la doctrine des Thomistes, n'empêchent pas qu'ils ne s'en
raillent de tout leur cœur, & qu'ils
n'en soient tres-éloignez.

Peut-

fante, & la chose marquée par ce nom
ont esté inconnus aux plus purs siecles
de l'Eglise, & qu'ensuite la bonne &
saine Theologie ne doit pas s'en accommoder; lors qu'enfin l'on n'attend
que le temps favorable d'esclater contre cette grace suffisante, & de la mettre au rang des nouveautez, qui alterent la pureté de l'Evangile.

Il est donc indubitable que ces
Messieurs ne sont pas Thomistes, ou
du moins qu'ils ne le sont, que du
bout des levres, & autant qu'il est
necessaire pour imposer, & pour
mieux faire leur rôle. Mais que seroient-
ils donc? seroient-ils bien peut-estre
Molinistes? Ce doute parêtra d'a-
bord un peu ridicule, & je suis asseuré que le plus sensible outrage qu'on
leur puisse faire, c'est de les soupçonner du Molinisme; tant cette doctrine leur est en horreur, & en execration.   Cependant ce doute pourroit bien ne pas estre si mal fondé par
rapport à leur conduite trompeuse,
& equivoque.

Je ne sçay, Mr., si cette pensée
vous paroit si extravagante, voila du
moins de quoy la justifier un peu. Il
faut convenir, que le Dictionaire de
ces Messieurs dit tout à rebours, &
qu'il exprime tout à contre-sens, de
sorte que l'ouy au langage du parti
vaut autant que le non, & le non signifie l'ouy, vous le sçavez; & c'est
pour cela que toutes les loüanges, &
tout l'encens qu'ils donnent à pleine
main à la doctrine des Thomistes,
n'empeschent pas que l'on soit persuadé
qu'ils s'en raillent de tout leur cœur,
& qu'ils en soient tres-éloignez.

Peut-

Peut-estre † par la raison du contraire, que les invectives sanglantes, les picquantes railleries, les injures outrées contre la doctrine des Jesuites ne les empeschent pas d'entrer dans leurs sentimens, & de les embrasser dans le fonds de l'ame; c'est de quoy je ne puis pas absolument responre, parce que je n'ay pas la clef de ce cœur, où il y a tant de replis, & un si grand fonds de dissimulation: mais je sçay bien, que si l'on s'en tient à leurs paroles, il n'est rien de plus opposé qu'eux à cette doctrine; c'est de quoy l'on ne s'avise pas de leur faire un reproche, & beaucoup moins un crime: l'on ne sçait que trop que l'on peut estre tres-Catholique sans donner dans les principes des Jesuites; il est vray que les *Papes ont examiné ces Principes, & qu'ils ont permis de les enseigner, en defendant à qui que ce soit, de les censurer sous peine d'excommunication, mais ils n'ont pas commandé, qu'on les embrassast. Il est donc libre de les suivre ou non, il ne l'est pourtant pas d'en parler avec des termes outrageux, & peu modestes; il ne l'est pas de s'exprimer comme Mr. Deligny en cent endroits: *je serois responsable devant Dieu*, dit-il, *si par mon absence de nostre Université, la Societé establissoit ses dogmes impies avec plus de liberté.* Et ailleurs; *ce n'est pas tout; ces furieux (les Jesuites) feroient parêtre leur rage en toute occasion, si je n'estois plus icy, pour confondre leurs médisances, & leurs calomnies: la bonne cause feroit la proye de ces Peres sans pitié; car il n'y a aucune apparence de pouvoir icy trou-*

Peut-être donc par la raison du contraire, que les invectives sanglantes, les picquantes railleries, les injures outrées contre la doctrine des Jesuites, ne les empêchent pas d'être en effet dans leurs sentimens, & de les embrasser dans le fonds de l'ame. C'est de quoy je ne puis pas absolument répondre, parce que je n'ay pas la clef de ce cœur où il y a tant de replis, & un si grand fonds de dissimulation. † Je sçay seulement que si l'on s'en tient à leurs paroles, il n'est rien de plus opposé qu'eux à cette doctrine. C'est de quoy l'on ne s'avise pas de leur faire un reproche; & beaucoup moins un crime. † On ne sçait que trop que l'on peut être tres-Catholique sans donner dans les principes qui sont particuliers aux Jesuites. Il est vray que les Papes* ont examiné ces principes, & qu'ils ont permis de les enseigner, en défendant à qui que ce soit de les censurer, sous peine d'excommunication: mais ils n'ont pas commandé qu'on les embrassat. Il est donc libre de les suivre ou de les rejetter: il ne l'est pourtant pas d'en parler avec des termes outrageux & peu modestes; il ne l'est pas de s'exprimer comme M. de Ligny en cent endroits. *Je serois responsable devant Dieu*, dit-il, *si par mon absence de nôtre Université, la Societé établissoit ses dogmes impies avec plus de liberté.* Et ailleurs: *Ce n'est pas tout, ces furieux (les Jesuites) feroient paroître leur rage en toute occasion, si je n'étois plus icy pour confondre leurs médisances & leurs calomnies; la bonne cause feroit la proye de ces Peres sans pitié.*

H

pitié. Car il n'y a aucune apparence de pouvoir icy trouver personne qui ait la hardiesse de combattre les dogmes impies de cette superbe & orgueilleuse Societé. Enfin, Monsieur, il n'y auroit plus dans nos Ecoles de jeunes Philosophes, qui avec leur Philosophie puiseroient l'horreur des damnables maximes des Docteurs du mensonge.

Tout interêt à part, Monsieur, dites-moy, je vous conjure, y a-t-il là de la charité? y a-t-il là du Christianisme? ou plûtôt y a-t-il là quelque chose des bienseances morales dont les honnêtes Payens usent les uns envers les autres? Pourroit-on se servir de termes plus envenimez contre les Ministres de Hollande, ou contre les erreurs de l'Alcoran? M. de Ligny n'excelle-t-il pas en ce genre d'écrire grossier & brutal? n'y est-il pas même incomparable & unique en quelque façon? Non, Monsieur, la carriere est trop belle pour qu'il manque de concurrens. Il en a plus d'un qui luy disputent la gloire de ce beau style: & si M. le Chanoine Malpaix ne l'emporte pas sur luy, il peut du moins luy être comparé. *Il ne tient pas, dit-il, à ces malheureux Religieux du Demon* (les Jesuites) *que l'amour du Createur, & la Grace medicinale du Redempteur, ne soient détruits par leurs sentimens anti-Chrétiens, & plus qu'idolâtres* . . . . . Utinam quærant nomen tuum, Domine; sed factus est, ut video, frons eorum, frons meretricis, & erubescere nescierunt. Que vous en semble, Monsieur? Cela ne vaut-il pas bien l'enthousiasme de M. de Ligny? Que ce M. Malpaix parle juste en François & en

Latin!

trouver personne, qui ayt la hardiesse de combattre les dogmes impies de cette superbe, & orgueilleuse Societé. Enfin, Mr., il n'y auroit plus dans nos escoles de jeunes Philosophes, qui avec leur Philosophie puiseroient l'horreur des damnables maximes des Docteurs du mensonge.

Tout interest à part, Mr., dites moy, je vous conjure, y a-t-il là de la charité? y a-t-il du Christianisme? ou plustost y a-t-il de cette bienseance morale que les honnêtes payens se tesmoignent les uns aux autres? Pourroit-on se servir de termes plus envenimez contre les Ministres de Hollande, ou contre les erreurs de l'Alcoran? Ne diriez-vous pas que Mr. Deligny excelle en ce genre d'escrire des grosieretez, & des brutalitez, & qu'il se surmonte luy-même, d'une maniere à ne pouvoir estre surmonté ni égalé de personne? Non, Monsieur, la carriere est trop belle, pour manquer de concurrent, il y en a trop qui auroient de la peine à ne luy pas disputer cette gloire; & si Mr. le Chanoine Malpaix ne l'emporte pas sur luy, il peut du moins luy estre comparé. *Il ne tient pas, dit-il, à ces malheureux Religieux du Demon* (les Jesuites) *que l'amour du Createur, & la grace medicinale du Redempteur, ne soient destruits par leurs sentimens anti-Chrestiens, & plus qu'idolâtres* . . . . Utinam quærant nomen tuum Domine, sed factus est, ut video, frons eorum, frons meretricis, & erubescere nescierunt. Que vous en semble, Mr.? ne voila pas qui vaut au moins l'enthousiasme de Mr. Deligny? ne

voila

voila pas qui eſt expreſſif? que ce Mr. Malpaix dit juſte en François, & en Latin! Je ſuis aſſeuré que cela vous parêtra ſi fort, que pour perſuadé que vous ſoyez, que ces Meſſieurs ſont tres-habiles dans l'art de fourber, vous ne pourrez † vous imaginer, que leur ſupercherie aille juſques à ce point, que de tenir dans l'ame une doctrine qu'ils déchirent ſi impitoyablement. Je conſens donc, Mr., puis qu'ils en teſmoignent une ſi grande horreur, qu'ils ne ſoient pas de l'eſcole des Moliniſtes; & il en ira tant mieux pour eux, parce qu'ils ſe recrieroient de toute leur force contre cette nouvelle alliance, dont ils ont, pour ainſi dire, ſuccé une averſion avec le lait: pour les Jeſuites, parce qu'ils ſont appris depuis le Novitiat à regarder les Janſeniſtes ſur le pied d'heretiques. Que ce ſoit prevention ou non, peu importe, il ſeroit mal-aiſé de les y apprivoiſer.

Ces Meſſieurs donc ne ſont ni Thomiſtes, ni Moliniſtes, il ne faut pas s'en eſtonner; ces eſcoles ſentent le Moine & le Religieux; & ces Meſſieurs ont cela de commun avec nos Freres de la reforme, qu'ils ont un dégouſt, & une antipathie pour tout ce qui s'appelle Moine ou Regulier. Mr. Deligny ne le diſſimule pas; ayant parlé dans une lettre avec aſſez d'honneur d'un ordre Religieux, il ſe reprend; *mais après tout, dit-il, Moines ſont Moines;* & en parlant du College du Roy, il dit: *Noſtre Regent ſera bien incommodé, d'autant que nous ſortons deux premiers Profeſſeurs, de ſorte qu'il n'en reſtera plus que deux, & qui pis eſt, dont l'un eſt Moine du Monaſtere de S. Amand.*

Latin! Mais parlons ſerieuſement. Tout perſuadé que vous êtes que ces Meſſieurs ſont de grands fourbes, vous ne pourrez jamais vous imaginer que leur ſupercherie aille juſqu'au point de tenir dans l'ame une doctrine qu'ils déchirent ſi cruellement. Je conſens donc, Monſieur, puiſqu'ils en témoignent tant d'horreur, qu'ils ne ſoient pas de l'Ecole des Moliniſtes: ce ſera le mieux, & pour eux & pour les Jeſuites. Pour eux, parce qu'ils ſe feroient trop de violence d'épouſer des ſentimens dont ils ont conçu de ſi affreuſes idées.

Pour les Jeſuites, parce qu'après toutes les preuves qu'ils ont de la mauvaiſe foy de ces gens-là, ils auroient toûjours lieu de teleur abjuration pour ſuſpecte.

Ces Meſſieurs donc ne ſont ni Thomiſtes, ni Moliniſtes, il ne faut pas s'en étonner: ces Ecoles ſentent le Moine & le Religieux, & ces Meſſieurs ont cela de commun avec nos Freres Reformez, qu'ils ont du dégout & de l'antipathie pour tout ce qui s'appelle Moine ou Regulier. M. de Ligny ne le diſſimule pas. Ayant parlé dans une Lettre avec aſſez d'honneur d'un Ordre Religieux, il ſe reprend: *Mais après tout, dit-il, Moines ſont Moines.* Et en parlant du College du Roy, il dit: *Nôtre Regent ſera bien incommodé, d'autant que nous ſortons deux premiers Profeſſeurs: de ſorte qu'il n'en reſtera plus que deux, & qui pis eſt, dont l'un eſt Moine du Monaſtere de S. Amand.*

Il y a pourtant une petite exception à faire dans la regle : les Peres Carmes Déchauffez font leurs bons amis, ils font à leur fens dans de fort bons fentimens, ils font les uniques de qui on parle avec ménagement. M. de Ligny écrivant à une perfonne fort connuë dans le monde pour fon attachement aux nouveautez, & qui en porte encore la peine, dit ces paroles : *A vous dire la verité, les Carmes Déchauffez ont beaucoup d'eftime & de veneration, tant pour vôtre perfonne que pour vôtre doctrine. . . . . . Nos Carmes d'icy font bons dans la Grace, dans la probabilité, & dans l'ignorance du Droit naturel. Et ailleurs : Il eft vray, dit-il, que les Carmes Déchauffez font ennemis des fentimens de la Societé touchant la Grace, le Peché Philofophique, & touchant divers relâchemens dans la morale.*

Au refte, il ne faut pas s'étonner que ces Meffieurs traittent fi mal les Jefuites & tous les autres Religieux, aux Carmes Déchauffez prés, puifqu'ils ménagent fi peu tous les Superieurs Ecclefiaftiques, fans épargner, ni Evêques, ni Archevêques, ni Papes même. En voicy un exemple memorable. C'eft la plainte de M. Malpaix à l'occafion du Decret d'Alexandre V I I I. pour la condamnation de 31. de leurs Propofitions.

2. *Fevrier* 1691.

Il y a pourtant une petite exception à faire dans la regle : les Peres Carmes Déchauffez font leurs bons amis, ils font à leur fens dans de fort bons fentimens, ils font les uniques, de qui on parle avec ménagement. Mr. Deligny efcrivant à une perfonne fort connuë dans le monde pour fon attachement aux nouveautez, & qui en porte encor la peine, dit ces paroles : *à vous dire la verité, les Carmes Déchauffez ont beaucoup d'eftime & de veneration tant pour vôtre perfonne, que pour vôtre doctrine. . . . . . Nos Carmes d'icy font bons dans la grace, dans la probabilité, & dans l'ignorance du Droit naturel. Et ailleurs, il eft vray, dit-il, que les Carmes Déchauffez font ennemis des fentimens de la Societé touchant la grace, le peché philofophique, & touchant divers relafchemens dans la morale.*

Mais à mon fens leur mefpris vaut mieux que leur éloge ; car il femble que ces Meffieurs ont pris tellement le contrepied du bon fens, de la raifon, & de la vertu, qu'ils loüent prefque generalement ce qui eft blafmable, & blafment ce qui eft loüable ; ce qui fe touchera du doigt dans la fuite de cette lettre.

N'ayant pas trouvé place à nos Meffieurs ni chez les Thomiftes, ni chez les Moliniftes, il faut leur procurer une bonne Compagnie, où que ce puiffe être : je ne leur en fçaurois choifir de meilleure que celle du Pape, des Archevefques, des Evefques, & des Vicaires Generaux, & fur tout de ceux qui font icy à noftre voifinage, & de noftre connoiffance. Il eft hors de doute, que s'ils peuvent trouver entrée dans cette Illuftre, & Catholique affemblée, ils n'ont rien à fe plaindre, de ce qu'ils font bannis des autres places. Mais j'apprehende que nos Meffieurs foient d'un fi haut gout, & d'une Orthodoxie fi pure, qu'ils veüillent être plus Orthodoxes, & plus Catholiques que le Pape même, & que nos Seigneurs les Archevefques, & les Evefques. Ne croyez pas que ces auguftes caracteres, que ces grands noms foient capables d'efbloüir nos Meffieurs, eux qui n'ont commerce qu'avec les Conciles, les Peres, les Efcritures, & la Tradition.

Tradition. Je ne sçay, si je suis bien fondé, le cœur me dit, qu'ils ne trouveront pas leur conte dans cette Compagnie pour esclatante, & pour Catholique qu'elle puisse être. Si c'est caprice, ou si c'est raison, qui me fait entrer dans ce soupçon, je vous prie d'en juger, Mr., par cette espouvantable, & cette horrible lettre. La main devoit secher avant que d'escrire de si monstrueuses indignitez. C'est la plainte de Mr Malpaix à l'occasion du Decret d'Alexandre VIII. pour la condamnation des 31. propositions.

2. Febvrier 1691.

Versa est cythara in luctum.   *Versa est cythara in luctum.*

Monsieur.   # Monsieur.

Je vous escris dans l'amertume de mon cœur; nous allons de mal en pire; estrange catastrophe! lors qu'on se flattoit icy que Rome favorisoit le parti de la verité, & de la justice, un foudre sorti du Vatican se fait entendre jusques sur nos testes, & venoit fondre sur nous, s'il ne s'estoit heureusement escrasé contre les Alpes. Quel scandale! & quelle frayeur pour des jeunes gens non accoustumez à de pareils tonnerres! Pauvre Innocent XI. qui n'a pû empescher après sa mort, ce qu'il avoit détourné pendant sa vie, luy qui n'a jamais voulu permettre la publication de ce scandaleux Decret; quoy que la faction Monachale & la bande noire d'Escobar en eust tant de fois prié l'Inquisition! Tout le bon parti, Mr., en est affligé, & dans une consternation incroyable, quia prævaluit inimicus. . . . . Pour surcroit de malheurs pour ces quartiers, Dieu, qui nous a enlevé feu Monseigneur de Tournay, Currus Israël & * quadriga ejus, Dieu, dis-je, nous a livré à trois Vicaires Generaux, trois Diocletiens, qui desolent ce pauvre Dio-ce-*

* Au lieu d'Auriga.

*Je vous écris dans l'amertume de mon cœur; nous allons de mal en pire. Etrange catastrophe! lorsqu'on se flattoit icy que Rome favorisoit le parti de la verité & de la justice, un foudre sorti du Vatican se fait entendre jusqués sur nos têtes, & venoit fondre sur nous, s'il ne s'étoit heureusement écrasé contre les Alpes. Quel scandale! & quelle frayeur pour des jeunes gens non accoûtumez à de pareils tonnerres! Pauvre Innocent XI. qui n'a pû empescher après sa mort ce qu'il avoit détourné pendant sa vie; luy qui n'a jamais voulu permettre la publication de ce scandaleux Decret, quoy-que la faction Monachale & la bande noire d'Escobar en eût tant de fois prié l'Inquisition! Tout le bon parti, Monsieur, en est affligé, & dans une consternation incroyable, quia prævaluit inimicus. . . . . Pour surcroit de malheur pour ces quartiers, Dieu, qui nous a enlevé feu Monseigneur de Tournay, Currus Israël * & quadriga ejus: Dieu, dis-je, nous a livré à trois Vicaires Generaux, trois Diocletiens qui desolent ce pauvre Diocese. Ces trois fleaux*

* Au lieu d'Auriga.

H 3

*fleaux de la colere de Dieu frappent &
affligent tous ceux qui n'ont pas le caractere de la Bête, & qui ne portent pas
l'image du relâchement sur leur front. Il
suffit d'être mediocrement honnête-homme pour être exclus sans ressource de toutes les charges Ecclesiastiques. Cela
ne leur suffit pas: car ils excluent des
Benefices les Ecclesiastiques qu'ils ne
connoissent point, parce qu'ils ont le
malheur d'être d'une Paroisse où le Curé
a le renom de bien faire son devoir. Les
derniers concours nous en fournissent des
exemples fort recents. Ils rejettent
même des personnes canoniquement
éluës, sans autre raison qu'un simple
soupçon de Janseniste, fondé sur la parole d'un malheureux Moine qui les aura ainsi nommez. C'est comme ils
traittent à present un frere de M. Laleu. Cét homme est Pasteur auprés de
Courtray, Diocese de Tournay; il est
honnête-homme, c'en est assez, quoy-
qu'il ne soit pas décrié comme Janseniste. Il souhaittoit de se défaire de son
Benefice pour de bonnes raisons: on l'a-
voit fait élire Directeur d'un Monastere
d'Hospitalieres de l'Ordre de S. Augustin. Ce Monastere est à la campagne, &
mon frere en avoit pris le soin par ordre
de feu M. de Tournay: mais depuis sa
mort les Vicaires l'en avoient déchargé.
Ce bon Curé choisi par toutes les Moniales sans exception, s'est presenté pour être
approuvé; mais il fut rejetté comme Rigoriste & Janseniste. Qui plus est, il est
frere d'un Docteur qui en a le nom, &
cela suffit. Il fut encore rejetté pour la
Curé de Saint Pierre à Tournay par cette
même raison depuis cinq ou six mois. Je
ne sçay comment cette derniere affaire fi-
nira: car je crois les Religieuses de ce Mo-
naste-*

*cese; ces trois fleaux de la colere de Dieu
frappent, & affligent tous ceux qui n'ont
pas le caractere de la beste, & qui ne portent pas l'image du relaschement sur
leur front; il suffit d'être mediocrement
honnête homme, pour être exclus sans
ressource de toutes les charges Ecclesiastiques: cela ne leur suffit pas, car ils excluent des Benefices les Ecclesiastiques,
qu'ils ne connoissent point, parce qu'ils
ont le malheur d'être d'une Paroisse, où
le Curé a le renom de bien faire son devoir: les derniers concours nous en fournissent des exemples fort recents; ils rejettent même des personnes canoniquement éluës sans autre raison, qu'un simple soupçon de Janseniste fondé sur la
parole d'un malheureux Moine, qui les
aura ainsi nommés. C'est comme ils traitent à present un frere de M. Laleu: cet
homme est Pasteur auprés de Courtray,
Diocese de Tournay; il est honnête homme, c'en est assez, quoy qu'il ne soit pas
décrié comme Janseniste. Il souhaittoit de
se défaire de son benefice pour de bonnes
raisons; on l'avoit fait élire Directeur
d'un Monastere d'Hospitalieres de l'ordre de S. Augustin: ce Monastere est à la
campagne, & mon frere en avoit pris le
soin par ordre de feu Mr. de Tournay;
mais depuis sa mort les Vicaires l'en a-
voient deschargé. Ce bon Curé choisi par
toutes les Moniales sans exception, s'est
presenté pour être approuvé; mais il
fut rejetté comme Rigoriste, & Janseniste; qui plus est, il est frere d'un
Docteur, qui en a le nom, & cela suffit. Il fut encor rejetté pour la Cure de S. Pierre à Tournay par cette même
raison depuis cinq ou six mois: je ne
sçay comment cette derniere affaire fi-
nira; car je crois les Religieuses de ce
Mona-*

Monaſtere d'humeur à ſoutenir leur droit de preſentation, & à demander à ces Meſſieurs les preuves de ce qu'ils alleguent contre celuy qu'elles ont unanimement choiſi. Vous voiez par cet échantillon, de quel eſprit ſont pouſſez ces trois loups, qui eſgorgent impunément le troupeau de noſtre ſaint Prelat, qu'ils ont perſecuté pendant ſa vie, & qu'ils perſecutent encor dans ſes cheres oüailles aprés ſa mort. Si Dieu ne fait finir bien oſt cette perſecution, ils pervertiront tout ce pauvre Dioceſe; les bons Paſteurs gemiſſent ſous ce joug tyrannique, voyant eſchoüer tous les bons deſſeins qu'ils avoient, & faire naufrage à pluſieurs jeunes Eccleſiaſtiques, qui prenoient le parti du bien. Ceux qui ſont le plus fortement attachés au bon parti; ſe tiennent comme les anciens Eveſques durant le temps des perſecutions: c'eſt la cauſe, pourquoy on ne juge point à propos de ſolliciter davantage des approbations pour la theſe, de crainte que quelque faux frere ne perde tout d'un coup le peu de bons Eccleſiaſtiques, qui ſont dans ce Dioceſe, car ſi un pareil malheur arrivoit, ce ſeroit perdre toute la bonne ſemence, qui doit un jour fructifier au centuple: il vaut mieux à mon ſens laiſſer paſſer l'orage, que de ſe roidir contre le torrent, qui entraiſneroit immanquablement tout ce qu'il y a de plus ferme dans le bon parti. Vous voyez aſſez, Mr., que Rome, les Moines, & les Superieurs Eccleſiaſtiques eſtant déchaiſnez contre nous, nam ſolutus eſt Satanas ad modicum tempus, quel meſnagement on a à prendre, ne ſermo durus ſuſcitet furorem. . . .

Primum & ſecundum væ abiit, nouveau ſcandale! les adorables paroles, que

Dieu

naſtere d'humeur à ſoutenir leur droit de preſentation, & à demander à ces Meſſieurs les preuves de ce qu'ils alleguent contre celuy qu'elles ont unanimement choiſi. Vous voyez par cet échantillon de quel eſprit ſont pouſſez ces trois loups, qui égorgent impunément le troupeau de nôtre Saint Prelat, qu'ils ont perſecuté pendant ſa vie, & qu'ils perſecutent encore dans ſes cheres oüailles aprés ſa mort. Si Dieu ne fait finir bien-tôt cette perſecution, ils pervertiront tout ce pauvre Dioceſe. Les bons Paſteurs gemiſſent ſous ce joug tyrannique, voyant échoüer tous les bons deſſeins qu'ils avoient, & faire naufrage à pluſieurs jeunes Eccleſiaſtiques qui prenoient le parti du bien. Ceux qui ſont le plus fortement attachez au bon parti ſe tiennent comme les anciens Evêques durant le temps des perſecutions. C'eſt la cauſe pourquoy ON NE JUGE POINT A PROPOS DE SOLLICITER DAVANTAGE DES APPROBATIONS POUR LA THESE, de crainte que quelque faux frere ne perde tout d'un coup le peu de bons Eccleſiaſtiques qui ſont dans ce Dioceſe. Car ſi un pareil malheur arrivoit, ce ſeroit perdre toute la bonne ſemence, qui doit un jour fructifier au centuple. Il vaut mieux à mon ſens laiſſer paſſer l'orage que de ſe roidir contre le torrent, qui entraineroit immanquablement tout ce qu'il y a de plus ferme dans le bon parti. Vous voyez aſſez, Monſieur, que Rome, les Moines, & les Superieurs Eccleſiaſtiques étant déſhaînez contre nous (nam ſolutus eſt Satanas ad modicum tempus) quel ménagement on a à prendre, ne ſermo durus ſuſcitet furorem . . . .

Primum & ſecundum væ abiit: nouveau ſcandale! les adorables paroles que

Dieu

Dieu a laissées à tous ses serviteurs pour les consoler dans leur exil, solatio habentes sanctos Libros, ut per consolationem Scripturarum, spem habeamus, *leur sont arrachées des mains comme un méchant & dangereux Livre; & cela par des Archevêques de Malines & de Cambray . . . . . Effroyable aveuglement! scandaleuses Ordonnances pour nos freres separez, capables de les éloigner pour jamais de la Communion de l'Eglise; nuisibles & pernicieuses à tous les Fideles de* JESUS-CHRIST! Usquequò, Domine, usquequò? *Qu'eussent pensé les Fideles de l'ancienne Eglise, d'un Evêque qui eût fait une pareille Ordonnance? Pauvre Eglise de mon Dieu, comment es-tu gouvernée aujourd'huy? Saint Paul veut que tous les Fideles lisent ses Epîtres, & les Evêques de Rome, de Malines & de Cambray le défendent: à qui croire? Au premier sans doute, à qui Dieu a parlé:* scimus enim quia huic locutus est Deus. . . . *Quel scandale, encore un coup, pour ces Neophytes? . . . . .*

Que vous en semble, Monsieur? n'y a-t-il pas un air de cabale & de sedition dans cette Lettre, & quelque chose de plus? N'y a-t-il pas du forcené & du demoniaque? De quelque expression que je me serve, elle sera toûjours au dessous de ce que merite un si horrible mépris de ce qu'il y a de plus venerable & de plus auguste dans l'Eglise.

Peut-on parler plus insolemment & plus brutalement des Puissances Ecclesiastiques, dont tout le crime,

Dieu a laissées à tous ses serviteurs pour les consoler dans leur exil, solatio habentes sanctos libros, ut per consolationem Scripturarum, spem habeamus, *leur sont arrachées des mains comme un meschant, & dangereux livre, & cela par des Archevesques de Malines, & de Cambray. . . . Effroyable aveuglement! scandaleuses ordonnances, pour nos freres separez, capables de les éloigner pour jamais de la Communion de l'Eglise, nuisibles & pernicieuses à tous les fideles de* JESUS-CHRIST! usquequò domine, usquequò? *Qu'eussent pensé les fideles de l'ancienne Eglise d'un Evesque qui eust fait une pareille ordonnance? pauvre Eglise de mon Dieu comment es-tu gouvernée aujourd'huy? S. Paul veut que tous les fideles lisent ses epistres, & les Evesques de Rome, de Malines, & de Cambray le defendent: à qui croire? au premier sans doute, à qui Dieu a parlé:* scimus enim quia huic locutus est Deus. . . . . *quel scandale, encore un coup, pour ces Neophytes? . . . .*

Que vous en semble? † n'y a-t'il pas de l'air de cabale & de sedition dans cette lettre, & quelque chose de plus? n'y a-t'il pas du forcené & du demoniaque? de quelque expression que je me serve, elle sera toûjours au dessous de ce que merite un si horrible mespris de ce qu'il y a de plus venerable, & de plus Auguste dans l'Eglise de Dieu.

Peut-on parler plus insolemment, & plus brutalement des Superieurs Ecclesiastiques, dont tout le crime † est

de

de ne pas donner aveuglément dans leurs nouveautez ? Si l'on ne s'immole pas à leur caprice, & à leurs manieres tumultueuses, † le plus saint Evesque devient un ignorant,, un relasché, un Prelat de Cour, un homme charnel, un loup ravissant, un Diocletien, un fleau de Dieu : je n'ajoute rien, & vous concevez assez, de quoy l'on est capable, quand on traite avec cette audace, & cette insolence, les Papes, les Archevesques, les Evesques, & les Vicaires Generaux; mais encor une fois y a-t'il de la religion, de la charité, de l'humanité même en tout cela ? n'est-ce pas plûtost une † rage, & une fureur, qui fait escrire ces effroyables injures contre des personnes d'un rang si distingué par leurs charges, & par leurs vertus?

Ne pensez pas † que ce soit l'indiscretion d'un seul, tout le parti est animé de cet esprit de revolte & d'emportement : comme le Curé de Brillon est le digne frere du Chanoine Malpaix, aussi a-t'il les mêmes passions, & parle-t'il d'une maniere aussi déchaisnée. *Je vous suis fort obligé,* dit-il à l'un de ses amis, *de la part que vous tesmoignez avoir bien voulu prendre à la petite confusion, que j'ay receuë des Messieurs nos Vicaires Generaux immediatement après la mort de nostre Illustre Prelat,* Cujus gregem invaserunt lupi rapaces, *lesquels ont dejà destruit presque tout ce qu'avoit edifié nostre S. Evesque, avec tant de peine en vingt années de temps.*

Nous esperions que le Pape auroit fait triompher le bon parti, dit Mr. Deligny,

selon eux, est de ne pas donner aveuglément dans toutes les nouveautez ? Si l'on ne s'immole † à leur caprice, & si l'on ne se rend esclave de leurs passions, le plus sçavant & le plus saint Evêque devient un ignorant, un relâché, un Prelat de Cour, un homme charnel, un loup ravissant, un Diocletien, un fleau de Dieu. Je n'ajoûte rien, & vous concevez assez de quoy l'on est capable, quand on traitte avec cette audace & cette insolence le Vicaire de JESUS-CHRIST & les successeurs des Apôtres. Mais encore une fois, y-a-t-il de la Religion, de la charité, de l'humanité même en tout cela ? n'est-ce pas plûtost une espece de rage & de fureur, qui fait écrire † contre des personnes d'un rang si distingué, d'une maniere si outrageuse† ?

Ne pensez pas au reste que ce soit le crime d'un seul : tout le Parti est animé de cét esprit de revolte & d'emportement. Comme le Curé de Brillon est le digne frere du Chanoine Malpaix, aussi a-t-il les mêmes passions, & parle-t-il le même langage. *Je vous suis fort obligé,* dit-il à l'un de ses amis, *de la part que vous témoignez avoir bien voulu prendre à la petite confusion que j'ay reçûe de Messieurs nos Vicaires Generaux immediatement après la mort de nostre illustre Prelat,* Cujus gregem invaserunt lupi rapaces, *lesquels ont déja détruit presque tout ce qu'avoit édifié nostre S. Evêque, avec tant de peine en vingt années de temps.*

Nous esperions que le Pape auroit fait triompher le bon parti, dit M. de Ligny,

gny, *condamnant les dogmes pernicieux de la morale relaschée, & de la theorie erronée de la Societé; & nous venons d'apprendre au contraire que les Docteurs relaschez vont triompher plus que jamais, par la nouvelle condamnation que vient de faire Alexandre V I I I.* . . . . *M. de Laleu & M. Rivette vous font leurs complimens, ils sont aussi fort étonnez de cette nouvelle Bulle.* . . . . . . *En verité, mon tres-cher Pere, ce Decret nous cause extrémement d'embarras & de difficulté.* . . . . *Il semble estre hors de doute que les Molinistes tireront de grands secours de ces Propositions condamnées, pour appuyer leurs damnables maximes.*

   M. Gilbert parle ainsi de Monseigneur d'Arras : *Il est encore prévenu de certaines opinions qu'il a puisées ailleurs que dans la Tradition de l'Eglise; & sa fermeté luy sera un grand obstacle pour en revenir, à moins que Dieu n'exerce sur luy la toute-puissance de sa Grace.*

   Il y auroit bien des reflexions à faire sur ces Lettres scandaleuses : mais je me renferme dans ce qui fait à mon sujet, que le parti du Pape & de leurs Evêques n'est pas le leur; puisqu'ils n'ont garde de se soûmettre à des Decrets qu'ils appellent *scandaleux,* à des Ordonnances qu'ils traittent de *nuisibles & de pernicieuses aux Fidelles.* †

gny, *condamnant les dogmes pernicieux de la morale relaschée, & de la theorie erronée de la Societé, & nous venons d'apprendre au contraire que les Docteurs relaschez vont triompher plus que jamais, par la nouvelle condamnation que vient de faire Alexandre VIII.* . . . . . *Mr. Laleu; & Mr. Rivette vous font leurs complimens, ils sont aussi fort estonnez de cette nouvelle Bulle.* . . . . . *En verité, mon tres-cher Pere, ce Decret nous cause extremement d'embarras, & de difficulté.* . . . . *Il semble estre hors de doute, que les Molinistes tireront de grands secours de ces propositions condamnées, pour appuyer leurs damnables maximes.*

   Monsieur Gilbert parle ainsi de Mr. d'Arras : *Il est encor prevenu de certaines opinions, qu'il a puissées ailleurs que dans la Tradition de l'Eglise : & sa fermeté luy sera un grand obstacle, pour en revenir, à moins que Dieu n'exerce sur luy la toute-puissance de sa grace.*

   Ne voila pas tout d'un coup prendre à parti le Pape, les Archevesques, les Evesques, les Vicaires Generaux &c.? Bien leur en va, que ces colomniateurs ne sont pas d'un grand credit, ni capables de mettre dans le decri des personnes aussi irreprochables, & aussi au dessus de la médisance, que le sont ces Illustres Prelats, ces Defenseurs de la veritable Religion. Il y auroit bien de bonnes, & de fortes reflexions à faire sur ces lettres scandaleuses; je m'arreste seulement à faire voir ce qui fait à present à mon sujet, que le parti du Pape, des Archevesques, des Evesques, & des Vicaires Generaux n'est pas le leur; puis qu'ils n'ont garde de se soumettre à des Decrets qu'ils

          Mais

appellent scandaleux, à des ordonnances qu'ils disent estre effroyables, & qui appuyent des damnables maximes. Ils auroient peine de se ranger avec ceux qu'ils croyent estre opposez à la doctrine de S. Paul, & contre qui ils s'emportent d'une maniere si impetueuse & si peu mesnagée.

          Mais

Mais enfin ayant parcouru tant de partis, & d'escoles, & n'ayant pû enrôler nos Mes-sieurs dans aucune, où nous arresterons nous pour connêtre au vray, quelle est leur doctrine, & leur profession? Je ne sçay plus que l'escole de S. Augustin : ah! c'est icy sans doute qu'ils m'attendent. Ils feront volontiers leur profession de Foy entre les mains de ce grand Doc-teur; c'est leur Saint, † par tout ils font retentir son nom avec eloge, & lors qu'ils ont peine de se soumettre aux Papes pour des Constitutions receuës de toute l'Eglise., ils souscrivent volontiers aveuglément, & sans aucun examen à la doctrine de S. Augustin, parce qu'il *est irrefragable* : c'est ainsi que le qualifie le Formulaire aux 7.ar-ticles, qui est dressé sous les auspi-ces de ce grand Docteur; *Theses ad mentem Divi Augustini irrefragabilis gratiæ Doctoris.* J'aime fort ce respect, & cette grande estime que ces disciples ont pour ce grand Saint, que l'on peut appeller le maistre universel de toute l'Eglise, & dont les escrits peuvent servir de bouclier contre toutes les heresies. Mais à mon sens ce n'est pas assez de faire exterieurement pro-fession de suivre S. Augustin, pour estre censé veritablement Orthodoxe: Car s'il falloit s'en tenir à ces apparen-ces, il faudroit ouvrir la porte de l'Eglise à Luther, & à Calvin; rien ne seroit plus Orthodoxe que ces infa-mes Apostats, qui par tout met-tent S. Augustin de leur côté, ils le citent à toute occasion, ils n'en par-lent qu'avec des termes de respect, & d'admiration: Calvin veut que ce Docteur soit le Juge des Controverses,

qu'il

Mais enfin de quelle Ecole & de quelle Eglise sont donc ces Messieurs? Ils di-ront sans doute qu'ils sont disciples de Saint Augustin, & qu'ils feront volon-tiers profession de Foy entre ses mains. C'est leur Saint, c'est leur unique Doc-teur: par tout ils font retentir son nom avec éloge, & lorsqu'ils refusent de se soûmettre aux Constitutions des Papes reçûës de toute l'Eglise, ils souscri-vent sans peine & sans aucun examen à ce qu'ils appellent la doctrine de Saint Augustin, parce qu'il *est irrefraga-ble* : c'est ainsi qu'ils le qualifient dans leur Formulaire aux 7. articles: *The-ses ad mentem Divi Augustini irrefra-gabilis gratiæ Doctoris.* J'aime fort ce respect & cette veneration pour un Saint qu'on peut appeller le maître univer-sel de toute l'Eglise, & dont les Ecrits peuvent servir de bouclier contre toutes les heresies. Mais † ce n'est pas assez de faire exterieurement pro-fession de suivre Saint Augustin, pour estre censé veritablement Catholique: Car s'il falloit s'en tenir à ces appa-rences, il faudroit ouvrir la porte de l'Eglise à Luther & à Calvin: rien ne seroit plus orthodoxe que ces infames Apostats, qui par tout mettent Saint Augustin de leur côté. Ils le ci-tent à tout propos: ils n'en parlent qu'avec des termes de respect & d'ad-miration. Calvin veut que ce Doc-teur soit le Juge des Controverses: † *Ad Augustinum*, dit-il, *appello* : il se vante qu'il n'y a rien dans ce Pere qui ne soit favorable à sa réforme: *Augustinus totus meus est.* Jean Wic-cleff étoit si plein de ce grand Doc-teur, † qu'on l'appelloit communé-

ment

ment *Joannes Augustini*. Il est donc visible que ceux qui affectent le plus de se † dire les disciples de S. Augustin, & qui ne font cas d'aucune autorité que de la sienne, n'en suivent pas plus pour cela ses sentimens. C'est ainsi que parmi les Suisses les Cantons qui se nomment Evangeliques ne sont pas les plus attachez à l'Evangile, & qu'en France ceux qui se disoient de la Religion Reformée, † n'avoient rien moins que l'esprit de reforme. C'est donc peu de se faire honneur du nom de Saint Augustin, quand on combat la veritable doctrine † de ce Pere, & qu'on n'a pas la même soûmission que luy pour les décisions du S. Siege : c'est même deshonorer un si illustre Docteur de l'Eglise, que de vouloir persuader qu'il soûtient un parti qu'elle a condamné. Au reste, il y a un Augustin qu'on ne leur disputera gueres, & qui est assurément tout à eux ; c'est l'Augustin d'Ipres, c'est M. Jansenius. Je sçay que le seul nom de Jansenius & de Janseniste met ces gens de mauvaise humeur : je sçay qu'on défie le monde de donner la définition d'un Janseniste, qu'on dit que c'est un mot qui ne signifie rien, qui n'est propre qu'à tendre un piege aux plus honnêtes gens qu'on veut perdre, qu'il ne faut qu'estre un peu plus reformé que le commun, plus circonspect dans l'administration des Sacremens pour estre accusé de Jansenisme ; qu'il est étonnant qu'en faisant profession de condamner les cinq Propositions dans tous leurs mauvais sens, & dans quelques Livres qu'elles se trouvent, † les Ecclesiastiques les plus reglez & les plus exemplaires

ne.

qu'il a avec l'Eglise : *ad Augustinum*, dit-il, *appello* : il se vante qu'il n'y a rien dans ce Pere qui ne soit favorable à sa reforme : *Augustinus totus meus est.* Jean Wiccleff estoit si rempli de ce grand Docteur, qu'on luy en donnoit le nom, & communément on l'appelloit *Joannes Augustini*. Il est donc visible que ce n'est pas assez d'avoir continuellement S. Augustin à la bouche, & dans ses escrits, & de ne jurer, si j'ose ainsi parler, que par son nom, pour estre veritablement dans les sentimens de l'Eglise ; nous voyons même assez souvent, que ceux qui affectent plus de se dire les disciples de ce grand Saint, & qui ne font cas d'aucune authorité que de la sienne s'éloignent le plus de la doctrine celeste de ce Pere ; c'est ainsi que les Cantons parmy les Suisses, qui se nomment Evangeliques, ne sont pas les plus attachez à l'Evangile, & que ceux qui se disent de la Religion Reformée, ne sont pas ni les plus integres, ni les plus irreprochables, ni les plus éloignez des abus, qui regardent la Foy ou les mœurs. C'est donc peu de porter un beau nom, de se dire disciples de S. Augustin, & de s'en faire honneur, pour pretendre avec justice à la glorieuse qualité, que ce nom signifie ; cela n'a jamais esté peut-estre plus vray que dans les circonstances presentes : l'on sçait combien ce parti, qui se disoit par tout devoüé à S. Augustin, tout foudroyé qu'il estoit par les Papes, dont les Constitutions furent receuës par toute l'Eglise, a toûjours tasché de tenir S. Augustin par la robe : Cependant bien loin de faire par là honneur à ce Saint, rien ne seroit plus capable de ternir sa haute reputation, que de vouloir persuader, comme font ces faux disciples, que S. Augustin soutient un parti,

que

que l'Eglise condamne. Au reste il y a un Augustin qu'on ne leur disputera gueres, & qui est assurément tout à eux; c'est l'Augustin d'Iprès, c'est Mr. Jansenius. Je sçais, que ce seul nom met ces gens de mauvaise humeur †, je sçais qu'on défie le monde à donner la definition d'un Janseniste, que l'on dit que c'est un mot, qui ne signifie rien, qu'il n'est propre qu'à tendre un piege aux plus honnêtes gens qu'on veut perdre,

ne soient pas à couvert d'un soupçon de cabale & d'heresie. **Vous voyez, Monsieur, que je ne dissimule pas les plaintes ni les raisons de ces Messieurs, & j'avouë qu'il y a là quelque petite lueur qui surprend d'abord; mais pour peu qu'on regarde les choses de prés, l'apparence même ne trompe pas †, & la seule intrigue que je viens de vous developper en est une preuve.**

qu'il ne faut qu'estre un peu plus reformé que le commun, plus circonspect dans l'administration des Sacremens, pour passer pour Janseniste; qu'il est estonnant, qu'en faisant profession de condamner les cinq propositions dans tous leurs mauvais sens, † dans quelques livres qu'elles se trouvent, on se fait encore un point de Religion de faire querelle aux Ecclesiastiques les plus reglez, & les plus exemplaires sur leur croyance. Vous voyez, Mr., que je ne me cache pas les plaintes, & les raisons des adversaires; & j'avouë qu'il y a quelque petite lueur, qui surprend †, mais depuis que j'observe cette cabale de plus prés, & que je developpe l'intrigue presente, où ces Messieurs se produisent tels qu'ils sont sans aucun déguisement, j'en suis revenu, & je ne doute pas que vous n'en reveniez aussi, Mr., si jamais vous avez esté dans cette pensée, à moins que la preoccupation ne vous tienne lieu de toute raison, & ne vous oste tous les moyens de vous éclaircir d'une affaire.

Quand je vous ay dit, que Mr. Jansenius, est l'Augustin de ce parti, & que je le luy abandonne tres-volontiers, parce que je sçais que c'est son idole, malgré toutes les protestations qu'ils font au contraire, je n'ay point parlé en l'air, je n'ay esté que l'Interprete de leurs pensées, ou si vous aimez mieux l'Echo de leur confidence; ce n'est pas une affaire pour eux, que cet Evesque ayt enseigné cinq propositions notoirement heretiques, d'avoir esté la cause, que presque toute la France, & le Pays-bas ait esté mis en combustion &c. il ne laisse pas pour cela d'estre à leur conte tres-irreprochable, & tres-irreprehensible;

Quand je vous ay dit que M. Jansenius est l'Augustin de ces Messieurs, & que je le leur abandonne tres-volontiers, parce que je sçay que c'est leur idole malgré toutes les protestations qu'ils font au contraire; je n'ay point parlé en l'air, je n'ay esté que l'Interprete de leurs pensées, & vous allez en estre convaincu. Ils comptent pour rien que cet Ecrivain ait enseigné des propositions heretiques, qui ont causé tant de trouble & tant de scandale dans la France & dans les Pays-bas: ce qu'il y a de mal, c'est † qu'au milieu du Christianisme on ait osé combattre & condamner sa doctrine. Vous prendriez cecy pour une imagination,

gination, si je n'avois de quoy le prouver. Ecoutez M. de Ligny. *Je ne sçay comment il est possible que des Chrestiens, des Religieux, & des Religieux qui se nomment de la Compagnie de* JESUS, *puissent traitter ainsi un Evêque aussi irreprehensible que M. d'Ipres.*

Voilà à peu prés comme on parleroit d'un homme dont tous les sentimens seroient orthodoxes; & c'est là justement l'idée que les Partisans se sont formée du Chef de leur Secte. † Il est vray que Rome l'a condamné, que la condamnation a esté reçûë de toute l'Eglise: mais qu'importe, il ne laisse pas pour cela d'estre mal condamné. Croiroit-on jamais que je ne fais icy que copier leurs Lettres? Il n'est pourtant rien de plus vray: voicy comme s'en explique le même Docteur és Arts. *Nous sommes icy dans un païs extrémement scrupuleux, quant aux Livres défendus. On n'oseroit lire les Livres qui traittent du Jansenisme, crainte de contrevenir aux Ordonnances des Papes. Pour moy je suis persuadé qu'ils ont manqué en condamnant Jansenius;* aussi je n'ay aucun scrupule là-dessus. Il y a long-temps qu'on sçait que le scrupule n'est pas ce qui incommode M. de Ligny: des esprits aussi forts que le sien ne sont gueres capables de ces foiblesses. Un homme qui croit estre envoyé de Dieu pour arrester le cours

des

ble; mais ce qu'il y a de mal, c'est que des Chrestiens, que des Religieux, & des Religieux de la Compagnie de JESUS ayent esté si peu respectueux, & si hardis, que de combattre ses erreurs, & d'en obtenir la condamnation: vous croiriez que c'est une imagination que cela, si je n'avois mon garant à la main, c'est M. le Professeur Deligny. *Je ne sçay comment il est possible,* dit-il, *que des Chrestiens, des Religieux, & des Religieux qui se nomment de la Compagnie de* JESUS, *puissent ainsi traiter un Evesque aussi irreprehensible, que Mr. d'Ipres.*

Voila comme on parleroit à peu prés d'un homme à canoniser, & dont tous les sentimens auroient esté Orthodoxes; & c'est-là justement l'idée, que les partisans se sont formée de leur illustre Prelat: il est tres-Orthodoxe, il est vray que Rome l'a condamné, que la condamnation a esté receuë par les Evesques de France, & par tout le monde Chrestien; mais qu'importe, il ne laisse pas pour cela d'estre mal condamné. Croiroit-on jamais que je ne fais icy que copier leurs lettres? il n'est pourtant rien de plus vray, voicy comme s'enonce le même Docteur és Arts; *Nous sommes icy,* dit-il, *dans un païs extrémement scrupuleux quant aux livres defendus; on n'oseroit lire les livres, qui traitent du Jansenisme, crainte de contrevenir aux ordonnances des Papes; pour moy je suis persuadé qu'ils ont manqué, en condamnant Jansenius;* aussi je n'ay aucun scrupule là dessus. Il y a long temps, qu'on sçait que le scrupule n'est pas ce qui incommode Mr. Deligny, des esprits aussi forts que le sien, ne sont gueres capables

de

de ces foiblesses : un homme , qui s'oppose aux debordemens de la morale de toute un Compagnie ; un homme , qui croit que s'il estoit sorti de Douay, on cesseroit de faire une resistance rigoureuse aux reveries de la Compagnie ; un homme , qui asseure de sang froid, qu'il seroit responsable devant Dieu, si par son absence les Docteurs du mensonge establissoient leurs dogmes impies avec plus de liberté ; un homme enfin, qu'un Illustre Prelat appelle chez luy avec toutes les instances du monde, pour reformer tout un Diocese ; un homme de cette elevation seroit-il capable de cette fausse delicatesse de conscience, qui fait croire à de petits genies, qu'il y a du mal à lire un livre defendu sous peine d'excommunication ? Quand on a le discernement aussi fin que le sien, on ne s'embarrasse de rien, on juge si le Pape a bien condamné ou non , & si l'Eglise a bien fait de recevoir sa condamnation, & ensuite de ce jugement, on defere, ou l'on ne defere pas aux ordonnances de l'Eglise : cela est commode, c'est un privilege, qui guerit beaucoup de scrupules ; mais par malheur, il n'y a que les esprits aussi entestez, & aussi engagez dans ce parti , qu'est le sien, pour oser se guinder jusques-là que de dire hardiment, *pour moy je suis persuadé , que les Papes ont manqué , en condamnant Jansenius.*

Voila un ton de maistre, & Doctoral, qui pourroit servir d'exemple à Mr. Wille, qui tout Licentié en pied qu'il est, n'ose se donner les airs, & prendre le même essort, que ce germe, & ce bouton de Licentié ; il trouveroit à profiter dans son escole, & à s'af-

des débordemens de la morale corrompuë, & † que s'il étoit sorti de Douay, toutes les erreurs des Jesuites y regneroient impunément. Un homme qui assure de sang froid qu'il seroit responsable devant Dieu, si par son absence ces Docteurs du mensonge établissoient leurs dogmes impies avec plus de liberté. Un homme enfin qu'un illustre Prelat appelle chez lui avec toutes les instances du monde pour reformer tout un Diocese. Un homme de ce caractere est bien éloigné de cette fausse delicatesse de conscience, qui fait croire à de petits genies qu'il y a du mal à lire un Livre defendu sous peine d'excommunication ? Quand on a le discernement aussi fin que luy, on ne s'embarrasse de rien : on juge si le Pape a bien ou mal condamné, † & ensuite de ce jugement † on ne defere pas aux Ordonnances de l'Eglise. Cela est commode, & tout propre à guerir de bien des scrupules. Mais il faut avoüer qu'il y a peu d'esprits assez forts pour oser dire d'un ton de maistre : *Pour moy je suis persuadé que les Papes ont manqué en condamnant Jansenius.* †

Ne croyez pas, Monsieur, que ce trait contre le S. Siege & contre l'Eglise, soit échapé à nôtre homme en Licence. C'est là ce qu'il croit dans le cœur ; & il s'en déclare ailleurs d'une maniere encore plus dure. *Je suis entierement persuadé,* dit-

dit-il, *que M. l'Evêque d'Ipres a esté condamné par une faction de bande Molinienne, & qu'il n'a jamais tenu d'autre doctrine sur la Grace que celle de S. Augustin: je crois même que nul Pape n'a jamais donné de plus evidentes marques de sa fallibilité, que dans la condamnation de ces cinq Propositions,* IN SENSU A JANSENIO INTENTO, *dans le sens de Jansenius. Je lis donc sans scrupule tous les Livres qui traittent du Jansenisme.* Ne voilà pas une trempe d'esprit à tout braver, & à tout sacrifier aux manes de son Heros indignement condamné par une bande Molinienne?

Mais que pensez-vous qu'il entende par là? † Le Molinisme dans l'idée de ces Messieurs est une Ecole où l'on a des *sentimens anti-Chrestiens & plus qu'idolatres, où les Docteurs du mensonge debitent les dogmes les plus impies & les plus execrables.* Que cela soit vray ou non, ce n'est pas à present mon affaire; c'est assez pour moy qu'ils le croyent & qu'ils le publient par tout. Ainsi quand ils disent que les Papes, les Cardinaux & les Evêques † qui ont condamné Jansenius, *sont une faction de bande Molinienne*; c'est le même dans leur langage, † que s'ils disoient que les Papes, les Cardinaux & les Evêques † ont des *sentimens anti-Chrestiens, & plus qu'idolatres,* & soûtiennent

à s'affermir l'esprit: car il ne faut pas croire que ce ne soit qu'une ferveur de devotion, & d'attachement à son cher Jansenius, qui le fait parler d'un air si resolu; il est toûjours le même, toûjours constamment devoüé à la doctrine de son maistre. *Je suis entierement persuadé,* dit-il, *que Mr. l'Evesque d'Ipres a esté condamné par une faction de bande Molinienne, & qu'il n'a jamais tenu d'autre doctrine sur la grace, que celle de S. Augustin; je crois même, que nul Pape n'a jamais donné de plus evidentes marques de sa fallibilité, que dans la condamnation de ces cinq propositions* IN SENSU A JANSENIO INTENTO: † *Je lis donc sans scrupule tous les livres, qui traittent du Jansenisme.* Ne voilà pas une trempe d'esprit à tout braver, & tout sacrifier aux mannes de son Heros indignement condamné par une bande Molinienne? †

Que veut dire cela? Les Papes, les Cardinaux, les Evesques de France, & tout le monde Chrestien condamnent Jansenius, & les voila tous en un moment par la plus surprenante de toutes les metamorphoses, travestis en Molinistes, comme s'il falloit estre Moliniste, pour ne pas estre Janseniste. C'est où va tout ce beau raisonnement, si on en fait une juste anatomie. Les Molinistes en seront fort contents, & ils ne manqueront pas d'en faire leur profit, eux qui profitent de tout; peut-estre même que les Papes, les Cardinaux &c. ne tesmoigneroient pas de repugnance pour se ranger de ce parti; mais cela ne justifie pas cet insigne calomniateur du plus atroce de tous les outrages à l'esgard de la plus noble, & de la plus

plus faine portion de l'Eglife de Dieu: Car quoy, que le nom de Molinifte ne dife rien de foudroyé, & d'oppofé à la doctrine de l'Eglife, & qu'enfuite dans un bon fens il n'emporte rien d'injurieux, & d'offenfant ; cependant la notion que ces Meſſieurs en ont, & qu'ils fe font un plaifir de donner à tout le monde, eft la plus noire, & la plus horrible de toutes les notions: le Molinifme donc à leur fens eft une efcole, où l'on tient des fentimens *anti-Chreftiens*, *& plus qu'idolatres*, *où les Docteurs du menſonge debitent les dogmes les plus impies*, *& les plus execrables.* Que cela foit vray ou non, ce n'eft pas à prefent mon affaire; mais c'eft aſſez pour moy, qu'ils le croyent, & qu'ils le publient partout; de forte que quand ils difent que les Papes, les Cardinaux, les Evefques, & ceux qui ont condamné Janfenius font une bande Molinienne, c'eft le même dans leur langage, & felon l'idée qu'ils en ont, que s'ils aſſeuroient, que les Papes, les Cardinaux, les Evefques &c. ont des fentimens *anti-Chreftiens*, & *plus qu'idolatres*; qu'ils foutiennent *les dogmes les plus impies*, *& les plus execrables*; qu'ils font les *Docteurs de menſonge* &c. Si ces confequences vous paroiſ-fent eftranges, & horribles, il faut s'en prendre aux principes de ces Meſſieurs.

nent *les dogmes les plus impies & les plus execrables*; que ce font des *Docteurs de menſonge*, &c. †

Avez-vous fait reflexion, Mr., que ce jeune Profeſſeur n'eft pas feulement intrepide dans la cauſe de fon maiftre, mais † encore defintereſſé jufques à fe fermer la porte à toutes les charges, & à tous les eftabliſſe-mens dans le Royaume, en faifant une profeſſion de Foy, qui eft di-rectement oppoſée au Formulaire, que Sa Majefté trés-Chreftienne veut qu'on foufcrive, avant que d'eftre pourveu d'aucun employ, ou digni-té Eccleſiaftique? Faifons, Mr., le paralele de l'une & de l'autre.

Avez-vous fait reflexion, Mon-fieur, que ce jeune Profeſſeur n'eft pas feulement intrepide dans la cauſe de fon Maître ; mais paroift encore defintereſſé jufques à fe fermer la por-te à toutes les charges & à tous les éta-bliſſemens dans le Royaume, en fai-fant une profeſſion de Foy qui eft di-rectement oppoſée à celle que Sa Ma-jefté Tres-Chreftienne veut qu'on foufcrive, conformément aux ordres de l'Eglife, avant que d'eftre pourvû d'aucun employ ou dignité Eccleſia-ftique? Faifons, s'il vous plaift, le paralele de l'une & de l'autre.

Formulaire que Mr. Deligny a figné.

Je (P. Deligny) *fuis entierement perfuadé, que Mr. l'Evefque d'Ipres* † *a efté condamné par une faction de ban-*

Profeſſion de Foy de Mr. de Ligny.

Je (P. de Ligny) *fuis entierement perfuadé que M. l'Evefque d'Ipres (Jan-fenius) a efté condamné par une faction de*

K

de bande Molinienne, & qu'il n'a jamais tenu d'autre doctrine sur la Grace
que celle de Saint Augustin. Je croy
même que nul Pape n'a jamais donné de
plus évidentes marques de sa fallibilité,
que dans la condamnation de ces cinq
Propositions IN SENSU A JAN-
SENIO INTENTO, dans le sens de
Jansenius.

Formulaire de Foy que Sa Majesté veut qu'on signe.

Ego (Petrus de Ligny) Constitutioni Apostolicæ Innocentii X. datæ die 3.
Maii 1653. & Constitutioni Alexandri
VII. datæ 17. Octobris 1656. summo-
rum Pontificum me subjicio, & quinque Propositiones ex Cornelii Jansenii
libro (cui nomen Augustinus) excer-
ptas, & IN SENSU AB EODEM
AUTHORE INTENTO, prout
illas per dictas Constitutiones Sedes Apostolica damnavit, sincero animo rejicio ac damno, & ita juro: sic me
Deus adjuvet, & hæc Sancta Dei
Evangelia.

Il ne faut que des yeux pour voir
l'opposition qui se trouve entre ces
deux Formulaires. Vous croyez sans
doute, Monsieur, que ce Bachelier
a renoncé par là à ses pretentions sur
la chaire de Professeur Royal * de
l'Histoire. Permettez-moy de vous le dire: vous vous trompez, & vous ne sçavez
pas les ressources qu'on a dans le Parti pour
sortir d'embaras & pour venir à ses fins.
Ces Messieurs ne manqueront jamais d'ex-
pediens en de pareilles conjonctures, & M.
de Ligny en manquera moins qu'un autre.
Il est habile, il a esté élevé dans une bonne

* Il écrit
que M. le
Docteur
de la
Croix
veut luy
resigner
par ami-
tié sa Le-
çon de
l'Histoire.

Eco-

---

bande Molinienne, & qu'il n'a jamais
tenu d'autre doctrine sur la grace, que
celle de S. Augustin. Je croy même,
que nul Pape n'a jamais donné de plus
evidente marque de sa fallibilité, que
dans la condamnation de ces cinq propositions IN SENSU A JANSE-
NIO INTENTO.

Formulaire, que Sa Majesté veut qu'on signe.

Ego (Petrus Deligny) Constitutioni Apostolicæ Innocentii X. datæ die 3.
Maii 1653. & Constitutioni Alexandri VII. datæ 17. Octobris 1656. sum-
morum Pontificum me subjicio, &
quinque propositiones ex Cornelii Jansenii libro (cui nomen Augustinus) ex-
cerptas, & IN SENSU AB EO-
DEM AUTHORE INTEN-
TO, prout per illas prædictas Constitutiones Sedes Apostolica damnavit, sincero animo rejicio ac damno, & ita
juro: sic me Deus adjuvet, & hæc
Sancta Dei Evangelia.

Il ne faut que des yeux pour
juger de la parfaite antithese, qui se re-
trouve entre ces deux Formulaires;
croyez-vous donc, Mr., que ce Licentié à esclorre dans peu de jours, ayt
renoncé par là aux belles esperances †
de Professeur Royal * de l'Histoire &c. J'ay de la peine à me l'imaginer,
& si vous voulez même, je vous donneray caution de ses grosses pretensions. Que
fera-t'il donc, quand il sera à la veille de les
obtenir à condition de signer le Formulaire? Une conscience timide, un esprit du
commun se trouveroit icy un peu embarrassé;

* Il escrit
que Mr.
le Doc-
teur de la
Croix
veut luy
resigner
par ami-
tié sa Le-
çon de
l'Histoire.

rassé ; mais un esprit transcendant, comme celuy de Mr. Deligny, qui va au solide des choses, sans estre susceptible de vaines craintes, s'en démeslera sans peine, & il vous dira d'un ton asseuré ; *je n'ay aucun scrupule là dessus.* Mais enfin quel sera cet heureux expedient ? il faudra donc abjurer publiquement Jansenius, & changer de sentiment ? Ne vous en mettez pas en peine, la cabale a pourveu à tout cela ; & sans restriction, & sans mensonge, on signe, on jure, que l'on condamne les cinq propositions dans le sens de Jansenius, & l'on tiendra dans l'ame, & l'on dira en confidence, que *Jansenius n'a jamais tenu d'autre doctrine, que celle de saint Augustin ; que nul Pape n'a jamais donné de plus evidentes marques de sa fallibilité, que dans la condamnation des cinq propositions IN SENSU A JANSENIO INTENTO.* Il est vray que selon les principes communs de la raison, & du bon sens, c'est un peu tomber dans la contradiction, & que selon l'expression de l'Escriture, c'est souffler le chaud, & le froid de la même bouche ; mais selon la maxime de la faction, c'est expliquer finement les choses, c'est leur donner un tour agreable, & spirituel, c'est s'élever au dessus des sens, & de la raison. *O altitudo.*

Il y a quelque chose de plus qu'une simple conjecture en tout cela, la chose va jusques à l'experience : Mr. Gilbert ne passa pas de la Cure du village de Baumé à la dignité de Prevost de de S. Amé, & de Chancelier de vostre Université, sans signer le Formulaire contre Jansenius. Croyez-vous

Ecole ; il aura de bons conseils. Mais enfin quel sera cet heureux expedient ? sera-ce d'abjurer publiquement Jansenius ? Oüy, Monsieur, il le fera s'il en est besoin, & il le fera sans scrupule, à l'exemple de ses maistres, qui ne haïssent pas la restriction & l'équivoque quand elles favorisent leurs interests. On signe, on jure que l'on condamne les cinq Propositions dans le sens de Jansenius, & on croit dans l'ame, & on dit en confidence, que *Jansenius n'a jamais tenu d'autre doctrine que celle de Saint Augustin : que nul Pape n'a jamais donné de plus evidentes marques de sa fallibilité que dans la condamnation des cinq Propositions,* IN SENSU A JANSENIO INTENTO. Il est vray que selon les principes communs de la raison & du bon sens, c'est un peu tomber dans la contradiction ; & que selon l'expression de l'Ecriture, c'est souffler le chaud & le froid de la même bouche : mais selon la maxime de la faction, c'est se tirer finement d'un mauvais pas, † c'est s'élever au dessus des sens & de la raison. †

Cecy, Monsieur, n'est pas une simple conjecture, c'est un fait certain. M. Gilbert ne passa point de la Cure du village de Baumé à la dignité de Prevost de S. Amé, & de Chancelier de vôtre Université, sans signer le Formulaire contre Jansenius. Croyez-vous que luy, tout Janseniste *de Pro-*

feſſion qu'il étoit, ait tant ſoit peu heſité pour faire cette démarche? Bien loin de cela, il l'a faite de tout ſon cœur : il a même ajoûté quelque choſe au Formulaire, comme il témoigne dans ſon Traité de la Grace. *Qu'on ſe ſouvienne*, dit-il, *qu'avant d'entrer en poſſeſſion de la dignité où j'ay eſté élevé par une providence de Dieu, & ſans l'avoir merité, j'ay fait la Profeſſion de Foy preſcrite par Sa Majeſté dans le Formulaire qu'elle fait ſigner au ſujet des Propoſitions condamnées : & que de plus, j'ay ajoûté au Formulaire que je condamnois ces Propoſitions dans tous les ſens auſquels elles ont eſté condamnées par les Conſtitutions du S. Siege, & auſquels elles le ſeront à l'avenir.*

Mais qu'a produit cette ſignature avec ſon addition? L'a-t-elle empeſché d'enſeigner le Janſeniſme & d'en infecter le College public, où il étoit Profeſſeur, & le Seminaire du Roy, où il étoit Preſident? Ce ſerment ſur les ſaints Evangiles, *Ita juro: ſic me Deus adjuvet, & hæc ſancta Dei Evangelia*, l'a-t-il empeſché de condamner en ſecret la Conſtitution d'Alexandre VII. à laquelle il avoit ſouſcrit en ſignant le Formulaire, & d'écrire à l'un de ſes amis: *Vous avez déméſlé la doctrine Evangelique de la Grace de J. C. de la bleſſure que luy avoit donné Alexandre VII. par ſa Conſtitution, dont la playe n'eſt pas encore bien reſſerrée.* A quoy donc ſervent les ſignatures & les ſouſcriptions dans la nouvelle Egliſe ſinon à faire voir que l'on n'y eſt pas eſclave de ſa parole, & qu'on

vous que luy, tout Janſeniſte qu'il eſtoit de Profeſſion, ait tant ſoit peu bronché pour faire cette démarche? Bien loin de là, il l'a fait de tout ſon cœur, il a même ajoûté † au formulaire, comme il teſmoigne dans ſon Traité de la grace. *Reflectant omnes, me ad eam, quâ Divinâ Providentiâ, & præter merita promotus ſum, dignitatem non perveniſſe, niſi eâ profeſſione præſtitâ, quam formulâ ſuâ requirit Rex noſter circa propoſitiones damnatas : imò ad illam formulam addidiſſe me, præfatas propoſitiones damnare me in omni ſenſu, quo Conſtitutiones Apoſtolicæ damnarunt eas, & deinceps damnabunt.*

Mais qu'a produit cette ſignature avec ſon addition? l'a-t'elle empeſché d'enſeigner le Janſeniſme, & d'en infecter le College public, où il eſtoit Profeſſeur, & le Seminaire du Roy, où il eſtoit Preſident? Ce ſerment ſur les Saints Evangiles; *Itâ juro, ſic me Deus adjuvet, & hæc ſancta Dei Evangelia;* l'a-t'il empeſché de teſmoigner en ſecret, que la Conſtitution d'Alexandre VII. condamnoit la grace de JESUS-CHRIST; & d'eſcrire à l'un de ſes amis en ces termes? *Vous avez déméſlé la doctrine Evangelique de la grace de JESUS-CHRIST de la bleſſure, que luy avoit donné Alexandre VII. par ſa Conſtitution, dont la playe n'eſt pas encor bien reſſerrée.* A quoy donc ſervent les ſignatures, & les ſouſcriptions dans la nouvelle Egliſe? ſinon à faire voir que l'on n'y eſt

* Q. 109. ſect. 2. §. 2. in ſolut. object. 1.

* Q. 109. ſect. 2. §. 2. in ſolut. ject. 1.

est pas esclave de sa parole, & qu'on ne l'est pas même des serments les plus solemnels, & que rien n'est plus capable de confirmer les Protestans dans la pensée, que l'on donne chez nous des dispenses, qui accordent par avance le pardon des mensonges, & des faux serments, que l'on fait en faveur de la Religion.

† Il est bon que vous sçachiez, Mr., que si le Professeur Deligny n'est pas scrupuleux †, ce n'est ni stupidité, ni endurcissement ; mais c'est qu'un esprit bien fait, comme le sien, ne craint qu'où il y a à craindre, & que les apparences du mal ne le surprennent pas. C'est pour cela que ni l'affaire de Jansenius, ni la lecture de tous les livres, qui traitent de ses erreurs, & les defendent, ne luy donne pas d'embarras ; parce qu'un Pape qui décide, un Clergé qui accepte sa decision, une excommunication qu'on lance, n'est point capable de faire peur à un esprit affermi contre de semblables tonnerres, &

Livre *qui a de l'onguent contre la bruslure.* *Mais*
s Jan- dans des cas veritablement perplexes, & d'une fascheuse solution, Mr. Deligny con-
nistes fesse, qu'il a ses peines, & ses anxietez.
milier En voicy un bel exemple : *Je lis sans*
Mr. De- *scrupule*, dit-il, *les livres qui traitent du Jansenisme ; mais je doute* (atten-
ny. tion, s'il vous plaît, il faut une affaire bien espineuse, pour faire douter un homme de cette force) *je doute, si on peut lire les livres justement defendus, comme par exemple, Calvin, Luther, Jurieu, & de semblables heretiques ; vous me feriez un plaisir particulier de me dire vostre sentiment là dessus.*

Il n'est plus question des livres touchant le Jansenisme ; parce que ces livres estant bons, il luy est evident, que la defense porte à faux ; mais le point de la grosse difficulté, le nœud Gordien, c'est touchant les livres justement defendus, comme Luther, Calvin, Jurieu &c. voilà douter en homme d'esprit, il faut du fonds,

qu'on ne l'est pas même des sermens les plus solemnels † ?

Au reste, Monsieur, il est bon que vous sçachiez, que si le Professeur de Ligny n'est pas scrupuleux en matiere de Jansenisme, ce n'est ni stupidité, ni endurcissement † : hors de là il ne laisse pas d'avoir des † difficultez & des doutes. En voicy un bel exemple. *Je lis sans scrupule*, dit-il, *les Livres qui traitent du Jansenisme ; mais je doute † si on peut lire les Livres justement défendus, comme par exemple Calvin, Luther, Jurieu, & de semblables Heretiques. Vous me feriez un plaisir particulier de me dire vôtre sentiment là-dessus.*

Il n'est plus question des Livres touchant le Jansenisme, parce que ces Livres étant bons, il luy est évident que la défense porte à faux ; mais le point de la difficulté †, c'est touchant les Livres justement défendus, comme Luther, Calvin, Jurieu, &c. Voilà douter en homme d'esprit : il faut du fonds & de la Theologie pour

K 3   dou-

douter de la maniere, il n'appartient pas à des esprits superficiels d'avoir de semblables doutes.

Je n'ay garde de m'ériger icy en Casuiste, & de vouloir démesler un cas si embarassant. Le Sieur de Ligny a son Moyse & ses Prophetes, il a son Gilbert, son Rivette & son Laleu : il ne luy faut point d'autres Oracles. †

Aprés tout cela, vous semble-t-il, Monsieur, qu'un Janseniste est une chimere? Si cela est, il faut que la chimere change de nature, & que les Philosophes ne la placent plus parmi les estres impossibles : puis-qu'on la voit cette chimere, qu'elle parle, qu'elle se promene, & qui pis est, elle fait bien du desordre dans vôtre Université. Mais ce n'est pas d'au-jourd'huy que ce mal a commencé : M. Gilbert en a jetté les semences il y a quelques années : l'amour de la nou-veauté l'a fait croistre, & les Livres du Parti l'ont répandu de tous costez. Sçavez-vous, Monsieur, que bien des gens chez vous n'étudient plus Saint Tho-mas ni Saint Augustin, que dans des sources corrompuës, dans des Livres que la faction a composez pendant les troubles de l'Eglise, & qui pour ce sujet ont presque esté tous mis dans l'*Indice*? Jugez par ce que je vais vous dire, si la chose est veritable.

Estant ces jours passez chez la per-sonne qui s'est fait un point de con-science de me communiquer les Let-tres

fonds, & de la Theologie pour dou-ter de la maniere : il n'appartient pas à des esprits superficiels, d'avoir de semblables doutes.

Je n'ay garde de m'eriger icy en Directeur, & de vouloir démesler ce fascheux cas ; † il a son Moyse, & ses Prophetes, il a son Gilbert, son Laleu, & son Rivette, qui pour luy faire cette charité, voudront bien apparem-ment suer quelque temps sous la pesanteur de cette question.

Aprés tout cela, vous semble-t-il, Mr., qu'un Janseniste est une chi-mere? Si cela est, il faut que la chi-mere change de nature, & que les Philosophes ne la placent plus parmy les estres impossibles ; puis qu'on la voit cette chimere ; † elle parle, el-le promene, & qui pis est, elle fait gros ravage dans vostre Université : Ne vous en estonnez pas, ce mal a pris ra-cine passé quelque temps, Mr. Gilbert en a jetté la semence, la nouveauté par ses charmes luy a donné de la vogue, & de l'accroissement, & les meschants livres, que l'on ramasse de toutes parts, comme des pierres precieuses, ont fortifié l'erreur au delà de ce que je vous sçaurois exprimer. Croirez-vous, Mr., que bien des gens chez vous n'étudient plus S. Thomas, ni S. Augustin, que dans des sources boüeuses, dans des livres, que la fac-tion a composez pendant les troubles de l'Eglise, & qui pour ce sujet ont presque esté tous mis dans l'Indice? Ce n'est pas un simple soupçon : jugez-en par cette avanture.

Estant ces jours passez chez la per-sonne, qui s'est fait un point de con-science, de me communiquer les let-tres

tres, & les pieces originales de toute cette intrigue, pour defabufer ceux,
que je fçavois avoir de l'attache à cette faction, & pour leur en infpirer de l'horreur,
je remarquay en promenant dans une
grand'falle à travers d'un treillis fermé fous la clef, deux facs, l'un couvert d'une toile noire, & l'autre d'u-
ne grife; il y avoit quelque papier coufu
au deffus en forme d'infcription. Comme je m'approchois par curiofité,
pour voir ce qu'il y avoit d'efcrit, mon
amy m'arrefta tout court: hola, me
dit-il, prennez garde, vous approchez trop prés, il y a du danger; ces
deux facs font leur quarantaine, ce
treillis leur fert de Lazaret. A ces
mots de *quarantaine* & de *Lazaret*,
je jugeay que ces paquets venoient
d'un pais infecté, & retournant bien
vifte quelque pas en arriere, avez-vous
donc, luy dis-je, Mr., commerce
en Italie, ou dans le Levant, où regne la contagion? Je vous donne parole,
me refpondit-il, que ce venin ne vient
pas d'Italie; l'Inquifition y eft un admirable antidote contre cette forte de
contagion. Et plus il me voyoit d'empreffement à découvrir le myftere, qu'il y avoit
dans fes paroles ambiguës, plus il prenoit
plaifir à me tenir en fufpens, jufques à ce
qu'enfin m'ayant fait affez languir, il me
prit par la main, & s'approcha de ces
facs. Voyez, Mr., me dit-il, à qui
l'on confie la jeuneffe, & de quelle
fource l'on puiffe de malheureufes maximes pour l'empoifonner: lifez ce
premier billet: j'y vis ces mots: *Li-*
vres, & papiers appartenans à Mr.
Deligny, & à quelques-uns de fes amis
de l'Univerfité de Donay? Voila la pefte.

tres & les pieces originales de toute †
l'intrigue que je viens de vous découvrir: †
je remarquay en me promenant dans
une grande falle, à travers d'un treillis fermé fous la clef, deux facs, l'un
couvert d'une toile noire, & l'autre
d'une grife, chacun avec fon étiquette.
Comme je m'approchois par curiofité pour voir ce que c'étoit, mon amy
m'arrefta tout court: hola, me dit-
il, prenez garde, vous approchez
trop prés; il y a du danger: ces deux
facs font leur quarantaine, ce treillis
leur fert de Lazaret. A ces mots de
quarantaine & de *Lazaret*, je jugeay
que ces paquets venoient d'un lieu
infecté; & me retirant bien vifte †:
Avez-vous donc, luy dis-je, commerce en Italie ou dans le Levant? †
Je vous affure, me répondit-il, que
le mal ne vient pas d'Italie: l'Inquifition y eft un admirable antidote
contre cette forte de pefte. † Puis me
prenant par la main, & s'approchant
de ces facs; Voyez, me dit-il, à qui
l'on confie la jeuneffe, & dans quelle
fource on puife de quoy l'empoifonner. Lifez ce premier billet: J'y
vis ces mots: *Livres & papiers ap-*
partenans à M. de Ligny, & à quel-
ques-uns de fes amis de l'Univerfité de
Douay †. Mais avant que d'ouvrir
le paquet, voyez, ajouta-t-il, la Lettre par laquelle M. de Ligny mande
à fon cher correfpondant, que s'é-
tant procuré un établiffement hors
de Doüay, il fauroit ce qu'il avoit
de *plus curieux* & de *plus pretieux* en
matiere de Livres. Aprés quoy il
délia le premier fac. Je m'attendois
d'y voir à l'ouverture des extraits de
l'Ecriture, des Conciles, des Peres: fur
tout

tout de Saint Auguſtin & de Saint Thomas. Car c'eſt ce qu'ils citent en toute rencontre, à tort & à travers. Mais je fus étrangement ſurpris de n'y trouver ✝ que *La Morale Pratique des Jeſuites* ✝, *les Imaginaires & les Viſionnaires, Wendrokii Notæ in Epiſtolas Provinciales Montaltii, la Morale des Jeſuites,* ✝ *le Phantoſme du Janſeniſme, Irenæi Cauſa Janſeniana ſive Hæreſis Fictitia, le nouveau Teſtament de Mons,* ✝ *le Livre de la frequente Communion,* &c. avec un grand amas d'Ecrits & de feüilles volentes ✝ pour la défenſe de Janſenius, & contre la ſignature du Formulaire; pieces pour la pluſpart plus connuës en Greve & au Champ de Flore, que dans les Bibliotheques bien Catholiques.

te, reprit-il, voila le venin cent fois plus à craindre, que celuy d'Italie, & du Levant; je le tiens fermé, crainte qu'il ne priſt envie à quelqu'un de mes domeſtiques d'y foüiller, & de s'y corrompre. Mais encor un coup, qu'y a-t-il, luy diſ-je, de ſi dangereux? Je vous connois, me reſpondit-il, il vous faudra tout montrer; je le feray avec d'autant moins de peine, que je ſçais que vous avez du preſervatif contre cette peſte, & que vous ne riſquerez rien, d'entrer dans cette eſpece de voirie. Mais auparavant voyez la lettre, par laquelle Mr. Deligny ſignifie à ſon cher correſpondant, que s'eſtant procuré un eſtabliſſement hors de Douay, il ſauvoit ce qu'il avoit de *plus curieux, & de plus pretieux* en matiere de livres. Après quoy il délia le premier ſac. Je m'attendois

d'y voir à l'ouverture, les Conciles, les Eſcritures, les S. Auguſtins, les S. Thomas &c. parce que c'eſt, ce me ſemble, ce qui peut y avoir de *plus curieux, & de plus pretieux* en matiere de livres, & ce ſont ceux-là même, qu'ils citent à toute occaſion à tort, & à travers. Mais je fus horriblement ſurpris de n'y trouver preſque aucun livre, qui n'ayt eſté condamné à Rome, & par les Parlemens de France, & qui n'ayt eſté bruſlé par les mains du bourreau. Faut-il s'eſtonner, me dit cet amy, me voyant dans la conſternation, de toutes les vilainies, & les ordures, dont ils rempliſſent leurs harangues publiques? Des gens, qui ne font que ſe vautrer ainſi dans des eſgouts, que peuvent-ils nous donner qui ne ſente la cloaque, & la pourriture? Il y avoit donc dans ce ſac *La Morale Pratique des Jeſuites,* 4. Tomes, *Les Imaginaires, & les Viſionnaires, Wendrokii Notæ in Epiſtolas Provinciales Montaltii, La Morale des Jeſuites* 3. Tomes, *Le Phantoſme du Janſeniſme, Irenæi Cauſa Janſeniana, ſive Hæreſis Fictitia, Le Teſtament de Mons* 2. Tomes, *Le Livre de la frequente Communion* &c. Un grand amas de tous les eſcrits, feüilles, imprimez, qu'on a faits en faveur de Janſenius avant, & après ſa condamnation, & contre la ſignature du Formulaire; en un mot toutes pieces mieux connuës en Greve à Paris, & au Champ de Flore à Rome, que dans les Bibliotheques des gens attachez à la veritable Religion.

Moy qui pour lors étois encore aſſez prévenu en faveur de M. de Ligny,

Moy qui pour lors eſtois encor aſſez prevenu en faveur de Mr. Deligny,

gny , gardons-nous , dis-je à mon amy, de ne pas prendre les chofes à contre-fens: ce Mr. Deligny eft homme de confcience, peut-eftre fe fait-il quitte de ces livres, parce qu'il les croit auffi mefchants que nous les faifons: & puis on n'eft pas mefchant pour avoir de mefchants livres; qui fçait, fi ce n'eft pas pour les refuter qu'il s'en eft fervi? Vous eftes bon, me dit-il, d'en appeller à la confcience de Mr. Deligny; je voudrois le pouvoir faire comme vous: mais voyez, fi je le puis fans eftouffer le bon fens, & la raifon: voila les lettres, qu'il efcrit à l'occafion de ces livres. *J'ay l'excellent livre de Montalte, avec les Notes de Wendrokius, je l'ay leu avec plaifir; j'ay le Phantofme du Janfenifme, l'Apologie Hiftorique, les Herefies Imaginaires, la Morale Pratique, & quelques autres livres contre les Peres.*

gny , gardons-nous, dis-je à mon amy, de †prendre les chofes à contre-fens: ce M. de Ligny eft homme de confcience, peut-eftre fe défait-il de ces Livres, parce qu'il les croit auffi méchans que nous les croyons: & puis on n'eft pas méchant pour avoir de méchans Livres. Qui fçait fi ce n'eft pas pour les refuter qu'il s'en eft fervi? Vous eftes bon, me dit-il, d'en appeller à la confcience de M. de Ligny. Je voudrois le pouvoir faire comme vous: mais voyez fi je le puis raifonnablement. Voicy ce qu'il écrit à l'occafion de ces Livres. *J'ay l'excellent Livre de Montalte, avec les Notes de Wendrokius: je l'ay lû avec plaifir. J'ay le Phantofme du Janfenifme, l'Apologie Hiftorique, les Herefies Imaginaires, la Morale Pratique, & quelques autres Livres contre les Peres.*, &c.

Et ailleurs; l'on m'a fait tenir les trois Tomes de la Tradition de l'Eglife Romaine, dit Mr. Laleu, *& j'ay demandé tout ce qu'il y a de la Morale Pratique: ces livres font utiles, & neceffaires pour détromper le public. J'ay plufieurs livres,* pourfuit Mr. Deligny, *dont je ferois trifte de me faire quitte .... il y en a quelques-uns qui font de contre-bande, par exemple, Wendrok, Le Phantofme, La Morale Pratique, L'Almanach, Les Herefies imaginaires, L'Apologie & plufieurs pieces touchant le Janfenifme.* N'eft-il pas evident par ces lettres, que ces livres luy font tres-chers, qu'ils font fa principale étude, & qu'ils font la fource de fes fentimens fcandaleux?

Ma curiofité ne pût fe borner là, je priay mon amy de ne me pas cacher, ce qu'il y avoit dans l'autre petit fac; je luy remontray que pour mefchant qu'il puft eftre, je fçavois le fecret d'en faire un bon ufage. Voilà uniquement ce que je pretens, me dit-il, faifons theriaque de la vipere. Ah! nous fommes au nid, m'efcriay-je, voyant le papier, où ces mots étoient efcrits:

Li-

Pendant qu'il me lifoit cette Lettre, je jettay les yeux fur l'autre fac, où il y avoit en gros caracteres: *Livres & Papiers de M. le Docteur Gibert.* Nous ferons icy, luy dis-je, de belles découvertes. Je vifitay tout, & je trouvay d'abord fon fameux Traité de la Grace. Comme c'eft fon Ouvrage favori, il y en avoit plufieurs copies de fa main, en papier doré,

L   en

en papier commun, en petit, en petit, en grand. Il y avoit outre cela des Lettres fort importantes, qui font connoiftre ceux avec qui il a plus d'habitude, qui donnent dans fes fentimens, qui ont approuvé fes Thefes, &c. † Les minuttes des Lettres qu'il envoyoit par tout, & les Lettres qu'il recevoit y étoient auffi: en un mot, on y voit à découvert tout le fecret de la Cabale, & l'on en peut tirer bien des lumieres pour connoiftre à fond le myftere d'iniquité. Il n'y avoit que deux Livres dedans, mais qui valent une Bibliotheque entiere. L'un a pour titre, *Recueil de Port-Royal*; c'eft une infinité de pieces jointes enfemble contre la fignature du Formulaire. † L'autre étoit l'incomparable *Auguftinus Cornelii Janfenii Iprenfis Epifcopi.* Ah! le fourbe, ah! le menteur, m'écriay-je à la vûë de ce Livre: où eft la bonne foy & la fincerité de M. Gilbert, qui protefte dans fes Ecrits* que c'eft luy faire le plus grand de tous les outrages, que de le foupçonner du Janfenifme, puifqu'il n'a jamais vû Janfenius: *Cùm Janfenium numquam viderim.*

Livres & papiers de *Mr. le Docteur Gilbert*: Nous avons la mine d'y faire de belles découvertes: je parcourus le tout avec une extreme avidité, j'y trouvay des efcrits en groffe quantité, le Traité de la grace pour eftre fon BENONI, & fon enfant de douleur, ne laiffoit pas de parêtre comme fa production favorite; il eftoit efcrit de fa main en deux ou trois manieres, en papier doré, en papier commun, en petit, en grand; il y avoit outre cela des lettres fort importantes, qui font connêtre ceux, avec qui il a plus d'habitude, qui donnent dans fes fentimens, qui ont prouvé fes thefes &c. il y avoit les minutes des lettres, qu'il envoyoit par tout, & celles qu'il recevoit: en un mot le fecret de la cabale y eft tout à découvert, & l'on en peut tirer bien des lumieres pour connêtre à fond les myfteres d'iniquitez. Il n'y avoit que deux livres dedans, mais qui valent toute une librairie: l'un a pour titre; *Recueil de Port-Royal*, c'eft une infinité de pieces jointes enfemble contre la fignature du Formulaire dreffé contre Janfenius; l'autre eftoit l'incomparable *Auguftinus Cornelii Janfenii Iprenfis Epifcopi.* Ah! le fourbe, ah! le menteur, m'efcriay-je, à la veüe de ce malheureux ouvrage! où eft la bonne foy, & la fincerité de Mr. Gilbert, qui protefte dans fes efcrits* que c'eft luy faire le plus grand de tous les outrages, que de le foupçonner du Janfenifme, puis qu'il n'a jamais leu Janfenius, *cum Janfenium numquam viderim.*

* p. 109. fect. 2. §. 2. fur la fin de la 1. object.

Son argument n'eft pas en forme, repliqua mon amy: la plufpart des Lutheriens & des Calviniftes ne laiffent

L'argument n'eft pas en forme, repliqua mon amy; la plus part des Lutheriens, & des Calviniftes ne laif-

laiffent pas d'eftre bons Lutheriens, & bons Calviniftes pour n'avoir jamais leu Luther, ni Calvin ; mais comme d'ailleurs il vouloit un peu le juftifier, il remarqua fort à propos que le nom de JANSENIUS, qui doit eftre dans l'ovale d'une taille douce à la tefte du livre, en eftoit retranché ; ah ! Monfieur, me dit-il, la penfée de Mr. Gilbert eft delicate, il femble que j'y entre ; il dit qu'il n'a pas leu Janfenius, il a quelque raifon de le dire, car il n'a pas leu ce mot *Janfenius* puis qu'apparemment il l'a fait déchirer à deffein, pour faire en feureté de confcience cette hardie proteftation, *cum Janfenium numquam viderim*. La défaite eft puerille, luy dis-je, & elle fent †l'equivoque ; la morale de ce Docteur eft toute épurée de ces ambiguitez. Hé bien donc difons, reprit-il, pour excufer ce Docteur du menfonge apparent, que Janfenius luy eft tombé entre les mains depuis que fes efcrits font compofez.

Vous pourrez dire ce qu'il vous plaira, luy refpondis-je, il ne fera pas moins vray, que vous entreprennez une mefchante caufe ; & pour vous faire comprendre jufques où elle eft defefperée, je fuis preft de montrer par un efcrit public, que Mr. Gilbert dans fes efcrits de la grace a prefque pillé tout Janfenius, & que dans les matieres les plus conteftées, comme font celles de la grace, de la liberté, de la mort de JESUS-CHRIST &c. il prend par fois hors de Janfenius deux ou trois pages prefque de fuite mot pour mot : il fe fert

des

fent pas d'eftre bons Lutheriens, & bons Calviniftes, pour n'avoir jamais lû Calvin ni Luther. Mais comme d'ailleurs il vouloit un peu le juftifier, il remarqua fort à propos que le nom de JANSENIUS, qui doit eftre dans l'ovale d'une taille douce à la tefte du Livre, en étoit retranché. Ah ! Monfieur, me dit-il, il me femble que j'entre dans la penfée de M. Gilbert. Il dit qu'il n'a pas lû Janfenius, il a quelque raifon de le dire : car il n'a pas lû ce mot, *Janfenius*, puifqu'apparemment le nom de l'Auteur n'y étoit plus quand il achepta le Livre. N'en eft-ce pas affez pour pouvoir dire en confcience, *cùm Janfenium nunquam viderim ?* La défaite eft commode, luy dis-je, mais elle fent bien l'equivoque, & ne convient gueres à la morale de ce Docteur. Hé bien donc difons, reprit-il, pour l'excufer même de l'apparence du menfonge, que Janfenius luy eft tombé entre les mains depuis que fes Ecrits font compofez.

Vous pourrez dire ce qu'il vous plaira, luy répondis-je : il ne fera pas moins vray que vous entreprenez une méchante caufe ; & pour vous † le faire comprendre, je fuis preft de montrer par un Ecrit public, que M. Gilbert dans fon Traité de la Grace a prefque tout pillé Janfenius, & que dans les matieres les plus conteftées, comme font celles de la Grace, de la liberté, de la mort de JESUS-CHRIST, &c. il en prend quelquefois deux ou trois pages † de fuite mot pour mot. Il fe fert des mêmes preuves, des mêmes paffages de l'Ecriture & de Saint

Augustin. Le plus grand change-ment consiste en ce que M. Gilbert dit en abregé ce que Jansenius ensei-gne d'une maniere plus étenduë. ††

des mêmes preuves, des mêmes pas-sages de l'Escriture, & de S. Augustin: le plus grand changement consiste en ce que Mr. Gilbert dit en abbregé ce que Jansenius enseigne d'une maniere

fort estenduë. Voila de ces preuves, ce me semble, qu'on appelle accablantes, & demonstratives: je suis prest pourtant d'en convaincre le monde, quand on voudra, & quand on me tesmoignera qu'il ira du service de l'Eglise de faire cette conviction. Aprés cela ne faut-il pas avoir une patience à l'espreuve de tout, pour ne pas perdre contenan-ce, quand on entend des gens, qui veulent encor nous bercer de cét insensé paradoxe; *que la secte des Jansenistes est une secte imaginaire ?*

Quand je finirois icy, je croirois en avoir dit assez pour convaincre toute personne raisonnable qu'il y a en-core des Jansenistes au monde. Cepen-dant si on veut quelque chose de plus fort & de plus sensible, je n'ay qu'à produire la Lettre de M. de Ligny à un Evêque, auquel il rend compte de sa croyance & de ses sentimens. La voicy. ††

Quand je briserois icy, je croirois en avoir dit assez, pour contenter tout esprit raisonnable, que la prevention n'a pas tout à fait infatué. Cependant je veux conclure, & donner le dernier coup par quelque chose encor de plus incontesta-ble, & si on le peut dire ainsi, de plus as-sommant. C'est une lettre de Mr. De-ligny à un Evesque, à qui il rend con-te de sa croyance, & de ses sentimens.

Je vous ay dit au commencement de cette lettre, que le Formulaire aux 7. articles ne comprend que des points communs, que les Neophytes signent, & que l'on communi-que à tous ceux, qui font leur premiere entrée dans la nouvelle Eglise: mais ce formulaire aux 12. articles, qui va suivre, est le formulaire aux articles secrets, & qui contient les mysteres les plus cachez de la Secte, & que l'on ne découvre qu'à ceux, qui ont un atta-chement inviolable au parti, & qui en ont donné des marques asseurées. Voicy ce for-mulaire signé de la main de Mr. Deligny.

MONSEIGNEUR,

Je supplie vôtre Grandeur de me vou-loir pardonner mon trop long retarde-ment à la remercier des bontez extraor-dinaires qu'elle a pour moy. Je viens à présent vous rendre grace de tout mon cœur, & m'abandonner entierement à vôtre disposition. . . . . . Pour moy, MONSEIGNEUR, je vas vous dé-clarer

MONSEIGNEUR

Je supplie vostre Grandeur de me vouloir pardonner mon trop long retar-dement, à la remercier des bontez ex-traordinaires, qu'elle a pour moy. Je viens à présent vous rendre grace de tout mon cœur, & m'abandonner entie-rement à vostre disposition. . . . . . Pour moy, MONSEIGNEUR, je je vas vous declarer ouvertement, & sincerement, ce que je crois touchant la sainteté des dogmes de la Theologie Chrestienne.

Vous faites reflexion, comme je crois, que voila tout l'air, & le style d'une profession de Foy. Il parle à un Evesque de la sainteté des dogmes de la Religion : il declare qu'il parle ouvertement, & sincerement, & comme c'est par escrit que se fait cette declaration, on ne peut douter qu'elle ne se fasse avec beaucoup de maturité, & qu'elle n'expose les veritables sentimens de son cœur. Poursuivons.

1. *Je declare devant Dieu, que j'ay une attache inviolable à tous les sentimens de Mr.* *, que j'ay toûjours aimé, & estimé par dessus tous les Theologiens, depuis que je commence à connoistre la Theologie ; je crois que par ce moyen je pourray entrer plus seurement dans la doctrine du grand S. Augustin.*

2. *Que j'ay une horreur extreme pour la Speculative, & la Morale corrompuë des Peres de la Société, & pour tous les adoucissemens, & temperamens, dont on s'est avisé dans ces derniers siecles, pour colorer, & affoiblir les plus venerables dogmes du Christianisme.*

3. *Que je crois, que la liberté d'indifference dans la nature corrompuë n'est qu'une chimere, & une invention humaine, & le reste d'une Philosophie Pelagienne.*

4. *Que depuis la chûte d'Adam, il n'y a plus de grace suffisante, mais seulement*

---

clarer ouvertement & sincerement ce que je crois touchant la sainteté des dogmes de la Theologie Chrestienne.

Vous faites reflexion, Monsieur, comme je croy, que voilà tout l'air & le style d'une profession de Foy. Il parle à un Evêque de la sainteté des dogmes de la Religion : il déclare qu'il parle ouvertement & sincerement ; & comme c'est par écrit que se fait cette déclaration, on ne peut douter qu'elle ne se fasse avec beaucoup de maturité, & qu'elle n'expose les veritables sentimens de son cœur. Poursuivons.

1. *Je déclare devant Dieu que j'ay une attache inviolable à tous les sentimens de M. Arnauld, que j'ay toûjours aimé & estimé pardessus tous les Theologiens, depuis que je commence à connoistre la Theologie. Je crois que par ce moyen je pourray entrer plus sûrement dans la doctrine de Saint Augustin.*

2. *Que j'ay une horreur extrême pour la Speculative & pour la Morale corrompuë des Peres de la Société ; & pour tous les adoucissemens & temperamens dont on s'est avisé dans ces derniers siecles, pour colorer & affoiblir les plus venerables dogmes du Christianisme.*

3. *Que je crois que la liberté d'indifference dans la nature corrompuë n'est qu'une chimere & une invention humaine, & le reste d'une Philosophie Pelagienne.*

4. *Que depuis la chûte d'Adam il n'y a plus de Grace suffisante, mais seulement*

lement

(marginalia:) n lais- ce nom blanc, r des sons e l'on a plus rd ; il fit d'a- rtir e cet mme fort al dans s affai- s, à use de n atta- ement ux nou- eautés p au arti de anse- ius.

lement efficace : que le sentiment des Molinistes sur ce chapitre est demi-Pelagien, & condamné dans la Congregation de auxiliis ; & que l'opinion des Thomistes est une pure sottise & une extravagance.

5. Que sans la Grace efficace non seulement nous ne faisons rien de bien ; mais encore nous ne pouvons rien faire, & que c'est estre demi-Pelagien que de penser le contraire. Que cette verité est tirée du premier des cinq articles presentez au Pape Alexandre VII. & approuvé par le même Pape.

6. Que la Predetermination Physique de la maniere qu'on l'explique dans l'Ecole des Thomistes, est tout-à-fait contraire à la doctrine de Saint Augustin, & que les solutions qu'on y donne de sensus compositus, divisus & indifferentia judicii, sont des chicaneries & des finesses, dont il n'y a point le moindre vestige dans les Peres.

7. Que c'est une impieté de dire que la probabilité peut servir de regle pour former sa conscience, & que dans le concours de deux opinions probables il est licite de suivre la moins probable, quoyque la moins sûre ; & que cette doctrine infernale est capable d'autoriser tous les desordres, si elle étoit une fois reçûë.

8. Qu'il n'y a point d'ignorance invincible dans le droit de nature : de sorte que quiconque manque contre cette loy naturelle, dans quelque circonstance que ce soit, il est en faute & criminel devant Dieu.

9. Que c'est un abus intolerable d'absoudre les penitens avant que l'amendement ait precedé ; & que c'est profaner
ce

lement efficace ; que le sentiment des Molinistes sur ce chapitre est demi-Pelagien, & condamné dans la Congregation de auxiliis, & que l'opinion des Thomistes est une pure sotise, & une extravagance.

5. Que sans la grace efficace non seulement nous ne faisons rien de bien, mais encore nous ne pouvons rien faire, & que c'est estre demi-Pelagien, que de penser le contraire. Que cette verité est tirée du premier des cinq articles presentez au Pape Alexandre VII., & approuvé par le même Pape.

6. Que la predetermination physique de la maniere qu'on l'explique dans l'Escole des Thomistes, est tout à fait contraire à la doctrine de S. Augustin, & que les solutions qu'on y donne de sensus compositus, divisus, & indifferentia judicii, sont des chicaneries, & des finesses, dont il n'y a point le moindre vestige dans les Peres.

7. Que c'est une impieté de dire que la probabilité peut servir de regle pour former sa conscience, & que dans le concours de deux opinions probables, il est licite de suivre la moins probable, quoyque la moins seure ; & que cette doctrine infernale est capable d'authoriser tous les desordres, si elle estoit une fois receuë.

8. Qu'il n'y a point d'ignorance invincible dans le droit de nature, de sorte que quiconque manque contre cette loy naturelle, dans quelque circonstance que ce soit, il est en faute, & criminel devant Dieu.

9. Que c'est un abus intolerable d'absoudre les penitens, avant que l'amendement ait precedé, & que c'est profaner
ner

ner ce Sacrement, que de l'administrer à ceux, qui n'ont qu'une douleur fondée sur la crainte de l'enfer.

10. Que dans les déreglemens de ce siecle les Confesseurs bien instruits doivent retrancher l'usage frequent de la Communion ; que cette viande sacrée devient un poison à la plus part, qui la reçoivent, sans une grande pureté de cœur, & sans un fervent amour de Dieu.

11. Que les Moines endorment le petit peuple, & le retiennent dans leurs mauvaises habitudes d'offenser Dieu, par l'esperance de l'impunité de leurs fautes, & par l'asseurance de quelques Indulgences à la mort, attachées à je ne sçay quelles grimaces de devotion, qui ne vont pas au changement des mœurs, ni à la conversion du cœur, mais se bornent à un culte exterieur, & demi-Judaïque.

12. Enfin qu'on peut conter entre ces devotions populaires, le Scapulaire, le Rosaire, le Cordon, & d'autres Confreries ; & que ce seroit faire un service à l'Eglise, que d'abolir ces devotions phantastiques, qui tiennent plus de la momerie, que de la veritable pieté.

MONSEIGNEUR, voila les principaux points, sur lesquels j'ay crû me devoir expliquer à vostre Grandeur. . . . .

De vostre Grandeur

MONSEIGNEUR,

Les tres-humble & obeissant serviteur P. DELIGNY.

---

ce Sacrement que de l'administrer à ceux qui n'ont qu'une douleur fondée sur la crainte de l'Enfer.

10. Que dans les déreglemens de ce siecle les Confesseurs bien instruits doivent retrancher l'usage frequent de la Communion : que cette viande sacrée devient un poison à la plusspart qui la reçoivent sans une grande pureté de cœur, & sans un fervent amour de Dieu.

11. Que les Moines endorment le petit peuple & le retiennent dans leurs mauvaises habitudes d'offenser Dieu, par l'esperance de l'impunité de leurs fautes, & par l'assurance de quelques indulgences à la mort, attachées à je ne sçay quelles grimaces de devotion, qui ne vont pas au changement des mœurs, ni à la conversion du cœur ; mais se bornent à un culte exterieur & demi Judaïque.

12. Enfin qu'on peut compter entre ces devotions populaires le Scapulaire, le Rosaire, le Cordon, & d'autres Confreries ; & que ce seroit faire un service à l'Eglise que d'abolir ces devotions phantastiques, qui tiennent plus de la momerie que de la veritable pieté.

MONSEIGNEUR, voilà les principaux points sur lesquels j'ay crû me devoir expliquer à vôtre Grandeur. . . . .

De vôtre Grandeur,

MONSEIGNEUR,

Le tres-humble & obeissant serviteur P. DE LIGNY.

Ce nouveau Formulaire aux douze Articles contenu dans la Lettre de M. de Ligny, n'est à la verité signé que de luy; mais ce ne font pas des fentimens qui luy foient particuliers: tous fes amis du Parti ne refuferont point de figner le même, à moins que de retracter leur Approbation du Formulaire aux fept Articles, & de defavouër leurs propres Lettres. Car quoy-qu'ils ne s'expliquent pas fi clairement que M. de Ligny, on voit affez ce qu'ils penfent. Voicy ce qu'écrit M. de Laleu. *Je ferois ravi s'il feroit temps de prendre l'effort, & la liberté de parler comme Saint Auguftin. J'avouë de n'avoir pas affez de connoiffance des affaires du temps pour en juger: au refte prenons garde de prévenir l'heure de Dieu. Le Sieur Gilbert avoit auffi crû qu'il étoit temps, mais l'évenement nous a fait voir que non.*

Monfieur de Ligny ne garde point tant de mefures : il croit bonnement qu'il n'y a point de temps à perdre, & que l'heure eft venuë de mettre en execution le deffein de la Cabale. † Quoy-qu'il en foit, il eft mal-aifé de s'imaginer ce qu'entend M. de Laleu par *prendre l'effort* Car ce Docteur eft le plus hardi & le plus déterminé aventurier qui ait encore paru dans le College public : il foûtient les opinions les plus dures & les plus extraordinaires touchant la Grace, l'ignorance du droit naturel, la probabilité, la neceffité de rapporter fes actions à Dieu, & beaucoup d'autres, qu'on ne manque pas de mettre fous la protection de Saint Auguftin. Que veut donc dire ce Docteur, quand il afpire fi ardem-

---

Il eft vray que ce formulaire aux 12. articles, que l'on peut juftement appeller le fymbole fecret de la nouvelle Eglife, n'eft figné que de Mr. Deligny; mais outre qu'il eft tres-bien informé de tous les fecrets, & des myfteres de fon parti; Meffieurs fes affociez font affez voir dans plufieurs lettres, qu'ils font des mêmes fentimens, avec cette difference; que Mr. Deligny explique clairement, ce que les autres envelopent d'un embarras de paroles obfcures, & equivoques: Voilà comme en parle Mr. De Laleu; *je ferois ravi, s'il feroit temps de prendre l'effort, & la liberté de parler comme S. Auguftin; j'avouë de n'avoir pas affez de connoiffance des affaires du temps, pour en juger; au refte prenons garde de prevenir l'heure de Dieu: Le Sr. Gilbert avoit auffi crû qu'il eftoit temps, mais l'evenement nous a fait voir que non.*

Mr. Deligny ne prend point tant de mefures, il croit bonnement que c'eft à prefent, qu'il ne faut plus menager, & que fon heure eft venuë de mettre en execution le deffein, que fa cabale a formé contre la Religion. ★ *Nunc eft hora veftra, & poteftas tenebrarum.* Quoy qu'il en foit, il eft mal aifé de s'imaginer ce qu'entend Mr. De Laleu par *prendre l'effort* : car ce Docteur eft le plus hardi, & le plus determiné avanturier, qui ait encor paru dans le College public : il foûtient les fentences les plus dures, & les plus oppofées aux fentimens, qui ont efté jufques à prefent les plus communs, touchant la grace l'ignorance du droit de nature; la probabilité, la neceffité de rapporter les actions à Dieu, & beaucoup d'autres, qu'on ne manque pas de met-

* Luc. 22. v. 53.

mettre fous la protection de S. Auguſtin. Que veut donc dire ce Docteur, quand il aſpire ſi ardemment à *prendre l'eſſort, ſi ce n'eſt, qu'il ſouhaite d'enſeigner en public les articles ſecrets,* dont Mr. Deligny fait profeſſion entre les mains de ſon illuſtre Prelat? Mr. Laleu ajoute: *quand à nous, par la grace de Dieu nous ſommes bien perſuadez, qu'à la verité on feroit mieux de parler le langage des anciens; mais nous croyons ne le pouvoir faire en ce temps.* Parler le langage des anciens, ce n'eſt † pas parler le langage des Thomiſtes, ce n'eſt pas parler le langage de Sylvius, & d'Eſtius, ni même le langage qu'a parlé juſques à preſent Mr. De Laleu, pour extraordinaire que paroiſſe ſon langage, & preſque inouï dans cette Univerſité; puiſqu'il ſemble que la couſtume en vient, & qu'on ne riſque rien de s'enoncer de la maniere. *Parler donc le langage des anciens,* qui eſt perilleux en ce temps, c'eſt de ſoûtenir publiquement les articles ſecrets ſans aucune precaution. * *Quod dico in tenebris, prædicate ſuper tecta.*

Mat. 10. v. 27.

Il ne deſeſpere pas Mr. le Docteur De Laleu, qu'il ſera employé par la Providence à ce grand ouvrage: *Nous avons ſigné,* dit-il †, *comme vous l'avez jugé neceſſaire pour la verité. . . . je l'ay fait avec tant plus de joye, que je me ſuis ſouvenu, qu'admirant un jour les jugemens de Dieu ſur l'affaire de Mr. Gilbert, je receu la penſée, que Dieu m'avoit choiſi pour y profiter plus que luy.* Il n'y a pas ſeulement du Docteur icy, mais encor de l'homme de Dieu, & du Prophete inſpiré. Dieu l'a choiſi pour eſtre le fondateur de cet-

te

ardemment à *prendre l'eſſort, ſi ce n'eſt qu'il ſouhaitte d'enſeigner en public les articles ſecrets* auſquels ſouſcrit M. de Ligny entre les mains de ſon illuſtre Prelat? Monſieur de Laleu ajoûte: *quant à nous, par la grace de Dieu, nous ſommes bien perſuadez qu'à la verité on feroit mieux de parler le langage des anciens; mais nous croyons ne le pouvoir faire en ce temps.* Parler le langage des anciens, ce n'eſt aſſeurément pas ſelon luy, parler le langage des Thomiſtes, ce n'eſt pas parler le langage de Sylvius & d'Eſtius, ni même celuy qu'a parlé juſques à preſent M. de Laleu; † car tout cela eſt en uſage, & il veut quelque choſe qui n'y eſt pas. Qu'eſt-ce donc que *parler* † *ce langage des anciens* ſi perilleux aujourd'huy, ſinon de ſoûtenir publiquement les articles ſecrets ſans aucun danger? †

Il ne deſeſpere pas, ce Docteur, d'eſtre employé par la Providence à ce grand Ouvrage. *Nous avons ſigné,* dit-il en parlant de la Theſe Latine, *comme vous l'avez jugé neceſſaire pour la verité.. je l'ay fait avec tant plus de joye, que je me ſuis ſouvenu qu'admirant un jour les jugemens de Dieu ſur l'affaire de M. Gilbert, je receu la penſée que Dieu m'avoit choiſi pour y profiter plus que luy.* Il n'y a pas ſeulement du Docteur icy, mais encore de l'homme de Dieu, & du Prophete inſpiré. Dieu l'a choiſi pour faire revivre la vraye doc-

M   trine

trine de la Grace: mais ce fera quand *il prendra l'effort*, *& qu'il parlera le langage des anciens.* †

Monfieur Rivette fe fent la même vocation & le même zele que M. de Laleu; † c'eft un homme plein de candeur & de franchife : tout ce qui luy fait peine à Doüay, c'eft qu'on vit dans la contrainte, & qu'on ne peut pas parler comme on penfe. *Je fouhaitterois fort auffi*, dit-il, *que dans nos Ecoles de Theologie on parlaft de la Grace & du libre arbitre, comme Saint Auguftin en a parlé; mais il n'y a moyen encore.* Il eft donc évident que ces Meffieurs ne difent pas publiquement tout ce qu'ils ont fur le cœur, quoy qu'ils difent bien des chofes : & quand ils tiennent que *l'ignorance invincible n'excufe point de peché;* que *la Grace efficace par elle-même eft neceffaire à toute bonne action;* qu'il n'y a plus de Grace purement *fuffifante;* que *Dieu n'a nulle volonté formelle de fauver tous les hommes;* que *tout ce qui ne fe fait pas par le motif de l'amour de Dieu eft peché*, &c: ce n'eft pas là tout ce que l'on couve, ni tout ce que l'on voudroit dire; puifque † cela fe dit hardiment, que cela fe défend dans des difputes publiques, & que l'on traitte les opinions contraires de relafchement & d'impieté. Ces Meffieurs n'attendent donc qu'une conjoncture favorable pour nous reveler ce qu'il y a de plus myfterieux † dans leur Theologie; & nous avons lieu de croire qu'ils n'oublieront aucun des douze Articles qui font la profeffion de Foy de M. de Ligny.

Car il faut fçavoir que ce M. de Ligny eft l'éleve de M. Gilbert: il a pris
son

te fecte, ou fi vous voulez, le reparateur: mais ce fera quand *il prendra l'effort, & qu'il parlera le langage des anciens;* cela veut dire, quand il foufcrira à la lettre de Mr. Deligny, & qu'il l'enfeignera à découvert.

Mr. Rivette ne s'efcarte en rien de ces beaux deffeins, tout ce qui luy fait peine à Douay, c'eft qu'on vit dans la contrainte, & qu'on ne peut pas parler comme on penfe : *Je fouhaiterois,* dit-il, *auffi fort, que dans nos efcoles de Theologie on parlaft de la grace, & du libre arbitre, comme S. Auguftin en a parlé, mais il n'y a moyen encor.* Il eft donc manifefte, que ces Meffieurs ne difent pas † tout ce qu'ils ont fur le cœur, quoy qu'ils difent bien des chofes, & quand ils tiennent † *l'ignorance invincible* ¶ la neceffité de la grace efficace par elle-même, qu'il n'y a plus de grace † *fuffifante*, que Dieu n'a point formellement une volonté antecedente de fauver tous les hommes *, qu'il faut rapporter fous peché fes actions à Dieu, qu'il faut agir par charité &c. tout cela n'eft pas tout ce que l'on couve, & ce que l'on enfante paffé long-temps; puis que tout cela fe dit avec liberté, on en fait des thefes publiques; & † l'on traite les fentences contraires de relafchées. † Ces Meffieurs donc n'attendent que l'heure commode, & le temps de nous enfeigner une Theologie toute autre, que celle que nous avons entendüe jufques à prefent, & tout nous mene à nous perfuader, que ce fera de nous debiter comme des maximes, & des veritez de l'Efcriture, des Peres, des Conciles, & de la Tradition, les 12. articles, qui font la profeffion de Foy de Mr. Deligny.

Car il faut fçavoir, que ce Mr. Deligny eft l'éleve de Mr. Gilbert, il a
pris

* *Quam (volun- tatem antece- dentem) non for- maliter, fed emi- nenter tantum in Deo admitti- mus. Thef. in Col. publ. defen. 12. Febr. 1691.*

pris fon efprit, & fes erreurs, il eft le favori de tout le parti, il paffe pour fpirituel, & attaché à de fort bons fentimens. Mr. Rivette dit de luy; *J'ay la même eftime de Mr. Deligny noftre Profeffeur; j'efpere qu'il fera un jour fort utile à noftre Univerfité: il eft doüé d'un bel efprit, fort zelé contre le Molinifme, & fort attaché à la bonne morale.* Mr. Gilbert en fait fi grand cas, que c'eft fur luy qu'il conte pour voir refleurir les principes, qu'il avoit donnez à Douay; c'eft pour cela qu'il fait ce qu'il peut, pour l'eftablir dans cette Univerfité, & dans l'apprehenfion, qu'il avoit, qu'il n'en fortift: il luy a deftiné un Canonicat: *Mr. Deligny fe trouvera obligé de quitter l'Univerfité, dit-il, faute d'eftabliffement; il l'auroit dejà fait, fi je ne l'avois empefché, ayant jetté les yeux fur luy, pour remplir le premier Canonicant vacat.*

C'eft avec raifon, qu'on le careffe, & qu'on le flatte, puifque c'eft ce Ligny, qui de fon aveu fait tefte aux Peres de la Compagnie, qui eft le plus fignalé fervice, qu'on peut rendre à l'Eglife de Dieu. *Mr. Rivette, & Mr. De Laleu, dit-il, fans doute ne me confeilleront point de fortir de noftre Univerfité, où par la grace de Dieu je pourrois faire quelque bien contre la doctrine envenimée des Peres de la Compagnie.* N'a-t'on pas raifon de dire après tout cela, que Mr. Deligny dans la lettre à fon Evefque ne parle pas en perfonne privée, mais comme l'organe de la cabale, qui eft uniforme dans fa croyance, & qui s'exprime par la bouche de celuy, fur qui les plus belles efperances font fondées?

De quels termes que je me ferve à prefent pour detefter une doctrine auffi monftrueufe, & auffi peftilentielle, que l'eft celle de ce fym-

fon efprit & fes principes; il eft le favory de tout le Parti; il paffe pour fpirituel & pour ennemy des Jefuites. M. Rivette dit de luy: *J'ay la même eftime de M. de Ligny nôtre Profeffeur; j'efpere qu'il fera un jour fort utile à nôtre Univerfité: il eft doüé d'un bel efprit, fort zelé contre le Molinifme, & fort attaché à la bonne morale.* M. Gilbert en fait fi grand cas, que c'eft fur luy qu'il compte pour voir refleurir la doctrine qu'il avoit enfeignée à Doüay. C'eft dans cette vûe qu'il fait ce qu'il peut pour l'établir: & dans la crainte de le voir fortir de l'Univerfité, il luy a deftiné un Canonicat. *M. de Ligny fe trouvera obligé de quitter l'Univerfité, dit-il, faute d'établiffement. Il l'auroit déja fait, fi je ne l'avois empefché, ayant jetté les yeux fur luy pour remplir le premier Canonicat vacant.*

C'eft avec raifon qu'on le careffe & qu'on le flatte; puifque c'eft ce de Ligny qui fe glorifie de tenir tefte aux Jefuites. † *M. Rivette & M. de Laleu, dit-il, fans doute ne me confeilleront point de fortir de nôtre Univerfité, où par la grace de Dieu je pourrois faire quelque bien contre la doctrine envenimée des Peres de la Compagnie.* N'a-t-on pas raifon de dire après † cela que M. de Ligny dans la Lettre à fon Evêque ne parle point en perfonne privée, mais comme l'organe de la Cabale †; & que les plus belles efperances font fondées fur luy?

Quelque forts que foient les termes dont je me fuis fervi, Monfieur, en vous développant tout ce myftere, je ne croy pas qu'on

puiffe

puisse me reprocher que j'en aye trop
dit. Il est difficile de comprendre que des
gens qui s'érigent en reformateurs, & qui
pretendent estre envoyez du Ciel pour s'opposer aux relaschemens de la discipline &
des mœurs, en viennent à de si grands excés.
Les choses même que j'avance paroîtront si peu croyables, qu'on aura lieu de
douter si je n'impose point peut-estre
en citant des Lettres supposées. Une
telle supposition seroit assurément l'une des
plus noires impostures qui se puisse imaginer. Mais comme je ne souhaitte pas
que vous fassiez paroistre mon nom,
si vous jugez à propos de produire
ma Lettre, † aussi ne suis-je pas si peu raisonnable † que de pretendre qu'on s'en
tienne au simple témoignage d'un inconnu. † Je demande pour toute grace à ces Messieurs, dont je cite icy les
Lettres & les attestations, qu'ils veuï-
lent bien † s'inscrire en faux contre
ces citations par un Ecrit public, s'ils
pretendent les faire passer pour fausses. Je les assure que je leur en rendray
fort bon compte par des copies authentiques, ou même, s'il est necessaire, par les originaux que j'ay en
main, & que je suis prest de produire † devant toute l'Université, en gardant les précautions que la prudence
ordonne dans de semblables conjonctures. Et même † si cela n'accommode
pas ces Messieurs, on leur demande
seulement qu'ils donnent un billet
signé de leur main aux quatre Docteurs & Professeurs en Droit de vôtre
Université, dans lequel ils témoignent qu'ils s'inscrivent en faux contre ce qui est allegué dans cette Lettre;
& on leur promet de les satisfaire pleinement.

symbole, je sçais bien, que l'on n'osera pas
me reprocher que j'en dis trop : Il faut
un furieux effort d'esprit, pour concevoir
comment des personnes, qui tranchent du
reformateur, qui semblent estre tombez du
Ciel, pour retirer le monde du deplorable
relaschement, où il estoit tombé, en viennent à de si espouvantables excés. Les choses même † parêtront dans un degré
d'esgarement si peu croyable, que l'on
viendra peut-estre à douter, si je n'impose pas † en citant des lettres supposées. Ce seroit-là assurément l'une des
plus noires, & des plus criantes impostures:
& comme je ne souhaite pas que vous
fassiez parêtre mon nom, si vous jugez à propos de produire ma lettre,
pour desabuser ceux, qui se laissent surprendre par le faux esclat d'une doctrine, qui ne
fait que mal à propos en appeller aux Conciles, & aux Peres; je suis aussi trop raisonnable, pour trouver mauvais, que l'on ne s'en
tienne pas à la simple assertion d'un
inconnu, qui debite des choses si extraordinaires, & si effroyables; je demande, pour toute grace à ces Messieurs,
dont je cite icy les lettres, les escrits, &
les livres, qu'ils veüillent bien m'obliger de s'inscrire en faux par un petit imprimé, contre ces citations, s'ils pretendent les faire passer pour fausses;
je les asseure que j'en rendray fort bon
conte au public, par des copies authentiques, ou même, s'il est necessaire,
par les originaux, que je tiens entre les
mains, & que je suis prest de produire,
au milieu de la Faculté, ou de toute
l'Université, en gardant toute la
precaution, que la prudence ordonne dans cette sorte de conjoncture :
& afin que ceux qui croiront, ou plustost
qui

qui feront mine de croire qu'ils font fauſſe-
ment accuſez, n'ayent aucune raiſon veritable, ni même apparente de ſe diſpenſer de
cette precaution, elle n'aura rien d'incommode, ni d'embarraſſant; on demande ſeulement à ces Meſſieurs, qu'ils donnent
un billet ſigné de leur main aux quatre Docteurs, & Profeſſeurs en Droit
de voſtre Univerſité, dans lequel ils
teſmoignent, qu'ils s'inſcrivent en
faux contre ce qui eſt allegué dans cette lettre ; & on leur promet,
que dans tres-peu de temps on leur fera bon conte de leur proteſtation.
Mais je ſuis certain, qu'il ne leur prendra pas envie de ſacrifier ce qui
pourra leur reſter d'honneur, & de reputation aprés cette denonciation ; & que le
ſilence de ceux, à qui il importe tant de diſconvenir de ces faits, ſera l'un de
ces argumens negatifs, qui ne vaut pas moins qu'une evidence, & une de-
monſtration.

ment & en peu de jours. Mais je ſuis certain qu'il ne leur prendra pas envie de
ſacrifier ce qui peut leur reſter d'honneur : † & que le ſilence de ceux à
qui il importe tant de diſconvenir de
ces faits, ſera l'un de ces argumens
negatifs, qui ne valent pas moins
qu'une évidence & une démonſtra-
tion.

Aprés un défi auſſi ſolemnel que
celuy-là, j'eſpere que ſi l'on a de la peine à ajouter foy à des choſes ſi ſurpre-
nantes, & ſi inoüies : du moins on
me fera la grace de ne pas les regarder
comme des fauſſetez, & des calomnies; mais que l'on voudra bien ſu-
ſpendre ſon jugement quelques jours,
pour avoir tous les eſclairciſſemens, que
l'on peut deſirer de moy pour une
entiere conviction de la verité des
faits, que j'ay rapportez ; l'on ne me
peut pas faire plus grand plaiſir, que de me

Aprés un défi auſſi ſolemnel que
celuy-là, j'eſpere que ſi on fait difficulté
d'ajoûter foy à des choſes ſi ſurpre-
nantes & ſi inoüies, du moins on me
fera la grace de ne les regarder pas
comme des fauſſetez & des calomnies : mais que l'on voudra bien ſu-
ſpendre ſon jugement durant quelques jours, & attendre tous les é-
claircicſſemens que l'on peut deſirer
de moy pour une entiere conviction
de la verité des faits que j'ay rapportez. †

donner l'occaſion de juſtifier d'un côté ma ſincerité, & ma bonne foy ; & de l'autre, les
juſtes ſoupçons que l'on n'a peu s'empeſcher de concevoir paſſé quelque temps, qu'il y
avoit de la cabale dans voſtre Univerſité, & qu'il s'y formoit de pernicieux deſſeins contre
les intereſts de la Religion.

Si cette lettre n'eſtoit pas déjà trop
longue, je vous developerois bien d'autres apocalypſes ; Je vous ferois voir,
qui ſont ceux dans les villes voiſines, & à la
campagne, qui donnent dans ces nouveautez ; & qui ſont dévoüez au parti:
j'en ay une belle liſte eſcrite de leur
main,

Si cette Lettre n'étoit pas déja trop
longue, je vous revelerois bien d'autres myſteres. Je vous ferois voir dans les
Villes voiſines & à la campagne ceux qui
ſont dévoüez au Parti : j'en ay une †
liſte fort ample, où leurs talens & leurs ſervices ſont marquez exactement avec leurs
noms.

noms. Je vous ferois connoiſtre le
mépris qu'ils ont pour tous les Docteurs
de l'Univerſité qui ne ſont point de leur
cabale. Ils en font de cruelles railleries,
ſans en épargner aucun ; & il n'eſt pas même un Ordre Religieux qui leur échape ; ſi
vous en exceptez les Carmes Déchauſſez, qui ont trouvé grace devant eux.
Je vous montrerois que tout ce commerce de Lettres s'eſt entretenu avec
des perſonnes fort attachées aux nouveautez, & que leur conduite a rendu ſuſpectes à la Cour. † Je déclare-
rois ceux qui ont ſigné les Theſes que
M. Gilbert a faites pour l'éclairciſſement de ſon Traité de la Grace.
Je mettrois au jour les baſſeſſes & les laſche-
tez qu'il a faites pour eſtre rétabli dans ſes
charges. J'appellerois par ſon nom
celuy qui a fait la Lettre † contre
Monſeigneur d'Arras, ſi pleine d'inſolence & d'emportement. Je rapporterois
les éloges outrez qu'ils font de certaines gens, dont tout le merite eſt †
d'avoir mis le trouble dans l'Egliſe.
Je découvrirois entierement l'eſprit de
diſſimulation & de fourberie qui regne
dans tout le Parti. Je déchifrerois
enfin ces noms de cabale & d'intrigue : *Joannes particeps in tribulatio-*
ne : Deus det gloriam nomini ſuo ſicut
vult : M. de la Tour, &c.

main, avec leur qualité, leur zele, leur
merite, & leur capacité. Je vous ferois
connêtre le peu d'eſtime, & les picquantes railleries, qu'ils font de tous les
Docteurs de l'Univerſité, qui ne
boivent point dans leur couppe d'iniquité ;
Ils paſſent tous en reveuë ; il n'eſt pas même un ordre Religieux, qui ne ſoit traité
avec un extreme meſpris, ſi vous en exceptez celuy des Carmes Déchauſſez,
à qui ils font la grace de leur amitié.
Je vous montrerois que tout ce commerce de lettres, s'eſt entretenu avec
des perſonnes fort attachées aux nouveautez, & que la conduite remuante,
a rendu ſuſpectes en Cour, & que Sa
Majeſté a trouvé bon de faire ſortir de ſes
Eſtats. Je declarerois ceux, qui ont
ſigné les theſes, que Mr. Gilbert a
faites, pour l'eſclairciſſement de ſon
Traité de la grace. Je m'eſtenderois ſur
les fourberies, & les contradictions de ce
parti. J'appellerois par ſon nom celuy qui a fait la lettre peu reſpectueuſe, &
outrageante contre Monſeigneur d'Arras. Je mettrois au jour les baſſeſſes, &
les laſches pratiques de Mr. Gilbert, pour
eſtre reſtabli dans ſes charges. J'expoſerois
les eloges outrez, & inſenſez, qu'ils
font de quelques perſonnes, dont tout
le merite eſt de ſçavoir broüiller, & d'a-
voir mis le trouble dans l'Egliſe de
Dieu. Je rapporterois les impertinences, & les horribles déchaiſnemens de leurs
harangues publiques contre des Religieux
tres-Orthodoxes. Je démaſquerois l'eſprit
de déguiſement, de diſſimulation,
de vertige, & de contradiction, qui eſt ſi
familier à tout le parti. Je déchiffre-
rois enfin ces noms myſterieux, & d'intrigue, *Joannes particeps in tribula-*
tione, Deus det gloriam nomini ſuo ſicut
vult, M. De Latour &c.

Je donne encore à ces Meſſieurs le
temps

Je donne encore à ces Meſſieurs le
temps

temps de se reconnêtre, & je les laisse dans les tenebres, qui les dérobent à l'indignation du public : mais s'ils continuent à s'eriger en Censeurs, eux qui donnent si belle matiere à la Censure, & à vouloir establir sur les theses une espece d'Inquisition inconnuë dans vostre Université, je me croiray obligé pour lors à prendre d'autres mesures, en les faisant connêtre à toute la terre, † & à leur dire dans un esprit de charité, & de l'Evangile: *Quomodò dicere potes fratri tuo, frater, sine ejiciam festucam de oculo tuo, ipse in oculo tuo trabem non vides? Hypocrita, ejice primùm trabem de oculo tuo, & tunc perspicies, ut educas festucam de oculo fratris tui.*

temps de se reconnoistre, & je les laisse dans les tenebres qui les dérobent à l'indignation du Public. Mais s'ils pretendent établir un nouveau Tribunal pour censurer ce que l'Eglise n'a jamais condamné, & même ce qu'elle a défendu de condamner: s'ils continuënt à se déchaîner dans les entretiens particuliers & dans les actions publiques contre des personnes paisibles qui n'enseignent rien que d'orthodoxe: s'ils ne cessent de répandre de veritables erreurs sous pretexte d'en combattre d'imaginaires; je me croiray alors obligé de les faire connoistre à toute la terre pour ce qu'ils sont, & de leur dire dans un esprit de charité: † *Hypocrita, ejice* Luca c. *primùm trabem de oculo tuo, & tunc* 6. v. 42. *perspicies, ut educas festucam de oculo fratris tui.*

Voilà dequoy vous faire une seconde lettre, que je me donneray l'honneur de vous escrire, si celle-cy ne suffit pas pour porter vos amis à faire justice à mes plaintes Chrestiennes ; je vous abandonne l'usage de cette lettre, pour la rendre publique ou non, comme vous trouverez convenir; mais encor un coup, ne manquez pas de faire bien entendre, que je me rends garant de tout ce que j'ay avancé touchant les lettres, les papiers, & les livres de ces Docteurs, & de ces Professeurs; & que je suis prest d'exhiber au lieu, & au temps, que l'on jugera à propos, les pieces authentiques, que j'ay citées. Si cela n'estoit pas encor capable de fermer la bouche aux plus hardis, & aux plus insolens de cette faction, qu'on me fasse la grace de me proposer un autre expedient, je suis trop zelé pour les interests de la veritable Eglise, pour en refuser aucun, & pour ne pas mettre tout en œuvre contre ceux qui travaillent à sa destruction. Je suis tres-parfaitement.

Voilà, Monsieur, dequoy vous faire une seconde Lettre, si celle-cy ne suffit pas. Je suis, &c. † †

MONSIEUR,

　　　　*Vostre tres - humble & tres-
　　　　　obeissant serviteur*

　　　　　　　　* * * * *

　　　　　　　　　　　　　　LE

LE LIBRAIRE

au Lecteur.

ON a appris en achevant cette nouvelle Edition, que ceux dont les Lettres sont citées dans cét Ecrit, ne les desavoüent pas; mais qu'ils se plaignent qu'on les a joüez: parce, disent-ils, que la personne à qui ils écrivoient, & de qui ils recevoient des Lettres, n'étoit pas le vray M. Arnauld, comme ils pensoient; mais un inconnu, qui a pris le nom de ce Docteur pour les faire parler, & pour sçavoir leurs secrets. Ce seroit à eux de prouver le fait : puis qu'après les marques qu'ils ont données de leur peu de sincerité, ils ne doivent pas s'attendre que le Public les croye de rien sur leur parole. Au reste, si ce qu'ils disent est vray, on n'approuve nullement l'artifice de celuy qui les a trompez. Mais à qui que ce soit qu'ils ayent prétendu écrire, & de quelque maniere que leurs Lettres soient tombées entre les mains de l'Auteur, cela importe peu dans le fond : car puisqu'elles ne sont pas supposées, elles font toûjours voir leurs veritables sentimens; & c'est de quoy il s'agit.

LETTRES

DE

L'IMPOSTEUR

Qui sous le nom de M.ʳ ARNAULD Docteur de Sorbonne, a trompé pendant plus d'un an plusieurs Theologiens de Douay,

AVEC

Quelques Remarques pour servir d'éclaircissement.

PRÉFACE

Contenant des Avertiſſemens neceſſaires pour l'intelligence de cet Ouvrage.

SI l'on avoit pû recouvrer toutes les Lettres qu'à écrites & reçues l'Impoſteur qui a ſi indignement traité quelques Theologiens de Douay, on auroit eu de quoi compoſer une eſpece de Tragicomedie, qui, toute veritable qu'elle eſt, auroit paru un Roman le plus complet, le plus curieux & le plus extraordinaire qui ait peut-eſtre jamais eſté fait. Mais ce fourbe a voulu parer le coup en trouvant le ſecret, aprés avoir entaſſé une infinité d'autres fourberies les unes ſur les autres, de retirer la plus grande partie de ſes Lettres des mains de ces MM. par de nouveaux tours de ſon mêtier, dont M.ʀ Arnauld n'a touché que la moindre partie dans ſa Plainte à Monſeigneur l'Evêque d'Arras. Dieu a permis neantmoins, pour confondre cet Impoſteur, qu'il ſe ſoit un peu méconté dans ſes noirs projets. Le public commence à voir clair dans l'affaire ſur laquelle ce malheureux avoit d'abord répandu des tenebres ſi épaiſſes & ſi afreuſes ; & nous eſperons qu'à la faveur de ces Lettres, qu'on lui donne, il y pourra voir encore plus clair. Elles ſont heureuſement échapées aux adreſſes de ce maître filou : & on ſe promet, qu'avec les Notes qu'on y a jointes pour un plus grand éclairciſſement, elles ne manqueront pas de produire pour le moins ces trois effets.

1. Elles donneront aſſurément de l'horreur à tous les gens de bien de l'étrange malice de leur Auteur.

2. Elles feront voir manifeſtement à quiconque ſe connoîtra tant ſoit peu en ſtile François, que l'Auteur de ces Lettres eſt auſſi celui de l'infame libelle intitulé : *Lettre à un Docteur de Douay ſur les affaires de ſon Univerſité.*

3. Enfin elles convaincront indubitablement, tous ceux qui les liront avec attention, qu'il eſt impoſſible que M.ʀ Arnauld ſoit l'Auteur de ces Lettres, ni qu'il ait eu aucune part à toute cette honteuſe affaire.

On pretend en premier lieu, que ces Lettres doivent faire concevoir de l'indignation contre la malice de leur Auteur à tous les gens de bien ; & on ne croit pas ſe tromper. Car quel eſt l'homme craignant Dieu (ou même le plus libertin, s'il a quelque principe d'honneur) qui ne doive deteſter tant de menſonges criminels, & tant de differentes fourberies & filouteries qu'on y decouvre ? Hé qui pourroit voir ſans émotion l'étrange barbarie exercée à l'égard de M.ʀ de Ligny, qu'on fait conſumer en frais inutils ; à qui , par de fauſſes promeſſes & de trompeuſes eſperances , on fait quitter l'emploi qui lui donne à vivre ; à qui on conſeille de donner *à ſes amis, ou aux pauvres* ſon petit meuble ; & qu'on envoye enfin à plus de deux cent lieües de ſon pays avec le cruel deſſein de l'y faire mourir de miſere, ou pourrir dans un cachot ? Car cette louable intention paroit clairement dans la Lettre dont on l'avoit chargé pour le Doyen de Carcaſſonne ; & qu'il portoit bonnement, ſans ſe douter de rien , comme l'innocent Iſaac portoit le bois qui devoit ſervir à ſon ſacrifice.

En ſecond lieu , on a dit que quiconque ſe connoîtra en ſtile verra clairement que ces Lettres, & le libelle adreſſé à un Docteur de Douay, n'ont qu'un même fourbe pour auteur : & c'eſt de quoi ſe convaincront facilement tous ceux qui prendront la peine d'examiner , non ſeulement les phraſes Walonnes qu'on a marquées dans les notes de ces Lettres, & qui ſe trouvent toutes , ou peu s'en faut , dans le libelle , mais qui regarderont encore un peu deprés tout le corps du diſcours en general : & ſur tout ce grand nombre de figures d'une mauvaiſe Rhetorique, entaſſées ſans choix les unes ſur les autres ; ces épithetes ſi impropres ; ces interjections ſi baſſes & ſi mal placées ; ces exclamations ſi à contre-temps ; & enfin toute cette fauſſe éloquence ſi forcée & ſi étudiée, qui ſent ſi fort le College , & qui ne regne pas moins dans le libelle que dans les Lettres. Or il s'enſuit de là que cet infame écrit adreſſé à un Docteur de Douay venant d'un tel auteur, les ennemis de ceux qu'on y accuſe n'en peuvent tirer aucun avantage, parce que c'eſt un ouvrage tout-à-fait diabolique : & il a aparemment eſté jugé tel par M.ʳ de Bagnols Intendant de cette Province, aux lumieres de qui peu de choſe échape. Car ſi ce digne Miniſtre du plus grand des Roys n'en avoit d'abord reconnu le venin, pourquoi en auroit-il fait arrêter & défendre le debit (comme il a fait) dés qu'il a commencé de paroître ?

Enfin on eſt perſuadé que ces Lettres montreront d'une maniere la plus convaincante qu'on puiſſe deſirer en pareille matiere, qu'il eſt impoſſible de les attribuer avec une ombre de raiſon à M.ʳ Arnauld, ni de pouvoir ſoupçonner ce celebre Docteur d'avoir eu aucune part à une choſe ſi honteuſe. Mais dira-t-on (& cela a déja eſté dit au ſujet de ſa Plainte à Monſeigneur l'Evêque d'Arras, par une perſonne de grande diſtinction) *qui eſt-ce qui l'accuſe d'avoir écrit ces Lettres?* Et pourquoi ſe mettre en peine de l'en juſtifier, ſi perſonne ne les lui attribue ? Ceux qui parlent ainſi parlent en honnetes gens ; qui jugeant d'autrui par eux-mêmes, ne peuvent s'imaginer qu'il ſe trouve quelqu'un capable d'avancer des choſes ſi viſiblement fauſſes. Mais on les ſupplie de ſe ſouvenir que la plus grande ſource des faux jugemens eſt le panchant naturel qu'on a à juger des autres par ſoy-même : & il n'en faut pas d'autre preuve que le cas preſent, dans lequel certainement ils ſe trompent. Car on eſt tres-bien informé que les Jeſuites, après avoir commencé à Anvers d'attribuer à M.ʳ Arnauld les ſept malicieuſes Propoſitions

fitions qu'ils nomment une Thefe, commencent auffi de lui attribuer ail-
lieurs ces deteftables Lettres. On ne veut point examiner les raifons ni les
motifs qui les y pouffent. On fe contente de raporter le fait, fur lequel
chacun pourra raifonner fuivant fes lumieres. On eft donc certain que les
Jefuites travaillent à perfuader que M.ʀ Arnauld eft Auteur de ces miferables Lettres : & outres diverfes preuves qu'on en a, dont on ne parlera
point à prefent, en voici une indubitable, & qui ne manque pas de témoins.
A Seclin gros bourg du Diocefe de Tournay, entre l'Ifle & le Pont-à-Ven-
din, où il y a un Chapitre Collegial ; le Pafteur de ce lieu, qui en eft auffi
Chanoine, donnant à dîner le jour de la Dedicace de fon Eglife à un grand
nombre de perfonnes des plus confiderables du lieu, & entr'autres au Pre-
vôt, au Doyen, & à la plufpart des Chanoines de fon Chapitre ; le Pere
.... Jefuite Stationnaire s'y trouva auffi, & dit hautement : que
les Ecclefiaftiques accufez dans la *Lettre à un Docteur de Douay* avoient eu
commerce avec le veritable M.ʀ Arnauld ; qu'il n'y avoit eu nulle fourberie en toute cette affaire, comme ces Meffieurs le publioient ; & que le R.
P. Payen Recteur de Douay avoit en main les pieces originales de toute cette intrigue. Cela fut dit, & hardiment foutenu par ce R. Pere dans cette
bonne Compagnie le 22. Juillet de la prefente année 1691. jour de fainte
Madelaine, qui eftoit le 7.ᵐᵉ Dimanche aprés la Pentecôte : c'eft à dire ; le
propre jour dont fe trouve dattée la Plainte de M.ʀ Arnauld à Monfeigneur
l'Evêque d'Arras, & peut-eftre dans le temps même auquel, par un
affez bon preffentiment, il prédifoit ce qui commençoit à s'executer dés lors.
Or on fait bien que les Jefuites n'ont pas accoutumé de parler legerement
fur les matieres qui peuvent avoir du raport à l'honneur, ou à l'interet de
leur Societé ; & que chacun d'eux ne dit en ces cas importans que ce qu'on
a jugé dans leurs maifons expedient de dire ; & on fait auffi qu'on ne les void
pas fouvent defifter de leurs entreprifes. Ainfi il eft clair qu'on ne fauroit
prendre trop de précautions pour arrêter le cours de cette nouvelle impofture : & on croit que rien n'en eft plus capable que la publication de ces
Lettres. Car outre ce qu'on a déja dit de leur ftile, fi éloigné en toutes
chofes de celui de M.ʀ Arnauld, on les trouvera fi remplies de puerilitez,
de fadaifes, & de petiteffes, pour ne rien dire des galimatias, qu'on oferoit
bien défier M.ʀ Arnauld lui-même de faire de femblables Lettres, quand
il voudroit fe donner la peine d'y travailler exprés.

Mais outre ces trois effets, on ne fait fi ces mêmes Lettres n'en produi-
ront pas encore un quatriéme fur l'efprit de bien des gens, qui eft de faire
douter fi leur Auteur n'eft pas plus qu'Impofteur & que fourbe, & s'il n'eft
pas auffi un peu Enchanteur & Enforceleur. Il eft certain au moins que ce
foupçon ne fauroit luy eftre fort injurieux, aprés ce qu'on a vu de lui ; &
que cela eft beaucoup moins hors d'apparence que la ridicule penfée de l'é-
crit d'Anvers approuvé par le Sieur du Bois le 12. Juillet 1691. où on
veut

veut faire foupçonner M.ʀ arnauld d'eſtre Auteur de la miſerable Theſe fabriquée par le faux Arnauld. Et aprés tout, ſi cet Impoſteur n'eſt ni Magicien ni Sorcier, que pourroit-il faire de plus qu'il n'a fait quand il le ſeroit? Jamais ſuppoſt de Satan n'a mieux exercé que lui les emplois de ce Prince des tenebres. Quels ſont ces emplois? L'Ecriture Sainte en remarque trois, qui ſont le caractere particulier du demon, l'appellant en premier lieu, (a) *Un menteur, & le pere du menſonge* : en ſecond lieu un grand ſeducteur (b) *qui ſeduit toute la terre* : Et enfin un dangereux (c) *accuſateur de nos freres, qui les accuſe jour & nuit devant Dieu.* Or il eſt clair que ces trois caracteres diaboliques ſe trouvent en noſtre fourbe dans un ſouverain degré. Il n'y a qu'à lire ſon malicieux libelle addreſſé à un Docteur de Douay, & quelques-unes des Lettres qu'on preſente ici, pour en demeurer parfaitement convaincu.

Car premierement jamais menteur de profeſſion n'a plus entaſſé de menſonges les uns ſur les autres que celui-ci. Il ſemble qu'il ſe faſſe un plaiſir d'en inventer, & un honneur d'en ramaſſer beaucoup enſemble, puiſqu'on en peut remarquer pluſieurs dans ſes Lettres de ſi inutiles, qu'ils paroiſſent n'y avoir eſté fourrez par l'Auteur que pour ſon divertiſſement, & peut-eſtre pour celui des gens qui avoient part à ſon abominable complot. Et d'ailleurs il ſeroit difficile d'employer le menſonge & l'impoſture en des matieres plus graves, puiſqu'il ne s'agiſſoit pas de moins que d'attaquer de la maniere du monde la plus ſanglante & la plus inoüie, un grand nombre de Prêtres, qui certainement ont quelque merite, & ſont de *bonne odeur* dans l'Egliſe, où ils exercent preſque tous des fonctions conſiderables, comme ſont celles de Profeſſeur d'Univerſité, de Paſteur, de Confeſſeur, &c. Mais en quoi encore les a-t-on attaquez? En tout. Car on ne s'eſtoit pas moins propoſé que de les perdre d'honneur & de reputation; de les dépouiller de leurs biens, de leurs charges, & de leurs emplois; de les priver même de la liberté, & de la vie, ſi on l'eût pû, puiſqu'on a attenté juſques-là, au moins à l'égard de M.ʀ de Ligny; &, ce qui eſt le plus effroyable & le plus diabolique, c'eſt qu'on s'eſtoit propoſé de leur faire faire naufrage dans la foi.

En ſecond lieu jamais homme n'a eu plus d'application que ce fourbe à bien exercer l'office de ſeducteur. Pendant plus d'une année il s'eſt donné la peine d'écrire un tres-grand nombre de Lettres, pleines d'amitié & de flateries, à des gens qu'il avoit en veue de ſeduire & de tromper; & pour y mieux reüſſir, portant peut-eſtre un nom trop décrié pour attirer la confiance, il a emprunté celui d'un homme de merite, afin d'imiter plus parfaitement l'Ange de tenebres, qui pour mieux ſeduire les hommes, (d) *ſe trans-*
forme

(a) Mendax eſt & pater ejus. *Joan.* 8. 44.
(b) Serpens antiquus, qui vocatur diabolus, & Satanas, qui ſeducit univerſum orbem. *Apoc.* 12. 9. & alibi multis in locis.
(c) Projectus eſt Accuſator fratrum noſtrorum, qui accuſabat illos ante conſpectum Dei noſtri die ac nocte. *Apoc.* 12. 10.
(d) Et non mirum; ipſe enim Satanas transfigurat ſe in Angelum lucis. 2. *Cor.* 11. 14.

forme en Ange de lumiere. Et comme jamais Seducteur ne s'est peut-estre proposé de faire tomber des innocens dans des crimes plus horribles, aussi n'y en a-t-il guere qui ait mis en usage de si étranges moyens pour venir à bout de son entreprise. On ne sauroit voir sans étonnement & sans indignation ce prodigieux rafinement de malice qui regne dans toutes ses Lettres; par où il ne se proposoit pas moins que de rendre ceux à qui il les addressoit criminels de leze Majesté divine & humaine, comme il paroît par la maniere dont il parle de ce qui regarde la Foi & l'Etat, dans quelques-unes des Lettres qu'on donne ici; & bien autrement encore dans quelques-unes de celles qu'il a eu l'adresse de retirer. Personne n'y est épargné. Non seulement le Roy & son Conseil, mais encore le Pape & la Cour de Rome, les Cardinaux, les Archevêques, & les Evêques; chacun y a son conte : & MM. les Vicaires Generaux du Chapitre de Tournay y ont aussi le leur, quoi que leur enchantement aille jusqu'à agir comme s'ils sçavoient gré à cet Imposteur du mal qu'il a fait dire & qu'il a dit lui-même d'eux; ne pouvant pardonner aux autres quelques mots échapez sans dessein de leur nuire, ou plutôt veritablement arrachez par les sollicitations de ce miserable, comme on pourra le remarquer en lisant ses Lettres. Mais ce qu'il y a de plus surprenant, c'est que personne ne s'y trouve plus mal traité que les RR. PP. Jesuites, & que cependant ils ne paroissent pas moins enchantez du Fourbe que ces MM. les Vicaires Generaux. Car c'est chez ces Peres qu'il a remis l'important dépôt des pieces originales de sa loüable intrigue. C'est le R. Pere Payen Recteur de Douay qui les a montrées à qui a voülu les aller voir. C'est lui qui a répondu une fois qu'*on les avoit portées à la Cour*, quand il a esté pressé de les representer à Monseigneur l'Evêque d'Arras; & une autrefois, que *sa conscience ne lui permettoit pas de dire de qui il les avoit eues*, quand on l'a requis de le declarer. Et ce sont les Jesuites enfin qu'on void les plus empressez à décrier ceux que l'Imposteur a si faussement & si mechamment accusez. Je ne sçai si ces PP. ignorent les soupçons que tout cela donne; & s'ils ne pensent point à prevenir le scandale que recevroit le public s'il alloit s'imaginer que des Prêtres & des Religieux, comme eux, eussent trempé dans un si damnable complot.

Enfin personne n'a aussi jamais exercé l'office d'accusateur d'une maniere plus odieuse & plus detestable que ce Fourbe, & n'a mieux porté ce troisiéme caractere du demon. Que fait l'esprit de tenebres? Il seduit les hommes & les excite à pecher; & puis les accuse devant Dieu des pechez qu'il leur à lui-même fait faire. Il fait encore plus : car estant non seulement un seducteur & un accusateur, mais encore un menteur insigne (comme nous l'avons déja remarqué) il les accuse souvent aussi du mal qu'ils n'ont point commis, & qu'il est enragé de n'avoir pû leur faire commettre. Hé qui s'est jamais mieux acquité de ce beau métier que l'Auteur du honteux libelle adressé à un Docteur de Douay ? N'est-il pas visible qu'après avoir

vainement

vainement fait tous fes efforts pour infpirer dans fes Lettres (a) *l'efprit de cabale*, *& d'erreur*, il en accufe dans ce libelle ceux qu'il n'a pû y faire tomber? Et cette furieufe exageration par où il debute, & qu'il défend de prendre pour (b) *une faillie qui l'emporte*, ne montre-t-elle pas affez qu'il eft transporté d'une efpece de rage, de n'avoir pû faire à ces innocens tout le mal qu'il s'eftoit propofé, quoi qu'il la couvre d'une impudente hypocrifie en difant : (c) *On dira peut-eftre, ... qu'il y a plus d'imprudence, & d'indifcretion dans cette approbation, que de malice. Je fouhaiterois pouvoir juger auffi favorablement d'eux : mais le puisje, &c.* Il eft donc manifefte que perfonne n'a jamais mieux exercé que ce fourbe les emplois ordinaires du demon ; & on ne fauroit confronter enfemble fon libelle & fes Lettres, fans en demeurer pléinement convaincu. Ainfi ce feroit perdre le temps que d'en dire davantage fur ce fujet. On defireroit feulement pouvoir par quelque exemple mieux faire comprendre aux efprits les moins penetrans l'enormité du crime de cet Impofteur. Mais il n'eft pas aifé d'en trouver, puifque ni l'hiftoire fainte, ni la profane, ne raportent rien de femblable. Il faut donc imaginer quelque comparaifon qui en approche : & voici celle qui femble avoir le plus de rapport à une telle conduite.

Elle eft à peu prés femblable à celle de quelque franc fcelerat, qui empruntant l'habit d'un Prêtre, & prenant le nom d'un Directeur de grande reputation dans la conduite des ames, trouveroit moyen de fe faire admettre pour Confeffeur d'une nombreufe Communauté de faintes Filles, avec un deffein formel de travailler à les corrompre toutes ; & de fe divertir enfuite à les diffamer, en prétendant cacher la part qu'il auroit euë à leur crime. Il n'y a apparemment perfonne qui n'ait d'abord horreur d'une entreprife fi diabolique. Mais ce n'eft pas tout. Suppofons encore que ce malheureux emploie des années entieres à feduire ces bonnes Filles : qu'il s'adreffe tantôt à l'une, tantôt à l'autre, pour tâcher de perfuader à toutes que l'impureté n'eft point un peché : qu'il abufe des paffages de l'Ecriture Sainte, de l'autorité des Peres de l'Eglife, & des adorables Noms de Dieu & de Jesus-Christ, qu'il a fouvent en la bouche pour mieux contrefaire l'homme de bien : qu'il affecte de paroître fort favant & fort habile, tant pour mieux jouer le perfonnage de celuy dont il a pris fauffement le nom, qu'afin de trouver plus de créance dans l'efprit de ces Religieufes : qu'il employe toutes les addreffes de fon efprit pour leur faire goûter fa damnable doctrine : qu'il mette en ufage fur tout les impoftures & les menfonges, les multipliant à l'infini pour perfuader à ces Filles que l'Ecriture, la Tradition, les anciens Peres, & les plus favans hommes du monde font de fon fentiment : & qu'enfin par toutes ces voyes infernales il n'ait pû feduire entierement aucune de ces ames faintes; mais qu'il ait feulement perfuadé à un petit nombre

---

(a) Page 1. de la Lettre à un Docteur de Douay. (c) Page 32. de la même Lettre.
(b) Page 2.

bre (comme par exemple, à deux ou trois entre cent) qu'il est permis d'u-
fer de certaines libertez qui font encore bien éloignées du crime, ou que
même elles n'en approchent point en un certain fens; comme on le pourroit
dire certainement des baifers, qui font faints dans l'ufage que deux Apôtres prefcrivent d'en faire; & criminels, ou fort dangereux, dans celuy qu'on
en fait ordinairement. Il n'y a fans doute perfonne qui n'admirât la vertu de ces Religieufes, ou plutôt la puiffance de la grace qui les auroit fou-
tenues dans un tel danger, & qui ne fe fentift animé de zele contre le fcelerat. Mais patience, il n'eft pas encore temps d'éclatter. Car pour rendre la
comparaifon plus complete, il faut fuppofer auffi que ce malheureux eftant
au defefpoir d'avoir manqué fon damnable coup, fe rend accufateur public
de ces bonnes Filles; foutient que non feulement les deux ou trois qui l'ont
le plus écouté, mais encore toutes celles de la Communauté, font entierement corrompues, fans en excepter même celles qui l'ont repouffé le plus
vigoureufement; affure que les fedu<ctions dont il a ufé, n'ont efté qu'à
bonne fin, & que pour éprouver leur vertu; & au lieu de ne s'adreffer qu'à
leurs Superieurs, il les décrie par des imprimez fcandaleux, qu'il répand par
tout comme un furieux. Voilà une image de la conduite de noftre fourbe : & s'il y a de la difference, c'eft en ce que fon crime eft incomparablement plus grand, comme on le peut juger par ces trois circonftances. Car
1. La reputation des Prêtres, & fur tout des Pafteurs & des Profeffeurs en
Theologie, eft bien d'une plus grande importance dans l'Eglife que celle de
quelques Religieufes. 2. Le crime d'herefie eft bien plus énorme que celui
d'impureté, tout horrible qu'eft celui-ci : & 3. Enfin au lieu que le fcelerat dont on a parlé n'étendoit fa calomnie que fur une centaine de Filles,
noftre Impofteur a prétendu faire tomber la fienne fur tous les Difciples de
S. Auguftin, en quelque part du monde qu'ils puiffent eftre : c'eft à dire,
fur une infinité de perfonnes, de grands Evêques, de vertueux Prêtres, de vi-
gilans Curez, de faints Religieux, de favans Docteurs & Profeffeurs, &c.
Chacun peut fi facilement faire l'application de cette comparaifon, qu'il feroit
inutile de fe donner la peine d'en faire remarquer tous les differens rapports.

Qui ne s'étonnera donc aprés cela de voir qu'une conduite fi diabolique
puiffe trouver des protecteurs & des défenfeurs? Elle en trouve neanmoins,
à la honte de noftre fiecle. Cela n'eft que trop averé. Il y a des gens qui fe
difent Theologiens, de qui la corruption de la doctrine, & le peu de pudeur
vont jufqu'à l'étrange excez de dire que cela a pû fe faire pour une auffi bonne
fin que celle de *découvrir des Janfeniftes.* Ils parleroient plus conformement
à la verité, s'ils difoient que c'eftoit pour *en faire des Janfeniftes.* Mais quoi
qu'il en foit, s'ils n'ofent tenir ce difcours tout à fait publiquement, de
peur de fe voir trop vigoureufement repouffez (comme il eft déja arrivé à

quelques-uns) ils le tiennent au moins à l'oreille des devotes, & en la prefence des gens qui fe trouvent incapables de leur répondre. Cependant quand il feroit auffi vrai, qu'il eft certainement faux, que tous ces accufez fuffent Janfeniftes, ou même Calviniftes, Lutheriens, & Juifs, ou Mahometans, fi on veut; on foutient à ces faux Docteurs qu'il n'auroit pas efté permis au fourbe de faire la moindre partie de ce qu'il a fait pour les découvrir, ni pour les convertir, qui plus eft, quand il auroit efté affuré d'y pouvoir reüffir par là. On paffe même plus avant : car on leur foutient que quand on pourroit convertir le monde entier par de fi damnables voyes, il ne feroit pas permis de s'en fervir : (a) parce que ce feroit, contre la défenfe de S. Paul, vouloir allier *la juftice & l'iniquité*; *la lumiere & les tenebres*; *Chrift & Belial* : (b) & tomber enfin dans la *jufte condamnation* de ceux qui accufoient ce grand Apôtre *d'enfeigner qu'on pouvoit faire le mal, afin qu'il en arrivât du bien* : de quoi il fe défend comme d'un tres-grand crime. Mais on demande pardon au Lecteur de l'arrêter à une abfurdité, dont la feule expofition eft une refutation fuffifante; & fur tout aprés ce que M.ᴿ Arnauld a rapporté de S. Auguftin contre le menfonge, dans fa Plainte à Monfeigneur l'Evêque d'Arras, Page 24.

On n'en dira donc pas davantage fur un fujet fi clair. On avertit feulement le public qu'on avoit eu deffein de lui donner enfemble toutes les Lettres qu'on a peu ramaffer de l'Impofteur : mais qu'ayant trouvé plus commode de les donner à diverfes fois, il trouvera ici toutes celles qui ont efté écrites à M.ᴿ Malpaix Chanoine de Douay, & à M.ᴿ le Curé de Brillon fon frere; & que dans tres-peu de jours on luy donnera auffi toutes celles que M.ᴿ de Ligny a pu fauver des étranges avantures qu'on lui a fait courir. Si celles-ci donnent quelque fatisfaction, on ofe en promettre beaucoup davantage de celles de M.ᴿ de Ligny, qui font affurement les meilleures, en tous les fens que le mot de meilleur fe peut appliquer en pareille matiere.

Comme le libelle adreffé à un Docteur de Douay (& qu'on foutient ici n'avoir point d'autre Auteur que le faux-Arnauld) eft devenu difficile à trouver, tant à caufe de la défenfe que M.ᴿ de Bagnols a fait faire de le debiter, que pour d'autres raifons qu'on pourra dire ailleurs; on a crû devoir ajoûter ici l'extrait fidele qu'on a tiré d'une partie des expreffions Walonnes, Flamandes, ou d'un barbarifme particulier à cet Auteur, qu'on y a remarquées : & c'eft la premiere chofe qu'on prefente aux yeux du Lecteur aprés cette Préface, afin qu'il puiffe mieux remarquer enfuite fa conformité de ftile avec les Lettres du faux-Arnauld. Mais on l'avertit qu'on a paffé par deffus un grand nombre d'autres expreffions peu Françoifes, pour ne pas

ennuyer

(a) Quæ enim participatio juftitiæ cum iniquitate ? Aut quæ focietas luci ad tenebras ? Quæ autem conventio Chrifti ad Belial ? 2. *Cor.* 6. 14. & 15.

(b) Et non (ficut blafphemamur, & ficut aiunt nos dicere) faciamus mala ut veniant bona : quorum damnatio jufta eft. *Rom.* 3. 8.

ennuyer les gens, de même que fur divers galimatias, qu'il pourra lui-même aifement remarquer dans tous ces ouvrages de tenebres.

On avertit encore le Lecteur de deux chofes. La premiere, que quand il trouvera dans les Notes cette marque : *V. l'ext. N,* cela voudra dire : *Voyez l'extrait, nombre, &c.,* fuivant le chifre qu'on marquera : ce qui s'entendra de *l'Extrait,* qui fuit cette Préface, *des mots & des phrafes de la Lettre à un Docteur de Douay.* Et la feconde chofe eft que dans l'impreffion des Lettres du faux-Arnauld on a fuivi, autant qu'on a pu, fa même orthographe, & fa ponctuation : & qu'on s'eft principalement attaché à eftre exact dans cette derniere, qui feule feroit fuffifamment voir (quand il n'y auroit que cela) le ridicule que fe donnent ceux qui ofent attribuer à un François ces impertinentes Lettres, dans toutes lefquelles à peine trouvera-t-on une feule periode, fans exageration, qui ne pêche groffierement contre cette petite fcience : c'eft à dire, contre l'a. b. c. de ceux qui fe veulent mêler d'écrire. On a mis en italique la plufpart des phrafes Wallonnes ou Barbares.

EXTRAIT

Des Mots & des Phrafes de la Lettre à un Docteur de Douay, qu'on trouve auffi communement dans les Lettres du Faux-Arnauld.

1. **P**our *fort que vous puiffe parêtre.* page 4. & même phrafe. 17. 30. 64. 76. 80. 118. & 131. ce, *pour,* au lieu de, *quelque,* n'eft nullement François.

2. *Authenticité* pag. 4. n'eft guere en ufage.

3. *Avoir à la main,* pour dire, *en main, en fon pouvoir, en fa puiffance,* ou, *une chofe préfente.* page 6. 46. 53. eft tout à fait Walon.

4. *Ne s'oublie jamais,* pour dire, *n'oublie &c.* page 6. Barbarifme.

5. *Brouillas,* au lieu de Brouillard, page 7. & 43. eft particulier au faux-Arnauld.

6. L'on ne peut pourtant pas difconvenir, que ces temps de force, & de vigueur *eftoient paffez,* au lieu de, *ne fuffent paffez.* page 9. Barbarifme.

7. Or *il eft* que la doctrine de Mr. Gilbert, eft une doctrine profcrite, &c. page 23. Expreffion encore plus barbare, qui ne fignifie rien du tout.

8. Confequence *ulterieure.* page 24. eft un peu du pays Latin.

9. *Exhiber* page 24. & 143. Terme de chicane. Peut eftre auffi que l'Auteur eft de plus d'un métier.

10. *Enfuite,* au lieu de, *par confequent.* Façon de parler très-remarquable, & affez particuliere à cet Auteur. page 31. 32. 51. & 102.

11. *Peur de fubir le même fort,* fans de, devant *peur.* page 36. Cela luy eft encore ordinaire, & affez particulier.

12. *Encor,* fans e final, ne s'écrit guere qu'en vers, & il eft prefque par tout ainfi dans les Lettres de cet Auteur. On le trouvera dans celle-ci aux pages 36. 61. 63. 66. 78. 87. 114. 116. 122. deux fois 130. 132. & 142.

13. *Defier* fi hardiment le monde *à montrer* un Janfenifte page 38. & à la page 94. Je fais qu'on *defie* le monde *à donner* la definition d'un Janfenifte. Il n'y a pas de petit enfant en France qui ne fache que le verbe *defier* regit *de,* & non pas *à.*

14. *Comme* il eft rempli, &c. au lieu de *comment, &c.* page 39. ne vaut rien.

15. *Je*

15. *Je laisse en arriere*, pour dire, *je ne parle pas*, ou, *je passe sous silence, &c.* est bien Walon. page 39.

16. C'est donner *tout de grand* dans la pensée burlesque, &c. page 42. Cela n'est ni François, ni Walon, à mon avis, ni je croi d'aucun langage que du galimatias de cet Auteur.

17. *Passé si long-temps.* page 133. *passé quelque temps.* page 139. Pour cette phrase il n'y a personne qui ne la reconnoisse pour tout à fait Walonne. On dit *depuis long-temps*

18. Il faut condamner la meilleure partie de leurs *œuvres* à estre *dechirez*, & à estre *releguez.* page 45. En trois mots voilà pour le moins deux solecismes : car *œuvres* est feminin, & les deux adjectifs qu'on luy donne sont masculins.

19. *Parloit de la maniere.* page 45. 50. & 65. *Douter de la maniere.* page 111. Et *s'énoncer de la maniere.* page 131. au lieu de dire, *de cette maniere.* Ce n'est point une phrase Françoise, ni Walonne, à mon avis.

20. *Défendu à quiconque.* page 45. est à peu prés de même.

21. *Qui sont éternels* sur les louanges, &c. page 46. pour dire, *parlent éternellement avec éloge*, ou, *ne peuvent finir quand ils sont sur les louanges, &c.*

22. *D'aucun équivoque.* page 56. Equivoque est feminin depuis long-temps, & ne se trouve masculin que dans les vieux Auteurs.

23. *Rougir la verité.* page 58. cela vient encore du pays Latin. En François on dit : *rougir de la verité.*

24. *A part soy*, page 59. est une phrase de l'ancien Gaulois.

25. *Par fois*, p. 60. & 121. est encore un peu Gaulois. Il faut dire : *quelquefois.*

26. *Grosse reflexion.* page 66. *grosses pretentions.* p. 105. *grosse difficulté.* p. 110. *gros ravage.* p. 111. & *des écrits en grosse quantité*, p. 118. est une façon de parler nouvelle, qui merite une remarque particuliere. On la reserve pour les nottes sur les Lettres.

27. *Leur faire souvenir*, page 70. Barbarisme.

28. N'empechent pas que *l'on soit persuadé* p. 73. *sans*, *ne*, devant *soit* n'est point François, mais ordinaire au faux-Arnauld.

29. Que ce Mr. Malpaix *dit juste* en François & en Latin. page 76. On dit fort bien : *Il parle juste ; il écrit juste :* mais non pas : *il dit juste.* Cela pourra paroître un peu bizarre à cet Auteur : mais cela ne laissera pas d'estre ainsi, quoi qu'il en puisse penser, jusqu'à ce que l'usage en ait decidé autrement.

30. *Elle promène* page 111. & *Je remarquai en promenant*, sans pronom personel. C'est peut-estre la phrase la plus Walonne qu'on sçauroit trouver.

31. *Se fait il quitte* de ses livres, page 116. pour dire, *se défait*, n'est guere moins Walon.

32. *Une Librairie* page 119. au lieu de, *Bibliotheque*, ou de, *boutique de Libraire*. est encore un terme entierement Walon.

33. *Personnes*, qui *tranchent* du *reformateur*, page 136. Voilà d'étranges fautes de Grammaire.

34. *A qui ils font graces de leur amitié*, p. 140. On ne sçait d'où vient cette phrase, & c'est encore du galimathias particulier au faux-Arnauld.

AVERTISSEMENT.

LE Lecteur doit estre averti que la Lettre à un Docteur de Douay *a esté comme traduite du Walon en François, & rimprimée à Paris sous ce nouveau titre :* Secrets du parti de Mr. Arnauld *decouverts depuis peu ; & avec un grand nombre de changemens considerables. C'est pourquoy on se donneroit inutilement la peine de chercher dans cette seconde édition les Phrases Wallones, qu'on a extraites de la premiere, ou plusieurs autres choses dont on a parlé dans la Préface & dans les Notes par rapport à cette premiere édition. On n'a pas de peine à s'appercevoir d'abord des raisons de ces changemens. Mais la principale sans doute a esté d'ôter aux Curieux le moyen de pouvoir conferer la* Lettre à un Docteur de Douay *avec les Lettres du faux-Arnauld, qu'on a bien prévu que l'on pourroit donner au public. C'est neanmoins ce qu'il est tres-important de faire, pour prouver que c'est la même main qui a travaillé à ces deux ouvrages, & que le Fourbe & l'Accusateur ne sont qu'une seule & même personne.*

LETTRE I.

Cette Lettre ne paroît pas estre la premiere qui ait esté écrite à Mr. Malpaix par le faux-Arnauld : mais elle l'est neanmoins ; & tout le commerce, qui semble avoir esté entr'eux auparavant, ne s'estoit fait que par Mr. de Ligny, qui avoit esté chargé de dire, ou d'écrire diverses choses de part & d'autre. Mr. Malpaix n'a reçû que sept Lettres de ce Fourbe, qu'on va produire ici tout de suite.

MONSIEUR,

Il y a & du bon-heur pour la cause de l'Eglise, & du plaisir pour moy, de faire de si agreables découvertes dans vostre Université, & d'y trouver des gens si devoüez au (1) bon party, aprés que (2) l'esprit de mensonge & de persecution a mis tout en usage pour en exterminer & aneantir les plus zelez défenseurs de la grace victorieuse : mais que peuvent toutes ces machines humaines? Que peut ce bras de chair & toutes les maximes politiques pour détruire l'œuvre de Dieu? (3) Helas il y a long-temps que nous serions aux abois, si une protection toute-puissante & invisible ne nous soutenoit & ne nous faisoit toucher au port au temps même que la prudence du monde pensoit nous avoir jetté sur un écueil pour (4) nous y faire échoüer. Il (5) en va, Monsieur, des martyrs de la grace comme de ceux de la foy : Les persecutions, les exils, les emprisonnemens sont comme une graine salutaire, qui sert à en multiplier les défenseurs : *Sanguis martyrum semen est Christianorum :* Je vous (6) conjoüis, Monsieur, d'estre de ce petit & cet heureux troupeau; toute la recompense, que vous en aurez, sera peut-estre de passer pour un esprit opiniâtre, dangereux & & même heretique : mais qu'une personne penetrée des principes du Christianisme doit conter pour peu ces sottes calomnies & ces reproches insensez! L'approbation des nos Messieurs de Douay a esté d'un merveilleux secours

pour

---

1. Ce fourbe appelle toûjours : *Bon parti; bonne cause; la cause de Dieu; &c.* ce qu'il croit une heresie damnable. Avec quelle conscience cela se peut-il?

2. Ce caractere est si propre à certaines gens, que l'esprit se tourne naturellement vers eux quand on en parle. Il est facheux d'en reveiller l'idée dans une Lettre qui pouvoit devenir publique.

3. *Helas !* Exclamation fort noble, & bien du stile de Mr. Arnauld. Mais de quel-

le impieté est-elle suivie ! Digne moyen de sa damnable fin.

4. Voilà un magnifique galimatias. Qui pourroit deviner à quel port touche Mr. Arnauld, & à quel écueil il a pensé échouer.

5. *Il en va* Expression bien Françoise !

6. *Je vous conjoüis.* Si on trouve une semblable façon de parler dans tous les ouvrages de Mr. Arnauld, on veut bien passer pour aussi grand fripon que ce fourbe.

pour la These en question : (7) Leur explication & leur éclairciffement n'a pas efté bien receu , par ce qu'on a crû qu'ils vouloient faire la Leçon , & qu'ils fembloient fuppofer que les Juges n'avoient pas affez de lumieres pour en penetrer tout le fens: ils m'en ont envoié une autre fans interpretation , qui a arrêté le coup , ou plûtôt qui l'a fufpendu ; car je ne doute pas que dans peu de temps on ne remette l'affaire fur le tapis ; ce fera fans doute quand ils croiront qu'on fera moins fur fes gardes : car il n'eft rien de plus ordinaire dans leur conduite que d'agir par furprife & (8) par reffort : vous fçavez que les fupercheries , dont (9) on s'eft fervi à Rome (10) dans la condamnation des cinq Propofitions , en font un grand exemple ; mais je prens toutes les mefures imaginables pour fortifier noftre droit : c'eft (11) pour cela , que j'accumule des approbations de *tout côté* , afin que

7. Que d'impoftures pour furprendre des gens qui agiffoient avec la fimplicité de la colombe ! Il fe garde bien de defapprouver en elles-mêmes les explications que ces MM. avoient données à fa miferable Thefe , fçachant combien ils eftoient éloignez de l'approuver autrement que dans les fens qu'ils y avoient donnez : & il fe garde encore davantage de faire mention de ces plications dans fon libelle addreffé *à un Docteur de Douay* , parce qu'elles juftifient ceux qu'il vouloit perdre.

8. On voit bien qu'il les a eus pour maîtres & qu'il a efté formé dans une fi bonne école. Jamais furprifes ne furent employées avec plus d'art. Jamais on ne fit tant jouer de refforts ni avec plus d'adreffe.

9. Quel befoin avoit-on d'artifices & de fupercheries pour faire condamner à Rome des erreurs que l'Eglife avoit déja condamnées , & que tous les Catholiques condamnerent de nouveau avec Rome auffitoft qu'elle eut parlé. Que s'il y a eu des gens qui aient eu deffein en cette occafion d'envelopper la doctrine Catholique dans la condamnation de l'erreur & de donner atteinte à la grace efficace de J. C. fous pretexte de condamner la grace neceffitante de Luther de & Calvin , c'eft à quoy fans doute les fupercheries eftoient fort neceffaires , & à quoy elles ont efté fort inutiles , s'il eft vray qu'on en ait mis en œuvre pour un deffein fi criminel. Si toutefois le Fourbe en parle comme le fçachant d'original , il l'en faut croire.

Mais qui n'eft frappé d'horreur en voiant ce tentateur diabolique , armé de toute l'autorité du nom & de la reputation d'un venerable Docteur , celebre par fa pieté & fa doctrine , & bien informé de tout ce qui s'eft fait depuis la naiffance des conteftations , s'efforcer de perfuader à de jeunes Theologiens que les cinq Propofitions ont efté mal condamnées , & qu'ils en doivent regarder la condamnation comme un ouvrage d'intrigue & de fupercheries? Auroiton dû s'étonner , fi quelques Theologiens fans experience des chofes du monde & peu inftruits des affaires , avoient fuccombé à une fi violente tentation? Et ne doit-on pas conter pour beaucoup une fermeté inébranlable avec laquelle ils ont toûjours perfifté à condamner toutes les erreurs des cinq Propofitions.

10. Peut-il jamais eftre permis de parler ainfi contre ce qu'on penfe , de quelque pretexte qu'on puiffe fe couvrir ? Et n'eftce pas faire l'office de l'ancien ferpent , qui donnoit un dementi à Dieu même pour feduire nos premiers Peres ? *Nequaquam morte moriemini.* Gen. 3. 4.

11. C'eft ainfi que les Ariens , tres-grands fourbes , furprirent la fimplicité de faint Phœbade Evêque d'Agen , de faint Servais Evêque de Tongres , & de plufieurs autres Saints , & leur firent figner un formulaire Arien , compofé d'une maniere artificieufe & équivoque , en leur faifant croire qu'il eftoit autorifé par les Evêques d'Orient. Les Saints font quelque-fois trompez par leur humilité ; & la crainte d'eftre trop attachez à leur propre fentiment , & de n'avoir pas affez de déference pour le jugement des Evêques , des Docteurs & des plus fçavans hommes de l'Eglife , dont on leur oppofe l'autorité , les rend plus do-

que le confentement fi uniforme de tant de fçavans hommes leur ôte l'envie de (12) *paffer condamnation* fur une doctrine auffi orthodoxe que l'eft celle de S. Auguftin (13) contenuë dans cette Thefe : Vous me ferez plaifir d'y joindre la voftre dans cette copie, que je vous envoie il n'y a qu'à y ajouter (14) voftre nom, il importe peu, que vous ne foiez pas graduez, du moins elle fera nombre, & la qualité de Chanoine dans une Univerfité y ajoutera quelque poids : je ne doute pas que vous ne rendiez volontiers ce fervice à la verité, qui gemit (15) *paffé fi long-temps* dans l'oppreffion : vous n'ignorez pas comme je crois, que vous ne rifquez rien par là & que je prendray des mefures, qui (16) vous mettront à couvert de tout. Vous m'obli-

ciles qu'ils ne devroient eftre. Les Theologiens de Douay font donc bien excufables d'avoir cedé à des folicitations appuyées de l'approbation de tant de grands hommes, dont le Fourbe pris pour un homme de bien les affuroit. Vouloir juger de leurs vrais fentimens par la fauffe Thefe, dont la foufcription leur a efté extorquée par tant d'artifices & de menfonges, & qu'ils avoient reduitte à un fens Catholique par leurs explications (ce que ne firent pas les Evêques dont j'ay parlé) ce feroit vouloir que l'on dût juger de la foy de ces Saints par le formulaire de Rimini, & non pas par le Symbole de Nicée, dont ils avoient fait auparavant profeffion, comme ils la firent encore après.

12. *Paffer condamnation fur une doctrine*, pour dire, *proceder à la condamnation d'une doctrine*, ou *condamner legerement une doctrine*, &c. Phrafe bien digne d'eftre attribuée à Mr. Arnauld ! Quiconque tombera dans cette impertinence meritera de paffer condamnation fur fa profonde ignorance dans la langue Françoife. *Paffer condamnation* ne fe dit que pour avouer qu'on a tort, ou pour aquiefcer à une demande : & cet Impofteur feroit bien de *paffer condamnation* fur fa noire malice.

13. Si un Fourbe prenant le nom de faint Hilaire de Poitiers avoit écrit à des Prêtres Catholiques pour les preffer de figner le formulaire heretique de Rimini, en les affurant qu'il ne contenoit rien que la doctrine de faint Athanafe qui eftoit celle de l'Eglife, & qu'il avoit efté approuvé & foufcrit par un grand nombre d'Evêques & de fçavans Theologiens Catholiques; comment auroient fait ces bons Prêtres pour ne

fe pas rendre aux inftances du faux Hilaire ? On peut bien croire que S. Auguftin eft fur la doctrine de la grace du Sauveur ce que S. Athanafe eftoit à l'égard de la doctrine de la confubftantialité du Verbe. Mais il n'eft pas neceffaire de comparer M. Arnauld à S. Hilaire. Il fuffit qu'il ait paffé dans l'efprit des Theologiens de Douay pour un Docteur tres-pieux, tres-fçavant & tres-Catolique, & pour un tres-zelé défenfeur de la doctrine de S. Auguftin fur la matiere de la grace, pour conclure qu'ils ont pu fort innocemment fe laiffer entrainer à l'autorité de fon nom en fignant une Thefe captieufe qui fouffroit un fens orthodoxe. Et ce qu'il pourroit y avoir de mal dans leur foufcription ne doit eftre imputé qu'au faux-Arnauld; comme on n'auroit pu attribuer qu'au faux-Hilaire le mal, fans comparaifon plus grand, qu'auroient fait les Prêtres de ce temps-là en foufcrivant le formulaire Arien.

14. Il donne le morceau tout mâché. Qui pourroit fe défendre de l'avaler ?

15. *Paffé fi long-temps.* C'eft la phrafe Walonne que Mr. Arnauld a remarquée dans la page 5. de fa Plainte à Monfeigneur l'Evêque d'Arras. Elle fe trouve fort fouvent dans ces Lettres, comme on pourra le remarquer ; & quatre fois dans le libelle adreffé à un Docteur de Douay. V. l'Ext. num. 17.

16. Il me femble que j'entens le diable dire à noftre Seigneur en le tentant : *Precipitez-vous du haut en-bas : car il eft écrit il ordonnera à fes Anges d'avoir foin de vous, & ils vous foutiendront de leurs mains, de peur que vous ne heurtiez le pied contre quelque pierre.*

m'obligeriez encor (17) fenfiblement de me faire connêtre ceux (18) qui ont beaucoup de zele pour le bon party , foit dans la campagne, foit dans les villes voifines, cette connoiffance m'eft d'une grande affiftance & me *dirige* (19) beaucoup pour tirer des lumières dont j'ay befoin de temps en temps & pour ne pas me fier à quelques faux freres. M.ᴿ de Ligny m'a fait quelques ouvertures fort utiles fur ce chapitre, mais peut-eftre y ajouterezvous quelque chofe : faites-moy la grace de ne pas (20) monftrer ma Lettre & foyez perfuadé que fi je puis vous fervir & reconnêtre vos amitiez , je vous fuis tout acquis

MONSIEUR,

Voftre tres-humble ferviteur.
ANTOINE A. ***.

Il y a quelque temps, que j'ay appris l'indigne traitement, que le (21) Vicariat de Tournay à fait à voftre frere; je l'aurois volontiers foutenu , fi j'en avois efté informé plutôt; faites luy je vous prie , mes complimens; je le (22) penfe affez bien intentionné pour appuier auffi la verité de fon approbation : fi vous trouvez à propos de luy demander ce fervice , vous me feriez plaifir de luy faire efcrire encore une copie de cette Thefe & de la luy faire foufcrire feparement, par ce que *parfois* (23) il eft neceffaire de produire l'une fans l'autre. J'abandonne le tout à voftre grand zèle & difcretion : voïez fi vous n'en pourrez pas ufer de même à l'égard de (24) quelqu'uns de vos amis, que vous connoiffez attachez fortement à la verité, & qui font
du

---

17. Encor, fans e final ne s'écrit gueres qu'en Vers. Mais on ne le trouve prefque point autrement dans toutes ces Lettres; de même que dans le libelle au Docteur de Douay; où on l'a remarqué 13. fois V. l'ext. num. 12.

18. Sa joie ne feroit pas entière, s'il n'avôit à opprimer qu'un petit nombre de gens de bien. Il faut luy donner le plaifir de les accabler tous. * *Generatio quæ pro dentibus gladios habet,& commandit molaribus fuis,ut comedat inopes de terra & pauperes ex hominibus. Sanguifuga duæ funt filia dicentes : affer, affer.*

19. *Me dirige beaucoup pour tirer des lumières.* Autre expreffion fort digne de Mr. Arnauld.

20. Il eft important de remarquer comment ce Fourbe recommande le fecret, & défend de montrer fes Lettres , ce qui eftoit fidélement obfervé de la part de ces

* *Proverb: 30, 14. 15.*

MM. n'y ayant que Mr. de Ligny qui fçut tous ceux à qui cet Impofteur écrivoit. Cela feul fait affez voir combien calomnieufement il les accufe dans fon libelle d'intrigue & de cabale : de quoy il n'y a jamais eu entr'eux le moindre veftige.

21. On feroit bien-aife de fçavoir comment MM. les Vicaires Generaux de Tournay s'accommodent de ce difcours : & s'ils fçavent beaucoup de gré à un perfide qui s'en fert pour forcer, s'il faut ainfi dire, à mal parler d'eux des gens, qui fans luy ne s'en feroient jamais avifés.

22. *Je le penfe affez bien intentionné, &c.* Bonne phrafe.

23. *Par fois.* Autre bonne expreffion ordinaire à l'Auteur de ces Lettres; & du libelle. On la trouve dans ce dernier à la page 60. & à la 121. entr'autres.

24. *Quelqu'uns* pour *quelques-uns*, n'eft pas affurement de Mr. Arnauld.

du dernier (25) ſecret ; mais pour lors il eſt convenable qu'ils *ne ſça-*
chent (26) *pas à parler* l'un de l'autre, afin que la choſe eſtant ainſi cachée,
elle eſclate moins ; il n'eſt pas neceſſaire qu'ils ſoient (27) graduez pourveu
qu'ils ayent étudié en Theologie. *Quæ non proſunt ſingula, multa juvant.*

25. Toûjours *ſecret.* Il l'avoit fort à
cœur, il eſtoit auſſi fort neceſſaire à ſon
pieux deſſein. Il le recommande preſque
dans toutes ſes Lettres.

26. *Ne ſçachent pas à parler l'un de l'au-*
tre. C'eſt la phraſe la plus Walonne, ou
peut-eſtre la plus Flamande qu'on ſçauroit imaginer. Il n'y en a gueres de plus
uſitée dans les Pays-bas, ni de plus étrange-

re aux François : & cela ſeul fait aſſez voir
la ridicule impertinence de ceux qui ont
pretendu pouvoir faire paſſer Mr. Arnauld
pour l'Auteur de ces deteſtables Lettres.

27. Peu luy importe qu'on ſoit gradué
ou non. Il ſuffit d'eſtre de vertueux Eccleſiaſtiques ou de paſſer pour tel, pour meriter de luy eſtre en butte.

LETTRE II.

MONSIEUR,

Voſtre zele va au-dela de ce que je pourrois eſperer, & j'aurois toute la
confuſion du monde de ne pouvoir reconnêtre vos bons offices, ſi je ne con-
ſiderois pas que c'eſt bien moins à moy que vous les rendez, qu'à la (1) cauſe de JESUS-CHRIST & à ſa grace (2) victorieuſe, qui eſt le doüaire de l'Egliſe,
dont tous les fideles doivent eſtre les depoſitaires & les défenſeurs : pour
vous, Monſieur, vous devez trouver une conſolation ſenſible dans le témoignage de voſtre conſcience, qui vous declare que vous ne rempliſſez pas
ſeulement ce devoir, mais que vous le comblez par les ſoins que vous prenez de procurer les approbations de cette doctrine (3) celeſte & que l'on
vous peut dire (4) confeſſeur de cette toute-puiſſante grace autant de fois
que vous faites ſouſcrire la Theſe, qui la ſoutient d'un air ſi intrepide & ſi
chreſtien. N'attendez pas, Monſieur, que je vous marque les meſures qui
ſont les plus juſtes ; j'abandonne le tout à voſtre zele, il eſt trop éclairé &
trop prudent pour nous engager en de facheux pas ; je remarque dans vos
Lettres que vos precautions ſont ſi bien priſes & vos reflexions ſi ſenſées,
que j'aurois tort d'y rien ajouter : je vous prie ſeulement de menager fort

C   le

1. Malheureux ! d'employer ainſi l'a-
dorable Nom de JESUS-CHRIST pour ſe
duire des innocens d'une maniere ſi indigne.

2. Il parle de la grace victorieuſe de
JESUS-CHRIST, comme les diables par-
loient de JESUS-CHRIST même & de ſa
ſainteté, avec un eſprit de crainte, de

haine & de blaſpheme. *Obmuteſce, ſpiri-*
tus immunde.

3. Avec quelle conſcience peut-on nommer *doctrine celeſte* ce qu'on croit une hereſie condamnée par deux Papes ?

4. Il ne le flatte de la qualité de Confeſſeur, que pour luy procurer la couronne
de Martyr. Au moins il n'a pas tenu à luy.

le (5) ſecret qui eſt l'ame de cette affaire, & de tirer autant d'approbations qu'il vous ſera (6) poſſible, par ce que je prévois qu'elles nous ſeront bien neceſſaires : C'eſt beaucoup que de vous dire que vous pouvez ſuivre le mouvement & l'ardeur de voſtre zele, car je conçois par ce que vous me di-tes & par ce que vous faites, combien il eſt actif & embrazé. Je laiſſe donc à voſtre prudence de multiplier les approbations autant qu'il eſt poſſible ſans que la choſe éclate. Voſtre frere & vos amis vous peuvent eſtre d'un grand ſecours en cette circonſtance ; & bien intentionnez comme ils ſont, ils ne manqueront pas de vous prêter la main & de reüſſir. Ne (7) vous étonnez pas, ſi je fais ces ſortes d'inſtances pour des approbations, qui peut-eſtre vous paroîtront peu importantes n'eſtant pas de perſonnes graduées, je vous diray qu'eſtant preſſé on met tout en œuvre & que l'on fait fléche de tout bois : nos ennemis ne dorment pas, & tous les jours ils s'emparent telle-ment de l'eſprit de (8) l'Archevêque de Malines, qu'ils ſeront bien-tôt les maîtres de tout. Il y a déja bien des Eccleſiaſtiques chaſſez & dépouillez (9) de leurs charges, que l'on prétend eſtre infectez de cette hereſie chimerique & imaginaire du Janſeniſme : ce phantôme entre par tout ; & il n'eſt pas juſ-qu'aux enfans, à qui on n'inſpire (10) moins l'amour de Dieu, que l'hor-reur du Janſeniſme. La tempête dont vous me parlez dans voſtre premiere Lettre eſt reelle, & allarme bien les RR. Peres ; puis que ces Eſprits (11) re-
muans

5. Toûjours ſecret ; toûjours myſtere : mais myſtere d'iniquité, qui fait haïr & fuïr la lumiere : *Qui malè agit odit lu-cem.* Ce n'eſt point aſſurement la condui-te de Mr. Arnauld. Il prêche ſur les toits tout ce qu'il a de ſentimens ſur la grace.

6. Le Fourbe ſe peut vanter d'eſtre peut-eſtre le premier qui depuis que l'Egliſe eſt établie ſe ſoit aviſé d'exiger des Catholi-ques de ſouſcrire à une doctrine qu'il re-gardoit comme heretique, & pour perdre celuy qui l'auroit ſouſcrite. Il n'y a jamais eu que le diable qui ait fait ce métier. C'eſt par cet artifice qu'il remplit le monde d'A-riens & qu'il perdit une infinité d'ames,

7. Il n'omet rien pour empêcher qu'on n'entre en ſoupçon & en défiance. Il va au-devant de tout. Il prévient toutes les objec-tions. Comme ce manege fait voir que c'eſt un Fourbe achevé & exercé de longue main au métier ; rien au contraire ne prou-ve plus clairement la candeur & la ſimpli-cité de ces bons Eccleſiaſtiques, leur éloignement de tout eſprit de cabale, & leur incapacité même pour toute intrigue ; que de voir comment leurs yeux demeu-roient fermez, & qu'ils n'entroient en au-cune défiance d'une conduite qui paroiſ-

ſoit ſi peu naturelle & ſi pleine d'artifices.

8. Il ne tient pas à luy qu'on ne prenne ce Prelat pour le Vicaire General de ceux dont il parle. Mais on voit bien qu'il a plus d'in-tereſt à flatter la vanité de ces gens-là, ou la ſienne propre, qu'à menager la reputa-tion de cet Archevêque.

9. Si cela eſt, il y a plus d'une maniere de chaſſer & de dépouiller ces prétendus Janſeniſtes. On le fait en conquerant, par autorité & à force ouverte, quand on di-ſpoſe à ſon gré de la Croſſe Epiſcopale. On le fait en filou, par fourberies & par des reſſorts cachez ; quand on n'eſt pas *maître de tout.*

10. Ce détail eſt bien particulier, & perſonne ne croira que le vray Mr. Ar-nauld, en l'eſtat où il eſt, puiſſe eſtre aſ-ſez bien informé de ce qui ſe paſſe dans les claſſes, & dans les catechiſmes où l'on in-ſtruit les enfans. Ce ſeroit une choſe bien horrible ſi cela eſtoit vray : & des enfans ne ſeroient gueres bien entre les mains de telles gens.

11. On ne parlera point de deux ou trois galimatias qui ſe trouvent dans cette belle tirade. Mais on eſt perſuade que perſonne ne la lira ſans en rire un peu : & ſans avoir

muans n'ayant pas dequoy s'occuper affez au-dehors ; ils fe querellent & fe choquent au-dedans ; je crois que leur efprit de perfecution & de vengeance eft fi enraciné, que s'ils n'avoient plus dequoy l'occuper dans le mauvais traitement qu'ils font à tant de faints Ecclefiaftiques, ils tourneroient les armes contre eux-mêmes, & ce feroit peut-eftre le meilleur expedient de les ruiner & de les détruire, que de les faire ainfi confumer l'un contre l'autre leur (12) fureur & leur inclination de nuire, qui eft comme le lait, dont la Société les nourrit. Les Jefuites François ne font pas contens des Jefuites Flamands, ou du moins ils veulent étendre leurs limites avec les conquêtes du Roy : c'eft pourquoy ils ont obtenu les premiers employs dans les Colleges des Pays-bas ; & viennent (13) envahir les Rectorats de Lille & de Douay, fi mes correfpondans font bien informez : cela ne peut manquer de chagriner les Peres Flamands, c'eft dommage qu'ils ne peuvent pas faire entrer un petit grain de (14) Janfenifme dans ce démêlé pour rendre les François fufpects, ce feroit le moyen le plus court de fe tirer d'embarras.

Pour revenir aux miferes de Malines, voiez, je vous prie, jufqu'où vont les honteufes pratiques & les violences de ces Peres pour fupplanter & accabler les Difciples de S. Auguftin, qui font les plus integres & les plus irreprochables parmy les Ecclefiaftiques : ces pauvres gens dépoüillez de leurs charges fans raifon ont eu recours à la Juftice pour fe plaindre du tort qu'on

C 2   leur

quelque petit defir de fçavoir comment elle fera regardée des Jefuites. Car s'ils trouvoient bon qu'on parlât ainfi de leur Societé, quand cela peut fervir à faire des Janfeniftes, il faudroit croire que ces Janfeniftes leur font d'un grand ufage ; & que le plus grand malheur qui leur pût arriver feroit fans doute que tout le monde prift le Janfenifme pour un phantôme, comme il l'eft veritablement. Mais peut-eftre qu'ils prendront des injures fi atroces, de la bouche d'un tel Impofteur, pour de grandes loüanges ; fuppofant qu'il ne doit jamais parler que par contre-verité. Si cela eft, il faut que l'affectation de ce Fourbe à parler des anciens Peres de l'Eglife, & particulierement de faint Auguftin, avec tant d'éloges, foit une marque de la haïne & du mépris qu'il a pour eux.

12. Je fuis fûr que Mr. Arnauld n'auroit jamais donné une idée fi affreufe de la Societé en luy attribuant d'une maniere fi generale un efprit *de fureur & une inclination à nuire fans bornes & fans limites, qui foit comme le lait dont la Societé nourrit fes enfans.* Il auroit pû dire en particulier *que les Jefuites font appris depuis le Noviciat à re-*

garder les Janfeniftes fur le pied d'heretiques, & qu'on leur en fait fucer une averfion avec le lait ; Et en cela il n'auroit fait que copier les paroles de la Lettre à un Docteur de Douay. (1. Edition) laiffant au Lecteur le foin d'en tirer les confequences.

13. Il feroit difficile que Mr. Arnauld eut des correfpondans affez bien inftruits du fecret de la Societé, ni qu'il eut des efpions dans le Confeil du Provincial. Jufqu'à prefent il n'a pas parû avoir beaucoup de part à leur confiance, & je fuis fûr au moins que ce n'eft pas le P. Tellier qui luy aura découvert leurs myfteres.

14. Pourquoy feroit-il fi difficile de faire paffer quelques Jefuites pour Janfeniftes. Il n'en coute pas beaucoup pour cela. Il ne faut que *faire entrer un petit grain* de Decrets abfolus, de predetermination phyfique, ou de grace efficace par elle-même, ou au moins *un petit grain* de rigorifme : avec cela l'affaire eft faite. Le P. De la Croix, le P. Morin, & plufieurs autres ne font-ils pas enfin devenus Janfeniftes par ce moien : fans parler du P. Typhaine dont le livre *De Ordine* a efté par cette raifon exclu du Catalogue des Ecrivains de la Societé.

leur faifoit ; rien de plus raifonnable & de plus conforme à l'équité ; mais les Jefuites qui femblent s'eftre élevez au-deffus des Loix de la nature & de la Juftice ont trouvé le moyen de (15) fermer toutes ces voyes qui reftoient à l'innocence opprimée pour fe juftifier : ils ont un de leurs Peres Confeffeur de la Reyne d'Efpagne & *ils* (16) *obtinrent* par fon moyen un Mandement pour Monfieur Gaftañaga Gouverneur des Pays-bas Efpagnols, qui l'oblige de défendre à tous les Tribunaux de recevoir les appels inter-jettez par aucun Ecclefiaftique du Diocefe de Malines contre fon Archevê-que : De bonne foy on auroit peine à s'imaginer que la violence des per-fonnes religieufes pût aller à de femblables extremitez fans faire foulever con-tre eux tous ceux, qui ont encore quelque peu d'équité naturelle : que fera donc un pauvre Ecclefiaftique, que fon Archevêque par une preoccu-pation vifible pourfuit comme atteint d'une herefie notoirement imaginaire, & qu'on dépouillé de fes charges & de fes emplois? Ou aura-t-il recours ? à fon Metropolitain ? il eft (17) *party* ; aux autres Juges ? il leur eft dé-fendu de recevoir les appels : cette conduite fi inique eft feule capable de les perdre d'honneur & de reputation, fi on leur faifoit juftice.

Vous me ferez plaifir, & il me fera d'un grand fervice de m'apprendre ce
qui

---

15. Plufieurs de ces faits font publics : on n'en peut difconvenir. Mais l'Impofteur donne un fi mauvais tour aux circonftances qu'il y adjoûte, que ceux dont il y parle n'ont pas fujet d'en eftre contens. Je ne fçay pas fi les Jefuites trouveront bon qu'on les facri-fie ainfi à l'envie & à la haine publique en les rendant refponfables d'une conduite qui ne peut eftre approuvée, fi elle eft telle qu'on la dépeint. Le Confeffeur de la Reyne d'Efpagne feroit fans doute fort faché que l'on eut découvert fon jeu. Les Miniftres d'Efpagne ne prendroient pas plaifir à fe voir fous la férule du Confeffeur de la Reyne & à n'eftre que les executeurs de fes défirs en ces fortes d'affaires. Les Confeils & les Tribunaux du Pays-bas Efpagnol ne goûteront pas ces voies que l'on prend pour leur lier les mains & empecher le cours or-dinaire de la juftice. Les peuples, & fur tout le Clergé qui en fouffrira le plus, n'en fauront pas gré à ceux qu'on en fait en cet endroit les auteurs. Monfeigneur l'Arche-vêque de Malines qui paroit y gaigner beau-coup, eft un de ceux qui y perdroit davanta-ge fi, comme on n'en doit pas douter, il fait quelque cas de fon honneur; & s'il fçait, comme il fçait fans doute, que la gloire d'un Evêque confifte à regler fa conduite, à gouverner les ames, & à traiter fes coope-

rateurs conformément à ces paroles du premier de tous les Evêques de l'Eglife : *Pafcite qui in vobis eft Gregem Dei, providen-tes non coacte, fed fpontanee fecundum Deum; neque turpis lucri gratia, fed voluntarie; neque ut dominantes in cleris, fed forma fa-cti Gregis ex animo.* 1. Petr. 5.

16. *Ils obtinrent* au lieu de, *ils ont obte-nu* phrafe Walonne ou Flamande.

17. *Party*, au lieu de, *partie*, eft enco-re bon Walon. Mais ferieufement on a de la peine à comprendre qu'un homme, quel qu'il foit, ofe parler, & à plus forte rai-fon écrire en de pareils termes d'un Ar-chevêque : & fi M. de Malines vouloit bien faire connoître au public ce qu'il en penfe, il luy feroit apparamment plaifir. Car fi par hazard ce Prelat, MM. les Vi-caires Generaux du Diocefe de Tournay, & les Jefuites fçavoient également gré à cet Impofteur des outrages qu'il leur fait, on ne douteroit prefque plus qu'il n'y eut en ceci de l'enchantement: & l'on auroit mê-me lieu de croire que ce nouvel Enchanteur en fçauroit plus en cet art maudit, que le fa-meux Simon des Actes des Apôtres, puif-qu'il ne borneroit pas la puiffance de fes charmes à feduire une feule ville, comme faifoit cet ancien magicien.

qui fe paffe de plus confiderable dans voftre Univerfité touchant les difputes, les fentimens des Docteurs de chez vous, ce qu'*opinent* vos (18) Meffieurs François de Sorbonne, ajoutez-y ce que vous fçavez touchant l'A-
pologie hiftorique, cela pourra *trouver lieu* dans une piece, qui apparemment ne tardera guerres (19) à voir le jour. Comme vous avez efté employé
dans cette intrigue, vous en eftes penetré à fonds.

Le changement que M.ʀ de Wille a trouvé bon de faire aux mots de l'approbation eft peu important, & fa reflexion eft un peu (20) vetilleufe.
Quant aux doutes de M.ʀ (21) Cuvelier, ils font affez voir qu'il n'eft
pas dechargé de la roüille de l'école, & qu'il a peu étudié les conteftations
faites en ces derniers temps par les Difciples de S. Auguftin : il eft vray que
pour s'accommoder au temps on a efté (22) *parfois* obligé d'emprunter
des Thomiftes ces façons de parler : (23) *Senfus divifus, gratia fufficiens,*
&c. mais ce n'eft qu'un emprunt, & nous leur rendons volontiers à prefent que le (24) *brouillas* eft diffipé & nous aimons mieux parler & penfer comme S. Auguftin & toute l'antiquité. Si j'avois un peu plus de loi-
fir, je le (25) *convainquerois*, ce me femble, de cette verité, mais ce
qui

18. Il en veut bien à ces *Meffieurs François de Sorbonne*, ce qui fait affez juger de
quel efprit procede toute fa deteftable intrigue. Je ne fçai comment ces MM. ont
pû échaper de fes mains. Il faut bien qu'ils
ayent eu de bons Anges tutelaires. Mais,
qui fe exiftimat ftare, videat ne cadat.
Qu'ils prennent garde à eux : car il ne
manquera pas de leur tendre d'autres pieges. Les difciples du Demon ont cela de
propre, que les mauvais fuccez de leurs damnables entreprifes ne les rebutent point,
quelque confufion qui leur en revienne.
Plût à Dieu que ceux de JESUS-CHRIST
n'euffent pas moins d'ardeur ni moins de
conftance dans les chofes qu'il leur infpire
pour fon fervice & pour fa gloire.

19. Faux prophete, quand il veut deviner le bien que feront les autres; comme il ne l'eft que trop veritable quand il
predit le mal qu'il veut faire luy-même.
On n'a point vû paroître ce livre : & *apparamment il tardera beaucoup à voir le jour.*

20. C'eft par ces fortes de termes pi-
quans & méprifans qu'il tache de forcer de
jeunes Ecclefiaftiques à donner aveuglement & fans précaution dans fes panneaux.
Mais que ne produit-il la Lettre entiere de
ce Mr. Wille, dans le libelle où il en produit fi malicieufement quelques mots tronquez ? C'eft de quoi il fe garde bien : mais

on pourra peut-eftre le faire pour lui :
& en tout cas affez de gens ont vu cette Lettre entiere pour en rendre témoignage, &
entr'autres M. l'Evêque d'Arras.

21. Ce Mr. Cuvelier eft un fçavant Profeffeur du Seminaire de Tournay, qui, loin
d'approuver fa miferable Thefe, l'avoit vigoureufement refutée : ce qui avoit fort
déplû au fourbe, regardant cette Thefe
comme un chef d'œuvre de fon art.

22. Encore, *parfois*, au lieu de, *quelquefois.*

23. Ennemi de l'unité, auffi-bien que
de la verité, il s'efforce, à l'exemple du
diable, de mettre la divifion entre les Ecoles de S. Auguftin & de S. Thomas, qui n'en
font qu'une pour ce qui concerne les points
conteftez. Il n'y gaignera rien. Ces Theologiens font d'accord pour le fond : & ceux
dont il s'agit fe font expliquez fuffifamment ailleurs fur la grace efficace & fur la
fuffifante.

24. *Brouillas*, pour *brouillard*, eft un
terme fi particulier à cet Auteur, qu'on ne fe
fouvient point de l'avoir veu ailleurs que
dans fes Lettres, & dans fon libelle où on
le trouve deux fois, page 7. & p. 43. On
eft bien feur au moins qu'on ne fçauroit le
montrer dans aucun Auteur François.

25. Je le *convainquerois*, pour *convain-
crois.*

qui me manque le plus, c'eſt le temps. Cependant ſoiez perſuadez que j'en auray toûjours aſſez pour vous ſervir, quand vous voudrez bien m'employer : rien ne me peut eſtre plus agreable, que les découvertes que vous me faites, & les amitiez que vous me témoignez d'un ſi (26) bon cœur. Continuez, je vous en conjure, à ſeconder nos bons deſſeins & à ſoutenir avec courage la cauſe de Dieu & de ſon Egliſe : donnez-moy, je vous prie, quelque part dans vos ſaints Sacrifices.

MONSIEUR,

Voſtre tres-humble & tres-obeïſſant
Serviteur ANTOINE A. ***.

26. Le Traître ! Croiroit-on que c'eſt ce même *bon cœur* qu'il traite peu aprés dans ſon infame libelle au Docteur de Douay, page 87. de *forcené*, & de *demo-* niaque, en le nommant éfrontement par ſon nom & par ſa qualité; quoi que la verdu & la pieté de ce jeune Eccleſiaſtique ſoient aſſez reconnuës ?

LETTRE III.

MONSIEUR,

Si vous ſçaviez de quelle conſolation me ſont vos Lettres, je ſuis trop convaincu de voſtre amitié pour croire que vous prendriez plaiſir à me faire (1) conter les jours & à me faire informer à chaque *poſte* s'il n'y a pas de vos nouvelles : N'ayant icy que des objets de chagrin & de melancholie, puis que ce n'eſt que (2) perſecutions, & jugemens ſans forme de juſtice ; il faut bien que je me tourne de voſtre coſté pour trouver quelque ſoulagement à mes peines, & que les bonnes nouvelles de Douay détrempent l'amertume de celles de Malines. Au reſte c'eſt bien moins à vous qu'il s'en faut prendre qu'à moy-même, ſi vous ne m'eſcrivez pas avec toute la diligence que je ſouhaiterois; je ſçais que les commiſſions dont je vous ay prié, demandent du loiſir & de la patience & que ce ſera une ſervice tres-conſiderable à l'Egliſe ſi avec tout le temps que vous y emploiez, vous avez le bonheur d'y reuſſir. Je fais reflexion que parmy les ſouſcriptions

que

1. *Faire conter les jours* à Mr. Arnauld dans l'attente des Lettres d'un jeune Chanoine de Douay, qu'il n'a jamais vu, ni connu, cela eſt un peu trop puerile : & s'il n'y avoit point eu quelque eſpece d'enſorcellement, il n'en auroit pas fallu davantage pour ouvrir les yeux à un homme qui a autant d'eſprit qu'on en attribue à celuy-là.

2. Voici M. l'Archevêque de Malines encore en jeu. On y perdra ſes peines, ou on découvrira comment il s'accommode de l'inſolence de ce Fourbe.

que vous m'avez fait tenir, je n'y trouve pas celles de ces Curez du premeer ordre, que (3) le zele pour la reforme des mœurs a rendu tres-celebres & de bonne odeur, comme les Curez d'Erre, de Cherqz, de Wets, de Hem, de la Madelaine à Tournay, de M.ʀ du Biez & de quelques autres, que M.ʀ de Ligny m'a témoigné estre d'une doctrine tres-pure, d'une morale irreprochable & d'une vertu incapable de mollir & de *tourner en arriere* pour les respects humains : je voudrois qu'ils fissent souvent reflexion à ces paroles : (4.) *Qui me erubuerit coram hominibus, erubescam & ego eum coram patre meo.* Cependant si vous remarquez qu'il faut faire violence à leur croyance, ou plutôt à leur ménagemeut politique, n'insistez pas davantage : *Je sçaurois pourtant volontiers* ce qui les empéche de faire profession des purs sentimens de saint Augustin, qui ont cet avantage sur ceux que l'on debite communement dans les Universitez, qu'ils sont (5) simples, démasquez, sans estre frelatez de ces déguisemens que la corruption des Scholastiques a imaginez depuis peu de siecles. Car je mets en fait que si vous *montez* (6) plus haut, on n'y découvrira pas la moindre trace de cette chicane (7) Theologique, ni de ces adoucissemens,

3. Voilà precisement les gens à qui ce miserable en veut. Les *Curez* qui ont du *zele pour la reforme des mœurs*, & les Ecclesiastiques qui font de *bonne odeur* dans l'Eglise : ce sont ceux qu'il veut perdre à quelque prix que ce soit; ce sont ceux qu'il travaille à rendre Jansenistes selon son idee par tant de belles voyes. Vertueux Ecclesiastiques, prenez garde à vous. Quand on vous feroit faire quelque promenade de Carcassonne, après vous avoir pieusement déchargez du superflu de vos biens, & même du necessaire; & vous avoir adroitement privez de vos benefices, il ne faudroit pas en estre trop surpris. Il n'y a rien de si facheux que ne merite le *zele pour la reforme des mœurs* : & Innocent XI. tout grand Pape qu'il estoit, pour en avoir un peu trop témoigné, n'a pu éviter de passer pour Janseniste.

4. Adorable Sauveur, comment pouvez vous souffrir un tel abus & une telle profanation de vos divines paroles ! Mais il ne faut pas s'en étonner, puisque vous souffrez bien que les sorciers & les magiciens les emploient dans leurs malefices. Encore s'il citoit fidelement la parole divine de nostre Seigneur : mais il nous fait un texte à sa fantaisie, & qu'il ne trouvera tel nulle part dans l'Evangile.

5. Je ne puis m'empecher, en lisant toutes les flatteries & les fausses douceurs dont le perfide accable & étourdit ces bons Ecclesiastiques, de penser à ces scelerats qui sous le nom d'hoteleries tiennent des coupe-gorges sur les grands chemins. Il n'y a point de caresses, d'honnêtetez, de complimens dont ils n'usent envers les passans pour les attirer chez eux. Ils leur font l'accueil le plus obligeant & la meilleure chere du monde : & tout cela tend & se termine à les enyvrer pour leur couper la gorge plus aisement & profiter de leurs dépouilles. L'application est aisée à faire.

6. On peut remarquer avec quelle ardeur cet organe du demon travaille à faire Jansenistes les Curez qui ont du *zele pour la reforme des mœurs*, & les Ecclesiastiques de *bonne odeur*, n'y épargnant ni l'Ecriture, ni les Peres (& sur tout S. Augustin) ni l'ancienne Tradition de l'Eglise, ni aucuns des raisonnemens que peut lui fournir sa mechante Dialectique. Où est la conscience & la crainte de Dieu ! Mais pourquoi en demander à qui n'en a point ?

7. Il voudroit bien leur mettre tous les Theologiens Scholastiques à dos : mais ces Messieurs sçavent bien discerner entre les bons & solides Scholastiques, qu'ils estiment & étudient avec soin, d'avec certains ravaudeurs qui ne sont bons qu'à tout gâter dans la Theologie & qu'à corrompre la Morale.

mens, qui sappent, si j'ose ainsi parler, la *mâle* & solide doctrine de S. Augustin : mais comme selon la parole de l'Apôtre nous sommes redevables à tous, *sapientibus & insipientibus debitor sum*, aux forts & aux foibles, faites-moy la grace de me faire tenir les raisons prétendues qu'ils ont alleguées pour se dispenser de cette approbation ; *(8)* j'aimerois même beaucoup d'avoir

8. Voici un endroit où la malice achevée du Tentateur se montre à découvert, & qui ruine le vain pretexte dont certaines gens se servent pour justifier cette noire entreprise. C'est, disent-ils, une feinte innocente, & necessaire pour découvrir les mauvais sentimens que des hypocrites cachent dans le cœur. C'est comme si on feignoit de tenter un moment sur son honneur une fille dont la conduitte est suspecte ; mais uniquement pour éprouver sa chasteté. C'est enfin comme si pour connoître la fidelité d'un domestique où d'un sujet, on proposoit au premier de voler son maître, & au second d'entrer dans quelque complot contraire au service de son Prince. Il n'est pas vray qu'il n'y auroit rien que d'innocent en tout cela, & Mr. Arnauld a fait voir dans sa 1. Plainte que le premier artifice est condamné par les Peres à l'occasion des Priscillianistes qui cachoient leurs heresies. Mais quand on supposeroit que tout cela fût permis que diroit-on, si celuy que l'on tenteroit sur sa foy, y demeurant inviolablement attaché, celuy qui auroit entrepris de le tenter, voiant sa fermeté s'efforçoit de la vaincre & de le faire entrer dans des sentimens heretiques pour avoir lieu de l'en accuser. Que diroit-on du second, si voyant une fille fidelle à son devoir, il tâchoit tout de bon de la corrompre pour avoir le plaisir de la diffamer ? De quelle perfidie ne seroit pas coupable le troisiéme si voyant ce domestique à l'épreuve de la tentation, il l'excitoit à voler son maître pour le faire pendre ? Quel supplice enfin ne meriteroit point ce traître qui connoissant par luy-même la fidelité de ce sujet, entreprenoit de luy inspirer des sentimens contraires à ce qu'il doit à son Souverain ? Ce sont là des images de ce que nous voions ici dans nostre Tentateur, & il fait bien voir qu'il n'a pas tenté ces Messieurs comme Dieu tente ses élus pour leur salut, mais comme le diable les tente pour les corrompre

& les damner. Car s'il n'avoit eu dessein que de connoître si leurs sentimens estoient bons ou mauvais, s'ils estoient ce qu'il appelle Jansenistes, c'est à dire selon luy heretiques, il auroit esté édifié du refus de signer la These que firent Mr. Cuvelier & quelques autres de ces Messieurs. Assuré de de la pureté de leurs sentimens par ce refus de souscrire à des propositions qu'il croyoit ne pouvoir estre souscrites que par des *Apôtres d'un nouvel Evangile*, il en seroit demeuré là, content d'avoir trouvé tres-catholiques ceux qu'il avoit soupçonnez de sentimens erronez. Mais il cherchoit à corrompre leur foy, & non pas à l'éprouver. C'est pourquoy il persiste à travailler pour les seduire, & employe pour cet effet les reproches, les flateries, les injures, pour leur faire honte de leur refus, & les engager enfin à signer *le formulaire de la nouvelle Eglise*, comme la These est qualifiée dans la *Lettre à un Docteur de Douay*. La difficulté que ces Messieurs faisoient de la signer est selon luy un *menagement politique*, & n'est fondée que sur des *excuses affectées*, sur des *raisons pretendues*, sur une *chicane Theologique*, sur des *déguisemens que la corruption des Scholastiques a imaginez depuis peu de siecles, sur des adoucissemens qui sappent la mâle & solide doctrine de S. Augustin* : & ceux qui resistent à sa tentation sont des gens *foibles*, qui ne sont pas *déchargez de la rouille de l'école*, qui craignent quelque *facheux engagement*, qui n'osent faire profession des purs sentimens de S. Augustin, & qui n'ont pas assez fait reflexion sur la menace que fait nostre Seigneur de desavouer devant son Pere ceux qui auront eu honte de le confesser devant les hommes. En verité cette tentation estoit plus qu'humaine : & on a peine à comprendre comment des personnes prévenues pour Mr. Arnauld d'une estime proportionnée à sa reputation, ne se sont pas rendues à des reproches si pressans qu'ils croioient venir de luy. Mais Dieu condui-

voir leurs (9) *Lettres en nature*, comme vous m'avez envoié celle de M.ᴿ Cuvelier afin d'entrer mieux dans leurs doutes & de leur donner un éclaircissement qui ait plus de rapport à leur embarras ; je me suis fait une loy de dérober quelques jours à mes plus (10) *grosses occupations* pour les consacrer au service de (11) *quelqu'uns* de mes amis qui m'en prient avec instance & je tâcheray de trouver un jour à destiner aux solutions de leurs doutes, afin d'ôter tout pretexte de doctrine suspecte ou de facheux engagement. J'attendray donc par la premiere (12) poste le paquet des approbations que vous aurez procurées & des Lettres qui contiendront les excuses affectées pour ne pas souscrire à cette These ; vous y pourrez joindre celle du (13) second Professeur du Seminaire de Tournay. Mandez-moy, s'il vous plait, si ce que j'avois appris des Jesuites François, qui devoient

D   s'impa-

soit tout à la confusion de ce Tentateur diabolique. C'est le nom qui luy convient ; puisqu'il est visible qu'il ne cherchoit pas à découvrir des erreurs où il crût ces Messieurs engagez, mais à leur en inspirer de veritables, telles qu'il croyoit que les sept Propositions en contenoient : & il faisoit le vray office du diable, qui s'efforce de faire faire le mal le connoissant tel, & qui fait d'autant plus d'efforts pour pervertir une ame, qu'il la trouve plus fortement attachée à son devoir.

9. Voilà les adresses dont il s'est servi (& plût à Dieu qu'il n'en eut pas employé de plus criminelles) pour attraper ces *Lettres en nature*, dont il cite dans son libelle quelques endroits tronquez, qui dans leurs originaux ont souvent tout un autre sens qu'il ne leur donne. Mais pourquoy a-t-il tant d'empressement d'avoir ces *Lettres en nature*, c'est à dire en bon François, d'en avoir les originaux ? Quel usage en vouloit-il faire ? Pourquoy des copies ne luy suffisoient-elles pas ? Dieu le sçait. Un faussaire expert en son métier, & si hardi à contrefaire, pouvoit en avoir besoin pour ses louables desseins & ses pieux projets. Il est bon de connoître l'Ecriture des gens. On peut trouver des occasions où il est utile de l'imiter au naturel. Certes on peut, sans faire de jugement téméraire tout craindre d'un homme, qui s'est fait connoître pour ce qu'il est par tant de coups de maîtres.

10. *Grosses occupations* ne s'écrit point en bon François, non plus que ces mêmes expressions du libelle : *Grosse reflexion*, page 66. *grosses pretentions*, page 105. *gros-*

se difficulté, page 110. *gros ravage*, p. 111. & *des écrits en grosse quantité*, page 118. Tout cela ne vaut rien : & n'est pris que d'une façon de parler que quelques gens du monde ont fort affecté depuis tres-peu de temps d'introduire dans leurs discours. Mais les bons Auteurs ne l'ont pas encore introduite dans leurs écrits : & une telle affectation ressent le petit auteur qui ne fait qu'éclorre ; & qui pretendant se distinguer par là & faire le beau-diseur, fait voir combien peu il est encore *déchargé de la rouille de l'école*, qu'il reproche aux autres fort mal à propos, ou, pour mieux dire, de la poudre du College, qu'il faut avoir bien secouée avant que de s'eriger en auteur François.

11. Voici encore *quelqu'uns*, au lieu de, *quelques-uns*.

12. Le mot de *poste*, qui est mis là pour celui de *courrier*, ou *d'ordinaire*, n'est nullement François. Il n'y a que les Walons qui appliquent indifferemment ce terme à la poste, & au postillon ou courrier, & même quelquefois au maître, ou commis des postes d'une ville.

13. Ce *second Professeur* est le plus ancien du Seminaire de Tournay, où ils n'ont point d'autre primauté entr'eux que celle que donne l'ancienneté dans la maison. Il se nomme Mr. Bertram, & est homme de sçavoir & de vertu. Il n'avoit pas moins reconnu le venin caché de la These pretenduë que son Confrere, & comme lui, au lieu de l'approuver, il l'avoit refutée. Cela avoit déplu au 'ourbe', qui desiroit sur toutes choses des approbations du Seminaire de Tournay : car on y avoit demandé jus-

s'impatronifer des Colleges de Flandre, eft veritable ; (14) fi les Docteurs de Sorbonne continuent à vous faire part de leurs fentimens & de ce qu'ils apprennent des RR. PP. fi dans voftre Univerfité ou dans le Diocefe de (15) Tournay & d'Arras il ne s'y paffe rien de confiderable pour ou contre le bon party. Icy (16) l'Evêque va droit à fon but, mais il trouve des obftacles, qui le rebuteront bien-toft, il ne fait pas un pas qu'on ne l'arrefte : le *party* des Difciples de S. Auguftin eft tres-bien *lié*, & c'eft fur cette fainte harmonie que je conte beaucoup & que j'efpere que ce (17) *brouillas* ne fera que comme une ombre qui relevera l'éclat de leur vertu & fur tout de leur conftance & de leur fidelité dans les oppreffions. Je fuis de tout mon cœur & avec une extreme paffion de vous obliger.

M O N S I E U R,　　　　　*Voftre tres-humble Serviteur*
　　　　　　　　　　　　　　　A N T O I N E A.***.

Mes complimens & mes civilitez à Mr. le Docteur de Laleu, il m'obligera de me faire part de fes nouvelles, quand il en aura d'utiles pour la bonne caufe.

qu'à celle de l'œconome, qui eftoit alors un fort jeune Prêtre. Mais n'ayant pû y reüffir, & voulant fourrer, à quelque prix que ce fût, au moins le nom de ce Seminaire dans fon libelle, qui devineroit la fauffeté dont il s'avifa ? Il donna à Mr. du Bron, avec une éfronterie fans exemple, la qualité de *Prefident, ou Concierge du Seminaire de Tournay*, qu'il n'a de fa vie penfé à prendre, parce qu'elle feroit ridicule : car il a feulement en garde une maifon abandonnée de Douay, qu'on cherche à vendre, comme inutile, depuis qu'on a bâti un Seminaire dans Tournay même. Cependant ce Mr. du Bron, qui eft un jeune & vertüeux Prêtre, ayant eu le malheur de figner cette Thefe fur la foy de fes amis ; ou plutôt les explications qu'ils y avoient données, & qu'on fupprime fi malicieufement ; l'Impofteur a ajoûté à fa fignature cette plaifante qualité, qui luy a attiré mille railleries tant qu'on a crû qu'il fe l'eftoit donnée. On laiffe à deviner fi cela s'eft fait fimplement pour tourner en ridicule cet Ecclefiaftique, ou fi on a eu en cela des veües plus étendues. Mais quoi qu'il en foit, c'eft toûjours l'action d'un fauffaire infigne, tres-puniffable en bonne juftice.

14. *Docteurs de Sorbonne,* vous voici encore une-fois. Gare Carcaffonne : vous eftes apparemment de trop *bonne odeur*. Vous témoignez fans doute trop de *zele pour la reforme des mœurs.* Cela ne fe pardonne pas. Le diable vous en veut. Il met à vos trouffes un de fes plus dangereux fuppôts. Jugez par fes faits de quoi il eft capable. Vous pourriez bien vous trouver pour le moins fubitement Janfeniftes en dépit de vous-mêmes. *Adverfarius vefter circuit quærens quem devoret. Refiftite fortes in fide. Tu autem, Domine, miferere nobis.*

15. Il en veut fort auffi au Diocefe de Tournay, & à celui d'Arras. Pourquoi non à celui de Cambrai ? Il n'eft pas moins à fa bienfeance. *Eft-ce qu'il ne s'y paffe rien de confiderable pour ou contre le bon party ?* Il n'eft pas à préfumer qu'un fi grand Diocefe puiffe demeurer dans ce profond affoupiffement. Développera ce myftere qui voudra. Ce n'eft pas noftre affaire ; mais c'eft un peu celle de Monfeigneur l'Evêque d'Arras, qui eft infailliblement de trop *bonne odeur,* & fe rend trop *celebre* par fon *zele pour la reforme des mœurs.* Cela s'appelle avis au Lecteur, fi j'entens bien le Walon de ce pieux perfonnage.

16. C'eft Monfeigneur l'Archevêque de Malines dont cet Impofteur fait par tout un grand perfecuteur des bons Ecclefiaftiques. Mais il paffe bien plus avant dans d'autres Lettres : car dans une à Mr. Rivette, par exemple, il dit : *Qu'il ne faut pas s'étonner de fes injuftices, puifque c'eft un homme ignorant, qui n'a pas les premieres teintures de Theologie, & qui eft efclave des Jefuites.*

17. Voici encore fon *brouillas.* Il doit en avoir la tête bien pleine.

LETTRE IV.

MONSIEUR,

Je n'ay jamais foupçonné qu'il y euft aucune negligence de voftre part, mais bien qu'on ne fecondoit pas autant voftre zele, qu'un veritable amour de la verité le demandoit : ménagez-vous dans le tracas que vous donnent ces fortes de commiffion, & fuiez les faux freres. Ce que vous dites, n'eft que trop vray, *que les vaiffeaux du premier rang ne font pas toûjours le mieux leur devoir :* (1) cette expreffion me plait beaucoup, & fi on peut pouffer plus loin l'allegorie, je vous diray que ces navires capitaux ne voguent qu'en pleine mer, je veux dire où rien ne les gefne, les incommode; & s'il leur arrive quelque efchec, quel embarras pour les (2) remorguer, & *reparer leurs defagrémens* ! Cependant ce font ces vaiffeaux de haut-bord, devant qui il faut baiffer le pavillon. Mais laiffons là la metaphore, pour vous dire dans un ftile tres-fimple mais tres-veritable, que je vous fuis infiniment obligé de vos memoires fur le decret de voftre Faculté; il me fera d'un tres-grand ufage pour le (3) deffein que j'ay medité de faire voir l'irregularité de cette procedure. Mais il me faudra un peu furfeoir ce deffein, parce que je fuis preffé de tout côté de me declarer touchant les propofitions nouvellement condamnées; il eft bon de parler uniformement dans cette affaire, & de fe faire (4) une jufte idée de doctrine que tout le party embraffe. Je trouve, ce me femble, des défilez fort commodes, qui font en même-temps à l'abry de ces condamnations & qui conduifent droit aux veritez

D 2

1. Le perfide ! Voyez comment il flatte de jeunes Ecclefiaftiques pour les attirer dans l'horrible piege qu'il leur tend. Voyez de quelle maniere il les careffe dans un deffein formé de les perdre. Mais ne reconnoit-on pas bien le caractere de Mr. Arnauld dans cette fade allegorie ?

2. *Remorguer*, ou, *remorguer* (car on écrit l'un & l'autre) eft un terme de marine qu'on entend. Mais pour : *reparer leurs defagrémens,* en parlant de vaiffeaux : j'avoue mon ignorance.

3. Il ne luy coute rien à tailler de la befoigne à M. Arnauld. Il luy fait prendre des deffeins de livres de toutes fortes. Cependant rien ne s'execute, & on le voit auffi peu écrire contre la *procedure* de Douay, que contre le Decret de Rome. C'eft qu'il n'y a rien de reel en tout cela que l'effronterie de ce Tartufe à tirer d'un fond inépui-

fable de menfonges ceux qui font plus conformes à fes deffeins, & plus propres à rendre odieux ceux qu'il a intereft de décrier & de perdre.

4. Qu'il eft mal-habile à contrefaire Mr. Arnauld ! A juger de ce Docteur par ce qu'il a écrit de Theologie, rien ne luy reffemble moins qu'un homme à idées, ou qu'un faifeur de nouveaux Syftêmes en matiere de Theologie. Il s'en tient à ceux que les SS. Peres en ont formé fur l'Ecriture & fur la Tradition. Mais pour un homme qu'il veut à toute force faire chef de parti dans l'Eglife, il a attendu long-temps à luy faire dreffer le plan de fes fentimens & *une jufte idée de doctrine que tout le parti embraffe.* S'en avifer à 80. ans, aprés avoir écrit cinquante ans durant, tout de bon c'eft un peu trop tard.

ritez fundamentales de noſtre Religion. Ces petites ſecouſſes ne font qu'affermir ces myſteres inébranlables.

Comme je veux y répondre ſolidement & mettre tout noſtre party à couvert de reproche & d'inſulte, le loiſir m'eſt neceſſaire : Ce qu'il y a de
(5) conſolant dans cette diſgrace, c'eſt que quand on connoit le manege de
Rome, on ſçait que cette Cour ne voulant point tout à fait deſeſperer les
parties en conteſtation, elle gratifie tour à tour celuy qu'elle a mortifié, &
mortifie celuy qu'elle a gratifié.

Le peché philoſophique avoit pris le devant, il falloit bien *tort ou droit*
que nous euſſions noſtre temps, puis que l'alternative eſt un reſſort de ſa
(6) politique : ainſi donc à preſent le droit du jeu eſt pour nous, & j'eſpere de faire declarer (7) Rome ſur des *matieres* qui ſont bien plus *deciſives*
& qui feront ſans comparaiſon plus de brêche aux fondemens ruineux des
adverſaires. Voilà qui va un peu retarder le (8) projet que j'avoit fait
de ſatisfaire pleinement ces Meſſieurs qui apprehendoient de ſe trop engager
en ſignant la Theſe en queſtion. Ces bonnes gens me paroiſſent bien intentionnées, mais ils ſont de la premiere impreſſion, & ils n'ont receu, ſi
j'oſe ainſi parler, *encor* que la premiere teinture des principes de S. Auguſtin.

5. C'eſt quelque choſe de bien conſolant, au gout de cet homme de bien, que
cette conduite qu'il a l'inſolence d'attribuer aux Souverains Pontifes. Conſolation
certes bien digne d'un homme qui n'a pas
plus de Religion que le faux-Arnauld; mais
dont ne s'accommoderoit jamais un Prêtre
qui en a autant que le veritable.

6. La patience échappe. Celle de Job ne
ſeroit pas à l'épreuve de tant de forfanteries. Il ne tient pas à ce miſerable que ces
jeunes Eccleſiaſtiques, qu'il s'efforce de ſeduire, ne ſe forment du Pape une idée ſemblable à celle du Prince de Machiavel. Par
une double trahiſon il foule aux pieds tout
reſpect pour rendre odieux à ces Theologiens le Tribunal de la premiere Egliſe du
monde, afin d'avoir enſuite dequoy les
rendre eux-mêmes odieux à ce venerable
Tribunal. Qui n'aura donc de l'indignation de le voir s'évaporer comme il fait
dans ſon libelle, & s'épuiſer en injures atroces contre des gens de bien à qui ſes
ſeductions auront arraché dans une Lettre
ſecrete quelque choſe trop peu reſpectueux
en un ſens, mais en tout infiniment éloigné de ſes inſolences ! Scelerat, ſi tu ne
crains point les foudres de Rome, crains
au moins ceux du Ciel, qui pendent ſur ta
tête.

7. Fiction folle & impertinente ! A l'en-

tendte parler Mr. Arnauld diſpoſe à ſon
gré du Tribunal de Rome & eſt en eſtat de
le faire declarer ſur telles matieres qu'il
luy plaira : & il ne ſe ſouvient plus que
par une fiction contraire, mais auſſi extravagante que celle-ci, il vient de luy
mettre la plume à la main *pour ſe declarer*
contre ce Tribunal *ſur les Propoſitions nouvellement condamnées.* Voilà un credit bien
caduc, & une faveur bien chancelante.

8. Admirez la caſcade des projets du
faux-Arnauld. Il veut d'abord travailler à
ſatisfaire ces Theologiens timides *qui apprehendoient de ſe trop engager en ſignant la
Theſe en queſtion.* A ce deſſein ſuccede l'E-
crit qu'il veut faire contre *la procedure de
la Faculté de Theologie de Douay.* Il quitte ce deſſein pour attaquer le Decret des
31. Propoſitions. Cette entrepriſe cede enſuite à celle de *faire declarer Rome ſur des
matieres qui ſont bien plus deciſives & qui
feront ſans comparaiſon plus de brêche aux
fondemens ruineux des adverſaires.* Il a encore de la peine à ne pas abandonner cette
entrepriſe pour revenir au premier ouvrage dont il a du chagrin de voir l'execution
retardée. Et enfin tous ces projets chimeriques aboutiront à la *Queſtions curieuſes,
&c.* (c'eſt ainſi qu'il écrit). livre qui eſt
ſorti de la plume de Mr. Arnauld, comme ces projets ſont entrez dans ſa teſte.

ſtin. Plus ils avanceront, plus ils verront que ces manieres de parler n'ont eſté imaginées que pour un temps & pour ſauver de la tempête les plus (9) venerables dogmes de l'antiquité.

Pour vous, Monſieur, qui vous vous diſtinguez dans l'appuy de la bonne cauſe, je vous conjure de ne pas vous laiſſer emporter par ces (10) exemples dangereux, de travailler inceſſamment à procurer & à (11) multiplier les approbations, & de ne pas permettre que la prudence humaine l'emporte jamais ſur l'amour de la verité. (12) Je viens de donner au public un Livre ſous le titre de *Queſtions Curieuſes touchant Mr. Arnauld.* Comme je me ſuis attiré beaucoup d'ennemis ſur les bras pour les intereſts de la verité, l'on parle de moy preſque par tout avec excés en bien & en mal; pour que mon portrait ne ſoit ni flatté ni défiguré, j'ay fait l'hiſtoire de ma vie; je doute que ce Livre ait paſſé les lignes & ſoit venu juſques à vous, ſi j'en trouve l'occaſion commode, je vous promets de vous le faire tenir.

Je ſuis le plus ſincerement du monde,

MONSIEUR,

Voſtre tres-humble & tres-affectionné Serviteur ANTOINE A. ✱✱✱.

9. Il ne faut pas oublier que ces *plus venerables dogmes de l'antiquité* ſont ce qu'il croit des hereſies.

10. C'eſtoit en effet ſa plus grande peur. Mais qui n'admirera que de telles Lettres, en les croyant (comme on faiſoit) d'un homme tres-ſincere & tres-habile en ces matieres, n'ayent pas renverſé l'eſprit de tous ces jeunes Eccleſiaſtiques? C'eſt un effet viſible de la puiſſante protection de Dieu.

11. L'approbation de la Theſe eſt le centre ou tout aboutit. C'eſt ſon deſſein capital qu'il ne perd jamais de vue. Cependant l'approuver ſelon luy n'eſtoit rien moins qu'approuver l'hereſie de Luther & de Calvin; c'eſtoit ſigner *le formulaire d'une nouvelle croyance, la profeſſion d'un nouvel Evangile, le plan d'une nouvelle Egliſe* qui s'alloit élever *ſur les ruines de celle que* JESUS-CHRIST *à choiſie pour ſon Epouſe.* C'eſtoit ſouſcrire à un *horrible projet & aux malheureux deſſeins conçus depuis quelque temps contre la Religion.* C'eſt comme il en parle dés l'entrée de ſa Lettre à un Docteur de Douay. Il n'importe. La vangeance qu'il medite d'executer par le moïen de cette ſouſcription n'en ſera que plus complette. Il perdra ces pauvres Theologiens en toutes manieres. Ils ne pourront éviter la colere de Dieu entrant dans une conſpiration ſi horrible contre ſon Egliſe & ſa verité. Ils ſeront pourſuivis à feu & à ſang par la ju-

ſtice humaine. Ainſi le ſcelerat aura ſujet d'eſtre content. On ne peut mieux comprendre ce perfide & deteſtable deſſein qu'en le comparant au crime ſans exemple de cet homme diabolique qui pour ſe mieux vanger de ſon ennemi le força le piſtolet à la main de renier ſon Dieu & ſon Sauveur, & auſſi-tôt aprés luy ôta la vie pour le damner éternellement. Ce qu'il y a de plus, & ce qui fait plus d'horreur en cette occaſion, c'eſt que ce demon incarné ne perdit qu'un ſeul homme; & celuy-ci preſſe à tout moment qu'on *multiplie ces approbations* qu'il croit tres-méchantes: c'eſt à dire donc ſelon luy qu'on multiplie les crimes, afin qu'autant qu'il ſe trouvera d'approbateurs, ce ſoient autant de victimes de ſa vengeance, auſſi cruelle qu'impie & ſacrilege.

12. Impoſture ſur impoſture, Grande impoſture qu'un auſſi franc ſcelerat oſe prendre le nom de Mr. Arnauld. Autre impoſture d'attribuer à ce Docteur un livre dont il eſt certain & manifeſte qu'il n'eſt point auteur. Il a trop de modeſtie pour parler de luy-même auſſi avantageuſement que ce livre en parle. Mais le Fourbe en entaſſe bien d'autres: car pour mieux perſuader qu'il eſtoit M. Arnauld, il écrivit que la Cour vouloit le r'appeller, mais qu'il y reſiſtoit: & quinze jours aprés on vit dans une Gazette de Hollande: *Mr. Arnauld ce fameux Theologien eſt r'appellé en France par ordre de la Cour.*

LETTRE V.

Monsieur,

Il paroit bien que vous n'eſtes pas *encor* fait au feu, le Decret de Rome
vous allarme : bien vous en prend que vous eſtes dans un pays de franchiſe,
car vous criez ſi haut, que ſi l'on n'avoit pas fermé en France les avenues
à l'Inquiſition, vous ne manqueriez pas d'avoir au plutoſt une troupe de
Sbirres à vos trouſſes, (1) qui vous traiteroient de Turc *à Maur*. Au reſte
je vous ſuis bien obligé de ce grand zele & je conçois par là de quel ſecours
vous ſeriez dans un veritable peril, ſi une fauſſe allarme vous met ſi à l'*erte*.
Pour moy qui ſerois *paſſé long-temps* tout cicatriſé, ſi ces coups perçoient
la peau, je ſuis ſi accoutumé à ces bruits & à ces foudres, (2) que je ne
retourne pas pour cela un pas en arriere : j'ay bien eſſuié d'autres orages &
je n'ay jamais manqué de ſurgir au port. Si c'eſtoit la deſtinée de ces propoſitions d'eſtre un jour condamnées, le pouvoient-elles eſtre plus favorablement que par un Pape de 82. ans, & qui en duſt ſi-toſt aller rendre conte à
Dieu.

J'ay cru, (3) juſques à preſent Monſeigneur de Cambray dans nos intereſts ; la protection qu'il a donnée à l'innocence des Peres de l'Oratoire de
Mons contre les noires & infames calomnies des Jeſuites m'avoit fait regarder
ce Prelat comme un défenſeur de la verité & un reparateur de la diſcipline de
l'Egli-

---

1. Il ne ſçait ce qu'il dit. Eſt-ce la France qui a empêché qu'on n'ait établi l'Inquiſition à Douay ? Y eſtoit-elle avant que le
Roy eût conquis cette ville ? Des Sbirres
hors de l'Italie, eſt encore quelque choſe de
bien penſé. Mais comment peut-on dans
une Lettre écrite à un ami dans la derniere
confidence, *crier ſi haut* qu'on s'attire *au
plutoſt une trouppe de Sbirres*, à moins que
ce pretendu ami ne fût un perfide & un traître ſemblable à celuy-ci ? Auſſi ſe promet-
toit-il bien de mettre *aux trouſſes* de ce bon
Chanoine des gens qui valent bien des Sbirres, ou de le reduire à ne s'en ſauver que
par la fuitte.

2. Que veut-il dire encore par ces *foudres* & ces *cicatrices* ? Quand eſt-ce que le
vray Mr. Arnauld a eſté cicatriſé ou foudroyé ? Que cela eſt fou, de s'imaginer qu'il
parleroit ainſi de luy même contre ſa propre conſcience. J'ay vu une Lettre imprimée, écrite à ce celebre Docteur de la

part du Pape Innocent XI. par M. le Cardinal Cibo : & je n'y ay rien vu qui ne dé-
truiſe cette idée de *foudres* & de *cicatrices*.

3. *J'ay cru*. Un François auroit mis
j'avois cru. Mais ce n'eſt pas à quoi il faut
s'arrêter à preſent : car noſtre Maître de
Theatre introduit dans ſa ſcene un acteur
nouveau aſſez diſtingué pour meriter toute
noſtre attention. Qui eſt-ce ? C'eſt Monſeigneur l'Archevêque de Cambray. Ho !
ho ! Monſeigneur l'Archevêque de Cambray. Ce ſera donc pour luy faire joüer un
bien meilleur rôlle que ceux qu'il luy a plû
de faire joüer au Pape, à la Cour de Rome, à M. de Malines, à MM. les Vicaires
Generaux de Tournay, & aux Jeſuites :
puiſque nous avons déja remarqué qu'il
faiſoit grace au Dioceſe de Cambray, &
ne dreſſoit ſes embûches que pour ceux de
Tournay & d'Arras. Ceci ſera donc curieux.
Voyons.

l'Eglise, mais ce que vous me dites de la fotte (4) & injufte défenfe qu'il fait de lire les Ecritures Saintes, fait bien voir que ce n'eſt pas *encor* de luy qu'il faut attendre la redemption d'Ifraël : *Non hunc elegit Dominus.* J'apprens de plus par une autre voïe que M.ᴿ Caron Chanoine de la Metropolitaine ce grand homme de bien & d'une integrité irreprochable, que Dieu avoit permis pour le falut de ce Diocefe que l'on fiſt Vicaire General, & que l'on deſtinoit à eſtre Prefident du Seminaire, où il euſt travaillé à la reforme des jeunes Ecclefiaſtiques & leur euſt infpiré une horreur du relâchement ; j'apprens dis-je que ce M. Caron eſt *remercié* (5) de Monfeigneur l'Archevêque & en même temps difgracié. Ce coup fait bien *crouler* de belles efperances faites-moy le plaifir de me conter ce démelé à fonds, jamais je ne fuis mieux informé des chofes, que quand vous vous donnez la peine de m'en éclaircir, & je travaille volontiers fur des memoires auſſi clairs & auſſi debarraſſez que font ceux que vous m'avez envoiez touchant le Decret, que l'on avoit medité contre l'Apologie : vous n'avez pas perdu vos peines & du moment que je feray forti de l'analyfe & de l'explication que je fais des propofitions nouvellement condamnées, nous feront fentir aux Meſſieurs de Douay la lâcheté la beſtife (6) & l'ingratitude qu'ils ont témoignées dans

---

4. *Sotte & injuſte défenfe !* Ces termes paſſent la raillerie. On ne penfe pas que le Lecteur s'attendit à les voir tomber fur M. l'Archevêque de Cambray ; & fi ce Prelat n'en eſt pas un peu ému, on aura aſſurement lieu de craindre qu'il ne fe foit auſſi laiſſé enchanter par ce Fourbe.

5. *Remercié,* en ce fens, eſt une expreſſion Walonne. Et quant à Mr. Caron, il a tout le merite que l'Impoſteur luy attribue. Il a eu le malheur de déplaire à Monfeigneur l'Archevêque de Cambray, de quoi il a un mortel déplaifir, parce qu'il fent comme il doit les bien-faits qu'il en a reçus. Mais comme ce Prelat fçait bien que les loix de la confcience doivent aller devant tout ; & que ce n'eſt qu'une de ces loix inflexibles qui a obligé Mr. Caron de luy refiſter dans la facheufe occafion qui lui a fait encourir fa difgrace ; j'efpere que la pieté & le bon cœur de ce Prelat ne luy permettront pas de l'eſtimer moins dans le fond, malgré toute la malignité de fes ennemis. Au reſte c'eſt peut-être le bonheur de M. de Cambray qui a voulu le garantir par là du fort de tant de grands Evêques, qui fe font trouvez Janfeniſtes fans avoir jamais penfé à le devenir. Car par quel autre endroit auroit-il pu l'éviter, fi après *la protection qu'il a donnée à l'innocence des Peres de l'O-*

ratoire de Mons, contre les noires & infames calomnies des Jefuites (ce font les paroles du Fourbe, qu'on fe garde bien de nous les attribuer) il eut plus long-temps laiſſé dans le Vicariat, & eut enfin fait *Prefident de fon Seminaire Mr. Caron Chanoine de la Métropolitaine, ce grand-homme de bien & d'une integrité irreprochable, qui eut travaillé à la reforme des jeunes Ecclefiaſtiques & leur eut infpiré une horreur du relâchement.* On connoit des Evêques devenus Janfeniſtes pour moins que cela.

6. *Beſtife ;* Voila une celebre Univerfité aſſez bien qualifiée. Je ne fçay ce qu'en penferont Mr. De la Verdure & Mr. De Cerf. Ils couleront apparemment doucement là-deſſus, en réconnoiſfance de la grace que cet Impoſteur leur fait dans fon Libelle de declarer *qu'on eſt perfuadé de leurs bonnes intentions & de la Catholicité de leurs fentimens.* Et tous les autres Docteurs de cette faculté eſtant, felon luy, gens fufpects dans la Foy ; il a le champ libre : *Domine ufquequo ?* Il eſt bon neanmoins de donner à Mr. De la Verdure & à Mr. de Cerf un prefervatif contre la vanité qu'une fi grande diſtinction leur pourroit caufer. C'eſt que dans la nouvelle édition du Libelle on a beaucoup rabatu de l'eſtime qu'on faifoit d'eux

dans cette occasion. Puisque cet Archevêque nous doit estre contraire, & que tout tend à la rupture, vous m'obligerez de me marquer ce qui est moins regulier dans sa conduite, en quoy il donne plus de matiere à de justes reproches : (7) *S'il nous doit estre adversaire*, il est bon d'avoir en reserve

dans la premiere. On s'est répenti d'avoir approuvé leurs sentimens comme Catholiques, & l'on a substitué le mot de *droiture* à celuy de *Catholicité*. C'est toûjours beaucoup de leur avoir laissé *la bonne intention & la droiture* : au moins s'il se trouve que leur Doctrine soit heretique, ils ne feront heretiques que materiellement. Or il est certain que leur Doctrine ne peut estre Catholique, puis qu'ils tiennent constamment celle de leur ancienne Censure de 1588. & que dans le jugement si plein *de lascheté, de bestise & d'ingratitude* dont on se plaint icy, ils ont declaré de nouveau leur attachement inviolable à la Doctrine de cette ancienne Censure. C'estoit donc une grande méprise d'avoir réconnu leur *Catholicité* dans la 1. Edition, & elle estoit de trop grande grande consequence pour n'estre pas reparée dans la seconde.

7. Voicy une étrange Morale pour Mr. Arnauld. Quoy donc ? celuy que toute la France regarde comme un des plus grands ennemis de la Morale relâchée, se prepare à la vangeance contre un Illustre Archevêque, & se dispose à déchirer sa reputation ; & à ne luy epargner aucune des médisances dont il croira trouver quelque fondement dans sa conduite ? Et il croira le pouvoir faire en sureté de conscience, si ce Prelat s'avise de *luy estre adversaire*, parce qu'il est bien juste *de luy faire payer les injustes persecutions qu'il pourroit luy susciter ?* En verité jamais le faux Arnauld n'a plus entierement oublié qu'en cet endroit quel Personnage il avoit à joüer, & à qui il venoit de faire loüer Mr. Caron comme l'homme le plus *capable d'inspirer la reforme & un horreur du relâchement aux jeunes Ecclesiastiques* du Diocese de Cambray. Quoy que metamorphosé depuis plusieurs mois en un Docteur de la Morale la plus pure & la plus Chrétienne, de maître qu'il estoit d'une Morale diabolique, il n'a pû s'oublier luymesme : semblable à cette chatte de la

Fable, metamorphosée en Demoiselle, qui à la vûë d'une soury ne pensant plus à ce qu'elle estoit devenue ne put s'empêcher de faire la chatte. Serieusement, c'est une bonne chose que le masque luy soit tombé, & qu'au lieu du faux visage de Mr. Arnauld il se soit enfin fait voir luy-mesme. Nous avons par ce moyen le denoüement de la piece. On voit par là sur quels principes est fondée cette intrepidité avec laquelle il a conçu & executé le dessein de cette fourberie, entassant sans scrupule mensonges sur mensonges & calomnies sur calomnies. C'est qu'il a crû que ces Messieurs de Douay & du voisinage, & en general tous les Disciples de S. Augustin, *luy estoient contraires*, qu'il y avoit mesme *rupture* entr'eux & luy, & qu'il avoit au moins sujet de craindre *qu'ils luy seroient adversaires* : il n'en a pas fallu davantage pour luy donner droit de *charger* ces Messieurs d'un crime aussi horrible qu'est celuy de former le plan d'une nouvelle Eglise sur les ruïnes de celle que Jesus-Christ a choisie pour son Epouse ; de les denoncer comme *les Apôtres d'un nouvel Evangile*, de les proclamer comme des gens *possedez de l'esprit d'erreur & de cabale*, & d'y ajoûter toutes les autres faussetez & calomnies, jugées necessaires pour faire croire les premieres, & pour colorer toute l'intrigue. Tout cela pratiqué envers des ennemis n'est, selon la Morale de nostre fourbe, qu'une juste défense ; ce n'est autre chose que prevenir ou faire payer les injustes persecutions qu'ils pourroient susciter. L'Imposteur n'a donc fait que suivre les maximes de cette Morale, qui estant appuyées de l'autorité d'un grand nombre d'Auteurs graves, l'ont mis dans un parfait repos de conscience sans luy laisser le moindre doute, ni la moindre défiance du contraire. Or selon un autre grand principe de cette mesme Morale : *Conscientia circa illicitum intrepida excusat à peccato.* Voilà le denoüement de toute l'intrigue.

serve de quoy le charger & de luy faire payer les injuftes perfecutions qu'il pourroit nous fufciter. (8)

Me voilà enfin arrivé à la 18. Propofition, l'ouvrage croit confiderablement fous la main ; plus j'avance plus je remarque que ces matieres fe developpent mieux & me prefentent plus de pays à battre. Que fi nos ennemis ont cru eftre beaucoup mieux dans leurs affaires à la faveur de ce Decret, j'ofe me flatter qu'ils pourront bien decompter à la vue de cet ouvrage. (9)

(10) J'ay une amitié à vous demander & un fervice, c'eft de vous charger du foin de bien placer un Gentil-homme Liegeois, qui doit aller vers *les Pâques* ou la Pentecofte prendre les premiers rudimens de la Philofophie ; c'eft le fils de Mr. le Baron d'Enterghem Gentil-homme de la Hesbaye : il eft *tres-aifé*, il m'a donné quelque temps retraite chez luy, & il m'y a traité avec toute la charité & l'honneur imaginable : fon *garçon* eft en premiere & acheve *enfuite* (11) les humanitez ; il eft bien né, il a beaucoup d'efprit, des inclinations nobles & portées au bien : une partie de leurs biens eft fituée dans les terres de France, on n'a pas manqué de la

E   confif-

---

8. Quand fur une telle lettre, qu'on croyoit de Mr. Arnauld, il feroit arrivé à un jeune Ecclefiaftique plein de zele & de feu, d'écrire de Mr. de Cambray quelque chofe d'un peu fâcheux ; ne feroit-il pas de la generofité & de l'équité d'un tel Archevêque de le pardonner, & de tourner toute fon indignation contre un tel Seducteur ? Sa fageffe & fon équité luy feront regarder ce Fourbe du mefme œil qu'il regarderoit un fripon qui auroit enyvré le plus fidele de fes Domeftiques avec du vin frelatté & fophiftiqué, pour l'exciter en fuite à parler mal de fon Maiftre, & avoir lieu de l'en accufer, de le faire chaffer & de fe faire donner fa place. C'eft affeurement ce qu'en penferont toutes les perfonnes raifonnables & les meilleurs amis de Mr. l'Archevêque. Mais l'Impofteur joüe encore bien mal le Perfonnage de Mr. Arnauld en parlant comme il fait des Evefques, des Archevêques, & du Pape mefme ; puis qu'on ne fçauroit avoir pour ces facrées dignitez un refpect plus Religieux ni plus fincere que celuy qu'il a toûjours témoigné avoir pour elles.

9. Quand la Doctrine des équivoques & des reftrictions mentales (dont cet Impofteur parle avec honneur en 2. ou 3. endroits de fon Libelle, & particulierement à la page 52. où il tâche fcandaleu-

fement d'en donner une bonne idée) quand cette Doctrine, dis-je, feroit auffi innocente qu'elle eft criminelle & pernicieufe à la focieté humaine, pourroit-on fauver, avec ce fecours fi commode à la malice des hommes, tant d'impoftures inventées à plaifir ? Il ne refte qu'un moyen à nôtre Impofteur pour faire que l'efperance qu'il donne de ces beaux ouvrages ne foit pas trompée, c'eft de les compofer luy-mefme, & de les faire imprimer fous le nom de Mr. Arnauld, afin qu'on le puiffe joindre à ceux dont ce Docteur parle dans fa 1.Plainte pag. 17. & à plufieurs autres ouvrages de tenebres, fuppofez à luy ou fes amis depuis 40. ou 50. ans.

10. Voicy une longue tirade de nouvelles impoftures. Mais celles-cy pouvoient avoir plus d'une fin. Car qui fçait fi ce Traître n'avoit pas deffein d'introduire un filou, un voleur Domeftique, ou un empoifonneur dans la maifon de quelque prétendu Janfenifte ? Il n'y a rien dont on ne le puiffe foupçonner, après ce qu'il a fait à Mr. de Ligny.

11. *Enfuite*, employé comme il eft là, au lieu de *par confequent*, eft encore particulier à cet Auteur ; & fe trouve dans fon Libelle quatre fois au mefme fens V. l'ext. N. 10.

confifquer, mais on luy fait efperer, que fi fon fils va demeurer en France, on luy en laiffera la jouiffance. Je vous prie de luy choifir une maifon bien propre, où il foit éloigné des mauvaifes compagnies, & où on luy infpire des bons principes. Vous le mettrez dans le College où vous jugerez qu'il y a plus de profit à faire pour la doctrine & pour la vertu. Si la coûtume fouffroit que les écoliers euffent un valet, M.ʀ fon Pere en auroit de la fatisfaction; fi je n'apprehendois pas de vous eftre incommode, je vous prierois de le tenir chez vous (12) dans la perfuafion où je fuis qu'il ne peut tomber en de meilleures mains. Vous ne vous en plaindriez pas, il eft du naturel du monde le plus doux & le plus docile, je ne penfe pas *que vous en auriez* de le fafcherie : Cependant je ne fouhaitterois pas que vous fouffriffiez aucune incommodité en ma confideration. Pour fa penfion on pretend de ne rien épargner, on fouhaitte qu'il vive fplendidement & *en cavalier*, mandez-moy ce qui fera neceffaire pour la fienne & pour celle de fon valet s'il en peut avoir : il feroit auffi bon d'avoir un paffeport fi l'on en donne aux écoliers, ou de me dire de la maniere que s'y prennent les Philofophes pour aller chez vous en feureté : fon nom eft Eugene Adalbert Baron d'Enterghem. (13) Je fuis le plus parfaitement du monde.

MONSIEUR,

Voftre tres-humble & tres-obeïffant Serviteur ANTOINE A. ***.

12. Mr. Malpaix avoit bonnement accepté de prendre chez lui ce prétendu Gentil-homme : & comme l'Impofteur avoit fait demander auffi en même-temps à un Docteur amy de ce Chanoine, de fe charger, fous le même pretexte d'études, d'un jeune Theologien dont il difoit merveilles, on ne fçauroit prefque douter que ce ne fut pour faire joüer à l'un & à l'autre quelque tour de fon métier.

13. On affure que ni dans la Hesbaie, ni dans tout le pays de Liege, il n'y a aucun Gentil-homme appellé le Baron d'Enterghem. Et le filou fçavoit trop bien fon métier pour s'expofer en nommant une perfonne réelle, & que l'on pût connoître, à faire découvrir tout le myftere. Cette retraitte de Mr. Arnauld chez le Baron d'Enterghem eft donc un conte fait à plaifir, & une preuve feule fuffifante pour convaincre d'impofture le faux Arnauld, & pour renverfer toutes fes machines. Ces façons de parler *les Pafques*, *fon garçon*, pour dire, *fon Fils*; *je ne penfe pas que vous en auriez*; *vivre fplendidement & en Cavalier*, en parlant d'un Gentilhomme qui étudie; ces façons de parler, dis-je, font encor tout à fait propres à nous faire croire que la lettre eft de Mr. Arnauld.

LET

LETTRE VI.

MONSIEUR,

Aprés le malheur (1) qui vient de m'arriver rien ne me peut plus eftre agreable que la mort ; heureux & cent fois heureux dans ma mifere fi ce malheur me regardoit uniquement, & n'enveloppoit pas dans une difgrace immanquable tous les chers & les intimes amis de Douay. Un miferable domeftique le plus (2) infidéle de tous les hommes vient de me voler tous mes papiers, toutes mes Lettres & une partie de mes Livres ; comme ce larcin ne luy peut fervir, que pour trahir mes correfpondances & pour faire fa fortune par cette lâche découverte, je ne doute pas qu'il n'ait pris le chemin de la Cour, & qu'il n'y foit tres-bien reçu, parce qu'il a avec luy tout le fecret de mes intelligences ; je ne furvivray affeurement pas à ce coup, & de toutes les épreuves de ma vie, c'eft la plus fenfible & la plus accablante ; Confolez-moy, Monfieur, ou plutoft confolez *vous*, (3) *qui* aurez grande part dans la perfecution qui va s'élever, je fuis incapable de vous donner confeil, tant je fuis *inquiete* & abbatu : Donnez avis, je vous prie, de cette trahifon à M.ʀ Laleu & Rivette : écrivez-en à M.ʀ Gilbert (4) je ne me trouve pas en eftat de m'acquiter de ces devoirs ; *ils entendront bien-toft ma mort* ; (5) je les conjure de ne pas m'épargner leurs prieres ; & fi j'ay efté l'occafion innocente de leur difgrace, je tafcheray de reconnêtre leurs amitiez & leurs bons fervices pour la caufe commune plus folidement dans le (6) Ciel.

(7) Si vous pouviez envoier un exprés à M.ʀ de Ligny, j'apprehende

E 2 qu'on

---

1. Icy la fcene change. Le tragique fuccéde au comique : & fi la piece ne finit pas par de plus finiftres cataftrophes, il ne faut pas s'en prendre à l'Auteur. Il eftoit le mieux intentionné du monde : & ce n'eft pas non plus qu'il eut trop mal pris fes mefures : mais Dieu eft plus puiffant que le diable. C'en eft l'unique raifon.

2. Quel amas d'impoftures & de fourberies ! Il faut bien finir comme on a commencé. Mr. Arnauld a confondu l'Impofteur fur ce point dans fa 1. Plainte.

3. *Confolez-vous qui aurez*, &c. Le moindre François auroit repeté le mot de *vous* ; & plufieurs auroient cru le devoir mettre trois-fois, de cette maniere : *Confolez-vous vous-mêmes, vous qui allez avoir* &c.

4. Mr. Malpaix fut fort furpris en voyant

icy le nom de Mr. Gilbert : car jufques là il avoit ignoré qu'il eut auffi efté honoré du commerce de cet honnête homme.

5. Quelles forfanteries ! Mr. Arnauld a bien fait voir qu'il n'eft pas mort. Car les morts ne donnent pas de fi rudes coups qu'il en donne dans fes *Plaintes* à ce mafque infolent.

6. Mais quelle impieté. On doit pourtant y eftre accoutumé à prefent. Ces Lettres en font remplies.

7. Il n'a pas tenu à ce fripon (comme on void) que cet Ecclefiaftique, aprés tous les autres frais qu'il luy a fait faire, & dont il feroit tenu à reftitution, fi jamais Dieu luy touchoit le cœur, n'ait encore depenfé une vintaine d'écus à faire courir aprés Mr. de Ligny, qui eftoit déja bien-avant fur le chemin de Carcaffonne.

qu'on ne l'arreste en chemin, & qu'un cachot ne soit la recompense de son zele tout Chrestien. (8). Pour vous, Monsieur, aussi-bien que MM. La-leu & Rivette, le plus seur est de vous cacher (9) quelque temps & de vous retirer à la campagne dans une maison d'amis jusques à ce que l'on sçache asseurement, si ce perfide est allé en Cour, & où la tempeste creve-ra; j'en ay écrit à mes amis de Paris, afin qu'ils m'imforment de tout: si c'est une *fausse peur*, je vous envoieray un exprés pour vous en porter la bonne nouvelle; mais en attendant, prennez vos seuretez, & laissez passer l'orage; faites mine d'aller faire un voiage ou une promenade pour trois semaines ou un mois, on fait toûjours mieux ses affaires en liberté, que dans une bastille, où l'on pourrit (10) *des ans & des ans* sans estre écouté. Mais *avant partir*, marquez moy où vous vous retirez l'un & l'au-tre & qu'elle est la personne à qui je dois addresser mes Lettres pour vous

les

8. C'estoit tout le desir de ce perfide, comme il paroît assez par la Lettre dont il l'avoit chargé pour le Doyen de Carcas-sonne.

9. Il vouloit les faire cacher dans le temps qu'il alloit publier son infame *Lettre à un Docteur de Douay*, afin que leur fuite pré-tendue rendit plus croyables les horribles calomnies dont il les couvre.

10. Nostre grand Monarque vient de donner une marque si éclattante de son amour inflexible pour la justice dans la punition d'un insigne calomniateur que le faux-Arnauld, dont les Lettres & toute l'intrigue ne sont qu'une calomnie conti-nuelle & même une source inépuisable de calomnies, n'auroit qu'à se nommer pour éprouver luy-même la justice de S. M. Si cet Auguste Prince n'a pu se laisser vain-cre à aucunes solicitations, pour pardonner à un coupable, pour qui les calomniez mê-mes demandoient grace, fondans en larmes à ses pieds, pourroit-il souffrir qu'on em-ployât son nom & son autorité pour refuser justice à des innocens? Mais les Roys sont hommes quelques élevez qu'ils soient au-dessus des autres hommes par leur puissance & par leurs éminentes qualitez: & ils sont même plus en estat d'estre surpris par de faux rapports que les autres hommes, à cause de la multitude des grandes affaires dont ils sont accablez, & des artifices de ceux qui s'étudient à surprendre, pour leurs interests particuliers, la bonté sou-vent trop credule des Princes. *Cette trop grande credulité est*, dit S. Bernard, *un Renard si fin & si artificieux que je n'ay vu*

jusqu'à present aucun des grands Princes de ce siecle qui ait assez évité ses embûches & ses surprises. Quand on surprend ainsi leur religion, plus ils ont de zele pour la ju-stice, plus les innocens qu'on leur fait prendre pour des coupables, sont exposez à souffrir; & la vertu qui fait la felicité de tout un Royaume, fait alors la misere de quelques innocens calomniez. Si donc il y en a quelques-uns qui sous le regne de Louis le Grand *pourissent des ans & des ans dans une Bastille sans estre écoutez*, comme le Fourbe l'avance d'une maniere peu respectueuse, à qui s'en-doit-on pren-dre, sinon à des calomniateurs qui luy res-semblent, & qui n'ont pas moins de mali-ce & d'artifices que luy. Quand ces inno-cens mêmes en disent quelque chose avec respect par la necessité & l'obligation de défendre leur propre innocence, & afin que quelque langue charitable se delie pour parler en leur faveur, on ne peut les blâ-mer. Mais quand un méchant homme, qui se declare tel par une longue suitte de fourberies & par un grand nombre de faus-ses Lettres, sans autre necessité que celle qu'il s'est faitte de tromper & de perdre de jeunes Ecclesiastiques par une trahison sans exemple, parle dans un pays conquis depuis peu d'années, *d'une Bastille où l'on pourrit des ans & des ans sans estre écouté*, il est visible qu'il ne le fait que pour don-ner une mauvaise idée du gouvernement, pour inspirer aux personnes à qui il écrit du dégout de la domination Françoise, pour leur rendre odieux le Prince que Dieu leur a donné, & même pour ébranler,

les faire tenir, (11) car il est à craindre que toutes les Lettres qui auront vôtre addresse ne soient retenuës. Je vous inviterois à venir auprés de moy, si ce n'estoit rendre vostre cause beaucoup plus méchante ; & cette seule entrevuë qu'il seroit impossible de cacher, justifieroit tous les soupçons, que l'on formera sur vos Lettres. Voilà les Jésuites, (12) qui vont avoir beau jeu. Providence de mon Dieu, que vous estes *inscrutable !* (13) Je n'en *peux* plus de tristesse. Je suis inconsolablement. (14)

MONSIEUR,

Vostre tres-humble. & tres-obeïssant
Serviteur ANTOINE A. ***.

s'il le pouvoit, leur fidelité. Ce n'est pas que ce soit là sa derniere fin. Car semblable au diable, qui n'excite au peché que pour avoir dequoy accuser & dequoy perdre celuy qui le commet à son instigation, ce Fourbe ne travaille à faire prendre à ces Ecclesiastiques des sentimens si criminels & à en tirer des témoignages de leur main, qu'afin d'en faire ensuitte la matiere d'une accusation qui serve à les abymer sans ressource.

11. Il est aisé de voir que ce n'est pas pour leur sureté qu'il leur conseille la fuitte & la retraite, mais pour demeurer luy-même maistre du Theatre & y faire joüer telles tragedies qu'il luy auroit plu & pour les forcer à se declarer eux-mêmes criminels par leur absence. Mais pour estre maistre en même-temps de leurs personnes, de leurs Lettres, de leurs correspondances, & faire tout saisir, quand la calomnie auroit disposé les Puissances à l'execution de son projet, il veut sçavoir le lieu de leur retraite, l'adresse de leurs Lettres, & le nom de leurs amis les plus confidents. On peut bien donner icy à ce maître filou la loüange qui est donnée dans l'Evangile à la prudence de cet œconome infidele, & reconnoître avec nostre Seigneur : *Que les enfans du siecle sont plus sages & plus pru-* dens en leur maniere, que ne le font les enfans de lumiere. Car je gagerois bien que Mr. Arnauld tout habile Theologien qu'il est, n'auroit jamais fait paroître tant d'habileté & de sçavoir-faire dans la conduitte d'une intrigue.

12. *Les Jesuites* (s'ils estoient capables de prendre tout cela sur eux & de se rendre protecteurs de telles actions, comme ce Fourbe le veut faire croire) n'auroient peut-estre pas si beau jeu, qu'il se l'imagine ; pourveu que ces Messieurs & la voix publique qui parle pour eux, fussent écoutez : & que leurs ennemis n'eussent pas assez de credit & d'adresse pour surprendre un jugement à leur insçu. Car pour eux ils n'ont ni l'un ni l'autre. Mais quand cela arriveroit ; ils adoreroient la conduite de Dieu sur eux, & attendroient avec patience que Dieu fît connoître leur innocence à ceux qui auroient esté surpris.

13. Que voilà un parfait Comedien ! Mais que c'est un impie achevé ! *Providence de mon Dieu, que vous estes inscrutable* de souffrit de tels monstres sur la terre !

14. *Je suis inconsolablement !* Ne faut-il pas estre bien rempli des puerilitez du College, ou avoir entierement perdu le jugement, pour faire parler ainsi un homme tel que Mr. Arnauld ?

LET-

LETTRE VII.

MONSIEUR,

C'en est fait, ce qui n'estoit qu'une simple conjecture, est à present (1) tres-assuré. Le miserable pour se bâtir une fortune a trahi sa foy, & son maître, après que je l'ay comblé de bien-faits jusques à present. Ne faut-il pas estre né sous une malheureuse constellation, (2) dont les malignes influences m'ont persecuté jusques à present, pour me voir ainsi en proye à mes ennemis ? Depuis ce temps, je vis moins que je languis, je tiens le lit continuellement pour (3) vigoureux que je fusse auparavant dans mon grand âge : Mais c'est bien moins pour moy que je suis embarrassé, que pour mes bons amis, que mon malheur rend criminels, & dont les confidences seront examinées dans toute la rigueur (4) pour les rendre

cou-

---

1. C'est à dire que ce *miserable domestique le plus infidéle de tous les hommes.... a pris le chemin de la Cour, qu'il y a esté tres-bien reçu*, qu'il a livré *tous les papiers, toutes les Lettres & une partie des Livres de Mr. Arnauld*, & a découvert *tout le secret de ses intelligences.* Si cela est, qu'on nous dise donc comment est fait ce domestique, qui l'a vû à la Cour, qui sont ceux qui l'ont si bien reçu. Pourquoy ce Fourbe suppose-t-il qu'il y ait à la Cour des personnes disposées à bien recevoir un tel domestique de Mr. Arnauld & à se rendre les receleurs du vol de ses papiers, de ses livres & de ses Lettres. Je veux croire plutost que ce personnage n'y auroit esté reçu que comme un fripon, un voleur domestique, un homme à envoyer droit à la Greve sur sa propre confession. Mais selon toutes les apparences il n'y aura personne de pendu pour cette affaire ; à moins que le faux-Arnauld, vray voleur de ses propres Lettres & de tout ce que possedoit le pauvre Mr. de Ligny, n'aille, bien converti & bien contrit, se presenter de luy-même, pour recevoir la peine à laquelle un grand Magistrat le condamna sans hesiter en lisant la 1. Plainte de Mr. Arnauld.

2. *Ne faut-il pas estre né*, ou s'estre rendu à force d'exercice, un impudent & impertinent Comedien, pour faire parler en payen insensé un aussi sage & aussi pieux Docteur de Sorbonne que Mr. Arnauld ?

3. *Pour vigoureux que je fusse.* Ce *pour*, au lieu de *quelque*, n'est pas l'expression d'un François ; mais bien du furieux déclamateur qui a composé le libelle au Docteur de Douay, dans lequel on la trouve huit-fois. V. l'Ext. N. 1. Quand chacun écrit en la langue de son pays personne n'y sçauroit trouver à redire, & ce n'est pas une honte d'ignorer celle des autres. Mais quand un impudent, comme celui-ci, viendra nous debiter, par exemple, du Walon de l'Ille un peu rabillé, pour du plus correct François de Paris, tel qu'est sans contredit celuy de Mr. Arnauld, il se rendra aussi ridicule que l'âne de la fable à qui la peau de lion, dont il croyoit s'estre bien couvert, ne pouvant cacher ses grandes oreilles, ne servoit qu'à l'exposer à la risée de tous ceux qui le voyoient ainsi équipé.

4. Quelque aveuglé qu'il soit de sa passion, quelque enyvré qu'il paroisse de l'esperance des grands succés de sa fourberie, il ne laisse pas de voir, qu'à juger de tout avec cette équité qui est une des qualitez les plus necessaires à un Juge, cette affaire ne peut aboutir qu'à la confusion de celuy qui l'a entreprise. C'est pourquoy il fonde toute son attente sur ce que *les confidences de ses bons amis* (comme ce traître les vient d'appeller) *seront examinées dans toute la rigueur pour les rendre coupables.* Mais dans quel pays, à quel tribu-

al, par quels Juges a-t-il donc crû que que cette affaire seroit examinée ? Et quelle idée veut-il faire concevoir à ces bons Ecclesiastiques, ou de Monseigneur l'Evesque d'Arras qui est leur Juge naturel, ou des autres Prelats à qui la cause pourroit-estre portée par appel, ou enfin des Theologiens qui pourroient estre consultez sur les matieres de Doctrine. On voit bien qu'il veut desesperer ces prétendus *bon amis*, en leur faisant prendre pour des Rhadamantes tous ceux qui pourront connoistre de leur affaire ; en leur persuadant qu'il n'y a point de quartier à esperer pour eux ; que si leurs parties ne sont pas leur Juges, leurs Juges deviendront leurs parties, & que loin de favoriser leur innocence, ils feront tous leurs efforts *pour les rendre coupables* ; que pour cela ils examineront tous les termes de *leurs confidences dans toute la rigueur*, c'est à dire, sans avoir égard ni à leur intention, ni à leurs explications, ni à rien de ce qui peut déterminer à un sens tres Catholique les ambiguitez d'une proposition équivoque, ou excuser quelques paroles trop libres & indiscretes, à les examiner dans toute la rigueur. En un mot il les avertit qu'ils les traiteront de *Turc à Maur*, pour me servir de ses termes. Bon Dieu ! quelle idée donne-t-il aux nouveaux Sujets du Roy, des Evesques & des Theologiens de l'Eglise de France. Mais il n'en sera pas crû. Les Evesques se souviendront qu'ils sont Evesques, & qu'en cette qualité ils sont encore plus obligez que les autres Juges a observer la regle de l'Ecriture que le celebre Ferrand Diacre de Carthage exprime en ces termes : *Justitia nimietas caveatur, ne justitia in oppressionem, & severitas in crudelitatem degeneret.* Les Theologiens n'auront pas oublié aussi ce qu'ils ont pû lire dans S. Athanase, qui rapportant dans sa 4. Oraison contre les Ariens une proposition de ces Heretiques, susceptible d'un mauvais sens, dit que si elle avoit esté avancée par des Catholiques on ne devroit pas l'avoir pour suspecte. C'estoit sans doute ce qui rendoit le Pape Adrien VI. si re-

tenu à censurer des propositions des Auteurs Catholiques, lors qu'il n'estoit encore que Docteur de la Faculté de Theologie de Louvain ; qu'il leur donnoit toûjours un sens favorable, & s'abstenoit autant qu'il pouvoit de les condamner, comme le rapporte Loüis Vivez à la fin de son cinquiéme Livre *De tradendis disciplinis.* Puis donc qu'il est certain que les sept propositions de la These peuvent avoir un sens Catholique, & en ont un tel en effet selon l'explication donnée par ces Theologiens, & par laquelle on doit juger de leurs sentimens & de leur souscription, ce seroit juger fort temerairement & fort desavantageusement de ceux qui les examineront, de croire qu'ils seront plustost portez à se servir du mauvais sens dont les termes équivoques sont susceptibles, pour avoir lieu de condamner des Theologiens qui l'ont detesté, qu'à se prévaloir du bon sens qu'elles peuvent avoir, & qu'ils y ont uniquement approuvé, pour les déclarer innocens. Ce ne seroit pas alors examiner de bonne foy & avec charité si ces Theologiens sont coupables pour les condamner ; comme la Justice le demande ; mais ce seroit, selon le desir & la prédiction du faux Prophete, les *examiner plus que dans toute la rigueur pour les rendre coupables.* Ce seroit les vouloir rendre Heretiques malgré eux ; puis que leur sens est Catholique, & que selon S. Hilaire Docteur de l'Eglise de France ,, c'est la maniere dont ,, on entend une proposition, qui la rend ,, Heretique, & non les termes dont elle ,, est composée. Le mal est dans le sens, & ,, non dans les paroles. *De intelligentiâ hæresis, non de scriptura, est ; & sensus, non sermo, fit crimen :* De Trinit. lib. 2. C'est donc le sens de ces Theologiens qu'il faut examiner dans toute la rigueur. C'est uniquement de quoy ils doivent répondre ; puis qu'il n'y a que le sens qui soit d'eux. Pour les paroles toutes nues, elles sont du fourbe, & c'est à luy qu'il s'en faut prendre de tout ce qu'elles ont de captieux, d'équivoque & de capable de mauvais sens.

coupables. J'ay avis de Paris qu'on a donné ordre d'emprifonner deux Ecclefiaftiques dans le Diocefe de Grenoble du cofté de Bourdeaux on a mis le Curé d'une groffe Bourgade dans le Chafteau Trompette : (5) enfin c'eft un déchaînement ; on dit que l'on trouve des chofes horribles dans ce commerce, parce qu'on y parle avec liberté (6) des Jefuites, & des principes de S. Auguftin fans déguifement. Cela eftant, Monfieur, je vous conjure de fauver les debris du bon parti, (7) & fi ma derniere Lettre vous

---

5. *Abyffus abyffum invocat.* Pour foutenir fa tourberie l'Impofteur fait mille menfonges. Dieu fçait par quels principes on les rend innocens, ou peut-eftre mefme meritoires. A voir comme il s'a bandonne fans referve à l'efprit de menfonge il faut qu'il afpire à quelque aureole, deftinée fans doute à ceux qui fe fignalent le plus dans la fcience & dans la pratique de ces fpirituels & religieux menfonges, fi propres à découvrir les Janfeniftes. On n'a pas de peine à déviner pourquoy il fait à Mr. le Cardinal le Camus l'honneur de nommer fon Diocefe. Il eft bon de le faire regarder comme une retraitte de Janfeniftes, & de Janfeniftes fi outrez que le Roy fe trouve obligé de les faire arrefter. Mais tous ces emprifonnemens chimeriques ne tendent qu'à donner l'alarme plus chaude à ceux que l'on veut écarter pour avoir le champ libre.

6. Je fuis faché qu'il ait efté nommer là les PP. Jefuites: comme fi tout ce grand *déchaînement de la Cour*, ainfi que parle l'Impofteur avec auffi peu de refpect que de verité, ne fe faifoit qu'en faveur de ces Peres, & qu'on n'y eût en vuë que leurs interets. Car des gens mal-intentionnez à leur égard ne manqueront pas de demander, d'où vient que toutes ces chofes horribles, que l'on découvre dans ce commerce, fe trouvent icy reduites à la liberté avec quoy on y parle des Jefuites & des principes oppofez à ceux de leur école. L'intereft de l'Eglife, du Pape, des Archevefques, des Evefques, des Vicaires generaux, &c. que l'on fait fonner fi haut dans la Lettre à un Docteur de Douay, eft icy conté pour rien: L'horrible *projet de la nouvelle Eglife, de la nouvelle croyance, du nouveau formulaire, des Apôtres du nouvel Evangile*, fur lequel ce Libelle fonne le tocfin, ne trouve point icy fa place dans le *déchaînement de la Cour.* Tout

cela peut donner occafion à diverfes reflexions un peu facheufes pour ces Peres, s'ils n'avoient foin de faire connoiftre au public leur indignation contre cet Impofteur qui les met en jeu fi indifcretement. C'eft le party que leur fageffe ne manquera pas de leur faire prendre, comme leurs meilleurs amis le fouhaitent.

7. *Cela eftant*, dit-il tout de fuite ; c'eft à dire, la Cour eftant fi fort *déchaînée*; parce que *dans ce commerce on a parlé avec liberté des Jefuites & des principes de faint Auguftin fans déguifement*, ce qui feul renferme *des chofes horribles*, il n'y a pas à deliberer; il n'y a de falut que dans la fuitte; les moments font precieux, il n'y en a pas un à perdre: *Surgite fugiamus*, difoit David, *neque enim erit nobis effugium à facie Abfalom : feftinate egredi.* On voit affez qu'un tel difcours ne doit plaire ni à la Cour, ni aux Jefuites : à la Cour, que cet infolent reprefente comme livrée à cette Compagnie & comme *déchaînée* pour fes feuls interefts ; pendant que tout le Royaume admire la fageffe & la moderation du Roy dans le choix qu'il a fait des perfonnes les plus fages & les plus moderées de tout fon Eftat, pour en faire fes Miniftres & en former fon Confeil. Les Jefuites de leur cofté doivent fentir vivement l'injure que ce fourbe leur fait en les reprefentant comme des gens vindicatifs & de qui il n'y a point de mifericorde à efperer, quand on a parlé d'eux avec liberté. Si cela eft l'Impofteur doit bien garder de fe faire connoiftre; puis que perfonne n'a parlé de ces Peres avec une liberté plus effrenée. C'eft le confeil que je luy donne en réconnoiffance de celuy qu'il donne icy à ces Meffieurs. Ils ne l'ont pas fuivy, parce qu'ils ont bien compris que la fuitte ne ferviroit qu'à les faire croire criminels. C'eftoit fon deffein, auffi bien que de pou-

vous a fait balancer, que celle-cy vous fasse chercher un azyle pour un mois, ou un peu plus, jusques à ce que l'on sçache le moyen de conjurer la tempeste. Il est fascheux d'estre pris *dans le flagrant* (8) & dans les moments de colere; on pourra plus tard vous justifier, quand vous serez hors de prison, où vous pourriez pourrir les années entieres sans estre écouté (9) comme font tant de *braves* Ecclesiastiques: au nom de Dieu pardonnez-moy cette disgrace dont je suis la cause faute d'avoir fait un bon choix de domestiques. Avertissez Messieurs Laleu, Rivette & Gilbert, (10) je doute si tant d'autres, qui ont signé la These, & dont nous parlons librement dans nos Lettres n'y seront pas enveloppez, du moins le danger n'est pas si grand; Mandez-moy le lieu de vostre retraite, & à qui je pourray addresser mes Lettres, pour vous communiquer, à quoy les choses en seront dans la suite, ou pour le bien, ou pour le mal.

Je suis

MONSIEUR,

Le plus dedié, mais le plus infortuné (11) *de vos Serviteurs*
ANTOINE A.***.

voir donner à la faveur de leur retraitte un plus libre cours aux calomnies de son Libelle.

8. *Le flagrant* a esté remarqué par Mr. Arnauld p. 10. de sa 1. Plainte à Monseigneur l'Evesque d'Arras. Il seroit inutile de s'arrester davantage à une si barbare expression. Mais il y en a d'approchantes dans le Libelle de cet Imposteur, comme celle-cy, par exemple, de la p. 45. *& qu'ils ont défendu à quiconque de Censurer.*

9. Venir si souvent à la charge sur une matiere si delicate, & qui touche de si prés la Majesté Royale, c'est l'avoir fort à cœur. Mais c'est en mesme tems violer insolemment le respect dû à cette Majesté sacrée. Cette Majesté créée ne peut estre par tout, ne peut tout voir par elle-mesme, ne peut sonder le fond des cœurs, & c'est ce qui fait qu'elle peut estre surprise, & que l'innocence peut estre quelque fois opprimée sous les Regnes les plus justes. Ce qu'on doit faire quand cela arrive, c'est de plaindre la misere humaine dans les Roys mesmes; c'est de prier pour eux; afin que Dieu les éclaire & les délivre des pieges que souvent des trompeurs tendent à leur pieté & à leur Religion; c'est enfin de contribuer de tout ce qu'on peut & à la justification

de l'innocence, & au salut d'un bon Prince. Mais se servir de ces exemples rares pour insulter aux Puissances, pour inspirer du mépris de leur conduite, pour forcer les autres à s'élever contre Elles & à les condamner, & prendre de tels moyens pour le dessein diabolique de perdre des gens de bien, c'est un attentat insupportable, c'est faire servir ces Images vivantes de la Majesté de Dieu à la puissance des tenebres & & aux desseins du Diable. *Desideria patris vestri vultis facere. Ille erat homicida ab initio & in veritate non stetit.*

10. Il faut qu'il y ait icy de la malice de la part du fourbe pour empescher Mr. Malpaix de produire ses Lettres. Car cet Ecclesiastique proteste qu'il avoit seule ignoré jusqu'à la Lettre precedente que Mr. Gilbert eut eu nul commerce avec cet Imposteur. Et à l'egard de ces *tant d'autres qui ont signé la These,* il n'en nomme luy-mesme que neuf dans son Libelle. Quoy qu'il en soit, il est certain au moins qu'il y en a trois de ceux-là qui ne luy ont jamais écrit, ni luy a eux: sçavoir Mr. Bruneau, Mr. Ville, & Mr. du Bron.

11. Il ne falloit rien de moins poli, ni de moins sincere pour terminer un commerce de cette nature. C'est où finit la scene au moins à l'egard de cet A-

E   cteur

éteur, qui ne se fentant nul réproche de confcience, demeura ferme à Douay, de mefme que fes amis, malgré les pathetiques exhortations que le fourbe leur faifoit pour les obliger à gagner la campagne. C'eft affurement un coup du Ciel, que des gens, qui connoiffent auffi peu le monde & la Cour, ayent ainfi pû refifter à un homme qu'ils étoient perfuadez devoir connoiftre l'un & l'autre parfaitement; & qu'ils croyoient auffi animé de zele de les fervir, qu'il eftoit poffedé d'une furieufe rage de les perdre. Cependant le fourbe, ne doutant pas apparemment que ces Meffieurs n'euffent pris la fuite fur cette derniere lettre que nous venons de voir, & fachant Mr. de Ligny

déja à Carcaffonne, ou bien prés, crût que pour achever le coup fi long-tems medité, il n'avoit qu'à faire paroiftre fa malicieufe & outrageufe *Lettre à un Docteur de Donay*. Mais quand ces MM. virent le ramas prodigieux d'impoftures & de calomnies dont elle eft remplie, s'ils n'ouvrirent pas auffi-toft les yeux (comme en effet ils ne les ouvrirent pas dabord, puifque Mr. Malpaix écrivit encore une lettre à l'Impofteur) ils ne tarderent pas au moins long-tems: & ce fût ce qui *conjura la tempefte*, & qui fit ceffer le dangereux enforcélement dans lequel ce miferable les avoit fi long-temps tenus. Ainfi finit ce rare commerce.

L E T T R E V I I I.

Adreffée à Monfieur le Pafteur de Brillon.

Voici encore une Lettre du même Fourbe. Il l'adreffa au Pafteur de Brillon, frere du Chanoine de Donay à qui ont efté adreffées les precedentes. C'eft la feule que ce Pafteur ait reçue de luy: & il n'a auffi écrit qu'une feule fois à cet Impofteur, tant pour le remercier de cette Lettre, que pour luy témoigner quelque reconnoiffance de tout ce qu'il luy avoit fait dire d'obligeant par fon frere, & par Mr. de Ligny. Car il avoit écrit à ce dernier mille éloges de Mr. le Pafteur de Brillon, & autant de cruelles fatyres contre MM. les Vicaires Generaux de Tournay, fans avoir pû jufques là engager ce Pafteur à luy écrire, comme il le defiroit.

M ONSIEUR,

(1) Si je parlois le langage du monde, je vous ferois des condoleances fur les perfecutions que l'on vous a fufcitées fi mal à propos, ou plutoft

que

1. Cette Lettre eft en même temps un galimatias achevé & un chef d'œuvre d'hypocrifie. Il y veut faire le bel-efprit & l'homme de bien. Il ne reuffira jamais au premier; il n'a que trop bien reuffi au fecond: & rien ne luy convient mieux que de faire le Tartufe. Cependant les défauts du premier perfonnage devoient

faire découvrir le fecond. Car on ne peut gueres faire dire plus d'impertinences qu'il en fait dire à Mr. Arnauld. Mais ce Mercure, qui peut fervir de modelle aux fourbes & aux filoux, avoit endormi ces argus par la douceur d'un commerce d'amitié & par mille témoignages artificiex de confiance qu'il avoit entaffez les uns fur les autres.

que l'on a fuscitées à la caufe de (2) Dieu en tâchant d'opprimer l'un de fes plus zelez défenfeurs. Mais quand je fais reflexion que les calomnies, les injures, les detractions font les livrées des enfans de Dieu & les glorieux caracteres des predeftinez; que les affronts & les mépris font les appanages de la Croix & du Chriftianifme, (3) ah pour lors je ne puis m'empêcher de vous feliciter de ces traverfes & de vous faire ce compliment (4) Chrê-tien & émané de la Verité éternelle : *Beati eritis, cum vos oderint homi-nes, & cum feparaverint vos, & exprobraverint & ejecerint nomen veftrum tamquam malum propter filium hominis, gaudete in illa die & exultate, ecce enim merces veftra multa eft in Cœlo.* C'eft cette douce confolation qui me foutient depuis tant d'années, que la Providence m'a trouvé digne d'eftre le joüet de la fortune & l'opprobre du monde (5) banni & relegué de mon pays, éloigné de mes parens & de mes amis pour l'unique interêt de la verité & de la bonne doctrine, je me trouve (6) fi content & fi peu fen-fible à toutes ces difgraces, que je puis dire avec l'Apôtre : *Superabundo gaudio in omni tribulatione noftra :* entrez, je vous prie, Monfieur, dans

F 2 ces

---

2. Il appelle toûjours *la caufe de Dieu, la verité, la bonne doctrine,* & *le bon par-ty,* ce qu'il croit une damnable herefie. On auroit une extrême envie de fçavoir par quelle regle cela fe peut en bonne confcience, fi on ne s'en doutoit.

3. Voilà une exclamation bien noble & bien placée, & qui ne revient pas mal au ftile du Libelle.

4. Mais eft-ce que cet Impie ne fe laf-fera jamais, ni de dire des fotifes & des impertinences, au nom d'un des hommes du monde des moins capables d'en dire; ni de profaner tout ce que nous connoif-fons de plus adorable, en le faifant fer-vir à fes diaboliques fourberies.

5. Le nom de fortune s'accorde affez bien avec *la malheureufe conftellation & les malignes influences* de la Lettre prece-dente. Mais d'allier tout cela avec *la pro-vidence,* comme il fait icy, c'eft mettre enfemble la lumiere & les tenebres, l'E-vangile & le Paganifme, JESUS-CHRIST & Belial. Mr. Arnauld s'eftimeroit heu-reux d'eftre, comme JESUS-CHRIST, *oppro-brium hominum & abjectio plebis ;* ou, comme S. Paul, *omnium peripfema ;* ce-pendant nous ne voyons pas que cette idée s'accommode avec l'eftime que font de luy tous ceux dont le jugement merite d'eftre conté. Jamais il n'a reçu aucunes faveurs de la fortune (s'il eft permis d'i-

miter le langage de ce profane) & jamais par confequent il n'en a efté difgracié. Il n'ignore pas ce que c'eft que d'eftre jugé digne de la Croix par la Providence ; mais que la Providence juge quelqu'un digne d'eftre le joüet de la fortune, c'eft ce qui luy eft inconnu. Il s'eft laiffé conduire par la Sageffe, comme le Jufte dont il eft parlé dans le 10. chap. du Livre qui por-te ce nom, dont les verfets 10. 11. & 12. marquent affez bien la conduite que cette Sageffe adorable a tenue fur luy : & cette Sageffe même luy a appris auffi-bien qu'à ce Jufte, que tout ce qu'on appelle *fortune, malheureufe conftellation & malignes influen-ces,* n'eft qu'un refte des fauffes idées & des fuperftitions du paganifme ; que c'eft Elle qui conduit tout, que tout cede à fa puiffan-ce, & qu'en furmontant tout ce qui s'oppo-fe à elle, elle en rend auffi victorieux ceux qui la fuivent : *Certamen forte dedit illi ut vinceret, & fciret quoniam omnium poten-tior eft Sapientia* Sap. 10. 12.

6. Il en parle à fon aife. Mais s'il avoit un peu paffé par ces *tribulations,* dont il fe vante fauffement fous un nom emprunté, il en vaudroit peut-eftre un peu mieux, & les autres n'en feroient pas plus mal. Qu'il en raille tant qu'il vou-dra; il ne laiffera pas d'eftre vray que c'eft ordinairement le partage des grands Serviteurs de Dieu.

ces sentimens & ce sera un titre particulier pour vous estimer davantage parce que nous ne serons pas seulement dans la même doctrine, mais dans les mêmes tribulations qui sont le caractere & *le cachet* (7) de la Religion de nostre bon maistre. (8)

Je vous remercie de tout mon cœur de l'appuy que vous avez donné à la bonne cause (9) par vostre approbation : faites-moy la grace de me faire part de ce qui se passera de plus important dans vos quartiers touchant la morale & les persecutions, sur tout marquez-moy ceux que vous sçavez estre bien intentionnez pour le bon party ; ces connoissances me sont d'un grand usage, mais le (10) secret est sur tout necessaire. Ne monstrez, je vous prie, ma lettre à personne, vostre frere sçait le canal pour me faire tenir seurement les Lettres.

Je suis de tout mon cœur.

MONSIEUR,   *Vostre tres-humble Serviteur*
                            ANTOINE A. ***.
                                          DEUX

7. Mr. Arnauld ne mettroit pas *cachet*, mais, *sceau*, en cet endroit.

8. *Nostre bon Maistre* ! Il faut estre dans un étrange endurcissement pour oser penser à JESUS-CHRIST, & l'appeller son *bon Maistre* dans le temps qu'on trâme de si damnables choses. Quelle profanation ! Il la souffre ce *bon Maistre* ; mais c'est pour la punir plus severement, si on n'en fait une penitence proportionnée à la grandeur & à la qualité du crime : *Pro qualitate criminum, & pœnitentium facultate.* Conc. Trid. sess. 14. c. 8.

9. Toûjours *bonne cause*, & *bon party*, ce qu'il croid damnable. Eh pour la derniere fois qu'on nous apprenne cet art si commode de pouvoir dire sans mentir, tout le contraire de ce qu'on pense !

10. Il ne faut pas s'étonner qu'il revienne si souvent à la charge sur la necessité du secret ; tout le succés de la fourberie dépendoit de là. Car pour peu que ces Messieurs se fussent mis en peine de s'informer de ce qui concerne Mr. Arnauld, en faisant part du commerce qu'ils croyoient avoir avec luy par lettres, tout le mystere estoit découvert. Or comme cet empressement à exiger le secret, & la crainte de voir sa mine éventée, est un des plus sensibles caracteres d'un homme d'intrigue & de cabale ; la trop grande fidelité que luy garderent en cela ces Messieurs fait bien voir leur bonne foy & leur peu

de talent & d'habileté en ce métier. Nonobstant tout cela le Fourbe ne laissera pas de les dépeindre hardiment dans son libelle comme des gens *possedez de l'esprit d'erreur & de cabale,* qui auront *formé le plan d'une nouvelle Eglise* : & non content de supposer faussement (comme il fait) que les neuf qu'il dit qui ont signé sa miserable These l'ont fait de concert, il fera encore entendre qu'une infinité d'autres sont entrez dans son imaginaire complot ; & dira enfin avec une hardiesse diabolique : *Tout est prest pour l'execution de cet horrible projet ; le formulaire de la nouvelle croyance est dressé, la profession de foi est signée par les Apostres du nouvel Evangile, &c.* Qui croiroit jamais qu'un homme bâtisé au Nom de JESUS-CHRIST, & qui vrai-semblablement est quelque chose de plus que laïque, pût publier des calomnies si atroces pour perdre des Prêtres, des Pasteurs, & des Professeurs en Theologie, dont tout le crime est d'estre de *bonne odeur* & d'avoir du *zele pour la reforme des mœurs* ? Ce qui faisoit autrefois canoniser les Prêtres, les fait aujourd'hui traiter d'apostats. Vous le voyez, Seigneur : Vous le soufrez, & vous sçavez pourquoy : nous sommes même persuadez que vous sçaurez tirer vostre gloire d'un si étrange renversement : & cela suffit pour nous faire adorer avec respect la profondeur de vos desseins.

DEUX LETTRES

De Monsieur MALPAIX au FAUX-ARNAULD.

AVERTISSEMENT.

Aprés toutes les Lettres de l'Imposteur à Mr. Malpaix, on a crû qu'il seroit bon d'en produire aussi quelques-unes de ce Chanoine, afin que le Lecteur voyant le caractere de son esprit, puisse juger s'il y reconnoîtra cet * *air de cabale & de sédition*, ou *de forcené & de demoniaque*, que ce Fourbe luy attribue si charitablement dans son libelle. Les Lettres dans lesquelles cet Ecclesiastique doit avoir parlé le plus naturellement sont sans doute les dernieres, qu'il écrivit dans la creance que Mr. Arnauld avoit esté volé par un de ses domestiques, & pendant les terribles alarmes que tâchoit de luy donner ce faux-Arnauld pour l'obliger à prendre la fuite. Car d'une part n'ayant pas encore le moindre soupçon de la fourberie, il croioit toûjours écrire au vray M. Arnauld; & de l'autre, la douleur, & la grande surprise où devoit l'avoir jetté la sixiéme Lettre de cet Imposteur, ne pouvoient pas luy permettre de penser beaucoup à se contrefaire. Ce sont donc deux de celles-là qu'on a choisies. On espere qu'en donnant quelque éclaircissement à cette damnable intrigue, elles ne donneront pas aussi peu de satisfaction au public. On ne craint pas au moins qu'on puisse revoquer en doute la fidelité de celuy qui les rend publiques, parce que s'il en manquoit le faux-Arnauld ayant les originaux de ces Lettres, il n'auroit qu'à les produire pour le confondre. Mais c'est ce qu'on ne craint pas ; rien n'y ayant esté changé que l'orthographe & la ponctuation, qui ont paru trop irregulieres dans quelques endroits des copies, & le mot *Quadriga* qui s'estoit glissé au lieu d'*Auriga*.

LETTRE du 11. Juillet 1691.

C'est la réponse à la sixiéme & penultiéme du faux-Arnauld, où il avoit feint qu'un Valet infidelle luy avoit emporté tous ses papiers, & une partie de ses Livres.

MONSIEUR,

J'ay reçû hier le matin vostre assommante Lettre, & je l'ay communiquée aux personnes que vous me marquez. J'ay envoyé un exprés à

Mr. Gil-

* Page 86. & 87. de la Lettre à un Docteur de Douay.

(1) Mr. Gilbert. Pour noſtre (2) Pelerin , il eſt impoſſible de le joindre: Je ne ſçay où il va, & il eſt party de Paris le 29. du mois paſſé, faiſant voyage à cheval. *Commiſimus cum gratia Dei, Protectoris omnium ſpe-*
rantium in ſe. On ne voit guere de jour à ſe retirer ſans bruit. Douay
n'eſt point Paris. Nous ne vous demandons pour toute grace, qu'une ſeule choſe, qui nous affligera plus que tout le reſte, ſi vous nous la refuſez:
c'eſt que vous ne vous affligiez pas trop de ce malheur, & que vous vous
conſerviez à l'Egliſe; *ne derelinquas nos orphanos, & pereat currus Iſraël &*
Auriga ejus. Ce ſeroit donner gain de cauſe aux ennemis. Ecrivez-nous
donc inceſſament que vous nous accordez cette grace, ſi vous ne voulez
nous faire mourir avec vous.

    Vous voulez , Monſieur, que je vous conſole : (3) *ſed & ego à Vo-*
bis debui conſolari. Quoy ! un jeune Soldat de deux jours conſoleroit un
vieux General dans une déroute ! Ce ſeroit luy faire tort. Le Roy que
vous ſervez, Monſieur, eſt luy-meſme la cauſe de cette perte que vous
faites : *Numquid eſt malum in civitate quod non fecerit Dominus ? Quid*
ergo ad te ? Dominus eſt : quod bonum eſt in oculis ſuis fecit. Ipſe viderit.
Que ſçavons nous, Monſieur, ſi ce n'eſt pas le bien du Royaume du Maître que nous ſervons? Lors que nous croyons tout perdu , c'eſt alors que
ce grand Roy ſe plaiſt à donner des marques de ſa toute-puiſſance ; *ut non*
glorietur omnis caro. Il eſt jaloux de ſa gloire , & il ne veut pas que les
hommes la partagent avec luy ; de peur qu'ils ne diſent en eux-meſmes:
manus mea fecit hæc. Je vois tant d'amour paternel de Dieu ſur vous en
cette rencontre que je ne ſçaurois que le benir & le remercier de tout mon
cœur de ce qu'il vous envoye la récompenſe Evangelique : *perſecutiones*
in hoc mundo : pour les longs & laborieux travaux que vous avez eſſuyez
pour ſa gloire. *Nolite ergo triſtari ſicut & ii qui ſpem non habent.*
    Peut-eſtre que la perſecution future de beaucoup d'innocens ne contri-
bue

---

1. Il envoya un exprés à Mr. Gilbert,
pour ſuivre l'avis du fourbe. Mais il ig-
noroit encore que Mr. Gilbert eut écrit à
ce fourbe, & qu'il eut reçû aucune Lettre
de luy.

2. Ce Pelerin n'eſt pas mal-aiſé à ré-
connoiſtre. C'eſt Mr. de Ligny , qu'il a
mieux nommé qu'il ne penſoit : car s'il
n'eſt pas allé de Douay à Carcaſſonne en
équipage de Pelerin , il en eſt au moins
revenu d'une maniere un peu approchan-
te. Mais on prie le Lecteur de conſide-
rer cet endroit avec attention : & de juger ſi ce ſecret de Mr. de Ligny à l'égard
de Mr. Malpaix, qui eſtoit un de ſes meilleurs amis, eſt fort propre à perſuader la
cabale dont le Fourbe accuſe ces MM. dans
ſon libelle.

3. Si on compare le ſtile de cet Eccleſiaſtique avec celuy du faux Arnauld , on
trouvera l'un auſſi Chreſtien, que l'autre
eſt comedien & impie. Et on eſt perſuadé que tous ceux qui liront cette Lettre
ſans prévention , loin d'en prendre l'Auteur pour un *forcené* ou pour un *demonia-*
que, ſerout au contraire extrémement édi-
fiez de ſa foy , & de ſa ferme confiance
en Dieu. Mais qui ne le ſeroit de ſon
amour & de ſon reſpect pour l'Ecriture
Sainte ? Il faut s'eſtre bien nourry de ſon
divin ſuc pour en faire l'uſage qu'il en
fait. C'eſt ce que connoiſtront mieux
que les autres ceux qui ont ſoin de s'en
nourrir eux-meſmes.

bue pas peu à voſtre douleur. L'amour que Dieu vous a donné pour toutes ces perſonnes vous feroit ſouffrir autant de martyres qu'ils endureroient
de tourmens : *Quis enim infirmatur , & ego non infirmor ?* Mais en verité,
Monſieur, ſongez que s'il arrive que Dieu veuille les éprouver dans ce creu-
ſet , ils ſouffriront pour la juſtice: *Et ſi quid propter juſtitiam patimini, bea-*
ti. Timorem ergo eorum ne timueritis , & non conturbemini. Pourquoy donc,
Monſieur, nous envier ce bonheur ? Nous ſerions des illegitimes, ſi
Dieu ne nous châtioit de temps en temps, luy qui n'a point épargné l'innocence de ſon adorable Fils. Courage, Monſieur, c'eſt dans ces rencontres que les Chreſtiens doivent adorer & baiſer en meſme-temps la main paternelle qui les frappe. *Benedictus Deus & Pater Domini noſtri* JESU-CHRI-
STI *qui conſolatur nos in omni tribulatione noſtra.* JESUS-CHRIST le premier
des Saints & des élus a eſté trahi par ſon Domeſtique : pourquoy le Diſci-
ple ſeroit-il traité mieux que ſon Maiſtre ? Il avertit ſes Diſciples que la
meſme choſe leur arriveroit : pourquoy eſtre ſi alarmé ? *Tradent enim vos.*
Cavete ab hominibus. Pour moy, Dieu ſoit beni, il me fait la grace de ne
me point trop alarmer. Ce qui m'afflige le plus c'eſt de vous voir affligé,
& je ſerois le plus content du monde, ſi je vous voyois hors de peine.
Pourveu que j'aye l'adorable parole de Dieu à méditer je ne ſçaurois m'affliger. Bonté infinie de Dieu à mon égard ! je n'eûs pas pluſtoſt lu voſtre
Lettre, qu'outré de douleur de vous voir dans une eſpece d'agonie, j'ou-
vris ma Bible pour me conſoler : *Solatio habens ſanctos Libros.* L'aimable
providence de Dieu voulut que je tombaſſe ſur l'Epiſtre de S. Jaques, &
ſur ce verſet : *Omne gaudium exiſtimate , fratres mei , cum in varias tenta-*
tiones incideritis. Et , Beatus vir qui ſuffert tentationem ; quoniam cum proba-
tus fuerit accipiet coronam vitæ. Cela me conſola beaucoup, & me fit reſoudre
à m'abandonner entierement à l'adorable providence de mon Dieu, qui ſçait
diſſiper les mauvais deſſeins des méchans, & qui fait pancher invinciblement
les cœurs des Princes de quel coſté il luy plaiſt : *Et quis ſcit ſi non faciet*
etiam cum hac tentatione proventum ? Hoc unum ſaltem eveniet , ut capillus
de capite noſtro non cadat ſine Patre noſtro. Confortare ergo , ô Homo Dei ,
& eſto robuſtus : nondum enim uſque ad ſanguinem reſtitimus. Ecce ego ad
flagella paratus ſum. In Deo ſperavi , non timebo quid faciat mihi caro. Et
aprés tout, Monſieur, arrive ce qu'il voudra, nous aurons toûjours la
conſolation que noſtre conſcience ne nous reproche rien, & que c'eſt inju-
ſtement que l'on nous fait ſouffrir. Nous n'avons pas à faire a un Tyran:
mais à un (4) Prince le plus débonnaire & le plus juſte qu'on puiſſe ſouhai-
ter.

4. Ce n'eſtoit pas ainſi que le fourbe
auroit voulu le faire parler du Roy, comme on peut le juger par ſes Lettres. Mais
ceux qu'on appelle Janſeniſtes n'en ſau-
roient parler autrement. C'eſt à quoy on
les inſtruit, en leur donnant les premieres notions de la Religion , avec autant
de ſoin , que *les Jeſuites ſont appris depuis*
le Noviciat à regarder les Janſeniſtes ſur le
pied d'Heretiques , comme parle le fourbe
dans *ſa Lettre à un Docteur de Douay.* p. 77.
de la 1. Edition ; car ces paroles ont dif-

ter. Pourquoy tant craindre? *Neque in legem , neque in Cæsarem peccavi-mus , & si quid pœnâ dignum feci non recuso pati.* Le Roy est trop éclairé & trop juste pour se laisser prevenir aisément contre ses plus fidelles serviteurs , & contre des personnes qui n'ont pas d'autres crimes dans ces accusations que d'estre trop attachez à la doctrine du Clergé de France, & d'inspirer trop fortement aux Sujets de Sa Majesté un respect & un attachément inviolable à sa personne & à ses interets. Ainsi , Monsieur , je crois qu'ayant pris les mesures ordinaires dans ces rencontres, il faut attendre patiemment le coup , qu'une mauvaise prévention contre nous pouroit causer. *In patientia vestra possidebitis animas vestras.*

Il ne faut pas se trop affliger avant le temps : mais tacher de prendre des mesures pour empêcher autant qu'on le pourra les funestes effets de ce larcin ; & prier Dieu qu'il fasse (5) misericorde à ce faux Frere & à ce perfide Domestique. Dieu ne nous a pas encore tous abandonnez. La Censure des Carmes-chaussez est achevée , & on va l'imprimer aux premiers jours.

Si Dieu vous donne encore un peu de vie j'espere qu'une bonne partie de ce malheur sera reparée : *Vide ergo ne abundantiori tristitia absorbearis.*

Qu'elle joye pour les Ennemis de l'Eglise s'ils sçavoient que ce coup dût avancer vostre mort. Et au contraire quel desespoir pour eux , s'ils apprennent que de pareils coups de foudre , bien loin de vous écraser , ne font que vous affermir davantage , pour les combatre par tout où ils oseront paroistre.

Ne vous affligez pas encore un coup , Monsieur , & le tout ira bien. Le meilleur moyen de reparer ce coup c'est que vous ne vous en embarassiez pas tant. Il est trop tard d'y tant penser. *Infectum fieri nequit.* Il faut pourvoir à l'avenir , &c.

---

paru dans la 2. De sçavoir en faveur de qui , & par quelles raisons, c'est ce que je n'entreprens pas d'approfondir.

5. C'est la premiere pensée qui doit venir à un vray Chrestien. Mais que ce langage est differend de celuy de l'Imposteur.

Autre

Autre LETTRE de M.ᴿ Malpaix au Faux-Arnauld.

Celle-cy est la derniere que Mr. Malpaix ait écrite au fourbe. Ce fût pour luy donner avis du Libelle qui paroissoit, dont il estoit bien éloigné de le croire Auteur : mais à peine eut-il écrit cette derniere Lettre, que ses amis, & particulierement son Frere, luy firent ouvrir les yeux.

MONSIEUR,

Je suis dans une peine incroyable de ne point apprendre de vos nouvelles. Il faut, ou que vous soyez dangereusement malade, ou que la multitude infinie d'affaires, que vous cause ce larcin, vous occupe bien l'esprit, pour ne pas songer à moy. Je ne sçai que vous écrire dans cette rencontre tant la multitude de diverses choses m'accable. J'ay vu par occasion Mr. Boubaix (1) vostre correspondant, qui m'a asseuré que ma derniere avoit esté addressée où il falloit. Cela m'a un peu consolé. Etrange livre, qui paroît ici depuis quelques jours, & qui m'apprend bien des choses que je ne sçavois pas touchant le pauvre de Ligny, qui ne m'a jamais (2) parlé de son méchant symbole, comme on l'appelle dans ce libelle diffamatoire intitulé, *Lettre à un Docteur de Douay, &c.* Je suis surpris, Monsieur, que vous

G

n'ayez

1. Pauvre Personnage qu'à joüé ce Mr. Boubaix, que le fourbe traite d'Abbé! Honteuse qualité, & surtout pour un Ecclesiastique, que celle de *correspondant* d'un tel fripon dans un action si noire! Cependant ce Mr. Boubaix peut bien n'estre pas si perdu de conscience que le fourbe. Il paroist moins endurcy que luy en fait d'impostures, & estre seulement bien instruit dans la commode science des équivoques & des restrictions, puisqu'il affecte de ne point dire à qui il a donné ou fait tenir cette Lettre ; mais seulement qu'elle *avoit esté addressée où il falloit :* car il n'a tenu qu'à luy d'entendre tout ce qu'il luy a plû par cet, *ou il falloit.* On peut donc presumer que la seduction de ses Maistres l'aura fait entrer, de bonne foy, dans cette doctrine pernicieuse : & ainsi le croyant moins éloigné du Royaume du Ciel que l'Imposteur, on le recommande aux prieres des bonnes ames, afin qu'elles luy obtiennent la grace d'une parfaite conversion, & la for-

ce de se bien aquitter de la reparation publique à laquelle il est obligé.

2. Voilà un fourbe bien confondu. Car si Mr. de Ligny n'a pas parlé de ce pretendu Symbole à Mr. Malpaix, qui étoit son meilleur amy, comme il est très-certain, il est indubitable qu'il n'en a parlé à personne, & que ce n'est qu'une Lettre composée par le faux-Arnauld, qu'il a fait signer seulement, & à l'aveugle, à ce jeune Professeur, sous pretexte qu'il falloit parler ainsi pour entrer dans les bonnes graces de l'Evesque prés de qui il luy faisoit esperer une condition si avantageuse. Aprés cela il ne faut pas s'étonner si on se presse si peu de produire les originaux des lettres des accusez, puis qu'on y trouveroit leur justification. Mais ce qui doit causer de l'étonnement, c'est la hardiesse avec laquelle l'Imposteur ose nommer cette lettre particuliere de Mr. de Ligny, & surtout sachant comment elle a esté fabriquée ; *le formulaire aux 12. Articles, que l'on peut justement appel-*

n'ayez (3) corrigé & adouci les paroles de ce malheureux symbole. Voi-là les Jésuites en beau jeu. Chacun de nous travaille à ses pièces, & est ter-riblement étourdi de cette affaire. L'auteur de ce funeste livre a mis dans son livre plus de la moitié de ma plus forte Lettre, & quelques endroits de quelques autres. Il est necessaire, Monsieur, que je me justifie touchant cette Lettre. Heureusement pour moy que j'en ay (4) tous les brouillons. Il a omis, ou par malice, ou autrement (5) (je n'en sçay rien) plusieurs choses que vous verrez dans la minute que je vous envoye, & que je vous prie de garder soigneusement pour ma justification. Ecrivez-moy donc in-cessamment vostre avis là-dessus, afin que je prenne mes mesures. En verité, Monsieur, il y a du malheur dans toute cette affaire. Nos MM. de Douay n'ont guere le loisir de songer à la These de ces Peres, laquelle ils preten-dent estre contraire à l'honneur de leur Faculté. Depuis trois jours j'attens à vous écrire, parce que je crois à chaque moment recevoir de vos nou-velles.

Je crois que vous aurez la bonté de me renvoyer (6) le papier que je vous avois fait tenir, s'il n'est pas imprimé. La personne qui me l'a envoyé sou-haitte beaucoup de le ravoir. Courage, Monsieur, un peu de persecutions n'est point mauvais. Je doute si cette affaire réüssira à nos Peres autant qu'ils se l'avoient promis. Il me semble que la Cour ne se laissera pas aisément sur-prendre en cette affaire. Ce n'est pourtant que conjecture, &c.

ier le *Symbole secret de la nouvelle Eglise:* Car c'est ainsi qu'il parle à la page 129. de son Libelle. Voilà ce qui passe l'ima-gination; & de quoy peut-estre Mr. Bou-baix, après mesme le vilain rôle qu'il a joué dans cette pièce, ne seroit pas en-core capable, avec toute sa science dans la doctrine des équivoques & des restri-ctions.

3. *Corrigé!* Il y auroit fait mettre la magie la plus noire, s'il n'eût tenu qu'à luy. Mais de bonne foy est-ce là l'idée que le Libelle nous donne de ce Mr. Malpaix.

4. C'est apparemment à quoy le fourbe ne s'attendoit pas: Et s'il s'y fût at-tendu il auroit pris d'autres mesures.

5. Il faut estre bien retenu, & bien craindre de faire des jugemens temerai-res pour parler ainsi. Cette simplicité de Colombe agravera terriblement au juge-ment de Dieu le crime du malicieux ser-pent, qui l'a si indignement traitée. Les omissions de cette Lettre, dont il parle, seroient bonnes à voir; mais on les pour-ra produire en quelque autre occasion.

6. Ce papier contenoit l'histoire d'un Sermon presché par le P. Grenu Jesuite dans l'Eglise Cathedrale de Tournay le 17. Juin de cette année 1691. jour du Diman-che dans l'Octave du Tres-saint Sacre-ment; où il avoit avancé plusieurs fausse-tez & calomnies contre le Livre *De la fre-quente Communion*, & s'estoit emporté avec beaucoup d'insolence contre l'Auteur de ce Livre & contre ceux qu'il croit estre de ses amis. Une personne qui avoit esté present à ce Sermon, & qui en avoit esté fort scandalisé, défioit le P. Grenu & ses Compagnons de montrer aucun endroit dans le Livre de la frequente Communion qui contint une seule des erreurs & des impertinences qu'il luy avoit attribuées; invitoit ce même Pere à donner au public la seconde partie de son Sermon, s'of-frant de renverser de fond en comble tous les paradoxes qu'il y avoit preschez, sans employer d'autres autoritez que cel-les qu'il avoit luy-même citées mal à pro-pos, en abusant d'une maniere indigne de l'Ecriture Sainte, des Peres & des Con-ciles, à qui il faisoit dire tout le contraire de ce qui s'y trouve; concluoit enfin que
l'on

l'on prendroit le filence du P. Grenu pour une marque de fon impuiffance, & qu'il feroit pris luy-mefme pour un infigne impofteur & pour un calomniateur public, indigne de remonter jamais en Chaire. Le vray Arnauld auroit pû faire imprimer ce papier s'il luy eftoit tombé entre les mains, pour faire connoiftre l'efprit emporté de ce Jefuite : Mais on voit bien ce qui a porté le Faux-Arnauld à le fupprimer.

F I N.

E R R A T A.

Page	Ligne	Fautes	Corrections
3.	derniere	inutils	inutiles
5.	6.	outres	outre
9.	2.	ou que	ou qui
12.	37. col. 2.	*graces*	*la grace*
27.	8.	gefne	gefne, ni
28.	14.	j'avoit	j'avois
ibid.	26. col. 2.	du voir	de voir
31.	17.	feront	ferons
39.	13. col. 2.	& par	par
39.	30. col. 2.	*plus que*	plufque
41.	17. col. 2.	avoit feule	avoit

LETTRES
DU
FAUX-ARNAULD
A
M.ʳ DE LIGNY

Licentié en Theologie, cy-devant premier Professeur en Philosophie dans le College du Roy à Douay.

PREFACE.

ON s'acquitte un peu tard de la parole que l'on avoit donnée au Public de faire imprimer ce qui restoit de Lettres du faux-Arnauld à Monsieur de Ligny. Comme elles n'ont rien qui soit digne de son empressement, on ne se met pas en peine de justifier ce délay : mais comme elles font partie d'une Histoire dont on parle par tout, & qui fera l'étonnement de la posterité, on n'avoit garde de manquer à les publier, pour servir à faire foy d'une fourberie qu'on auroit peine à croire, si on ne voyoit les pieces qui ont esté emploiées à un dessein si detestable. Si les Lettres de ce Fourbe, à Messieurs Malpaix ont servi à faire connoître l'esprit de ce personnage, celles-ci acheveront son portrait, & on y verra par tout ces caracteres de supercherie, de trahison, de déguisement, de mensonge, de perfidie & d'une malice achevée, qui sont déja si bien marquez dans les premieres.

On auroit souhaitté pouvoir donner toutes celles qui ont esté écrites par cet Imposteur, tant à Ad. Gilbert, qu'à M. de Ligny, mais son adresse à en tirer de leurs mains la plus grande partie de la maniere qu'on l'a dit ailleurs, nous oblige de nous contenter du peu qui n'est pas tombé dans ses mains. Les sept ou huit premieres écrites à M. de Ligny ont esté enlevées ; & celles que l'on donne presentement ne sont que les dernieres. On y admirera, comme dans cel-

A

les

les qu'on a déja vûes, les artifices & les enchantemens dont se servoit ce miserable pour engager ce Professeur dans des sentimens que luy-même a depuis qualifiez d'heresies & de dogmes monstrueux; son application à le ruiner entierement par toutes les voyes dont il s'est pu aviser; sa perfidie à le dépouiller de tout ce qu'il avoit de meilleur en livres & en papiers; son impudence à déchirer toutes sortes de personnes d'autorité pour engager ce Professeur à l'imiter; son insolence à luy donner les idées les plus indignes des Puissances Souveraines pour tirer de luy dequoy le perdre par ses réponses; enfin l'inhumanité & la barbarie avec quoy il l'engage à quitter son Pays & l'envoie à deux cent lieues de là, dépourvu de tout secours humain, comme on l'a expliqué en d'autres Ecrits. Il seroit inutile de faire sur ces Lettres d'autres remarques : celles que l'on a données sur les autres suffisant pour rendre le Lecteur attentif, & pour luy faire remarquer les differens caracteres de ce méchant esprit.

Il en avoit écrit neuf à M. Gilbert à S. Quentin où il estoit relegué : mais luy aiant enlevé tous ses papiers & toutes ses Lettres par le tour de filou que tout le monde sçait presentement, il n'en est resté à ce Docteur que trois qu'il reçut depuis cet enlevement, & qu'on n'a pu recouvrer.

M. de Laleu & M. Rivette en avoient aussi reçu quelques-unes; mais ils n'ont pas jugé à propos d'en donner de copies. On sçait seulement par une personne qui a vu les trois que le faux-Arnauld avoit écrites à M. Rivette, ce qu'elles contenoient en substance.

Dans la premiere il remercie ce Professeur de ce qu'il avoit courageusement défendu le Livre de l'Apologie historique des Censures de Louvain & de Douay, &c. 2. Il décrit l'extravagance du dessein qu'avoient eu les Jesuites d'engager la Faculté de Theologie de Douay à flétrir un Ouvrage qui défendoit leur Censure d'une maniere invincible. 3. Il luy marque l'estime qu'il fait de M. de Ligny, le prie de travailler à le rendre tout Augustinien, l'assurant qu'en cela il rendroit à l'Eglise un service considerable. Il ajoutoit que ce Professeur de Philosophie s'amusoit trop aux subtilitez des Thomistes, & que la Predetermination Physique luy tenoit encore trop au cœur. Enfin il parloit aussi dans cette Lettre de la distinction des deux graces, de celle de l'estat d'innocence & de celle de la nature corrompue.

Dans la seconde il se déchaînoit contre M. l'Archevêque de Malines, & parloit à M. Rivette de cette fausse Thése à sept articles qu'il luy faisoit accroire qu'on avoit soutenue dans le Seminaire de Malines, & qui faisoit, disoit-il, beaucoup de bruit, parce que cet Archevêque poussé par les Jesuites la vouloit censurer : mais que quelque attachement que ce Prelat eût au Molinisme, il ne croioit pas qu'il l'osât faire, quand il luy auroit fait voir un grand nombre d'Approbations qu'il avoit ramassées de tous côtez. Il l'assuroit sans scrupule qu'il en avoit reçu de plusieurs Universitez, & que c'estoit plûtost des Eloges que des Approbations. Il le prioit, luy & M. de Laleu, de les imiter en marquant leur sentiment sur chacun des Articles de cette Thése, & en luy envoiant

une

une *Approbation aussi favorable & aussi pleine d'éloges que leur conscience le pourroit permettre. Pour ce qui concernoit le premier Article, le faux-Arnauld, qui vouloit passer pour le veritable, renvoioit M. Rivette à son Livre intitulé :* Antonii Arnaldi Doctoris Sorbonici super illa Propositione SS. Chrysostomi & Augustini : Desuit Petro tentato gratia sine qua nihil poterat, Dissertatio Theologica; *& il luy apprenoit en même temps que des Docteurs de Sorbonne, qui avoient esté contre luy dans l'affaire de la Censure, après avoir lu cette* Dissertation Theologique, *luy avoient fait la justice d'avouer qu'ils avoient esté trompez, & avoient eu tort de condamner cette Proposition,* Que la grace sans laquelle on ne peut rien manqua à S. Pierre lors qu'il succomba à la tentation. *Enfin il finissoit par le presser de luy envoyer les Approbations de la Thèse, l'affaire demandant, disoit-il, beaucoup de diligence.*

Dans la troisiéme Lettre il loue les Explications que ces Theologiens de Douay avoient données à la Thèse, disant qu'elles estoient fort nettes; *qu'elles débrouilloient bien ce qu'il y avoit d'enveloppé; mais qu'elles n'avoient pas eu tout l'effet qu'on en avoit esperé; qu'il estoit obligé de revenir à la charge pour le prier que l'on voulût bien signer la Thèse sans y ajouter les Explications. Et attendu que leurs signatures n'estoient pas connues dans le pays, il demandoit qu'elles fussent autorisées par une attestation de Notaires. Mais ce qui est fort considerable, c'est qu'il s'engageoit à ne montrer cette seconde signature de la Thèse qu'à ceux à qui on en avoit montré les Explications; qu'il ne la feroit voir à personne qu'avec grande précaution; qu'elle ne sortiroit point de ses mains, & ne seroit point communiquée à d'autres, qu'avec la permission des Theologiens mêmes qui l'avoient donnée.*

Après des promesses si solemnelles quel sujet n'avoient point ces pauvres Theologiens de demeurer dans un grand repos, & de ne soupçonner pas même que l'on pût jamais separer la signature d'avec les Explications, comme on voit par cette Lettre que c'estoit leur intention, & qu'ils l'avoient instamment demandé. Mais ce perfide n'avoit garde de leur tenir parole. Le dessein & l'esperance qu'il avoit de les perdre, comme il a fait, estoient principalement fondez sur la suppression de ces Explications, qui l'auroient empeché de faire l'usage qu'il vouloit de la signature; parce qu'elles estoient si fort hors d'atteinte, qu'il avoit esté forcé de les louer luy-même, en disant qu'il les avoit trouvées fort nettes, *& qu'elles debrouilloient bien ce qu'il y avoit d'enveloppé dans la Thèse.* Cette Thèse est donc, *de son aveu,* enveloppée, *c'est-à-dire pleine d'équivoques & d'ambiguitez. Et au contraire, par son aveu encore les Explications de ces deux Theologiens sont* fort nettes, *& débrouillent bien ce que la Thèse enveloppoit de mauvais sens sous ses termes équivoques & ambigus. Avec quel front ce miserable ose-t-il donc dans son fragment de Lettre, inséré dans l'Avertissement, reprocher à ces Messieurs qu'ils ne mettoient leur confiance dans ces Explications, que parce qu'elles sont équivoques ? Quels sont les mystéres*

A 2. *qu'il*

qu'il prétendoit y découvrir ? Comment a-t-il pû s'engager envers le public à tout ce qu'il luy promet par ces paroles ? Je prétens bien découvrir le myftere de la premiere Approbation donnée avec des Explications, qui font aujourd'huy l'unique refuge de ces Messieurs les ennemis des équivoques. J'ay sur cela, *ajoute-t-il*, des pieces qui ne surprendront pas moins le Public que celles qu'on luy a déja données : & le souhait du Docteur de Louvain sera accompli : *Omnis iniquitas opilabit os suum.* Je trouve ces Messieurs bien hardis de m'avoir attaqué là-dessus, eux qui favent ce que j'ay en main. Je les épargnois trop en ne parlant que de la derniere Approbation. Mais enfin puis qu'ils veulent en appeller à la premiere, soit : ils auront sur cela réponse dans peu de tems. *Jamais fanfaron ne joua mieux son personnage. Les promesses ne luy coûtent rien. Cependant il y a six mois que dure ce peu de tems qu'il demandoit pour terme, & nulle Réponse n'a paru ; quoy que ces Messieurs aient publié trois Ecrits Latins qui font plus de soixante pages d'impression, & qui roulent tous sur leurs Explications jointes à la Signature de la Thése. Je loue en cela la prudence de cet enfant du siécle, comme nostre Seigneur louoit celle de ce méchant serviteur de l'Evangile. Car à quoy bon chercher des réponses, quand on n'en peut avoir de bonnes à donner ? Pourquoy s'amuser à disputer, quand on a la force en main ? Le plus court est d'écraser les gens : C'est le moyen de les empêcher de parler, & de terminer les procés. Cela me fait souvenir d'une chanson, où un homme poursuivi de ses creanciers les veut payer à peu prés en même monnoye, & ne trouve point d'autre ressource, que de prier le Lieutenant Criminel d'alors de le défaire de ces importuns :*

  Le Feron, faites les tous prendre,
  Vous me ferez un grand plaisir.

C'est à peu prés ce que vouloit dire le faux Arnauld aprés ce que j'ay rapporté de ses paroles. Seulement, dit-il, il faut qu'auparavant ont ait loisir de juger de la derniere Approbation. Car c'est de même que s'il disoit, comme l'évenement l'a fait voir : Seulement il les faut pendre, & puis on leur fera leur procés. Aprés cela, dit-il, qu'on vienne à moy j'en suis content. Aprés que par le credit de nos Peres j'auray fait envoyer l'un au Mans, l'autre à Tours, un troisième au fond de la Normandie, le quatrième dans la Sainionge, & que j'en auray fait bannir plusieurs autres hors du Royaume ; enfin quand j'auray fait disperser toutes mes parties par des Lettres de cachet, alors je seray maistre du champ de bataille, & on verra en quoy consistent les mysteres que j'avois à découvrir, les pieces que je devois produire, les réponses que j'avois à faire : car mes mysteres, mes pieces & mes réponses font reduites à des Lettres de cachet. C'est encore justement ce que disoient dernierement deux Jesuites à un de leurs amis, qui ayant vû tout ce qu'on a écrit contr'eux sur la fourberie de Douay, leur reprochoit, qu'ils ne luy avoient point fait part de ce qu'ils avoient écrit pour leur défense. C'est peu de cho-
se,

se , *luy répondirent ces Peres* : Mais ce que nous avons fait de meilleur & de plus fort, c'est d'envoyer ces Messieurs l'un en Normandie, l'autre en Saintonge , &c.

Voilà en quoy consiste la Theologie , la Jurisprudence & toutes les loix Canoniques de la Societé en France. Le faux-Arnauld l'avoit bien fait entendre par avance, lors qu'il mettoit toute sa confiance en la Cour, & dans ces loix de fer qu'ils regardent comme l'unique ressource & la seule esperance de la Compagnie contre les plus justes procedures de leurs adversaires. Ce sont eux-mêmes qui appellent ainsi des loix de fer ces Lettres de cachet qu'ils ont à leur commandement. C'est comme ils s'en expliquent dans un Ecrit Latin, par lequel ils veulent persuader aux Souverains de ne se pas amuser à employer d'autres moyens, pour les délivrer des adversaires qui les poursuivent trop vivement par des Ecrits à quoy ils ne peuvent répondre : Nous mettons, *disent-ils*, toute nostre confiance dans la puissance du Roy Catholique.... Et l'exemple du Roy de France luy doit servir de modéle (car pourquoy ne pas admirer & imiter la vertu même dans son ennemy) Ce Roy a chassé de son Royaume (*il ment*) ces Pestes qui en sont comme la balieure : & sitost que ce mal se découvre de nouveau quelque part il l'arreste PAR DES LOIX DE FER , ou punit par des exils ceux qui en sont soupçonnez. C'est là l'unique moien, sinon pour arracher le mal jusqu'à la racine, au moins pour en arrester le progrez.

In Regia igitur dextera fiduciam omnem collocamus..... Multum poterit & Gallis Regis exemplum (nam quid vetat in hoste virtutem mirari atque imitari) qui sordes hasce pestiferas Regno suo expulerit, & sicubi novis se malum prodat indiciis, ferreis legibus compescat aut mulctet exiliis. Hæc unica est ad coercendum morbum, si non ad funditus exstirpandum, via. *Epistola Joannis Brusselii Theologi Belga ad unum è celsissimü S. R. I. Principibus.*

Faut-il s'étonner après cela que les Jesuites entreprennent tout ce qu'ils croient utile à leurs interests avec une entiere confiance, & comme assurez du succés. Ils peuvent tout sur l'esprit des Princes par leurs basses flateries & par leur hardiesse à calomnier; & ils leur persuadent qu'ils peuvent tout eux-mêmes sur leurs sujets sans aucunes formes de justice, & que les voyes de fait, qui sont les plus courtes, sont aussi les meilleures & les plus dignes de leur puissance. Le succés de la fourberie de Douay est le fruit de ces maximes pernicieuses, & il ne servira pas peu à les encourager à de semblables entreprises. L'impunité d'un fourbe convaincu de mille mensonges & des plus noires trahisons, & l'accablement de ceux qu'il avoit entrepris de perdre, leur est un nouveau garant de leur credit : & il est moins sûr que jamais de leur déplaire, puis que l'on voit par cet exemple, après tant d'autres, qu'on ne leur déplaist jamais impunément.

LET-

LETTRES

DU

FAUX-ARNAULD

A

MONSIEUR DE LIGNY

Premier Profeſſeur en Philoſophie du College du Roy
à Douay.

LETTRE PREMIERE.

MONSIEUR,

J'ay reçeu une de vos Lettres du 9. & une ſeconde du 10. Decembre : toutes deux me ſont infiniment agreables, parce qu'elles me font voir que vous eſtes toûjours le meſme & que la cauſe de Dieu trouvera en vous un des plus-illuſtres & des plus intrepides Defenſeurs de la verité. Vos Livres ſont en ſeureté : ils ne ſeront pourtant pas ſi toſt transportez au lieu de voſtre reſidence, a cauſe que *par ordre de Cour* cét Officier doit diffe-rer un peu ſon voyage : c'eſt apparemment pour une expédition & un coup de main que l'on medite dans le pays Eſpagnol, ſaprés quoy il ira joüir de ſon quartier d'hyver, & fera paſſer ſous ſes auſpices le petit balotage que nous luy avons confié. Le plus-ſeur pour vous eſt de hâter les diſputes de voſtre Licence pour eſtre en eſtat de partir au premier avis. Cependant com-me il eſt de la convenance de vos affaires & du bien de voſtre College à ce que vous me dites, que vous y reſtiez juſqu'aux Pâques, je tâcheray de ne pas vous rendre neceſſaire avant ce temps. Noſtre ſaint Homme, à ce que l'on m'écrit, a de la peine de recouvrer ſes premieres forces, il lan-guit d'une cacochymie, & depuis quelque temps *il ne va ny pis ny mieux :* l'hyver luy eſt fort contraire, j'eſpere que les prieres des gens de bien & les neceſſitez de l'Egliſe luy obtiendront de Dieu une parfaite convaleſcen-ce. Les matieres de vos defenſes ſont d'une grande eſtenduë, il faut un eſprit vaſte pour les poſſeder en ſi peu de temps, au reſte vous y trouve-rez un admirable ſecours pour les controverſes, & les points les plus rares de la belle & ſçavante erudition. L'adverſaire qui m'eſt tombé ſur les bras,

&

& qui a entrepris la refutation de la perpetuité de la foy, est l'homme du monde le plus adroit, le plus artificieux, le plus poli, le plus versé dans l'antiquité, en un mot le plus capable d'écrire avec honneur & avec succés, que ce siecle ait peut-estre produit; & il n'y avoit que la verité qui pouvoit triompher d'un aussi redoutable ennemy que Monsieur Claude (1)

Les affaires du Diocese de Malines se broüillent de plus en plus, le credit & l'authorité des Peres s'y fortifie, l'Evesque est plus à eux qu'à luy-mesme: on cite, on chasse, on dépoüille les plus saints & les plus exemplaires parmy les ecclesiastiques, & comme il y en a peu qui soûtiennent la verité pour la verité, & qu'il est bien plus aisé d'élargir que de restrecir, ce Diocese va estre horriblement défiguré, si Dieu ne vient au secours. J'écris à M. Malpaix les honteuses pratiques dont on s'est servy pour opprimer la vertu & l'integrité mesme. Vous remarquez assez que cette tempeste ne me donne guerre de loisir, ne laissez cependant pas de me donner avis de tout ce qui se passe dans vostre Université: reparez par vostre zele les pertes que nous faisons icy & soyez persuadez que vos interests me sont autant à cœur qu'ils le peuvent estre, *en suite* agissez avec une pleine, une entiere & une filiale confiance & comtez sur mes services par tout où il s'agira de vous *gratifier*: soûtenez-moy, mon cher Fils, du merite de vos prieres.

Vostre tres-humble serviteur
ANTOINE A.***

J'ay veu avec plaisir le détail des affaires de Mr. Rivette, & j'en ay écrit en Cour à mes amis: j'apprehende qu'un ressort caché ne soit cause d'une conduite si peu ordinaire: du moment que j'en auray tiré quelques lumieres, je les luy communiqueray, & nous verrons ce qui sera le plus expedient pour sortir de ces *facheries*, suscitées si mal à propos. *Asseurez-le de mes tres-humbles complimens.* LET-

---

1. Voilà un éloge magnifique de M. Claude, & il auroit sujet d'estre content s'il avoit vecu assez long-temps pour voir son panegyrique fait de la plume d'un Jesuite. Il falloit que cet Ecrivain eut bien envie de le faire entrer dans sa Lettre pour l'y placer comme il a fait. Car on ne sçait à quoy il tient; on ne voit ni d'où il vient, ni où il va. Que s'il a cru avoir bien contre-fait le vray M. Arnauld par ces louanges outrées du Ministre, il est bien loin de son compte. Des auteurs fanfarons ont coutume de relever le merite d'un adversaire vaincu pour faire plus d'honneur à leur victoire; mais on peut voir à la table des matieres du troisiéme volume de la *Perpetuité de la foy de l'Eucharistie &c.* à cet endroit de la Lettre C. M. Claude, combien M. Arnauld & M. Nicole ont esté éloignez de cette basse Rhetorique. Au reste ceux qui savent un peu l'histoire du temps ne seront pas surpris de voir un Jesuite si prodigue de louanges envers le plus formidable ennemi de la foy de l'Eglise, si on les en croit. Ces Peres ont toûjours eu beaucoup d'égards pour ce Ministre, & l'engagement où il estoit d'é-crire contre les prétendus Jansenistes qui défendoient la foy de l'Eglise, luy tenoit lieu d'un grand merite auprés des Reverends Peres. Un Conseiller du Parlement de Paris, qui estoit Calviniste, a dit autrefois avec indignation, qu'il ne pouvoit pardonner à M. Claude, d'avoir reçu des Memoires de la main des Jesuites pour combattre M. Arnauld. On l'a sçu encore de la bouche de quelques autres Protestans. On a aussi appris de personnes de qualité de la R. P. Reformée, que ces Peres avoient contribué à la publication du livre de ce Ministre contre la realité du Corps de JESUS-CHRIST dans le saint Sacrement de l'Autel; & il y a vint-quatre ans qu'on l'a reproché au P. Annat dans un imprimé. On sçait enfin que depuis sa retraite en Hollande, il a témoigné à une personne de grande consideration, qu'il avoit beaucoup d'obligation aux Jesuites, qui avoient favorisé sa retraite & luy avoient donné de bons avis pour cet effet. Aprés cela on ne doit pas trouver étrange qu'ils le loüent même aprés sa mort, & qu'ils se chargent, pour ainsi dire, de faire son Oraison Funebre.

LETTRE DEUXIE'ME.

MONSIEUR,

Est-ce gelée? Est-ce quelque profonde estude, ou quelque voyage de vacances de Noël qui a aresté *un petit temps* le cours de nostre agreable commerce? *Pour grandes* que soient mes occupations, jamais elles ne m'enpêchent de faire reflexion au jour que je dois recevoir vos Lettres & celles de nos fidéles amis; si pour lors je *suis frustré* de mon attente, je m'informe s'il n'y a pas quelque *poste égaré ou demontée* je m'represente que peut-estre vous estes malade, tous les momens me paroissent d'une fort longue durée, & jamais je ne fais une plus grande experience de mon peu de patience, & de l'ardeur d'apprendre de vos nouvelles. Cela vous doit servir, Monsieur, à vous faire faire toutes les diligences pour m'épargner ces inquietudes. Vous m'obligez tres-sensiblement par les nouvelles connoissances que vous me donnez de ceux que l'amour de la verité attache au *bon party*. Quoy que les contestations qui ont mis ma fidelité à l'épreuve en me jettant dans les dernieres disgraces, ne soient à proprement parler du ressort, ny de la connoissance des personnes seculieres & mariées, je puis vous asseurer que Dieu a suscité de cét ordre plusieurs genereux defenseurs de la verité à la honte & confusion de beaucoup de Theologiens, qui ont lâchement trahi ses interests pour s'accommoder à la Theologie du temps, qui est à la mode & de la faveur. Monsieur Lacroix donc se verra en belle compagnie. Quant à Mr. Bally, je vous prie de l'entretenir dans ses bons sentimens: ce m'est un grand avantage d'avoir en tant de lieux des personnes d'une fidelité & d'une integrité reconnuë, sur qui je puisse compter.

D'où vient que vous ne me faites aucune mention de vos disputes pour la Licence? Ne temporisons pas je vous prie; quoy qu'à vostre instance j'ay prié nostre Saint Prelat de surseoir vostre départ jusqu'*aux Pâques*, ce vous sera toûjours un grand avantage de vous estre acquité avec honneur de ces exercices, qui servent de preliminaires & de titres de merite pour le degré de Licence. Et puis qui sçait si peut-estre une commodité impreveüe ne fera pas *accelerer* ce voyage, ou si ce Prelat sera assez maistre de luy-mesme pour vous donner quartier jusqu'à ce temps. Les affaires d'icy s'aigrissent tous les jours; l'Evesque fait le capital de ses *soins Pastorales* de détruire ce que son vertueux predecesseur a establi: le nombre des Disciples de S. Augustin s'augmente tous les jours & se produit à découvert d'un air intrepide comme si les persecutions estoient l'element propre à faire multiplier ces genereux Defenseurs de la grace & cette illustre portion de
l'Eglise,

l'Eglise; & s'il m'est permis de me servir de la parole du Poëte dans un sujet sacré,

ab ipso

sumit opes, animumque ferro,

J'ay receu par vostre moyen deux Lettres de Mr. Gilbert, j'en attens une troisiéme, vous me ferez un plaisir singulier de me l'envoyer incessamment, sans aucun delay. Si le Ciel exauce mes vœux, vous allez joüir cette année d'une abondance de benedictions spirituelles; & vous vous signalerez par les services importans que vous rendrez à l'Eglise, je suis comme toûjours tres-parfaitement

MONSIEUR,

Vostre tres-humble serviteur

ANTOINE A.***

Obligez-moy d'asseurer de mes services & de mes respets Monsieur le Regent Rivette, jusqu'à present son affaire m'est un mystere sur lequel mes correspondans de Paris ne m'ont pu donner aucune lumiere.

LETTRE TROISIE'ME.

MONSIEUR,

Il fait bon de vous avoir pour débiteur; une petite sommation vous à fait acquitter toutes vos debtes & au de-là par trois Lettres, qui se sont suivies de fort prés les unes les autres, & qui me sont les plus agreables du monde par la raison, qu'elles me donnent de vos nouvelles. Dans la premiere Monsieur de Laleu & Monsieur Rivette sont d'avis que vous ne fassiez pas de disputes; leurs raisons estoient bonnes en ce tems, mais elles ont cessé de l'estre 4. à 5. jours aprés par le changement qui est survenu dans les affaires par la condamnation de quelques propositions. Puis donc que de leur conseil & du mien vous entrez dans le dessein de faire quelque défense vigoureuse sur les matieres les plus contestées, & que vous estes capable de vous soutenir avec honneur, il faut prendre garde de ne pas mollir & de ne reculer d'un pas; car convaincu que l'on est que vous estes penetré des principes de S. Augustin, comme vous l'avez fait paroistre dans les derniers démelez, rien ne pourroit produire un plus méchant effet dans les proselytes de la nouvelle doctrine, qu'une These foible, & qui se *batteroit* en retraite; car on ne pourroit douter pour lors que ces propositions *n'ayent*

B   fait

fait quelque bresche au corps de nostre doctrine, & cette pensée est la plus injurieuse à nostre party.

Vous debuté dans vostre seconde Lettre par ces mots: *Nous esperions que le Pape auroit fait triompher le bon party*: il me semble entendre les Disciples d'Emaüs, qui attendoient la Resurrection du Sauveur avec trop d'empressement, *nos autem sperabamus &c.* Mais voulez-vous bien que je vous applique la réponse du Sauveur, *O stulti & tardi corde ad credendum, nonne oportuit Christum pati & ita intrare in gloriam suam?*

Il faut que le bon party souffre, il faut que le bon grain soit *encor* criblé & jusques à ce point que tout semblera perdu, afin que l'on soit convaincu que c'est la main du Tres-haut, qui contre toutes les apparences humaines soutient les veritez de son Eglise. Pour moy je me sens dans une telle disposition, que toutes ces secousses bien loin de m'ébranler, m'affermissent davantage dans la veritable croiance.

Je travaille à l'heure qu'il est à faire un livre, où je donne à châque proposition un sens juste & orthodoxe, mais qui ne sappe en rien les principes de nostre doctrine, il me faut *encor* un peu de tems, parce que je veux luy donner une juste étendue & le faire bien solide, ne l'appuiant que sur l'Ecriture, les Conciles, les Peres & la Tradition, qui sont les bases immobiles de nostre religion.

Ce sera là où vous verrez un ample éclaircissement de tous vos doutes, quoy qu'à dire vray vous ne deviez en estre gueres embarrassé, puis qu'il n'y a aucune proposition, qui soit bien claire & decisive; du moment qu'il sortira de la presse, vous serez l'un des premiers, à qui je le communiqueray. Consolez-vous que la grace suffisante, & la probabilité est ce qu'elle a toûjours esté; il ne faut pas croire, qu'un petit Decret puisse ébranler tant soit peu les verirez les plus fondamentales du Christianisme.

Vostre troisiéme Lettre marque l'excés de joye, que font parêtre nos adversaires à l'occasion de ce Decret, mais attendez un peu, *extrema gaudii luctus occupat.* J'espere que Rome nous fera raison sur d'autres points bien plus clairs & plus importans. Il y a quelque têms que je n'ay pas receu de nouvelles de nostre saint Prelat, ce qui me fait croire qu'il n'y a pas grand changement touchant sa santé: Soiez asseuré, mon cher Fils, que du moment que j'en auray quelques avis, je vous les communiqueray, & que je vous en écriray 10. à 15. jours pour le moins auparavant, afin que vostre depart ne soit pas si precipité; mais le plus seur pour vous est de ne plus differer vos disputes, afin que rien ne vous arreste au premier avis que l'on vous en donnera.

Je m'étonne que vous doutiez de quel sentiment est cet homme de Dieu touchant l'infaillibilité du Pape; peut-on estre ce qu'il est, c'est à dire, d'une doctrine si pure & d'une vertu si austere & si éloignée de toute

nouveau-

nouveauté, sans estre du sentiment de toute l'antiquité? Continuez, je vous prie, à me donner connoissance de ce qui se passe de nouveau chez vous, & de me croire tout à fait & sans reserve.

MONSIEUR,

Vostre tres-humble Serviteur
ANTOINE A. ***

Mes tres-humbles complimens à Mr. le Docteur de Laleu & M. Rivette.

LETTRE QUATRIEME.

MONSIEUR,

Je crois que nous sommes à peu prés esgallement occupez, vous à soutenir des Theses vigoureuses & intrepides, & moy à tirer de l'opprobre certaines propositions, dont la derniere condamnation a taché de les charger : C'est pourquoy pour épargner un têms, qui nous est à present si pretieux à tous deux, je ne vous diray que trois mots, mais qui vaudront plus que la Lettre la plus étendue.

Nostre *S. Prelat va beaucoup mieux*; son mal pendant tout l'hyver a esté croissant & decroissant autant que le froid croissoit & decroissoit; & le thermometre ne marquoit pas plus-juste les degrez de froidure que ne faisoit son indisposition : marque évidente que la belle saison doit le remettre dans une pleine & entiere convalescence : à present qu'il commence à respirer, il ne peut s'empecher de m'écrire, & dans sa derniere il me dit ces mots à vostre occasion.

Il faut que je vous avoüe, Monsieur, que mon Medecin connoit peu mon mal, & que les remedes seront fort inutiles aussi long-têms *que j'aspireray de vous* voir & de vous consulter sur les affaires les plus considerables de mon Diocese, qui ne me laisseront pas goûter aucun repos, jusques à ce que vous m'ayez donné une derniere decision à mes doutes, ou si vous voulez à mes scrupules, & que vous ne me répondiez de tout. Venez donc aussi-tost que la saison le *peut* permettre; & si vous voulez m'accorder une grace entiere & complete, qui me fasse un fond de santé pour long-têms, amenez avec vous ce brave Ecclesiastique que vostre témoignage a déja mis icy en si grande reputation, que tout le monde *aspire* avec moy *de* le voir travailler à l'instruction de nos jeunes Ecclesiastiques. Je vous envoieray mon carosse dans l'endroit que vous voudrez bien me marquer, & l'on

prendra

prendra de fi juftes mefures & de fi grandes precautions, que jamais il ne viendra dans la penfée que *vous eftes* dans le Royaume.

J'auray de la peine de me défendre non pas de ces civilitez, mais de la charité qu'il attend de moy & d'où depend fon entiere guerifon. J'avance dans l'ouvrage des 31. Propofitions, je fuis parvenu à la 18 & felon le cours naturel l'affaire fera finie vers *les Paques*, nous pourrons alors y aller de compagnie; travaillez cependant à effacer la méchante impreffion, que peut avoir caufée cette condamnation dans vôtre Univerfité. Mandez moy le fuc-cés de vos difputes & ce qu'il y a chez vous de nouveau. Je fuis avec tou-te l'affection & l'inclination poffible,

MONSIEUR,

Voftre tres-humble Serviteur,
ANTOINE A.***

J'ay oublié de vous dire que M. Rivette a bien *opiné*, lors qu'il a crû que la qualité de Liegeois luy rendoit la Cour moins favorable. M. de Lou-voy n'entend pas raifon, quand on luy veut parler en faveur de quelques Meffieurs de ce pays-là. *Quidquid delirant Reges, plectuntur Achivi.* Au refte fi c'eft une tache que celle-là, elle n'eft pas *indeleble*, un traité de paix remettra apparemment le tout en fon entier. Je falüe tres-affectueufement ce Monfieur le Regent.

LETTRE CINQUIE'ME.

MONSIEUR,

Efcrivant auffi à la hâte que je fais ordinairement, il ne fe peut que *je ne m'oublie par fois* de quelques points importans, comme j'apprehende qu'il ne foit arrivé à la derniere Lettre que je vous ay envoiée. Je vous ay exhor-té, ce me femble, à ne pas mollir dans vos Thefes; de peur qu'on ne pen-fe que le nouveau Decret a fait brefche à nos principes : cela eft tout à fait neceffaire; mais je doute de vous avoir indiqué les principales matieres, ou, bien loin de rien relafcher; il faut mener les ennemis battant jufques à leurs derniers retranchemens pour les en chaffer s'il fe peut. Ces matieres font la neceffité de la grace efficace par elle-même, *la Catholicité & l'Orthodoxie* de ce dogme prouvée par la tradition de tous les fiecles, la fuperfluité de toute grace fuffifante, ou du moins l'erreur de celle des Moliniftes, la predefti-nation gratuite, la fauffe notion de la liberté, que nous donnent les Moliniftes

niftes puifée de l'Ecole des Demi-pelagiens, les horribles defordres qui naif-
fent du déreftable dogme de la probabilité, l'abominable doctrine du peché
philofophique avec fes fuites, qui vont au renverfement de toute la morale, l'ignorance toûjours vincible dans une perfonne qui tranfgreffe la loy de
nature, l'infuffifance de l'attrition au Sacrement de Penitence, les cinq articles & l'Apologie des Cenfures vous peuvent eftre d'un grand fecours &
une efpece de barriere contre prefque toutes les infultes.

Vous aviez deffein, ce me femble, de foutenir les propofitions du Clergé pour extenuer par là le credit & la force que pourroit avoir le nouveau
Decret : Je crois & je fuis tout à fait perfuadé que ce zele n'eft pas de faifon
& que ce feroit un fafcheux contre-temps pour bien des raifons.

1. Je fuis informé de fort bon lieu *que les Meffieurs de Louvain font en fort
mauvaife pofture à Rome* pour ne pas avoir entrepris la refutation de la doctrine du Clergé de France, quoy qu'ils ayent efté fi moderez, que de ne
pas la foutenir publiquement & en Thefe toute certaine qu'elle eft, & nonobftant la poffeffion prefque immemorialle qu'elle a dans leur Univerfité :
voilà dequoy leurs ennemis ont forgé contre eux des accufations odieufes à
Rome en faifant accroire que tous les Difciples de S. Auguftin font les ennemis de l'authorité du S. Siege, & que pour cela il faut les perdre fans reffource : ce dernier Decret fait affez voir, que cette calomnie ne leur a pas
mal réüffi.

Je vous laiffe à penfer quel fracas on feroit à Rome & de quel caractere
on enregiftreroit vous & voftre doctrine *in Campo flore*, fi on y rapportoit
que vous avez foutenu ces propofitions dans une Univerfité, que le Pape
regarde comme fa favorite *& afferie* à fa chaîne, & où cette doctrine eft
toute nouvelle. Vous auriez beau dire, que vous ne tenez rien que la tradition & S. Auguftin : ce dogme de la fallibilité du Pape eft un poifon fi
fubtil à Rome, qu'il infecteroit tout jufqu'au Symbole des Apôtres. Vous
voyez de quel prejudice cela feroit pour la bonne caufe : car quoy que la
France ne *recevroit* pas ces condamnations, l'Efpagne, l'Allemagne, l'Italie,
& la plus grande partie du monde Chreftien n'a pas les privileges de l'Eglife Gallicane pour mettre de juftes bornes à l'authorité des Papes & à leurs
decifions.

2. Vous n'ignorez pas que l'on a trouvé à la mort du Pape le projet
d'une Bulle contre la doctrine du Clergé, cette Bulle fe debite dans le Pays-
bas Efpagnol : la Cour en eft tres-bien informée, & cependant elle fait mine
de ne rien fçavoir, pour voir, avant que de faire une rupture ouverte,
quelle apparence d'accommodement il y aura avec le futur Pape : croiez-vous
que les Princes, qui confiderent tout fur le pied de l'intereft, & qui cedent
plus ou moins felon que leurs affaires font en bon ou mêchant eftat, croiez-
vous, dis-je, que s'il n'y avoit que cet article à paffer pour attirer un Pape
dans une alliance, la Cour feroit *groffe difficulté* de le figner & d'immoler
ainfi

ainfi ceux, qui s'en feroient declarez les défenfeurs? Pour moy je ne penfe pas que cela *feroit* capable d'accrocher un traité, qui feroit d'ailleurs favorable, fur tout fi les affaires eftoient un peu en defordre : je fuis même convaincu que la Cour tient à prefent le filence & affecte cette grande moderation pour avoir en referve dequoy mettre un Pape dans fes interefts.

3. Si le Succeffeur d'Alexandre VIII. eft d'une intégrité auffi exemplaire, & auffi irreprochable qu'eftoit Innocent XI. il n'eft pas hors d'apparence que noftre S. Prelat *arrivera* un jour à la pourpre par la même voye que Monfeigneur le Camus, ce qui feroit un coup de partie pour la caufe commune, mais pour cela il faut que dés à prefent il fe ménage avec la Cour de Rome, & qu'il ne fe ferve pas d'aucun Ecclefiaftique *qui a* défendu des fentimens fi defagreables au S. Siege.

4. Ce nouveau Decret n'eftant ny placeté ny publié par l'ordre de l'ordinaire, il ne vous doit guerre incommoder; le peu de cas & le mefpris que l'on peut affecter de ces fortes de feüilles qui courent le monde fans aveu, les decredite fouvent davantage qu'une difpute reglée & la mieux raifonnée.

Voilà, mon cher Fils, à quoy il vous faut tenir, *nonobftant toutes les refolutions* au contraire, j'attens de vous cette complaifance dans une conjonéture, que je crois fi délicate, que je me fuis fait un devoir de vous donner cet avis avec toute la precipitation du monde, & de prier mon correfpondant de vous faire tenir cette Lettre par exprés, mais dans le dernier fecret & par une perfonne que l'on ne connoiffe pas. Le têms viendra que le tout fe developpera fans rien rifquer; à prefent il y auroit *une groffe indifcretion*; c'eft pourquoy vous m'obligerez de vous conformer à cet avis & d'acquiefcer abfolument à ces raifons, qui affeurement parêtront de grands poids dans les circonftances où nous fommes pour peu qu'on les examine : les autres matieres fourniffent une affez belle & ample carriere à voftre zéle.

Je prie Dieu que vous vous y fignaliez d'une maniere à enfevelir les malheureux reftes du Demi-pelagianifme, qui ne font nulle part plus authorifez que dans un petit coin de voftre Univerfité. Je feray de cœur & d'efprit prefent à vos triomphes & j'entendray avec plaifir le recit curieux de ce qui s'eft paffé de plus confiderable : je fuis avec beaucoup d'inclination & d'eftime.

MON CHER FILS,

Voftre tres-humble Serviteur
ANTOINE A.***

Je crois que *l'on vous aura delivré* depuis peu l'un de mes pacquets dans lequel il y avoit une Lettre pour Mr. le Docteur de Laleu, une pour Mr. Malpaix.

LET-

LETTRE SIXIEME.

MONSIEUR,

On vient de répandre un bruit par toute la Ville qui m'inquiete un peu ; *on veut* que Mons soit menacée de Siege , & que le Roy même *s'y trouvera* en personne : j'apprehende que vos pacquets n'ayent pris cette route & qu'ils n'y soient arrestez au tems que cette entreprise n'estoit pas *encor* publique ; c'est dequoy je vous prie de m'informer au plûtost afin que je sois en repos de ce côté-là. Il faut doresnavant que vos Lettres prennent un autre tour , & vous m'obligerez de vous y *prendre de la maniere*.

Vous ferez la premiere addresse à l'ordinaire à Mr. Boubaix à Valencien-nes : au lieu de Mr. Bertelot , vous y marquerez.

A Monsieur,

Monsieur BILLEKENS ***

Prestre & Bachelier en Theolbgie à la rue de
S. Antoine à Bruxelles

Il faut prendre garde de suivre de point en point toutes ces petites rubri-ques, d'où resulte la seureté de nostre communication , car si vous écri-viez en droiture à Bruxelles , ou si ayant appris où je me tiens vous m'écri-viez à moy-même , il est presque infaillible que vous feriez un tort insigne & à vous & à moy, outre que les Lettres seroient apparemment égarées ou retenuës ; c'est dequoy vous pourrez avertir vos autres Messieurs , afin qu'ils ayent la bonté de s'y conformer en s'accommodant de ce nouveau canal : j'attens réponse de M. Gilbert, de M. Laleu , Malpaix , &c. mais je crois que ces mouvemens impreveus tiennent tout en suspens & arrestent le cours de nostre commerce. Comme je ne doute presque pas , que mon pacquet de Lettres ne vous ait esté delivré, je ne repete pas ce que je vous y mande , je vous asseure seulement que les nouvelles qui vous regardent sont confirmées, & que vous deuez mettre tellement ordre à vos affaires , que vous soiez prest de partir au premier avertissement. Mais qui vous doit rem-placer dans la charge de Professeur ? & sur qui jettez-vous les yeux pour la resignation de vostre benefice ? C'est dequoy je souhaite d'estre informé.

Je vous recommande *encore* un coup de vous menager pour les propo-sitions du Clergé pour les raisons que je vous ay apportées. Obligez-moy de me tirer au plûtost de peine , & d'éprouver si cette nouvelle voye n'est

pas

pas auffi certaine que l'autre. Je fuis le plus fincerement & le plus parfaite-ment du monde,

MON CHER FILS,

Voftre tres-humble ferviteur
ANTOINE A. ***

Heureufement cette Lettre eftant achevée je reçois voftre pacquet avec les Thefes. Je benis Dieu de ce qu'il fufcite chez vous de fi genereux Défenfeurs de fa grace ; mais vous avez raifon de dire que cette doctrine doit eftre *encor* bien criblée, il y a bien du fon parmy la fleur ; mais n'importe, c'eft beaucoup que ces Moines approchent de la verité, je crois même qu'ils la voient, & que dans le cœur ils l'embraffent, mais ils n'ont pas *encor* affez de force pour la publier. Je fuis furpris de ne pas trouver dans ce pacquet les Lettres dont je vous ay parlé cy-deffus : obligez-moy de me les faire tenir inceffamment quand on vous les aura *mis en main*, & de dire à Mr. Malpaix la nouvelle addreffe que je vous ay indiquée.

LETTRE SEPTIE'ME.

MONSIEUR,

Je *fuis autheur*, vous le fçavez, & fi vous comprenez affez combien cette qualité renferme de foins & d'embarras, vous n'aurez pas de peine de m'accorder le privilege de pouvoir me difpenfer *par fois* de répondre fi à point nommé, fans manquer aux devoirs de l'amitié & de l'honnefteté : *je fuis content* de trouver vos perplexitez fort juftes, à condition que de voftre part vous ne me querelliez pas fur mon filence. Voilà enfin prefque *la befte efcorchée*, je touche à la penultiéme propofition, qui ne me menera guercs loing : la 29. m'a fait battre bien du pays, & M. Steyaert avec fon Pantalon (1) y trouvera dequoy rabbatre des baffes & exceffives complaifances, qu'il a pour le Pape. Aprés cela mon rôle eft achevé du moins en ce pays, & nous fermons le theatre pour nous transporter inceffamment au lieu de voftre établiffement ; vous pouvez à prefent vous débarraffer de tout & de la charge d'enfeigner, pour avoir le temps de dire adieu à vos amis, & de démenager fort tranquillement. Ce ne doit plus eftre un myftere que voftre départ ; il eft même bon de le faire éclater, afin que les ennemis ne puiffent en faire profit, pour perfuader qu'il y a de la difgrace & un peu d'exil dans voftre éloignement. Vous pouvez même faire connoître que c'eft à caufe de la pureté de voftre doctrine, qu'un illuftre Prelat vous prefente

1. Le Lecteur eft affez averti que le Sr. Du Bois eft ce Pantalon.

fente un fort *bon accommodement* : mais donnez-vous de garde de ne pas declarer par quelle voye cette affaire a esté si heureusement menagée. Nostre Prelat *est tout remis*, & il nous attend à bras ouverts. Tout l'équipage de vostre voiage ne doit consister qu'en un habit leger de campagne ; défaites-vous de tout le reste, parce qu'il ne feroit qu'incommoder ; vous pourrez en faire des aumônes, ou le partager à vos amis ; rien ne vous manquera dans la route, ny dans le lieu de vostre residence. Ecrivez-moy aussi-tost que vous aurez receu cette Lettre, & proposez-moy les doutes & les embarras, qui pourront vous estre survenus ; je vous en donnerai un ample éclaircissement par ma prochaine, dans laquelle je vous manderai le jour precis de nostre départ, la route, le rendez-vous & toutes les circonstances necessaires pour prendre de justes mesures, & pour faire ce voiage ensemble de la maniere du monde la plus gaye & la plus consolante pour vous & pour moy. Je remets à ces heureux momens de vous donner toutes les satisfactions, que vous pouvez attendre de moy ; pour vous avoir laissé quelque temps dans l'inquietude, je vous asseure que je n'épargneray rien pour que vous soyez content de moy. Vous avez bien fait de commencer à vous décharger de vostre meuble, & de tous vos habits d'Eglise, il ne sera pas mal édifiant, ce me semble, que vous ne vous trouviez plus aux Offices dans cet équipage, si l'on sçait que vous estes sur vostre depart : il n'y a pas de doute que vous serez hors de Douay le 21. ou 22. de May, c'est-à-dire au temps precisément qui me sera necessaire pour répondre à la vostre, & si mes affaires sont expediées, je vous envoieray un exprés pour gagner temps. Servez-vous sans crainte du dernier canal, Il est tres-seur, & vous n'y risquez rien non plus qu'au premier. Obligez-moy d'asseurer de mes respects Messieurs de Laleu, Rivette, & Malpaix, & de dire au dernier que je répondray au premier loisir à quelques articles de sa Lettre, & que depuis la prise de Mons M. l'Intendant de Maubeuge ne paroît plus de si bonne composition avec les Liegeois, & qu'ensuite le dessein en question avec les jeunes Gentils-hommes de ce pays est au moins suspendu. Je suis

MONSIEUR, *Vostre tres-humble Serviteur*

ANTOINE A.***

LETTRE HUITIE'ME.

MONSIEUR,

Le temps est enfin venu de recueillir le fruit de nos longues attentes, & de nos douces esperances ; je ne sçay pas bien le temps que vous recevrez cette Lettre s'il estoit le 21. ou le 22, il vous faudra partir incessamment :

je

je crois que rien ne vous arrestera, puisque, comme je vous ay averty par ma precedente, vous devez avoir expedié toutes vos affaires. Nostre commerce ayant esté si heureusement concerté jusques à present, que ni la distance des lieux, ny la cruelle vigilance de nos ennemis n'en a pû troubler le cours; il faut à present prendre de si justes précautions, qu'elles soient la consommation d'un sage & prudent ménagement, aussi bien que de nostre satisfaction reciproque, qui en resultera : pour y mieux réüssir, je vay marquer article par article tout ce qui regarde les mesures, *qu'il vous convient prendre* dans ce voyage.

1. Nostre saint Prelat par une bonté excessive, mais qui luy est naturelle a pris de si grands soins, pour que ce voyage ne m'incommodast pas, que sans y penser il m'a fait le plus grand déplaisir du monde; il a crû qu'à cause de mon grand-âge, je ne pourrois estre mieux, que *dans un siege roulant*, qu'on appelle communément *soufflet*; j'y suis fort commodément, il est vray; mais j'y suis tout seul & *en suite* sans vous, ce qui m'est la plus-grande de toutes les incommoditez : la Lettre, qu'il m'écrit, est la plus obligeante du monde, il ne vous oublie pas, & il me donne ordre, de vous donner tout l'argent, dont vous aurez besoin pour ce voyage, qu'il souhaite que vous fassiez *fort à l'ayse & en Coche*. Que si je n'ay pas le bien de vous attraper en chemin, sçachez que tous les fraix de vostre voyage vous seront remboursez chez luy. Son homme qui me sert, m'a dit qu'il a ordre de m'obeïr en tout, horsmis en une chose, qui est de ne pas arrester en route, & par tout de prendre le plus-court chemin, afin qu'il ayt tant plus-tost la consolation de nous voir.

2. Il est bon que vous sçachiez, que pour mieux cacher mes desseins & ma personne, *j'ay coûtume* de changer de nom selon les pays, & mes confidents sont avertis de cela. Dans le Pays-bas on m'appelle l'Abbé de Sainte-croix, à Paris & aux environs l'Abbé de Puislaurent, à Thoulouse, à Carcassone &c. l'Abbé de Valle-Dieu, il ne faut pas vous y méprendre; c'est pour cela que depuis que vous allez entrer plus avant dans nos mysteres, je signeray *Sainte Croix*.

3. Vous devez sans aucun retardement vous informer quel jour *la Coche parte* pour Paris, je crois que vous serez obligé de vous *transporter* à Lille ou à Arras, parce que je doute *qu'elle* passe par Douay; la diligence est icy fort necessaire pour prendre une place commode, car c'est icy plus que nulle part ailleurs que la préférence est pour le premier venu *primò occupantis*.

4. Estant arrivé à Paris, vous irez droit à saint Magloire, qui est la maison des Peres de l'Oratoire, & vous ferez demander par le Portier au Superieur, si Mr. l'Abbé de Puislaurent n'est pas là, si on vous répond que non, & si l'on faisoit le surpris, ne vous en estonnez pas & ne vous expliquez pas davantage; car il faut sçavoir qu'à mon occasion un chacun joüe

son

fon rôle & fait fon perfonnage : *Je feray tout l'imaginable* pour m'y trouver, & il n'y aura qu'une impoffibilité morale qui m'en empefchera; fi j'y fuis, je vous viendray prendre d'abord pour vous conduire à mon quartier à petit bruit, & vous logerez avec moy; que fi je n'y fuis pas, il vous faudra prendre logement à l'auberge qui vous fera la *plus à la main*, & fans perdre temps vous vous informerez de *la Coche* de Thoulouſe pour ne pas perdre l'occaſion; vous irez droit à Thoulouſe & y eſtant arrivé vous prendrez la route de Carcaſſonne où mon tres-grand amy Mr. le Doyen de la Cathedralle vous retiendra chez luy; vous luy prefenterez cette Lettre & fi vous avez befoin de quelque argent pour vous remettre de voſtre voyage & vous accommoder, il a ordre de vous compter tout ce que vous fouhaiterez. Eſtant à Carcaſſonne vous ne ferez guere loing de moy, ce Mr. le Doyen me donnera avis de voſtre arrivée, vous y pourrez joindre une de vos Lettres, auſſi-toſt je me mettray en chemin pour vous venir prendre en caroſſe avec ce cher Doyen, & je vous prefenteray à Monfeigneur, dont le Diocefe joint celuy de Carcaſſonne : Vous y trouverez vos livres, vos papiers & tout voſtre petit meuble d'étude.

5. Ne prennez pas davantage que deux chemiſes ou trois tout au plus & de l'autre linge à proportion, parce que vous trouverez la tout abondamment, & le tranfport de ces fortes de chofes vous coûteroit plus qu'elles ne valent.

6. Il ne vous faut gueres plus d'argent, que vous voiez qu'il vous fera neceſſaire pour ce voyage qui eſt aſſez long, & *ces Coches roulent cher*, mais ce n'eſt pas une affaire; & puis tout vous fera remboursé.

7. Le fecret doit eſtre *encor* l'ame de tout ce deſſein, vous y avez eſté fidéle juſques à prefent, & vous voiez que tout réüſſit; n'y manquez pas *encor*, ne communiquez à perſonne le lieu où vous allez cette confidence pourroit vous coûter cher; fi les Jefuites, qui furettent tout, venoient à le ſçavoir, ils font aſſez charitables pour écrire en Cour que vous avez mis le trouble dans voſtre Univerſité, & qu'à prefent vous allez broüiller ce Diocefe; cette impreſſion d'efprit broüillon & rémuant fait de tres-fâcheux effets en Cour, fur tout quand les perfonnes qu'on accufe, font à l'extremité du Royaume, où *l'on eſt pas* à portée de donner fi promptement ordre à tout : quand vous y ferez une fois eſtably, & que voſtre conduite vous aura juſtifié, les Plaintes viendront trop tard.

8. Si vous paſſez allant à Paris par faint Quentin, obligez-moy de dire à M. Gilbert, que vous ayant eſtably chez cette Evefque, & ayant achevé quelques petites affaires, je retourneray à Paris pour mettre la derniere main à l'affaire qu'il ſçait bien, & *qui m'eſt* dautant plus *à cœur* qu'elle le regarde : voiez un peu fi *quelqu'uns* de mes livres fur les 31. Propoſitions n'ont point paſſé *juſques a chez vous*, pour luy en donner un en mon nom.

9. Avant de partir, c'eſt à dire le 22 ou 23. efcrivez-moy comment
vous

vous vous estes pris en ce voyage, ce que l'on en dit ; le tout s'exécute, més correspondants sçavent le secret de me faire tenir les Lettres mesme en route. Adieu , mon tres-cher Fils, nous voylà enfin à cet heureux moment qui va bien-tost nous donner la satisfaction de la plus-douce entreveüe : cette esperance me console au-delà de ce que je vous sçaurois dire & me soûtient dans marveilleuse...

Vostre tres-humble serviteur
S A I N T E C R O I X.

L E T T R E N E U V I E'M E.

Addressée à Mr. le Doyen de Carcassonne.

*C'est la Letere qui devoit servir à Mr. des Ligny comme de Passeport. Quel-
que enchanté qu'il fût ; il y a grande aparence qu'ils ne s'en seroit pas char-
gés s'il l'avoit lûe, comme il l'asseure luy-mesme ; & qu'il en auroit bien
reconnu la noire malice.*

M ONSIEUR,

Voicy cet Ecclesiastique , qui vient de si loin au service de nostre S. Prelat, pour trouver une personne de son merite , de sa vertu & de son erudition ; ce ne seroit pas aller trop loing que de le chercher au bout du monde : il est capitalement ennemy des Jesuites ; il est reformé autant qu'il se peut, les cinq Propositions de Jansenius ne l'incommodent gueres , il sçait que ce S. Prelat a esté condamné par une caballe ; en un mot , c'est un homme , qui a les nouveautez des Casuistes en horreur , & capable de mettre tout un Diocese dans les sentimens , dont Mr. Pavillon d'heureuse & de sainte memoire l'a rempli , mais que les persecutions de quelques relâchez ont affoiblis. Donnez luy, je vous prie , logement chez vous , & tout l'argent , dont il aura besoin , & faites moy la grace de me donner avis du moment, qu'il sera arrivé ; je viendray prendre en carosse , & je vous prieray d'estre de la Compagnie. Monseigneur l'attend avec empressement. Je suis parfaitement

*Vostre tres-humble & tres-obéïssant
Serviteur* S A I N T E - C R O I X.

F I N.

PLAINTE

DE

Mr. ARNAULD

DOCTEUR DE SORBONNE

A

MONSEIGNEUR

L'EVESQUE D'ARRAS

Contre des Imposteurs qui pendant plus d'un an ont
fait écrire sous son nom un grand nombre de Lettres
à plusieurs Theologiens de Douay, pleines de mensonges & de fourberies.

MONSEIGNEUR,

Je ne prendrois pas la liberté de m'adresser à V. G. au sujet d'une affaire
qui fait beaucoup de bruit dans vostre Diocese, si on ne m'y avoit fait entrer d'une maniere qui ne me permet pas de demeurer dans le silence. Car
puisque l'on m'en a fait le principal acteur par une des plus étranges fourberies dont on ait jamais entendu parler, vous estes trop équitable pour ne
pas trouver bon que je vous en demande justice, en vous suppliant tres-hum-
blement, MONSEIGNEUR, de faire toutes les enquestes necessaires pour découvrir les auteurs de cette imposture. Ce n'est que par là que je puis mettre
ma reputation à couvert. Car je n'ay pas lieu de douter que ceux qui ont été capables de faire écrire sous mon nom pendant une année entiere un grand nombre de fausses lettres, où ils me font jouer un fort vilain personnage, ne le soient
aussi de soutenir, au moins aprés ma mort, que ces lettres sont veritablement
de moy, & qu'on ne les desavoue que parce que cette intrigue n'a pas reüssi.

Ce n'est que depuis peu de temps, Monseigneur, que j'ay apris avec un

A

extreme

extreme étonnement tout la fuite de cette horrible fourberie. Sept ou huit jours auparavant on m'avoit fait voir un libelle intitulé: *Lettre à un Docteur de Douay fur les affaires de fon Univerfité.* Comme je n'y eftois point nommé, j'eftois bien éloigné de croire que cela me puft regarder. Les 7. Propofitions, qu'on appelle une Thefe, me deplurent fort. Je trouvois tout cela fort mal-bafti, plein d'equivoques & d'expreffions fort dures, à quoi on pouvoit donner de fort mauvais fens. Mais je ne pouvois comprendre ce que c'eftoit, parce qu'on ne difoit point que cette pretendue Thefe euft efté foutenue quelque part, ni mefme imprimée.

Ce qui m'a fait faire plus d'attention à ce libelle, eft que j'appris peu de temps après, que quelques Theologiens de Douay eftoint en peine de fçavoir s'il eftoit vray que mon Valet m'eut enlevé mes lettres, mes papiers & quelques-uns de mes livres. Et en mefme temps on me manda de Paris & d'ailleurs qu'on y parloit de ce prétendu vol. Mais mes amis eftant bien affurez que cela ne pouvoit eftre vray, defiroient feulement de fçavoir ce qui avoit pu donner occafion à ce faux bruit. Je commençay à entrer en doute de ce que ce pouvoit eftre. Mais j'en fus bien-toft entierement éclairci, non par aucun de ces Meffieurs de Douay, avec qui je n'ay jamais eu de commerce, mais par d'autres perfonnes, qui avoient efté informées des fauffetez & des menfonges que l'on avoit employez pour les furprendre.

Je fçus donc qu'au mois de Juin de l'année derniere, auquel temps on défend ce qu'on appelle dans l'Univerfité de Douay les actes formels, un Profeffeur Jefuite fit à la fin de cette défenfe un difcours felon la coutume, où il fe déchaîna d'une maniere très emportée contre moy & contre tous ceux qui ne donnent pas dans les opinions nouvelles de Molina. Il enveloppa dans cette harangue les Thomiftes auffi-bien que ceux qu'ils appellent Janfeniftes. Car il condamna les cinq Articles envoyez par M. l'Evêque de Commenge au Pape Alexandre VII. Ce Profeffeur avança auffi que la diftinction du fait & du droit eftoit l'origine de toutes les herefies. Ce furent les principaux points de fon difcours. Peu de temps après un nommé Mr. de Ligni Profeffeur de Philofophie dans le College du Roy devant prefider à fon tour aux actes formels fe crut obligé de refuter ce que le Profeffeur Jefuite avoit avancé. Il fit donc voir dans fon Difcours, que les cinq Articles contenans les points principaux de la grace de JESUS CHRIST eftoient tres-Catholiques, & que la plus faine & la meilleure partie des Theologiens les foutenoient. Il prouva que la diftinction du fait & du droit eftoit le fentiment de toute l'Eglife; & que perfonne ne s'eftoit jamais avifé de tenir le contraire, finon depuis qu'il avoit efté de l'intereft de la Societé de le foutenir. Ce fut de ce Difcours & des Thefes qui fuivirent, que les ennemis de ce jeune Profeffeur conçurent une telle animofité contre luy qu'ils conjurerent fa perte.

Le premier effet de ce deffein fut une lettre qu'ils écrivirent à ce Profef-

feur

feur, fignée *Antoine A.****. la plus obligeante du monde, & la plus capable de gagner le cœur d'un jeune homme. Car on m'y faifoit employer les
termes les plus tendres, jufqu'à l'appeller, *Mon cher Fils.* On m'y faifoit
témoigner la joie que j'avois de ce qu'il foutenoit la bonne morale avec tant
de zele, & on m'y faifoit dire, que quoy que je ne fuffe pas en France j'y avois
neanmoins beaucoup d'amis qui fe feroient un plaifir de le fervir. On luy
marquoit les addreffes pour recevoir fa réponfe. La 1. eftoit *A Mr. l'Abbé
Boubaix rue de Mons à Valenciennes.* Et l'inclufe: *A Mr. Bertelo Prêtre rue
d'Avré à Mons.* Et depuis le fiege de Mons, l'addreffe au lieu de *Bertelo,*
eftoit *A. M. Billekens Bachelier en Theologie rue S. Antoine à Bruxelles.*
C'eft par là, Monfeigneur, que l'on pourroit aifement découvrir ces fauffaires. Car on m'affure qu'il n'y a point de Preftre à Mons nommé Bertelo,
& par confequent les lettres que l'Abbé Boubaix luy auroit addreffées auroient efté perduës. Or elles ne l'ont point efté, puifque le faux Antoine Arnauld a toûjours témoigné qu'il avoit reçu toutes les lettres qu'on luy avoit
écrites fous ces addreffes.

Les 7. ou 8. premieres lettres de ce fauffaire n'eftoient qu'un prélude pour
gagner la confiance de ce Profeffeur, & de quelques autres de fes amis à qui
il écrivit enfuite. Et on m'affure qu'il n'y a point de fupercheries ni d'adref-
fes qu'il n'ait emploiées pour faire croire qu'il eftoit vraiment celuy qu'il feignoit d'eftre.

Mais enfin aprés s'etre mis bien avant dans l'efprit de ces Meffieurs par un
long commerce de lettres qui paroiffoient innocentes, ce fut vers le mois de
Novembre de l'année derniere qu'il travailla à dreffer le piege où il les vouloit faire tomber. Et c'eft où j'ay plus de fujet, Monfeigneur, de me plaindre qu'on ait employé mon nom pour un deffein fi criminel, & qui ne pou-
pouvoit s'executer que par une infinité de menfonges.

Ce fourbe, ou ceux qui le mettoient en befogne, avoient malicieufement
fabriqué 7. propofitions touchant la grace, où leur principal but avoit efté
de faire condamner par un prétendu zele pour la Doctrine de S. Auguftin,
toutes les manieres dont les Thomiftes fe fervent pour accorder la liberté
avec l'efficacité de la grace. Et c'eft à quoy ils avoient crû que mon nom
eftoit neceffaire, fe promettant que la déference que ces Meffieurs auroient
pour mes fentimens, leur feroit paffer beaucoup de chofes que d'eux mefmes
ils n'auroient pas approuvées. Ils jugerent bien que fi fans avoir eu de commerce avec moy, ce fauffaire avoit commencé par prefenter à ces Meffieurs ces
propofitions à approuver, ils auroient efté bien plus fur leurs gardes, & fe feroient enquis avec plus de foin, fi c'eftoit moy veritablement qui leur écrivoit: mais qu'aprés tant de lettres écrites & receuës de part & d'autre, ils n'auroient pas le moindre foupçon que ce fut un fourbe qui entretenoit ce commerce. Aprés tout cela neanmoins ce fauffaire ne crut pas qu'on leur duft
faire cette propofition tout cruëment, mais qu'il falloit l'accompagner de

beaucoup

beaucoup de fauſſetez & de menſonges pour les engager plus facilement à s'y rendre. Il forge donc une lettre ſous le nom d'_Antoine A.***._ où il me fait dire impudemment toutes ces forfanteries:

1. Que cette Theſe avoit eſté ſoûtenuë à Malines.
2. Que Mr. l'Archevêque de Malines perſecutoit cruellement l'Eccleſiaſtique qui l'avoit ſoûtenuë.
3. Que les ennemis de S. Auguſtin en ſollicitoient vivement la cenſure; ce qui feroit un extréme tort à la Doctrine de ce Saint.
4. Que pour empêcher ce coup, j'avois accumulé un grand nombre d'approbations.
5. Que j'en avois des Evêques de France, & des Docteurs de Sorbonne.
6. Que j'en avois auſſi des principaux Theologiens de Louvain.
7. Et enfin des plus habiles gens de l'Europe.
8. Qu'il ne me manquoit que des approbations de Douay pour arreſter ce coup qui feroit ſi fatal à la Doctrine de S. Auguſtin.
9. Que tout alloit le mieux du monde à Rome ſelon mes correſpondances: qu'ainſi il ne me falloit plus que des approbations de Douay pour faire triompher la verité.

Je ne croy pas, Monſeigneur, que vous puſſiez approuver, que je fuſſe ſans émotion, en me voiant traité d'une maniere ſi indigne, par des fauſſaires qui me faiſoient faire le perſonnage d'un auſſi impudent menteur que l'on ſe puiſſe imaginer. Cependant ce n'eſt encore que l'entrée: on en verra bien d'autres dans la ſuite.

Quoy que ces Meſſieurs euſſent eſté comme enchantez par les fauſſes lettres qu'ils croioient avoir reçuës de moy, & que les menſonges de cette derniere qu'ils prenoient pour des veritez, leur puſt donner un grand panchant à faire une choſe, qu'une perſonne qui avoit toûjours eu reputation de ſincerité les aſſuroit avoir déja eſté faite par des Evêques, par des Docteurs de Sorbonne, & de Louvain, & par les plus habiles gens de l'Europe: il y avoit neanmoins quelque choſe dans cette maudite Theſe qui les arrêtoit; de ſorte qu'ils ne crûrent pas la devoir approuver ſans des explications qu'ils mirent au bas de chaque propoſition. Et c'eſt ce qu'ils envoierent au ſourbe qui leur écrivoit ſous mon nom, en croiant me l'envoier. Ce n'étoit pas là ſon compte. Car ces explications rectifiant les équivôques & les mauvais ſens de ces propoſitions malignement fabriquées, on n'en pouvoit prendre ſujet d'executer contre ces Meſſieurs le deſſein qu'on avoit pris de les perdre.

Il falloit donc remedier à cet inconvenient, & on ne le pouvoit qu'en me faiſant mentir de nouveau auſſi effrontément qu'on avoit fait dans la lettre precedente. C'eſt à quoy ce fourbe eſtoit toûjours bien diſpoſé. Il récrivit donc auſſi-toſt à l'un de ces Meſſieurs: _Que leur approbation avoit eſté d'un merveilleux ſecours pour la Theſe en queſtion: Mais que leurs explications & leurs_

éclair-

éclaircissemens n'avoient pas esté bien reçus, parce qu'on avoit crû qu'ils vouloient faire la leçon aux autres approbateurs, & qu'ils sembloient supposer que les Juges n'avoient pas assez de lumiere pour en penetrer tout le sens. Ce faussaire feignoit consulter d'autres personnes sur ce qu'on luy envoioit de Doüay. Et c'est ce qui luy donne sujet de me faire dire, *qu'on m'avoit envoyé une autre copie de la These à laquelle je les supplois de mettre seulement leur nom.* Et il me fait repeter le mensonge de la lettre precedente, en les assurant de nouveau *que j'accumulois des approbations de tous costez, afin que le consentement si conforme de tant de sçavans hommes, oste l'envie à nos ennemis de condamner une doctrine aussi orthodoxe que l'est celle de S. Augustin contenue dans cete These. Je ne doute pas,* me fait-il dire encore, *que vous ne rendiez volontiers ce service à la verité, qui gemit passé si long-temps dans l'oppression.* Je vous supplie, Monseigneur, d'observer cette phrase walonne, *passé si long-temps* pour dire, *depuis long-temps.* Quand on n'auroit pas d'autre preuve d'imposture, il n'en faudroit pas davantage pour en conclure certainement que cette lettre ne sçauroit estre de moy.

Ce n'est pas encore la fin des fourberies que l'on m'attribuë. On me fait ajoûter, *que leurs signatures n'estant pas connuës à Malines, il estoit necessaire de les faire legaliser. Je les priois donc instamment de le faire, après avoir signé simplement la These que tant d'autres avoient approuvée avec des éloges extraordinaires.* Ainsi ces Messieurs se laissant aller aux sollicitations de ce fourbe qu'ils prenoient pour Mr. Arnauld, & se fondant sur les explications Catholiques, qu'ils avoyent données pour secourir ces prétendus opprimez, qu'on leur avoit fait accroire qu'il avoient soûtenuë, il signerent simplement, & firent legaliser leur signature par devant Notaire.

Avant que de passer outre, je ne dois pas ometre une des plus criminelles circonstances de cette friponnerie. Une de ces personnes trompées écrivant à celuy qu'il prenoit pour le vray Mr. Arnauld, le pria de le vouloir conduire, de diriger son ame & éclaircir ses doutes. Le fourbe auroit dû fremir à cette proposition, s'il avoit eu un peu de crainte de Dieu, en considerant quel peché seroit de pousser la tromperie jusques-là : mais il ne fut pas si scrupuleux. Non seulement il accepta sans peine ce qu'on luy proposoit, mais il en prit occasion de porter cette personne à luy faire une entiere ouverture de son cœur, & une déduction tres-exacte & tres-sincere de toute sa vie ; ce que l'autre executa bonnement en la luy envoiant en six feüilles de papier. Cela se peut-il, Monseigneur, excuser de sacrilege ? & n'est-ce pas le mesme peché que celuy d'un homme qui par fraude, & par tromperie auroit trouvé moien d'écoûter la confession generale de son ennemy, qui croiroit n'estre écoûté que de son Confesseur.

Ces faussaires sembloient estre arrivez par tout ce que nous avons dit au bout de leurs prétentions. Ils avoyent en leur pouvoir ce qu'ils jugeoient suffisant pour exciter une grande tempeste contre ces Messieurs ; le tout allant

& revenant au faux Arnauld. Mais ils trouvoient de la difficulté à s'en fervir fans découvrir leur tromperie. C'eft pourquoy comme il n'y eut jamais de fourbes plus prévoyans, ils penferent aux moyens d'avoir ces pieces par d'autres voyes, ou de faire croire que c'eftoit par un accident inopiné qu'elles feroient tombées entre leurs mains.

Ils s'en imaginerent deux qui leur devoient fervir encore à d'autres fins, dont le premier eft une des plus noires malices, qui puiffent tomber dans l'efprit de gens qui n'auroient ni religion ni confcience.

Il y avoit déja du temps qu'ils avoient fait propofer à Mr. de Ligni, *Mon cher Fils*, que s'il pouvoit fe refoudre à demeurer en France, on le pourroit mettre auprés d'un faint Evefque, qui defiroit paffionnément d'avoir une perfonne de ma main, pour enfeigner dans fon Seminaire & qu'il y auroit de fort bons appointemens; mais que la chofe ne preffoit pas. Ce ne fuft donc qu'aprés avoir extorqué la fignature de la maudite Thefe qu'ils avoient malicieufement fabriquée, qu'ils me firent revenir à la charge pour traiter ce jeune Profeffeur de la maniere la plus barbare & la plus criminelle que l'on puiffe concevoir.

Sur la fin de la campagne on me luy fit écrire qu'un officier de mes alliez devoit aller prendre fon quartier d'hiver dans le Diocefe du faint Prelat; qu'il avoit un chariot aux armes du Roy, dans lequel j'avois retenu place pour 40. ou 50. livres pefant, afin qu'il puft fe fervir de cette commodité qui eftoit tres-fure, pour envoier chez le bon Evefque fes livres plus rares, avec toutes fes lettres & tous fes papiers; qu'il n'auroit qu'à les envoyer à Valenciennes dans une auberge que je luy marquois; que le garçon qui porteroit ces livres devoit prendre le nom d'Antoine du Bois pendant le chemin; qu'il auroit avec luy un papier où feroient ces mots, qui eftoient auffi dans la lettre qu'il recevoit: *Non nobis, domine, non nobis, fed nomini tuo da gloriam.* Que cet Antoine du Bois devoit fe trouver fur les cinq heures du foir dans cette auberge, où une perfonne viendroit demander Antoine du Bois, avec un billet fur lequel feroit écrit auffi: *Non nobis &c.* & qu'il n'auroit qu'à luy donner le pacquet de livres. La chofe fut executée de point en point, comme elle avoit efté projettée. Car les filoux font exacts aux rendez-vous qu'ils donnent. Ainfi fans aucun fcrupule, on vole à ce pauvre Profeffeur pour plus de 40. écus de livres fans fes lettres & fes papiers. Trois ou quatre femaines aprés, on me fait écrire à ce cher fils, que fon pacquet eftoit heureufement arrivé au lieu deftiné, & que j'en avois toute la joye du monde.

Ce qui eft plus furprennant, Monfeigneur, eft que les auteurs ou les complices de ce vol ne font pas de difficulté de le reconnoiftre dans la lettre imprimée à un Docteur de Douay. Car ils s'y glorifient d'avoir ces livres en leur puiffance, au lieu que felon le faux Arnauld il y avoit long temps

qu'ils

qu'ils devoient estre en Languedoc. Ils s'en divertissent & en font un espece de comedie. L'auteur de la Lettre dit qu'estant chez un de ses amis il y vit deux sacs, l'un couvert d'une toile noire, & l'autre d'une grise, & qu'il y avoit quelque papier cousu par dessus en forme d'inscription. Que voulant s'en approcher, cet amy l'arreste en luy disant, qu'il y avoit du danger, que ces deux sacs faisoient leur quarantaine. Enfin après d'autres badineries de cette nature, il luy dit: *Lisez ce premier billet: j'y vis ces mots: Livres & papiers appartenans a M. de Ligny.* Il n'y avoit plus qu'à adjouter d'une autre main: *Que nous avons attrappez par une adroite filouterie.* C'est à vous, Monseigneur, qui estes le juge de cette affaire de vous enquerir juridiquement d'où ils les ont eus; s'ils les ont achetez; ou si ce Professeur les leur a donnez. Il est vray que selon qu'ils en parlent dans cette lettre ils pourront dire: que c'est par charité qu'ils les luy ont volez, parce que ce sont *des egouts où il se veautroit,* & d'où il ne pouvoit rien tirer *qui ne sentist la cloaque & la pourriture.* Qu'auroient ils pû dire de pis des livres les plus scandaleux & les plus sales qui fussent au monde? Cependant ils en font le denombrement, & ils y mettent; *Le Nouveau Testament de Mons en deux Tomes: La frequente communion: le Phantome du Jansenisme: les Imaginaires & les Visionaires: Wendrockii notæ in Epistolas Provinciales: Causa Janseniana Pauli Irenæi: Dissertatio Theologica Antonii Arnaldi.* Sont-ce là des livres, dont on puisse dire, à moins que d'avoir l'esprit troublé par le violent accés d'une haine qui aille jusqu'à la fureur, que ce sont *des egouts* dont on ne peut rien *tirer qui ne sente la cloaque & la pourriture.*

Mais pour revenir au *cher fils,* le vol de ses livres & de ses papiers, n'estoit que le prelude du bien qu'on luy vouloit faire. Pour le ruiner entierement, le faux Arnauld luy mande qu'il est à propos qu'il se dispose à faire ses disputes pour faire sa licence, afin d'avoir plus d'autorité & de poids en enseignant la Theologie dans un Seminaire. Cela ne se pouvoit faire sans beaucoup de frais. Mais pour obeir ponctuellement à cet Ange de Satan que l'on prenoit pour un Ange de lumiere, ce jeune Theologien emprunte de ses amis dequoy faire cette depense.

Ce n'est pas tout. On avoit dessein de le reduire à une plus grande misere, & voicy comme on s'y est pris. Vers le mois de May dernier, les ordres luy vinrent de partir sans retardement pour aller trouver le saint Evesque qui avoit pour luy tant de bonne volonté. Et afin de l'y porter plus efficacement, les fourbes s'aviserent d'une invention fort propre à l'engager à ce grand voyage; mais qui estoit fort sotte en soy, parce qu'elle n'avoit nulle vray-semblance.

Ils supposent une Lettre, où je luy mande que j'ai un voyage de consequence à faire en France *incognito,* & que j'ai une joie indicible d'avoir occasion de le mener au Prelat: mais qu'il devoit vendre tout son petit meuble
ble

ble pour fournir aux frais du voyage ; parce qu'il n'eſtoit pas aſſuré que nous puſſions nous rejoindre en chemin ; le S. Prelat qui m'aimoit paſſionément me devant envoier un de ſes Domeſtiques, avec un ſoufflet à deux chevaux, comme une voiture qui me ſeroit plus commode dans mon grand âge. Le rendez-vous eſtoit à Paris chez les Peres de l'Oratoire, qui avoient le mot du guet. Mais au cas qu'il ne me trouvaſt pas à Paris, il devoit prendre la route de Toulouſe pour ſe rendre à Carcaſſonne chez Monſieur le Doien de Carcaſſone, qui le conduiroit chez le S. Prelat qu'on n'avoit jamais nommé. Et c'eſt là où je l'aſſurois que tout ce qu'il auroit depenſé lui ſeroit rembourſé abondamment.

Ce Profeſſeur miſerablement trompé par tous ces menſonges dont on me faiſoit auteur, ayant dit adieu à tous ſes Parens qu'il abandonnoit avec une triſteſſe incroiable, pour ſuivre ce qu'il croioit eſtre la vocation de Dieu, partit de Douay vers la fin du mois de May de cette année 1691. & ſe rendit à Paris. N'y ayant point trouvé ſon M. Arnauld il ſuppoſa qu'il avoit pris le devant, & continua ſon chemin par Toulouſe juſqu'à Carcaſſone, qui eſtoit le lieu de ſon rendez-vous. C'eſt là qu'il croioit infailliblement rencontrer ſon cher Pere : mais il fut bien ſurpris de n'avoir eû que de fauſſes adreſſes, & de ſe trouver éloigné de deux cens lieües de ſon pays, ſans argent, ſans connoiſſance, & abandonné de toute la terre. Quelle opinion auroit-il pu avoir de moy, ſi tout d'un coup les écâilles ne luy eſtoient tombées des yeux, pour s'appercevoir qu'il avoit eſté depuis plus d'un an dans une perpetuelle illuſion, & que penſant recevoir des lettres d'un homme ſincere, qui n'avoit que ſon bien en vue, il n'en avoit reçeu que d'un fourbe qui ne ſongeoit qu'à le perdre.

On ne ſe contenta pas de ce moien auſſi barbare que perfide, pour ſe défaire d'une perſonne que l'on vouloit chaſſer de Douay, & pour cacher en meſme temps la voie dont ſes papiers & ſes lettres ſeroient tombées entre les mains de ceux qui s'en vouloient ſervir. On en inventa un autre dont on tireroit le meſme avantage, & qui avoit encore pour fin d'obliger ces Meſſieurs de s'enfuir ou de ſe tenir cachez, en leur apprenant qu'on avoit connoiſſance de tout ce qui s'eſtoit paſſé. C'eſtoit toûjours moy à qui on faiſoit jouer ces diverſes ſcenes. Je me portois Dieu mercy fort bien, lorſque vers le commencement du mois de Juin, ces fauſſaires me firent écrire cette lettre, où la comedie ſe change en une deplorable tragedie.

Monſieur. Aprés le malheur qui vient de m'arriver, rien ne me peut plus eſtre agreable que la mort. Heureux, & cent fois heureux dans ma miſere, ſi ce malheur me regardoit uniquement, & n'enveloppoit pas dans une diſgrace immanquable tous les chers & les intimes amis de Douay. Un miſerable domeſtique le plus infidelle de tous les hommes, vient de me voler tous mes papiers, toutes mes lettres & une partie de mes livres. Comme ce larcin ne luy peut ſervir que pour trahir mes correſpondances, & pour faire ſa fortune par cette lâche décou-

découverte, je ne doute pas qu'il n'ait pris le chemin de la cour, & qu'il n'y foit bien reçu, parce qu'il a avec luy tout le fecret de mes intelligences. Je ne furvivray pas affurément à ce coup: & de toutes les epreuves de ma vie, c'eft la plus fenfible & la plus accablante. Confolez moy, Meffieurs, ou pluftot confolez vous qui aurez grande part dans la perfecution qui va s'élever. Je fuis incapable de vous donner confeil, tant je fuis inquiete & abbatu. Donnez avis de cette trahifon à M. N. & N. Je ne fuis pas en état de m'acquiter de ces devoirs. Ils entendront bien-toft ma mort. Je les conjure de ne pas m'épargner leurs prieres: & fi j'ay efté l'occafion innocente de leur difgrace, je tacheray de reconnoiftre leurs amitiez & leurs bons fervices pour la caufe commune plus folidement dans le Ciel.

Mais après m'avoir fait dire que je n'eftois point capable de leur donner confeil, je leur donne neanmoins celuy de fe retirer, jufques à ce que l'on fçut affurément fi ce perfide eftoit allé en cour: & ce fourbe me reprefentant comme tranfporté par une efpece d'entoufiafme, me fait finir par cette dolente apoftrophe: Providence de mon Dieu, que vous eftes infcrutable! Je n'en puis plus de trifteffe. Je fuis inconfolablement Koftre &c. Peut-on avoir quelque fentiment de Dieu, quand on employe ce nom adorable à donner plus de couleur à une auffi criminelle fourberie que celle-là?

Mais cette lettre quelque pathetique qu'elle fuft, ne peut faire recevoir à ces Meffieurs le confeil qu'on leur donnoit de s'enfuir, ou de fe cacher. Celuy à qui elle eftoit adreffée, quoyqu'il ne fe doutaft de rien, luy répondit; Que fe croiant tous tres-innocents, & ayant à faire au plus doux & au plus debonnaire de tous les Princes, ils efperoient qu'on ne les condamneroit pas fans les entendre, & qu'ils pouroient faire connoiftre à S. M. qu'Elle n'avoit point de plus fidelles fujets.

Mais le fourbe qui fentoit bien que ces Meffieurs demeuroient toûjours dans leur enforcellement, ne fe rebuta pas pour ne les avoir pu ébranler la premiere fois. Il me fit écrire un feconde lettre plus defefperante que la premiere, & où la declamation eft encore pouffée plus loin. Elle eft du 18. ou 19. Juin dernier.

C'en eft fait: ce qui n'eftoit qu'une fimple conjecture eft à-prefent tres-affaré. Le miferable pour fe baftir une fortune, a trahi fa foy & fon maiftre, après que je l'ay comblé de bienfaits jufques à prefent.

C'eftoit me faire mentir bien impudemment. Comment me pourrois-je plaindre d'un valet qui m'auroit volé & trahi, moy qui n'en ay jamais eu que de tres-fidelles, & qui n'en ay eu aucun depuis douze ans que je fuis forti de Paris. Mais écoutons comment cet impertinent declamateur me fait parler en Payen.

Ne faut-il pas eftre né fous une malheureufe conftellation, dont les malignes influences m'ont perfecuté jufques à prefent, pour me voir ainfi en proie à mes ennemis. Je vis moins que je ne languis. Je tiens le lit continuellement, pour *vigoureux que je fusse auparavant dans mon grand âge.* On joint à cela deux mensonges pour intimider ces messieurs: *Deux Ecclesiastiques de Grenoble emprisonnez; & du côté de Bordeaux le Curé d'une grosse bourgade mis dans le Château trompette.* On dit que l'on trouve des choses horribles dans ce commerce. *Cela estant, Monsieur, je vous conjure de sauver les debris du bon parti; & si ma derniere lettre vous a fait balancer, que celle-cy vous fasse chercher un azyle pour un mois ou un peu plus, jusques à ce que l'on scache le moien de conjurer la tempeste. Il est facheux d'estre pris* DANS LE FLAGRANT. Ce fourbe jouë mal son personnage: une si barbare façon de parler, *estre pris dans le flagrant,* convient elle à un François?

Ces Messieurs ne se défiant encore de rien, & s'imaginant toûjours que c'estoit moy qui leur conseilloit pour leur bien de se cacher, il faut que ce soit leur bon Ange qui les ait détournez de prendre un conseil qui leur eut esté si pernicieux.

Cela n'accommodoit pas les auteurs de la fourberie: mais ils ne pouvoient la continuer plus long-temps, parce qu'il estoit indubitable que le pauvre M. de Ligni rendroit compte à ses amis de ses pitoiables aventures, qui luy avoient dessillé les yeux.

Ils se hasterent donc de profiter de ce qu'ils avoient arraché par leurs tromperies, & de déchirer cruellement ceux à qui pendant plus d'une année ils avoient donné sous mon nom cent baisers de Judas & de Joab.

C'est ce qu'ils ont fait par le Libelle intitulé, *Lettre à un Docteur de Douay sur les affaires de son Université,* qu'ils donnerent au public au commencement de ce mois de Juillet, bien-tost après la derniere Lettre du faux Arnauld.

Rien ne peut estre ny plus envenimé d'une part, ny plus traitre de l'autre que ce libelle. Il n'en faut que considerer le commencement.

Fort heureusement, disent-ils, *pour le bien de l'Eglise & pour l'honneur de vôstre Université, on est venu ces jours passez en connoissance des malheureux desseins que quelques Professeurs & Docteurs de Douay ont conçus depuis quelque temps contre la Religion. L'esprit de cabale & d'errreur qui les possede, leur a fait former le plan d'une nouvelle Eglise sur les ruines de celle que J. C. a choisie pour son Epouse. Tout est prest pour l'execution de cet horrible projet, le formulaire de la nouvelle croiance est dressé, & la profession de foy est signée par les Apôstres du nouvel Evangile. En un mot on y voit tout l'appareil d'une Eglise naissante que le Prophete appelleroit* Ecclesiam malignantium.

Qui ne seroit saisi de fraieur pour ces dangers de l'Eglise, & d'indignation contre les auteurs d'une cabale que l'on depeint avec des couleurs si noires; de ce plan d'une nouvelle Eglise formée sur les ruines de celle que J. C. a choisie pour son Epouse; de cet horrible projet tout prest à estre executé; du formulaire de la nouvelle croiance dressé tout nouvellement; d'un nouvel Evangile; de nouveaux Apôstres; & d'une nouvelle profession de de foy ? Tout cela est si épouvantable que les fourbes qui n'ont fait que changer de masque, ont eu peur de n'en estre pas crus. Et c'est ce qui leur a fait avoir recours à cette figure de Rhetorique.

Pour fort que vous puisse paroistre ce debut, soiez assuré, que ce n'est pas une saillie qui m'emporte, & que c'est beaucoup moins un esprit de parti qui me domine. Non, Monsieur, c'est de sang froid que je vous parle: Ne m'en croiez pas sur ma parole. Donnez-vous seulement la patience d'examiner les preuves certaines, indubitables, & de la dernière authenticité que je produiray.

Mais qu'elles sont ces pieces authentiques qu'il va produire, & comment les a-t-il eues ? C'est ce qu'il nous apprend aussi-tost après.

Du moment que par un secret ménagement de la providence, je me vis tomber entre les mains les papiers originaux, qui contiennent toutes les pratiques secrettes, & les funestes intelligences, que l'on a concertées chez vous contre les interests de la Religion, je me trouvay un peu en peine sur le choix du moyen le plus efficace pour arrester le mal dans sa source.

Que veut dire: Du moment que je me vis tomber entre les mains ces papiers originaux, par un secret ménagement de la providence ? Est-ce qu'il nous voudroit faire croire qu'il les a eus tout d'un coup par une espece de miracle; qu'ils sont tombez du haut du ciel entre ses mains; ou qu'un Ange les luy a apportez ? Il n'avoit garde de manquer de les avoir. Luy ou quelqu'un de sa cabale estoit auteur des uns, & s'estoit fait adresser les autres par une insigne friponerie. Mais parce qu'il auroit honte d'avoüer que c'est par une voie si infame qu'il les a entre ses mains, il faudra qu'il dise, que ce qu'il appelle un secret ménagement de la providence, est le vol de cet infidelle vallet d'Antoine A.***. car toutes les réponses qu'on luy a faites, n'auront pas manqué d'estre dans ses papiers, aussi bien que la Thèse en question signée par ces Messieurs de Douay avec des explications, & des éclaircissemens au bas de chaque proposition, qui en déterminoient les malignes équivoques à des sens catholiques.

Il est donc, Monseigneur, trés-important pour l'interest de la Religion, & pour la conservation de l'honneur de tant de personnes trés-cruellement déchirées par ce Libelle, d'employer les censures de l'Eglise & tous les autres moyens de droit, pour découvrir qui en est l'auteur, où il a esté imprimé, & par qui il a esté debité: afin que si ces accusations atroces sont bien fondées, on punisse ceux qu'il accuse d'avoir voulu former une fausse Eglise sur les ruines de la veritable; ou que si elles n'ont aucun fondement, on le punisse luy-même & ses compagnons comme de faux accusateurs, & des calomniateurs publics.

L'aveu qu'il fait d'avoir entre ses mains les papiers originaux qui contiennent tout ce qu'il appelle des pratiques secrettes, & des funestes intelligences contre l'Eglise, suffit pour le convaincre de deux dissimulations criminelles qui font assez voir, que ce n'est point un zele de Religion, mais quelque

motif

motif bien méchant qui l'a porté à écrire, & à publier une piece si emportée contre des Ecclesiastiques que je ne connois point, mais que l'on m'assure qui édifient le monde par leur pieté, bien loin d'avoir donné lieu à de
si sanglans reproches.

La 1. Dissimulation, Monseigneur, est d'avoir tû que ces Ecclesiastiques
n'avoient d'abord signé cette These, comme je l'ay déja dit, qu'en mettant
sous chaque proposition le jugement Théologique qu'ils en portoient, & des
éclaircissemens qui la rendoient innocente, parce qu'ils en ostoient le venin
caché: & qu'ils ne l'avoient signée simplement 7. ou 8. jours aprés, que par
les sollicitations d'Antoine A ***. qui les avoit trompez par divers mensonges, en les assurant que ces éclaircissemens estoient bons en soy, mais qu'ils
n'avoient pas esté bien reçus, parce *qu'il sembloit que c'estoit faire la leçon
aux autres qui l'avoient approuvée en très-grand nombre*, qu'ils ne devoient
donc pas faire difficulté de signer simplement ce que tant d'habiles gens
avoient approuvé avec des éloges extraordinaires.

L'auteur du libelle s'est bien gardé d'avoüer ces faits. C'auroit esté rüi-
ner son préambule outrageux & justifier ceux qu'il vouloit faire condamner à toute outrance. Car dans les circonstances que l'on a marquées, ces
deux signatures ne doivent passer que pour une, & la première est une
preuve manifeste qu'ils n'avoient sur la grace que des sentimens orthodoxes,
& conformes à la censure de leur Faculté, puis que c'est ce qui leur estoit
venu naturellement dans l'esprit estant pressez de signer des propositions tournées malicieusement pour les surprendre, lors mesme qu'un fourbe, qu'ils
prenoient pour un homme très sincére, les assuroit qu'il les avoit fait approuver par beaucoup d'habiles gens. Quand ils se seroient trompez en croiant
que des propositions malignement fabriquées pouvoient avoir de bon sens,
tels que sont ceux qu'ils leur avoient donnez dans leur première signature,
ce seroit une injustice manifeste de leur imputer d'avoir de méchants
sentimens touchant la grace. Cela marqueroit seulement qu'ils n'auroient
pas eu assez d'adresse pour dévelopér tous les détours artificieux du fourbe
qui les avoit forgées: comme tout le monde sçait qu'il est arrivé à quelques
Péres d'approuver comme Catholiques de certaines propositions, que d'autres jugeoient mauvaises.

Vous sçavez, Monseigneur, mieux que personne que pour peu que des
propositions soient équivoques on est porté à en juger differemment selon
les differens Auteurs de qui elles sont tirées. Car on croit estre obligé de les
expliquer benignement, quoy que les expressions en soient dures, quand
elles se trouvent dans des livres d'Auteurs, dont on n'a point la doctrine
pour suspecte: & au contraire quand elles sont d'Auteurs ou suspects ou inconnus, on ne se met point en peine d'y donner des sens catholiques.

On en pourroit apporter beaucoup d'exemples. Tant qu'on a crû que le
Symbole de S. Jerôme à Damase estoit veritablement de ce Pere, on y a donné
des

dés sens catholiques : mais on ne s'en est plus mis en peiné quand on a sçû, ce qui est certain, que c'est une lettre de Pelage, dont on avoit fait ce Symbole attribué à S. Jerôme. Il en est de mesme des ouvrages qui portent le nom de S. Denys. Tous ceux qui ont crû & qui croient encore qu'ils sont veritablement de l'Areopagite converti par S. Paul, n'ont que du respect pour tout ce qui se trouve dans ces livres, & n'y apperçoivent rien que de fort saint. Mais ceux qui prétendant avoir des preuves certaines, qu'ils ont esté supposez à ce Disciple de l'Apôtre par un Auteur du 4. du 5. ou du 6. siecle, ne craignent point de dire qu'ils y trouvent beaucoup de choses qui leur paroissent conformes à la doctrine des Apollinaristes & des Acephales, qui les produisirent les premiers au 6. siecle dans une conference avec les Catholiques parqui ils furent rejettez comme suspects. Voicy encore un autre exemple qui a esté fort celebre en ces derniers temps. Des Theologiens Catholiques sont partagez sur le livre de Bertram *Du corps & du sang du Seigneur.* Ceux qui croient que Bertram & Ratramne est le mesme nom, & qu'ainsi ce livre du Corps & du Sang du Seigneur est de Ratramne moine de Corbie tres sçavant Auteur du 9. siecle, ne peuvent se persuader qu'il contienne la doctrine des Sacramentaires. Ils avoüent seulement qu'il s'est expliqué d'une maniere obscure en divers endroits; mais qu'il n'a rien à quoy on ne puisse donner des sens Catholiques. C'est ce qu'un sçavant Docteur de Sorbonne a soûtenu par un livre exprés il y à quelques années. Ceux au contraire qui prétendent qu'il y à de tres fortes conjectures, que ce livre du Corps & du Sang du Seigneur que l'on voit aujourdhuy sous le nom de Betram, n'est point different de celuy que Jean Scot a composé sur le mesme sujet, & que Beranger fut condamné à jetter au feu dans le Concile de Verceil, jugent de ce livre de Bertram comme les adversaires de Beranger ont jugé de celuy de Jean Scot dans l'onziéme siecle. Il est vray, disent-ils, qu'on n'apperçoit pas tout d'un coup quelle est la pensée de cet Auteur sur l'Eucharistie, parce qu'à la façon des empoisonneurs il presente quelque chose de doux pour porter aprés plus sûrement le coup mortel : mais nonobstant ces dissimulations on réconnoit que son dessein estoit de persuader à ses lecteurs, que ce qui se consacre sur nos Autels n'est pas veritablement le Corps & le Sang du Seigneur. Quoy que ces derniers ayent une tres mauvaise opinion de ce livre de Bertram, en le croiant le mesme que celuy de Jean Scot, ils ne sont pas neanmoins si injustes, que de soupçonner ceux qui en jugent autrement qu'eux, de favoriser l'heresie des Sacramentaires, parce qu'ils sçavent bien, qu'ils ne le croient orthodoxe qu'en expliquant en un sens Catholique les propositions ambigues de cet Auteur.

Tout cela, Monseigneur, se peut appliquer à ces Messieurs de Doüay que l'Auteur du Libelle déchire d'une maniere si impitoiable. Car ne peuvent-ils pas dire avec toute sorte de sincerité : Quoy que nous ne connussions Mr. Arnauld que de reputation, & que nous n'eussions jamais eu aucun

com-

commerce avec luy, fçachant les fervices qu'il a rendus à l'Eglife en la défendant contre les Heretiques, & les témoignages avantageux qu'il a reçus d'un grand nombre d'Evêques, & du Pape Innocent XI. de fainte memoire par Monfeigneur le Cardinal Cibo; n'avions-nous pas tout droit de le regarder comme un Docteur trés-Catholique? Ayant donc crû qu'il avoit eu la bonté de prévenir l'un de nous par des lettres trés-obligeantes, & ne nous doutant pas le moins du monde que ce fût un fourbe qui avoit pris fon nom pour nous tromper, nous n'avions garde de le foupçonner du moindre menfonge en ce qu'il nous difoit dans ces lettres. Ainfi nous ayant envoyé une Thefe compofée de 7 Propofitions qu'il nous affuroit avoir efté foûtenuë à Malines, & avoir efté approuvée par des Evéques de France, par des Docteurs de Sorbonne & de Louvain, & par les plus habiles gens de l'Europe; peut on trouver étrange que croiant tout cela, & la fourberie qu'on nous avoit faite nous donnant tout lieu de le croire, nous nous foions conduits de la manière que nous avons fait? Ne ferions-nous pas excufables quand nous l'aurions approuvée abfolument par une humble déference à tant d'habiles Theologiens, Evéques, & Docteurs qu'on nous affuroit l'avoir approuvée avec éloge? Cependant nous ne l'avons pas fait: ce n'a efté qu'en mettant fous chaque propofition des explications & des éclairciffement qui en déterminoient les équivoques à des fens Catholiques. Et la fignature que ce fourbe a depuis extorquée de nous par de plus preffantes follicitations, a toûjours efté par rapport à ces éclairciffemens. Prefentement le voile eft levé. Nous fçavons certainement qu'on nous a trompez; que Mr. Arnauld n'a aucune part à ces propofitions; qu'elles n'avoient efté foûtenuës par perfonne, ni approuvées par qui que ce foit, mais que c'eft l'ouvrage d'un fauffaire qui les a malicieufement fabriquées pour nous furprendre. Que peut-on donc fouhaiter de nous, que ce que nous faifons trés-volontiers, qui eft de retracter noftre fignature, & de deteffer cette Thefe, qui ne nous avoit efté préfentée que par un organe du Demon. On n'en demanda pas davantage aux Evefques du Concile de Rimini qui avoient figné un formulaire de foy qui détruifoit celle de Nicée. On voioit, dit S. Jerôme, accourir de toutes parts les Evefques, qui s'eftant laiffez furprendre par les tromperies de Rimini, paffoient pour heretiques fans trouver l'herefie dans leur cœur. Et ils prenoient à témoin le corps de noftre Seigneur, & tout ce qu'il y a de plus faint dans l'Eglife, pour affeurer qu'ils n'avoient pas eu le moindre foupçon qu'il y euft aucun mal dans la profeffion qu'ils avoient fignée, & qu'ils ne s'y eftoient laiffé aller que par la bonne opinion qu'ils avoient de ces mechans hommes, qui l'avoient compofée avec un damnable artifice. S. Ambroife dit auffi de ces Prelats qu'ils avoient la fimplicité de la colombe, mais non l'adreffe & la prudence du ferpent.

S. Jerôme adv. Luciferian.

Le Concile de Paris reconnoift la mefme chofe en difant que leur fimplicité avoit efté abufée par les artifices des heretiques couverts du mafque

de

de la pieté. C'eſt pourquoy auſſi le grand Concile d'Alexandrie, aſſemblé à ce ſujet par ſaint Athanaſe, declare qu'on devoit les recevoir en leur conſervant leur dignité, & ſans rien exiger d'eux que de dire anathême à l'hereſie Arrienne & de faire profeſſion de la Foy de Nicée. Comme vous eſtes, Monſeigneur, l'heritier de la charité & de la ſageſſe, auſſi-bien que de l'autorité de ces grands Eveſques, pourquoy n'eſpererions-nous pas la meſme juſtice ou la meſme grace de vous ?

La 2. diſſimulation de l'auteur du libelle eſt de n'avoir rien dit de cet Antoine A. ✶✶✶ qui eſt le premier & le ſeul par qui on a eû cette malheureuſe Theſe. Si ces Meſſieurs eſtoient coupables de l'avoir ſignée aprés y avoir donné des explications orthodoxes, cet Antoine A. ✶✶✶ le devoit eſtre infinement davantage, puiſque c'eſt luy qui la leur a produite, & qui a emploié toute ſorte de menſonges pour extorquer d'eux cette ſignature. Pourquoy donc l'auteur du libelle n'en parle-t-il point ? Pourquoy ne le fait-il pas le chef de cette fauſſe Egliſe que l'on formoit ſur les ruines de la veritable ? C'eſt qu'il n'en pouvoit rien dire ſans renverſer tout le ſyſteme de ſes calomnies. Car ce ne ſeroit plus à Douay qu'auroient eſté conçus ces malheureux deſſeins contre la Religion. Ce ne ſeroit plus à Douay que le formulaire de la nouvelle creance auroit eſté dreſſé. On l'y auroit envoyé tout dreſſé d'ailleurs. Et ce ſeroit Antoine A. ✶✶✶ qui auroit enfanté ce *projet horrible.* C'eſt donc contre luy principalement que l'auteur du libelle auroit dû faire valoir ſon grand zele pour la conſervation de l'Egliſe. C'eſt luy ſeul qu'il auroit pû accuſer avec raiſon d'intrigues & de cabale au lieu qu'à l'égard de ces Meſſieurs, qui n'ont fait que ſuivre cet Antoine A. ✶✶✶ comme des brebis innocentes qu'on meine à la boucherie, ſi on leur peut faire juſtement quelque reproche, pour s'eſtre laiſſez tromper par un impoſteur, on pourra avec autant de juſtice inſulter à des perſonnes ſinceres & ſans malice qui ne ſe défiant de rien auroient eſté volez & dépouillez de leurs biens par des filoux de profeſſion.

Vous jugerez donc ſans doute, Monſeigneur, que pour ſçavoir à qui on doit attribuer de mechans deſſeins contre l'Egliſe, il eſt neceſſaire de découvrir qui eſt cet Antoine A. ✶✶✶. Or l'auteur du libelle le peut mieux ſçavoir que perſonne, puis qu'il reconnoit qu'il a entre les mains les papiers originaux de toute cette affaire, comme il le dit encore plus clairement en la p. 112. *J'eſtois,* dit il, *ces jours paſſez chez la perſonne qui s'eſt fait un point de conſcience, de me communiquer les lettres & les pieces originales de toute cette intrigue, pour deſabuſer ceux, que je ſçavois avoir de l'attache à cette faction & leur en inſpirer de l'horreur.* Rien n'eſtoit plus propre à ce deſſein que de faire le pourtrait au vray du principal acteur de cette piece, de cet Antoine A. ✶✶✶ qu'ils devoient rendre odieux à toute la terre en repreſentant ſes menſonges & ſes fourberies. L'auteur de la lettre témoigne aſſez qu'il le connoiſt, puis qu'eſtant nommé dans un Ecrit qu'il rapporte, il ne l'a marqué que par une étoile,

étoile; dequoy il rend cette raison à la marge (p. 124.) *On laisse ce nom en blanc pour des raisons que l'on dira plus tard. Il suffit d'avertir, que cet homme est fort mal dans ses affaires, a cause de son attachement aux nouveautez, & au parti de Jansenius.*

Souffrez donc, Monseigneur, que je vous conjure au nom de Dieu de faire en sorte que cet auteur dise quel est ce nom laissé en blanc que l'on voit bien ne pouvoir estre que cet Antoine A. ✱✱✱ dont le Professeur de Ligni avoit reçu tant de lettres. On ne peut croire que ce soit moy, sans me regarder comme un des plus grands menteurs qui fut jamais. Et si c'est un autre qui ait pris mon nom, c'est encore pis : car c'est ajoûter aux mensonges dont ses lettres sont pleines une des plus étranges fourberies que l'on puisse concevoir.

On ne peut pas dire que mon surnom n'estant nulle part ce peut-estre un autre Antoine, qui n'aura point voulu passer pour autre que ce qu'il est, mais qui aura esté bien aise de ne se faire connoistre qu'à demy. Cela ne se peut alleguer avec la moindre couleur. Car il y a plusiers endroits dans ces lettres, où celuy qui les écrit se declare estre Antoine Arnauld. Il se dit dans l'une, auteur du livre intitulé *Question curieuse,* quoy qu'il soit tres-faux que ce livre soit de moy. *Je viens,* dit-il, *de donner au public un livre sous le tire de* QUESTION CURIEUSE *touchant Mr. Arnauld. Comme je me suis attiré beaucoup d'ennemis sur les bras pour les interests de la verité, on parle de moy presque par tout avec excés en bien & en mal. Pour que mon portrait ne soit ni flatté ni défiguré, j'ay fait l'histoire de ma vie.* Il n'y a donc point de milieu, il faut que cet Antoine A. ✱✱✱ soit le veritable Antoine Arnauld, ou que ce soit un fourbe qui a voulu passer pour luy.

Je ne doute pas, Monseigneur, que vous ne soiez persuadé que le dernier est indubitable. J'ay eu l'honneur d'estre assez connu de vous à Paris, & vous m'y avez toûjours témoigné assez de bonté, pour pouvoir me flatter que vous ne me prenez pas pour un méchant homme, tel qu'il faudroit que je fusse, si les lettres qu'on a forgées sous mon nom estoient veritablement de moy.

Mais je vous supplie, Monseigneur, de considerer devant Dieu de quelle consequence il est qu'un si lâche procedé ne demeure pas impuni. J'ay droit ce me semble d'en demander justice pour l'interest de mon honneur & de ma reputation, qui pourra estre flétrie en une infinité de lieux, où ma justification n'arrivera pas, & en beaucoup d'autres où le credit de mes ennemis le pourra emporter sur tout ce que je pourray dire. Plus leur crime est horrible, plus ils auront de hardiesse à pretendre qu'il n'est pas croiable. Et que sçai-je s'ils ne se sont point déja engagez à soutenir dans toutes les Cours de l'Europe que ces damnables lettres sont de moy : & que c'est un faux zele pour les erreurs qu'ils m'imputent, qui m'a porté à tout ce manege pour avoir plus de partisans.

J'en

J'en puis juger par le passé. Je n'ay pas plûtost paru dans le monde, en écrivant pour l'éclaircissement & la défense de la doctrine de l'Eglise, que je me suis attiré des ennemis qui ont emploié pour me décrier toutes sortes de fourberies. Permettez-moy, Monseigneur, d'en rapporter 4. ou 5. exemples, qui feront voir par quels degrés mes ennemis sont arrivez jusques à cette derniere, qui a quelque chose de si singulier, pour ce qui est d'un rafinement de malice, & d'un fond inépuisable de fraudes & de menteries, que je ne sçay s'il se trouve rien de semblable dans toute l'histoire Ecclesiastique ou profane.

1. Aussi-tost que j'eus donné au public le livre de la Frequente Communion, je ne fus pas peu surpris de recevoir un paquet, où il y avoit une lettre decachetée avec un billet de celuy qui me l'addressoit, qui me demandoit pardon de ce qu'il l'avoit ouverte, & de ce que l'aiant trouvée si belle il en avoit retenu copie. Je vis en la lisant qu'elle estoit écrite au nom d'un Ministre qui me faisoit de grandes congratulations, de ce que je travaillois à leur exemple à la reforme de l'Eglise, & qui me louoit de ce que je n'avois pas dit d'abord tous mes sentimens. Quoy que je fusse encore jeune, & que je ne me fusse pas défié de semblables fourberies, je n'eus pas de peine à découvrir celle-là, & je me doutay bien, que cette lettre qu'on m'avoit envoiée manuscrite, seroit bien-tost imprimée. Elle le fut en effet, afin de faire croire au peuple que le livre de la Frequente Communion, approuvé par tant d'Evêques & par tant de Docteurs, avoit esté fait par le mesme esprit & dans le mesme dessein, que ceux des prétendus Reformateurs de l'Eglise.

2. Quoy que cette fourberie leur eust fort mal reussi, parce qu'il n'y eut point d'homme d'esprit qui ne s'apperceust de cette malice, ils firent encore pis sur la matiere de la grace. Car pour mieux tromper les simples, & leur oster tout lieu de douter, que nous ne fussions vraiment coupables des erreurs qu'ils nous imputoient, ils ne se contenterent pas de nous les attribuer par de pretendus *Jansenistes convertis*, mais ils crurent que le meilleur & le plus court, estoit de nous faire parler nous-mesmes, en répandant sous nostre nom des écrits qu'ils rempliroient de toutes les erreurs qu'ils avoient cherchées inutilement dans nos veritables ouvrages.

Le premier de cette nature qu'ils firent courir, fut celuy à qui ils donnerent pour titre : *Le Manifeste des Jansenistes composé par l'assemblée de Port-Royal.* Mais on en decouvrit aussi-tost les insignes friponeries d'une maniere si claire & si convaincante par la réponse qu'on y fist, que les Auteurs de ce libelle n'en eurent que la honte, & qu'on n'osa plus depuis en faire aucune mention.

3. Ils crurent avoir mieux reussi dans un autre qu'ils intitulerent : *Lettre Circulaire des Prestres de Port-Royal addressée aux Disciples de S. Augustin,* à quoy ils avoient joint *divers reglemens & instructions* que ces Pre-

C

stres

ſtres leur donnoient. Ils la firent publier en 1654. par Marandé à qui ils firent croire, *Que cette lettre Circulaire venoit originairement d'un Janſeniſte converty* (qu'on ſe gardoit bien de nommer) *qu'elle avoit eſté vüe en diverſes Provinces il y avoit deja deux ans, & qu'il y en avoit tant de copies à Paris & ailleurs, que ce n'eſtoit plus une choſe ſecrette, mais publique & connue de la plus part des curieux.* Mais tout cela n'eſtoit qu'un menſonge pour engager ce pauvre homme à faire une choſe ſur laquelle il avoit de la peine à étouffer les remords de ſa conſcience. C'eſt ce qui luy fit ajoûter: *Comme j'aime la ſincerité, & qu'il n'eſt pas raiſonnable d'impoſer aucune choſe à perſonne, je la preſente telle qu'elle eſt. Que ſi ceux dont elle porte le nom la deſavouent, je ne pretends pas les en rendre coupables.* Mais ceux qui l'avoient forgée ne furent pas du meſme avis. Car quoy qu'elle euſt eſté deſavouée, comme une piece diabolique, le P. Meynier dans un livre qui porte ſon nom ſous ce titre ſcandaleux, *Port-Royal & Geneve d'intelligence contre le S. Sacrement de l'Autel,* ne laiſſa pas d'en prendre avantage. Afin qu'on ne puſt douter que Port-Royal ne fuſt Calviniſte, il avoit beſoin que l'on cruſt, qu'on n'y tenoit pas le Concile de Trente pour Oecumenique. Il aſſure donc ſans façon que cela eſt ainſi, & que *Port-Royal le dit dans ſa lettre circulaire*, où ſe trouve en effet cette horrible calomnie. Et en un autre endroit p. 58: *La lettre Circulaire que le Port-Royal deſavoue, & que meſme aprés ce deſaveu les ſages & les ſçavans ſoutiennent eſtre un ouvrage de cette ſecte, donne cette louange à Geneve.*

4. Mais n'en oſant plus parler en France depuis le reproche que leur en avoit fait Montalte dans ſa 16. lettre: *Qu'ils attribuoient à leurs adverſaires des écrits pleins d'impieté, dont le ſtile impertinent rend cette fourbe trop groſſiere*, ils ſe ſont aviſez il y a 7. ou 8. ans, de detacher de la Lettre circulaire qui eſtoit trop decriée, les reglemens & inſtructions qui y eſtoient joints, & qui en contenoient les plus méchantes maximes, & ils en firent un livret de 15. feuillets qu'ils repandirent par tout dans le Pays-bas Eſpagnol & Hollandois. Et cette Lettre circulaire ainſi déguiſée ſous le nom de *Secretes Inſtructions des Janſeniſtes*, leur eſt devenue un fond de calomnies, auquel ils renvoyent ou dans leurs entretiens, ou dans leurs libelles imprimez, ceux qui doutent de ce qu'il leur plaiſt de nous impoſer; comme l'on peut voir par deux autres de leurs libelles, l'un intitulé: *Reponſe à pluſieurs queſtions touchant les Janſeniſtes*; & l'autre: *La ſecrete Politique des Janſeniſtes.* C'eſt ainſi que des pieces diaboliques qu'ils ont eux-meſmes forgées, leur donnent moien d'eventer noſtre pretendue politique.

5. Mais nos ennemis n'ont pas toujours pris la peine de faire des livres ſous noſtre nom, en y mettant les impietez & les maximes dont ils nous vouloient rendre coupables. Ils ſe ſont contentez d'autre-fois de forger des propoſitions impies, qu'ils ont dit hardiment ſe trouver dans un tel écrit ou dans un tel imprimé, quoy que ces écrits & ces imprimez ne fuſſent que des chimeres.

On

On n'en peut donner d'exemple plus surprenant que ce blaspheme: *Il est loisible à une ame de desirer d'estre privé à la mort de la Communion du Corps de J. C. pour imiter le desespoir du Fils de Dieu en la Croix lors qu'il fut abandonné de son Pere.* Ils avoient trouvé que cela estoit propre à nous faire avoir en horreur; ils nous l'ont donc attribué en 3. ou 4. de leurs livres. Mais ç'a esté en disant que cela estoit, tantost, *dans une piece publique qui s'appelloit le Chappelet de S. Cyran*; tantost, *dans les Constitutions imprimées du saint Sacrement*; & tantost, *dans les Regles de Port-Royal.*

Le premier qui nous a imputé ce blaspheme est le P. Seguin dans un libelle contre La frequente Communion, qui avoit pour titre: *Sommaire de la Doctrine du Sr. de S. Cyran & du Sr. Arnauld.* On ne le pouvoit pas faire d'une maniere plus emportée. *La main*, dit-il, *me tremble d'horreur, quand elle se sent obligée pour desabuser les esprits qui ont esté prevenus de cette maxime, d'écrire la haute impieté où est arrivé ce projet malheureux de detourner, & pour ainsi dire, d'arracher les ames de la sacrée Communion. Je ne le dirois pas* SI LA PIECE N'AVOIT ESTE' PUBLIQUE. *Le scandale n'en est pas encore tout-à-fait levé. On l'appelloit le Chappelet de S. Cyran, qui contenoit les pratiques spirituelles qu'il donnoit à quelques personnes qu'il élevoit en son école. L'une de ses instructions portoit, qu'il estoit loisible à une ame de desirer d'estre privée à l'heure de la mort de la Communion du Corps de J. C. pour imiter le* DESESPOIR *du Fils de Dieu à la Croix, lors qu'il fut abandonné de son Pere. Est-ce la bouche d'un homme, où l'organe du Demon qui a formé cette pratique & vomi ce blaspheme? Jamais Calvin ne l'a conçu si horriblement.* Mais il n'y eut jamais aussi d'imposture plus abominable. Car ce livre, ce passage, cette prattique, n'ont jamais esté que dans la teste de ces Ecrivains medisans.

Deux autres Jesuites nous imputerent aussi cette mesme impieté. Mais l'un, qui est l'auteur d'un Ecrit intitulé *Analysie*, soutenoit que cela se trouvoit dans *les Constitutions imprimées du S. Sacrement*, qui est un livre qui n'a jamais esté au monde. Et l'autre qui est le P. Brisacier, *dans les Regles de Port-Royal*: qui n'avoit en ce temps-là pour toute Regle que celle de S. Benoist; car leurs Constitutions n'ont esté faites que long-temps depuis.

6. Je n'ay presque pas besoin de parler de la plus damnable imposture qu'on ait inventée contre nous qui est la fable de Bourgfontaine: tant elle est connue de tout le monde. Il est certain qu'on m'avoit mis dans cette assemblée chimerique des Deïstes, qu'on disoit s'estre tenue en 1621. & qu'en me marquant par A. A. on avoit aussi fait entendre que le livre de la frequente Communion avoit esté fait sur le plan dressé dans cette assemblée pour détruire les Sacremens de la Penitence & de l'Eucharistie. Mais les aiant confondus en faisant voir que je n'avois alors que 9. ans, au lieu de reconnoistre la fausseté de cette horrible calomnie, ils ont mieux aimé mettre en

ma place Mr. d'Andilly mon frere ainé, par la plus effrontée de toutes les
Dans les
Factums
pour les
heritiers
de Mr.
Janse-
nius.
medifances, comme on l'a fait voir ailleurs.

Je dois donc, Monfeigneur, eftre accouftumé à ces fortes d'impoftures. Cependant je vous avoue que cette derniere me paroiſt d'un caractere
tout particulier, & qui marque plus de corruption de cœur & d'efprit que
pas une autre.

Je la confidere en elle-mefme fans l'attribuer encore à perfonne en particulier, pour ne rien dire que de tres-certain; & je fuis afluré que le recit
que j'en ai fait qui ne comprend qu'une partie de cette intrigue diabolique,
fera fremir d'horreur tous ceux qui en entendront parler, pour peu qu'ils
aient de fentiment non feulement de Religion, mais d'honnefteté morale.

Ce qu'on y doit principalement confiderer, eft que ce n'eft point une chofe que l'on puiffe croire avoir efté faite par une paffion paffagere dont on
fe foit repenti enfuite, comme lors qu'un homme dans un tranfport de
colere outrage fon ennemy. Il faut que l'on fe foit fait un merite devant
Dieu de cette lâche trahifon, pour l'avoir continuée pendant plus d'un an
avec une fi merveilleufe application à toutes fortes de moiens pour la faire
reuffir. Si on y avoit trouvé du mal, il eft moralement impoffible que s'e-
ftant prefenté cinq ou fix cent fois devant Dieu, on n'en euft pas eu des
remords qui auroient fait defifter de cette entreprife. Il eft donc indubitable
que ceux qui l'ont pourfuivie avec tant de peine & tant de travail s'eftoient
mis dans l'efprit, qu'ils ne faifoient rien en cela qui ne fuft agreable à Dieu,
& il n'eft point difficile de concevoir comment ils ont pu fe le perfuader. On
en trouve les principes dans les Cafuiftes modernes. Ceux qui fçavent qu'on
a enfeigné qu'en divers cas les meurtres & les empoifonnemens font innocens, quand on n'a pas d'autre moien de conferver fon honneur, n'auront
pas de peine à croire que ces fourbes fe foient fait un *point de confcience*
de mettre en ufage toutes fortes de menfonges, de tromperies, de trahifons,
& les vols mefmes, pour defabufer ceux qui ont de l'attache à ce qu'ils appellent une faction ennemie de l'Eglife, & pour en donner de l'horreur.

C'eft comme en parle l'Auteur de la lettre à un Docteur de Douay. *Je*
ftois, dit-il, *ces jours paffez chez la perfonne qui* S'EST FAIT UN POINT DE
CONSCIENCE *de me communiquer les lettres & les pieces originales de toute cette*
intrigue pour defabufer ceux que je fçavois avoir de l'attache à cette faction,
& pour leur en infpirer de l'horreur. Voilà la fin louable qui juftifie tous ces
moiens: la fubftitution d'un fourbe en la place d'un homme de bien; les
plus flatteufes careffes, pour couvrir la plus noire perfidie; des addreffes de
filoux, pour voler des perfonnes qui agiffoient avec la fimplicité de la colombe; les preparatifs de la perfecution la plus cruelle, déguifez fous le commerce de la plus tendre amitié.

Il n'y a point de crimes plus puniffables, que ceux qui font d'autant plus
pernitieux à la focieté humaine, que l'on s'en peut moins garder: & c'eft
ce

ce qui fait qu'on punit si severement les empoisonneurs. Or comment se garder de ces devots à la Casuiste, qui se font un *point de conscience* de ces infames trahisons? Pouvois-je empêcher qu'un de ces fourbes conscientieux ne prist mon nom pour dresser un piege au Professeur de Ligny, en le prevenant par beaucoup de témoignages d'amitié? & ce jeune homme pouvoit-il se défier d'une telle supercherie? Ne peut-on pas dire des plus honnestes gens & des plus sinceres ce que nous lisons dans une Tragedie Chrestienne:

> *Incapables de tromper*
> *Ils ont peine à s'échapper*
> *Des pieges de l'artifice.*
> *Un cœur franc ne sçauroit soupçonner en autruy*
> *La fourberie & la malice,*
> *Qu'il ne sent point en luy.*

La confiance estant une fois gagnée par deux ou trois fausses lettres, dans lesquelles on feint des affaires importantes qui demandent un grand secret, on est pour toûjours dans l'illusion, & cela peut durer des années entieres sans qu'on s'avise de se défier qu'on soit trompé. Il n'est donc pas étrange qu'on ouvre son cœur à celuy que la maniere dont on en a esté prevenu fait regarder en quelque façon comme un ami envoyé de Dieu, & que l'on embrasse tout ce qu'il propose, par la bonne opinion qu'on a de sa pieté & de ses lumieres.

Dieu a permis que ces faussaires se soient hatez de recœuiller le fruit de leurs tromperies. S'ils eussent attendu jusques après ma mort, on auroit eu plus de peine à démesler cette intrigue malitieuse.

Mas que sçai-je après tout, s'ils n'ont point écrit de semblables lettres à d'autres personnes, qu'ils auront abusées de la mesme sorte, & dont ils auront tiré des réponses qu'ils reservent à faire valoir dans un autre temps? Aprés une telle découverte il n'y a rien qu'on ne puisse croire pour le passé, & qu'on ne puisse craindre pour l'avenir de cette nouvelle espece de Zelateurs, qui se font un *point de conscience* d'employer les filouteries & les trahisons les plus noires, pour *donner de l'horreur* de ceux qu'ils ont entrepris de faire passer pour ennemis de l'Eglise.

Il y a grand sujet de croire que c'est par de semblables suppositions, qu'on a taché de me mettre mal dans l'esprit de Sa Majesté lors que j'estois à Paris, en me faisant passer pour un homme d'intrigue & de cabale, à qui toutes sortes de personnes écrivoient des Provinces. Cependant je me tenois bien assuré qu'on ne m'avoit rien écrit qui put donner cette opinion de moy, & qui eut aucun air d'intrigue. Mais je voy bien maintenant que je me pouvois tromper. Car puis qu'on se vante qu'on a 30. ou 40. Lettres signées de moy, & autant de Réponses qui m'ont esté adressées sans que j'en aye rien sçu, n'ai-je pas lieu de penser qu'on a pû faire quelque chose de semblable en ce temps-là: & que si on n'a pas osé ecrire en mon nom, parce que mon écriture peut

estre

eſtre plus facilement connuë en France, il aura eſté encore plus aiſé de me faire écrire par d'autres perſonnes, qui auroient feint de répondre à ce que je leur aurois écrit, & où l'on auroit mis tout ce qu'on auroit voulu pour me faire ſoupçonner d'avoir de ſecretes intelligences, & donner ſujet de craindre quelque brouillerie.

Il faut bien, Monſeigneur, que ce ſoit quelque choſe de cette nature qui ait fait avoir de moy une opinion ſi contraire à mes veritables diſpoſitions. Me ſoûmettant aux ordres de Dieu, j'attendois avec patience qu'il luy pluſt de faire connoiſtre combien j'eſtois innocent de tous les ſoupçons qu'on avoit donnez de moy. Mais j'eſpere plus que jamais que la maniere indigne dont on vient de me traiter en écrivant tant de lettres ſous mon nom, où l'on me fait faire le perſonnage d'un fourbe achevé, pourra beaucoup contribuer à diſſiper les nuages dont la malice des hommes à couvert juſqu'à cette heure la verité dans l'eſprit de bien des gens.

C'eſt, Monſeigneur, ce que je me promets de voſtre équité. Aprés l'éclat qu'à fait cette affaire, il eſt neceſſaire de l'approfondir. C'eſt le moien de s'aſſurer de quel côté eſt la cabale & l'intrigue; qui ſont les trompeurs, & les trompez; & d'où vient le formulaire de foy qu'on dit avoir eſté fait pour renverſer la Religion.

J'y ay, Monſeigneur, un grand intereſt, comme je vous l'ay déja repreſenté. Mais le public y en a encore un plus grand. Car ce ſeroit un exemple bien pernicieux & qui pourroit cauſer d'étranges troubles dans la ſocieté humaine, ſi ceux qu'on auroit reconnu avoir eſté les trompeurs profitoient de leur tromperie, contre cette maxime du Droit : *Nulli fraus vel dolus patrocinari debet.* Et contre cette belle parole de S. Bernard au Pape Innocent II. *Res plena æquitate & laude digna, ut de mendacio nemo lucretur:* Rien n'eſt plus conforme à l'équité, ni plus digne de louange que d'empecher que les menteurs ne profitent de leur menſonge.

Or ces menteurs profiteroient de leurs menſonges & l'avantage qu'ils en titeroient les rendroit plus hardis à ſe ſervir de ſemblables fraudes, s'ils obtenoient quoy que ce ſoit des trois choſes qu'ils paroiſt aſſez qu'ils ont euës en vüë.

La premiere a eſté de perdre des Perſonnes qu'ils n'aimoient pas. On le voit aſſez par la maniere barbare & inhumaine dont ils ont traité celuy qu'ils avoient le plus en butte, ne ſe contenant pas de luy avoir volé pour plus de 40. écus de livres, mais l'aiant encore engagé par une infinité de menſonges à un voyage de trois ou quatre cent lieuës, qui l'a reduit à une extreme miſere, après luy avoir fait abandonner tout ce qui luy donnoit dequoy vivre. Cela paroit encore par leurs outrageux emportemens contre tous les autres dans la Lettre à un Docteur de Doüay. Or ne ſeroit-ce pas les recompenſer de leur fraude, que de ſouffrir que ceux qu'ils ont ſi vilainement trompez, ſoient traitez dans cette Satyre d'une maniere ſi atroce? C'eſt

bien

bien affez que le monde fe mocque de ces bonnes gens, & qu'il fe rie de leur fimplicité, & de leur candeur. Pour cela ils le doivent fouffrir avec patience, & s'en confoler par cette parole du S. homme Job : *Deddetur jufti fimplicitas* : On fe rit de la fimplicité du jufte. Qu'ils fe fouviennent auffi de cette autre parole du S. Efprit dans les Pfeaumes : *Noli æmulari in malignantibus, neque zelaveris facientes iniquitatem* : Ne foiez point jaloux de la profperité des méchants, & ne portez point d'envie à ceux qui commettent l'iniquité. Qu'ils fe gardent donc bien d'envier à ceux qui les ont joüez, la gloire de poffeder cette fageffe des amateurs du monde, qui confifte, comme dit un grand Pape, à tromper adroitement, à cacher avec artifice les penfées qu'on a dans le cœur, & à voiler cette malicieufe duplicité du nom de prudence & de fçavoir-faire.

S. Gregoire.

La 2. chofe que ces fauffaires fe font propofée eft de renouveller l'opinion qu'on avoit taché pendant fi long-temps d'entretenir dans le monde, que le Janfenifme n'eft point un phantôme, mais une fecte réelle de dangereux heretiques, qui foûtiennent les herefies condamnées dans les cinq propofitions. C'eft à quoy tend toute la Lettre à un Docteur de Doüay. Mais leur procedé fait voir le contraire. Car fi cela eftoit, & qu'il y euft une fecte réelle de perfonnes infectées de ces erreurs, pourquoy ont-ils eux-mefmes forgé des propofitions équivoques & entortillées pour les y faire trouver. C'eftoit dans leurs livres qu'ils les devoient chercher, & les produire en leurs propres termes fi elles y eftoient. Ils fe vantent d'avoir leur plus méchans livres : c'eft le jugement qu'ils en font. Ils difent que c'eft de là que tiroient *leurs vilainies & leurs ordures*, ceux qu'ils déchirent comme les plus attachez à cette prétenduë fecte. Ils les appellent *des égoufts & des cloaques où ils fe vautroient*. Ils nous marquent les principaux, & où cette *pourriture* fe devroit trouver, s'il y en avoit dans leurs ouvrages : *Le Wendrock, les Difquifitions de Paul Irenée, la Differtation Theologique de Mr. Arnauld, les Imaginaires & Vifionaires, le Phantôme du Janfenifme*. Ce n'eft pas d'aujourd'huy que ces livres leur font connus. Pourquoy depuis tant de temps n'y ont-ils pû trouver de ces méchantes propofitions dont ils avoient befoin pour faire voir la realité de la fecte qu'ils appellent Janfenifme ? C'eft là qu'ils les devoient prendre pour les rapporter fans deguifement, & faire voir enfuite que c'eft la Doctrine condamnée. S'ils l'avoient pû faire, ils n'auroient pas efté reduits à fabriquer euxmefmes une méchante Thefe, & à inventer cent menfonges impudens pour en extorquer l'approbation de quelques perfonnes trompées par la bonne opinion qu'elles avoient d'un Docteur dont ces fauffaires empruntoient le nom. Loin donc que cela puiffe prouver avec la moindre apparence, que ce qu'ils appellent Janfenifme foit une fecte & une faction réelle qu'on doit avoir en horreur ; c'eft une preuve manifefte du contraire : & on fera bien de l'ajoûter aux autres, lors qu'on rimprimera le *Phantôme du Janfenifme*.

Je

Je ne croy pas, Monseigneur, que vous voulussiez que je m'arrestasse à refuter ce qu'ils disent pour excuser leurs trahisons & leurs mensonges : qu'on a eu besoin d'adresse pour découvrir les sentimens des Jansenistes, parce qu'ils ont accoûtumé de les deguiser & de cacher ce qu'ils ont dans le cœur. Car on leur soûtient que c'est une noire calomnie, d'autant plus detestable qu'on s'en peut servir, comme a remarqué S. Gregoire, pour rendre la foy de tout le monde suspecte, lors qu'on ne la peut appuier que sur des soupçons malins & des jugemens temeraires.

Cependant on peut ajoûter qu'ils introduisent par là dans nostre Religion le nouveau dogme d'une trés méchante morale condamné par les Saints Peres. Car saint Augustin a fait un livre exprés qu'il a intitulé *Contre le mensonge*, dont le principal sujet est de refuter l'erreur de quelques personnes, qui disoient que pour découvrir les heretiques Priscillianistes, il estoit permis de feindre qu'on estoit de leur party. il fait voir premierement, que c'estoit une des heresies des Priscillianistes, qu'il est permis de cacher la verité de ses sentimens par un mensonge, & qu'ainsi il ne les falloit pas imiter dans cette erreur, par laquelle ils estoient pires que tous les autres heretiques. Il dit que celuy qui feint d'estre heretique ne l'estant pas, est pire que celui qui l'est veritablement, parce que l'un blaspheme sans connoissance, l'autre blaspheme avec connoissance. Il montre que celuy qui pour decouvrir les Priscillianistes parle conformement à leur sentiment, renonce J. C. devant le monde, & est compris dans cet arrest du Fils de Dieu, qu'il desavouera devant son Pere ceux qui l'auront desavoué devant les hommes. Il deteste toutes ces voyes de feinte & de deguisement, qu'on peut emploier pour découvrir des heretiques : & il enseigne que c'est par la verité qu'il faut éviter les erreurs, que c'est par la verité qu'il les faut faire connoistre, que c'est par la verité qu'il les faut détruire. Il conclut enfin que s'il n'y a point d'autre moien de faire paroistre au jour l'impieté des heretiques, qu'en feignant d'estre heretique pour la découvrir, il vaut mieux souffrir qu'elle demeure cachée : *Il vaut miex*, dit-il, *que ces Renards demeurent dans leurs tanieres, que non pas que ceux qui les en voudroient faire sortir se jettent dans le precipice du blaspheme.*

Puis donc que selon S. Augustin, c'est un blaspheme qui merite que l'on soit renoncé de J. C. si on n'en fait penitence, que de parler conformement au sentiment des heretiques, ou de ceux que l'on croit tels, quand ce seroit pour les découvrir ; de combien de blasphemes s'est rendu coupable le faux Arnauld, lors que par tant de lettres il a loüé & recommandé comme meritant des éloges extraordinaires, une These qu'il avoit forgée & qu'il croioit dans son cœur estre pleine d'heresies, & capable de renverser l'Eglise, selon qu'on en parle dans le libelle ? Croiez-vous, Monseigneur, qu'aprés une telle profanation de la verité en matiere de Religion, il puisse y avoir de salut pour luy, s'il ne repare ce scandale par une satisfaction publique. Dieu nous avertit dans tit dans l'Apocalypse que le partage des menteurs, aussi-bien que des execrables & des homicides, sera dans l'étang brulant de feu & de souffre. Quel genre de menteurs peut-estre plus digne de ce supplice que ceux-là, s'ils meurent dans l'impenitence?

La 3. chose que ces trompeurs ont eue en vûe a esté de semer la discorde entre les freres, ce que le Sage nous assure que Dieu ne hait pas seulement, mais qu'il deteste : *Sex sunt quæ odit Dominus, & septimum detestatur anima illius. ... eum qui seminat inter fratres discordias.* Il y a long-temps qu'ils ont de la peine à souffrir que les Theologiens qui font une profession particuliere de suivre la doctrine de S. Augustin, comme ont fait les celebres Facultez de Louvain & de Douay dans leurs censures, & ceux qui s'attachent à celle de S. Thomas, qui n'en est point differente dans le fond & en ce qu'il y a de capital, soient d'accord sur la matiere des cinq Propositions; & que le petit different qu'ils avoient eu autrefois touchant l'usage d'un mot, dont les Molinistes abusent, se soit heureusement terminé, en marquant en quel sens on le prend. Ce qui peut avoir augmenté leur chagrin est que les mesmes sentimens des Disciples de S. Augustin, contenus en 5. Articles sur la matiere des 5. Propositions, qui avoient esté envoiez au Pape Alexandre VII. en 1663. par Mr. l'Evesque de Comenge qui l'a depuis esté de Tournay, & qui avoient esté adoptez par plusieurs Thomistes, comme parfaitement conformes à la doctrine de leur école, avoient esté aussi addressez au feu Pape en l'année 1689. avec l'applaudissement des Corps & des Ordres qui ont pris le Docteur Angelique pour leur guide & pour leur Maistre dans sa Theologie. C'a esté pour troubler cette harmonie que cet Imposteur a principalement travaillé. Il m'a fait écrire sur ce sujet par une impudence extreme une infinité de choses tres-éloignées de ma pensée. C'est cependant ce qui a pu troubler pour un peu de tems ceux qui ne se défioient pas que c'estoit un fourbe qui leur écrivoit. Mais une preuve convaincante de leurs vrais sentimens sur ce sujet, est qu'immediatement avant qu'on leur eust tendu ce piege, le Professeur de Ligny avoit soutenu avec beaucoup de zele les 5. Articles dont je viens de parler, qui ont esté si bien reçus dan l'Ecole de S. Thomas. Presentement donc que le masque est levé, & qu'ils connoissent pour un loup deguisé en brebi celuy qui les vouloit engager par ses tromperies dans une guerre intestine, ils ne peuvent plus qu'avoir de l'aversion pour toutes les brouilleries de ce faussaire : & les vains efforts n'auront servy qu'à unir davantage ceux qu'il s'estoit efforcé de désunir. Ainsi il n'est pas à craindre de ce côté-là que les Auteurs de cette fourberie en remportent aucun avantage.

Il ne me reste plus, Monseigneur, qu'à prier Dieu, qu'il vous donne toutes les lumieres necessaires pour débrouiller cette intrigue, & pour remettre les choses en leur estat naturel, en rendant justice à tout le monde. Il y a long-temps qu'un Evêque n'a eu une si grande affaire à juger. Il s'a-

D

git

git de satisfaire le public, qui auroit sujet de se plaindre, si on ne faisoit sentir l'horreur que l'on doit avoir d'une si longue si premeditée & si criminelle supercherie. Il s'agit d'empecher par quelque chose de fort, qu'un si pernicieux exemple ne puisse passer à l'avenir pour une adresse louable. Il s'agit de donner la paix à l'Eglise, que l'on trouble depuis tant de temps par le vain phantôme d'une secte d'heretiques, à qui on attribue tout ce que l'on veut, soit en leur imputant les heresies qu'ils detestent, soit en leur faisant un crime de conduire les ames par les regles les plus salutaires, & les plus conformes à l'Esprit de l'Evangile. Il s'agit *d'exercer le jugement de Dieu*, comme parle un saint Roy de l'ancien peuple, en protegeant les foibles contre ceux qui dans le dessein de les opprimer, ont dressé d'abord des embuches à leur simplicité & à leur candeur, & travaillent ensuite à les accabler par leur credit, aprés les avoir representez par le libelle du monde le plus outrageux & le plus malin, comme des cabalistes qui veulent ruiner l'Eglise. Il s'agit enfin, Monseigneur, puis que l'on m'a fait prendre tant de part à cet ouvrage de tenebres, que je puisse avoir un temoignage public que je n'y en ay point pris du tout, mais que l'on s'est servi de mon nom, pour écrire à des personnes avec qui je n'ay jamais eu aucun commerce, des lettres pleines de faussetez & de mensonges, afin de les engager à signer des propositions équivoques, que ces faussaires avoient eux-mesmes malicieusement fabriquées, & leur causer ensuite beaucoup d'autres pertes dans leur reputation & dans leur bien, dont je serois responsable, si ces lettres estoient de moy.

Quand vous n'auriez, Monseigneur, en cette occasion qu'à défendre la reputation du moindre des fidelles, vostre amour pour la justice l'assureroit de vostre protection. Mais c'est un Evesque vrayment Evesque, qui a à défendre un Prestre & plusieurs Prestres de Jesus-Christ. C'est un zelé Défenseur des regles de la penitence & des saintes maximes de la morale Chrestienne, que la Providence engage à soutenir les justes interests de celuy, à qui Dieu a fait la grace, il y a prés cinquante ans, de consacrer à la défense de ces mêmes veritez, des premices de ses travaux. Ils ont aussi esté les premices de mes souffrances & la source des differentes vexations dont il a plû à Dieu que j'aye esté exercé depuis ce temps-là jusqu'à present. La cause m'en est trop honorable pour n'en point benir Dieu : & je n'ay qu'à le prier qu'il continue de me soutenir par sa grace pour luy estre fidelle jusqu'au dernier moment de ma vie.

ANTOINE ARNAULD,
Docteur de Sorbonne.

Ce VII. Dimanche d'aprés la Pentecoste, où l'Eglise nous fait faire attention à cet important avis du souverain Pasteur de nos ames, ATTENDITE A FALSIS PROPHETIS, QUI VENIUNT AD VOS IN VESTIMENTIS OVIUM, INTRINSECUS AUTEM SUNT LUPI RAPACES.

ADDI-

ADDITION.

ON vient, Monseigneur, de m'envoier un Ecrit des Jesuites d'Anvers sur la matiere du Peché philosophique, approuvé par le Sr. Du Bois le 12. Juillet 1691. Ils y ont mis à la fin la These des 7. propositions fabriquées par le faux Arnaud, avec un prélude dans lequel ils font entendre, non seulement qu'elle est conforme à mes sentimens, mais qu'il y a beaucoup de conjectures qui peuvent faire croire que j'en suis l'Auteur. Il est nécessaire de rapporter ce qu'ils en disent, afin que tout le monde puisse voir, que j'ay eu raison d'apprehender qu'on ne m'attribuast ce qu'ont fait les fourbes qui ont eu l'impudence de prendre mon nom.

CORONIS.

Jam huic scriptiunculæ finem imposueram, cum delatæ sunt ad me Theses, nescio quo autore concinnatæ, à variis Theologis, non tamen Lovaniensibus, quantum scio, laudatæ & approbatæ, Continent hæ quoddam veluti systema doctrinæ, quæ à mente D. Arnaldi non videtur esse admodum alieno, & valdè nitidè exprimunt, quo usque illam contrà peccatum philosophicum criminationem extendant aliqui; unde suspicari pronum est ab ejus fœderatis esse approbatas, nisi & ipse forte easdem approbet. Redolent enim Theses illæ cultum aliquem, & venustatem minimè vulgarem; nitida sunt expressiones, quales ipse desiderat; apparet etiam quod conformes planè sint quorumdam ideis claris & fixis; has & ipse amat. Denique Augustini Discipulum (notum est quinam hoc nomine veniant apud fœderatos) sapiunt: de reliquo statuant alii: mea nihil interest quis author sit, quis arcanorum conscius, &c. Dicitur enim res tota, uti & quædam alea, clanculùm acta. Ast de hoc fortassis aliàs pluribus, si quidem intelligere detur, quo usque Theses illæ ad gustum sint Antonii Arnaldi. Hoc dum exspecto juvat aliorum oculis & judicio subjicere venustum illud arcana doctrinæ compendium.

Je vous avois fait remarquer, Monseigneur, que l'Auteur de la lettre à un Docteur de Douay, aiant laissé en blanc un nom, qui ne pouvoit estre que le mien, dit qu'il le fait *pour des raisons que l'on dira plus tard.* Ce *plus tard* n'a pas esté bien éloigné. La miserable These est bien-tost passée de Douay à Anvers, d'où elle pourra encore faire bien du chemin en peu de temps. Me voilà donc au moins soupçonné d'en estre l'auteur, par une infinité de personnes à qui on fera voir ce nouvel Ecrit, qu'on aura soin de répandre par les Colleges de la Societé en France, en Italie, eu Espagne, en Allemagne, en Pologne, & peut-estre dans l'une & l'autre Amerique. On appuye ce soupçon par les louanges que l'on me donne de *netteté*, *d'élegance*, *d'idées claires*, qu'on applique ridiculement à une These fort mal-bastie,

bastie, & qui n'a de remarquable qu'une malice rafinée : ce qui graces à Dieu est fort éloigné de mon caractere.

Vous voiez donc, Monseigneur, la necessité où je me trouve de vous demander justice contre cette noire imposture que l'on commence à répandre dans le monde. Je n'y emploie point les formalitez ordinaires des procés : je ne les sçay point, & ne suis gueres en estat de m'en pouvoir servir. Je me repose entierement sur vostre équité, & sur ce que vostre conscience vous fera juger estre necessaire pour la conservation de mon honneur, contre de médisances si publiques.

P. S. J'apprens que les pieces originales de toute cette fourberie sont entre les mains du R. P. Recteur des Jesuites de Douay, & qu'il les monstre à tous ceux qui ont la curiosité de les aller voir.

SECONDE PLAINTE
DE
Mr. ARNAULD
DOCTEUR DE SORBONNE.
AUX RR. PP. JESUITES.

Sur le bruit qu'ils font courir, que c'eſt le vray Mr. ARNAULD qui a écrit les Lettres & envoyé la Theſe, & que c'eſt un faux Arnauld qui a fait la PLAINTE. Et ſur la *Lettre à un Docteur de Douay &c.* r'imprimée nouvellement à Paris ſous ce titre: *Secrets du Parti de* Mr. ARNAULD *découverts depuis peu.*

JE m'adreſſe à vous, MES REVERENDS PERES, ſur les deux Chefs de cette nouvelle Plainte. Il n'eſt plus neceſſaire de m'adreſſer à d'autres. Vous avez tant de credit & de ſçavoir-faire, que vous trouvez toûjours moïen de vous mettre au deſſus des Loix & de la Juſtice: Il ne reſte donc qu'à vous citer devant le Tribunal de tout ce qu'il y a d'honneſtes gens dans le monde qui ont déja conçû tant d'horreur de la fourberie du faux Arnauld, afin que ſi toute autre crainte n'eſt pas capable de vous retenir, celle de l'infamie publique vous puiſſe faire changer de conduite.

Quoy que les Jeſuites ne ſoient pas nommez dans la Plainte comme auteurs de la fourberie dont on ſe plaignoit, cela n'a pas empêché que tout le monde ne vous l'ait attribuée. On n'en doutoit pas dans le pays. On nommoit meſme ceux d'entre vous qui y avoient principalement travaillé : & on n'a pû raiſonnablement l'imputer à d'autres. Car ce ſeroit une folie de s'imaginer qu'une intrigue conduite pendant plus d'un an avec tant d'ordre, de ſecret & d'artifice, où il falloit de l'eſprit, & du plus rafiné, pour compoſer un ſi

A   grand

(5)

grand nombre de Lettres malignes, & qui ne pouvoit s'executer que par beaucoup de personnes qui eussent l'affaire à cœur & qui fussent d'intelligence, ait pû estre l'ouvrage d'un particulier. Vous seriez fâchez que l'on crust serieusement que parmy les Molinistes d'autres que vos Peres eussent esté capables de venir à bout d'une affaire si delicate & si ingenieusement inventée. On n'a pas mesme lieu de douter que jusques à la publication de la *Plainte*, ceux d'entre vous qui en ont esté les auteurs, ne se soient applaudi à eux-mêmes d'y avoir si bien reüssi. Ils se sont contentez de ne pas dire ouvertement que ce fussent eux. Mais ce qu'ils faisoient, & ce qu'ils ont fait depuis, les découvre assez. Pour chanter leur triomphe & recueillir le fruit de leur victoire, ils ont publié la *Lettre à un Docteur de Douay*. Ils l'ont fait vendre dans leur College, & il faut estre bien simple pour douter qu'elle ne soit de quelqu'un de vos Ecrivains. Mais ce qui est remarquable, est que l'auteur de la Lettre l'ayant commencée par une sanglante invective, il dit ensuite qu'il a dequoy prouver tout ce qu'il avoit avancé, parce qu'il avoit entre les mains les papiers originaux de toute cette intrigue. Or il est constant que ces prétendus papiers originaux se sont trouvez dans ce mesme temps chez le Recteur des Jesuites de Douay, & qu'il les a monstrez à qui les a voulu voir. Il faudroit s'aveugler soy-mesme pour n'en pas conclure, que ce Recteur des Jesuites & l'auteur de la Lettre sont au moins du mesme complot; ce qui suffit. Car il ne s'agit pas de sçavoir, Mes R R. PP. qui sont précisément ceux d'entre vous qui ont travaillé à cette œuvre de tenebres, quoy qu'on ne l'ignore peut-estre pas; mais si c'est chez vous qu'elle s'est concertée & executée.

C'est l'estat où cette affaire en estoit avant que la *Plainte* parut. Vos Peres ne s'appliquoient qu'à décrier les Theologiens de Douay qu'ils avoient entrepris de perdre. Et ils commençoient d'y réüssir, parce que le public n'estoit pas informé de l'insigne fourberie qu'on avoit emploiée pour les surprendre. Mais quand on l'eut appris par la *Plainte*, les esprits changerent bien tost de disposition. On admira la simplicité des Theologiens trompez; mais l'indignation se tourna toute contre les fourbes.

Vos Peres de Douay en parurent consternez. Ils n'oserent plus debiter leur *Lettre à un Docteur de Douay*. On la recherchoit, parce qu'il en est parlé dans la *Plainte*; mais on ne pouvoit plus en avoir *ni pour or ni pour argent*. C'est ce qu'on mandoit de ce pays-là.

Ils se trouverent de plus fort troublez & dans une grande irresolution sur ce qu'ils avoient à dire. Apres avoir fort varié, ce qu'on a appris par les derniers avis qu'on a eus, est qu'ils se sont determinez à trois choses.

1. A soûtenir qu'il n'y a point eu de fourberie, & que c'est le vray M. Arnauld qui a écrit les lettres, & qui a fait signer la Thèse, dont il est parlé dans la premiere *Plainte*. Ils trouvent cela plus avantageux que d'avoüer la fourberie en niant qu'ils y aient eu part, parce qu'ils ne sçavent à qui l'imputer avec la moindre vrai-semblance.

2. A révoquer en doute si la plainte est du vray M. Arnauld, & si ce n'est point quelque autre qui l'ait publiée sous son nom. Ils ont cru que cela leur estoit necessaire pour faire croire plus facilement leur premiere fausseté; parce qu'ils ont desesperé de trouver beaucoup de gens qui me crussent assez perdu de conscience pour desavouer effrontément ce que j'aurois fait.

3. A se menager un retranchement en cas qu'ils ne se pûssent maintenir dans ces deux postes, qui seroit de dire: que quand on auroit trompé ces Theologiens de Douay il n'y auroit point en cela de crime, parce que ç'auroit esté un artifice innocent & necessaire pour decouvrir ce qu'ils avoient dans le cœur. C'est ce que nous allons examiner.

§. I.

Si c'est le vray Mr. Arnauld qui a ecrit les Lettres.

JE ne suis pas surpris, mes Reverends Peres, que vos Peres de Douay pour appaiser le murmure qui s'estoit elevé contre eux à l'occasion de l'estrange fourberie dont on les accusoit, aient pris le parti de soutenir qu'il n'y avoit point eu de fourberie, mais que c'est le veritable M. Arnauld qui a écrit tant de lettres pour engager des Theologiens de cette Université à pousser plus loin qu'on n'avoit fait encore la Doctrine de la grace.

Quoy qu'ils sceussent bien le contraire, ils ont pu croire que la conservation de l'honneur de la Société étoit un assez grand sujet pour leur donner droit d'user de restriction mentale: art merveilleux qui fournit un moien facile de dire toutes sortes de faussetez sans estre coupable d'aucun mensonge. Mais ce qui est plus estonnant, est qu'ils aient pû se mettre dans l'esprit qu'apres la publication de la *Plainte*, ils trouveroient des gens à qui ils pourroient faire croire une chose si peu croiable.

Ce n'a peut estre pas aussi esté leur pensée, qu'ils viendroient à bout de faire croire absolument, que ces lettres sont veritablement de M. Arnauld: mais ils se sont flattez qu'en le soutenant avec une grande confiance ils rendroient pour le moins la chose douteuse, & engageroient bien du monde à suspendre leur jugement: ce qui seroit toûjours bien avantageux pour sauver l'honneur de la Compagnie.

Mais vous vous estes, mes Reverends Peres, trop facilement laissé emporter, par l'esperance de cet avantage, à nier l'intrigue du faux Arnauld. Comment n'avez vous pas vu qu'il vous seroit impossible de faire que personne en doutast? Et que tout ce que vous gagneriez à n'en pas vouloir demeurer d'accord, seroit de confirmer le public dans l'opinion qu'il a déja, de vostre peu de sincerité en tout ce qui regarde vos interests.

Si on avoit fait courir le bruit que j'ay volé sur les grands chemins, ou que je suis cet Arnauld qui s'est mis à la teste des Vaudois, aurois-je sujet de craindre qu'on le crust ou qu'on en doutast? On n'a qu'à considerer

A 2   les

les menfonges impudens de ces malheureufes lettres, & le rafinement de malice qui y eft repandu par tout, pour demeurer auffi convaincu, quelque peu
que l'on me connoiffe, que je n'en puis eftre l'auteur.

Vous auriez beau pretendre que c'eft fuppofer ce qui eft en queftion, parce
que felon l'idée que vous avez taché de donner de moy dans vos livres
& vos libelles, on me peut juger capable d'avoir commis ces excés.
Cela pourroit eftre fi vous en aviez efté crus. Car il n'y a guere de mal que
vous n'ayez dit de moy, jufqu'à publier dans vos claffes qu'on
avoit découvert que j'eftois Sorcier, & qu'on m'avoit vu au Sabbat. Mais
c'eft vous mefmes qui fuppofez ce qui eft en queftion, en vous imaginant que
le public a de moy l'opinion que vous luy en avez voulu donner par
des medifances fans preuves & fans fondement; au lieu que vous avez plus
de fujet d'apprehender qu'elles ne vous ayent fait paffer pour de grands calomniateurs, que je n'en ai de craindre qu'elles m'aient fait paffer pour un
mechant homme.

Il y a neanmoins une autre chofe qui pourroit affoiblir à voftre égard la
force de cet argument. C'eft que vous n'eftes pas fi touchez que le commun
des honneftes gens, de ce qu'on appelle *menfonges*, *fraudes*, *fourberies*, *filouteries*, parce que vous avez des regles de confcience qui vous font croire,
que tout cela fe peut emploier innocemment, quand c'eft pour une bonne
fin. Et ainfi jugeant des autres par vous-mefmes, vous pourriez dire que
vous ne tenez pas M. Arnauld pour un mechant homme, quoy que vous le
croiez auteur de ces Lettres. Mais vous voiez bien, Mes R R. PP. que le public
ne feroit pas fatisfait de cette réponfe, parce qu'il fçait que le vray Antoine
Arnauld dont il s'agit, n'auroit pas efté difpofé à regler fa confcience fur les
fauffes regles de la voftre.

Voicy cependant d'autres preuves qui font encore plus hors-d'atteinte.
Afin que M. Arnauld fuft auteur de ces Lettres il ne fuffiroit pas qu'il fuft
mechant d'une mechanceté commune, il faudroit qu'il fuft fou, ou que fa
mechanceté fuft montée jufqu'à un degré de malignité & de trahifon, dont
on a vu peu d'exemples. Pour en eftre convaincu on n'a qu'à relire dans la
1. Plainte ce qu'on y a rapporté de la conduite de l'auteur des Lettres envers le
jeune Profeffeur. On y verra qu'aprés s'eftre infinué dans fon amitié par les
lettres du monde les plus obligeantes: aprés l'avoir flatté, careffé, & appellé fon cher fils: aprés en avoir obtenu tout ce qu'il defiroit, il l'a traité enfuite fans aucune neceffité de la maniere la plus perfide & la plus barbare. Il luy
a volé fes livres & fes papiers, il luy a fait perdre fon établiffement par la feinte
promeffe d'un autre plus avantageux, & il l'a reduit à la derniere mifere en luy
faifant dépenfer tout ce qu'il avoit d'argent, par les frais d'un long voiage, dont
la fin ne devoit eftre qu'une illufion femblable à celle d'un fonge. Cette conduite eft fort mechante, mais tres-bien fuivie, fuppofé que ce foit un fourbe, comme c'en a efté un certainement. Mais en fuppofant que ce foit le veritable

riable Antoine Arnauld, elle seroit si folle, si insensée, si denuée de toute apparence qu'on n'en pourroit regarder l'histoire que comme un conte chimerique qui se détruiroit luy mesme.

Enfin répondez, mes Peres, à cette derniere conviction. Si c'estoit M. Arnauld qui eust écrit les lettres, ce seroit luy aussi qui auroit reçu les reponses; autrement le commerce auroit esté interrompu. Or il ne l'a point esté. Il les devroit donc avoir: & cependant vous vous vantez qu'elles sont entre vos mains. Arrestons nous à la seule These que ces Messieurs n'avoient signée qu'à la sollicitation de ce pretendu Antoine Arnauld, & qui certainement luy a esté renvoiée, puisqu'il les en remercie. Par quel enchantement seroit elle donc passée de ses mains entre les vostres? Sera-ce par le vol de son infidele valet? Mais c'est un mensonge ridicule: le vray M. Arnauld aiant assuré le public qu'il n'en a point depuis 12. ans, & qu'il n'a esté volé par qui que ce soit.

On n'a donc pas esté surpris, Mes Reverends Peres, de l'embarras où s'est trouvé vostre P. Recteur de Douay, quand on luy a demandé juridiquement d'où il avoit eu les originaux en question. Il comparut d'abord, & répondit qu'il ne les avoit pas. Mais comme on le pressa de dire s'il ne les avoit pas eus, il demanda du tems pour y répondre. C'est à dire qu'il demanda du tems pour deliberer s'il diroit la verité, ou s'il mentiroit. On presenta une nouvelle Requeste pour le faire parler, & on le cita de nouveau. Il manqua aux deux premieres assignations, & sur ce qu'on avoit marqué dans la troisiéme qu'on le tiendroit pour auteur de la fourberie & du libelle s'il ne comparoissoit; & ne declaroit de qui il avoit eu ces papiers; il comparut & il avoua qu'il les avoit eus. Mais enfin pressé de declarer de qui il les avoit eus, & à qui il les avoit rendus, il refusa de le dire, parce, ajoûta-t-il, que sa conscience ne luy permettoit pas de le declarer. C'est aux Juges Ecclesiastiques & seculiers à juger, si cette maniere d'eluder les interrogations les plus juridiques doit estre soufferte, & s'ils peuvent s'en contenter au prejudice d'un tiers. Mais pour le public il a dequoy se satisfaire en cette rencontre. Car il ne luy en faut pas davantage pour n'avoir pas le moindre doute que ce ne soit un faux Arnauld qui ait écrit ces lettres, & que ce faux Arnauld ne soit un Jesuite. Passons donc à l'autre point.

§. II.

S'il est douteux que la plainte soit du vray M. Arnauld?

VOus avez mal profité, Mes Reverends Peres, des regles qu'on vous a données dans le 3. volume de la Morale Prattique. On vous y a soutenu & on l'a trés-bien prouvé, qu'un Ecrit imprimé sous le vray nom d'un auteur, passe pour estre de luy tant qu'on ne prouve point le contraire. C'est

encore

encore plus quand cet écrit eſt une plainte juridique d'un Docteur ſur un ſujet tres-important, & qui eſt reçue par tout avec un applaudiſſement univerſel, ſans qu'il vienne dans l'eſprit d'aucun homme raiſonnable que ce pourroit eſtre une piece ſuppoſée à ce Docteur. Je ne ſçay, Mes Péres, quel nom on doit donner au procedé de ceux qui ſe ſentant coupables de la fourberie qu'on y repreſente & dont on ſe plaint, s'imaginent qu'ils n'ont qu'à dire qu'elle n'eſt point de M. Arnauld, pour en eſtre crus ou pour rendre au moins la choſe douteuſe. On trouveroit bien des moiens de confondre ce pretendu doute. Mais on n'a garde de s'en ſervir. Ce ſeroit faire trop d'honneur à un pyrrho-niſme ſi ridicule que d'y avoir aucun égard. Quand on a pour ſoy une auſſi forte preſomption qu'on en a en cette rencontre, toutes les perſonnes raiſonna-bles auroient ſujet de ſe plaindre ſi on ne s'en contentoit pas, & qu'on ſe mit en peine de verifier par des Notaires, ou par des reconnoiſſances de ſignatures, des faits que tout le monde ſe croit obligé de tenir pour vrais ; parce que des perſonnes intereſſées à n'en pas demeurer d'accord, s'opiniaſtrent à les nier, ou à les revoquer en doute, ſans pouvoir rendre aucune raiſon de la bizarrerie de leur ſentiment. Le genre humain a trop d'intereſt de ne pas laiſſer introduire cette ſervitude, qui reduiroit les perſonnes les plus ſinceres à ne ſe pouvoir faire croire qu'en prenant ſur les choſes les moins conteſtables, les precautions les plus geſnantes.

Il eſt vray que quelques uns, à ce que l'on dit, apportent cette raiſon de leur doute. Si tant de lettres qu'on a cru eſtre de M. Arnauld n'en ſont point, n'a-t-on pas ſujet de craindre que cette *Plainte* n'en ſoit point auſſi ; & que ſçait-on ſi ce n'eſt point un fourbe qui ſe plaint d'un autre fourbe ? Fauſſe ſub-tilité, qui n'eſt propre qu'à renverſer ce qu'on voudroit établir. Car on doit dire au contraire. Puis qu'on ne ſçauroit douter, comme on l'a fait voir, que ce ne ſoit un fourbe qui a écrit tant de lettres pleines de menſonges ſous le nom de M. Arnauld, on ne ſçauroit auſſi douter raiſonnablement que l'Ecrit, où on s'en plaint, qui a pour titre, *Plainte de M. Arnauld Docteur de Sorbonne, &c.* ne ſoit veritablement de luy. Car peut-on nier qu'il n'ait eu droit de s'en plain-dre, & d'en demander juſtice, & qu'il n'y ait même eſté obligé, & par la conſideration de l'intereſt du public, à qui de pareilles fourberies pourroient eſtre fort prejudiciables ; & par celle de ſa reputation qui auroit pu recevoir une tres-honteuſe tache, s'il avoit ſouffert qu'on l'euſt pu croire un jour au-teur de ces lettres ? Il faudroit donc eſtre Pyrrhonien juſques à l'extravagance, pour douter ſerieuſement que cette *Plainte* ne ſoit pas de celuy dont elle porte le nom.

§. III.

§. III.

Si l'artifice dont on s'est servi n'a rien de criminel.

C'Est voftre dernier refuge, Mes Reverends Peres, quand vous craignez d'eftre forcez dans vos autres retranchements. Mais y avez vous bien penfé? N'avez-vous point apprehendé d'ajoûter cette nouvelle preuve à tant d'autres, de cette pernicieufe maxime de voftre Morale, que des moiens qui doivent eftre jugez criminels par les plus communes notions de la pieté & mefme de l'honnefteté, deviennent innocents, quand on les emploie pour une bonne fin? Ce n'eft affurément que par là que vous pourriez entreprendre de juftifier la fourberie de voftre faux Arnauld. Vos Peres de Douay ont fuppofé que c'eftoit rendre un grand fervice à l'Eglife, que de faire paffer pour fes ennemis quelques Theologiens de cette Univerfité, qui témoignoient ne s'accommoder ni de vos opinions Moliniennes, ni des relâchemens de voftre morale. C'eft la pretendue bonne fin qu'ils fe font propofée. Et voicy les moiens que vous nous voudriez perfuader, que cette bonne fin a juftifiez.

Ils ont fabriqué des Thefes, où fous pretexte de s'attacher davantage aux manieres de parler de S. Auguftin, on condamnoit celles de plufieurs fçavans Theologiens qui foutiennent fa doctrine, & ils les ont remplies de propofitions captieufes & équivoques, qui pouvoient eftre tournées au fens des propofitions condamnées.

Defefperant de les pouvoir faire approuver à ces Theologiens de Douay qu'avec beaucoup d'adreffe il leur ont fait efcrire plufieurs lettres fous le nom de M. Arnauld avant que de leur parler de ces Thefes. Ils ne fe font pas contentez de cela. Ils ne les ont propofées à approuver, qu'en accompagnant la priere que le faux Arnauld leur en faifoit, d'un grand nombre de menfonges, que l'on trouvera dans la *Plainte*, dont le principal eft qu'il les avoit deja fait approuver par des Evefques de France, des Docteurs de Sorbonne & de Louvain, & par les plus habiles gens de l'Europe.

Tout cela n'ayant pas efté capable de les faire approuver par ces Meffieurs qu'avec des explications qui en déterminoient les équivoques à un fens orthodoxe, ils ont fait femblant d'approuver ces explications, mais ils ont inventé de nouvelles fupercheries, pour tirer d'eux la fignature fimple d'une autre copie de ces mefmes Thefes que ce faux Arnauld leur envoya.

Ils ont feint par un nouveau menfonge, que ces fignatures n'auroient pas tout l'effet qu'on en attendoit, qui eftoit d'arrefter la cenfure que Mr. l'Archevefque de Malines vouloit faire de ces Thefes, fi elles n'eftoient reconnuës par-devant Notaire.

Pour cacher la voye par laquelle ils auroient eu ces lettres & ces reponfes, ils ont trouvé moyen de voler au Profeffeur de Ligni fes livres & fes

papiers

papiers par une filouterie si finement concertée qu'elle merite autant d'estre loüée parmy les filous, que d'estre en execration parmy tous ceux qui ont quelque sentiment d'honnesteté.

Leur derniere scene est ce qu'ils ont fait pour ruiner entierement ce mesme Professeur; à quoy ils ont employé tant de fourberies, qu'il faut qu'ils en ayent un fond inépuisable.

On peut ajoûter la fable du valet infidelle inventée pour porter ces Messieurs à s'enfuir ou à se cacher, afin d'avoir plus de moyen de les faire passer pour coupables.

On n'a pas de peine à croire, mes RR. PP. que dissimulant ce long tissu de fraudes, de mensonges, de déguisemens, de trahisons, de fourberies, de filouteries, & ne representant tout cela que sous le nom d'un artifice semblable à celuy d'une personne qui se déguise pour decouvrir les desseins des ennemis, il vous aura esté facile de faire passer ce qu'on a tant exaggeré, pour un addresse ingenieuse qui merite plustost d'estre loüée que blasmée. Mais ayez soin que ceux que vous auriez surpris par ces dissimulations, ne sçachent de cette intrigue que ce qu'il vous plaira de leur en apprendre, & qu'ils ne lisent pas la *Plainte* addressée à Monseigneur l'Evesque d'Arras. Car il est sûr qu'estant instruits par là de tout ce qui s'est passé dans cette affaire, la hardiesse que vous auriez eue à la leur deguiser, ne leur en feroit avoir que plus d'indignation. Et c'est ce qui vous rend plus malheureux devant Dieu, quoy que vous vous en estimiez plus heureux à l'égard des hommes, de ce que vostre crédit vous fait presque toûjours trouver le moien de cacher la verité des affaires qui vous regardent à ceux qui en devroient estre le mieux informez. D'où il arrive que les innocens souffrent, & que les coupables triomphent.

Mais il n'y a pas d'apparence que vous vous en tiriez par là dans cette rencontre. La Plainte est trop repanduë, & toutes les perfidies du faux Arnauld y sont si bien marquées, que quoy que vous puissiez faire, vous ne sçauriez empescher, que toute la terre ne les deteste. Sa prétenduë bonne intention, y est aussi tellement foudroiée par l'authorité de S. Augustin dans son livre contre le mensonge, que ce seroit en vain que vous y auriez recours, pour justifier les fourberies de vos confreres. Vous auriez beau dire qu'ils n'ont agi de la sorte que par necessité afin de découvrir les sentimens de ceux que vous prétendez estre heretiques dans le cœur. Les Priscilianistes l'estoient bien certainement, & pires que les autres en ce qu'ils croioient pouvoir jurer & se parjurer, en niant qu'ils tinssent les dogmes en quoy consistoit leur heresie, ce qui faisoit qu'on avoit beaucoup de peine à les découvrir. Cependant vous avez veu, mes Reverends Peres, avec quel zele ce saint Docteur condamne toutes ces vôies de feinte & de déguisement que quelques uns vouloient emploier pour les reconnoistre, jusques à dire que c'est un blaspheme qui merite que l'on soit renoncé de J. C.

fi on n'en fait penitence, que de parler conformement aux sentimens des hereteques, quand ce seroit pour les découvrir, & que s'il n'y avoit pas d'autre moien de faire paroistre au jour leur impieté, qu'en feignant d'estre heretique pour la leur faire aoüer, il valloit mieux souffrir qu'elle demeurast cachée. De combien donc de blasphemes, selon ce saint, vos Peres se sont-il rendus coupables en jouant le personnage du faux Arnauld, lors que par tant de lettres ils ont loüé & recommandé, comme meritant des éloges extraordinaires, des Theses qu'ils avoient forgées, & qu'ils ont dit depuis estre manifestement heretiques. Car c'est comme en a parlé un Jesuite de Louvain sous le faux nom de *Didacus de Oropega* dans un libelle latin approuvé par Nicolas du Bois dés le 17. Juin de cette année 1691. *Manifeste Hæretica, nova vestræ Ecclesiæ nova fidei vestra professio septem comprehensa Thesibus, jam luci exponi cæpit.* Vous vous en estiez au mesme-temps expliquez de la mesme sorte dans la *Lettre à un Docteur de Douay* &c. que vos Peres de Paris viennent de faire rimprimer sous ce nouveau titre: *Secrets du Parti de Mr. Arnauld découverts depuis peu.* Et c'est de quoy il me reste à vous demander raison.

§. IV.

De la Lettre à un Docteur de Douay rimprimée à Paris sous ce nouveau titre: Secrets du Parti de Mr. Arnauld decouverts depuis peu.

VOs Peres de Douay & ceux qu'ils s'estoient associez, avoient assez bien joüé pendant plus d'un an le Personnage de fourbes sous le nom d'Antoine Arnauld. Mais depuis qu'ils l'ont quitté pour prendre celuy d'accusateurs & d'ennemis declarez, leur conduite a esté si deconcertée & si peu raisonnable, qu'on ne peut s'empescher de croire que Dieu, en punition de leur fourberie, les a frappez d'un esprit d'etourdissement & de vertige.

Il y a prés de trois mois qu'ils se sont vantez dans la *Lettre à un Docteur de Douay* d'avoir decouvert d'étranges choses dans cette Université, qu'ils ont appellées de *secretes pratiques, & de funestes intelligences concertées contre les interests de la Religion.* Voilà ce qu'on nomme presentement *secrets découverts.* Mais ils se garderent bien de faire aucune mention de moy dans cette prétendue decouverte. Ils affecterent tellement au contraire de ne me point nommer, que le nom de Mr. Arnauld se trouvant dans un extrait qu'ils rapportoient à la pag. 124. ils mirent une estoile à la place, en marquant à la marge, qu'ils avoient *supprimé ce nom pour des raisons.* C'est qu'ils craignoient alors que s'ils m'avoient mis en jeu, ce ne me fust une occasion de faire connoistre l'abus indigne qu'ils avoient fait de mon nom: & qu'ils

B   espe-

esperoient qu'avant que cette fourberie fult découverte, leurs accufations atroces leur pourroient faire obtenir la proscription de ceux qu'ils avoient entrepris de perdre. Mais Dieu n'a pas permis qu'ils foient venus à bout de leur injufte deffein. Et ce font les *fecretes pratiques* de leur faux Arnauld qui ont efté decouvertes à la face de l'Univers. C'eft ce qui a rompu vos mefures, & vous a fait prendre un confeil de defefperez.

Vos confreres de Paris fe font perfuadez follement qu'en faifant imprimer cette mefme *Lettre à un Docteur de Douay*, fous ce nouveau titre : *Secrets du Parti de Mr. Arnauld découverts depuis peu*, ils feroient croire à bien du monde, que Mr. Arnauld eft à la tefte d'un party dont on a découvert à Douay les *fecretes pratiques*, & *les funeftes intelligences*; & que par là tout ce qui eft dit dans ce libelle d'horrible & d'atroce retomberoit fur ce Docteur : c'eft à dire qu'ils le feroient confiderer comme le chef de gens *qui ont conçu de malheureux deffeins contre la Religion*, & *à qui l'efprit d'erreur & de cabale qui les poffede à fait former le plan d'une nouvelle Eglife fur les ruines de celle que J. C. a choifie pour fon époufe.*

Il feroit aifé, Mes RR. PP. de vous faire voir, qu'il n'y a pas de fens commun dans ces accufations outrées. Car quand il y auroit des erreurs dans une Thefe que des Theologiens n'auroient point faite, mais qu'un fourbe prenant mon nom les auroit follicité d'approuver, en les affurant qu'elle l'avoit déja efté par des Evefques & des Docteurs; pourroit-on fans extravagance les accufer de former le plan d'une nouvelle Eglife fur les ruines de celle JESUS-CHRIST ? Mais il me fuffit que c'eft l'idée que vous donnez d'eux, en mefme-temps que vous les appellez *le Party de M. Arnauld*, & que vous voulez que l'on me confidere comme leur chef. Or je vous demande, Mes Peres, fi ce ne feroit pas une horrible calomnie, de faire avoir cette opinion de moy, à caufe feulement qu'un fourbe auroit pris mon nom en écrivant à des perfonnes avec qui je n'ay jamais eu la moindre habitude, & en les portant par une infinité de menfonges à approuver une Thefe, dont j'avois auffi peu de connoiffance que de ce qui fe paffe aux Terres auftrales. Il faut bien que vous l'avouiez. Car qui eft l'homme de bien qu'on ne pût perdre d'honneur, fi ce qu'un fauffaire qu'il ne connoiftroit point auroit écrit fous fon nom, luy pouvoit eftre imputé. Auffi ce titre outrageux qu'on croit eftre de l'invention du P. Tellier, quoi qu'il ne veuille pas qu'on le nomme, ne peut avoir pour fondement qu'une opiniaftreté infenfée à foûtenir encore après une manifefte conviction de la fourberie, que c'eft le veritable Mr. Arnauld qui a remué toute cette intrigue, & que c'eft à luy par confequent à qui on doit imputer tout ce que es autres on fait, puis qu'ils ne l'ont fait qu'en eftant follicitez par fes lettres.

A quoy eftes-vous donc reduits, Mes Reverends Peres. Vous ne fçauriez éviter que ce livre injurieux ne vous faffe paffer pour de tres malhonneftes gens, à moins que vous ne prouviez que je fuis l'auteur des Lettres qui ont

attiré

attiré les Réponses dont vous abusez. Et c'est ce qu'on est bien assuré que vous n'oseriez entreprendre.

On s'apperçoit mesme que l'indignation du public vous fait reculer, & que vous ne sçavez où vous en estes, parce que vous ne voiez de tous costez que des précipices. C'est ce qui paroist par ce que vous y faites dire à vostre Libraire à la fin de vos *secrets.*

On a appris en achevant cette nouvelle Edition que ceux dont les Lettres sont citées dans cet Ecrit ne les desavoüent pas, mais qu'ils se plaignent qu'on les a jouez: parce, disent-ils, que la personne à qui ils écrivoient & de qui ils recevoient des Lettres, n'estoit pas le vray M. Arnauld, comme ils le pensoient.

Vous faites entendre par là, Mes RR. PP. que vous n'avez appris qu'en achevant cette 2. Edition, que ces Mess. se plaignoient que ce n'estoit pas M. Arnauld qui leur écrivoit. Mais vous trompez le public. Car vous n'avez jamais ignoré que ce ne fust un faux Arnauld qui écrivoit à ces Messieurs, & ils s'estoient plaints qu'on les avoit fourbez long tems avant que vous eussiez commencé cette 2. Edition. On peut cependant vous condamner par vostre propre bouche, comme le mauvais serviteur de l'Evangile. Car quand vous ne l'auriez sçû qu'en achevant cette Edition, avec quelle conscience y auriez-vous pû laisser ce nouveau titre: *Secrets du Parti de M. Arnauld découverts depuis peu,* qui estant tres-injurieux à ce Docteur selon l'idée que vous donnez de cette affaire, ne pouvoit estre fondé que sur un fait, que l'on vous soutenoit estre faux, comme il paroist par ce que vous dites ensuite.

Ce seroit à eux de prouver le fait; puis qu'après les marques de leur peu de sincerité, ils ne doivent pas s'attendre qu'on les croie de rien sur leur parole.

Il ne vous sied pas bien, Mes Peres, de reprocher à personne des défauts de sincerité, ni de demander des preuves d'un fait, qu'on a mis dans un si grand jour qu'il n'y a que vous au monde qui fassiez semblant d'en douter, parce qu'il vous couvre de confusion. Voions cependant à quoy aboutissent vos discours ambigus.

Au reste, si ce qu'ils disent est vray, on n'approuve nullement l'artifice de celuy qui les a trompez.

Continuation de fouberie. *Si ce qu'ils disent est vray:* comme si cela n'estoit pas plus clair que le jour. *On n'approuve nullement l'artifice de celui qui les a trompez.* Comme si ceux qui les ont trompez, n'estoient pas ceux-là mesme qui font semblant de ne pas approuver la tromperie. Ces paroles mesmes, *on n'aprouve nullement,* peuvent estre équivoques. Car que signifie cet, *on.* Est-ce vostre Libraire? Est-ce le public? Sont-ce vos Peres de Douay & leurs associez? Vostre Libraire peut ne pas approuver l'artifice dont il s'agit. Pour le Public on sçait assez qu'il le deteste. Mais pour les derniers,

ils

ils font bien miferables, d'avoir joué pendant plus d'un an le perfonnage du faux Arnauld, s'ils agiffoient en cela contre les lumieres de leur confcience, & qu'ils *n'approuvaffent nullement* ce qu'ils faifoient avec tant de foin, tant d'application, & tant de peine. Ce qui fuit eft encore pis.

Mais à qui que ce foit qu'ils aient prétendu écrire, & de quelque maniere que leurs Lettres foient tombées entre les mains de l'auteur, cela importe peu dans le fond.

Ce difcours eft il Chreftien, Mes R.R. PP. Quoy il importe peu dans le fond, que vos Peres aient fabriqué des Thefes captieufes & ambigues qu'ils jugeoient heretiques dans le fens qu'ils les prenoient, pour les faire approuver par d'autres, en feignant de les tenir pour tres-catholiques: ce que S. Auguftin appelle un blafphéme? Il importe peu qu'ils aient emploié toutes fortes de menfonges pour en extorquer l'approbation, qu'ils ne pouvoient demander, dans la difpofition où ils eftoient, qu'en faifant l'office du diable qui porte les hommes au mal en le propofant comme un bien? Il importe peu qu'ils aient ufé de dol & de perfidie pour avoir par un vrai larcin ce qu'ils avoient déja, afin de cacher, s'ils euffent pu, la voie déteftable par laquelle tout fe trouvoit entre leurs mains? Eft-il poffible que des Religieux & des Preftres aient ofé écrire que tout cela *importe peu dans le fond?* Et qu'eft-ce donc qu'ils trouveront important? Nous l'allons voir.

Car puis que ces Lettres, dites-vous, ne font pas fuppofées, elles font voir leur veritables fentimens, & c'eft dequoy il s'agit.

Vous vous trompez doublement. Ce n'eft point dequoy il s'agiffoit, de fçavoir les vrais fentimens de ces Meffieurs. Car qui vous avoit établi leurs Inquifiteurs? Mais quand il auroit fallu les fçavoir, ç'auroit dû eftre par des voies honneftes, & non par des voies d'impofture & de trahifon, condamnées par les faints Peres, & qui ont fait fremir d'horreur tous ceux qui en ont efté informez: Tant on voit tout d'un coup combien il feroit préjudiciable à la fociété humaine, que de tels exemples demeuraffent impunis.

Il eft faux de plus que vous aiez fçu par là les veritables fentimens de ces Theologiens, de la maniere que vous l'entendez, c'eft à dire que vous aiez decouvert qu'ils tiennent des herefies condamnées par l'Eglife. Vous ne pretendez le faire croire que par un lâche artifice, dont on vous avoit deja fait reproche dans la *Plainte.* C'eft que vous perfiftez à diffimuler qu'ils n'avoient d'abord figné voftre Thefe captieufe, qu'en mettant fous chaque propofition le jugement Theologique qu'ils en portoient, qui contenoit des éclairciffement qui la rendoient innocente: parce qu'ils en eftoient le venin caché. Ces explications de la Thefe fe trouvent imprimées dans un Ecrit qui a pour Titre, *Epiftola ad Quemdam Sacræ Theol. Baccalaureum, continens explicationes Thefeos ad mentem S. Auguftini, de qua libellus cui titulus: Lettre à un Docteur de Douay; &c. Ab Approbatoribus Duacenfibus miffas, & ab Authore Libelli fuppreffas.* Et cet écrit eft approuvé par un
fça-

fçavant Docteur de Louvain. Ces Theologiens fe font expliquez encore plus au long dans un autre écrit, fous ce titre: *Conclufiones Theologicæ quibus fuam de gratia & libero hominis arbitrio fententiam complectuntur duo hujus Univerfitatis Duacenfis Sacræ Theologiæ Profeffores.*

Voila ce qu'on doit appeller leurs veritables fentimens, qui ont efté approuvez par des approbations feparées de cinq Docteurs de Louvain, comme eftant certainement orthodoxes: jufques-là que l'un d'eux, qui eft Religieux de l'Ordre de S. Auguftin, le fait en ces termes: *Undecim has Conclufiones germanam continent D. Auguftini de gratia & libero Arbitrio Doctrinam, quam Sanctus Profper tanquam Evangelicam, Apoftolicam, cæleftis & irrefragabilis autoritatis paffim deprædicat . . . . . Quare non utiliter tantum, fed neceffario publica fruantur luce, ut omnis iniquitas oppilet os fuum.*

IL NE SEMBLE donc pas, Mes RR. PP. que vous foiez en eftat de verifier les injures atroces que vous leur avez dites dans voftre *Lettre à un Docteur de Douay*, & dont vous avez recommencé à les charger par la feconde edition que vous en avez faite à Paris fous le nouveau titre, qui eft un des fujets de cette *feconde Plainte.*

La juftice en eft fi vifible, que vous n'avez qu'un moien de fauver l'honneur de voftre Société. C'eft de rendre gloire à Dieu en reconnoiffant que tous ceux des voftres qui ont pris part à cette malheureufe intrigue ont tres mal fait: Que ç'a efté une damnable invention que de prendre fauffement le nom d'un Docteur pour folliciter des Theologiens à foufcrire à une Thefe, que les Acteurs de cette Tragedie ont cru fi mechante, qu'ils n'en demandoient la fignature, que pour avoir fujet d'accufer ceux qui l'auroient fignée d'eftre manifeftement heretiques & d'avoir de malheureux deffeins contre la Religion: Que tout ce qu'on a fait enfuite n'ayant efté qu'un tiffu de fraudes, de menfonges, & de trahifons, a efté d'un fi mechant exemple, que la Compagnie ne fçauroit trop temoigner qu'elle l'a en execration: Et enfin qu'elle trouve fort mauvais qu'on ait voulu enveloper M. Arnauld dans cette affaire en le reprefentant comme le chef d'un parti qui voudroit ruiner l'Eglife, puifque bien loin d'y avoir aucune part, il n'a efté averti qu'un an aprez de l'outrage que luy avoit fait un faux Arnauld en écrivant fous fon nom une infinité de menfonges.

Il feroit bien à defirer, mes RR. PP. que pour ofter aux ennemis de noftre Religion ce fujet de fcandale, vos Superieurs Generaux fe puffent refoudre à edifier l'Eglife par cet acte d'humilité & de juftice. Ils n'en ont jamais eu une plus belle occafion. Il s'agit d'un fait clair, certain, & inconteftable, qu'on ne peut plus deguifer, & qui eft fi enorme dans toutes fes circonftances, qu'il doit faire beaucoup de peine à tous ceux de voftre Société qui n'y aiant point eu de part peuvent eftre mieux difpofez à en juger chreftiennement. Mais il eft à craindre que deux chofes ne les arreftent:

B 3 L'une

L'une, l'attachement aveugle à la gloire de leur Société, à laquelle ils pourront s'imaginer que cet aveu sincere feroit une tache : mais c'est une illusion de l'amour propre. Rien au contraire ne luy feroit plus glorieux, & devant Dieu, & devant les hommes. L'autre est une prevention generale & repandue par tout le Corps contre ceux à qui ils craindroient que cette reconnoissance ne donnast de l'avantage. On conçoit bien, mes Peres, que ce sont ceux que vous appellez Jansenistes. Il est vray que vos Peres auteurs de la *Lettre à un Docteur de Douay* se sont expliquez sur ce sujet d'une maniere bien estrange, & qu'ils ont decouvert ce que l'on sçavoit deja bien, mais que pour vostre honneur ils auroient mieux fait de tenir caché. Ils declarent franchement : *Que les Jesuites sont appris depuis leur Noviciat à regarder les Jansenistes sur le pied d'Heretiques.* On n'a donc qu'à remarquer qui sont ceux que vous designez par ce nom dans vos Theses, dans vos libelles, dans vos sermons, & dans vos discours, pour juger des belles instructions que vous donnez à vos Novices, en leur apprenant à tenir pour heretiques tous ceux qu'il plaist à la Compagnie de décrier sous ce nom, comme elle a fait par exemple, les saints Evesques François, Vicaires Apostoliques dans l'Orient, & beaucoup d'autres Evesques, Docteurs, & Ecclesiastiques recommandables par leur pieté. J'avoüe, mes Peres, que cette disposition schismatique n'est gueres propre à faire esperer que vous prenniez de meilleurs conseils que ceux que vous avez pris jusques icy. Mais comme il n'y a point de cœur si dur, dont la force de la grace ne puisse vaincre la dureté, ni d'esprit si prevenu, que sa lumiere ne puisse éclairer, on ne doit desesperer de rien, mais continuer sans relâche à prier Dieu, qu'il luy plaise de rendre à son Eglise la tranquillité & la paix, qui ne peut gueres estre troublée d'une maniere plus scandaleuse que par des intrigues semblables à celle dont on se plaint.

On ne sçauroit donner une meilleure preuve de ce qu'on a dit des Lettres du faux Arnauld, qu'elles sont pleines de fourberies & de mensonges, qu'en exposant cet échantillon aux yeux du public. On en trouve l'occasion dans ces deux pages de blanc qu'il y avoit à remplir.

LETTRE

Du Faux-ARNAULD A Mr. DE LIGNI.

MONSIEUR,

Le temps est enfin venu de recueillir le fruits de nos longues attentes & de nos douces esperances. Je ne sçay pas bien le temps que vous recevrez cette Lettre. S'il estoit

le 21. ou le 22. il vous faudra partir incessamment. Je crois que rien ne vous arrestera, puisque, comme je vous ay averti par ma precedente, vous devez avoir expedié toutes les affaires. Nostre commerce ayant esté si heureusement concerté jusques à prefent, que ny la diſtance des lieux, ny la cruelle vigilance de nos ennemis n'en a pu troubler le cours, il faut à preſent prendre de ſi juſtes precautions, qu'elles ſoient la conſommation d'un ſage & prudent menagement, auſſi bien que de noſtre ſatisfaction reciproque qui en reſultera. Pour y mieux reüſſir, je vay marquer article par article, tout ce qui regarde les meſures qu'il vous convient de prendre dans ce voyage.

1. Noſtre ſaint Prelat par une bonté exceſſive, mais qui luy eſt naturelle, a pris de ſi grands ſoins, pour que ce voyage ne m'incommodaſt pas, que ſans y penſer il m'a fait le plus grand déplaiſir du monde. Il a cru qu'à cauſe de mon grand âge, je ne pourrois eſtre mieux, que dans un ſiege roulant qu'on appelle communément Souflet. J'y ſuis fort commodément, il eſt vray; mais j'y ſuis tout ſeul, & enſuite ſans vous, ce qui m'eſt la plus grande de toutes les incommoditez. La Lettre qu'il m'eſcrit, eſt la plus obligeante du monde. Il ne vous oublie pas, & il me donne ordre de vous donner tout l'argent dont vous aurez beſoin pour ce voyage; qu'il ſouhaite que vous faſſiez fort a l'ayſe & en coche. Que ſi je n'ay pas le bien de vous attraper en chemin, ſçachez que tous les frais de voſtre voyage vous ſeront rembourſez chez luy. Son homme qui me ſert, m'a dit qu'il a ordre de m'obeïr en tout, hormis en une choſe, qui eſt de ne pas arreſter en route, & par tout de prendre le plus court chemin, afin qu'il ait tant pluſtoſt la conſolation de nous voir.

2. Il eſt bon que vous ſçachiez, que pour mieux cacher mes deſſeins & ma perſonne j'ay couſtume de changer de nom ſelon les Pays; & mes confidents ſont avertis de cela. Dans le Pays-bas on m'appelle l'Abbé de Sainte-Croix: à Paris & aux environs, l'Abbé de Puiſlaurent: à Toulouſe, à Carcaſſonne, &c. l'Abbé de Valle-Dieu. Il ne faut pas vous y méprendre, c'eſt pour cela que depuis que vous allez entrer plus avant dans nos myſteres, je ſigneray, Sainte-Croix.

3. Vous devez ſans aucun retardement vous informer quel jour la coche part pour Paris, je crois que vous ſerez obligé de vous tranſporter à Lille ou à Arras, parce que je doute qu'elle paſſe par Douay. La diligence eſt icy fort neceſſaire pour pren-

dre une place commode, car c'eſt icy plus que nulle part ailleurs que la preference eſt pour le premier Primo occupanti.

4. Eſtant arrivé à Paris, vous irez droit à ſaint Magloire, qui eſt la maiſon des Peres de l'Oratoire, & vous ferez demander par le portier au Superieur, ſi Mr. l'Abbé de Puiſlaurent n'eſt pas là. Si on vous répond que non, & ſi l'on faiſoit le ſurpris, ne vous eſtonnez pas, & ne vous expliquez pas davantage; car il faut ſçavoir qu'à mon occaſion un chacun jouë ſon role & fait ſon perſonnage. Je feray tout l'imaginable pour m'y trouver, & il n'y aura qu'une impoſſibilité morale qui m'en empeſchera. Si j'y ſuis, je vous viendray prendre d'abord pour vous conduire à mon quartier à petit bruit, & vous logerez avec moy. Que ſi je n'y ſuis pas, il vous faudra prendre logement à l'auberge qui vous ſera la plus à la main, & ſans perdre temps vous vous informerez de la coche de Thoulouſe: & y eſtant arrivé vous prendrez la route de Carcaſſonne, où mon tres-grand amy Mr. le Doyen de la Cathedralle vous retiendra chez luy. Vous luy preſenterez cette Lettre; & ſi vous avez beſoin de quelque argent pour vous remettre de voſtre voyage & vous accommoder, il a ordre de vous compter tout ce que vous ſouhaiterez. Eſtant à Carcaſſonne vous ne ſerez gueres loin de moy. Ce Mr. le Doyen me donnera avis de voſtre arrivée, vous y pourriez joindre une de vos Lettres; auſſi-toſt je me mettray en chemin pour vous venir prendre en caroſſe avec ce cher Doyen, & je vous preſenteray à Monſeigneur, dont le Dioceſe joint celuy de Carcaſſonne. Vous y trouverez vos livres, vos papiers & tout voſtre petit meuble d'eſtude.

5. Ne prennez pas davantage que deux chemiſes ou trois tout au plus & de l'autre linge à proportion; parce que vous trouverez là tout abondamment, & le tranſport de ces ſortes de choſes vous couſteroit plus qu'elles ne valent.

6. Il ne vous faut gueres plus d'argent que vous voiez qu'il vous ſera neceſſaire pour ce voyage qui eſt aſſez long, & ces coches roulent cher, mais ce n'eſt pas une affaire, & puis tout vous ſera rembourſé.

7. Le ſecret doit eſtre encore l'ame de tout ce deſſein, vous y avez eſté fidéle juſques

ques à present & vous voyez que tout reuf-fit ; n'y manquez pas encore , ne commu-quez à personne ce lieu où vous allez ; cette confidence pourroit vous coûter cher. Si les Jesuites qui furettent tout , venoient à le sçavoir , ils sont assez charitables pour écrire en Cour que vous avez mis le trouble dans vostre Université , & qu'à present vous allez brouiller ce Diocese. Cette impression d'esprit brouillon & remuant fait de tres-facheux effets en Cour, sur tout quand les personnes qu'on accuse sont à l'extremité du Royaume, où l'on n'est pas à portée de donner si promptement ordre à tout: quand vous y serez une fois établi, & que vostre conduite vous aura justifié , ces plaintes viendront trop tard.

8. Si vous passez allant à Paris par S. Quin-tin, obligez-moy de dire à M. Gilbert, que vous ayant establi chez cet Evêque, & ayant

achevé quelques petites affaires , je retour-neray à Paris pour mettre la derniere main à l'affaire qu'il sçait bien , & qui m'est d'au-tant plus à cœur qu'elle le regarde. Voiez un peu si quelqu'un de mes Livres sur les 31 Propositions n'ont point passé jusques à chez vous, pour luy en donner un en mon nom.

9. Avant de partir, c'est-à-dire le 22. ou 23. écrivez-moy comment vous vous estes pris en ce voiage, ce que l'on en dit. Le tout s'execute, mes correspondants sça-vent le secret de me faire tenir les Lettres mesme en route. Adieu, mon tres-cher Fils, nous voilà enfin à cet heureux mo-ment, qui va bien tost nous donner la sa-tisfaction de la plus douce entreveue : cette esperance me console au de-là de ce que je vous sçaurois dire, & me soutient dans ma vieillesse.

MON TRES-CHER FILS,

Vostre tres-humble Serviteur
SAINTE CROIX.

Cicero de Officiis. Lib. 3.

Omnes aliud agentes, aliud simulantes, perfidi, improbi, malitiosi sunt. Nullum igitur factum eorum potest utile esse, cùm sit tot vitiis inquina-tum..... Hoc autem celandi genus quale sit, & cujus hominis, quis non videat? Certè non aperti, non simplicis est, non ingenui, non justi, non viri boni: versuti potius, obscuri, astuti, fallacis, malitiosi, callidi, veteratoris, vafri. Hæc tot & alia plura nonne inutile est vitiorum subire nomina?

Tous ceux qui donnent lieu de s'attendre à tout autre chose qu'à ce que l'on trouve, sont des gens malins, des méchans & des perfides. Com-ment donc de semblables actions pourroient-elles estre utiles puis qu'elles sont infectées de tant de vices? .... Or qui ne voit ce que c'est que de celer des choses dans de pareilles circonstances, & qu'elles sortes de gens en sont capables? Ce ne sont pas assurément des gens ouverts, des gens droits & sans artifice, des gens bien nez, équitables, en un mot des gens de bien. Ces sont des gens doubles, cachez, deguisez, trompeurs, malins, artifi-cieux. Est-ce donc une chose utile que de se faire donner de tels noms & qui expriment des vices si odieux?

TROISIÈME
PLAINTE
DE
M. ARNAULD
DOCTEUR DE SORBONNE
A SON ALTESSE
MONSEIGNEUR
L'EVESQUE ET PRINCE DE LIEGE.

Contre le P. Payen Recteur du Colege des Jesuites de Douay, nouvellement refugié à Liege pour éviter d'estre condamné comme auteur ou complice des fourberies du Faux-Arnauld.

MONSEIGNEUR,

Je ne sçay comment ce monde interpretera la liberté que je prens de m'adresser à VOSTRE ALTESSE par une Plainte publique, pour une affaire où ma reputation & mon honneur sont notablement interessez. Mes ennemis ne manqueront pas de luy faire entendre, comme ils firent l'année derniere, que je viens jetter le trouble dans son Diocese, & de dire tout ce qu'il leur plaira d'inventer, pour donner de moy l'idée d'un homme dangereux pour la Religion & pour l'Estat. Mais comme je sceus dessors, & que je me souviendray toûjours avec une respectueuse reconnoissance, que V. A. eut la bonté de se fermer entierement aux entreprises violentes qu'ils meditoient contre moy, je me flatte aussi que la mesme droiture de cœur, & la generosité si digne de son rang qu'Elle fist paroître en cette occasion, ne me seront pas moins favorables en celle-cy.

A   Ce

Ce sont eux-mesmes, Monseigneur, qui m'obligent de recourir à Vostre Justice, par la fuite honteuse qu'ils ont fait prendre au Père Payen Recteur de leur College de Douay, pour se refugier dans vostre ville de Liege afin qu'il y fust à couvert des poursuites de son Juge naturel, & qu'il y trouvast l'impunité qu'ils n'ont osé esperer luy pouvoir procurer, avec tout leur credit, en le laissant dans les Estats du Roy dont il est sujet, & où a esté commis le crime à l'occasion duquel il est poursuivi.

Je n'ay pas besoin, Monseigneur, de representer à V. A. l'énormité de ce crime, & combien il est important qu'on en connoisse les auteurs & les complices. Elle en peut estre suffisamment informée par des deux Plaintes que j'ay données au public, à quoy on peut joindre presentement ce qui vient d'estre imprimé des Lettres du faux-Arnauld.

On apprend par les deux Plaintes toute la suite de cette insigne fourberie qui a fait horreur à toutes sortes de personnes; & de quelle sorte ceux qui en sont les auteurs ont cru en pouvoir retirer le fruit en changeant de personnage, & en déchirant cruellement par les calomnies les plus horribles les mesmes personnes qu'ils avoient taché de seduire par de feints témoignages de la plus tendre amitié. Mais on sera plus confirmé que jamais, parce qu'on vient d'imprimer des Lettres du faux-Arnauld, dans l'opinion qu'on avoit déja, que le mesme Fourbe est auteur & des fausses Lettres si pleines de loüanges & de flatteries pour les Theologiens de Douay, & du libelle diffamatoire rempli de fiel & d'emportemens contre ces mesmes Theologiens.

Il ne me reste donc, Monseigneur, que de faire connoître à V. A. que le P. Payen n'a esté envoyé en vostre ville par ses Superieurs, sous pretexte d'y estre Recteur comme il l'estoit à Douay, que parce qu'il y avoit à sa charge beaucoup de preuves qui l'auroient fait condamner, comme un des principaux acteurs de cette intrigue diabolique, s'il ne s'estoit tiré par cette fuite de la jurisdiction de l'Evesque qui luy faisoit son procés.

L'Auteur de la *Lettre à un Docteur de Douay* qui parut au mois de Juillet dernier, declare d'abord qu'il a entre les mains les papiers originaux de cette affaire: Et dans le mesme mois de Juillet, les Jesuites voulurent bien que l'on sçut que ces mesmes papiers originaux estoient entre les mains du P. Payen Recteur de leur College de Douay. Ils vouloient donc bien que l'on prist pour une mesme personne ce P. Payen & l'auteur de ce libelle. Ce dernier fait, qui regarde le P. Payen, est attesté par des témoins irreprochables, comme on peut voir dans la Preface des Lettres du faux-Arnauld; Car il y est rapporté en la p. 5. que le 22. de Juillet jour de S.te Madeleine, un Jesuite s'estant trouvé à disné avec plusieurs Ecclesiastiques chez le Curé d'une Paroisse de l'Evêché de Tournay, il dit, hautement, que les Ecclesiastiques accusez dans la Lettre à un Docteur de Douay avoient eu commerce avec le veritable Mr. Arnauld; qu'il n'y avoit eu nulle fourberie dans toute cette affaire, & que le R. P. Payen Recteur

de

de Douay avoir en main les pieces originales de toute cette intrigue. Le Recteur de l'Université, à la sollicitation des Jésuites, cita pardevant luy les Theologiens qui y estoient accusez d'avoir de méchans sentimens. Ils répondirent qu'on estoit obligé par le nouveau Code, de produire les originaux des pieces d'où l'on prenoit occasion de les accuser. Mais le P. Payen ne voulant ny s'en desaisir, ny que cela arrestast la poursuite du Recteur de l'Université contre ces Theologiens, fit écrire à ce Recteur par un anonyme, qu'il n'avoit qu'à poursuivre le procés, parce qu'il se devoit tenir pour assuré, que ces originaux estoient entre les mains du Recteur des Jésuites. C'est ce qui fut mandé de Douay dés le 17. du mois de Juillet. Et il estoit marqué dans la mesme lettre qu'on sçavoit certainement que le Bedeau de la Faculté, & un Notaire Apostolique estoient entrez dans leur College dés 4. heures du matin pour tirer des copies authentiques des originaux.

Quelques jours aprés six Ecclesiastiques, amis d'un des accusez, allerent trouver le P. Payen pour luy demander à voir l'original d'une lettre dont on rapporte beaucoup de choses dans le libelle. Il le leur monstra, mais il feignit qu'il estoit pressé de rendre ces originaux à la personne qui les luy avoit mis entre les mains.

Les Theologiens si injustement accusez de mauvaise doctrine, sçachant certainement par tant d'endroits, que leurs lettres originales écrites à un Fourbe qu'ils avoient pris pour le vray M. Arnauld, estoient entre les mains du P. Payen, & que c'estoit une preuve indubitable de la fourberie dont les Jésuites ne vouloient pas convenir, ils en porterent leurs plaintes à M. l'Evêque d'Arras leur Evêque, & le requirent de faire comparoître ce Recteur des Jésuites devant luy, afin qu'il eut à répondre à ce qu'on avoit à luy demander sur le sujet de ces originaux, qui pourroit servir à l'éclaircissement de cette affaire. Leur Requeste fut bien reçue : le P. Payen fut cité juridiquement, & l'ordre luy fut donné de comparoître devant l'Evêque le 31. Juillet dernier. Le P. Payen n'ayant point comparu, ces Messieurs furent obligez de presenter une nouvelle Requeste pour le faire citer de nouveau. Il comparut enfin l'un des premiers jours du mois d'Aoust. Il nia qu'il eust les papiers sur lesquels on l'interrogeoit, mais ces Messieurs l'ayant pressé de dire s'il ne les avoit pas eus, & s'il ne les avoit pas effectivement dans le temps qu'ils avoient presenté leur Requeste pour le faire interroger, il dit que c'estoit des faits particuliers & qu'il avoit besoin de temps pour y penser: c'est à dire, qu'il avoit besoin de temps pour deliberer s'il diroit la verité ou s'il mentiroit. Il ajouta qu'il n'estoit point leur accusateur, & qu'il souhaitoit que Monseigneur les traitast avec toute sorte de douceur. Mais comme on estoit prest d'écrire cette derniere parole il l'empecha en disant qu'il n'estoit pas necessaire de l'écrire. On a lieu d'attribuer cette espece de retractation d'une si bonne parole, ou à un reproche secret de sa conscience, qui luy fit apprehender d'estre puni comme Ananie, pour

avoir

avoir menti au saint Esprit, en se faisant honneur d'une disposition de bonté dont il sentoit tout le contraire dans son cœur; ou à la pensée qui luy vint dans l'esprit, que M. d'Arras s'en pourroit prevaloir pour les traiter avec équité & avec douceur; au lieu que l'interest des Jesuites estoit qu'ils le fussent avec toute sorte de rigueur, & de dureté, comme le faux Arnauld les y avoit disposez en leur mandant le vol chimetique de ses lettres.

Ces Messieurs l'ayant fait citer de nouveau, M. d'Arras trouva bon que son Promoteur se joignit à eux. De sorte que le P. Payen n'est pas seulement poursuivi par ces Theologiens, mais aussi par le Promoteur de l'Evêque, & qu'on ne peut nier que ce ce soit un procés criminel, dans lequel il est accusé pardevant l'Evêque qu'il a reconnu pour Juge, d'estre receleur de papiers qu'on n'a eus que par de honteuses fourberies.

Il s'est laissé citer deux fois sans comparoître; mais à la troisiéme, qui portoit qu'il passeroit pour l'auteur du libelle & de toute la fourberie, s'il ne comparoissoit, il le fit; il comparut enfin le 17. du mois d'Aoust, & il avoüa qu'il avoit eu ces originaux, & qu'il les avoit monstrez à quelques personnes, mais qu'il les avoit rendus à celuy qui avoit tout pouvoir d'en disposer comme il luy plaisoit, qui les avoit envoiez à la Cour. Et sur ce qu'on luy demanda de qui il les avoit eus, & par quelle voie, & à qui il les avoit rendus; il répondit que sa conscience ne luy permettoit pas de le declarer. Mais qui est le calomniateur qui ne se pust tirer des plus mauvais pas, s'il luy estoit permis d'éluder par de semblables réponses les interrogations les plus raisonnables, & les plus propres à justifier ceux qu'il auroit malicieusement calomniez? V. A. peut sçavoir de ses plus habiles Jurisconsultes, s'il y a aucun Juge Ecclesiastique ou Seculier qui se pust contenter d'une telle réponse au prejudice d'un tiers, & du bien public.

On n'eut garde aussi de s'en contenter. Mais toute l'indulgence qu'on put avoir pour le P. Payen, fut de luy donner du temps pour penser serieusement qu'on ne s'arresteroit point à une si mechante raison, & que s'il n'avoit autre chose à dire, on le condamneroit comme auteur ou comme complice d'une si damnable intrigue.

Et qu'il ne s'imagine pas qu'il n'aura qu'à dire que c'est un secret de Confession, & que l'on sera obligé de l'en croire. C'est ce qu'il ne sçauroit dire sans se declarer coupable de beaucoup de crimes. Car si c'estoit en Confession qu'il auroit appris l'histoire de ces papiers, avec quelle conscience auroit-il pu dispenser cet imposteur de me faire restitution & reparation d'honneur, pour m'avoir fait joüer un si vilain personnage? Avec quelle conscience auroit-il pu estre le receleur des papiers de ce fourbe, & s'en servir pour diffamer de pieux Theologiens par les copies qu'il en a répandues par tout, & par les extraits qu'on en a mis dans le Libelle.

On n'a donc point dû supposer ce pretendu secret de Confession, hors lequel cependant il n'y a point de cause qui l'ait pu dispenser de répondre à

des

des interrogations juridiques dans une matiere si importante. Ainsi les Theologiens ont eu raison de presenter de nouvelles Requestes pour l'obliger à parler plus clairement. Il y a peu de temps, c'estoit le 9. du mois passé, qu'il donna sa réponse par écrit. Mais ce fut toûjours dans le même esprit, & avec la même opiniâtreté à ne dire que ce qu'il avoit déja dit, sans vouloir répondre à la question qu'on luy faisoit depuis tant de temps, de qui & comment il avoit eu ces papiers; parce qu'il ne pouvoit s'expliquer sur cela sans découvrir ce mystere d'iniquité, qui sera eternellement l'opprobre de la Compagnie, si elle ne desavoue & ne châtie elle-mesme ceux de ses enfans qui ont tramé un si noir complot pour perdre des Theologiens de merite. Voicy donc mot pour mot qu'elle a esté la derniere réponse du P. Payen.

Le P. PAYEN ayant vû & examiné les Requestes des S.rs Laleu & Rivet-,, te, apostilées le 23. Aoust & 10. Septembre, par lesquelles ils veulent faire,, resulter que ledit P. a connoissance de l'auteur de la *Lettre à un Docteur de*,, *Douay* & de celuy qui a les originaux des lettres & écrits y mentionnez,,, comme aussi du lieu d'où ces originaux ont esté envoyez audit P. &c. per-,, siste dans ses réponses données sur les faits & articles au verbal tenu pardevant,, Monseigneur d'Arras le 17. Aoust de cette année, & declare presentement,, comme alors, n'avoir rien à dire là-dessus, ajoûtant ou plûtost repetant en,, faveur desdits S.rs Laleu & Rivette, qu'il sçait seurement que les originaux,, & les papiers qu'ils paroissent rechercher avec tant d'empressement, sont en,, Cour, que c'est de Sa Majesté, ou de ceux qu'Elle a bien voulu commettre,, à cette affaire, de qui ils pourront sçavoir tout ce qu'ils pretendent, & peut-,, estre quelque chose de plus : parmy quoy ledit P. pretend ne devoir estre,, plus inquiété de ces Messieurs, dont les écrits doivent estre traitez d'imperti-,, nence & d'irreverence, &c. Le 9. d'Octobre 1691. *Estoit signé*: G. PAYEN,, *Pour apostille estoit*: Soit repliqué. Fait à Arras le 10. d'Octobre 1691.,, † GUY E. D'ARRAS.   ,,

C'est bien-tost aprés cela, Monseigneur, qu'il a quitté Douay, & s'est refugié en vostre ville de Liege pour le mettre à couvert de la condamnation qu'il ne pouvoit éviter que par cette fuite. Car M. l'Evêque d'Arras ayant mis sur cette reponse, *soit repliqué*, il a bien vû que ce Prelat faisoit assez entendre par-là qu'il ne la regardoit que comme une illusion, qui ne satisfaisoit point à ce que ces Messieurs luy demandent depuis tant de temps, & avec tant de raison, de qui & comment il avoit eu ces papiers. Le P. Payen reconnoist luy-mesme qu'ils ont droit de le demander, puis qu'aprés avoir assuré que ces papiers sont en Cour, au lieu qu'ils auroient dû estre consignez au Greffe de M. l'Evêque d'Arras, il dit que c'est de Sa Majesté, ou de ceux qu'il suppose qu'Elle a commis à cette affaire, que ces Messieurs pourront sçavoir tout ce qu'ils pretendent. Or ce qu'ils pretendent principalement, comme ils le luy ont signifié tant de fois, est *de qui & comment il a eu ces originaux*, dont il a fait jusques icy un si detestable usage. Et comment le

pour-

pourroient-ils sçavoir de Sa Majesté, ou de ceux à qui Elle auroit commis cette affaire, à moins que luy-même le leur eust fait sçavoir, contre ce qu'il a dit si souvent, que sa conscience ne luy permettoit pas de le declarer. Car si c'estoit un secret de Confession, il ne luy auroit pas esté permis de le reveler à qui que ce soit, pas mesme à Sa Majesté.

Mais enfin pourquoy se soustraire à la jurisdiction d'un Juge qu'on a reconnu, contre la disposition du *droit Canonique qui le défend expressement? Pourquoy ceux qui se trouvent saisis de certains papiers, dont ils pretendent se servir pour accabler de pieux Theologiens, les ôtent-ils, sans le congé du Juge, du lieu où ils doivent estre afin que les personnes contre qui on les emploie puissent répondre aux inductions qu'on en tire contre eux? Pourquoy les transporter dans un autre endroit, où ceux qu'ils veulent perdre n'ont aucun accés, au lieu qu'ils s'attendent qu'estant les seuls qu'on écoutera, & ne faisant connoître de cette affaire que ce qu'ils voudront, ils en feront avoir une idée toute differente de celle qu'on en a dans le pays où les choses se sont passées, & où le procés s'instruisoit.

On voit bien que c'est sur cette esperance de leur grand credit, qu'est fondée la menace que le P. Payen fait à ces Messieurs à la fin de sa réponse, lors qu'il leur fait entendre *que les papiers qu'ils recherchent avec tant d'empressement sont en Cour, & que c'est de là qu'ils pourront sçavoir ce qu'ils pretendent, & PEUT-ESTRE QUELQUE CHOSE DE PLUS.*

Mais comme ce Jesuite est prudent, & qu'il sçait aussi bien que le chevreau de la fable, que *Deux suretez valent mieux qu'une*, il ne s'est pas tenu si assuré d'estre à couvert par cette voie des poursuites que l'on faisoit contre luy, qu'il n'en ait pris encore une autre, qui est de se mettre en lieu où il n'eust à craindre ni le Prelat, ni le Roy. Et en cela il n'a pas esté mal-avisé.

Il sçait que le Roy n'aime point les fourbes, & qu'il ne leur fait point de grace quand il les connoist. Il a donc eu sujet d'apprehender, qu'il ne se trouvast quelqu'un qui fist connoistre à S. M. qu'il y a quelque chose d'extraordinaire dans cette affaire de Douay, qu'il seroit bon d'approfondir: & il n'a point douté que cette ouverture ne fust suffisante pour faire prendre au Roy cette resolution, & que l'ayant prise il estoit naturel que l'on commençast par luy, pour l'obliger à dire ce qu'il en sçavoit, tant qu'il demeureroit sous la Domination de la France.

Ce qui a pû le fortifier dans la pensée de ne se pas exposer à ce hazard, est ce qui est arrivé depuis deux mois à un fameux Delateur Chanoine d'une Eglise Catedrale, à qui il en a cousté la vie pour avoir employé le mesme manege de lettres supposées à des gens de bien dans le dessein de les perdre. Je croy pouvoir dire quelque chose de cette histoire. Car quoy qu'elle soit d'un genre different de celle-cy, elles ont cela de commun, que
l'esprit

* Cap. *Proposuisti nobis.* De foro competenti.

l'esprit de fourberie & de trahison regne dans l'une & dans l'autre.

Tout rioit d'abord à ce Chanoine dont nous parlons, & il estoit plein de confiance que son entreprise luy reüssiroit. Il se vantoit d'avoir découvert une horrible conspiration contre l'Etat, & il en accusoit six de ses confreres, qu'il prenoit pour ses ennemis mortels, parce qu'ils l'estoient de sa vie licentieuse. Estant fort gens de bien & fort estimez de leur defunct Evêque, il n'est pas estrange qu'ils eussent la reputation d'estre Jansenistes. Mais c'est ce qui donnoit plus de hardiesse à ce méchant esprit, parce qu'il se persuadoit que son accusation en seroit mieux reçuë. Il avoit des amis puissans, mais qu'on ne peut pas croire qui fussent informez de sa malice. Il eut le moien de rendre compte au Roy ou à ses Ministres de ce qu'il pretendoit avoir découvert. C'estoit un dessein formé de faire entrer les Ennemis en France par la ville de Boulogne, & de faire revolter les nouveaux Convertis de Bretagne. Il produisoit pour preuve de la verité de son accusation des lettres en chifre écrites, à ce qu'il disoit, par ces Messieurs. Mais à qui? Il n'auroit pas esté trop difficile de le déviner. Comme il s'estoit imaginé que la prevention de la Cour contre les pretendus Jansenistes aideroit beaucoup à faire recevoir plus facilement ses impostures, que pouvoit-il faire de mieux pour son dessein, que de feindre qu'elles m'estoient adressées? Il y a plus de 20. mois que ce Chanoine fit cette importante découverte, & je n'ay sçû que depuis environ quinze jours, que j'estois le chef & l'ame de cette intrigue, comme je n'ay appris qu'après plus d'un an le personnage de fourbe que l'on me faisoit joüer à Douay. L'interest de l'Estat ne permettant pas qu'on neglige rien dans les affaires de cette nature, on fut bien surpris de voir en mesme temps six Chanoines de merite & qui estoient l'exemple de leur Chapitre, arrestez & mis en prison comme criminels d'Estat. Si on en fust demeuré là, & qu'on s'en fust tenu aux soupçons que donnoient les lettres en chifre que l'accusateur avoit produites, que fussent devenus les accusez? N'eussentils pas couru fortune de ne sortir jamais de prison? Que si de plus ce miserable Delateur fust disparu, ou se fust retiré en un pays estranger, en prenant pour pretexte la necessité qu'il auroit eue de se soustraire à la vengeance d'un parti aussi terrible qu'est celuy des Jansenistes, dont il avoit revelé les secrets damnables, comment auroit-on pû avoir un parfait éclaircissement de cette intrigue diabolique? Il est vray aussi que le faux accusateur se cacha aussi-tost que les accusez furent pris, s'estant peut-estre imaginé qu'on les laisseroit en prison, sans pousser l'affaire plus loin. Mais on n'eut garde de prendre cette voie. C'auroit esté exposer les plus gens de bien, qu'on auroit eu soin de décrier auparavant par des bruits vagues, à estre opprimez par de fausses accusations de crimes d'Estat, sans avoir moyen de s'en purger & de faire connoistre leur innocence. On prit donc un chemin tout opposé, qui est celuy de la Justice. On fit d'une part de si grandes recherches, que l'accusateur ne pust s'échapper, mais fut trouvé

& arresté : & de l'autre, on interrogea juridiquement les accusez, & on trouva dans leurs réponses de si grands caracteres de verité & de probité, qu'on
les renvoia chez eux en leur faisant seulement promettre de se representer
s'il estoit besoin. Ce pouvoit estre assez pour leur justification. Mais ce n'e-
stoit pas assez pour l'interest du public. Il falloit un exemple. Quelque prejugé qu'il y eut contre l'accusateur, il n'auroit pas esté juste de le condamner sans l'ouïr. Il a donc esté ouï. Mais quoy qu'il ait pû dire pour s'excuser, & pour en charger d'autres qu'il n'a déchargez qu'estant prest de
mourir, sa cause a esté trouvée si méchante par des juges qui ne luy pouvoient pas estre suspects, qu'ils n'ont pas cru se pouvoir dispenser de le condamner à mort : & l'Arrest estant rendu, quelques instances qu'aient pû
faire les accusez en se jettant aux pieds du Roy pour obtenir sa grace, ce
grand Prince a loué leur charité, mais il n'a jamais voulu leur accorder ce
qu'ils demandoient, parce qu'il s'est cru obligé en conscience d'arrester
par la crainte du châtiment de si détestables machinations.

Tout cela s'est passé sans que j'en aie rien sçû que long-temps depuis.
Mais quoy que ce Délateur m'eust noirci plus que personne par ses calomnies en me mettant à la teste de ces conspirateurs, comme celuy à qui tous les
autres s'adressoient pour faire reüssir ce complot, il n'y a rien que je n'eusse fait
aussi-bien que ses confreres, si j'avois esté en estat de me joindre à eux, pour
obtenir que l'on se contentast de le renfermer dans un Monastere selon les
Canons, afin qu'il eust eu plus de temps & plus de moien de fléchir la misericorde de Dieu par une penitence de toute sa vie, proportionnée à la grandeur de ses crimes.

Ce n'est donc point, Monseigneur, la fin malheureuse de ce Chanoine, que je souhaiterois que V. A. considerast dans cet exemple; mais je
la supplie d'y faire trois ou quatre reflexions.

La 1. Combien de méchans esprits trouvent d'avantages dans le phantôme du Jansenisme, pour noircir par leur calomnies ceux que l'on decrie
sous ce nom, puis que ce n'est gueres qu'à eux qu'ils s'adressent.

La 2. Quel est l'acharnement de ces sortes de gens contre un Docteur
qu'ils ont fait le chef de ce pretendu Jansenisme. Car est-ce autre chose qui
a pu porter deux differens fourbes à me choisir pour faire de moy le premier
personnage de leurs fourberies, quoy que je leur en eusse donné aussi peu de
fondement, que de me mettre à la teste des seditieux de la ville de Basle, ou
des rebelles de Hongrie. V. A. sçait par Elle-même jusqu'où va cet acharnement contre moy; puis qu'Elle a ouï dire à sa table tout recemment que
j'avois fait abjuration de la foy Catholique à Bois-le-Duc, & que je m'y
estois marié.

La 3. De quelle importance il est que dans ces sortes d'affaires le credit
& la faveur n'engage pas les Puissances à opprimer par des voies de fait ceux
qu'on auroit fait d'abord passer pour coupables : & combien il est necessaire
qu'el-

qu'elles se traitent dans une justice reglée, où on ne decide rien qu'après avoir ouï suffisamment toutes les parties. Car c'est par là seulement que les Juges de la terre peuvent éviter que Dieu ne leur reproche un jour de n'avoir pas fait tout ce qui estoit en eux, pour ne point absoudre les coupables, ni condamner les innocens.

La derniére, qui est une suite de la troisiéme, est qu'on ne doit pas souffrir qu'une personne poursuivie en justice sur de tres-violens soupçons, & sur de tres-forts indices, comme auteur ou complice d'une insigne fourberie, ne réponde aux interrogations les plus juridiques, que par de chimeriques obligations de conscience de ne point dire la verité de ce qu'on a droit de luy demander; & qui craignant d'estre condamné s'il s'opiniastre à ne rien dire davantage, il s'enfuie dans un pays où il n'ait plus ni Juge ni partie qui le puissent forcer à dire ce qu'il est necessaire de sçavoir, afin que l'innocence ne courre pas fortune d'estre opprimée, & que la malice ne demeure pas impunie.

C'est, Monseigneur, de quoy il s'agit. C'est ce qu'a fait le P. Payen. Le fait est constant. Il n'a jamais voulu dire de qui & comment il avoit eu ces originaux qu'il n'a pu nier qu'il n'ait eus, parce qu'il ne le pouvoit dire, sans s'accuser soy-même ou quelqu'un de ses confreres; ou sans donner moyen d'aller jusques à la source de cette friponerie. Car qui que ce soit qu'il eût nommé on l'eût interrogé en particulier & il eût esté bien difficile que l'on ne luy eût fait avouer ce que le P. Payen veut cacher; ou qu'on ne l'eût surpris en mensonge.

Il semble donc, Monseigneur, qu'il y va de la justice & de l'honneur de V. A. de ne point donner de retraite à un homme qui fuit de devant la face de son Juge, pour dérober à la connoissance du public ce que le public a interest de sçavoir, afin de juger équitablement de ce qui a tant fait de bruit. S'il n'y a rien que d'innocent & de louable dans cette intrigue, comme on dit que ceux à qui on en fait des reproches commencent à le soûtenir, pourquoy ne pas declarer ce qu'ils en sçavent, en estant interrogez juridiquement? Pourquoy priver tous ceux qui y ont eu part de la louange qu'ils meritent? Mais la verité est que quoy qu'ils parlent quelque fois de cette vilaine affaire avec un air de fierté qui peut imposer à des esprits foibles, ils en rougissent eux-mêmes, & ils ne sont pas à se repentir de cette folle entreprise, qui sera leur honte dans toute la posterité.

Enfin, Monseigneur, de quelque maniere qu'ils parlent de cette affaire de Douay, ou en niant qu'il y ait eu de la fourberie, ou en avouant qu'il y en a eu, mais en pretendant que ç'a esté une fourberie digne de louange dont l'Eglise a reçu de grands avantages, toutes sortes de raisons veulent qu'on l'approfondisse, & qu'on en sçache la verité dans toute son étendue. Or il est necessaire pour cela que le P. Payen soit renvoyé au lieu d'où il

B   est

eſt venu, afin qu'on acheve le procés qui y eſt commencé, & que l'Evêque qui doit juger cette cauſe par l'eſprit & en la place de J. C. puiſſe dé-
clarer à toute l'Egliſe, qui ſont les ſinceres, qui ſont les trompeurs.

Je ſupplie donc V. A. de trouver bon, que je finiſſe cette tres-humble
Remonſtrance, en priant Noſtre Seigneur de luy donner toutes les lumieres neceſſaires pour connoiſtre en cette occaſion, ce qu'elle doit à ſon honneur, à ſa conſcience, à la Juſtice, & au repos de ſon Etat, & qu'il
daigne la combler de plus en plus de ſes graces, & de ſes plus ſaintes benedictions.

Ce 12. Novembre 1691.

ANTOINE ARNAULD

Docteur de Sorbonne.

JUSTIFICATION

DE LA

TROISIÉME PLAINTE

DE

M.ʳ ARNAULD

DOCTEUR DE SORBONNE

CONTRE

LE P. PAYEN

RECTEUR

Du College des Jesuites de Liege

AVEC

La Lettre écrite à ce Docteur de la part du
Pape Innocent XI. par M. le Cardinal
Cibo Doyen du Sacré College.

§§§

Avec Approbation.

M. DC. XCII.

APPROBATION

De M. le Beau Curé de saint Adalbert & Examinateur Synodal du Diocese de Liege.

Monsieur Arnauld, celebre Docteur de Sorbonne, a défendu en tant d'occafions & avec tant de benediction & de fuccés la Foy & la doctrine de l'Eglife par fes favans Ouvrages, approuvez par beaucoup de grands Evêques, que l'Eglife même par cette raifon femble eftre intereffée à fa reputation, & luy obligé à la défendre. C'eft pourquoy le faint Pape Innocent XI. dont la memoire eft en benediction, a bien voulu rendre un illuftre témoignage à fon merite fingulier, en luy faifant connoître par une Lettre de M. le Cardinal Cibo, aujourd'huy Doyen du Sacré College, l'eftime qu'il faifoit de fa Perfonne & de fes Ecrits, & la confiance qu'il avoit en fes prieres. Je n'ay pu m'empecher de fuivre l'exemple d'un fi digne Pontife, que j'ay vu à la fin de cette *Juftification de la Troifiéme Plainte de M. Arnauld Docteur de Sorbonne &c.* ni refufer mon Approbation à cet Ecrit : par ce qu'en mettant à part les differens perfonnels & les faits conteftez, dans la difcuffion defquels je n'ay pas cru me devoir engager, j'ay confideré d'un côté, que M. Arnauld avoit grand intereft de fe juftifier, comme il fait ici, devant le Public ; & que de l'autre, je n'ay rien trouvé dans cette *Juftification* qui foit contraire ni aux veritez de noftre Foy, ni aux bonnes mœurs, ni à la charité Chreftienne. Donné à Liege le premier Mars 1692.

JEAN LE BEAU, Curé de
S. Adalbert, Exam. Synod.

JUSTIFICATION

DE LA
TROISIÉME PLAINTE
DE M.ᴿ ARNAULD
DOCTEUR DE SORBONNE

CONTRE

LE P. PAYEN

Recteur du College des Jesuites de Liege.

JE ne vous feray point de procés, Mon Reverend Pere, sur vostre
lenteur à répondre à la 3. Plainte. Plus d'une raison en peut justifier
le delay. Vos correspondans & vos Associez dans l'affaire du faux-
Arnauld, ne sont pas à portée pour en avoir réponse du jour au lendemain:
& de faire dans une cause commune une démarche de consequence sans leur
avis, c'est à quoi vous n'avez pû vous resoudre. Cela est sage & prudent.
Et faute d'avoir assez pris de précaution à l'égard de la *Lettre à un Docteur
de Douay*, il a fallu la refondre, & en faire une piece presque nouvelle,
non sans donner beaucoup de prise à vos adversaires par les changemens
qu'on y a faits. Vous avez esperé qu'il n'en seroit pas de même de vostre
Réponse. Les R.R. Peres de Paris, grands maîtres de l'art, y ont mis la
main. Vous avez jugé ne pouvoir mieux faire, que de vous en reposer sur
eux: il en coûte un peu de temps; mais cela n'est rien.

Ils ont pû croire aussi qu'il n'y avoit pas de necessité de se tant presser.
Il y a apparence qu'ils se sont flattez que tout ce qu'avoit dit M. Arnauld
dans cette Plainte, aussi-bien que dans les precedentes, estoit suffisamment
détruit, tant par l'Avertissement joint au fragment de la Lettre d'un Inconnu, que par la Lettre de 72. pages qu'ils ont eux-mêmes addressée à
ce Docteur, où ils ont prétendu avoir fait de leur faux-Arnauld un autre
M. Pascal; & des Theologiens de Douay, dévouez, disent-ils, à M. Arnauld & ses fidéles disciples, des heretiques rebelles à l'Eglise, liguez en-

sem-

semble pour renverfer la Religion. C'eft pourquoy ils ont confeillé à leurs Confreres de ces Pays-cy de faire avant toutes chofes imprimer ces deux pieces avec l'Approbation de Nicolas du Bois, & de les répandre par tout: ce que vous favez, Mon Pere, qu'ils ont executé tres-fidellement.

Mais ils fe font trouvé depuis bien déchûs de leurs efperances. Ces deux pieces, qui devoient relever leur parti, n'ont fervi, eftant refutées, qu'à le couvrir d'une nouvelle confufion. Le Public à témoigné eftre fatisfait de la 4. Plainte. Les injures de l'Avertiffeur contre M. Arnauld & les fanfaronades de l'Inconnu y ont paru dans tout leur ridicule, & il y a peu de gens d'efprit qui ne foient perfuadez, après l'avoir leue, ou que cet Inconnu n'eft qu'un Phantôme qui n'aura jamais d'autre nom, ou que fi c'eft quelque perfonnage réel qu'on ait fait parler au Roy & à fes Miniftres, ce ne peut eftre qu'un nouveau fourbe, qui pour faire plaifir à la Compagnie aura bien voulu paffer pour le faux-Arnauld avec autant de hardieffe que le faux-Arnauld en a eue de vouloir paffer pour le veritable.

Les Avis importans, addreffez au Recteur de voftre College de Paris, n'ont pas rendu moins inutiles les vaines declamations des Rhetoriciens de ce College dans leur *Lettre à M. Arnauld*. Les Theologiens de Douay y font juftifiez de nouveau contre les injurieufes chicaneries de ces Ecrivains polis, d'une maniere à n'y plus revenir, & le faux-Arnauld y eft reprefenté dans toute fa laideur, malgré toutes les couleurs dont les Bouhours, & les Telliers ont tâché de le farder. On y traite avec la même force, de beaucoup d'autres chofes, dont il n'eft pas neceffaire de parler icy.

Tout cela fait voir, Mon Reverend Pere, qu'on n'a pas grand chofe à vous dire fur voftre Réponfe. Car ce feroit une chofe inutile de s'amufer à refuter dans voftre petite piece ce qui l'a déja efté dans des ouvrages d'apparat, où vos grands Auteurs ont emploié pour foûtenir l'honneur de la Compagnie, tout ce qu'ils ont d'efprit, d'adreffe & d'habileté dans l'art d'écrire.

Ainfi tout ce que le public pourroit demander d'éclairciffement, comme n'eftant pas traité ailleurs, fe pourra reduire à deux Queftions. La premiere, fi M. Arnauld a calomnié le P. Payen : la feconde, fi ce n'eft pas au contraire le P. Payen qui a calomnié M. Arnauld.

I. QUESTION.

Si le P. Payen a raifon de dire, que M. Arnauld l'a calomnié.

Tout ce que vous dites, Mon Reverend Pere, pour faire croire qu'on vous a calomnié, n'a quelque apparence de raifon dans voftre Réponfe, que parce que vous y déguifez au public la qualité de l'affaire dont il s'agit, & fa veritable idée. Car au lieu qu'il n'eftoit queftion dans cette troifiéme Plainte, que de la part que l'on vous accufe d'avoir eue à une

in-

infigne fourberie, vous tâchez de donner le change à vos Lecteurs, en les jettant fur des matieres de doctrine qui né regardent cette plainte en aucune forte.

Pour diffiper cette illufion, on n'a qu'à ramaffer les faits que vous ne fauriez contefter, ou parce qu'ils font notoires, ou parce que c'eft vous-mêmes qui les avancez. Car il fera aifé de voir par là quel jugement on doit faire de ce que vous appellez des calomnies.

Vous ne pouvez nier que dés le commencement du mois de Juillet vous n'ayez eu entre vos mains toutes les pieces originales de cette longue intrigue. Vous ne pouvez plus dire, que c'eft par l'infidelité d'un valet qui a volé M. Arnauld, que ces pieces font tombées entre vos mains. Vos Peres de Paris dans la Lettre écrite à ce Docteur ont avoué, que les lamentations du faux-Arnauld fur ce prétendu vol, n'eftoient qu'une addreffe pour épouvanter les deux Profeffeurs en Theologie de Douay, & les obliger de fe cacher; afin que leur fuite les faifant paffer pour coupables, il fût plus facile de les accabler en leur abfence. Vous avez renoncé vous-même à un menfonge fi groffier, & vous faites entendre dans voftre Réponfe, que c'eft le faux-Arnauld luy-même qui vous avoit donné ou prêté tous ces papiers. Que cela foit vrai ou faux, vous ne fauriez empêcher qu'on n'en prenne droit contre vous; & qu'on ne vous dife comme au mauvais ferviteur de l'Evangile : *Ex ore tuo te judico.* Cette declaration eft fi importante qu'il faut voir comment vous la faites.

J'ay feulement (dittes vous p. 13.) *dans ce que j'ay répondu à M. d'Arras la derniere fois, juftifié mon filence, parce que s'il eftoit de l'intereft du Public que le faux-Arnauld fût connu, le Prince feroit le maiftre d'en donner la connoiffance, d'autant plus que le faux-Arnauld bien loin* DE L'UY DE-MANDER COMME A MOY LE SECRET SUR SON NOM ET SA DEMEURE, *s'eft offert de declarer l'un & l'autre, fi-tôt que Sa Majefté l'ordonnera. Voiez l'Avertiffement qu'il a imprimé fur le fujet de vos premieres plaintes.* On peut tirer de là bien des confequences.

I. CONSEQUENCE. Vous nous donnez pour raifon de vôtre filence, ce qui fe lit dans la Lettre d'un Inconnu, inferée dans l'*Avertiffement* auquel vous nous renvoiez, qui eft que cét Inconnu, qui fe declare eftre le faux-Arnauld & l'auteur de la *Lettre à un Docteur de Douay*, fe vante d'avoir rendu compte de fa conduite au Roy & à fes Miniftres, & de s'eftre engagé à dire fon nom & fa demeure, quand Sa Majefté l'ordonneroit. Vous convenez donc que le même homme qui a fourbé les Theologiens de Douay en leur écrivant tant de Lettres fous le nom de M. Arnauld, pleines de menfonges, de careffes, & de trahifons; pour les porter à figner comme des veritez importantes ce qu'il croioit eftre des erreurs damnables, eft celuy-là même qui changeant de perfonnage les a déchirez cruellement dans fon Libelle, où pour les faire regarder comme de pernicieux heretiques, qui avoient

formé

formé le deſſein de renverſer la Religion, il employe ce que luy même leur avoit fait faire par les plus preſſantes inductions. C'eſt la premiere conſequence que nous fournit voſtre paſſage. Remarquez-la bien.

2. CONSEQUENCE. Depuis que vous n'eſtes plus ſous la juriſdiction de M. d'Arras, vous commencez à vous ouvrir ſur le ſujet pour lequel on vous pourſuivoit, un peu plus que vous n'aviez fait dans vos Réponſes juridiques aux inſtances de vos parties, qui vous preſſoient de declarer comment & de qui vous aviez eu les papiers dont vous abuſiez pour les décrier. Car vous vous eſtes contenté alors de dire que ces papiers eſtoient à la Cour, & que c'eſtoit de là qu'ils pourroient apprendre ce qu'ils avoient tant d'empreſſement de ſavoir. Vous vous declarez preſentement plus ouvertement. Vous ne marquez pas encore ni le nom ni la demeure de celui de qui vous dittes avoir reçu ces papiers; mais vous nous aſſeurez que c'eſt le même faux-Arnauld qui ſe fait honneur d'avoir rendu compte de ſa conduite au Roy & à ſes Miniſtres. Et vous prétendez qu'en vous confiant tout ſon threſor de malice, qu'il a depuis remis entre les mains de Sa Majeſté, ç'a eſté avec cette difference, qu'en vous en rendant le dépoſitaire, il a exigé de vous le ſecret ſur ſon nom & ſur ſa demeure; au lieu, dittes vous, qu'il a promis au Roy de ſe nommer quand Sa Majeſté l'ordonneroit.

3. CONSEQUENCE. Vous ne pouvez pas dire que le ſecret, que vous avez prétendu qui vous diſpenſoit de répondre à ce qu'on vous demandoit juridiquement, ſoit un ſecret de confeſſion. Car n'y ayant point de Catholique qui ne ſçache que le ſecret de la confeſſion eſt inviolable, il eſt inutile que celui qui ſe confeſſe exige de ſon Confeſſeur qu'il tienne ſecret ce qu'il lui dira. Or vous dittes que le faux-Arnauld ne s'eſt découvert à vous qu'en vous demandant le ſecret ſur ſon nom & ſur ſa demeure. Ce n'eſt donc qu'un ſecret commun & ordinaire, qui ne pouvoit point vous diſpenſer (comme il ſera aiſé de vous le faire voir dans la ſuite) de répondre à ce qu'on avoit droit de vous demander.

4. CONSEQUENCE. Puiſque vous teniez ces papiers du faux-Arnauld, vous ne pouvez plus nier que vous ne fuſſiez au moins en même eſtat qu'un homme, à qui un fourbe auroit donné en garde des pierreries qu'il auroit volées à une Dame, en lui écrivant une lettre ſous le nom d'une de ſes bonnes amies, qui la prioit de les lui preſter pour quelques jours: à quoi on peut ajoûter, pour rendre la comparaiſon plus juſte, que ce fourbe ne manqua pas d'exiger de celui à qui il confioit ſon vol, le ſecret ſur ſon nom & ſur ſa demeure.

5. CONSEQUENCE. Voſtre complicité avec le faux-Arnauld ne peut plus eſtre deſavouée ni colorée d'aucun pretexte. Car peut-on eſtre plus complice d'une fourberie, que de recevoir de la main du fourbe reconnu pour tel, ce qu'il auroit eſcroqué par ſes tromperies pour perdre des Theologiens de merite, & le recevoir pour entrer dans ſon eſprit, & executer le

deſſein

deſſein qu'il avoit eu en les fourbant ? Vous venez d'avouer le 1. de ces deux chefs, en reconnoiſſant que c'eſt du faux-Arnauld que vous avez eû tous les papiers dont on ſe ſert pour les décrier. Il eſt donc certain qu'à cet égard vous eſtes le complice de cet Impoſteur. Vous ne l'eſtes pas moins certainement pour l'autre chef, qui eſt d'eſtre entré dans ſon eſprit, & d'avoir travaillé à executer ſon méchant deſſein. Vous ne le cachez pas; vous en faites gloire : *Il eſt vrai* (dittes vous p. 13.) *que j'ay eu pour quelques jours les Originaux entre les mains, celui qui en a fait la découverte* (c'eſt à dire l'Impoſteur qui s'eſtoit fait paſſer pour le vrai Arnauld) *aiant voulu qu'une perſonne publique & ſûre pût les monſtrer,* TANT LA CHOSE PAROIS-SOIT INCROIABLE. Vous reconnoiſſez donc que voſtre deſſein a eſté, auſſi-bien que celui du fourbe, de rendre croiable ce qui eſt dit de ces Meſſieurs à l'entrée du Libelle dans toutes les Editions : *Qu'ils avoient conçu de mal-heureux deſſeins contre la Religion, & que l'eſprit de cabale & d'erreur qui les poſſede, leur avoit fait former le plan d'une nouvelle Egliſe ſur la ruine de celle de* JESUS-CHRIST. Ainſi vous avouez que la fin que vous avez eue, en monſtrant ces papiers à qui les a voulu voir, a eſté de faire croire ces abominables calomnies qui paroiſſoient incroiables.

Vous ajoûtez en la même p. 13. *Il eſt vrai encore que j'ay eu la curioſité d'en tirer des copies authentiques ; mais cela même fait voir que je ne les avois qu'en dépoſt.* Ce fait regarde la Theſe ſignée & legaliſée par un Notaire, qui n'a pû eſtre entre vos mains ſans que quelqu'un les euſt volées; le Notaire n'en ayant point retenu de minute, & ceux qui l'avoient ſignée ne l'ayant envoiée qu'à celui qu'ils croioient eſtre M. Arnauld. Il eſt ſi notoi-re que vous en avez tiré pluſieurs copies authentiques, que vous ne l'avez oſé nier. Mais vous voudriez faire croire que ce n'a eſté que par curioſité, & que cela prouve que vous ne l'aviez qu'en dépoſt. Rien de moins ſince-re. Pour conſerver cette Theſe en rendant l'Original vous n'aviez beſoin que d'une copie authentique, & vous en avez tiré un grand nombre pour les répandre par tout.

Pour juſtifier ce qu'on a dit de vous, & démeſler ce que vous tâchez d'embrouiller, il faut faire attention à deux regles. La premiere eſt que ge-neralement parlant on doit garder le ſecret quand on l'a promis : c'eſt donc ce que l'on doit faire dans les affaires communes où il n'y a rien de crimi-nel ni de puniſſable, lors même qu'une perſonne mal-aviſée nous feroit in-terroger en juſtice, parce qu'il n'y a point de Juge qui ait droit de nous obliger de manquer à noſtre parole dans les circonſtances que j'ay marquées. Et c'eſt par là qu'il eſt aiſé de ſatisfaire à ce que vous propoſez à M. Arnauld comme une preuve invincible de voſtre innocence. *Si je m'aviſois*, dittes vous, *de citer par devant Son Alteſſe tel de vos confidens que l'on connoiſt icy & qui ſçait où vous eſtes preſentement, croiriez-vous que ſur ma ſimple requi-ſition cet homme ſeroit obligé de declarer où vous eſtes ?* Non certainement,

il

il n'y seroit pas obligé pour bien des raisons. 1. Parce que cette demande seroit fort impertinente; le P. Payen n'aiant aucun droit de s'enquerir où est M. Arnauld. 2. Parce que ni M. Arnauld ni ce Confident n'ont commis aucune mauvaise action pour laquelle on les puisse poursuivre en justice. 3. Parce que vostre Predecesseur dans le Rectorat du College de Liege, & d'autres Religieux ont fait quelque chose de semblable à l'égard de M. Arnauld, & n'en ont eu que la confusion. Ce seroit à vous maintenant de faire voir, que vous pouvez dire la même chose, pour monstrer que vous avez eu raison de ne point répondre aux interrogations juridiques que vous ont fait faire les Theologiens de Douay. Mais c'est de quoi on ne peut bien juger qu'après avoir consideré la 2. Regle.

Cette regle est une exception de la premiere : c'est à dire, que c'est un des cas, où on est obligé de ne pas tenir la promesse du secret qu'on auroit faite mal à propos. Quand il y a quelque chose de criminel & de punissable dans une affaire, celui qui seroit cité devant le Juge, ou comme auteur, ou comme complice du crime, seroit obligé de répondre aux interrogations juridiques qu'on lui feroit, sans en pouvoir estre dispensé par la promesse du secret qu'il auroit faite au principal auteur du crime. C'est ce que vous n'oseriez contester sans vous rendre l'objet de l'indignation de tous les Juges. Car si cela n'estoit, tous ceux qui commettent des crimes plusieurs ensemble, n'auroient qu'à se promettre avec serment, comme ils font souvent, de ne jamais declarer ce qu'ils savent les uns des autres, pour se croire obligez en conscience de garder ce secret, quelque instance que le Juge fist à l'un d'eux qu'on auroit convaincu du crime, de reveler ses complices. On ne croit pas que vous osassiez soûtenir une maxime si favorable aux conspirations, ôtant aux Juges un des plus grand moiens de les découvrir. Mais les loix font expresses contre la pretendue obligation de garder de telles promesses. *In sexto de Regulis juris. In malis promissis fidem non expedit observari :* & quand même ces promesses auroient esté faites avec serment. Car c'est ce que porte une autre regle du même endroit : *Non est obligatorium contra bonos mores præstitum juramentum.*

Cette 2. regle peut estre appliquée à un cas particulier, qui fera mieux comprendre ce qu'on doit juger du refus que vous faites de répondre. S'il y avoit preuve que des papiers volez, qui seroient le sujet d'un grand procez, sont ou ont esté entre les mains d'une personne, qui seroit entré dans l'esprit du voleur, en faisant de ces papiers l'usage que ce voleur en auroit voulu faire en les volant, peut-on douter que ceux qui seroient parties dans ce procez, n'eussent droit de faire interroger juridiquement cette personne, pour savoir d'elle de qui & comment il auroit eu ces papiers, & que cette personne ne pourroit pas se dispenser de le dire par cette méchante raison, que le voleur luy auroit demandé le secret sur son nom & sur sa demeure. Les loix y font expresses. La loy *Civile* 5. Cod. de furt. & serv. corrupt.

rupt. *Civile est quod à te adversarius tuus exigit, ut rei, quam apud te fuisse fateris, exhibeas venditorem. Nam à transeunte & ignoto emisse dicere, non convenit volenti evitare alienam bono viro suspicionem.* C'est bien faire entendre, que celui qui ne veut pas dire de qui il a eu une chose derobée, se rend suspect de l'avoir derobée lui-même; quelque détour qu'il prenne pour colorer son silence. Il y a une autre loy dans le mesme titre qui marque la même chose. Car aprés avoir condamné les marchands qui ne vouloient point rendre des choses derobées, si on ne leur en donnoit le prix; la loy les avertit de prendre plus garde de qui ils achettent, non seulement parce que ce seroit une pure perte pour eux, s'il se trouvoit que ce fussent des choses derobées; mais aussi parce qu'ils se rendroient suspects d'avoir part au crime : *Curate igitur cautiùs negotiari, ne non tantùm in damna hujus modi, sed etiam in criminis suspicionem incidatis.* Cette obligation de declarer de qui on a eu une chose qui se trouve avoir esté volée, est reconnue par tous les Jurisconsultes. Je me contenteray d'en rapporter un des plus estimez qui est Julius Clarus : *Si res furata reperiatur penès aliquem, talis inventio facit contra eum indicium ad torturam,* NISI IPSE DOCEAT A QUO HABUERIT.

Jul.
Clar.
lib. 5.
§. fin.
Prax.
Crim.
qu. 21.
n. 41.

Supposant donc pour incontestable cette disposition des loix, voici quelques argumens qu'on vous peut faire pour justifier tout ce qu'on a dit de vous sur le sujet des papiers, que vous ne niez pas que vous n'aiez eus entre les mains, & que vous ne les aiez monstrez à quiconque les a voulu voir.

1. ARGUMENT. Quand il est constant qu'un homme a entre ses mains des papiers volez qu'il monstre à diverses personnes, ceux que ces papiers regardent, ont droit de lui faire demander juridiquement de qui & comment il a ces papiers.

Or vous ne niez pas que vous n'aiez eu entre les mains & monstré à diverses personnes les papiers que le faux-Arnauld n'a pû avoir que par de tres-méchantes voies & tres-criminelles, ce qui s'appelle voler.

Les Professeurs de Douay que ces papiers regardoient ont donc eu droit de vous faire interroger sur ces papiers par le Juge que vous avez reconnu. Et par conséquent vous avez dû declarer, comme les loix l'ordonnent, de qui & comment vous les aviez eus. Et en refusant opiniâtrement de le faire, vous avez dû estre condamné, ou comme estant vous-même le faux-Arnauld voleur de ces papiers : ou comme complice du voleur.

Non seulement il n'y a rien dans vostre Réponse qui puisse empêcher qu'on ne soit convaincu par cet argument, de la justice du procedé qu'on a tenu envers vous; mais on peut juger par ce que j'ay apporté de vostre Réponse que vous l'avez rendu incomparablement plus fort. Car comme il n'y a point de fausseté qu'on ne puisse avancer sans mensonge par l'art des restrictions mentales, si vous aviez dit que c'est un Inconnu qui vous a

B   donné

donné ces papiers volez ; quoique cette réponse soit rejettée par les loix, on auroit eu plus de peine à vous forcer dans ce retranchement. Mais vous confiant au credit de voftre Compagnie, & fur ce que vous eftes à l'abry des pourfuites de voftre Juge, vous reconnoiffez fans crainte que c'eft le faux-Arnauld, le voleur même de ces papiers, qui vous les a mis entre les mains, *en vous demandant le fecret fur fon nom & fur fa demeure :* & que vous n'avez fait en les monftrant que ce qu'il a fouhaité que vous fiffiez. Vous ne pouviez donc rendre voftre caufe plus mauvaife que vous l'avez fait, comme il eft aifé de vous le prouver.

2. ARGUMENT. Quiconque reçoit des chofes volées du voleur même, fçachant bien que c'eft le voleur, & qui s'en fert felon fes deffeins, ne peut manquer d'eftre condamné comme complice de fon crime, & comme fon receleur.

Or c'eft ce que vous avouez à l'égard des papiers volez par le faux-Arnauld. On a donc eu raifon de préfumer que vous eftes forti de Douay avant que M. d'Arras eût prononcé fur la requifition de ces Meffieurs, dans la crainte d'eftre condamné, comme vous eftant rendu fufpect par voftre filence, d'eftre Auteur ou Complice de la fourberie du faux-Arnauld.

Rien n'eft plus foible que ce que vous dittes dans voftre Réponfe pour juftifier voftre fortie de Douay, & pour faire croire que ce qu'on en a dit dans la Plainte eft une calomnie. Car voicy à quoi voftre juftification fe reduit. *Perfonne n'ignore,* dittes vous, *que c'eft le General des Jefuites qui fait tous les Superieurs. Dés le commencement de Juillet dernier, je fus averti qu'il m'avoit choifi pour Recteur du College de Liege. Mes patentes font fignées du 9. Juin, c'eft à dire qu'elles font expediées à Rome 15 jours avant qu'on eût fçu en * Flandres la nouvelle découverte, & plus de fix femaines avant que M. d'Arras euft fait fur cela aucune procedure. Comment n'avez vous pas prevû Monfieur, vous qui avez tant étudié nos manieres, que ces Patentes feroient une preuve de voftre premiere calomnie.*

Mais comment, Mon Reverend Pere, n'avez vous pas prevû vous-mêmes, que tout cela n'eft qu'un fophifme. Car de quelque temps que foient vos Patentes pour eftre Recteur de Liege, comme elles ne vous rendoient pas impeccable, elles n'ont pû auffi empêcher qu'aiant commis une mauvaife action pour laquelle vous eftiez pourfuivi en juftice pardevant un Juge que vous avez reconnu, ayant comparu trois fois devant luy, vous n'aiez dû attendre fa fentence définitive, avant que de vous tirer de fa jurifdiction. C'eft uniquement fur cela qu'eft fondée la 3. Plainte de M. Arnauld. Et ainfi le temps de vos patentes pour eftre Recteur de Liege n'y fait rien du tout. Pour juger fi on a fujet ou non de fe plaindre de voftre fortie de Douay, on en doit juger par ce qui l'a precedée, & par l'eftat où eftoit l'affai

---

* Il s'eft bien gardé de dire *avant qu'on eut fçu à Douay;* ou, *avant que j'euffe fçu la nouvelle découverte.* Pour ce coup il a eu peur de mentir ; & il a efquivé en nommant la Flandre dont il n'eft point queftion, au lieu de l'Artois où la fourberie s'eft faite & a éclatté d'abord.

l'affaire, qui eſtoit preſte à eſtre terminée quand vous en eſtes ſorti. Voici le fait.

Dés la fin de Juin 1691. il paroit un Libelle, où de pieux Theologiens ſe trouvent outrageuſement déchirez par d'horribles calomnies, fondées ſur diverſes pieces que l'auteur de ce Libelle dit avoir entre les mains. Ils ſont d'abord bien étonnez, ne pouvant comprendre comment ces pieces, qui ne devoient eſtre qu'entre les mains de M. Arnauld, ſe trouvent citées dans ce Libelle. Mais bien-toſt après ils appirent deux choſes. L'une, que M. Arnauld ne leur avoit écrit quoi que ce ſoit, & n'avoit auſſi rien reçu de ce qu'ils lui avoient addreſſé, & qu'ainſi il falloit que ce fût un fourbe qui les eût trompez. L'autre, que tous les papiers que l'auteur du Libelle diſoit avoir entre ſes mains, eſtoient en celles du P. Payen Recteur du Collège des Jeſuites de Douay, qui les monſtroit à tout le monde. Il leur eſtoit de la derniere importance pour leur juſtification, de prouver cette fourberie, & d'en découvrir les auteurs : & ils n'en avoient point de meilleur moien, ſelon l'ordre de la Juſtice & le pouvoir que leur en donnoient toutes les loix, que de s'en prendre à celui qui ſe trouvoit ſaiſi de ces papiers, qu'on ne pouvoit avoir eus que par des voies criminelles. Ils eurent donc raiſon de vous citer par devant M. l'Evêque d'Arras, qui avoit commencé à prendre connoiſſance de cette affaire, afin que vous euſſiez à declarer de qui & comment vous aviez eu ces papiers. Après quelques délais vous avez enfin comparu une fois, deux fois, trois fois ; mais en vous obſtinant toûjours à ne pas dire de qui vous les aviez eus. Ce n'eſtoit pas en ſoûtenant que ces Meſſieurs n'avoient pas droit de vous le demander, ni le Juge de vous preſſer de le dire, mais en pretendant qu'aiant promis le ſecret vous eſtiez obligé de le garder. Or on vous a fait voir que c'eſt une erreur, quand il s'agit d'une action criminelle dont on eſt accuſé d'eſtre complice. Il paroiſt auſſi que M. l'Evêque d'Arras n'a point eſté ſatisfait de cette réponſe, puis qu'après que vous l'eûtes faite la derniere fois par écrit, en concluant que vous ne deviez plus eſtre inquieté par ces Meſſieurs, & que leurs Requeſtes contre vous devoient eſtre traitées d'impertinence & d'irrelevance, loin de vous accorder voſtre demande, il mit pour apoſtille, *Replicetur* ; QU'IL SOIT REPLIQUÉ. Et en effet ces Meſſieurs repliquerent trois jours après en ces propres termes. ,, Pour replique à la ré- ,, ponſe du P. Payen du 10. Octob. ils diſent qu'ils perſiſtent dans leurs faits & ,, concluſions & enſuite requierent droit : auquel effet on requiert Monſei- ,, gneur, d'ordonner aux parties, de rapporter leurs pieces à Cour, puiſque ,, la cauſe paroiſt ſuffiſamment conteſtée, & que probablement ledit Pere n'ajou- ,, tera plus rien à ſa réponſe, qui n'a eſté donnée qu'après trois ou quatre or- ,, donnances, quoiqu'elle demandât celerité &c. Ainſi ce procés eſtant encore ,, indécis, & pouvant eſtre terminé en fort peu de temps, ſi vous euſſiez agi de bonne foy, on vous ſoûtient que vous n'avez point dû ſortir de Douay

avant qu'il le fût. C'estoit une obligation *ex delicto* ; à laquelle ni vostre
prétendue promesse donnée au faux-Arnauld, ni les patentes de vostre General pour le Rectorat de Liege, n'ont pû vous dispenser de satisfaire. On
a donc eu tout sujet de présumer selon le Droit, que vous n'estes sorti de
Douay avant cette sentence, que parce que vous aviez lieu de juger qu'elle
ne vous seroit pas favorable. Car M. d'Arras ne pouvoit juger définitive-
ment le point sur lequel on vous poursuivoit depuis tant de temps, qu'en
deux manieres. L'une auroit esté, en vous ajugeant vos dernieres conclusions, & en declarant qu'il en estoit content, & que ces Messieurs vous
devoient laisser en repos. L'autre auroit esté en declarant selon les loix,
qu'aiant eu entre vos mains des papiers volez vous aviez dû declarer de qui
vous les aviez eus, & que refusant de le faire vous vous estiez rendu suspect d'estre au moins complice de ce vol & de toute la fourberie. La premiere sentence vous auroit esté si avantageuse, & si propre à couvrir l'honneur de vostre Societé, que si vous aviez esperé de l'obtenir, vous n'auriez pas plaint de demeurer encore à Douay le temps qu'il falloit pour cela,
comme vous y estiez obligé. Mais vous avez bien vû que l'indulgence de
M. l'Evêque d'Arras ne pouvoit aller jusques là. N'ayant donc pû attendre pour fin de ce procés qu'une sentence qui vous auroit terriblement hu-
milié, on a grande raison de présumer que ç'a esté pour l'éviter que vous
vous estes pressé d'aller à Liege avant que vous fûssiez legitimement déchargé des poursuites que l'on faisoit contre vous à Douay pour une affaire criminelle.

Pour détourner vos Lecteurs de cette pensée, que vous aiez eu quelque
chose à craindre à Douay, vous faites le fier, & vous vous offrez d'y retourner ; mais c'est en faisant dépendre ce retour, d'une condition ridicule, qui est que M. Arnauld y aille aussi, & qu'il se presente devant l'Evêque pour estre partie dans ce procés, comme si ces Messieurs de Douay ne
l'eussent plus esté. Rien peut-il estre plus impertinent ? Tant qu'on a pû
croire que M. Arnauld avoit eu part à cette intrigue, il a eu sujet de s'en
plaindre, & de demander justice contre l'Imposteur qui avoit pris son nom :
parce qu'il ne pouvoit laisser croire que ces Lettres fussent de luy, sans vouloir bien qu'on le prît pour un des plus impudens menteurs qui fût jamais. Mais il a mis cette affaire dans un si grand jour par ses deux premieres Plaintes, que tout le monde est demeuré d'accord depuis ce temps-là,
qu'il n'a eu aucune part à cette intrigue, & que les Jesuites de Paris dans la
Lettre qu'ils lui ont écritte se sont même offerts de le faire publier à son de
trompe. Ainsi la fourberie estant avouée, & ne s'agissant plus que de connoître
le fourbe, qui ne voit qu'on ne peut rien sur cela demander à M. Arnauld.

Il est encore plus extravagant de vous jetter comme vous faites sur la doctrine de ces Messieurs, & de vouloir que M. Arnauld réponde de la sienne devant M. l'Evêque d'Arras, parce que vous prétendez que c'est de ce

Docteur

Docteur que ces Messieurs ont tiré la leur. Car comment l'auroient-ils tirée de luy ? Est-ce qu'il a eu commerce avec eux ? Est-ce que c'est luy qui les a pressez de signer la frauduleuse These ? C'est ce que d'abord vous auriez bien voulu que l'on crust. Car on vous vient de prouver par vostre Libelle mesme, que vostre premier dessein avoit esté de faire retomber sur le vray M. Arnauld tout ce que vous dittes d'horrible de ces Theologiens, comme n'aiant rien fait que par son instigation. Mais maintenant que la fourberie est découverte, vous estes reduits à dire que c'est des livres de ce Docteur qu'ils ont pris les erreurs que vous leur attribuez. Supposition aussi évidemment fausse, que la consequence que vous en tirez est absurde.

Tout ce que M. Arnauld a écrit de considerable touchant la grace a esté avant la paix de l'Eglise. Il a travaillé à cette paix avec les Evêques, & bien loin qu'on luy ait demandé l'abjuration d'aucune erreur, on n'a pas eu seulement la pensée d'exiger de luy qu'il s'expliquast sur aucun point de doctrine. Il a depuis demeuré dix ans dans Paris, dans une approbation generale & du S. Siege & des Evêques. Et si on s'est avisé sur la fin de le chicaner, ce fut sur de vains pretextes de ralliemens & d'assemblées. C'est donc en l'air & sans aucun fondement qu'on ose dire que ces Messieurs ont pris de ses livres la mauvaise doctrine qu'on leur impute.

Mais la consequence que vous tirez de cette fausse supposition est l'absurdité mesme. Quoy ? dés que les Jesuites auront entrepris de décrier un Ecclesiastique comme coupable de Jansenisme, & qu'ils l'en auront fait accuser devant son Evêque, ils n'auront qu'à dire qu'il a pris ce Jansenisme des livres d'un tel & d'un tel Docteur, & ce leur sera un titre pour prétendre que chacun de ces Docteurs en quelque lieu qu'il soit, quelque age qu'il ait, & quelque raison qu'il puisse avoir de vivre dans la retraite, doit s'aller presenter devant ce Prelat pour répondre de sa doctrine.

Rougissez, Mon Pere, d'une si sotte pensée, qui est bien du caractere du P. Bouhours ; & reconnoissez que M. Arnauld n'aiant ni obligation ni raison d'aller à Arras ou à Douay, vous avez dû prevoir que l'on prendroit pour une échapatoire fort impertinente, l'offre que vous faites de retourner en ce Pays là pourvu que M. Arnauld y aille avec vous. Il y a bien des gens à qui cette offre si bizarement conditionnée pourroit donner de mauvais soupçons, fondez sur la doctrine de vostre P. l'Ami, & sur ce qu'on sçait avoir esté dit par vostre P. D'Iserain dans une Declamation Latine, remplie de calomnies contre M. Arnauld, & prononcée à vostre Sodalité, avec son air d'Ex-Capitaine de Cavalerie. Il nia qu'il se fût vanté d'avoir eu permission de S. A. de Liege de faire arrêter ce Docteur. *Mais plût à Dieu !* ajoûta-t-il, *plût à Dieu ! que j'en eusse eu pour lors la permission, ou que je l'eusse au moins maintenant : il n'auroit pas esté si long-temps caché.* Il pourra nier aussi qu'il se soit mis en mouvement pour faire executer un tel dessein par un Partisan Brandebourgeois. Quoiqu'il en soit, il y paroît

si disposé, qu'il y auroit sujet de craindre qu'un défaut de permission ne
fût pas à son égard une sauve-garde bien sûre. Mais on veut bien rejetter
toutes ces pensées. Il suffit que vous estiez seul obligé de demeurer à Douay,
jusques à ce que vous eussiez répondu sans dissimulation & sans équivoque
à ce que ces Messieurs, vos seules parties, avoient droit de vous demander,
pour parvenir à la connoissance du fourbe : parce qu'aiant eu entre les mains
ces papiers volez, toutes les loix vous obligeoient de declarer le nom de celuy de qui vous les aviez eus, à moins que d'estre traité comme le voleur
ou son complice.

Le seul moien de vous échapper, est donc de prétendre que le faux-Arnauld n'est ni voleur ni fourbe, mais un fort honneste homme, qui a rendu
un grand service à l'Eglise. C'est aussi ce que vous faites entendre en deux
ou trois endroits de vostre Réponse.

Le 1. est l'endroit de la page 9. que j'ay déja rapporté, où vous pretendez n'avoir pas esté plus obligé de dire de qui vous aviez eu ces papiers,
que le seroit un confident de M. Arnauld de dire où il est presentement. Car
c'est vouloir faire croire qu'il n'y a rien de plus criminel, ni de plus punissable dans tout ce qu'à fait le faux-Arnauld pour avoir les papiers dont il
vous a rendu dépositaire, que dans la retraite du veritable : & qu'ainsi vous
avez esté aussi obligé de garder le secret pour l'un, que ce confident de
M. Arnauld le seroit de le garder pour l'autre.

Le 2. est ce que vous dittes en la p. 11. *Que le faux-Arnauld soit un*
scelerat, un perfide, le plus execrable de tous les hommes (il faut bien qu'il
soit tout cela, puisqu'il a chagriné M. Arnauld) la découverte qu'il a faite ne
laisse pas d'estre avantageuse à l'Eglise. On entend bien ce langage : la pa-
rentese marque assez ce que vous avez voulu dire. C'est que le faux-Arnauld
n'est un *scelerat* & un *perfide*, que dans l'opinion de M. Arnauld, parce qu'il
l'a chagriné : mais que tous les autres le doivent regarder comme un honneste homme, parce que, si on vous en croit, il a fait une découverte
avantageuse à l'Eglise. Sur quoi cela peut-il estre fondé que sur cette maudite maxime, qu'une prétendue bonne intention rend licites les plus méchans moiens ? Car ce n'est que par là que vous avez pû vous imaginer
que les impudens mensonges, & les detestables perfidies du faux-Arnauld
n'ont pas donné lieu de l'appeller ni *scelerat* ni *perfide*, parce qu'il ne les a
emploiées que pour découvrir les secrets des Jansenistes. Mais on doit encore remarquer vostre basse Sophistiquerie, qui vous fait passer continuellement d'une question à une autre, d'un fait duquel seul il s'agissoit dans
les poursuites de ces Messieurs contre vous devant M. l'Evêque d'Arras, à
la doctrine de ces Messieurs dont il ne s'agissoit point entre vous & M. Arnauld. Ces Messieurs ont droit de savoir qui est celuy qui par une infinité
de fourberies s'est rendu maistre des papiers qu'il ne devoit point avoir, ce
qui s'appelle voler. Ils ont eu droit aussi de s'addresser à vous, parce que

ces

ces papiers volez se font trouvez entre vos mains. Les loix en ce cas là vous obligent de dire de qui vous les avez eus. Et au lieu de répondre à cette demande, vous nous venez dire, que ces papiers font voir qu'on a découvert par cette fourberie que ces Messieurs ont une méchante doctrine. Vit-on jamais une plus honteuse fuite, d'une part; & de l'autre, une plus mauvaise foy? Car quel droit avez vous de supposer que leur doctrine est méchante, n'ayant pû jusques icy répondre un seul mot à trois Ecrits solides, qu'ils ont faits en Latin pour la défendre contre vos chicaneries; qui ont esté approuvez avec éloge par de savans Theologiens, les uns dés le mois d'Aoust, & un autre au mois de Novembre dernier, il y a plus de trois mois.

Le 3. endroit où vous entreprenez de justifier l'Imposteur est encore plus exprés. C'est en la p. 10. où vous parlez en ces termes : *Vous soutenez que je n'ay pû me charger de ces papiers sans devenir un* RECELEUR. *Qui dit* RE-CELEUR *suppose un larcin. En est-ce un à l'égard du faux Arnauld que d'a-voir tiré de ces Messieurs des preuves par écrit, pour les faire connoistre tels qu'ils sont?*

On ne peut pas s'expliquer plus clairement pour soutenir qu'il n'y a point eu de larcin dans tout ce qu'a fait le faux-Arnauld. Mais on ne voit pas bien sur quelle raison vous fondez la scandaleuse Justification de cet Imposteur. Vous n'en pourriez avoir que deux, qui sont egalement crimi-nelles.

La premiere seroit de prétendre, que ce faux-Arnauld n'a rien fait qui puisse mériter le nom de larcin.

On ne devroit pas trop s'étonner que vous eussiez cette pensée, puis qu'il est assez ordinaire à vos Casuistes de changer les notions naturelles des choses pour excuser les crimes. C'est ce qu'il faudroit que vous eus-siez fait icy. Car demandez à tous les hommes d'esprit, Theologiens ou Jurisconsultes, ce que c'est qu'un larcin. Ils vous diront tous : *Que c'est l'action de celuy qui prend une chose qui appartient à autruy, contre sa volonté.* Et ils pourront ajoûter que ce qui distingue le *larcin* de ce qui s'appelle en latin *rapina*, est que l'un se fait par adresse ou par tromperie, & l'autre par violence. Est-ce donc que le faux Arnauld *n'a pas pris une chose qui apparte-noit à autruy, contre sa volonté,* lors que par un Boubaix complice de sa fourberie, il s'est fait addresser la Thése signée & legalisée par un Notaire, que ces messieurs, qui l'avoient signée avoient envoiée à Mr. Arnauld? *Est-ce qu'il n'a pas pris ce qui appartenoit à autruy contre sa volonté,* lors que par ses mensonges & ses trahisons, il a porté le Professeur de Ligny à envoier ses lettres, ses papiers, & pour plus de 40. ecus de livres à Va-lenciennes; en luy faisant acroire qu'ils seroient portez de là en Langue-doc dans une voiture aux armes du Roy; quoy qu'on fasse assez connoi-stre par le Libelle, qu'ils n'ont pas fait un si grand chemin, & qu'ils se
font

S. Thi
2. 2.
q. 66.
a. 3. &
4.

font bien-tost aprés troûvez à Douay, d'où ils estoient partis. Croïez-moy donc, Mon Pere, vous vous rendriez la fable, ou plûtost l'horreur de tout le monde, & vous vous feriez regarder comme un insigne corrupteur du Decalogue, si vous entrepreniez de nous persuader que le faux-Arnauld n'a point en tout cela commis de larcin.

Ainsi vous serez reduit à prétendre que ce qui de soi-même auroit esté un larcin ne l'a point esté à l'égard du faux-Arnauld, par ce qu'il a fait tout cela bonnement, afin d'avoir des preuves qui pûssent faire connoistre ces Messieurs pour tels qu'ils sont.

En reviendrez vous toûjours à cette pernicieuse maxime, condamnée par S. Paul, *Faciamus mala ut veniant bona.* Mentons, fourbons, trahissons, volons, pourvû que nous puissions croire qu'il en reviendra de l'avantage à l'Eglise. C'est cependant la seule voie qui vous reste pour justifier vôtre faux-Arnauld, & pour vous justifier vous même avec luy. Car si sa prétendue bonne intention avoit pû empêcher que ces larcins n'aient esté larcins à son égard, elle auroit pû faire aussi que vous en auriez esté le dépositaire sans estre RECELEUR. Au lieu que tant que le bon sens fera juger à tous les hommes que les larcins de ce fourbe ont esté de vrais larcins, il leur fera juger aussi, que le P. Payen a esté son complice & son RECELEUR.

Il est vrai neanmoins que vous alleguez encore une autre raison pour vous laver de cette tache. DE PLUS, dittes vous, *un receleur est celui qui cache ce qui a esté derobé. Pouvez-vous dire cela de moy, vous qui m'accusez d'avoir monstré les Originaux à tout le monde, & d'en avoir donné des copies, & d'avoir dit en quelles mains ils sont passez aprés estre sortis des miennes? Qui a-t-il de plus opposé à la qualité de RECELEUR?*

Vous vous trompez, Mon Reverend Pere. Il n'est point essentiel à la qualité de *receleur* de cacher ce qui a esté derobé. Cela arrive souvent, mais non pas toûjours. Soit qu'on le cache, ou qu'on le monstre, on est receleur quand on reçoit du voleur une chose derobée sachant bien qu'elle est derobée, à moins que ce ne fust pour la rendre à celui à qui elle appartient. Les frippiers de mauvaise conscience achettent souvent des choses derobées. Ce n'est pas pour les cacher, mais pour les exposer en vente. En sont-ils moins punis comme *receleurs*, quand on peut proûver qu'ils les ont achettées des voleurs, sachant bien que c'estoient des choses volées. Consultéz le meilleur & le plus nouveau de nos Dictionnaires François: RECELEUR. *Complice de voleurs qui GARDE leur vol & leur en facilite le débit.* C'est justement ce que vous avez fait. Vous avez gardé les vols du faux-Arnauld, & vous luy en avez facilité le debit, en vous en servant pour diffamer ceux qu'il a eu dessein de perdre. Vous avez donc eu tout sujet de craindre ce qu'ajoûte l'auteur de ce Dictionaire: *On punit les receleurs du même supplice que les voleurs.*

En

En voilà plus qu'il n'en faut pour monstrer que M. Arnauld ne vous a
point calomnié dans ce qu'il a dit de vostre sortie de Douay. Car il n'a point
dit que vous n'aviez point eu d'autre raison d'aller à Liege que la crainte
d'estre condamné à Douay, mais seulement que c'est la raison qui vous en
a fait sortir avant le jugement du procés que vous y aviez, ce que vous
n'avez pû faire sans injustice, par ce que ces Messieurs ne vous avoient
rien demandé que de tres juste, & qu'ils n'eussent droit de vous demander. On n'a pas dit non plus que vôtre P. General ait eu cette affaire en
vûe, quand il vous a fait Recteur de Liege. On sait seulement qu'il a fort
condamné cette fourberie depuis qu'elle a éclatté, & que c'est ce qui fait
qu'il a de la peine à croire que les Jesuites y aient eu part. Mais il n'en est
pas de même de vôtre P. Provincial. Il en est mieux informé que son General, & c'est de lui que doit s'entendre ce qui est dit dans la 3. Plainte,
que les Superieurs du P. Payen l'ont fait sortir de Douay avant la sentence
definitive du procés intenté contre lui, de peur qu'il n'y fût condamné.

Il ne sera pas moins facile de monstrer que Mr. Arnauld ne vous a point
calomnié en vous donnant part à cette intrigue, qui est ce que vous appellez sa seconde calomnie. Vous ne donnez quelque couleur à ce faux reproche qu'en vous défendant de mauvaise foy contre ses accusations, comme si chacune estoit absolue, au lieu qu'elles n'ont jamais esté qu'alterna-
tives. C'est à dire que Mr. Arnauld ne vous a pas dit, par exemple, que
vous aviez écrit les lettres pleines de mensonges du fourbe, & que vous
aviez fait le Libelle, ce qui est proprement estre le faux-Arnauld; mais seulement, comme vous le rapportez vous même dans vôtre Réponse, *qu'on
peut inferer de plusieurs faits notoires, que vous estes le faux-Arnauld,* OU
DU MOINS SON COMPLICE. C'est en effet comme il a parlé dans sa 3. Plainte. Dans le titre : *Pour éviter d'estre condamné* COMME AUTEUR, *ou* COM-
ME COMPLICE *des fourberies du faux-Arnauld.* Dans la 2. page : *Il est important que l'on connoisse les auteurs* ET LES COMPLICES *de ce crime.* Ibid.
Il y avoit à sa charge des preuves qui le pouvoient faire condamner, COMME
UN DES PRINCIPAUX ACTEURS *de cette intrigue.* Page 4. *Il est accusé d'es-
tre le receleur des papiers qu'on n'a eus que par de honteuses fourberies.* Ibid.
Que s'il n'avoit autre chose à dire, on le condamneroit COMME AUTEUR OU
COMME COMPLICE *d'une si damnable intrigue.* En la p. 9. *On ne doit pas
souffrir qu'une personne poursuivie en justice sur de tres violens soupçons & de
tres forts indices, comme auteur ou* COMPLICE *d'une insigne fourberie &c.*

Vous voiez donc qu'on ne dit point positivement que vous soiez le principal auteur de cette intrigue, c'est à dire le faux-Arnauld, l'auteur des
Lettres écrittes à ces Messieurs, & du Libelle &c.; mais seulement que vous
estiez accusé d'en estre *l'auteur ou le complice.* Or vous n'ignorez pas qu'a-
fin que l'on puisse dire qu'une proposition de cette nature est fausse & calomnieuse, il ne suffit pas de pretendre que l'un des membres n'est pas vrai;

C   il le

il le faut monstrer de tous les deux. L'accusation qu'on vous a faite est de cette nature-là. Voions donc comment vous vous en défendez.

Vous parlez d'un ton fort ferme, pour empêcher qu'on ne croie que vous estes l'auteur de la fourberie, c'est à dire le faux-Arnauld. *Je ne suis point*, dittes vous, *l'auteur d'aucune des Lettres qui ont esté écrites à ces Messieurs. Je ne suis point l'auteur du Livre intitulé, Lettre à un Docteur de Douay ou Secret du Parti &c.* Mais vous ne dittes rien sur l'autre membre de l'accusation, qui est, que si vous n'estes pas le faux-Arnauld, vous estes au moins *complice de sa fourberie*. Il estoit encore plus important pour l'honneur de la Compagnie de vous purger sur ce point. Car n'y aiant presque personne qui ne soit persuadé que ce sont les Jesuites qui sont les inventeurs de cette Tragedie, ce qui n'est pas avantageux à la reputation de la Societé, on ne gagne rien pour persuader le contraire, d'assurer que le P. Paien n'est pas le faux-Arnauld, parce que ce peut estre un autre Jesuite. Mais ce seroit quelque chose si on leur pouvoit faire croire, que le P. Payen Recteur du College de Douay n'a rien sçu de cette fourberie pendant tout le temps qu'a duré le commerce entre le faux-Arnauld & ces Messieurs de Douay. Car il n'y a point d'apparence, diroit-on, que si cela s'estoit tramé par les Jesuites de cette Ville là, leur Recteur n'en eût rien sçu. D'où vient donc, Mon Reverend Pere, qu'aiant parlé si affirmativement pour éloigner de vous le soupçon que vous fussiez le faux-Arnauld, vous n'avez pas fait la même chose pour empêcher qu'on ne crût que vous estiez complice de sa fourberie, puisqu'estant accusé de l'un ou de l'autre, vous ne pouviez sans calomnie accuser vostre adversaire de vous avoir calomnié, qu'après vous estre purgé du dernier, aussi-bien que du premier. Vous avez grand soin de nous assurer que vous n'avez point écrit les Lettres pleines de caresses que ces Messieurs ont reçues; que vous n'avez point fait le Libelle plein de fureur contre ces mêmes personnes. Que ceux qui ont plus de creance en vos paroles en peuvent-ils conclure: sinon que vous n'estes pas le faux-Arnauld? Mais ne l'estant pas, vous avez pû estre complice de sa fourberie. Et c'est sur quoi on devoit s'attendre que vous vous défendriez aussi bien que sur l'autre chef, puisque sans cela vous ne faisiez rien pour vostre justification. La moindre chose que vous estiez obligé de faire pour cela, estoit de parler du même ton, & de dire: Je proteste que je n'ay point sçu qu'il y eût un commerce de Lettres entre le vrai ou le faux-Arnauld & ces Messieurs de Douay, que depuis le mois de Juin de l'année derniere. Je proteste aussi que je n'ay rien sçu de la These à sept articles, ni qu'elle eût esté signée par ces Messieurs & legalisée par un Notaire, avant que le faux-Arnauld me l'ait mise entre les mains. Je proteste que je n'ay eu aucune connoissance de l'enlevement des livres, des Papiers & des lettres les plus secrettes du Professeur de Ligni par une adroite filouterie, & que je n'ay point aussi esté informé qu'on eût fait le mê-

me

me tour à M. Gilbert. Je proteste enfin, que quand M. de Ligni nous vint dire à dieu avant que de partir pour son grand voiage, je croyois bonnement, qu'il y alloit de luy-mesme, sans savoir qu'on l'y avoit engagé par une infinité de mensonges & de trahisons.

Voilà ce que vous auriez dû dire pour empécher qu'on ne vous regardât comme complice de la fourberie : & vous n'auriez pas manqué de le faire, si vous l'aviez pû sans mentir ou sans apprehender d'estre surpris en mensonge. Cependant cela n'auroit pas suffi pour vous défendre contre cette accusation de complicité. Car on vient de vous faire voir qu'on est complice d'un vol, quand on reçoit en dépost du voleur même des choses dérobées, quoiqu'on n'eût rien sçû auparavant de son larcin, lors sur tout qu'on entre dans le dessein du voleur.

Il est donc clair & par vostre aveu de ce dernier Fait, & par vostre silence sur les autres, qu'on ne vous a point calomnié, quand on a dit que lors que vous estes sorti de Douay vous aviez lieu de craindre d'estre condamné, ou comme auteur, ou comme complice de la fourberie du faux-Arnauld. Ce que j'en ai dit jusques icy peut estre confirmé par deux décisions du droit Canonique. La 1. est le Can. *Inter cæteras. De Rescriptis* : Que quand on propose deux choses alternativement, il suffit de prouver l'une. Il suffit donc pour la verité de ce qu'on a dit de vous, que vous n'aiez pû vous défendre sur l'accusation de complicité avec le faux-Arnauld. La 2. qui est prise de S. Gregoire, est le Canon *Nonne. De Præsumptionibus*, où il est dit que quand de deux choses qu'on nous objecte nous ne repondons qu'à une, nous sommes censez accorder l'autre. On peut donc appliquer au P. Payen les paroles de S. Gregoire. On lui a reproché deux choses alternativement, d'estre ou l'auteur, ou un des complices de la fourberie : *Duo quippe illata fuerunt.* Tout ce qu'il a dit ne va qu'à faire croire qu'il n'en est pas l'auteur : *Alterum negavit.* Il n'a rien dit sur l'autre chef, qui regarde la complicité. Son silence en est donc un aveu : *Alterum tacendo concessit.*

Avant que de passer à la 2. question, j'ay encore un mot à dire sur une chose dont j'avois oublié de parler. C'est l'avantage que vous prenez de ce qu'en partant de Douay pour Liege vous en avez donné avis à M. l'Evêque d'Arras : & de ce qu'aiant dit à ce Prelat ce qui vous empêchoit de nommer le faux-Arnauld, il ne l'a pas désapprouvé. Mais tout cela n'est qu'illusion. Un juge doit écouter tout ce qu'on lui dit de part & d'autre, sans témoigner qu'il l'approuve ou qu'il le condamne, avant que de prononcer la sentence. Ce n'est que par sa sentence qu'il quitte cette apparente neutralité : & il arrive souvent, que celui qu'avant cela il semble favoriser, est celui qu'il prevoit qu'il ne pourra s'empêcher de condamner. C'estoit donc par la sentence que M. d'Arras auroit bien-tost rendue si vous ne vous estiez point soustrait à sa jurisdiction, qu'on auroit pû juger de ses veritables

bles

bles ſentimens. Il falloit donc l'attendre ; & l'obligation que vous aviez d'aller à Liege vous devoit eſtre une raiſon de preſſer le Prélat de terminer cette affaire. Bien loin de cela, vous l'avez fait traîner le plus que vous avez pû , en vous faiſant citer deux ou trois fois avant que de comparoiſtre, & demandant du tems pour conſulter ce que vous aviez à répondre ſur vos propres faits. Il ne paroiſt point que dans toute cette procedure vous aiez dit un ſeul mot de vôtre Rectorat de Liege. On le ſçavoit bien, & ç'a eſté une raiſon à vos parties de preſſer le jugement. Mais pour vous, ce n'a eſté qu'eſtant preſt de partir , que vous en avez donné avis à M. d'Arras, ſans avoir attendu ce qu'il répondroit, puis que vous n'en dittes rien. Ne ſont-ce pas là de grands préjugez , que vous avez eu peur d'eſtre condamné comme complice de la fourberie.

II. QUESTION.

Si ce n'eſt point le P. Payen qui a calomnié M. Arnauld.

JE ſeray plus court ſur cette ſeconde queſtion. Car vos calomnies contre M. Arnauld ſont ſi groſſieres qu'il ne faut que les propoſer pour les refuter.

I. Calomnie contre M. Arnauld.

Que M. Arnauld eſt vagabond depuis 12. ans pour éviter les juſtes pourſuites des ſouverains Catholiques.

C'eſt par où vous commencez vôtre Réponſe : & , ce qui eſt tout à fait ridicule , c'eſt en vous faiſant honneur de ne la vouloir pas commencer par là. Perſonne ne pourroit croire une ſi grande abſurdité, ſi on ne la repreſentoit icy dans vos propres termes.

ENTRÉE DU P. PAYEN. "Pour donner à ma lettre un Titre conforme „ à celui de vôtre Plainte, j'aurois dû débuter ainſi : *Réponſe du P. Payen* „ *de la Compagnie de Jeſus Recteur du College de Liege à la 3. Plainte de* „ *M. Arnauld vagabond depuis 12. ans pour éviter les juſtes pourſuites des* „ *ſouverains Catholiques.* C'eût eſté oppoſer LA VERITÉ au menſonge, de „ la maniere la plus ſimple , la plus courte , & peut-eſtre même la meil- „ leure. Mais j'aime mieux, Monſieur, perdre cét avantage, que de com- „ mencer par dire des duretez à vôtre exemple. Je ſuis ſi peu propre à „ cette eſpece de langage , qu'il ne m'arrivera jamais d'en diſputer avec „ vous."

Il eſt difficile de compter toutes les extravagances & les contradictions de ce diſcours.

1. Vous dittes que vous ne voulez pas commencer vôtre Réponſe par des duretez & des injures , lors que vous la commencez effectivement par tout ce que vous avez pû dire de plus dur & de plus injurieux contre

M. Ar-

M. Arnauld. Avez-vous pû croire qu'une si sotte & si fade figure de Rhetorique seroit du goust des honnestes gens?

2. Quelle puerilité de vous flatter que vous n'avez pas commencé vostre Réponse par des duretez, parce que vous n'avez pas mis ces duretez dans vôtre titre, mais que vous les avez mises seulement dans vôtre préambule, où vous asseurez que ce sont des *véritez.*

3. Vous prétendez que l'on vous doit sçavoir gré, de ce qu'aiant pû mettre ces injures dans le titre, vous aviez bien voulu perdre cét avantage en les mettant seulement dans le préambule. C'a esté une badinerie d'avoir trouvé de l'avantage à le mettre dans l'un ou dans l'autre, mais c'en est une autre plus grande de croire qu'il vous eût esté plus avantageux de le mettre dans vôtre titre, que dans vôtre préambule: & que c'est l'éloignement que vous avez de dire des injures qui vous a fait perdre cét avantage.

4. Vous voulez faire croire que le titre de vôtre Réponse auroit esté semblable à celui de la 3. Plainte de M. Arnauld, si vous y aviez mis ce que vous dittes de luy dans vôtre préambule. Rien n'est moins sage que cette pensée. Le titre de la Plainte en marque simplement & naturellement le sujet. Mais ce que vous eussiez mis dans vôtre titre, que *M. Arnauld est vagabond depuis* 12. *ans,* & le reste, est une récrimination calomnieuse, qui revient aussi peu à l'affaire de Douay dont il s'agit, que si vous aviez ajoûté à son nom toutes les injures de la furieuse déclamation de vôtre Pere de la Fontaine sous le nom de Didace d'Oropega.

5. Enfin ce que vous dittes icy de M. Arnauld, ne sont que des injures en l'air & de honteuses calomnies. Il s'est retiré depuis douze ans, afin que ses ennemis ne pûssent prendre occasion des visites qu'on lui rendoit, de l'accuser de cabale. Vous n'avez point sçû où il a demeuré depuis, que fort confusément. Vous ne sçavez donc point s'il a souvent changé de demeure. Quand il en auroit changé souvent, il luy estoit libre de le faire, & c'est une temerité à des gens comme vous, de qui il ne depend point, de luy en faire un crime, & d'en prendre sujet de l'appeller *Vagabond*; qui est un nom infamant que les Loix donnent à des gens suspects de mauvaise vie, sans feu, sans lieu, sans aveu, que l'on ne doit point souffrir dans des Estats bien policez. Ce n'est pas que ce nom soit toûjours injurieux. Il ne l'est pas quand on veut seulement marquer par là l'estat facheux où des gens de bien se trouveroient reduits par la malice des hommes: car ce n'est pas alors un nom de mépris. Mais on ne peut douter que ce ne soit par mépris que vous le donnez à M. Arnauld, puis que vous apportez pour raison de ce que vous ne l'avez pas mis dans le titre de vostre réponse, que vous n'avez pas voulu la commencer par des *duretez.* Vous sçaviez donc bien que c'estoit une *dureté,* que le monde prendroit pour injure, d'appeller M. Arnauld *Vagabond depuis* 12. *ans.*

Mais

Mais au lieu de prétendre comme vous faites, que c'eſt *une verité*, vous deviez reconnoiſtre que c'eſt un menſonge. Car a-t-on droit de donner par mépris le nom de *vagabond* à tous ceux qui pour de bonnes raiſons ſe font connoiſtre à peu de perſonnes, quand meſme ils changeroient ſouvent de lieu? On pourroit donc, ſi cela eſtoit, mépriſer comme des vagabonds ces grands Saints de l'ancien peuple, dont S. Paul dit, *que le monde n'eſtoit pas digne, qui avoient paſſé leur vie errants dans les deſerts & dans les montagnes, & ſe retirant dans les antres & dans les cavernes de la terre.* On pourroit auſſi donner par mépris le meſme nom aux Cypriens, aux Athanaſes, aux Euſebes de Samoſate, & à tant d'autres grands Saints, qui pour ſe mettre à couvert de diverſes ſortes de perſecutions, ou pour d'autres cauſes, ont ſouvent mené une vie ſemblable à celle que mene M. Arnauld preſentement, & qu'il avoit déja menée avant la paix de l'Egliſe de 1668. pendant plus de 24. ans, parce que ſon Livre *De la Frequente Communion*, l'avoit tellement rendu l'objet de l'averſion de voſtre Societé, que voſtre P. Seguin avoit demandé ſon ſang au Roy par un Ecrit imprimé.

Mais voicy un exemple plus recent, & plus capable de vous faire rentrer en vous-meſmes. Vous n'ignorez pas l'hiſtoire du ſaint Evêque Dom Jean de Palafox. Vous ſçavez que ce furent vos Peres de la nouvelle Eſpagne, qui aiant ſoulevé contre luy le Viceroy qui leur eſtoit tout devoué, le reduiſirent à une telle extremité, qu'il fut obligé de s'enfuir, & de ſe retirer dans une cabane ſur une affreuſe montagne, pour y trouver, comme il dit, plus de ſureté parmy les ſerpens & les ſcorpions, qu'il n'en avoit trouvé parmy ceux qui fouloient aux pieds ſa dignité, & qui le déchiroient par une infinité de libelles, où il eſtoit depeint *comme un méchant, un vitieux, un ambitieux, un cruel.* Croiez-vous que ce ſaint homme devoit alors eſtre regardé comme un vagabond, qui s'eſtoit enfui pour éviter les juſtes pourſuites que l'on faiſoit contre luy? Vous auriez plus de couleur de le dire de ce Prelat que vous n'en avez eu de le dire de M. Arnauld. Car vous le faiſiez alors effectivement pourſuivre d'une maniere tres-indigne par vos prétendus Juges conſervateurs; au lieu que ce que vous dites de ce Docteur, qu'il eſt *vagabond depuis 12. ans pour éviter les juſtes pourſuites des Souverains catholiques*, eſt une calomnie inſenſée; & on n'a beſoin pour vous en faire rougir, que de vous défier de nommer ces *Souverains Catholiques* qui aient fait contre luy ce que vous appellez de *juſtes pourſuites.*

Au reſte de quelque biais que l'on conſidere cet injurieux mépris que vous faites de ſa perſonne, il ne peut cauſer que de l'indignation à tous les honneſtes gens; & on ſçait de ſcience certaine, qu'un des meilleurs amis de voſtre Societé, aiant commencé à lire voſtre Réponſe, fut d'abord ſi frappé d'un reproche ſi malhonneſte, que ſans pouvoir ſe reſoudre à en lire davantage, il la jetta dans le feu.

Dans ſa grande lettre du 8. Janvier 1649. au Pape Innocent X.

Seconde

Seconde calomnie contre M. Arnauld.

Dans les vains efforts que vous faites, en vrai Sophiste, pour changer l'estat de la question, en voulant qu'il s'agît de la Doctrine de ces Messieurs, dans la justice qu'ils demandoient contre vous à M. d'Arras pour decouvrir le vrai Auteur de tant de malignes fourberies, vous vous emportez tout d'un coup à cette étrange saillie, en vous addressant à M. Arnauld.

Avec quel front m'accusez vous d'avoir fui devant M. d'Arras, moy qui n'ay nulle part à la Doctrine dont il s'agit; tandis que vous, poursuivi de toutes parts AU SUJET DE CETTE DOCTRINE, *estes obligé de vous dérober à la vûe du Ciel & de la terre.*

Il y à de l'impieté meslée dans ce furieux emportement. Car par le *Ciel* les Chrétiens ne peuvent entendre que Dieu. Or c'est une pensée impie qu'on se puisse derober à la vûe de Dieu.

Il y a de la folie à dire que M. Arnauld soit poursuivi de toutes parts au sujet de la Doctrine de ces Messieurs. Cela ne peut vous estre venu dans l'esprit, que parce que vous estes encore plein du premier dessein que vous aviez de faire passer vostre fourbe pour le vrai M. Arnauld : & par là faire tomber sur lui tout ce que l'auteur du libelle dit de la These qu'il avoit lui-même fabriquée. Car ne faudroit-il pas avoir perdu le sens pour dire, presentement que la fourberie est découverte, & ne se peut plus nier, que ce Docteur est poursuivi de toutes parts au sujet d'une doctrine, à cause qu'un imposteur l'a proposée sous son nom.

Enfin, pour me servir de vos propres paroles, *avec quel front osez vous dire que ce Docteur est poursuivi de toutes parts au sujet de cette doctrine, & que c'est ce qui l'oblige de se derober à la vûe du Ciel & de la terre.* Il est donc bien étrange qu'estant poursuivi de toutes parts, ni lui ni personne ne connoisse devant qui il est poursuivi, ni qui sont les juges dont il doit fuïr la presence, de peur d'en estre condamné. Il faudroit que ce fussent tous les juges de la terre, & même ceux du Ciel, puisque pour éviter cette condamnation qui ne lui pourroit manquer, il faut si on vous en croit qu'*il se dérobe à la vûe du Ciel & de la terre.* Non : il ne se dérobe point à la vûe du Ciel. C'est sa plus douce consolation d'y élever son cœur & de tâcher d'attirer sur lui les regards du juste Juge qui doit juger un jour les calomniateurs & les calomniez. Et pour ce qui est de la terre, il n'auroit rien à y craindre pour sa personne, si ses ennemis qui sont assez connus, n'avoient fait paroître en cent rencontres qu'ils ont juré sa perte. Sans sortir de vostre College, vous pouvez y apprendre de vos Peres, combien de mouvemens ils se donnerent à son sujet au mois d'Aoust de 1690. lors qu'ils apprirent qu'il estoit dans le Diocese, & que vostre Predecesseur assembla en conventicule tout ce qu'il put ramasser de Religieux Mandians pour demander en corps qu'on le chassât par une espece de proscription, jus-

qu'à

qu'à vouloir que M. le Vicaire General défendît par une Ordonnance publique à qui que ce soit de luy parler & de converser avec luy. C'est une vision des plus extravagantes qu'on puisse s'imaginer. Cependant de tels visionnaires ne laissent pas d'estre dangereux : & puis qu'après cette tentative un de vos Peres s'est vanté à plus d'une personne qu'il avoit esté sur le point d'enlever M. Arnauld , & qu'il n'a pu dissimuler dans une exhortation publique, comme je l'ay marqué, l'extrême passion qu'il avoit de pouvoir executer ce dessein, il paroist que M. Arnauld ne fait pas trop mal de ne se trouver pas sous les mains de telles gens.

Mais ce qui est plus admirable dans tout ceci , c'est qu'en même temps que vous luy reprochez *qu'il se dérobe à la vûe du Ciel & de la terre* , vous remuez *Ciel & terre* pour empêcher qu'il ne puisse paroître nulle part. Témoin la Harangue furieuse de vostre P. de la Fontaine du 26. Decembre dernier , adressée sous le nom d'Oropega à M. l'Archevéque de Sebaste Vicaire Apostolique dans la Hollande, pour l'exhorter, comme à un des devoirs de sa charge Pastorale, à défendre à ses Ecclesiastiques de recevoir chez eux M. Arnauld, ni d'avoir aucun commerce avec luy. Aprés tout cela vous avez bonne grace de luy faire un crime de sa retraite, & de le convier à se mettre en public, à peine de passer pour un homme de tenebres (*Tenebrio*) ou pour un vagabond.

Troisiéme Calomnie contre M. Arnauld.

Parcequ'on vous a dit que vous estiez obligé d'attendre le jugement du Prélat que vous aviez reconnu pour juge, vous avez cru que vous pouviez dire la même chose à M. Arnauld à l'égard de Son Altesse, Evêque & Prince de Liege : & vous le faites en ces termes.

Vous devez vous tenir au Tribunal de S. A. & attendre son jugement. Mais vous n'avez osé paroistre devant ce Prince, qui n'aime que la paix & la tranquillité de son Eglise, & qui bien loin de vous proteger dans ses Estats, comme vous vous flattez, a témoigné cent fois le déplaisir qu'il avoit des bruits que vous y excitiez secretement.

Quand est-ce que M. Arnauld a esté appellé au Tribunal de Son Altesse ? Quand est-ce qu'il a dû attendre son jugement ? Par qui est-ce qu'il a esté cité pour paroistre devant ce Prince? Et sur quoy peut estre fondé ce que vous dittes qu'il n'a osé le faire? Est-ce que vos Peres de Liege, vous auroient voulu faire passer pour une citation legitime, le ridicule Décret que vostre Predecesseur & 5. autres Religieux Mandians eurent la témerité de presenter à M. le Vicaire, en ces termes aussi barbares qu'impertinens : *Nos infrascripti Superiores Conventuales Regularium in Civitate Leodiensi, certiorati de Conventiculis quæ habentur apud* CERTUM ARNOLDUM *doctrinam suspectam spargentem, censemus D. Vicarium charitativè certiorandum, ut similia Conventicula dissipare, & prohibere non dedignetur etiam cum dicto Arnoldo conversationes ?* Vous pouvez apprendre, Mon Reverend Pere, de

tout

tout ce qu'il y a d'honneſtes gens dans Liége, du cas qu'on fit alors de cette élegante piece, & du charitable avis de ces bonnes gens, qui ne craignoient point d'aſſurer qu'un *certain Arnold* (c'eſt comme ils auroient pû parler de quelque chetif Predicant) *tenoit des Conventicules, & répandoit une doctrine ſuſpecte,* quoy que nul d'eux ne ſçût ni où demeuroit *ce certain Arnold,* ni ce qu'il faiſoit, ni s'il eſtoit ſain ou malade. Si les médiſans n'ont rien à craindre du jugement de Dieu, ces charitables avertiſſeurs ont pû ſans ſcrupule avancer de ſi grands menſonges. Car il eſt bien certain qu'ils n'avoient pas la moindre preuve de ce qu'ils diſoient de M. Arnauld d'une maniere ſi mal honneſte, qu'il répandoit une doctrine ſuſpecte, & tenoit des Conventicules.

Mais cela n'eſt rien en comparaiſon de ce que vous attribuez à Son Alteſſe, *Que bien loin de protéger Mr. Arnauld dans ſes Eſtats il a témoigné cent fois le déplaiſir qu'il avoit des bruits qu'il y excitoit ſecrettement.*

On n'a ſur cela qu'à vous ſoutenir hardiment & ſans crainte d'eſtre deſavoüé, qu'il n'eſt point vray que ce Prince ſe ſoit jamais plaint que M. Arnauld ait troublé ſon Dioceſe; ni qu'il ait *ſecrettement excité des bruits,* ou répandu une mauvaiſe doctrine. On eſt aſſuré, que ni vous ni aucun de vos confreres n'oſeriez dire avoir appris de telles choſes de ſa bouche, ni nommer perſonne qui les luy ait oüi dire; ce qui ſeroit tres facile s'il eſtoit vray, comme vous l'aſſurez, que S. A. l'eût témoigné tres ſouvent & comme vous dites, cent fois. On penſe au contraire bien ſçavoir, que S. A. a des ſentimens tout oppoſez à ceux-là, & que ce n'eſt pas ſans fondement que M. Arnauld s'eſt loüé de ſa bonté & de ſon équité envers luy, & luy en a témoigné ſa reconnoiſſance. Vous vous faites grand tort, Mon Reverend Pere, par des médiſances ſi hardies. Car quelle creance peut-on avoir en vos paroles, lors que vous appuiez ce que vous dites contre des gens de bien, ſur le témoignage de perſonnes qui eſtant fort éloignées ne pourroient vous démentir; puis qu'eſtant à la porte d'un Prince, dont vous avez recherché la protection, vous oſez luy attribuer d'avoir dit cent fois, ce qu'il n'auroit jamais pû dire une ſeule fois, que parce qu'on auroit ſurpris ſa Religion, mais que l'on ſçait d'ailleurs par des voies tres ſures n'avoir jamais eſté dit & eſtre fort éloigné de ſa penſée.

Quatriéme Calomnie.

Voici un amas de fauſſes ſuppoſitions & de calomnies groſſieres, qui font voir que vous n'eſtes jamais plus hardi à avancer ce qu'il vous plaiſt, que quand vous en avez moins de preuves. Vous voulez à quelque prix que ce ſoit faire croire que la doctrine de M. Arnauld eſt une doctrine heretique & condamnée. Vous n'en pouvez avoir aucune preuve tirée de ſes ouvrages. Vous n'avez aucune Sentence Epiſcopale à produire contre ſa doctrine. Cela ne vous embaraſſe pas. Il n'y a qu'à dire deux choſes, l'une que ſa doctrine eſt la même que celle qui a eſté condamnée dans M. Gilbert,

bert par M. l'Evêque d'Arras ; l'autre, que ce Prelat a exigé de M. de Laleu & de M. Rivette l'abjuration des erreurs de M. Arnauld.

Comme M. Arnauld n'a jamais vu ni le Traité de la Grace de M. Gilbert, ni aucun de ceux qu'il a enſeignez, il ne ſçait ni ce qu'il y dit, ni ce qu'il n'y dit pas. Ce ne ſeroit pas une preuve qu'il ne pût y avoir quelque conformité, mais de ce que vous l'avancez ſans en apporter la moindre preuve, aiant tant d'intereſt de prouver ce Fait, c'eſt une marque que vous n'en avez aucune : & juſqu'à ce que vous en ayez apporté de ſuffiſantes, ce que vous en dites (en ſuppoſant, comme vous faites, qu'il y a des erreurs dans ces Ecrits) ne peut eſtre regardé que comme une groſſiere calomnie avancée en l'air. C'eſt ce que vous faites dans la p. 10. de voſtre Réponſe d'une maniere bien ſurprenante. Car vous le ſuppoſez froidement ſans en avertir le Lecteur, comme ſi c'eſtoit une choſe notoire dont tout le monde ſeroit demeuré d'accord.

Vous ſoutenez une telle calomnie par pluſieurs autres dont vous chargez M. De Laleu & M. Rivette, pour les faire enſuite retomber ſur M. Arnauld. D'une declaration de doctrine qu'ils donnerent de leur propre mouvement à leur Evêque, enſuite de ce qui eſtoit arrivé à M. Gilbert, & qui n'a aucun rapport ni de prés ni de loin à M. Arnauld, vous prenez occaſion de dire hardiment que ces Meſſieurs furent forcez par M. d'Arras de ſouſcrire à cette Expoſition, & que ce fut pour abjurer les erreurs de M. Arnauld.

Deux inſignes calomnies, qui tombent d'elles-mêmes par le ſeul défaut de preuves, & que l'on peut même confondre par des preuves poſitives. Car, pour ce qui concerne M. Arnauld, l'Expoſition que ces Meſſieurs ſouſcrivirent n'eſtant oppoſée qu'aux erreurs condamnées dans les cinq propoſitions que M. Arnauld a condamnées luy-même tant de fois, & eſtant conformes aux ſentimens & aux expreſſions des Thomiſtes, que ce Docteur a ſi ſolennellement approuvées par un grand nombre d'Ecrits publics, c'eſt la plus grande des illuſions que de vouloir faire croire au monde que cette même Expoſition eſt une abjuration des erreurs de M. Arnauld.

Quant à cette prétendue ſouſcription forcée que vous oſez ſoutenir d'un ton ſi aſſuré ; toutes les perſonnes équitables & de bon ſens croiront plûtoſt ce qu'en dit M. Rivet dans ſa Juſtification des deux Profeſſeurs en Theologie, M. De Laleu & luy, dans le chapitre 2. §. 1.

Negotium agebatur unius Eximii Domini Gilbert, ac NEUTER NOSTRÛM A QUOQUAM IMPELLEBATUR, *ut fidem ſuam circa materiam de Gratia & libero arbitrio exponeret. Si aliquid damnati dogmatis in corde aluiſſemus, an adiiſſemus* SPONTE *Illuſt. Epiſc. Atrebatenſem ? Præceſſit Ex. Dñus De Laleu, cujus relatu didici formulâ ab eo conceptâ Thomiſticè exponi propoſitiones quinque, oppoſitas famoſis quinque damnatis, adii & Ego Illuſtriſſimum*
ſimum

fimum poft aliquantum temporis , NEMINE PRORSUS IMPELLENTE. *Rogavi ut liceret videre formulam cui Ex. Doñus De Laleu fubfcripferat : quâ lectâ , Non aliam , inquam , doctrinam hauf in Academia Lovanienfi ; libens ei formulæ fubfcripfero. Hæc ita acta effe novit Illuft. Epifcopus Atreba-ienfis. Hìc quæro rurfus an ita* ULTRO *adiiffemus , fi formulæ oppofita hærefis mentibus infediffet.*

Si on ne peut douter que ce recit ne foit fincere, peut-on douter que le voftre ne foit plein de fauffetez ? Aprés avoir dit que M. d'Arras à cenfuré les Ecrits de M. Gilbert (de quoi il ne s'agit point) vous continuez ainfi en vous addreffant à M. Arnauld.

Lui (M. d'Arras) *qui avoit déja* EXIGE' *des Sieurs de Laleu & Rivette une condamnation de* VOS ERREURS , *& qui n'avoit épargné leurs perfonnes, que parce qu'ils les avoient abjurées. Lui qui voit aujourd'huy qu'ils l'ont trompé par de fauffes fignatures.*

Brouilleries, fauffetez, fuppofitions calomnieufes. Il eft faux que Monfeigneur l'Evêque d'Arras ait rien *exigé* de ces Meffieurs; ils ont fait volontairement & d'eux-mêmes, & fans que perfonne les en preffât, tout ce qu'ils ont fait. Ils en ont pris publiquement à témoin M. d'Arras même : ce qu'ils n'auroient pas eu la hardieffe de faire , s'il eut efté faux. Et vous, fans confiderer que vous impofez d'un feul coup & à ces Theologiens & à leur Evêque, vous dites fans façon qu'il les a forcez à cette foufcription. Il eft encore plus faux qu'il leur ait demandé une abjuration. Mais c'eft une impofture criante , de faire entendre comme vous faites, qu'il eftoit preft de les condamner, & qu'il ne les a épargnez, que parce qu'ils avoient abjuré les erreurs de M. Arnauld.

Ce n'eft enfin que la paffion de décrier ces Meffieurs qui vous fait dire fans aucune preuve , & contre la verité évidente , *que ce Prélat voit aujourd'huy qu'ils l'ont trompé par de fauffes fignatures.*

J'ay paffé, comme j'en avois averti dés le commencement, les frequentes digreffions de voftre Réponfe fur la doctrine des Theologiens de Douay, parce qu'il n'en eftoit point queftion dans la 3. Plainte. Mais de plus, on n'avoit pas befoin de s'y arrefter , parce qu'on trouvera tout cela traité à fond, non feulement dans les Ecrits Latins de ces Meffieurs qui font demeurez fans réponfe , mais auffi dans deux Ecrits François, que l'on vient de donner au public. On répond dans le 1. à la Lettre écrite à M. Arnauld par vos Peres de Paris, & on y fait voir entr'autres chofes la fauffeté de ce que vous dittes de ces Propofitions tirées des Livres de M. Arnauld, condamnées fi on vous en croit par un Decret de l'Inquifition fous le Pape Alexandre VIII. Car vos Peres de Paris aiant dit la même chofe, on leur a fait voir que ces Propofitions n'ont efté attribuées à M. Arnauld par les Delateurs ou autres particuliers, que par une tres-infigne mauvaife foy. Le 2. de ces Ecrits contient des *Remarques fur la Lettre du* P. *de Waudripont*, & une

Reca-

Recapitulation des principaux faits de la fourberie, qui en découvrent les auteurs. On trouvera dans le 19. de ces faits la réfutation des reproches que
vous faites à ces Messieurs, d'avoir esté des *trompeurs*, & des *charlatans*,
de *grands fourbes*, des *comediens*, & des *imposteurs*, lors qu'ils ont prétendu que leur doctrine estoit conforme à celle des Thomistes. On y parle
aussi de l'issue qu'a eue vostre fourberie par le credit que vous avez à la Cour,
conformement à la menace que vous en aviez faite à ces Messieurs. Et
c'est ce qui me dispense d'en rien dire icy.

F I N.

AVERTISSEMENT
Sur la Lettre qui suit.

ON n'avoit point du tout la pensée de faire imprimer de nouveau la Lettre que M. le Cardinal Cibo écrivit à M. Arnauld de la part du Pape Innocent XI. de sainte memoire, au commencement de son Pontificat. Mais plusieurs personnes de consideration l'aiant demandée avec empressement, on n'a pû resister à leurs instances. Quand M. Arnauld l'auroit publiée luy-même, toutes les personnes raisonnables jugeroient qu'en cela il n'y auroit rien dans sa conduite qui ne marquât le profond respect qu'il a pour le saint Siege & pour les Vicaires de JESUS-CHRIST, & l'estime qu'il fait des témoignages qu'ils ont bien voulu luy donner, non seulement de leur Communion, mais de leur bonté particuliere pour luy. Ceux qui ont un peu de connoissance de l'antiquité Ecclesiastique & de la conduite des Saints Peres, croiront même que M. Arnauld feroit mal de ne les pas imiter en opposant, comme ils ont fait, la Communion du S. Siege & de l'Eglise Romaine à l'accusation d'heresie ou de schisme, qui a esté faite aux plus saints Evêques ou Prestres de l'Eglise par leurs ennemis, comme elle est faite aujourd'huy à Mr. Arnauld par les siens.

S. Jérôme, traité à peu prés comme M. Arnauld, a cru repousser suffisamment les accusations d'heresie en disant : CATHEDRÆ PETRI COMMUNIONE CONSOCIOR : Je suis uni à la Chaire de S. Pierre par le lien de la Communion. Pourquoy M. Arnauld n'imiteroit-il pas ce Saint Docteur ? Pourquoy ne pourrions-nous pas dire de luy ce que S. Augustin disoit de Cecilien Evêque de Carthage, accusé par les Donatistes : Qu'il pouvoit ne se pas mettre beaucoup en peine du grand nombre d'ennemis qui avoient conspiré sa perte, voiant qu'il estoit uni par la communion des Lettres auec l'Eglise de Rome, où a toûjours residé la Primauté de la Chaire Apostolique. Ce n'est donc point vanité à un Docteur catholique d'opposer la communion du S. Siege aux declamations qui se font tous les jours contre la pureté de sa foy; ce seroit au contraire une espece d'orgœuil de ne se pas glorifier d'un avantage qui doit estre si cher à tous les vrais Enfans de l'Eglise. *Ep. 57. ad Damasum. Ep. 43. n. 7.*

Ce seroit encore manquer de charité envers ses freres, que de negliger leur conscience, lors qu'on voit des personnes mal intentionnées s'efforcer de l'embarasser par ces sortes d'accusations vagues & calomnieuses d'heresie & de schisme contre des Docteurs catholiques. Car tout le monde n'est pas capable des autres preuves que M. Arnauld a données si souvent de sa catholicité; mais il n'y a personne qui ne comprenne aisément que ce ne peut estre qu'une grande temerité de traiter d'heretique un Docteur qui a l'honneur d'estre dans la Communion des Evêques & du S. Siege, & qu'un saint Pape de ce siecle

cle a distingué du commun des Docteurs Catholiques par des marques particulieres de sa bonté Paternelle, par la tendresse avec laquelle il luy donne sa
Benediction Apostolique, par la confiance qu'il dit avoir en ses prieres, &
par l'estime qu'il témoigne faire de sa vertu.

Je ne sçay si quelqu'un ne s'avisera point de dire que le Pape aura esté surpris au commencement de son Pontificat par les amis de M. Arnauld, mais
qu'il a changé depuis de sentiment à son égard. Rien ne seroit ni plus temeraire, ni plus faux. Sa S. a eu la bonté de s'expliquer de temps en temps en
faveur de ce Docteur de la même maniere que dans la Lettre de M. le Cardinal Cibo. Et l'on en pourroit produire une autre d'une personne de consideration, écrite de Rome trois mois seulement avant la mort de ce Pape, où
l'on voit que S. S. avoit eu la bonté de dire en plusieurs rencontres : "Qu'il
„estoit tres éloigné d'avoir à l'égard de M. Arnauld les sentimens que les ad-
„versaires de ce Docteur attribuoient à S. S. Qu'Elle avoit au contraire de
„la bonté & de la consideration pour sa personne, comme il le luy avoit fait
„témoigner au commencement de son Pontificat ; Que cette bonne disposition
„non seulement n'avoit pas diminué, mais s'estoit plûtost augmentée dans la
„suite, aiant esté bien informé des services qu'il avoit depuis rendus à l'E-
„glise par le Livre de l'Apologie pour les Catholiques, & par plusieurs
„autres Ouvrages pour sa défense, outre ceux qui avoient precedé son Pon-
„tificat.

Ce n'est pas seulement du Pape Innocent XI. que M. Arnauld a reçû la Benediction Apostolique & d'autres marques de la Communion du S. Siege ; il
en a reçû de tous les autres depuis la Paix de l'Eglise de 1668. selon les occasions qui se sont presentées. Et le Pape Alexandre VIII. qui est mort le dernier, & qui luy avoit même fait l'honneur de luy écrire, lors qu'il n'estoit
que Cardinal, luy accorda depuis son exaltation avec beaucoup de bonté une
grace qu'il avoit fait demander à S. S. à cause de l'estat où Elle sçavoit qu'il
s'estoit reduit volontairement pour les raisons que personne n'ignore.

Voilà ce qu'on a cru devoir dire sur la nouvelle publication de cette Lettre,
que l'obligation de défendre la foy & l'honneur de M. Arnauld a fait juger
necessaire à des personnes dont on estime beaucoup le jugement.

LET.

LETTRE

De Mr. le CARDINAL CIBO *Doyen du Sacré College, écrite par ordre de N. S. P. le Pape Innocent XI. à Mr.* ANTOINE ARNAULD *Docteur de Sorbonne.*

PERILLUSTRIS & admodum Reverende Domine.

Læto benignoque vultu excepit & attenté legit SANCTITAS SUA Litteras quibus Ipsi magnâ cum gaudii & filialis obsequii significatione Pontificatum maximum gratulatus fuisti : in iisque congruentes mœrori suo, ob labefactatam hominum temporumque injuriâ Ecclesiæ disciplinam, pietatis tuæ sensus libenter agnovit. Eruditionis enim & ingenii laudem, quâ jam pridem apud omnes inclaruisti, collaturum te sperat, pro virili tua, in malorum medelam, quæ tam piè ac tam dolenter meritò defles : procul verò eos affectus habiturum, quibus nonnulli egregii cæteroquin Viri & omni laude præstantes, ita aliquando abripi se patiuntur, ut non tam in fide errores, quàm in disputatione adversarios insectentur. Libros quos à te versus Calvinianam hæresim editos Sanctitati suæ offers, pari animi benignitate ipsa excepit, aliquamque temporis partem gravissimis curis detractura, ut illis evolvendis impendat, quos singulari studio ac doctrina, nec minori eloquentia & ingenio elaboratos omnium manibus teri jam inaudivit. Cæterum Paternæ cha-

TRes-Illustre & venerable Docteur.

Sa Sainteté a reçu avec plaisir & d'un air plein de bonté pour vous, & a lû avec attention la Lettre que vous luy avez écrite sur son élevation à la dignité de Souveverain Pontife, où vous luy marquez en même temps & la grande joie que vous en avez ressentie, & les témoignages sinceres de vostre soumission filiale. Elle n'a pas eu moins de satisfaction d'y voir que vostre pieté vous inspire les mêmes sentimens de douleur dont elle est elle-même vivement penetrée à la vûe du relâchement où la discipline Ecclesiastique est tombée, tant par le malheur des temps, que par la negligence des hommes ; parce que cela luy fait esperer que pour contribuer à guerir des maux, dont vostre Religion est si touchée & avec tant raison, vous ne refuserez pas d'emploier tout l'esprit & la science, dont la reputation vous a rendu par tout & depuis longtemsß celebre. Sa Sainteté est aussi persuadée qu'en écrivant vous serez toûjours fort éloigné de certaines manieres où se laissent quelquefois emporter des personnes d'ailleurs d'un merite fort distingué & dignes d'une grande consideration, mais qui semblent avoir plus dessein de vaincre les hommes dans la dispute, que de combattre les erreurs dans la foi. Le Saint Pere a aussi reçu lui-même avec une égale bonté vos Ouvrages contre les Calvinistes, que vous presentez à Sa Sainteté, & Elle se promet de dérober de temps en temps aux
ritatis,

ritatis, quâ te Sanctitas sua virtutemque tuam amplectitur, uberes significationes tibi præstabunt opportunitates ornandi tui; cujus interim pignus, & ad preces quas polliceris, & quibus Sanctitas sua plurimùm confidit, incitamentum accipies Benedictionem Apostolicam, quam tibi me interprete amanter elargitur. Ego verò, dum Sanctitatis suæ jussa exequor, gratias humanitati tuæ de amantissimo officio tuo & de præclaro munere plurimas habeo, libentissimè relaturus, si frequentes se dederint occasiones, de tua eximia virtute, pietate, eruditione bene merendi ; ac precor Deum læta tibi omnia cum diuturnâ incolumitate largiatur. *Romæ 2. die Jan.* 1677.

D. S. ad *Officium paratiss.* A. CARDINAL CIBO.

Subscriptio

Perillustri & admodum Reverendo D. ANTONIO ARNALDO Doctori Sorbonico.

grandes occupations dont elle est chargée, quelques heures pour parcourir ces Livres qu'Elle a déja appris que tout le monde lit avec avidité, comme estant composez avec une exactitude & une erudition aussi singuliere, que l'esprit & l'éloquence de l'Auteur s'y font sentir par tout.

Au reste vous connoîtrez par des marques éclattantes, dans les occasions de vous favoriser qui se pourront rencontrer, combien est sincere l'amour Paternel que Sa Sainteté a conçu pour vous & pour vostre vertu. La Benediction Apostolique qu'Elle vous donne avec tendresse par mon ministere, en est un gage, qui vous engagera aussi vous-même a offrir à Dieu pour Sa Sainteté les prieres que vous lui promettez, & dans lesquelles Elle a beaucoup de confiance.

Mais en même temps que j'execute les ordres de Sa Sainteté, je dois vous remercier, Monsieur, des témoignages de vostre honnesteté & de vostre affection pour moi, & de l'excellent present que vous m'avez fait. Je me porterai de ma part avec grande inclination à tout ce qui sera de vostre service, dans les occasions qui se pourront presenter de vous marquer l'estime que j'ai de vostre rare vertu, de vostre pieté & de vostre doctrine. Et je prie Dieu qu'en vous faisant joüir d'une longue vie & d'une parfaite santé, il vous comble de ses graces & de ses benedictions.

MONSIEUR,

Vostre tres-affectionné à vous servir A. CARDINAL CIBO.

A Rome le 2. Janvier 1677.

Sur le dessus de la Lettre estoit écrit

A Tres-Illustre & venerable personne Monsieur ANTOINE ARNAULD Docteur de Sorbonne.

CORRECTION
FAITE
AU P. PAYEN
RECTEUR DES JESUITES DE LIEGE
SUR

Sa Réponse à la Justification de la Troisiéme Plainte de Mr. Arnauld.

J'Ay lû, Pere Payen, voſtre Réponſe à la *Justification de la Troisiéme Plainte de M. Arnauld.* Ce que j'y trouve de meilleur, auſſi-bien que vous, c'eſt qu'elle eſt courte. Mais ce que j'y admire plus que vous, c'eſt le talent que vous avez de renfermer en ſi peu de mots tant d'impertinences de toute eſpece. Car je comprens ſous ce mot les fauſſetez, les menſonges, les calomnies, auſſi-bien que les fautes contre le bon ſens. Je me fais fort de vous en fournir une quarantaine d'exemples dans les dix petites pages de voſtre Livret. C'eſt quatre pour une, l'un portant l'autre. Parcourons les ſans perdre le temps en préambule : & voions ſi cette correction vous ſera plus utile que les autres.

I. IMPERTINENCE. Vous eſtes plaiſant de vous ſavoir ſi bon gré d'être court, & d'accuſer M. Arnauld de *verbiage.* Il eſt aiſé de n'eſtre pas long, quand on parle en l'air, & qu'on dit tout ſans rien prouver, comme vous faites. Page 3

   Eſſe tibi tanta cautus brevitate videris.
   Hei mihi, quàm multis ſic quoque longus eris!

Mais quelque long que l'on ſoit, on ne l'eſt jamais trop quand on ne dit rien de ſuperflu, & que la longueur ne vient que de l'abondance des preuves & de la multiplicité des raiſonnemens ſolides. Cela vous incommode : je ne m'en étonne pas. Mais le Public en eſt content : cela ſuffit.

II. Quelle puerilité de parler encore à M. Arnauld du *voyage d'Arras.* Il a auſſi peu à faire à Arras qu'à Conſtantinople : & M. l'Evêque d'Arras p. 3. & 4 n'eſt pas plus ſon Juge que l'Evêque de Vienne. Mais à quoy penſez-vous de louer *la droiture & le zele de ce* Prelat ? N'eſt-ce pas vous condamner vous-même, vous plaideur fugitif, qui vous eſtes derobé à ſon tribunal par la crainte *de ſa droiture & de ſon zele ;* vous qui ſavez que vos Peres viennent de luy faire enlever la cauſe du faux-Arnauld, où vous eſtiez entré comme ſon receleur & ſon complice. Tant vous avez apprehendé, vous & eux, *la droiture & le zele* de cet Evêque.   A   III.

P. 4.   III. Imprudence ! s'il y en eut jamais, de parler encore de ces pauvres Theologiens de Douay *exilez ou chassez du Royaume* par voſtre cabale. Vous dittes que *leur procés eſt perdu.* Hé où perdu ? à la Cour ? y ont-ils même eſté citez ? où donc ? à Arras ? hé où eſt la ſentence ? Ne vous souvenez vous plus que par vos intrigues & par voſtre faction vous avez empêché qu'on ne l'ait prononcée, par ce que vous prévoyiez qu'elle vous ſeroit contraire ? Vous n'eſtes pas ſage de faire ſouvenir le Public de ces Theologiens, en même temps que vous invitez Mr Arnauld au voyage d'Arras. On voit bien, dira tout homme d'eſprit, pourquoy ces Peres le voudroient tenir à Arras. C'eſt ſans doute pour luy faire faire un plus long voyage. Saintes ou Coutances, ou quelque choſe de pis, ne luy pourroit manquer, s'ils en eſtoient crûs, ſans que *la droiture ni le zele de M. d'Arras* l'en pûſſent garentir.

P. 4.   IV. Calomnie viſible d'accuſer M. Arnauld de *ſavoir l'art de calomnier,* & de l'avoir exercé *depuis quarante ans,* vous trouvant dans l'impuiſſance d'en rapporter une ſeule preuve. On vous a couvert de confuſion ſur la prétendue calomnie de Rouen. On vient de le faire encore dans la *Juſtification de la III. Plainte* pour ce qui vous regarde. Ne l'avez-vous pas ſenti ? Reliſez-là : & aſſurez-vous que vous paſſerez pour un calomniateur fieffé, tant que vous ferez de ces accuſations ſans des preuves préciſes & évidentes.

P. 4.   V. Eloquence de Pedant & de Sophiſte ! de mettre le fort de voſtre cauſe à dire en l'air des choſes generales qu'on peut ſans peine retourner contre vous. C'eſt ce que vous faites en diſant à la fin de voſtre 4. page que M. Arnauld *tombe ſouvent dans les défauts qu'il reproche aux autres ; qu'il éblouit le Public par ſes longs raiſonnemens ; & par les fauſſes idées qu'il donne des affaires en queſtion ; qu'il paſſe d'un fait à un autre ; qu'il en change les circonſtances ; qu'il dit vint fois la même choſe ; & que c'eſt le grand air qu'il ſe donne dans ſes Ecrits.* C'eſt ce que vous pourriez perſuader à vos Ecoliers, mais qui n'eſt propre qu'à vous deshonorer devant le Public & à vous faire tourner en ridicule. On ne prendra jamais cette idée de M. Arnauld ſur voſtre parole.

P. 5.   VI. Où eſt la pudeur, de reprocher ſans fondement *qu'on éblouit le Public en donnant de fauſſes idées des affaires & en changeant les circonſtances,* & de le faire vous même auſſi-tôt, en diſant que M. Arnauld vous accuſe d'eſtre *l'auteur de la Lettre à un Docteur & le principal acteur d'une intrigue diabolique.* Vous citez la 2. page de la 3. Plainte ; & c'eſt par cet endroit même que vous eſtes convaincu d'avancer deux fauſſetez dans cette ſeule ligne. Car 1. Mr. Arnauld n'a point dit que vous eſtes *l'auteur de la Lettre à un Docteur ;* mais ſeulement que vos Peres avoient fait voir par leur conduite qu'*ils vouloient bien que l'on prît pour une même perſonne le P. Payen & l'auteur de ce Libelle.* Qui ne voit la difference ? De plus M. Arnauld dans la même page reconnoît que le faux-Arnauld eſt l'auteur de cette Lettre. Or il ne vous a point pris abſolument pour le faux-Arnauld. On rapporte à la p. 17.

de

de la *Justification* six endroits de la 3. Plainte, où l'alternative *d'auteur* ou
de *complice* est distinctement marquée, & vous l'avez reconnu vous-même
dans vostre premiere *Réponse.* Où est donc la bonne foy ? 2. Vous changez
encore par une falsification visible ces mots, *un des principaux acteurs*, en
ceux-ci, *le principal acteur.* Est-ce la même chose a vostre avis ? Le faux-
Arnauld estoit sans doute *le principal acteur;* mais celuy à qui il avoit confié tout ce qu'il avoit filouté de Lettres, d'Ecrits & de Livres aux Theologiens de Douay, afin qu'il luy fit recœuillir le fruit de sa fourberie, qui
estoit de perdre ces Theologiens, celuy-là estoit tres-assurement *un des*
principaux acteurs de la fourberie. Or il ne faut point de preuves pour faire
voir que vous estes ce confident du faux-Arnauld, puisque la chose est notoire & publique, que tout Douay en est témoin, que vous l'avouez vous-
même, & que vous avez esté regardé comme son agent & son ministre, enfin comme l'instrument dont il s'est servi pour poursuivre en son nom l'execution de ses pernicieux projets. Les raisonnemens de M. Arnauld sur cela
sont justes; quoi qu'ils n'y soient entrez que comme un surcroist de preuves. Mais un surcroist de mauvaise foy de vostre part est une troisiéme falsification dans la même p. 5. Car, *ils vouloient donc que l'on prit pour une*
mesme personne, n'a pas la même signification que, *ils vouloient donc* BIEN *&c.*
le premier, qui est de vostre façon, marque une volonté absolue dans celuy
qui veut; le second, qui est de M. Arnauld, ne marque que comme une
permission, un consentement à la volonté d'autruy, ou une volonté im-
parfaite.

VII. Vous estes *un insigne calomniateur* dans l'endroit même où vous p. 6.
avez l'insolence de donner ce nom à M. Arnauld. Vous supposez pour cela qu'il n'a point apporté de preuves de vostre complicité, parce qu'il vous
plaist de dissimuler celles qu'il en a tirées du Droit & des Jurisconsultes, de la notorieté publique, des raisonnemens, & de la definition des
choses, dont la 3. Plainte & sa justification sont remplies. Vous avez beau
dissimuler; le Public ne les a pas oubliées. Vos équivoques, vos changemens de temps, vos reticences, ne vous serviront de rien. *Je n'ay,* dites-
vous, *ni conseillé, ni écrit, ni fait écrire aucune Lettre à vos Messieurs. En*
un mot JE N'ENTRE PAS *dans cette affaire.* Pourquoy ne dites vous pas,
je ne suis point du tout entré dans cette affaire; comme vous veniez de dire:
Je n'ay ni conseillé, ny fait écrire &c. Croyez-vous qu'on ne voye pas ces
petites échapatoires d'écolier ? Mais pourquoy n'ajouter pas à tout cela:
Je n'ay rien sçu de l'affaire de Douay, ni du dessein du faux-Arnauld, ni de
la Lettre à un Docteur, que quand tout le monde l'a appris par la publication de cette Lettre ? Que ne disiez-vous encore : Ni le P. de Waudripont, ni aucun de nostre College de Douay dont j'estois Recteur, n'y a
eu aucune part, que je sache, ou dont j'aye eu alors connoissance. Voilà
comme il falloit parler, & on auroit vu alors ce qu'on auroit eu à vous dire.

Mais

Mais dés là que vous ne le dites pas dans l'endroit où cela venoit naturellement, aprés qu'on vous a averti à la p. 18. de la *Justification* qu'il le falloit
dire, vous estes convaincu par ce seul silence, d'estre complice de cette intrigue. Car un Recteur qui sçait qu'une affaire se passe dans sa maison, &
ne s'y oppose pas, en est incontestablement complice par son consentement.

P. 6.　　VIII. On vous a démontré que vous estes le Receleur des vols & le
complice des friponneries du Faux-Arnaud; & vous osez encore chicaner
à la faveur d'une comparaison la plus *disparate* qui fut jamais. *Supposons*,
dittes vous, *qu'un homme adroit ait découvert une Lettre qui marque quelque dessein pernicieux contre l'Etat, & qu'il l'ait mise entre vos mains, serez
vous un receleur & complice de larcin &c.* Mais supposons plûtost qu'un
scelerat artificieux & vindicatif a solicité, inspiré, arraché une Lettre à un
homme de bien par des mensonges, des trahisons, & des flateries sans
nombre, & que croiant faussement luy en avoir assez fait dire pour le perdre, il le dénonce comme un traitre au Roy & à sa patrie, & engage le
P. Payen à le servir dans ce pernicieux dessein, & à faire valoir la Lettre
comme une preuve de trahison. Supposons que le P. Payen entrant dans ce
dessein, a appuyé l'accusation par l'exhibition de la Lettre, à comparu plusieurs fois en justice, a repondu sur faits & articles &c. Je dis, cela supposé, qu'on ne peut s'empêcher de regarder le P. Payen comme receleur de la
Lettre, & comme complice du méchant dessein de ce scelerat. Si en suite
de cela le P. Payen se defiant du mauvais succés de cette affaire dans un
tribunal reglé, s'échappe avant la fin du procés, & passe dans un pays
etranger; tout le monde aura raison de croire qu'il craint d'estre condamné
comme complice de cette calomnie. Enfin si on empêche le Juge de finir
le procés, & que par voye de fait on opprime cet innocent, le P. Payen
est coupable pour sa part de cette oppression, & obligé solidairement avec
le principal Acteur de cette intrigue diabolique, à une reparation legitime,
& à tous depens, dommages & interets. Voila vostre comparaison re-
dressée sur la veritable idée de l'affaire de Douay.

P. 7.　　IX. L'injure de *Vagabond* vous plaist. Comme elle flatte vostre vanité,
vous la repetez avec insulte, parce que vous croyez que c'est la gloire
de la Societé de voir ses ennemis fuir devant elle. Et bien soyez les imita-
teurs de Saül & d'Esaü, soyez les Scribes & les Pharisiens de la nouvelle
Loy, comme vous vous appellez vous mesmes: M. Arnauld fera sa joye
d'avoir pour partage le sort de David & de Jacob en fuyant comme
eux ses persecuteurs. Il ne rougira point de son estat, puis que le Fils de
Dieu mesme a bien voulu estre quelquefois fugitif & vagabond pour la verité & pour les interets de son Pere. M. Arnauld les a defendus dans sa premiere & dans sa seconde retraite avec tant de zele & de succés, que rien ne
justifie mieux sa retraite, que la benediction que Dieu y a donnée & les avantages que l'Eglise en a retirez. On peut appliquer à son exil volontaire ce
que

que S. Ambroise dit de celuy de Jacob : *Quoniam ob pietatem , non prop-* Epist. 63
ter improbitatem exulabat à parentibu , loquebatur cum Deo , augebatur gra-
tia &c. Ce qu'il en dit encore dans ses Offices convient fort au motif qui
porta M. Arnauld à se retirer ; *Jacob Fratri indignanti piè cessit , & Re-* De Offi.
becca , id est patientia , instructus consilio , abesse maluit & peregrinari , quàm cap. 21.
excitare fratris indignationem. Et ideò tantam apud Deum invenit gratiam.

X. *Je pouvois y joindre ,* ajoûtez vous, *la qualité de Docteur chassé de*
Sorbonne. ... Mais je l'ay omise pour vous épargner ce chagrin. Cette figure
est si sotte & si fade, qu'on auroit peine à la pardonner à d'autres écoliers que
les vostres. Il n'y en à gueres de plus incorrigible que vous. On venoit
de vous faire rougir d'avoir commencé vostre 1. Reponce par des duretez
en disant que vous ne vouliez pas commencer par-là ; & vous venez dire à
M. Arnauld une autre dureté en assurant que vous *l'avez omise , pour luy*
épargner ce chagrin. Quelle Rhetorique !

XI. Mais au moins en disant que M. Arnauld a esté chassé de Sorbon- P. 7.
ne, vous deviez, pour faire voir quelque bonne foy, ajoûter que ce n'a
esté que par une partie de la Faculté de Theologie de Paris ; par une Cabale de Molinistes ; par un Decret fait contre toutes les formes ; par une
oppression visible contre laquelle on a protesté juridiquement ; & de plus
contre le sentiment & malgré l'oppression de prés de quatrevints Docteurs
des plus savans & des plus pieux ; enfin par une intrigue dont on rougit
aujourd'huy en Sorbonne. Avez vous oublié ce qu'on en a dit dans la
Question curieuse ? ou avez vous crû que le Public ne s'en souviendroit
plus ? Mais si M. Arnauld a esté chassé de Sorbonne par une partie de ce
corps poussé ou forcé par vostre faction ; souvenez vous que la Sorbonne
entiere s'opposa à vostre etablissement en France par ce celebre Decret où
elle declare tout d'une voix vostre *Société perilleuse en ce qui regarde la foy,*
propre à troubler la paix de l'Eglise, à renverser la Religion monastique, &
née plutost pour la destruction que pour l'édification. Comme detruisant l'obeïs-
sance & la soumission qui est due aux Ordinaires ; comme apportant le trouble en
l'une & l'autre police, civile & ecclesiastique ; comme causant plusieurs plain-
tes parmi le peuple , plusieurs procès, divisions, disputes, jalousies, & divers
schismes. Souvenez vous que vous fûtes chassez de ce Royaume à cause de
vostre doctrine meurtriere & parricide contre les Roys. Si vous en voulez
des preuves, on vous en donnera. Mais n'avez vous point esté chassez
encore d'autres Estats ? Témoin Venise dont le Patriarche Tarvisius avoit
prédit cinquante ans auparavant , en jurant sur les saints Evangiles , que
vous en seriez chassez un jour a cause de vostre genie factieux & turbulent :
comme on le vit arriver au commencement de ce siecle.

XII. Vous faites sur le mot *d'errer* une turlupinade qui meriteroit une P. 8.
bonne correction. Fy : cela est indigne de la gravité d'un Pere Recteur.

XIII. *Vous errez depuis douze ans ,* dites-vous à M. Arnauld ; *dans* P. 8.

des

des Pays étrangers &c. Vous ne ſavez point du tout la carte des voyages de
M. Arnauld, & vous vous mêlez d'en parler. Je gagerois que vous eſtes
dix fois plus errant & plus vagabond que luy. Un Jeſuite qui change ſi
ſouvent de poſte, a mauvaiſe grace de faire ce reproche à l'homme du monde le plus ſedentaire & le plus fixe.

P. 8.　　XIV. *Il s'agit de voir pourquoy vous vous cachez.* Point du tout; le P. Recteur n'a que faire de s'en inquieter. S'il le veut pourtant ſavoir on l'a dit
dans la *Queſtion Curieuſe,* où l'on trouvera à la ſin deux Lettres de M. Arnauld ſur ce ſujet.

P. 8.　　XV. *Il s'agit de voir, pourquoy vous changez ſi ſouvent de demeure.* Encore moins. Il s'agit plu토ſt de ſavoir pourquoy vous en avez changé vous-
même, & pourquoy vous avez fui dans un pays étranger, au lieu d'attendre voſtre jugement.

P. 8.　　XVI. Vous accuſez ce celebre Docteur *de ſoutenir des ſentimens condamnez ſolemnellement par les Papes.* MENTIRIS IMPUDENTISSIME.

P. 8.　　XVII. *D'animer un parti dangereux par ſes intrigues.* MENTIRIS IMPU-
DENTISSIME.

P. 8.　　XVIII. *De ſe cacher honteuſement pour éviter les pourſuites des Souverains.* MENTIRIS IMPUDENTISSIME.

P. 9.　　XIX. *Le Roy Tres-Chreſtien*, dites-vous, *qui a autant de bonté pour ſes
Sujets, qu'il a de zele pour la Religion, ne perſecute pas ceux qui ſe conduiſent
ſagement: pourquoy fuyez vous de ſon Royaume?* Pourquoy en fuyez vous
vous-meſme, & dans une conjoncture où vous ne pouviez vous en retirer
ſans faire inſulte à la juſtice, ſans faire tort à vos parties? Quand M. Arnauld s'en eſt retiré il ne tenoit à rien. Il n'a point fui ſon Roy: il l'aime plus
que vous. Les louanges que vous donnez à S. M. ſont les ſentimens de ſon
cœur, & auſſi ſinceres, que ces louanges le ſont peu dans voſtre bouche: car
vous ne louez que ceux qui vous font du bien. Ce grand Prince ne perſecute perſonne; mais vous perſecutez les plus gens de bien ſous ſon nom.
On ne ſe retire qu'à regret de ſon Royaume, & que par la raiſon qui fit fuïr
le ſaint Evêque d'Angelopolis Dom Jean de Palafox: *Je m'enfuis*, dit-il,
*dans les montagnes, & je cherche dans la compagnie des ſcorpions & des ſer-
pens la ſureté & la paix que je n'ay pu trouver dans cette implacable Compagnie de Religieux.*

P. 9.　　XX. N'avez-vous pas de honte de parler encore des prétendus *rallimens
& aſſemblées ſecretes*, aprés ce que vous avez lû dans les *Avis Importans*
n. XXVI. p. 43. On ne daigne pas vous en dire davantage.

P. 9.　　XXI. Vous pourſuivez. *Le Prince, ſous qui vous vivez preſentement aime la paix & la douceur, vous le ſavez.* Oüi, M. Arnauld le ſçait, il le
reſſent avec beaucoup de reconnoiſſance, & il l'a publié avant vous avec joye.
Mais il n'a pas tenu à vous ni à vos Confreres que l'on n'eût une autre idée
de l'eſprit & de la conduite de S. A. & que ce Prince n'ait renoncé à cet
　　　　　　　　　　　　　　　　　　　　　　　　　　　　　amour

amour de la paix & de la douceur, pour entrer dans vos deſſeins violents. *Pourquoy*, dites-vous encore, *n'oſez-vous paroiſtre dans ſa ville à la vue de tout le monde?* M. Arnauld ne fait rien à Liege, que ce qu'il a fait par tout ailleurs depuis plus de douze ans. S'il ne voit pas grand monde, c'eſt pour cela même qu'il s'eſtoit retiré de Paris, où vos Peres faiſoient accroire au Roy qu'il en voyoit trop. Mais voulez-vous que je vous diſe en ami une raiſon particuliere, qui pourroit peut-eſtre empêcher ce Docteur de ſe beaucoup montrer à Liege? C'eſt que vous avez dans voſtre maiſon un certain perſonnage qu'il n'eſt point bon du tout de rencontrer en ſon chemin, quand on a la réputation d'eſtre Janſeniſte. On dit que c'eſt un Ex-Capitaine de Cavalerie qui a encore toute ſon ardeur martiale, & qui n'en eſt pas toûjours le maître. Il témoigne par tout une grande paſſion de rencontrer M. Arnauld, ſans doute pour luy faire mettre l'épée à la main, & tirer raiſon du tort qu'il fait à la Compagnie. Ces chercheurs d'avantures n'accommodent point du tout un Docteur de Sorbonne qui n'a jamais manié d'autres armes que la plume : & quand on n'a pas aſſez de credit pour faire renfermer ces ſortes de fous, on fait fort bien de ſe renfermer ſoy-même & de ſe tenir clos & couvert, comme fait Mr. Arnauld. Ne croyez pas que ſa peur fûſt ſi mal fondée. On ſçait de trois ou quatre endroits differens, & de perſonnes dignes de foy, que ce Dom Quichote s'eſt vanté que s'il rencontroit un Janſeniſte ou même M. Arnauld, il ne feroit pas ſcrupule de luy donner un coup de piſtolet dans la teſte. Et ce qu'il a dit ſi franchement en des converſations particulieres, il l'a dit en public à la Sodalité dans une exhortation Latine en des termes aſſez intelligibles. Car que vouloit-il dire autre choſe, lors qu'après cet enthouſiaſme : *Plût à Dieu que j'euſſe la permiſſion d'arreter Mr. Arnauld ! il ne ſeroit pas long-temps caché ;* il ajouta : *Et ſi je n'eſtois pas Jeſuite, je ferois quelque choſe de plus.* De tels diſcours d'un homme, qui avec cela auroit du P. Lamy dans la teſte, * ne doivent pas donner à Mr. Arnauld grande envie de battre le pavé de Liege.

XXII. L'ESPRIT D'ARNAULD, dites-vous, *y eſt connu depuis long-tems.* p. 9. Les honnêtes gens l'y connoiſſent encore mieux depuis peu. Ses anciens calomniateurs commencent a y perdre beaucoup de leur credit, & leur eſprit s'y découvre de jour en jour davantage. Il paroît par voſtre *Eſprit d'Arnauld* en italique, que vous faites alluſion, & avec grand plaiſir, au Livre infame de Jurieu, qui porte dans ſon titre ces paroles d'une maniere un peu plus honnête que la voſtre. Il eſt bien digne de vous de conſpirer, pour calomnier M. Arnauld, avec le plus mediſant de tous les hommes, au jugement même de voſtre P. Tellier, & de vous faire honneur d'imiter le ſtile de ce calomniateur du genre humain, ſi décrié même parmi ceux de ſa Communion.

XXIII. Je voy que la Lettre que le Pape Innocent XI. de ſainte memoire p. 9. fit

---

* C'eſt un Jeſuite qui enſeigne qu'un Religieux peut tuer celuy qui décrie ſa Communauté.

fit écrire à M. Arnauld, vous incommode un peu. Vos distinctions ni vos
chicaneries ne vous serviront de rien pour l'éluder. Les Papes n'ont pas coutume de loüer ainsi les heretiques, ni de se recommander à leurs prieres. Vous
ne répondez rien sur l'*Avertissement*, ni sur la communion du S. Siege.
Je le croy bien ; cela est un peu embarassant. Car vous n'oseriez pas dire
ouvertement : Le S. Siege croira ce qu'il luy plaira de la catholicité de Mr.
Arnauld ; mais la Societé a interest d'en croire autre chose. Elle est forcée
aujourd'huy d'avoüer que *les sentimens des ouvrages de ce Docteur contre les
Calvinistes sont orthodoxes* : autrefois elle vouloit faire croire au monde par
des livres exprés, qu'il estoit *d'intelligence avec Geneve* sur le mystere de
l'Eucharistie. Et vos Peres Meynier, du Bourg, Hazard & plusieurs autres, l'ont representé comme se chargeant dans l'assemblée de Bourg-fontai-
ne du soin de combattre & d'aneantir ce mystere. Un jour viendra peut-
estre qu'elle se trouvera aussi forcée de changer sur les autres matieres, &
de le reconnoître en tout bon catholique. Dieu vous en fasse la grace. Au
reste il est tres-faux que ce soit M. Arnauld qui ait publié la Lettre de M. le
Cardinal Cibo, comme vous le dites, & qu'il en ait fait l'*Avertissement* ; quoi
qu'il n'y ait rien qu'il n'eut pu dire luy-même.

P. 10. XXIV. N'avez-vous point de honte de repeter que ce Docteur *soutient
encore aujourd'huy opiniatrement une Doctrine que l'Eglise a condamnée ?* On
ne se lassera point aussi de repeter ; Que vous estes un opiniâtre calomniateur ; Que tant que vous ne retracterez point publiquement une calomnie
si publique, toutes les communions que vous faites sont autant de sacrileges ;
& que si vous n'en faites penitence & reparation, vous serez éternellement
damné avec le Prince des calomniateurs. Pensez y bien.

P. 10. XXV. Mais n'est-ce pas quelque chose qui passe toute insolence, qu'un
petit Jesuite ait le front de parler à un Docteur celebre comme M. Arnauld
d'abjurer des erreurs, pendant que ni les Evêques, ni le S. Siege ne son-
gent pas seulement à le soupçonner d'aucun mauvais sentiment ; & qu'au
contraire ils ont approuvé sa doctrine en plusieurs occasions, & l'approuvent generalement par leur silence, par l'honneur de leur communion, &
par d'autres marques de leur bonté pour luy. On aura peine à croire un
jour une telle hardiesse. Est-ce donc, dira la posterité, que les Jesuites
estoient en ce temps-là les seuls catholiques, les seuls zelez pour la foy ?
Est-ce que tous les Pasteurs de l'Eglise dormoient, pendant que ces senti-
nelles de la maison de Dieu veilloient seuls sur la pureté de sa doctrine & sur
ses autres interests ? Il ne tient pas à vous qu'on n'en soit persuadé. Mais
je ne voy pas le monde disposé à vous en croire.

P. 10. XXVI. Vous vous jettez sur le formulaire, & vous en parlez, selon
vostre coutume, fort impertinemment. Vous me faites souvenir d'une personne qui proposoit ces jours passez à un certain Prelat de le faire signer dans
son Diocese. *Quoy*, dit le Prelat, *est-ce qu'il y a quelqu'un qui ne condam-*
                                                                          ne

ne pas les erreurs des cinq Propositions. Personne, luy répondit-on. Eh bien cela *suffit*, reprit aussi-tost le Prelat. L'autre ne se rebutant pas luy témoigna qu'il seroit à propos *que tout le monde signât ou jurât sur les SS. Evangiles que ces cinq Propositions sont dans Jansenius.* Mais, repartit le Prelat, *si on nous somme de les y montrer, sommes nous en estat de le faire?* A cela le solliciteur de la signature demeura muet comme un poisson, & le dialogue finit-là. Ce n'est que pour vous divertir un peu que je vous rapporte cette petite histoire toute nouvelle. Mais pour vous répondre categoriquement, je vous prie de la part de M. Arnauld de ne vous pas inquieter pour luy sur ce chapitre. Il a signé le Formulaire il y a prés de 24. ans à l'occasion de la paix de l'Eglise, en la maniere que les quatre Evêques & beaucoup d'autres le signerent aussi dans ce même temps, & comme un grand nombre d'Evêques de France l'avoient fait signer auparavant. L'histoire en est maintenant publique, vous pouvez la lire. Tout le monde en fut tres-content, le Roy, le Pape, les Evêques, M. l'Archevêque de Paris mesme, tant celuy d'alors, que celuy d'aujourd'huy. Il est vray que vous n'en fûtes pas satisfaits, & que c'est ce qui vous a porté à rompre la paix de l'Eglise, par ce qu'elle ne s'accorde pas avec vos interests & vos desseins. Mais cela mesme fait voir l'esprit & l'audace de vos Peres, qui se mettent en droit & en possession de condamner ce que le reste de l'Eglise approuve. Et on doit juger par-là quel cas on doit faire de vos reproches d'erreurs & d'heresie.

XXVII. Pour appuyer ces reproches, & repousser le défi que vous à P. 10. fait tant de fois M. Arnauld, de tirer de ses ouvrages aucune preuve de vos accusations d'erreur, vous luy insultez sur son *silence : après tant de livres,* dites-vous, *qui ont esté imprimez contre vous depuis deux ans.* Mon pauvre Pere, vous estes bien fanfaron. Je tremblois de peur pour M. Arnauld à vous entendre parler de *tant de livres;* mais je me rassûre, voiant *tant de livres* se reduire à un miserable Libelle d'une feuille, qui a pour titre *Parallele des Propositions de M. Arnauld avec celles que l'Eglise a condamnées.* Tout roule sur le Decret des XXXI. Propositions du 7. Decembre 1690. Il est vray qu'on n'a pas daigné ramasser cette paperasse, par ce que l'auteur est un petit Ecrivain qui ne sçait ce qu'il dit, & que pour peu que l'on veuille examiner son Parallele, on y decouvrira sans peine, ou son ignorance, ou sa mauvaise foy. Vraiment M. Arnauld seroit bien simple, si toutes les fois qu'un Jesuite s'avisera de luy imputer sans fondement toutes les heresies qu'il luy plaira sur une grande partie de la Theologie, il s'amusoit à le refuter. Ce seroit perdre le temps, faire tort au Public, & ne vouloir rien laisser à faire au Lecteur intelligent & judicieux.

XXVIII. Vostre mauvaise foy à vous prevaloir du Decret du 7. De- P. 10. cembre 1690, est indigne d'un homme d'honneur. Il n'est pas question maintenant du fond des 31. Propositions, mais seulement de l'attribution

Tom. II.   B   *de*

de ces propositions à certains auteurs. Vous avez lu les *Avis importans au R. P. Recteur du College des Jesuites de Paris*; car vous les citez. Vous ne pouvez donc ignorer comment on a couvert de confusion l'auteur de la Lettre à M. Arnauld, qui avoit attribué à ce Docteur deux de ces Propositions, la 18. & la 23. On a fait voir plus clair que le jour, que ces deux Propositions ne sont de luy en aucune maniere. On doit juger du reste par cet échantillon. Il fait connoître qu'on ne fuit pas de répondre sur ces sortes d'accusations. Vostre Confrere avoit choisi sans doute les deux du Decret qu'il croyoit estre plus incontestablement de M. Arnauld & les plus capables de le deshonorer. Comme il n'a pas trop demandé, on l'a payé comptant, & on a peine à croire qu'il y revienne. Vous n'ignorez pas aussi qu'on a fait la même chose à l'égard de la 24. Proposition si faussement attribuée à un Prêtre de l'Oratoire. Et ces trois exemples suffisent pour se dispenser de répondre à de semblables attributions, & pour ôter toute creance à ces *attributeurs* malins & temeraires; qui après avoir imposé au S. Siege, veulent encore imposer au Public.

P. 11. XXIX. Vous n'estes pas plus sincere sur le Decret d'Alexandre VII. du 6. Septembre 1657. où il se trouve quelques Ecrits de M. Arnauld mis au nombre des livres défendus; & vous voulez qu'on en conclue que sa doctrine est declarée heretique. Homme de mauvaise foy! *Comment Satan vous a-t-il tenté de mentir au S. Esprit?* Ne sçavez-vous pas la difference qu'il y a entre les Decrets qui défendent en general le debit & la lecture des livres, sans en condamner en particulier aucune proposition; tel qu'est celuy que vous citez; & les autres Decrets, qui censurent nommément des Propositions en particulier, tel qu'est le Decret d'Alexandre VIII. du Jeudi 24. d'Aoust 1690. par lequel vostre These ou proposition du Pont-à-Mousson, contre le grand commandement de l'amour de Dieu, est declarée *heretique*; & la These de vostre P. Munier de Dijon, touchant le peché philosophique, est condamnée & declarée *scandaleuse, temeraire, insupportable aux oreilles pieuses & erronée.*

En vertu donc de ce dernier Decret on peut dire avec verité que vos propositions de Dijon & du Pont-à-Mousson sont condamnées à Rome comme *scandaleuses, temeraires, insupportables aux oreilles pieuses, erronées & heretiques.* Mais quant aux Decrets de la premiere espece, par lesquels les ouvrages d'environ quarante de vos Ecrivains sont au nombre des livres défendus; quand je saurois d'ailleurs qu'il y a des opinions heretiques dans ces ouvrages, je ne pourrois pas dire avec verité que les Ecrits de quarante de vos auteurs ont esté condamnez à Rome comme heretiques, s'ils n'y ont esté condamnez que par ces sortes de Decrets; parce que le seul but de ces Decrets est d'empecher le cours de ces Livres, tantost pour une raison, tantost pour une autre, & quelquefois pour fort peu de chose. Mais il est certain que par là ces livres ne reçoivent aucune autre qualification

fication que celle de livres prohibez dans les lieux où ces Decrets font reçûs ; & pour ce qui concerne les auteurs mêmes, ils n'en font ni plus ni
moins catholiques, ni moins capables de toutes les graces du S. Siege, &
de tous les emplois de l'Eglife. Que s'il arrive que fous ce pretexte on en
ufe autrement envers quelques perfonnes, c'eft une vexation & une injuftice qui crie vangeance.

Voftre P. Gilles Eftrix fit en 1672. un Livre intitulé : *Apologia pro
Summis Pontificibus Romanis, Generalibus Conciliis & Ecclefia Catholica.
Contra D. Petrum Vanbufcum S. T. L. &c. & contra Inftructionem ad Ty-
ronem Theologum de Methodo Theologica &c.* Ce Livre, dont la matiere eft
la plus favorable du monde, n'a pas laiffé d'eftre défendu par la Congregation de l'*Index.* Il en compofa la mefme année un fecond fous ce titre :
*Diatriba Theologica, five manuductio ad fidem divinam pervestigandam, con-
firmandam, expoliendam, afferta potiffimum autoritate Romani Pontificis, ea-
que nulli obnoxia errori in quæstione facti vulgo dicta.* Ce fecond livre a encore efté condamné par l'Inquifition. Un troifiéme, fait l'année fuivante
pour la défenfe de celuy-ci, fous ce titre : *Dilucidatio communis doctrina Theologorum de fide imperfecta quorundam rudium hominum nuper afferta in Diatriba Theologica,* fe trouve auffi bien que le precedent parmi les Livres défendus par le mefme Tribunal de l'Inquifition. Il falloit fans doute qu'il y
eut grande raifon de les condamner, puifque ni la matiere fi favorable, ni
le credit de la Compagnie n'ont pu les garantir d'une flêtriffure que vous
n'aimez point du tout. Cependant le P. Eftrix eft à Rome en honneur ; &
loin que vos Peres le regardent comme heretique, vous l'avez mis dans les
emplois les plus confiderables, comme fi de rien n'eftoit.

Pourquoy donc voulez vous que ces Decrets foient à l'égard des Ecrits
de M. Arnauld d'une autre nature, & qu'ils les noirciffent plus qu'ils ne
font ceux de vos Peres ? Où eft l'équité ? Où eft la pudeur ? Affurément s'il
y a de la difference à faire entre luy & vos Ecrivains, c'eft que quand les
voftres font flêtris à Rome il faut qu'ils l'aient bien merité : & MM. les
Cardinaux favent, par des exemples mefme fort recens, quelles brigues, quelles folicitations, quelles cabales, quelles violences vous mettez en œuvre
pour détourner ces coups de deffus la tefte de vos Ecrivains. Au lieu que
quand les Ecrits de M. Arnauld y ont efté prohibez, c'eftoit un homme
que vous y aviez rendu fort odieux par vos calomnies, & que le P. Annat n'avoit qu'à recommander à M. Albizzi voftre Penfionnaire, vendu à tous
vos defirs, pour faire mettre parmi les Livres défendus ceux de ce Docteur.
Enfin, Pere Payen, fi vous voulez que ce Docteur foit heretique, parce
que quelques-uns de fes livres font dans l'*Index* des livres défendus, il faut
vous refoudre à voir auffi traiter d'heretiques non feulement vos Peres
Theophile Raynaud, Halloix, Cellot, Fabri, l'Amy, Bauny, Rabar-
deau, & un grand nombre d'autres dont les ouvrages font nommement dé-

fendus

fendus à Rome; mais même vos Peres Annat, Martinon, Bagot, Ripalda, Ferrier, Dechamps, Pinthereau, Vavasseur, Rapin, Labbe; Dorify, Du Bourg, & tous les autres qui ont écrit contre Jansenius. Car dans les Catalogues des livres défendus imprimez à Rome en 1670. par l'ordre du Pape Clement X. & en 1683. par l'ordre du Pape Innocent XI. on trouve ,, Tous les Livres, Opuscules, Theses & autres Ecrits imprimez ,, par le passé, ou qui le seront à l'avenir, TANT POUR QUE CONTRE ,, JANSENIUS ET LES JESUITES, *Libri omnes, Opuscula, Theses, aliaque omnia tam edita hucusque, quàm imprimenda*, TAM CONTRA, QUAM PRO *Cornelio Jansenio & Patribus Jesuitis*. Ajoutez à cela tous les Livres de vos Peres qui traitent de la matiere de la grace sans la permission du S. Office. Ne voyez vous pas donc que ce ne sont là que des Decrets de police, qui ne decident rien pour le fond; & que c'est agir de la plus mauvaise foy du monde, ou en parler à l'aveugle, que d'en tirer les fausses consequences que vostre passion vous en fait tirer?

P. 11.   XXX. Vous ne pouvez vous lasser d'alleguer la Censure de Sorbonne, cette Censure fabriquée par les ennemis declarez de M. Arnauld, qui ne faisoient qu'une partie de la Faculté, censure informe, irreguliere, insoutenable. Lisez la *Question Curieuse*: & apprenez outre cela que quand toute la Faculté entiere auroit fait d'un commun consentement cette Censure de la maniere du monde la plus reguliere, ce seroit une ignorance pitoyable de vous imaginer avoir droit sur cela de traiter d'heretique celuy qu'elle auroit censuré. Ce n'est que sur les jugemens de l'Eglise que l'on pourroit fonder une telle qualification à l'égard de la personne : & c'est une erreur grossiere d'attribuer à un corps Theologique cette même prérogative.

P. 11.   XXXI. Aprés cela n'estes-vous pas plaisant de demander à M. Arnauld *une Retractation devant le Public*. Hé de quoy? Ce que vous ajoutez neanmoins rend vostre proposition un peu plus recevable : *Comme vous avez fait*, luy dittes-vous, *au sujet de vostre quatriéme Plainte*. Il faut y aviser : & cependant comme je voy que vous prenez grand gout à cette espece de retractation publiée au sujet de la IV. Plainte, je vous promets que l'on fera ce qu'on pourra pour vous la rendre encore plus agreable.

P. 12.   XXXII. C'est aussi un grand attrait pour M. Arnauld que la promesse que vous luy faites d'un Eloge de vostre façon. Rien ne seroit plus rare, ni plus curieux. Mais vous promettez trop pour pouvoir payer. Car de faire *un Eloge plus sincere que n'est celuy que M. le Beau donne à M. Arnauld à la teste de sa Justification*; c'est à quoy vous ne parviendrez jamais : & je vous répons qu'il n'y a rien à ajoûter à la sincerité de ce genereux Approbateur. On peut estre suspect de n'estre pas tout à fait sincere, quand on loue les Jesuites, qui ont tant de moien de recompenser leurs panegyristes. Mais à louer M. Arnauld il n'y a rien à gagner que l'honneur de rendre justice à son merite sans interest, & de ne pas rougir de la verité par un respect

fpect humain. C'eft là véritablement *la pante de l'Efprit de M. le Beau*, &
la fource de fon Approbation. Car vous pouvez vous affurer qu'elle eft de
luy : & vous connoiffez mal *le tour de la plume de M. Arnauld*, fi vous
avez cru l'y avoir découvert. Il n'y a eu aucune part que celle d'en avoir
peut-eftre un peu rougi par modeftie.

XXXIII. Je ne fçay fi c'eft cette Approbation qui vous a mis en mau- P. 12.
vaife humeur contre les *redites* & les *citations* de M. Arnauld. Vous mettez
le Public en jeu, & vous l'appellez à garant de voftre dégout. Mais je fuis
fûr que c'eft de vous que le Public fe plaint. Il eft trop éclairé & trop équitable pour ne pas voir que vos *redites* fur des calomnies cent fois refutées, &
voftre opiniatreté à contefter de nouveau des faits demontrez, eft ce qui
force M. Arnauld à ufer de *redites* dans fes Ecrits. Vous voudriez qu'on
vous laifsât jouir en paix du fruit de voftre plume medifante. On n'en fera
rien : & on vous apprendra à vivre, s'il eft poffible. Les *citations* ne vous
deplaifent que par ce qu'elles prouvent. Comme voftre methode eft de ne
rien prouver, vous voudriez qu'elle devint à la mode. Vous n'en viendrez
pas encore fi-toft à bout.

XXXIV. *Car enfin*, dittes-vous tout chagrin de ces *redites* neceffaires & P. 12.
de ces *citations* convaincantes, *il ne s'agiffoit que de favoir fi vos Theologiens
exilez ont tenu des herefies.* On vous a demontré qu'il ne s'agiffoit point du
tout de cela entre M. Arnauld & vos Peres. Il s'agiffoit de la fourberie,
dont vous avez efté complice. Et s'il s'agiffoit de la doctrine des Theologiens de Douay entr'eux & vous, il vous ont convaincus fur cela d'impofture & de calomnie, par trois Ecrits auxquels vous n'avez pu répondre,
que par des Lettres de cachet.

XXXV. Vous avez bonne grace aprés cela de dire à M. Arnauld, qu'il P. 12.
a *tâché de donner le change à fes Lecteurs* par fes chicaneries. Savez-vous ce
que c'eft que donner le change? C'eft s'enfuïr dans un pays étranger; au
lieu d'attendre la fentence d'un Juge qu'on a reconnu. C'eft caballer à la
Cour pour opprimer des Theologiens; au lieu de répondre à leurs Ecrits.
C'eft faire enlever à un Juge legitime une caufe déja inftruite pour la mettre
entre les mains d'un autre qui n'y a aucun droit. C'eft faire difperfer fes parties aux extremitez du Royaume, afin de n'eftre plus embarraffé de leurs
pourfuites. C'eft renverfer tout l'ordre de la juftice & toutes les procedures
legitimes, pour mettre en leur place des Lettres de cachet. Enfin c'eft empecher qu'un Evêque ne prononce un jugement eccléfiaftique & canonique, en faifant faire par un Subdelegué d'Intendant une efpece d'execution
militaire, pour accabler des Theologiens fans appuy.

XXXVI. C'eft infulter trop infolemment à la juftice & à l'innocence P. 12.
opprimée par voftre faction, que de dire aprés tout ce que je viens de marquer, que *les Juges n'ont pas pris le change.* Qui font ces Juges? Eft-ce
M. l'Evêque d'Arras? luy à qui vous avez fait lier les mains & fermer la bouche,

che, de peur qu'il ne vous prononçât vostre condamnation, & qu'il ne rendit justice à vos parties. Est-ce M. l'Archevêque de Paris ou le P. De la Chaise (car vous en mettez plusieurs) Hé par quel droit, par quel Code Ecclesiastique estoient-ils les Juges des Theologiens de Douay? Mais au moins où sont leurs procedures? où est leur sentence? Injustes persecuteurs de la Justice & de l'innocence! comment osez-vous encore nommer le nom de *Juges*? Comment avez-vous le front de dire, que *les Juges n'ont pas pris le change*, après que vous avez fait dépouiller vostre Juge de sa jurisdiction, & écraser vos parties par des voyes de fait.

P. 12.　　XXXVII. *Vous en savez l'issue.* Ouï on la sçait, & on en a horreur. Le Public la sçait, & il en fremit d'indignation contre vous. L'Eglise la sçait, & elle gemit de l'oppression de ses enfans. Les Etrangers la savent, & ils demandent s'il n'y a donc plus de justice en France. La posterité la saura, & elle ne pourra comprendre que ce soit l'ouvrage d'une Compagnie de Religieux, ni comment elle a pu avoir assez d'artifices pour surprendre un grand Prince en abusant de sa confiance. Mais, ce qui est terrible, c'est que Dieu la sçait, que Dieu la voit. Et quoy que ce soit déja un jugement bien severe sur vous autres, d'avoir permis que vous ayez eu une *issue* si conforme à vos injustes desirs, vous devez attendre un autre jugement par lequel il vangera les siens de tout ce que vous leur faites souffrir, & plus encore sa verité que vous persecutez dans leurs personnes.

P. 12.　　XXXVIII. *Vous pourrez estre content du zele & de la justice du Roy Tres-Chréstien*, dittes-vous à M. Arnauld. Ouï sans doute il en est tres-content, & il honore plus sincerement que vous tous les dons que Dieu a mis dans la Personne de son Prince. Mais c'est cela même qui le fait gemir avec tous les gens de bien, de ce qu'en surprenant sa Religion par vos calomnies artificieuses, & par les intrigues de vostre faction, vous luy faites tourner *son zele & sa justice* contre ceux qui meriteroient davantage d'en recevoir la protection. On estoit tres-content *du zele & de la justice* du Grand Constantin; & neanmoins les plus grands Saints de son temps & les plus illustres défenseurs de la foy ont esté opprimez sous son Regne par la malice de ceux qu'il avoit mal choisis pour y mettre sa confiance.

P. 12.　　XXXIX. Vous concluez par ce qui vous tient plus au cœur, par ce phantôme du Jansenisme que vous croyez avoir bien prouvé par vos violences. On vous l'a déja dit, & il est bon de vous le dire encore, que vous ne pouviez rien faire qui fut plus capable de persuader que c'est un phantôme, que la fourberie de Douay & cette *issue* dont vous triomphez. On n'employe point le mensonge & l'illusion quand on défend la verité. On ne fait point des trahisons & des fourberies, pour prouver une heresie & une secte d'heretiques, quand on en a d'ailleurs des preuves solides & veritables. On ne met point en usage la violence, quand on a une bonne cause & qu'on en peut esperer une bonne issue par les voyes de la justice. Ainsi

voltre

voftre phantôme eft plus phantôme que jamais ; & il n'y a que ceux à qui vous avez fafciné les yeux qui le prennent pour quelque chofe de reel.

XL. Je finis par où vous avez commencé, & en vous rendant avec juftice ce que vous appliquez tres-injuftement à M. Arnauld. Voftre *Réponfe* eft un *verbiage* qui cache un grand nombre de *contes faits en l'air* & un *amas* de *fauffetez vifibles*, dont vous vous fervez pour éblouir ceux qui ont creance en vous, & pour faire perdre de vue aux autres, fi vous le pouviez, l'eftat de la queftion. Elle confiftoit à favoir *fi M. Arnauld a calomnié le P. Payen, ou fi c'eft le P. Payen qui a calomnié M. Arnauld ?* Ce font les deux parties de la *Juftification* à laquelle vous aviez entrepris de répondre : & pour toute réponfe vous nous dites gravement qu'*il eft inutile d'examiner cette queftion*. Il eftoit donc inutile de répondre : puifque vous ne pouviez vous vanter de l'avoir fait, qu'en refutant ce qui vous avoit efté dit fur cette queftion. Mais vous ne l'avez crû *inutile*, que parce que vous l'avez crû impoffible. Il y avoit des *raifonnemens* & des *citations* à quoy il n'y avoit point de replique. Vous l'avouez en vous plaignant de la longueur des premiers & du *contre-temps* des autres. Le temps dure en effet beaucoup à un homme qu'on étrille comme il le merite, & c'eft un fâcheux *contre-temps* à celuy qui croit triompher, de fe voir accablé de preuves & d'autoritez dont il ne peut fe débaraffer. Voftre reffource eft le *verbiage* & la diffimulation. Vous fupprimez tout ce que l'on a dit contre vous, & les preuves dont on l'a foutenu. Et en échange vous faites *des contes en l'air*, & vous payez à l'ordinaire par *un amas de fauffetez* & de calomnies *vifibles*, pour amufer le monde. Il a fallu pour vous en convaincre eftre plus long que vous, parce que je ne m'accommode point de difcours en l'air ; & que j'ay voulu prouver. J'ay encore efté trop court. Car que n'auroit-il point fallu dire, fi on avoit voulu faire voir l'impertinence & l'injuftice de voftre *Réponfe* dans toute fon étendue. Mais il fera aifé d'y fuppléer, fi on fe donne la peine de relire la *Juftification*. En comparant l'une avec l'autre celle-ci paroîtra auffi jufte & auffi folide, auffi équitable & auffi convaincante, que voftre *Réponfe* fera trouvée feche & affamée, dénuée de raifonnemens & de preuves ; mais remplie, par une efpece de compenfation, de calomnies, de fottifes & de tout ce qu'on peut attendre d'un Ecrivain de mauvaife foy, qui n'écrit que parce qu'il n'a pas affez d'humilité pour avouer qu'il ne fçait où il en eft. Il n'eftoit pas neceffaire de fe tant preffer pour publier une fi miferable Réponfe, dira le monde : & il aura raifon.   Ce 17. Avril 1692.

P. S.

J'Apprens qu'il vient d'arriver de Rome un Decret de l'Inquifition du 19. Mars dernier, qui condamne le fameux Ecrit d'un de vos Peres caché fous le nom de Corneille de Cranebergh, intitulé : *Fraus quinque Articulorum, &c.*

Ne vous imaginez pas que j'aille tirer de ce Decret les impertinentes confequences que

que vous tirez contre M. Arnauld en semblable occasion. Mais il y en a d'autres, que toute personne intelligente & équitable en tirera. Voicy ce qu'il y a donné lieu.

Les Disciples de S. Augustin eurent en 1663. avec vostre Pere Ferrier une conference, où feu M. l'Evêque de Tournay, qui l'estoit alors de Commenge, se trouva par ordre du Roy. Ils y presenterent un Ecrit en cinq Articles, qui contenoit de la maniere du monde la plus claire les sentimens qu'ils ont sur la matiere des cinq Propositions : & ces cinq Articles furent dés lors envoyez par ce Prelat au Pape Alexandre VII. qui n'y trouva rien de reprehensible, & qui au contraire les loua comme contenant une saine doctrine.

Sur la fin de l'année 1689 ils furent publiez de nouveau & presentez au feu Pape Alexandre VIII. Un Jesuite, sous le nom de Corneille de Cranebergh les combatit par un Ecrit imprimé en 1690. où il entreprit de faire voir la conformité des cinq Articles avec la doctrine de Jansenius. Mais il crut ne le pouvoir faire, & ne fit en effet, qu'en y reconnoissant la doctrine de la grace efficace par elle-même, & en soutenant en même-temps que ces cinq Articles n'ont rien en cela même de contraire aux principes & à la doctrine de Jansenius, qu'ils y sont parfaitement conformes, & qu'ils meritent par consequent la même Cepsure & la même condamnation que les cinq Propositions condamnées par les Papes Innocent X. & Alexandre VII.

Ce qui est arrivé delà est que le Pape a fait examiner par la Congregation du S. Office les cinq Articles & l'Ecrit de Cranebergh. Les Dominicains se sont hautement declarez pour les premiers & ont soutenu qu'ils ne contiennent autre chose que la pure doctrine de leur Ecole. Les Jesuites d'un autre côté ont pris la défense de leur Cranebergh, & ont puissamment sollicité pour luy épargner la condamnation du S. Office, & pour la faire tomber sur les cinq Articles. Toutefois le contraire est arrivé. On a condamné Cranebergh, on en a défendu la lecture, on en a ordonné la suppression; & les cinq Articles ont esté trouvez irreprehensibles & sont sortis sains, & saufs de l'examen des mêmes Juges. Il est aisé aprés cela

de tirer de la differente conduite que ce Tribunal a tenue sur l'un & sur l'autre les consequences fort naturelles qui en suivent. Outre celles qui concernent la pureté de la doctrine des cinq Articles, j'en tire deux ou trois autres.

La 1. que la condamnation de Cranebergh tombe sur tous les Ecrits de vos autres Peres qui ont porté sur les cinq Articles le même jugement que luy; & particulierement sur le Pere Jacques de la Fontaine vostre Professeur en Theologie de Louvain, qui dans ses Theses du 1. d'Aoust dernier intitulées : *Quæstiones controversæ de libertate actuum humanorum* Art. XII. adopte en ces termes les cinq premiers chapitres de Cranebergh : *Sed Jansenistarum fraudem nobis manifestè detexit Cornelius à Cranebergh, cujus quinque prima capita, quatenus quinque Articulorum cum Jansenii propositionibus convenientiam demonstrat, hìc haberi volumus pro insertis.*

La 2. Consequence est que M. Arnauld, & les autres Disciples de saint Augustin, n'aiant point sur les cinq Propositions d'autres sentimens que ceux des cinq Articles qu'ils ont embrassez à la vue de toute l'Eglise, on ne peut sans une calomnie manifeste leur imputer aucune erreur sur la matiere des cinq Propositions.

3. Enfin M. Arnauld n'aiant jamais soutenu sa proposition censurée en Sorbonne que dans le sens qui est expliqué si clairement dans le premier de ces cinq Articles, ceux qui l'ont censurée ou ont censuré une proposition tres catholique & irreprehensible, s'ils l'ont censurée dans le sens de ce premier Article, ou ont censuré un phantôme dans la proposition de ce Docteur, s'ils l'ont condamnée dans un sens heretique qu'ils luy attribuoient faussement, malgré tant de declarations contraires qu'il luy avoit faites de ses sentimens. Ainsi les cinq Articles & la pureté de la doctrine qu'ils contiennent, dont l'approbation au moins negative, & suffisante en ces circonstances, est une suite necessaire & évidente du Decret, renversent de nouveau la Cen-sure de Sorbonne, & rendent inutile cette machine qui a tant couté aux ennemis de M. Arnauld, & qui estoit devenue l'unique ressource des Jesuites.

SECONDE CORRECTION

Faitte au

P. PAYEN·RECTEUR

DES JESUITES DE LIEGE:

Où à l'occafion de fa

SECONDE REPONSE

à Mr. ARNAULD,

On fait voir deux Points importans;

I. *L'accompliffement de cette Prophetie faitte il y a plus de 40. ans; Que le deffein des Jefuites eftoit de faire retomber la condamnation des cinq Propofitions fur la Doctrine de la grace efficace par elle-même; & que c'eft en quoi ils font maintenant confifter le Janfenifme.*

II. *L'attachement des Jefuites à leur mechante Morale condamnée par les Papes, les Evefques & les Univerfitez; & le myftere de leur faux defaveu de l'Apologie des Cafuiftes revelé par la découverte de leur Lettre Circulaire contre la Cenfure qu'en fit la Sorbonne en 1658.*

M. DC. XCII.

SECONDE CORRECTION

Faitte au

P. PAYEN RECTEUR

DES JESUITES DE LIEGE:

Où à l'occasion de sa *Seconde Réponse* à *M. Arnauld,*
on fait voir deux Points importans;

*I. L'accompliſſement de cette Prophetie faitte il y a plus de 40. ans: Que le
deſſein des Jeſuites eſtoit de faire retomber la condamnation des cinq Propoſitions ſur la Doctrine de la grace efficace par elle-meſme; & que c'eſt en
quoi ils font maintenant conſiſter le Janſeniſme.*

*II. L'attachement des Jeſuites à leur mechante Morale condamnée par les
Papes, les Eveſques & les Univerſitez; & le myſtere de leur faux deſaveu
de l'Apologie des Caſuiſtes revelé par la découverte de leur Lettre Circulaire contre la Cenſure qu'en fit la Sorbonne en 1658.*

Oſtre long ſilence, Mon Pere, ſur la *Correction* qu'on vous
fit il y a quelques mois avoit edifié le monde, & l'on commençoit à croire que vous n'eſtiez pas tout à fait incorrigible. Mais vôtre ſeconde Réponſe a tout gaſté. Je vous
l'attribuë parce qu'encore qu'elle ne ſoit pas de vôtre façon, elle eſt au moins faite par vôtre ordre & ſur vos memoires, & qu'elle
eſt avouée de vous & imprimée par vos ſoins.

Je vous plains d'abord, Mon Pere, de deux choſes. La 1. De n'avoir
pas eu aſſez de docilité pour vous rendre à la verité que les Ecrits publiez
ſur l'affaire de Douay ont mis dans un ſi grand jour, qu'on n'y peut re-
ſiſter de bonne foy. La 2. De ce qu'ayant à emprunter une plume étran-
gere pour continuer à vous defendre, vous avez eſté reduit à vous ſervir
d'un Ecrivain dont le ſtile eſt aſſez pur; mais en qui on ne voit nul jugement, nulle ſincerité, j'oſe même dire nulle honneſteté, & nulle pudeur, avançant les fauſſetez les plus viſibles & les calomnies les plus groſſieres de la plus mauvaiſe foy du monde, & avec une confiance qui impoſe-
roit, ſi ces calomnies étoient nouvelles, & qu'on n'eut pas déja couvert de
confuſion tous ceux qui les ont avancées avant vous. En voici quelques-unes.

Vous accuſez *M. Arnauld de ſoutenir une doctrine que l'Egliſe a con-* p. 4.
damnée.

A Vous

p. 13.   Vous dites hardiment que *c'eſt ſa doctrine qui l'a obligé de ſe dérober à la vuë du public.*

p. 12.   Vous ſoutenez *qu'il vous a calomnié, n'ayant rien prouvé juſqu'à preſent.*

p. 17.   Vous faites paſſer les Bulles des Papes Innocent X. & d'Alexandre VII. & une Ordonnance de M. l'Evêque d'Arras pour autant de ſentences renduës contre ce Docteur.

p. 15.   Vous luy attribuez *des pratiques ſecrettes*, fort dangereuſes, & capables de faire beaucoup de mal dans l'Egliſe.

p. 5. 6. 7. 12.   Vous le proclamez comme un Ecrivain emporté, un eſprit chicaneur, un impoſteur, un homme de mauvaiſe foy, un diſeur d'impertinences, un Sophiſte infidele. Et quels autres outrages ne luy faites vous point?

V. Avis de M. Arnauld ſur une Correction à faire &c. La Bonne foy de M. Arnauld &c.   Vous oſez encore l'accuſer d'avoir calomnié vos Peres de Rouen, aprés que par deux Ecrits publics on vous a convaincus vous-mêmes d'eſtre ſur cela des Calomniateurs, ſans que vous ayiez eu le mot à repliquer.

Vous luy faites même un crime de n'avoir pas eſté Prophete, ſous pretexte que dans la *Juſtification de ſa* III. *Plainte* faite il y a plus de ſept mois, il ne s'eſt point aviſé de deviner que quatre ou cinq mois aprés on devoit publier une Cenſure des Profeſſeurs de Sorbonne touchant l'affaire de Douay, dans une *Relation Sommaire* à laquelle vous nous renvoyez; &

p. 21.   dont on a fait voir les ILLUSIONS.

Pourquoy diſſimulez-vous (ce ſont vos paroles) *que tous les Profeſſeurs en Theologie de Sorbonne & de Navarre, aprés avoir examiné ſoigneuſement par ordre du Roy la doctrine de vos Theologiens de Douay, telle qu'ils l'ont vue dans leurs Lettres originales écrites en confidence, & dans leur* Approbation *prétendue limitée: que tous ces Profeſſeurs, dis-je, dont j'apprens que la plus part ſont Thomiſtes en cette matiere, ont declaré par écrit à Sa Majeſté, que c'eſtoit l'hereſie formelle de Janſenius condamnée par l'Egliſe.*

Peut-on voir des calomnies plus atroces que celles-là? En peut-on avancer une plus ridicule que cette derniere, en ce que vous y dittes de M. Arnauld? Mais ce que vous y ajoutez contre les Theologiens de Douay, eſt auſſi injurieux & auſſi faux, que vous le ſoutenez veritable; & vous y calomniez ces Theologiens d'une maniere ſi groſſiere, qu'on n'a qu'à ouvrir les yeux pour voir la fauſſeté de tout ce diſcours. Car il eſt tres-faux que leur Approbation ne ſoit pas limitée; comme vous le voulez faire croire.

Il eſt tres-faux que les Profeſſeurs aient declaré dans leur Cenſure que la doctrine de ces Theologiens *telle qu'ils l'ont vuë dans leurs Lettres*, eſtoit l'hereſie de Janſenius.

Il eſt tres-faux enfin qu'ils aient témoigné l'avoir trouvée dans leur Approbation limitée. Il n'eſt neceſſaire pour en eſtre convaincu, que de lire

la

la Cenfure même de ces Profeſſeurs. Mais il ne ſera pas inutile de voir auſſi *les Illuſions de la Relation Sommaire.*

Vous ne vous contentez pas de mettre ces calomnies ſur le compte des Profeſſeurs de Paris, vous les mettez encore ſur le vôtre, en diſant de vous même. Qu'ils ont écrit des Lettres où l'on a decouvert des erreurs; que ces Lettres ſont contre la Religion; & qu'elles contiennent le pur Janſeniſme. Vous y ajoutez.

p. 8.
p. 10.

Que cette trouppe de gens a eſté convaincuë par ſa propre ſignature d'une damnable hereſie:

p. 5.

Que la profeſſion de foy que Meſſieurs Rivette & de Laleu firent il y a quelques années entre les mains de M. l'Evêque d'Arras, n'eſtoit pas ſincere, & qu'ils l'ont trompé par de fauſſes ſignatures.

p. 21.
& 23.

C'eſt refuter ces noires calomnies que de les expoſer aux yeux du lecteur, & vous pouvez vous aſſurer que ſans qu'on ſe mette en peine de les combattre davantage, après qu'on l'a fait ſi ſouvent & en tant de manieres, l'indignation de tous les honnêtes gens le fera pour nous.

Vous abandonnant donc au jugement du Public vous & vôtre Répondant ſur cette douzaine de calomnies que j'ay choiſies entre les autres, & ſur un grand nombre de fauſſetez que je ne daigne pas ramaſſer, je m'arreſterai ſeulement ſur trois points de vôtre *Seconde Réponſe*, parce qu'ils meritent une conſideration particuliere, & que l'on y verra quelque choſe de nouveau, c'eſt-à-dire de nouveaux excés de vôtre part, & de nouvelles preuves de vôtre temerité, de vôtre ignorance & de vôtre mauvaiſe foy. Le 1. concerne ce que vous avancez touchant la diſpoſition de S. A. Monſeigneur l'Evêque & Prince de Liege envers M. Arnauld. Le 2. regarde l'erreur prétenduë que vous tirez de la ſeconde des Lettres Provinciales. Le 3. la Cenſure de Sorbonne & l'eſtime que vous faites de toutes celles de cette Faculté, & particulierement de la Cenſure de vôtre *Apologie des Caſuiſtes.*

ARTICLE I.

Du Fait de Liege à l'égard de M. Arnauld.

TOut ce que vous dittes au N. 3. de vôtre §. 2. p. 15. & 16. touchant la conduite de S. A. Monſeigneur l'Evêque & Prince de Liege à l'égard de M. Arnauld, eſt un tiſſu de fauſſetez, de déguiſemens, & de calomnies. Tout y eſt enoncé d'une maniere pleine d'artifice & de malignité. Vôtre Avocat embaraſſé entre le beſoin qu'il a du menſonge pour defendre ſa cauſe, & la crainte d'en eſtre publiquement convaincu par ſes propres paroles, entortille ſes diſcours le mieux qu'il peut, pour tâcher de faire

A 2

croire

croire ce qu'il n'oſe dire à découvert. Mais malgré lui ſa paſſion & ſon artifice ſe decouvrent par tout également.

Les louanges mêmes que vous y donnez, vous & vôtre Secretaire, à ce
bon Prince quelque bien fondées qu'elles ſoient en elles-mêmes, ne ſont-là
que pour couvrir la temerité que vous avez de le faire parler contre ſon intention, & contre les veritables diſpoſitions de ſon cœur, & de rendre odieuſe
ſa conduite quoique pleine de cette ſageſſe & de cette generoſité que tout
le monde reconnoiſt dans S. A. mais qui ne ſeconde pas vôtre paſſion contre
un Docteur tres Catholique, dont le merite & la reputation vous incommodent.

Ce n'eſt pas ainſi qu'on s'eſtoit expliqué dans la *juſtification* que vous
refutez. Car comme dans la *lettre* qu'on examinoit alors vous aviez oſé
dire de ſon Alteſſe, *Que bien loin de proteger M. Arnauld dans ſes Eſtats,*
il a temoigné cent fois le déplaiſir qu'il avoit des bruits qu'il y excitoit ſecre-
tement; on vous a dit ſans detour & ſans fineſſe, *Qu'on vous ſoutenoit*
hardiment & ſans crainte d'eſtre deſavoué, qu'il n'eſt point vrai que ce Prin-
ce ſe ſoit jamais plaint que M. Arnauld ait troublé ſon dioceſe, ni qu'il y
ait ſecretement excité des bruits ou repandu une mauvaiſe doctrine. Qu'on
eſt aſſuré que ni vous ni aucun de vos confreres n'oſeriez dire avoir appris de
telles choſes de ſa bouche, ni nommer perſonne qui les lui ait ouï dire, &
que l'on ſçait par des voies tres ſûres que S. A. ne l'a jamais dit, & que
cela eſt tres eloigné de ſa penſée.

Juſtifi-
cation de
la 3.
Plainte.
p. 25.

Si vous ne l'avez pas bien compris la premiere fois, le voila de nouveau
ſous vos yeux: reliſez-le, & dittes, ſi vous l'oſez, que cela n'eſt pas vrai.
Vous ne l'avez oſé dire dans vôtre premiere Reponſe: mais vous ayez donné
commiſſion à un autre de le dire pour vous dans la ſeconde: & aprés
avoir pris ſix mois de terme pour etudier ſes figures de Rhetorique, il vient
dire à M. Arnauld, & vous par ſa plume, *Que S. A. bien loin d'approuver*
ſes mouvemens, a donné des marques ſenſibles de ſa bonté au P. Recteur des
Jeſuites de Liege (& en marge) 1691. *Novembre.*

Voila juſtement le ſtile d'un certain faiſeur de *Defenſe,* & le genie de la
Societé. Si on leur fait une honneſteté, un compliment, une Lettre de
civilité, ils ne manquent pas d'en prendre acte en bonne forme pour s'en ſervir dans l'occaſion à prouver ou à refuter tout ce qu'il leur plaira. Le P. Payen
venant dans Liege pour y regir un College, va rendre ſes devoirs au Prince.
Ce Prince, qui eſt la bonté même, lui fait un accœuil favorable, tel qu'on
le fait toûjours en ces occaſions. Le P. Payen conſerve ſoigneuſement la
datte de *ces marques ſenſibles de la bonté de S. A.* & elles paſſent dés lors
pour une improbation poſitive des pretendus mouvemens, paſſez, preſens
& à venir de M. Arnauld & de tous ceux qui ont, qui ont eu, ou qui auront
quelque choſe à démeſler avec ce R. P. ou avec ſes confreres de Liege.

II

Il est certain, *Mr.* continuez-vous, *que ce Prince n'a pas approuvé la scandaleuse Plainte que vous avez faite*, & *qu'au contraire* IL A TE-MOIGNÉ LE DEPLAISIR QU'IL AVOIT DES BRUITS QUE VOUS EXCITEZ *dans son diocese.*

Il est certain, Mon Pére, que vous brouillez tout, & que dans cette seule periode captieuse vous mettez six ou sept propositions en deux pour surprendre les simples. Là 1. partie en contient trois que voici. *M. Arnauld a fait une 3e. Plainte qu'il a eu l'honneur d'adresser à S. A.* cela est vrai. *Cette Plainte est scandaleuse:* rien n'est plus faux. *Son Altesse n'a pas approuvé cette Plainte:* c'est une pure equivoque; Elle n'en a pas donné une approbation en forme; Elle n'a pas declaré publiquement qu'elle l'approuvoit; Elle n'a donné aucuns ordres contre le P. Payen en consequence de cette Plainte: tout cela est vrai. Mais s'y attendoit-on? Estoit-ce une Plainte juridique? Ignoroit-on que les Princes ont à garder avec les Communautez de certaines mesures qui ne permettent pas qu'ils fassent tout ce qu'ils croiroient qui seroit de la justice? Ne sçavoit-on pas que la Société n'auroit pas manqué d'opposer un volume de Privileges aux ordres les plus equitables que l'on auroit voulu executer contre un Pere Recteur.

Mais d'un autre costé S. A. a-t'elle donné quelque marque, ou publique, ou particuliere, qui vous mette en droit de faire croire au monde qu'elle a blamé & improuvé la Plainte de M. Arnauld? Ou plutost comme il est certain qu'elle n'en a donné aucune, n'est-ce pas à vous une temerité inouïe & un attentat contraire au respect que vous devez à vôtre Souverain de dire dans un Ecrit public que vous repandez dans ses Estats & sous ses yeux, qu'*Il est certain que ce Prince n'a pas approuvé cette Plainte*, & de faire entendre au Public qu'il l'a jugée *scandaleuse?* C'est ainsi qu'accoutumez à dominer dans toutes les Cours, & à faire entrer les Princes dans vos interests par vos intrigues & vos cabales, vous ne pouvez souffrir d'y trouver de la resistance. Vous la regardez comme une espece de revolte contre la souveraineté de la Compagnie: &, bon gré, malgré, vous leur formez leurs jugemens & les faites parler publiquement comme vous croyez qu'ils le doivent faire pour favoriser vos desseins & vos entreprises.

Faites, dittes, ecrivez tout ce qu'il vous plaira; on ne laissera pas de declarer ici au Public que ce que vous lui voulez faire croire par ces paroles est absolument faux. Son Altesse reçut la Plainte de M. Arnauld d'une maniere tres-favorable, & celui qui eut l'honneur de la lui presenter rendra temoignage, quand il sera necessaire, que ce Prince lui parla avec beaucoup de bonté de ce Docteur, lui fit connoître qu'il compatissoit aux vexations dont il est exercé, & ne parut en aucune maniere disposé à vouloir cesser de lui accorder l'honneur de sa protection. Et loin d'avoir changé de disposition depuis ce tems-là, vous savez par vous-même comment S. A. a reçu les con-

seils

seils violens que vous & vos confreres luy avez fait suggerer de tems en tems ; & quel fruit vous avez retiré d'une Lettre où vous vous emancipiez de lui donner des avis contraires à l'honneur & au repos de M. Arnauld.

Vous entrelaissez encore ces trois autres propositions dans la seconde partie de vôtre periode. *On a excité quelque bruit dans le diocese de Liege* ; cela est certain. *Le Prince en a temoigné du deplaisir* : cela peut estre. *C'est M. Arnauld qui a excité ces bruits & à qui S. A. les a imputez* : C'est une double imposture, toute de vôtre façon.

Lórs que vous l'avançâtes la premiere fois dans vôtre *Réponse à la III. Plainte*, Son Altesse en fut avertie, & non seulement elle vous desavoua en particulier ; mais elle eut encore la bonté de vouloir bien qu'on le fit publiquement. On le fit en effet à la p. 25 de la *Justification*, & d'une maniere qui vous faisoit assez connoître qu'on ne parloit pas en l'air. Aprés cela deviez vous seulement souffler ? mais vous ne savez ce que c'est de reculer ; & une fausseté, une colomnie une fois avancée par un Jesuite doit estre fierement soutenue jusqu'à la fin à la face d'un Prince, & fut-il son Souverain, il faut qu'il en ait le dementi. Je veux esperer que vous y prendrez un peu plus garde aprés cet avis : & afin que vous y pensiez encore plus serieusement, soyez assuré que l'on est informé tout de nouveau de la disposition de S. A. même depuis vôtre seconde Réponse, & qu'elle a bien voulu confirmer ce qu'Elle avoit eu la generosité de repondre aprés la premiere.

Dittes donc tant qu'il vous plaira, *Que son Altesse est ennemie des nouveautez & qu'elle est inviolablement attachée à la Doctrine de l'Eglise.* Dittes, si vous voulez, qu'Elle est sensiblement touchée de ses maux, & qu'*Elle a temoigné le déplaisir qu'elle avoit des bruits qui ont esté excitez dans son diocese* : on y souscrira avec joye ; ce sont-là des sentimens dignes d'un Prince chrétien, & d'un Evesque qui aime l'Eglise. Car on ne l'aime point si on ne se sent penetré de douleur en voyant ces malheureuses contestations que des hommes charnels y entretiennent pour des interests qui ne sont pas plus spirituels. Je suis assuré que M. Arnauld en gemit autant & peut-estre plus qu'aucun autre. Dittes tout cela de S. A. vous ne meriterez que des louanges. Mais si vous osez ajouter, soit en paroles claires, ou par des phrases entortillées, que ce Prince a rejetté sur M. Arnauld la faute des bruits qui ont esté excitez dans son diocese, & qu'il s'est plaint de luy comme de la cause de ces contestations, on vous dira pour la troisiéme fois que vous imposez à S. A. & que vous perdez le respect que vous lui devez, en luy supposant des sentimens & des paroles entierement contraires à ses intentions.

Si vous n'osez pas reprocher ouvertement à son Altesse qu'elle se fait tort d'avoir de la bonté pour M. Arnauld & de luy accorder l'honneur de sa protection, vous voulez au moins qu'on le pense. Car estant certain & public que ce Prince a parlé à plusieurs personnes & en plusieurs rencontres de ce

Docteur

Docteur avec eſtime & avec beaucoup de bonté; eſtant notoire qu'il a rejetté avec indignation des paroles de quelques-uns de vos emiſſaires, qui tendoient à luy inſpirer des deſſeins contraires à la ſureté de M. Arnauld; connoiſſant par vous-même qu'il n'a répondu que par un ſilence de mépris à vos ſolicitations; enfin perſonne n'ignorant dans Liége, & vous moins que perſonne, que M. Arnauld ne s'eſt point trop flatté quand il s'eſt aſſuré de trouver dans les Eſtats de S. A. le repos & la protection que la reputation de la bonté & de la generoſité de ce Prince luy avoit fait eſperer; pouvez-vous reprocher à ce Docteur *qu'il lui fait grand tort* quand *il oſe encore ſe flatter qu'elle le protege & qu'elle lui eſt favorable,* ſans faire retomber le reproche ſur le Prince même.

C'eſt vous-même qui faites grand tort à S. A. quand vous oſez faire dependre *ſon honneur, ſa conſcience & la gloire de ſon Egliſe* du faux zele que vous lui voulez inſpirer contre des perſonnes plus Catholiques que vous. *Elle connoiſt trop (dites-vous) ce qu'Elle doit à ſon honneur, à ſa conſcience & à la gloire de ſon Egliſe, pour ne pas temoigner le même zele contre la Doctrine que vous tâchez d'y repandre preſentement.* C'eſt-à-dire, comme vous le marquez, le même zele que ſon grand oncle, le celebre Cardinal de Groesbeck Eveque & Prince de Liege, temoigna autrefois contre la Doctrine de Luther & de Calvin. On voit bien, Mon Pere, que vous ne connoiſſez gueres vous-même ce que c'eſt qu'honneur & conſcience, quand vous avancez, ſans la moindre preuve, contre un Docteur Catholique, qui eſt dans la communion du S. Siege & des Eveques, une colomnie ſi noire & ſi outrageante. Ce n'eſtoit pas aſſez de l'avoir accuſé de *mouvemens* imaginaires, & de l'avoir fait Auteur des *bruits* que vous avez vous-mêmes excitez dans ce Dioceſe, il falloit encore que la Doctrine *qu'il tâche, dites-vous, d'y repandre preſentement* fût la Doctrine de Luther & de Calvin, & qu'il n'y eût ni honneur ni ſalut à eſperer pour Mgr. l'Eveque & Prince de Liege, à moins qu'il ne ſe rende le miniſtre de vôtre paſſion pour pourſuivre comme des heretiques declarez les Theologiens les plus Catholiques, & pour mettre tout ſon Dioceſe en combuſtion au gré de vos deſirs & de vos vœux.

Dittes, dittes, ſi vous le pouvez, quelle eſt cette Doctrine que M. Arnauld s'efforce de repandre preſentement ſoit dans ce Dioceſe ou ailleurs. Si elle eſt publique, rien ne vous eſt plus aiſé. Si c'eſt en ſecret qu'il la repand, il faut que quelqu'un vous l'ait decouverte, & qu'il vous ait rapporté en particulier quelque propoſition condamnée par l'Egliſe comme heretique, que M. Arnauld lui ait voulu inſpirer comme Catholique. On vous défie de la marquer clairement. Vous y eſtes obligé, & vous n'y pouvez manquer ſans prevarication. Que ſi vous ne le faittes pas, vous paſſerez pour un calomniateur, & pour un homicide de l'honneur & de la reputation de voſtre frere.

Dittes

Dittes encore, si vous l'osez, quels sont ces *mouvemens* de M. Arnauld que S. A. n'a pas approuvez; quels sont ces *bruits* dont elle l'a fait Auteur. Mais souvenez-vous que l'on ne sçauroit peut-estre pas encore que M. Arnauld eut mis le pied dans le Diocese, si vous ne l'aviez vous-même appris au monde par vos clameurs scandaleuses, par vos mouvemens inquiets, par vos conventicules seditieux. Il y avoit déja du tems que ce Docteur y estoit sans que l'on entendit le moindre bruit, ni que le repos du Diocese en fut diminué. Je ne sçay par quel rencontre quelqu'un de vos affidez vint à s'en douter, & vous en donna avis. Aussi-tost vos Peres sonnerent le tocsin, & donnerent l'alarme à tout le pays, comme si le Turc eut esté aux portes de Liege. Ils convoquerent leur Arriere-ban, c'est-à-dire, quelques Religieux mendians de la ville de Liege. Ils mirent en campagne les devots & les devotes. Ils se partagerent eux-mêmes en plusieurs bandes pour aller battre l'estrade, & prendre langue de l'ennemi. D'un costé le P. d'Iserin, d'un autre d'autres Reverends Peres. L'affaire même parut si importante pour la Societé, que le R. P. d'Assigny Recteur escorté de deux Jesuites de sa maison, le P. Desvaux & le P. Wespin, se crut obligé d'aller en personne à la decouverte. On trouva ces trois derniers dans la Hesbaye, rodant autour du Chasteau de Jehai à quatre lieues de Liege, où l'on avoit déja vu paroître quelques coureurs de leur College. Ils y entrerent comme pour voir la Maison & les Jardins, & aprés avoir tout visité avec soin, pour chercher ce qu'ils n'avoient garde d'y trouver, ils virent bien qu'ils estoient pris pour duppes. Ce fut le Samedi 12. d'Aoust, & tous les jours suivans furent employez à cette recherche importante. On dit même que le P. d'Iserin avoit déja traité avec un Partisan des Trouppes de Brandebourg pour enlever M. Arnauld, & qu'il avoit écrit en France pour savoir combien on en vouloit donner: *Quid vultis mihi dare, & ego eum vobis tradam.* Je ne sçay pas s'il est vrai qu'il ait fait ces demarches; mais je sçay certainement qu'il s'en est vanté. Enfin aprés bien des recherches inutiles à la Campagne, les partis rentrerent dans la Ville, où l'on tint un grand Conseil de Guerre. Car on peut bien appeller ainsi le conventicule fort irregulier de six Reguliers, qui s'assemblerent le 25. du même mois au Convent de Freres Mineurs, & où se trouva vôtre Predecesseur le P. d'Assigny. Ce fut là que fut formé ce sage Decret, qu'ils eurent l'audace de faire signifier par deux fois à M. le Vicaire General du Diocese, & par lequel *ils l'avertissoient qu'un certain Arnold tenoit chez lui des Conventicules; qu'il y répandoit une doctrine suspecte; & que M. le Grand Vicaire devoit dissiper ces Conventicules & defendre toute conversation avec ledit Arnold.*

Voilà des *bruits* tres-réels, Mon cher Pere; voilà des *mouvemens* & des *Conventicules* qui ne sont pas si chimeriques que ceux que vous imputez à M. Arnauld. Qui les a faits? Qui les a augmentez? Sinon vous & vôt

Pr

Predeceſſeur ? Et au lieu d'en rougir, vous avez le front d'en charger celui contre qui vous les avez tous deux excitez, ou renouvellez: lui en la maniere que je viens de rapporter; & vous en fuyant dans un pays eſtranger aprés avoir fait dans le vôtre un éclat ſcandaleux, contre de pieux & ſçavans Theologiens, & contre un grand nombre d'autres Eccleſiaſtiques, par la production des papiers dont le Faux Arnauld, vous avoit fait le dépoſitaire & le receleur aprés vous avoir fait le confident de ſa fourberie. En voila aſſez ſur ce point.

ARTICLE II.

Touchant la pretendue Doctrine heretique de M. Arnauld, & de la Seconde Lettre Provinciale.

SI vous eſtiez de bonne foy, Mon Pere, je me promettrois de vous convertir dans cet Article, ou au moins de vous forcer d'avoüer que pour faire paroiſtre M. Arnauld heretique vous avez eſté reduit à lui propoſer comme une hereſie à abjurer la Doctrine tres-Catholique de toute l'Ecole de S. Thomas. On n'a peut-eſtre jamais rien fait de plus avantageux pour la juſtification de ce Docteur, que ce que vous venez de faire pour lui dans vôtre §. 2. n. v. Voici comme vous debutez:

,,Pour donner, *dites-vous*, quelque couleur à vôtre juſtification vous ,,avancez deux choſes que vous pretendez faire croire au monde. La pre-,,miere eſt, *que pour les erreurs condamnées par les Papes dans les cinq Propo-,,ſitions, vous les avez condamnées vous-même tant de fois.* La ſeconde, ,,*que vous avez ſolennellement approuvé les ſentimens & les expreſſions des ,,Thomiſtes par un grand nombre d'Ecrits publics.* Je ſuis content, Mon-,,ſieur, qu'on vous croie ſincere ſur le premier de ces deux points, ſi vous ,,l'eſtes ſur le ſecond.

Juſques-là cela ne va pas mal. On ne vous fera point de procés ſur ce que vous voulez faire dependre la Catholicité & le ſalut de M. Arnauld, des expreſſions des Thomiſtes. Il y a peut-eſtre bien de vos amis, Carmes, Cordeliers, & même des Jeſuites que vous damneriez par cette condition-là. Mais paſſe, il ne tiendra pas à cela que M. Arnauld ne ſigne avec vous un compromis. Voyons ſeulement ce que vous exigez de luy pour eſtre cru ſincere quand il declare, *Où il approuve les ſentimens des Thomiſtes:* puiſque vous voulez que tout dépende de-là. Je ſuppoſe que vous parlez, auſſi bien que M. Arnauld, des ſentimens & des expreſſions des Thomiſtes qui concernent la ſeule matiere des cinq Propoſitions.

Vous eſtes bien difficile à contenter, ſi vous n'eſtes pas content de lui dés maintenant ſur ce ſujet; puiſque ſans compter ſa Diſſertation Theolo-

B

gique

gique sur la Proposition condamnée en Sorbonne, & beaucoup d'autres Ecrits, la déclaration qu'il a faite qu'il s'en tenoit aux cinq Articles celebres sur la matiere des cinq Propositions, vous doit persuader qu'il approuve & admet les expressions des Thomistes, dans tous les sens que l'Ecole de S. Thomas y enseigne, & qu'il n'en rejette que les sens de l'Ecole Molinienne, que les Thomistes rejettent aussi bien que luy. Vous sçavez tres-bien que les Dominicains, les Carmes Déchaussez, les Docteurs de Louvain, & tous les autres disciples de S. Thomas, sont parfaitement d'accord avec M. Arnauld sur ces cinq Articles, qui renferment toutes les expressions contestées des Thomistes sur cette matiere.

Vous le sçavez trop bien, & vous voudriez les broüiller ensemble en faisant croire aux Thomistes, que ce Docteur & ses amis les traitent *d'extravagans* dans la seconde Lettre Provinciale. Mais, Mon Pere, où est la bonne foy? où est la pudeur? Ouvrez cette seconde Lettre, & voyez si après ce mot *d'extravagans*, il n'y a pas tout de suite ces autres paroles, *disent les Jesuites?* Est-ce qu'il n'a pas esté permis à cet Auteur de rapporter les injures que vous dittes aux Thomistes, sans s'en rendre lui-même coupable? Si vous doutez que ce soient vos Theologiens qui traitent *d'extravagans* les Thomistes, lors qu'ils veulent allier une grace suffisante avec la necessité de la grace efficace, lisez ce qu'on en a remarqué dans la *Recapitulation des faits de la fourberie de Douay*, Fait XIX. p. 69. & 70. vous y avez sur cela les passages de Molina, Suarez, Lessius, Le Merat, Pallavicini, Martinon, & Annat. Ajoutez y vostre P. Fabri dans la refutation de la 2. Lettre, qu'il a faite sous le nom de Bernard Stubrock. Vous trouverez outre cela dans ce même Article de la *Recapitulation* de quoi vous satisfaire sur tout ce que vous dittes de la *grace suffisante qui n'est pas suffisante*, & sur toute la matiere de la 2. Provinciale.

Je reviens aux conditions avec lesquelles vous voulez bien croire que M. Arnauld est sincere, quand il dit qu'il *approuve les sentimens des Thomistes*. Vous luy en proposez quatre ou cinq.

La 1. De *renoncer ouvertement à ceux de Jansenius*. Mais il faut, avant qu'il vous réponde, que vous luy marquiez *ouvertement quels sont les sentimens de Jansenius*. Rien n'est plus juste, puis qu'il y a sur ce sujet au moins cinq ou six avis differens parmi les adversaires de ce Prelat. Et il est plus que probable que vostre avis est, que c'est l'opinion de la grace efficace par elle-même qui est condamnée dans Jansenius. Au bout du compte c'est un fait qui n'a jamais esté revelé à l'Eglise, & sur lequel on ne peut par consequent ni fonder un Article de Foy, ni former une accusation d'heresie contre personne. Cependant jusqu'à ce que les Molinistes soient d'accord, & entre eux & avec les Thomistes, en quoi consistent les erreurs condamnées sous le nom de Jansenius dans les cinq Propositions, M. Arnauld

nauld declare par provision, & l'a declaré cent fois à la vue de toute l'Eglise, Qu'il condamne tres-sincerement toutes les erreurs que l'Eglise a condamnées dans les cinq propositions; qu'il les condamne par tout où elles sont, & que si elles sont dans Jansenius il les condamne même dans Jansenius, y a-t'il rien de plus raisonnable? Cette declaration suffit, si vous le voulez croire: & nulle autre ne suffiroit, si vous estes resolus de ne le croire jamais sur ce qui se passe dans son cœur.

La 2. condition est de *desavouer la seconde des Lettres Provinciales.* Nous en parlerons dans un moment.

La 3. De *combattre la doctrine de ses propres Ecrits comme le pur Jansenisme.* Cela est bien vague & bien indeterminé. On vous satisfera neanmoins en repondant à ce que vous prenez pour *le pur Jansenisme.*

La 4. De souscrire à la Censure de Sorbonne. Vous devriez estre content sur cet Article il y a long-tems. On tâchera toutefois de vous satisfaire encore de nouveau dans l'Article 3.

La 5. regarde le Decret de l'Inquisition du 7. Decembre 1690. Vous ne considerez pas que M. Arnauld est François, Docteur de Sorbonne, & membre de l'Eglise Gallicane, & qu'il se feroit de nouvelles affaires avec la Cour, avec le Parlement, avec la Faculté, avec toutes les Universitez du Royaume, & avec tous les Evesques & tout le Clergé de France s'il estoit le premier à recevoir un Decret de ce tribunal. Vous verrez plus bas quelle reprimande la Faculté reçut du Parlement pour avoir voulu faire mention d'un semblable Decret contre les Provinciales dans la Censure de vôtre Apologie des Casuistes. De plus on a deja fait voir clair comme le jour que les delateurs des 31. propositions condamnées dans ce Decret ont surpris & trompé ce tribunal, en luy deferant des propositions à censurer qui sont la pluspart, ou fausses, ou falsifiées, ou faussement attribuées à des Theologiens, ou pleines d'equivoques. Et ce qu'il y auroit de meilleur à faire sur ce sujet seroit de faire bonne justice de ces imposteurs. Enfin autant qu'il est faux que l'on ait prouvé, comme vous le dites, qu'il n'y a rien dans ces propositions sur la matiere de la grace qui ne soit la Doctrine toute pure de M. Arnauld; autant est-il vrai que l'on a invinciblement démontré que l'on avoit tres-vilainement calomnié ce Docteur en luy imputant plusieurs de ces propositions comme contenues dans son Livre de la *Frequente communion.* Et cet echantillon suffit pour juger du reste, & pour dispenser M. Arnauld de la peine de l'examiner & d'y repondre.

Mais il y a une voie plus courte que tout cela pour terminer le different, sans s'embarasser en des questions de fait interminables. C'est de voir tout d'un coup en quoy vous mettez le *pur Jansenisme,* quelle est selon vous *la profession de foi de tout le parti de M. Arnauld;* en quoy consiste *l'erreur qu'il doit rejetter avec les Thomistes.* Il faut vous entendre là-dessus.

On

p. 19. V. les avis importans au R. P. Recteur des Jesuites de Paris §. 28. 29. 30.

On vous en croira, dittes-vous, *lors que vous aurez desavoüé la secon-*
de des Lettres Provinciales . . . . où vous leur avez declaré qu'ils étoient
extravagans, *faute de vouloir estre Jansenistes, c'est-à-dire, faute d'approu-*
ver la Profession de foi, que vous faisiez-là au nom de tout vostre parti,
Lettre 2. *en ces termes.* Les Jansenistes veulent qu'il n'y ait aucune grace actuelle-
Provinc. ment suffisante, qui ne soit aussi efficace, c'est-à-dire que celles qui ne
determinent point la volonté à agir effectivement, sont insuffisantes pour
agir. *Cela est precis. Aucun des justes qui succombe à la tentation, n'a la*
grace efficace, qui determine la volonté à agir effectivement, puis qu'ils
ne le font pas. Il est donc vray qu'ils n'ont pas de grace suffisante qui leur
rende possibles les commandemens. *Montrez-nous, Monsieur, que vous*
avez changé de sentiment depuis ce tems-là; rejettez avec les Thomistes cette
proposition-là comme une erreur.

Que de choses, Mon Pere, j'aurois à vous dire sur tout cela, mais il faut
se borner.

1. Vous pouvez vous assurer que M. Arnauld *est toûjours ce qu'il estoit au*
tems des Lettres Provinciales, & il n'a point du tout changé de sentiment
depuis ce tems-là.

2. Pour vous, je ne sçay ce que vous estiez alors; mais je vóy que maintenant vous estes un fort mauvais Logicien; puis que voulant faire un argument en forme, vous y mettez quatre termes; que vous faites entrer dans
vostre conclusion la possibilité des commandemens de Dieu dont il n'y a
rien ni dans vostre majeure, ni dans vostre mineure; & que vous tirez une
consequence *à non agere ad non posse agere,* en concluant de l'insuffisance
d'une grace pour agir, l'insuffisance pour rendre possibles les commandemens. Et, ce qui n'est pas trop honneste à vous, est que vous mettez ces
mots en Italique, *n'ont pas la grace suffisante qui leur rende possibles les com-*
mandemens, comme si elles estoient de la seconde Lettre Provinciale; où
certainement vous ne les trouverez pas : & vous trouverez tout le contraire
dans la premiere & ailleurs. Vous auriez mieux fait, au lieu de lui supposer
ces paroles etrangeres, de ne pas retrancher celles-ci qui achevent la periode
que vous rapportez: *sont insuffisantes pour agir,* PARCE QU'ILS DISENT
QU'ON N'AGIT JAMAIS SANS GRACE EFFICACE. Mais vous
avez bien vu qu'elles éclaircissoient trop la pensée de l'Auteur.

3. Le consequent, comme on parle dans l'Ecole, n'est pas moins faux
que la consequence : c'est-à-dire, que vostre conclusion est aussi peu recevable pour la matiere que pour la forme; & qu'ainsi vous estes aussi mauvais
Theologien, que mauvais Logicien. Car vous supposez que les commandemens de Dieu ne sont possibles en aucune maniere à ceux qui n'ont pas une
grace suffisante; & un Theologien devoit avoir appris de S. Augustin qu'il y
a deux sortes de possibilité, l'une inseparable de la nature & du libre arbitre,

&

& par conſequent commune à tous les hommes independemment de toute grace même dans l'eſtat de la nature corrompuë : *Poſſe habere fidem, ſicut poſſe habere caritatem, naturæ eſt hominum ; habere autem fidem quemadmodum habere caritatem, gratiæ eſt fidelium. Illa itaque natura in qua nobis data eſt poſſibilitas habendi fidem, non diſcernit ab homine hominem ; ipſa verò fides diſcernit ab infideli fidelem.* L'autre ſorte de poſſibilité eſt celle qui eſt jointe à l'effet dans ceux dont la grace guerit & aide la volonté par l'infuſion de la charité : *Cum ſanatâ & adjutâ hominis voluntate poſſibilitas ipſa ſimul cum effectu in ſanctis proveniat.* Il eſt donc faux, ce que vous ſuppoſez, que ſans grace ſuffiſante les commandemens de Dieu ſoient impoſſibles, & il eſt encore plus faux à l'egard des juſtes, dont il eſt queſtion dans voſtre argument, puis que la grace ſanctifiante, qu'ils ont tres-certainement, leur donne une poſſibilité bien ſuperieure à celle de la nature ; & qu'ils peuvent en avoir une autre encore plus parfaite par des ſecours actuels qui leur font concevoir de ſaints deſirs & faire des efforts, quoy qu'ils demeurent imparfaits & ſans l'effet principal, parce qu'ils n'ont pas la grace abſolument efficace qui determine leur volonté à accomplir effectivement les commandemens de Dieu : & ces graces ſont ſuffiſantes pour leur donner un certain degré de pouvoir, quoy qu'elles ne leur donnent pas le pouvoir qui eſt joint au dernier & principal effet : *poſſibilitatem cum effectu,* comme l'appelle S. Auguſtin.

De prædeſt.
Sanct.
c. 5. n. 10.

De nat.
& grat.
c. 4.

4. Je vous declare que ſi c'eſt *vouloir eſtre Janſeniſte,* comme vous le dittes, que d'approuver la Doctrine contenue dans les paroles que vous rapportez de la ſeconde Lettre Provinciale, voila tous les Thomiſtes devenus Janſeniſtes pour jamais. Je vous aſſure encore que ſi c'eſt eſtre du parti de M. Arnauld que de faire cette *Profeſſion de foy,* comme vous l'appellez, tout autant qu'il y a de vrais Thomiſtes au monde, ſont autant de partiſans de ce Docteur, & que ſon parti eſt comme vous voyez plus nombreux que vous ne penſez. Enfin je vous promets que ſi vous pouvez faire avoüer & ſigner aux RR. PP. Dominicains, Carmes Dechauſſez, Minimes & aux autres Thomiſtes repandus dans tant d'Ordres & d'Univerſitez, *qu'ils rejettent cette propoſition-là comme une erreur,* ainſi que vous l'avancez ſi poſitivement, vous pourrez vous vanter de leur avoir arraché la victoire qu'ils ſe flattoient d'avoir remportée ſur vous dans la Congregation *de Auxiliis ;* & vous pourrez alors mener en triomphe la grace efficace par elle-même plus reellement que vous n'avez fait autrefois ſur le Theatre de vos Colleges, & dans les proceſſions de vos Ecoliers.

Serieuſement, Mon Pere, je ne ſçay que penſer de tout ceci. Le tems ſeroit-il venu, où vous avez reſolu de lever tout à fait le maſque, de declarer ouvertement la guerre à l'Ecole de St. Thomas, & de pourſuivre l'accuſation d'hereſie que vous aviez intentée aux Dominicains il y a cent ans ſur le

ſujet

sujet de la grace prédeterminante & efficace par elle-même. Cela pourroit bien eftre. Car je voy que de plufieurs coftez vous attaquez la nature & la neceſſité de cette grace pour faire toute action de la pieté Chreſtienne, & qu'à moins que l'on n'admette une grace ſuffiſante au ſens de l'Ecole de Molina, vous dites hardiment qu'on ne condamne pas comme on doit les erreurs condamnées par les Papes dans les cinq Propoſitions. Voſtre Crane-bergh le faiſoit aſſez entendre dans ſon Ecrit contre les cinq Articles; mais il ne l'a pas fait impunement. Vôtre P. Bruyn s'en eſt encore expliqué plus clairement dans ſa Theſe du 18. d'Aouſt dernier; mais un habile Theolo-gien luy a répondu par un Ecrit demonſtratif, intitulé: *Ad Supplicatio-nes Appendix tertia adverſus Theſes Theologicas Præſide R. P. Iſaaco de Bruyn.* Vos Theſes de Paris, & des Provinces de France, en ſont pleines; parce que tout leur y eſt permis. Enfin vous dites en François ce qu'ils ont dit en Latin, & vous vous en expliquez même d'une maniere encore plus hardie qu'eux. Vous faites ſemblant de croire que les Thomiſtes rejettent comme une er-reur la doctrine de voſtre Propoſition; afin de l'attaquer plus impunement, & de les endormir, ſi vous pouviez, pendant que vous faittes paſſer le point capital de leur doctrine, & le dogme favori de leur Ecole pour l'he-reſie condamnée par l'Egliſe dans les cinq Propoſitions. On ſçait bien que c'eſt ce que vous en penſez dans vôtre cœur, & vous n'avez pu vous em-pecher de le faire connoître dans vos Ecrits & dans vôtre conduite. Peut-eſtre même que vôtre Secretaire eſt ce P. Tellier; qui dans ſa *Defenſe des nouveaux Chreſtiens* ſe crut obligé de retrancher dans la ſeconde Edition de ce Livre, ce qu'il dit dans la premiere comme Secretaire de la Compagnie, *Que la Doctrine des Cenſures de Louvain & de Donay,* (dont le fond eſt la doctrine de la grace efficace par elle-même) *eſt trop conforme à celle qu'In-nocent X. & Alexandre VII. ont condamnée par leurs Bulles.*

La Propoſition que vous taxez ici d'erreur, eſt ſi claire en elle-même, & ſi evidemment la doctrine des Ecoles de S. Auguſtin & de S. Thomas, qu'on ne peut s'imaginer comment vous l'avez choiſie pour en faire la ma-tiere d'une accuſation contre la foy, & la prendre pour une *Profeſſion de foy* heretique. Vous ne pouviez ignorer ce qu'on entendoit-là par *ſuffi-ſant*; & par *grace actuellement ſuffiſante*; puiſque l'Auteur, dans cette même Lettre, definit ces termes en diſant que *ſuffiſant eſt ce qui enferme tout le neceſſaire*; & *qu'une grace ſuffiſante pour agir eſt celle qui renferme tout ce qui eſt neceſſaire pour agir*; *à laquelle il ne manque rien pour agir effective-ment.* Il vous eſtoit encore moins poſſible de ne pas voir ce qu'on vouloit dire par *une grace efficace*, puiſque vous en aviez ſous vos yeux la definition renfermée dans la Propoſition même, qui vous marque que: C'eſt *une grace qui determine la volonté à agir effectivement.* En mettant donc la de-finition à la place du defini, cette Propoſition eſt tres-vraie: *Il n'y a aucune*

cune grace qui renferme actuellement tout ce qui est nécessaire pour agir, que celle qui determine la volonté à agir effectivement : & par consequent vous ne pouvez vous dispenser de reconnoistre aussi pour certaine cette même Proposition, où l'on ne fait que remettre le defini en la place de la definition : *Où il n'y a aucune grace actuellement suffisante qui ne soit aussi efficace.* Peut-estre auriez-vous pû chicaner, si vous n'aviez pas trouvé tout de suite cette explication : *C'est-à-dire que celles qui ne determinent point la volonté à agir effectivement, sont insuffisantes pour agir.* Mais après l'avoir vûë il ne vous reste qu'un seul moïen pour soûtenir que cette Proposition est une erreur. C'est de soûtenir aussi que c'en est une d'enseigner que la grace qui determine la volonté à agir est necessaire pour agir, ou autrement que sans la grace efficace par elle-même, on ne fait jamais aucune des actions de la pieté Chrestienne.

Si c'est-là vôtre dessein vous n'avez qu'à le dire, & cependant je vais faire passer en revûë devant vous quelques Thomistes, & quelques autres Theologiens, qui vous feront connoistre que l'on n'est jusqu'à present guéres disposé dans cette Ecole *à rejetter comme une erreur* la Proposition de la seconde Lettre Provinciale, telle que vous l'avez rapportée avec son explication.

Remarquez, s'il vous plaist, auparavant que ces trois façons de parler, & d'autres semblables, suivent l'une de l'autre, & se reduisent au même sens :

1. Que dans l'estat de la nature corrompuë il n'y a aucune grace actuellement suffisante qui ne soit aussi efficace de quelque effet.

2. Que c'est donc la grace efficace qui donne le pouvoir prochain, le pouvoir suffisant, le pouvoir auquel il ne manque rien pour agir.

3. Que par consequent il est vray de dire en ce sens, que sans la grace efficace ou determinante, on ne peut faire aucun bien utile au salut : ce qui est proprement la Proposition condamnée en Sorbonne dans la Lettre de M. Arnauld, & conçuë en ces termes : *La grace* SANS LAQUELLE ON NE PEUT RIEN *a manqué à S. Pierre dans une occasion où l'on ne peut pas dire qu'il n'ait point peché.*

C'est cependant ce qui fut arresté à Rome le 9. Novembre 1606. dans la célebre Congrégation *de Auxiliis.* Voici ses paroles : *Qui dixerit gratiam istam ad volendum & operandum quæ pertinent ad salutem, aut non esse ita efficacem, ut præveniendo voluntatem nostram, ipsam verâ & reali efficientiâ præmoveat & faciat velle atque operari,* AUT SINE EA POSSE ALIQUEM ACTU VELLE ET OPERARI. ERRAT.

C'est un Arrest donné contre vous dans un jugement contradictoire, & comme ce fut à la poursuite des Dominicains, pour qui le P. Lemos & le P. Alvarez plaiderent avec tant de force & tant d'éclat à ce tribunal & de-

vant

vant les Papes, vous ne pouvez douter qu'ils ne souscrivent à cet Arrest; En effet,

LEMOS l.4. p.2. c.7. n.103. fait au nom de tous les Thomistes cette Declaration: *Communis est & vera Thomistarum sententia, quod* OMNE *auxilium sufficiens comparatione unius actus* SEMPER EST EFFICAX, *ratione alterius ad quem efficiendum ex absoluto & efficaci decreto voluntatis divinæ ordinatur.*

ALVAREZ dit la même chose que luy & dans les mêmes termes, Lib. 3. de Auxiliis Disp. 71. & 80. & avec eux une nuée de Thomistes de leur Ordre & des autres. En voulez-vous un plus recent de ce même Ordre. En voici un qui est mort il n'y a que trois ou quatre ans, & qui estoit de l'étroite Faculté de Theologie de Louvain. C'est

Le P. D'AUBERMONT qui dans une These soûtenuë le 14. Mars 1668. dans l'Ecole des Dominicains de Louvain à cette 25. Position: NULLUM *omnino datur auxilium quin semper sit efficax, & efficiat semper in homine id quod ei vult Deus; nec ullatenus fieri potest quod Deus mentem alicujus moveat ad cognoscendum vel volendum, & non sint in ipso hi motus cognitionis & volitionis.*

En voulez-vous de l'ordre de S. Augustin, outre les RR. PP. de Noris, Lupus & Fervaques, le P. Gregoire van Goorlaecken vous dira dans sa These du 1. Juin 1676. soûtenuë chez les PP. Augustins de Louvain Position XVII. *Nunc,...talis ad singulos actus gratia necessaria est, quæ ipsum velle & agere indeclinabiliter, insuperabiliter & invictissimè inferat: quæ nisi detur* NUNQUAM POTERIT *quicquam boni salutaris velle vel operari.*

Le P. CLENAERTS dans sa These du 7. Septembre 1685. *Gratia naturæ Lapsæ est ab intrinseco efficax.*

Le P. DESIRANT dans sa These du mois d'Octobre 1687. *Ex concupiscentia factum est ut tenue illud adjutorium,* sine quo non, *homini jam non sufficeret, qui illud insuper per peccatum perdidit: miser sub servitute peccati quousque Deus per gratiam potentiorem, quam ab intrinseco efficacem dicimus, de nolente faciat volentem &c. Quod etsi voluntas* NIHIL BONI POSSIT *nisi gratia efficaciter determinante (nam de isto posse quod naturæ est, piget loqui) manere tamen in homine voluntatem quæ ad malum sibi sufficit.*

Le P. Hroznata van Saftinghen, Chanoine de S. Augustin de l'Ordre de Premonstré dans sa These du 2. Septembre en 16... Thes. XXII. *Imprimis est pro certo & indubitato supponendum, omnem hominis lapsi gratiam esse quoad aliquid efficacem.... Illam gratiam non esse gratiam Christi quæ non dat actum.... Tantam esse illius cælestis adjutorii vim & efficaciam, ut aliquem semper infallibiliter consequatur effectum.....omnem in statu hujus corruptionis gratiam esse efficacem, &c.*

L'Ordre

L'Ordre de S. François avoit en 1627. un savant Professeur en Theologie dans le College des FF. mineurs Hibernois de Louvain de l'estroitte observance, qui s'appelloit le P. JEAN BARNEWALL, & qui y fit soutenir le 9. de Septembre de cette même année des Theses fort belles dont la 24. proposition contient celle-ci *modò* ILLA SOLA *gratia sufficiens est quæ efficax.*

L'Illustrissime Florent Conrius du même ordre & Archevêque de Thoam en Irlande dans son ouvrage intitulé : *Peregrinus Jericuntinus*, dedié au Pape Urbain VIII. en 1641. parle ainsi au Chap. 9. *Ecclesia semper credidit nihil posse esse ad salutem nostram pertinens ; quod non sit donum Dei & ideò liberum arbitrium* NIHIL *de suis viribus ad pietatem pertinens* POSSE, *secundum illud Apostoli :* Et hoc non ex vobis ; Dei enim donum est. *Unde sequitur Ecclesiam eadem fide semper tenuisse, arbitrio necessariam esse ad pie operandum gratiam non qua solùm possit operari, sed qua infallibiliter operetur. . . . . Liberum igitur arbitrium consequenter ad eam fidem sine illa gratia nihil boni potest &c.*

L'Ordre des Carmes, outre leur cours de Theologie d'Alcala (*complutenses*) nous produira le P. Charles de l'assomption auteur du *Triumphus Thomistarum*, approuvé par un grand nombre de Theologiens seculiers & reguliers. Dans l'opuscule 1. c. 2. Art. 1. Il refute un jeune Moliniste en ces termes : *Præcipua intentio supradicti junioris fuit probare dari gratiam sufficientem quæ non sit efficax. Verùm paucis ostendo longè eum aberrare à veritate angelica.* Ce livre a esté deferé à Rome : & que n'y a-t'on point fait pour l'y faire condamner ? mais inutilement.

Les Carmes Dechaussez de Douay le 13. Mars de l'année derniere 1691. soutinrent la même verité dans leurs Theses intitulées : *Theologia Augustino-Thomistica.* OMNIS *gratia*, disent-ils aprés Sylvius, EST EFFICAX *alicujus effectus ad quem proximè ordinatur, & quem Deus absoluta voluntate intendit. Hoc est Augustino-Thomisticum ab intrinseco efficax auxilium &c.*

On peut citer encore un grand nombre des Docteurs de Louvain. Le Docteur Gerard van Werm le 9. Mars 1652. *Doctrinæ Augustini conforme est, nullam planè dari in lapso homine gratiam proximè & completè sufficientem, quæ non sit efficax.* M. Fromond le dit en mêmes termes dans une These du 28. Mars 1645.

En voici encore deux temoins vivans ; l'un est M. Steyaert Docteur de l'étroitte Faculté de Louvain, qui dans une These du 30. Mars 1688. parle ainsi : *Intrepidè asserimus auxilium quo in hoc statu voluntas humana adjuvatur, non ampliùs esse illud* SINE QUO NON, *seu solam dans possibilitatem quam voluntas ipsa pro nutu suo ad actum deducat ; sed auxilium* QUO *per se & ab intrinseco efficax, sibi debens hoc ipsum quod à duro corde non respuatur. Et quidem tale putamus esse omne auxilium quod modo homini datur, nempè respectu alicujus saltem effectûs ad quem absoluta voluntate à Deo datur.*

C   L'Autre

L'Autre temoin eſt M. Hennebel qui dans ſes Theſes Hiſtoriques &
Theologiques ſoutient ouvertement cette même Doctrine Theſ. 1. §. 5. & 7.
& Theſ. 3. §. 4. & il defie dans un autre endroit les PP. Jeſuites de la faire
condamner par les Thomiſtes.

Il me ſemble, Mon Pere, que je vous entens dire en vous-même : Nous
le ſavons bien que cette Doctrine s'enſeigne à Louvain, cette Univerſité
toute Janſeniſte, mais qu'on nous produiſe des Theſes de l'Univerſité de
Paris. Il eſt juſte de vous ſatisfaire. La premiere ſera d'un Acte de Mineure
Ordinaire ſoutenue au College Royal de Navarre le 8. May 1638. par feu
M. Henri de la Motte-Houdencourt, qui eſt mort il n'y a pas
long-tems Archeveque d'Auch. Il ne vous doit pas eſtre ſuſpect, puis que
c'eſt un de ceux qui vous ont plus ſervi à pouſſer à bout les pretendus Janſeniſtes durant la Regence de la feu Reyne Mere, dont il eſtoit Grand Aumo-
nier. Voici comme il parle. *Gratia ſufficiens in omnibus adultis ad ſa-*
lutem conſequendam aut reſurgendum à peccato non reperitur. Qui nunc
in pænam præcedentis delicti carent ſufficienti auxilio ad evitandum pec-
catum, ſi illud incurrunt graviſſimè peccant, & digni ſunt qui juſtiſſimo
plectantur ſupplicio. In vanum Deus ad oſtium pulſat, & gratiam præ-
venientem ad conſentiendum bono influit, niſi ſimul ad producendum con-
ſenſum gratiam phyſicè prædeterminantem infundat. Hanc prædetermi-
nantem gratiam ad quoſcunque actus ſupernaturales ita cenſemus neceſſa-
riam, ut ſine ea NON POSSIT *homo credere, ſperare, & aliquid cogitare*
pertinens ad ſalutem vitæ æternæ. Vous voyez comme en ce tems-là on
ſoutenoit publiquement, de l'aveu de la Faculté de Paris, ce que vous regardez aujourd'hui comme une erreur. Et ne vous imaginez pas que cet
illuſtre ſoutenant ait depuis changé. Il a toûjours fait profeſſion d'eſtre bon
Thomiſte, & plus de trente ans aprés, en 1663. il approuva fort les cinq
Articles, qui contiennent cette Doctrine, même un peu moins fortement :
& il declara à feu M. de Perefixe Archevêque de Paris que c'eſtoit la Doctrine d'Alvarez. C'eſt ainſi qu'aprés avoir perſecuté durant dix ans par pure
politique les diſciples de St. Auguſtin, il reconnoiſſoit la pureté de leurs ſentimens quant aux queſtions de droit. Et à l'égard du fait conteſté de Janſenius, il diſoit franchement & en bon Eveſque de Cour, qu'il ſeroit permis
d'en diſputer dans vint ou trente ans ; auſſi bien que du fait de Theodoret &
de celui d'Honorius.

Voici encore une autre fort belle Theſe ſoutenue à Paris au même College
Royal de Navarre pour Tentative par M. Darbo le 8. Fevrier 1640. dont le
Preſident eſtoit le grand Prieur de l'Abbaye de Marmoutier. *Falſum eſt,*
dit-il dans la 4. colonne, *ex duobus æqualiter vocatis alium conſentire, alium*
diſſentire : gratia enim actualis, quæ vocatio rectè nuncupatur, non ita di-
verſis hominibus eâdem cum indifferentia tribuitur, ut quam ille rejecerit,
                                                                        iſte

iste recipiat. Multo minus se habet ut causa partialis quam unus coagen-do reddat efficacem, alter negligendo sufficientem. Sed internum est Dei adjuvantis & excitantis auxilium IN OMNIBUS *quibus conceditur* SEMPER EFFICAX *&c.* Et à la colonne 5: *alia item gratia dici potest efficax, alia inefficax: non quod illa suum sortiatur effectum, ista nequaquam; sed quia gratia efficax ad opus destinatur, secus inefficax.* Colonne 6. *Quanta fuit peccati corruptio, tanta est gratiæ actualis necessitas.* SINE ILLA NI-HIL HABEMUS *nisi peccatum & mendacium: intellectus errori, voluntas infirmitati obnoxia:* SINE ILLA NULLAM POSSUMUS *tentationem vincere,* SINE ILLA NIHIL POSSUMUS BENE AGERE, *imo nullatenus in bono perseverare, nedum à peccato surgere.*

En 1650. le 8. Janvier fut soutenue en Sorbonne, une Tentative approuvée par M. HALLIER Professeur de Sorbonne, alors Syndic, qui deux ans après alla solliciter à Rome la condamnation des cinq propositions, & qui fut depuis Evesque de Cavaillon. *Non solum justo, sed & fideli præcepta impossibilia non sunt. Nunquam etiam ulli infideli impossibilia dici debent. Deus enim impossibilia non jubet. Aliquis tamen justus non est aliquando ad præceptum servandum proximè, immediatè & completè potens. Sana hæc est de Christi gratia efficaci Doctrina, quam nemo erroris aut hæreseos rectè damnare potest.*

En 1652. M. GRANDIN Syndic de la Faculté approuva en cette qualité une autre Tentative soutenue le 19. Janvier. On y voit cette proposition: *Gratia illa per se efficax ita necessaria est ut sine hac nullus unquam fidei, orationis, aut pietatis actus fiat, & voluntas nihil boni ad vitam æternam pertinentis velit & operetur. Illa dat completam & proximam potentiam ad agendum.*

Les PP. de l'Oratoire de Paris, quatre ou cinq mois après la censure de Sorbonne le 13. Juin 1656. soutinrent en presence du Clergé de France, alors assemblé, des Theses celebres qui lui estoient dediées. On y trouve cette proposition: *Bono sensu dici sine gratia efficaci non haberi proximam potestatem. . . . Unde absente hac (efficaci gratia) Petrus non potuit Christum confiteri.*

Ce seroit un petit miracle que les auteurs & les executeurs de la Censure de Sorbonne, qui ont toûjours dominé depuis dans la Faculté, eussent souffert qu'on y soutint des propositions qui donnassent la moindre atteinte à leur censure. On en trouve neanmoins beaucoup, d'où il est aisé d'inferer la Doctrine qu'ils avoient condamnée dans M. Arnauld, quoy qu'il leur eut declaré souvent, *Que par tout où il disoit que la grace sans laquelle on ne peut vaincre la tentation manque à quelqu'un, il entendoit toûjours parler de cette sorte de pouvoir que les Theologiens nomment prochain, immediat & auquel rien ne manque, & d'une victoire qui soit salutaire & selon Dieu.*

C 2   C'est

C'eſt ce qu'il avoit mis encore à la teſte de ſon ſecond Ecrit apologetique qu'il envoya à la Faculté le 17. Janvier prés de quinze jours avant la Cenſure, & qui par la caballe de ſes ennemis n'y fut point leu, non plus que le premier.

Pour confirmer la propoſition que vous attaquez dans la ſeconde Lettre Provinciale, & la Doctrine des Theſes que j'ay citées, je produirois les cinq Articles celebres, s'ils n'étoient entre les mains de tout le monde.

Je vous pourrois auſſi faire voir que vous ne pouvez condamner cette propoſition ſans condamner l'Eminentiſſime Cardinal de Laurea, qui enſeigne clairement qu'il n'y a à proprement parler que les graces abſolument efficaces qui ſoient abſolument ſuffiſantes; comme il n'y en a point de ſuffiſantes en partie (*ſecundum quid*) qui ne ſoient auſſi de même efficaces *ſecundum quid.* Mais comme j'ay deja eſté aſſez long, je veux finir cet article par un temoignage ſpecifique, qui en contient pluſieurs, & qui doit eſtre d'une grande conſideration. C'eſt le temoignage des Profeſſeurs en Theologie & de toute l'Univerſité de Bordeaux. En voici l'Hiſtoire en deux mots.

Aprés que l'infame *Apologie des Caſuiſtes contre les calomnies* pretendues *des Janſeniſtes* eut eſté proſcrite & condamnée avec horreur par la Sorbonne, par les Eveſques & par le Pape, de quoi on parlera un peu plus au long dans l'Article. 3. Vos Peres ne ſachant comment ſe vanger des Lettres Provinciales, qui avoient eſté l'occaſion de cette diſgrace, entreprirent en 1659. d'en faire bruler à Bordeaux la Traduction Latine & les notes de Wendrock. Dans ce deſſein ils employerent leur credit à la Cour, pour obliger l'Avocat General du Parlement de cette ville de pourſuivre la condamnation de cet excellent ouvrage. C'eſt cette baſſe vangeance qui eſt leur derniere reſſource quand ils ſe voient pouſſez à bout par la raiſon & la juſtice. Il s'en fallut peu que l'on ne ſurprit un arreſt contre un Livre dont on ne ſçavoit pas ſeulement le nom à Bordeaux. Mais quelques-uns des juges ayant repreſenté qu'il n'eſtoit pas de l'equité de condamner un livre ſans connoiſſance de cauſe, l'affaire ne fut pas terminée ce jour-là, qui eſtoit la veille des vacations. Cependant le bruit de cette entrepriſe reveilla la curioſité publique. On fit venir de Paris des exemplaires du Livre. On le lut, on l'admira, & les Jeſuites, ayant eſté ſi mal conſeillez que de continuer de pouſſer cette affaire, en accuſant publiquement ce Livre d'hereſie & de calomnie, & employant tout leur credit & toutes leurs intrigues pour le faire fletrir, ce ſage Parlement donna cet Arreſt.

Ce jour, la Cour, les *Grand-chambre & Tournelle aſſemblées, deliberant ſur la condamnation du Livre intitulé:* Ludovici Montaltii Litteræ Provinciales de Morali & Politica Jeſuitarum diſciplina, *pourſuivie par le Procureur General du Roy, aprés avoir vu & lu tous les paſſages du dit Livre cottez par le dit Procureur General, & ſur les Bulles des Papes Innocent X. & Alexandre VII. enſemble les Concluſions & Productions du dit Procureur General ſignées* DE LA VIE, *a ordonné & ordonne qu'à la diligence du dit Procureur*
General

General le dit *Livre* fera remis devers les *Profeffeurs en Theologie dans l'Univerfité de cette Ville*, pour examiner la bonne & mauvaife doctrine d'icelui, & donner leurs *Avis* fur le crime d'herefie prétendu par le dit *Procureur General*; pour, leur *Decret* vu & à la Cour rapporté, eftre ordonné ce que de raifon. Signé, MONSIEUR DE PONTAC PREMIER PRESIDENT.

Le P. Camain Jefuite, & Profeffeur en Theologie dans leur College, n'eut point honte de vouloir eftre du nombre des Examinateurs & des Juges d'un Livre fait contre fa Compagnie: mais par un Decret de l'Univerfité affemblée pour cela le 30. May 1660. il fut declaré incapable d'affifter à l'examen du Livre, & d'y donner fon fuffrage. Belle leçon pour les Auteurs de la Cenfure de Sorbonne contre M. Arnauld.

Les Profeffeurs n'ayant trouvé aucune erreur dans les Lettres Provinciales, ni dans les Differtations & les Notes de Wendrock, ils firent faire une affemblée generale de l'Univerfité le 6. Juin dans le Convent des Carmes, & après que M. le Recteur eut fait fçavoir le fujet de l'Affemblée, les Docteurs en Theologie demanderent d'eftre informez de tout; ce que M. Lopez Theologal & tres-habile Profeffeur fit avec beaucoup d'erudition & de droiture; en montrant que ce Livre ne contenoit qu'une Morale tres-pure, & une doctrine tres-faine. Toute l'Affemblée fut du même avis. La Declaration des Profeffeurs fut approuvée, inferée dans les Regîtres de l'Univerfité, & mife entre les mains de M. l'Avocat General du Parlement. Vous ne ferez pas fâché de voir la Declaration de ces Theologiens. La voici dans fa langue naturelle:

Nos Doctores Theologi & in Academia Burdigalenfi Regii Sacræ Theologiæ Profeffores infra fcripti; cum Decreto Ampliffimi Senatus Burdigalenfis Libri cui titulus eft, Ludovici Montaltii Litteræ Provinciales de Morali & Politica Jefuitarum difciplina, ad nos perlatus effet, ut bona illius vel mala doctrina à nobis expenderetur, & fi quæ in eo hærefis contineretur, fententiam diceremus: Nos, Patre luminum in auxilium priùs invocato, prædictum Librum ftudiofè perlegimus, habitifque inter nos de hujus Libri doctrina deliberationibus collatifque in unum fuffragiis, nullam in eo hærefim à nobis repertam fuiffe declaramus. Actum in Æde Carmelitarum die fexta menfis Junii, Anno Domini 1660.

FRANCISCUS ARNALDUS, Ordinis Sancti Auguftini.
JOAN. BAPT. GONET, Ordinis Prædicatorum.
LOPEZ, Canonicus Theologus.

Voilà, Mon Pere, quel fut le fuccés de l'accufation d'herefie formée juridiquement par vos Peres contre les Lettres Provinciales, & que vous aviez portée à l'autre bout du Royaume, appuyée de tout vôtre credit, & foûtenuë par la Cour. Vous vous eftiez flattez que la verité ne trouveroit point de protection dans un lieu où vos adverfaires n'avoient aucun

credit

credit & nulle habitude; mais elle y trouva dans la justice du Parlement, & dans la droiture & l'erudition des Theologiens un appuy auquel vous ne vous attendiez pas.

Vous reconnoissez bien parmi ces trois Professeurs, dont deux sont Reguliers, le R. P. Gonet, que vous avez loué (page 19.) comme un celebre Theologien, qui *parlant au nom des Thomistes & selon leurs principes attaque si serieusement & si fortement Antoine Arnauld comme le Defenseur de l'heresie* que vous croyez avoir trouvée dans la seconde Provinciale : & vous voyez que ce P. Gonet vous dement de la maniere du monde la plus éclattante. Vous estes à plaindre : vous n'avez appellé nommément que cet Auteur à vôtre secours, en le reconnoissant pour juge de vôtre accusation d'heresie, parce que vous aviez peut-estre ouï dire qu'il avoit quelques opinions contraires à celles de M. Arnauld; & cet Auteur vous condamne. Vôtre P. Fabri dans ses Ecrits contre Wendrock se vante de la vangeance que vos Peres exercerent contre ce sçavant Dominicain, en luy faisant perdre sa chaire de Theologie par un simple ordre de la Cour, pour ce seul sujet, sans doute en le faisant passer pour Janseniste. Cela peut bien estre une nouvelle preuve de vostre esprit vindicatif, de vostre grand credit à la Cour, & de l'abus que vous y faittes du pouvoir du R. P. Confesseur; mais cela ne sert pas à justifier vos calomnies, ni à prouver vos accusations d'heresie contre ceux que vous decriez sous le nom de Jansenistes, ni à vous rendre le P. Gonet favorable.

Ce bon Pere estoit bien digne de vostre ressentiment; car ce n'est pas la seule occasion où il a travaillé à justifier & M. Arnauld & ses amis, en justifiant la doctrine de son Ordre sur la grace. Ces cinq Articles celebres qui vous font si mal au cœur, parce que vos adversaires ont declaré à la face de toute l'Eglise & devant le S. Siege, qu'ils n'ont point d'autres sentimens que ceux-là sur la matiere des cinq Propositions, & qu'on en est maintenant persuadé. Ces cinq Articles, dis-je, c'est le P. Gonet qui dans son *Apologie des Thomistes* art. 8. n. 134. les a produits au grand jour comme approuvez par le S. Siege, & qui a donné par là occasion à son Ordre, & aux Theologiens des Carmes dechaussez, & de plusieurs Universitez celebres de les adopter, & de les soûtenir hautement sous les yeux du Pape & du S. Siege Apostolique.

Voilà, mon Pere, à quoi aboutissent vos accusations d'heresie : & je me flatte que l'on vous trouvera fort bien convaincu de calomnie à l'égard de l'erreur dont vous avez voulu noircir la doctrine de la seconde Lettre Provinciale. Tout ce que vous aurez gagné par là est qu'on demeurera plus persuadé que jamais que vous en voulez à la grace efficace par elle-même; que ç'a toûjours esté vôtre dessein d'en combattre la necessité; & qu'enfin voilà l'accomplissement de la Prophetie, que l'on a faite il y a si long-tems

dans

dans des Ecrits publics, Que vôtre deffein eftoit de faire retomber la condamnation des cinq Propofitions fur la doctrine celefte de S. Auguftin, touchant la grace efficace par elle-même, neceffaire pour accomplir toutes les
œuvres de la pieté Chreftienne.

Je ne m'attens pas que vous foyiez d'affez bonne foy pour en demeurer
d'accord. Vous dittes hardiment dans vos Libelles & dans vos Thefes tout
ce qu'il vous plaift contre vos adverfaires, & vous recommencez toûjours
les mêmes accufations d'herefie fans faire femblant qu'on les ait ruinées cent
& cent fois. Il n'en eft pas de même, comme vous venez de voir, quand on
vous peut tenir devant des Juges équitables, ou que vous apprehendez
qu'on ne vous y meine; alors la peur vous prend, & dépouillant cette
fierté que vous faites paroître par tout, vous devenez doux & traitables
comme des agneaux. Je veux vous apprendre fur cela une petite hiftoire,
telle que je l'ay apprife par une Lettre écrite de la Franche Comté le 12.
Octobre de cette année 1692. Vous voyez que ce n'eft pas une vieille hiftoire, dont vous ne puiffiez pas vous informer. Voici les paroles mêmes
de la Lettre :

Les R.R. PP. Jefuites de Dole ont fait depuis peu une chofe de grande "
édification. Un de leurs jeunes Theologiens, nommé Pere Convers, avoit "
fait imprimer des Thefes de Theologie pour les foûtenir dans la grande "
Sale du College, afin de fe preparer à l'examen des Senieurs pour eftre "
admis au degré de Profés. Ces Thefes eftoient magnifiques. Elles eftoient "
imprimées en Livre en grand papier *in quarto*, avec la couverture de pa- "
pier jafpé, & tous les Sçavans de la Ville Seculiers & Reguliers y eftoient "
invitez: Les Benedictins, qui ont une Ecole à Dole, ayant lû ces Thefes "
trouverent qu'elles eftoient pleines d'injures contre les Theologiens qui "
fuivent la doctrine de S. Thomas; qu'on les y appelloit fans façon here- "
tiques & dogmatiftes; qu'on y chargeoit d'injures l'Auteur des Denon- "
ciations du peché Philofophique, comme ayant calomnié toute la Societé. "
Que croire la neceffité de l'amour de Dieu pour eftre juftifié eftoit he- "
refie, & Janfenifme qui pis eft. Que ne pas admettre une grace generale "
eftoit encore herefie & Baïanifme tout pur: & cent chofes pareilles: Les "
Benedictins, dis-je, ayant vû cela refolurent de ne pas affifter à ces The- "
fes, de peur de fe commettre: Car ayant le nom d'enfeigner S. Thomas "
& S. Auguftin, ils jugerent qu'on leur en vouloit: mais d'ailleurs eftant "
engagez à y affifter, ils crurent que la civilité vouloit qu'ils fiffent leurs "
excufes. Le Profeffeur avec un autre Theologien alla donc trouver le "
P. Recteur, & lui reprefenta fort honneftement qu'il ne pouvoit fe trou- "
ver à un Acte où l'on tâchoit de les faire paffer pour heretiques & dogma- "
tiftes. Car j'avoüe, difoit-il, que j'enfeigne ce que vôtre Theologien "
accufe d'herefie; mais je l'enfeigne avec les plus celebres Theologiens & "
Uni- "

,, Univerfitez de l'Europe. Si j'affiftois à vos Thefes je ne pourrois m'em-
,, pecher de demander juftice contre toutes ces infultes, & noftre difpute s'en
,, iroit à crier les uns contre les autres au fcandale du Public. J'aime donc bien
,, mieux, Mon Rev. P. ne rien dire, jufqu'à ce que je puiffe parler de-
,, vant des juges qui ayent l'autorité de prononcer fur l'Orthodoxie de nos
,, opinions, & qui puiffent nous faire juftice des infultes que l'on nous fait.
,, Le R. P. Recteur, qui eft fort honnefte homme, affura qu'il n'avoit pas
,, vu les Thefes, & qu'il en avoit renvoyé l'examen au grand Préfet; mais
,, qu'il les examineroit. Les Benedictins fortis, le Profeffeur des Minimes
,, vint faire le même compliment, non au P. Recteur, mais au Soute-
,, nant, l'affurant qu'il ne s'y trouveroit pas. Là-deffus on refolut dans le con-
,, feil des Jefuites que les Thefes feroient fupprimées, & qu'on en imprimeroit
,, d'autres, où l'on retrancheroit toutes les injures. Le P. Convers vint trou-
,, ver les Benedictins pour leur faire de grandes excufes, les priant de luy ren-
,, dre la Thefe qui faifoit le fcandale. Il courrut toute la ville pour retirer
,, toutes celles qu'il avoit données; alla chez fon Libraire d'où il retira tous
,, les exemplaires, & entrant dans l'imprimerie mefla tous les caracteres de la
,, planche. Enfuitte on imprima d'autres Thefes corrigées, où il foutint les
,, fentimens des Jefuites fans accufer les autres d'herefie. Tout le monde a
,, efté content, & le procedé des PP. Jefuites a fait voir qu'il y a parmi eux de
,, l'humilité, ayant bien voulu permettre que les Benedictins leur ayent cor-
,, rigé leur Theme. Depuis, une perfonne bien informée m'a affuré que
,, les Jefuites font venu remercier le Superieur des Benedictins, luy difant
,, que fon Profeffeur de Theologie leur avoit rendu le plus grand fervice qu'on
,, pouvoit leur rendre dans la conjoncture des tems.

Il y auroit, Mon Pere, bien des reflexions à faire fur cette hiftoire : mais je
vous les laiffe faire à vous-mêmes pour paffer à mon troifiéme article.

A R T I C L E III.

*De la cenfure de Paris faite contre M. Arnauld en 1656. De celle
de toute la Faculté faite en 1658. contre* L'APOLOGIE DES CASUIS-
TES ; *du jugement qu'en ont fait les Jefuites par une Lettre circulaire ; & de leur pretendu defaveu de cette Apologie.*

JE ne fçay, Mon Pere, comment vous ofez encore parler de la Cenfure,
　après ce qu'on vous en a dit dans la 1. Correction N. XI. & ce qu'on en
avoit appris au monde dans la *Queſtion curieuſe*, fans compter les *Trois Lettres Apologetiques de M. Arnauld*, & tant d'autres Ecrits imprimez devant
& après cette Cenfure, qui eft moins l'ouvrage de la Faculté de Paris, que de
la violence & des intrigues des ennemis de ce Docteur. Ce n'eft point *accufer*

cuser tout le Corps de calomnie, comme vous le reprochez à M. Arnauld, puis *p.* 26. qu'il n'a jamais imputé à toute la Faculté cet ouvrage de tenebres, auquel prés de quatre-vint Docteurs, l'elite de cet Illustre Corps, ne voulurent point prendre part, soit en se retirant des assemblées avec protestation, ou en refusant d'y souscrire.

Ce qui s'y passe maintenant pour la souscription n'est qu'une suitte de la même injustice, & on est bien moins disposé à reprocher à la Faculté d'aujourd'huy, ce qu'elle ne fait pas avec liberté, qu'à compatir à l'état violent où on la tient. Temoin ce qui se passa en Sorbonne le 12. du mois dernier à l'election d'un nouveau Professeur. On commença par empecher qu'on ne fit le serment ordinaire d'elire le plus digne quoique ce serment soit prescrit dans la fondation même. Ensuitte de quoy l'on declara à l'assemblée que le Roy (à ce que l'on disoit) vouloit que l'on choisit le Sr. Tournely. Ce qui fut fait. Plusieurs en le nommant ajouterent dans leur billet, *Ex mandato Regis*, pour montrer qu'ils ne faisoient que ceder à l'autorité. D'autres donnerent des billets blancs. Quelques-uns mêmes des anciens Professeurs sachant comment les choses se devoient passer à l'Assemblée, s'en absenterent. Mais quelques-uns de ceux qui y estoient, nommerent sans façon ceux qu'ils croioient les plus dignes de remplir cette place, persuadez que rien ne les pouvoit dispenser d'agir en conscience & d'obeïr à la loy de Dieu, aux regles de l'Eglise, & aux clauses de la fondation.

Je reviens à la Censure à laquelle vous voulez que M. Arnauld souscrive, s'il veut qu'on croie qu'il a parlé sincerement quand il a dit dans sa justification, *Qu'il a solennellement approuvé les sentimens & les expressions des Thomistes par un grand nombre d'Ecrits publics.* Quelle folie de vouloir faire dependre la verité de cette proposition de la souscription de la Censure! C'est tout le contraire. M. Arnauld ne pourroit y souscrire, sans condamner les sentimens & les expressions non seulement des Thomistes, mais encore des SS. Peres, comme on l'a demontré en toutes les occasions qui se sont presentées, & comme je viens encore de vous le faire voir dans l'Article precedent. C'est-là la seule raison qui empeche M. Arnauld de se soumettre à cette censure, & afin que vous ne vous imaginiez pas que ce soit pour son interest personnel qu'il la condamne, soyez persuadé que quand elle auroit esté faite contre le plus declaré de ses ennemis, il aimeroit mieux qu'on lui couppât la main droite que d'autoriser par sa signature la playe que l'on a faite à la Doctrine des SS. Peres en condamnant en sa personne une proposition de S. Augustin & de S. Chrysostome, fondée sur la Doctrine de l'Eglise touchant la grace de J. C. & il croiroit en cela accomplir le precepte du Sauveur: *Si vostre main droite vous est une occasion de chute; couppez-la & jettez-la loin de vous.*

Vous vous avisez de mesler ici le nom du P. Gonet celebre Dominicain

D   pour

pour faire croire au monde que les Thomistes sont fort contraires à la Doctrine de la proposition censurée : & sans nous marquer en quel endroit de ses ouvrages se trouve ce que vous dittes, vous voudriez que l'on perdît le tems à le chercher. On n'en fera rien, & l'on se contentera de vous dire que ce que vous avancez, s'il regarde la proposition condamnée dans la Censure, a tout l'air d'une calomnie, que vous retracterez quand il vous plaira. Car on ne doit pas croire aisement qu'un aussi savant Theologien se soit contredit luy-même sur un point d'un si grand éclat & d'une telle consequence. Or je viens de vous faire voir que le P. Gonet conjointement avec ses Collegues, & avec toute l'Université de Bordeaux a declaré à la vue de toute la France, que les Lettres Provinciales ne contiennent aucune erreur; quoy que les deux Propositions censurées dans M. Arnauld y soient ouvertement defenduës.

Ce qui est encore fort considerable est que ce jugement n'est pas une Censure faite sous la cheminée, comme celle des Professeurs de Paris contre les Theologiens de Douay. Toute l'Université de Bordeaux examina le jugement des Professeurs dans une Assemblée solennelle. La Censure de Sorbonne n'y fut pas oubliée, & on l'y traita comme elle le meritoit, après que M. Lopez Theologal de Bordeaux eut representé; Que la Faculté de Theologie de Paris n'avoit aucune autorité sur les autres Facultez du Royaume; Que la proposition tirée de S. Augustin par M. Arnauld n'estoit pas plus heretique dans ce Docteur que dans S. Augustin même; Que la Sorbonne ne s'attribuoit point le droit de faire de nouveaux Articles de Foy; & qu'à l'égard de la question de fait, jamais aucun Theologien n'avoit reconnu dans le Pape l'infaillibilité pour la decision des faits non revelez. Toute l'Université applaudit au Discours de ce sçavant homme, confirma le jugement des Professeurs, & le fit enregîtrer.

Estes-vous content, Mon Pere? Assurement vous le devez estre. Pour moi je ne le suis pas encore. Car il y a long-tems que je vous en dois à vous & à vos Confreres, sur un certain chapitre qui a rapport à celui-ci: & pendant que je vous tiens il faut épurer nos comptes sur cet Article.

Vôtre devotion pour les Censures de Sorbonne est charmante. Vous ne prêchez autre chose à M. Arnauld que la signature de celle qui le regarde. Vous luy faites presque esperer de le tenir pour bon Catholique, s'il se peut resoudre à s'y soumettre. Enfin, à vous entendre parler, personne n'a ni plus de respect, ni plus d'estime que vous pour tous les jugemens Theologiques de cette celebre Faculté. Je voudrois que quand vous le dittes vous fussiez aussi sinceres que l'est M. Arnauld quand il vous assure qu'il approuve les sentimens des Thomistes, sur les cinq Propositions. Mais je suis sur qu'on s'en defiera fort quand on aura vu la Lettre Circulaire qui fut envoyée par les maisons de la Societé après que la Faculté de Theologie de

Paris

Paris eut cenſuré la fameuſe & abominable *Apologie des Caſuiſtes* en 1658. Il ne faut pas vous faire attendre davantage. Voici la Lettre :

LETTRE CIRCULAIRE

Aux Recteurs & Superieurs des Jeſuites de la Province de Champagne; Pour raſſurer les eſprits au ſujet de la Cenſure de Sorbonne contre l'Apologie des Caſuiſtes.

MON REVEREND PERE,

Pax Chriſti.

IL ne faut pas témoigner que nous ſoïons ſurpris de tant de Cenſures : " Dieu veut nous éprouver, nous ſuſcitant un ſi grand nombre d'en- " nemis POUR SA CAUSE. Si on vous parle de celle de Sorbonne, " comme on ne manquera pas, afin de répondre tous de la même façon, " voici ce qu'il faudra dire. Que la Sorbonne a beaucoup d'ignorans & de " Docteurs de faveur. Que ceux qui ont cenſuré ce Livre ne l'ont pas " conçu, puis qu'ils condamnent les plus grands hommes des ſiecles où ils " eſtoient, qui ont eu les approbations des plus celebres Academies, où ils " ont enſeigné ces ſentences avec applaudiſſement. Quelles ont eſté ſuivies " en Sorbonne même par des Docteurs de cette Faculté, qui ont imprimé. " Que les moins éclairez jugent facilement que cette Cenſure a eſté ſoli- " citée par les Janſeniſtes en vangeance de ce que leurs Lettres ont eſté con- " damnées à Rome. Qu'elle a eſté pratiquée par la caballe de quelques " mauvais eſprits, qui ſont connus en cette qualité de toute la France, & " par la faction de certains Curez conjurez contre la Compagnie. Que ce " n'eſt pas la premiere fois que la Sorbonne avoit expoſé ſon honneur par " des Cenſures de cette nature. Qu'elle avoit autrefois cenſuré la doctrine " de S. Thomas. Qu'elle avoit condamné la Pucelle d'Orleans comme Sor- " ciere, & eſté cauſe enſuitte qu'elle fut brulée. Qu'elle avoit diſpenſé les " François ſous Henri III. du ſerment de fidelité, rayé ſon nom du Canon " de la Meſſe, defendu au peuple de prier Dieu pour luy. Qu'elle avoit " fait pluſieurs Decrets contre Henri IV. Qu'elle avoit cenſuré l'Inſtitut de " la Compagnie, approuvé & confirmé par deux Papes ; & mille autres " choſes auſſi extravagantes. Qu'au reſte ceux qui la compoſent à pre- " ſent n'eſtoient pas plus ſages & plus ſçavans que ceux qui les ont précedez, " & qui ſont tombez dans de ſi horribles fautes. Voilà, Mon Pere, ce " qu'il faut dire pour nôtre defenſe, en attendant quelqu'autre remede. " Je ſuis "

Vôtre tres-humble &c.

NE

Ne vous avisez pas de dire que cette Lettre est supposée. Je vous la garantis vraie. Elle vient d'un R. P. Recteur; & la copie que l'on en a est écrite de la main d'un autre Jesuite qui ne pourroit pas desavoüer son écriture, parce que l'on a dequoi la confronter. Cette Lettre fut envoyée aux maisons de la Province de Champagne au commencement du mois de Novembre de l'an 1658. aussi-tost aprés la publication de la Censure de Sorbonne. Et comme la conduite est fort uniforme dans la Société, & qu'une telle demarche n'aura pas esté faite sans la participation des Peres de Paris; il y a aussi sujet de croire que cette Lettre Circulaire fut commune à toutes les Provinces du Royaume, & que c'estoit l'ouvrage du P. Annat.

Cette *Apologie des Casuistes*, dont la censure causa une si grande consternation à la Société, estoit l'ouvrage du P. Pirot, & elle fut faite pour l'opposer aux *Lettres Provinciales*, qui avoient mis en evidence la morale corrompuë des nouveaux Casuistes de la Compagnie. C'est un recoeuil de tout ce que ces Auteurs ont de plus pernicieux relâchemens, que cet Ecrivain ne se mettoit plus en peine de déguiser ou de pallier, comme d'autres Jesuites avoient tenté de faire auparavant, mais qu'il reconnoissoit de bonne foy, & qu'il s'efforçoit de justifier & d'autoriser de tout son mieux. On peut s'imaginer ce que c'est que ce Livre par l'idée qu'en donne M. l'Archevêque de Paris, qui n'a jamais eu dessein ni de décrier les Jesuites, ni d'exaggerer les maux de la Société. Ainsi lorsque dans la Censure qu'il fit de ce Livre; estant encore Archevêque de Rouen, il dit: *Que c'est une espece de monstre dans la Theologie morale, & qu'on le peut appeller plus justement la condamnation des Casuistes, que leur Apologie*; on ne doit pas craindre de s'en former une image trop hideuse, mais croire plutost avec ce Prelat qu'avec quelque rigueur qu'on eut agi contre ce Livre, ceux qui le deffendoient devoient encore reconnoître qu'on les traittoit avec beaucoup de moderation.

Les plus illustres Evêques de France, secondez du zele de Messieurs les Curez, s'armerent contre ce MONSTRE, & le terrasserent chacun par des Censures particulieres: & le Pape Alexandre VII. fletrit aussi l'Apologie, & la condamna par un Decret exprés du 21. d'Aoust 1659.

La Censure de Sorbonne avoit paru dés le mois d'Octobre de l'année precedente, & il ne tint pas à cette Faculté qu'elle ne fut publiée long-tems auparavant. Car ce Livre monstrueux aiant paru sur la fin de l'année 1657. Les Curez de Paris dés le 7. Janvier de 1658. resolurent de le denoncer aux Vicaires Generaux de leur Archevêque, & au Parlement de Paris pour en obtenir la condamnation. Deux jours aprés MM. les Curez aiant esté mandez en Cour à la solicitation des Jesuites, qui craignoient furieusement la vigueur & la justice du Parlement, le Roy leur declara par la bouche de M. le Chancelier, que *Sa Majesté n'avoit pas agreable qu'ils s'adressassent au Par-*

Parlement ; mais qu'Elle manderoit à la Faculté de Theologie de travailler inceffamment à l'examen & à la Cenfure du Livre.

La Faculté n'y perdit point de tems, & comme on procedoit en Sorbonne à l'examen de l'Apologie le 8. d'Avril, M. de Perefixe, depuis Archevefque de Paris & alors Eveque de Rhodez, fit dire à la Faculté que l'Auteur de l'Apologie demandoit d'eftre entendu par les examinateurs de fon Livre avant qu'on en fit la cenfure : ce que la Faculté luy accorda de fort bonne grace ; mais il ne s'y prefenta point.

Les Jefuites n'oublierent aucunes folicitations pour empecher la cenfure ; & voiant qu'ils n'avançoient rien, ils allerent trouver M. le Cardinal Maza-rin, pour le conjurer de prendre la protection de la Compagnie en empêchant que ce Livre ne fût cenfuré. Sur quoy S. E. leur repondit : Que le Roy " par un furcroift de bonté pour eux avoit arrefté les pourfuites que les Curez " de Paris avoient commencé de faire au Parlement : mais que leur ayant per- " mis de s'adreffer aux Grands Vicaires & à la Faculté, il n'y avoit aucune " apparence qu'il dût maintenant employer fon autorité pour empecher les " Vicaires Generaux & la Faculté de condamner un Livre que tout le mon- " de difoit eftre fort mechant. "

Le 12. Juin la Faculté eftant affemblée pour continuer de travailler à la Cenfure, M. le Doyen prefenta une feuille ou Ecrit qu'il dit avoir reçu de la main de M. le Chancelier, & qui eftoit une explication des propofitions de l'Apologie qui avoient efté agitées & condamnées dans les affemblées pre-cedentes. Cette piece avoit efté apportée par le Provincial & le P. de Lingen-des à M. le Chancelier, après avoir efté concertée de longue main entre les Jefuites affemblez des Provinces fur le fujet de leurs affaires. Cette declara-tion fut rejettée, & tous convinrent que c'eftoit fe mocquer de la Faculté de lui prefenter ainfi une piece fans feing & fans aveu, & qui ne retractoit pas, mais confirmoit les erreurs de l'Apologie. De quoy on rendit compte à M. le Chancelier par une deputation.

Les Jefuites defefperant de pouvoir empecher la Cenfure, tâcherent au moins d'y faire envelopper les Lettres Provinciales en y marquant qu'elles avoient efté condamnées à Rome. M. Talon Avocat General ayant appris ce deffein manda au Parquet des Gens du Roy le Doyen, le Syndic & les anciens de la Faculté, & leur fit connoiftre que les paroles de la claufe é- " toient contraires à la pratique du Royaume, & que l'on n'en pouvoit ufer " fans reconnoiftre l'Inquifition. Il leur dit auffi qu'il s'eftonnoit que la Fa- " culté eut employé cinq mois entiers à faire la Cenfure d'un auffi mechant " Livre que celui de l'Apologie. Ainfi fut renverfé le deffein des Peres. "

La Cenfure ayant efté lue, approuvée & confirmée le 16. Juillet, on en alloit ordonner la publication, lors qu'au grand eftonnement de tout le monde on vit entrer en Sorbonne à point nommé un Ecclefiaftique qui de-

manda.

manda à parler à M. le Doyen de la part de M. le Chancelier. Il lui dit que
M. le Chancelier ne vouloit pas empecher leur Censure, mais qu'il prioit la
Faculté d'en vouloir differer la publication jusqu'au retour du Roy, qui devoit estre dans huit ou dix jours. La Faculté ayant deputé à M. le Chancelier pour lui faire connoistre le scandale que ce retardement pourroit produire parmi le peuple, il insista toûjours sur ce delay : *Parce*, disoit-il, *que*
la publication de la Censure pourroit faire trop de bruit parmi les peuples, qui
ont aversion de cette mechante Doctrine & de ses Auteurs, & que la pre-
sence du Roy arresteroit les desordres qui en pourroient arriver.

C'est tout ce que pouvoit faire pour eux ce Chancelier qui leur estoit tout
devoué, & qui deux ans auparavant estoit venu luy-même en Sorbonne so-
liciter la Censure contre M. Arnauld, & appuyer par sa presence ceux qui
l'avoient entreprise.

Le Roy revint, & neanmoins l'empechement ne se levoit point. Ce qui
obligea les Curez de Paris de recourir immediatement à M. le Cardinal Ma-
zarin, qui leur promit que la parole du Roy s'executeroit. Comme on y
apportoit toûjours de nouveaux retardemens, les Curez deputerent encore
vers M. le Cardinal, qui estoit à Fontainebleau, pour le prier au nom de
tout le corps de faire lever la defense de publier la Censure. A quoy son
Eminence repondit qu'aussi-tost qu'il seroit à Paris il leur donneroit satisfaction. Comme rien ne s'executoit, la Faculté assemblée le 24. Septembre
deputa pour la troisiéme fois à M. le Cardinal & à M. le Chancelier pour leur
demander avec instance qu'on ne differât pas davantage cette publication.
Enfin le 18. d'Octobre M. de Perefixe Eveque de Rhodez vint de la part du
Roy en Sorbonne dire au Doyen de la Faculté, que S. M. n'empechoit point
la publication de la Censure, qui parut enfin imprimée aprés neuf mois &
plus de travail & de combats.

Il a esté bon de faire ce petit detail de l'histoire de cette censure ; afin que
vous jugiez, Mon Pere, s'il y en eut jamais une dont vous ayiez moins sujet de vous plaindre & que l'on eut plus de droit de vous faire souscrire que
celle-là. Bien loin de vous y soumettre, avec quelle indignité ne vous em-
portez-vous point dans vôtre Lettre circulaire contre cette Faculté si unie
dans vôtre condamnation ? Vous estes admirables quand vous l'attribuez à la
caballe des Jansenistes, vous qui savez que vos meilleurs amis, qui avoient
esté maitres de la Faculté il n'y avoit gueres que deux ans contre M. Arnauld,
y estoient alors beaucoup plus forts par la retraitte de plus de soixante Docteurs qui n'avoient pas voulu signer la Censure contre ce Docteur. Vous
avez encore plus mauvaise grace de reprocher à la Faculté ce qui s'y passa du
tems de la Ligue, personne de ceux qui en savent l'histoire n'ignorant que ce
furent vos Peres qui entrainerent dans leur caballe un assez grand nombre de
ces Docteurs pour avoir la pluralité, & qui furent la cause de tout le mal qui
se fit sous le nom de la Faculté.

                                                                        Au

Au reste le seul exposé que vous venez de voir, de l'histoire de la Censure, & la Lettre circulaire de vos Peres, mettent en evidence la mauvaise foi de cette declaration si authentique qui sert de conclusion à leur *Troisième Lettre* intitulée, *Sentimens des Jesuites touchant le peché Philosophique* imprimée en leur nom, avec la Permission du R. P. Provincial, qui declare *qu'elle a esté vue & approuvée par plusieurs Theologiens de la Compagnie.* Voici leurs propres paroles : *La Compagnie desavoua ce Livre* (*l'Apologie des Casuistes*) *dans le tems qu'il parut, & elle le desavoue encore tout de nouveau.* Est-il possible, ajoutent-ils aussi-tost charmez de leur sincerité, *Est-il possible qu'un procedé si net & si contraire à celuy de nos accusateurs, ne suffise pas pour découvrir à tout le monde de quel costé est l'Esprit d'opiniatreté & d'heresie?*

On voit maintenant mieux que jamais combien M. Arnauld eut raison de se mocquer d'un tel desaveu dans sa *Quatrième Denonciation* contre le Philosophisme p. 19. & 20. & il ne manquoit rien aux preuves qu'il apporta pour en faire voir la fausseté & l'illusion. Cependant un avanturier de la Compagnie, peut-estre le même qui a composé vôtre seconde Reponse, s'estant emancipé de le refuter dans un Libelle intitulé : *Avis à M. Arnauld sur sa IV. Denonciation,* aussi assuré & aussi fier que s'il avoit en main la meilleure cause du monde, osa encore soutenir à ce Docteur ce pretendu desaveu : *L'Acte par lequel,* dit-il, *les Jesuites ont desavoué* l'Apologie *est un Ecrit de huit pages in quarto ; il a pour titre,* Sentiment des Jesuites sur l'Apologie des Casuistes. L'On y declare entr'autres choses, Que la Doc- " trine contenue dans l'Apologie n'est point celle de la Compagnie de Jesus ; " *que les Jesuites n'ont point approuvé cet Ouvrage ; qu'il n'a point esté fait* " *en leur nom ; qu'ils n'y prennent point de part. On sçait,* ajoute cet " Ecrivain, *que cet Ecrit de huit pages a esté composé par le feu P. Nouet, le même qui a refuté au nom de sa Compagnie les* Lettres Provinciales. *Il en est fait mention dans le sixième Ecrit qui parut sous le nom des Curez de Paris l'an* 1658. *Preuve incontestable que cette piece estoit deja publique.*

Preuve incontestable que les faiseurs de tels desaveus sont de grands hypocrites, & d'excellens maitres dans la science & dans la pratique des equivoques. Croient-ils donc que l'on soit si peu versé dans leur langage que l'on n'entende pas ce jargon ? Tout ce qu'il veut dire est, Que ce n'est point une Doctrine que la Compagnie assemblée en corps ait reconnue pour la sienne par un acte autentique ; Qu'il n'y a point d'approbation d'aucun Jesuite à la teste de cet ouvrage ni de permission d'un Provincial, comme il y en a, par exemple, aux Lettres touchant le peché Philosophique ; Qu'il n'a point esté fait en leur nom comme le Livre du P. Nouet contre les Lettres Provinciales.

C'est ainsi à peu prés que vous vous expliquiez vous-mêmes par la plume me de vôtre P. Fabri, lors que sous le nom de Stubrock il répondoit à la Troisiéme Preface de Wendrock, qui attribuoit avec raison l'Apologie & sa doctrine à la Société : *Falsum est,* dit-il, *hoc commune fuisse Societatis consilium. Unus fortè vel alter rem istam* IMPRUDENTISSIME *gessit. Nunquam illius Libri editionem approbavi, nunquam Generalis Societatis.* La raison en est quelques lignes plus bas : *Ea tum fuit temporum ratio quæ hujus Libri editionem minimè postulabat... Ad plenam victoriam Jesuitis nihil prorsus deerat : quis ergo illius Libelli editionem* INTEMPESTIVAM *fuisse non videt ?* Il avouë que le Livre n'estoit pas de saison, que ç'a esté *un contre-tems & une imprudence tres-grande* de le faire imprimer, la Société triomphante n'en ayant pas besoin. C'est pour cela que ni le General, ni les Sages de la Compagnie, n'en ont pas approuvé la publication ; mais qu'ils l'aient condamné, aussi bien que les Evesques, la Sorbonne & le S. Siege, à cause de l'horrible relâchement de sa morale, c'est ce qu'il n'a garde de dire, & ce qu'il nie même hardiment un peu plus bas, & dans sa Lettre au P. Baron, qui est à la fin de son *Apologeticus Moralis doctrinæ Societatis Tom.* I.

Mais le tour qu'il prend, pour nous dire sans trop mentir que ce n'est pas la Morale de la Société qui est contenuë dans l'Apologie, est un tour inimitable. Il a fallu, dit-il, à Suarez, Vasquez, Molina, Valentia, Lessius, Sanchez, & plusieurs autres, un grand nombre de Volumes, & des plus gros, pour renfermer la doctrine morale de la Société, & à peine encore en sont-ils venus à bout ; comment donc peut-on s'imaginer qu'elle soit renfermée dans un aussi petit Livre qu'est l'Apologie ? *Falsum est etiam doctrinam moralem Societatis in eo Libello contineri, quam Suarez, Vasquez, Molina, Valentia, Lessius, Sanchez, aliique tam multis iisque grandioribus Voluminibus vix complexi sunt.* On ne peut trop admirer la subtilité de ce disciple d'Escobar.

Pour le dernier point, *Qu'ils n'y prennent aucune part;* je le quitte ; je n'y entens rien, si ce n'est pas un mensonge public & bien hardi, pour ne rien dire de pis. Car est-ce *ne pas prendre part à l'Apologie,* que de faire tout le manege que j'ay marqué pour en empecher la censure ? Est-ce *n'y pas prendre part,* que d'en demander eux-mêmes le Privilege à M. le Chancelier, & l'Approbation aux deux Censeurs, Messieurs Morel & Grandin, comme ils firent, mais inutilement ? Est-ce *n'y point prendre part* que de le debiter eux-mêmes dans leur College de Paris, d'en faire present comme d'un excellent Livre à leurs amis & à beaucoup de Magistrats & de personnes de qualité ? Les Curez de Paris ne leur ont-ils pas reproché publiquement dans leur septiéme Ecrit, sans qu'ils aient pu le desavoüer, *Qu'ils* l'avoient fait lire dans leur refectoir, comme un Livre d'edification & de pieté ; qu'ils s'en estoient publiquement declarez les Protecteurs dans les

Chaires,

Chaires, à la Cour, & dans les compagnies particulieres; Que toute la Societé s'estoit remuée pour le defendre; Qu'ils l'avoient loué par tout dans les Provinces; Qu'ils avoient solicité toute la terre pour en traverser la condamnation; Que le celebre P. de Lingendes avoit presenté à Messieurs les Vicaires de Paris la même Declaration qu'ils avoient fait donner à la Faculté par M. le Chancelier; & que M. le Doyen de l'Eglise de Paris, l'un de ces Vicaires Generaux, luy ayant sur cela témoigné qu'il s'estonnoit qu'ils s'obstinassent si fort à la defense de ce Livre, le P. de Lingendes avoit répondu : *Qu'ils estoient fâchez du bruit que ce Livre causoit; mais que maintenant ils y estoient engagez: que puisque ce Livre avoit esté fait pour la defense de leurs Casuistes, ils estoient obligez de le soûtenir.* Et en effet ils employerent tout leur credit auprés des Puissances pour en empecher la condamnation; Si tout cela se peut appeller *ne prendre point de part à l'Apologie des Casuistes*, je vous en fais juges vous-mêmes. Et ne nous venez pas dire que tous ces faits sont faux. Car on en croira plustost que vous le corps illustre des Curez de Paris, qui les ont publiez en ce tems-là dans leur Septiéme Ecrit. Et le P. Annat, qui leur a contesté quelques autres faits de nulle importance, n'osa pas le chicaner sur ceux-ci.

2. Mais, outre ce que je viens de dire de vos équivoques, n'est-ce pas se mocquer du monde de vouloir faire passer pour un desaveu de la Compagnie une feuille volante sans nom d'Auteur, sans aucune marque d'autorisation de la part ni des Superieurs particuliers, ni du General, ni même d'aucun Theologien du Corps; enfin un Libelle sujet à desaveu. Quand M. Arnauld vous a *defiez de montrer un acte, & de marquer par qui & devant qui il avoit esté fait*, a-t-il pretendu vous demander une paperasse que l'on ne sçait ni d'où elle vient, ni où elle va, qui est jettée par je ne sçay qui au hazard dans le public pour tâcher d'appaiser son indignation en le trompant; mais qui n'est point presentée par aucun du Corps, ni aux Superieurs soit Ecclesiastiques ou seculiers, ni aux Juges qui examinent le Livre, comme vous le fistes à l'égard de la declaration dont j'ay parlé, qui fut presentée par le P. Provincial & le P. de Lingendes à M. le Chancelier, & par luy mise entre les mains du Doyen de la Faculté. Cela estoit quelque chose, quoy que ce ne fut pas assez; au lieu que rien n'est plus informe en toutes manieres que ce prétendu desaveu dont vos Peres veulent éblouir le monde.

3. Je ne sçay comment vous avez la confiance de renvoyer le Lecteur au *Sixiéme Ecrit des Curez de Paris.* C'est sans doute parce qu'il est devenu si rare, que vous esperez qu'on n'en trouvera plus. Mais si on le trouve on verra l'illusion de ce frauduleux desaveu mise dans tout son jour. Vous y dites en propres termes de ce Livre infame: Nous ne voulons ni l'autoriser, ni le condamner. Est-ce ainsi qu'on desavouë

un monſtre dans la Theologie Morale? N'eſt-ce pas ajoûter l'inſulte au deſſein criminel de maintenir la pernicieuſe doctrine de ce Livre proſcrite par les Facultez de Theologie, par les Eveſques, par le S. Siege, par l'indignation publique, que de dire dans vôtre Ecrit: *Il n'y a aucune de ces queſtions arbitraires où nous nous intereſſions pour la combattre ou pour la defendre. Vous dites que cette doctrine eſt criminelle; mais l'Auteur dit qu'il l'a priſe de Docteurs qui ſont tous excellens. Si elle eſt bonne, n'en oſtez pas la gloire à ceux qui l'ont enſeignée. Si elle eſt mauvaiſe, c'eſt à vous à le montrer par de bonnes raiſons, & à eux à ſe defendre. Ne bleſſez donc pas l'honneur qui eſt dû à ces grands hommes.*

Meſſieurs les Curez n'avoient-ils pas donc raiſon de dire que rien n'eſtoit plus propre que cet Ecrit, à faire voir que la Societé eſtoit reſoluë de ne point condamner l'Apologie; puiſque vous le dites en termes precis & formels, & que vous le repetez ſi ſouvent: *Pourquoi nous attaquez-vous ſur une doctrine que nous ne voulons ni autoriſer ni condamner?* Y a-t-il-là aucune marque de retour? Ne voit-on pas que vous ne cherchiez qu'à vous mettre à couvert pour un tems de l'horreur des peuples qui eſtoient ſcandaliſez des maximes horribles de ce Livre, & demeurer cependant en état de pouvoir contenter tout le monde. Si vous en trouvez parmi vos devots qui ſoient ſcandaliſez de ce que ce Livre enſeigne, par exemple, qu'on peut faire ſon ſalut ſans aimer Dieu, & en perſecutant ſon prochain juſqu'à le calomnier & le tuer, vous ne manquerez pas de leur dire que vous avez declaré dans vos *Sentimens* que vous ne vouliez ni autoriſer, ni approuver, ni defendre ces opinions. Si d'autres ſont bien-aiſe de ſuivre ces maximes deteſtables, vous leur direz qu'ils le peuvent, & que vous avez declaré dans vôtre deſaveu, que vous ne vouliez *ni combattre, ni condamner ces opinions arbitraires:* Ainſi vous vous reſervez un moien pour ſatisfaire à toutes ſortes d'inclinations. Il eſt bon de ſçavoir que c'eſt-là ce que vous appellez *un procedé ſi net & ſi contraire à celuy de vos accuſateurs:* & que quand vous declarez que vous deſavouez l'hereſie du peché Philoſophique, & la maxime impie qui détruit le commandement d'aimer Dieu, & d'autres ſemblables excés, cela veut dire que pendant que vous verrez le monde indigné & ſoulevé contre vous à cauſe de ces abominations, vous ne voulez point les defendre publiquement, ni les autoriſer; mais que quand le bruit ſera paſſé, vous ferez bien voir que vous n'avez pas pretendu les combattre ni les condamner.

3. Vous dites que c'eſt le P. Nouet qui a compoſé ce deſaveu, & qu'on le ſçait. Je le veux: Ce deſaveu eſt bien digne de lui, & il y eſt auſſi ſincere qu'il le fut quand il deſavoua à genoux en preſence des Eveſques Approbateurs de la *Frequente Communion*, les outrages & les inſolences que tout le monde luy avoit entendu dire contre ces Eveſques dans vôtre chaire

de

de S. Louis de Paris à l'occasion de ce Livre. Il l'a donc composé, vous le dites ; mais vous n'osez dire qu'il l'a fait au nom de la Compagnie, comme vous dites *qu'il a refuté en son nom les Lettres Provinciales.* Apprenez nous un peu la raison de cette difference. Mais je la voy sans que vous nous la disiez. C'est que maintenant, vu la disposition presente des esprits, il est bon de faire entendre aux simples par des Ecrits qu'on croit sans peine estre de vous, que la Compagnie a desavoué l'Apologie si décriée des Casuistes. Mais il n'est pas bon que l'on puisse dire un jour aux Jesuites que cet Ecrit estoit fait en leur nom, qu'ils ont souffert qu'on l'ait dit, afin de se pouvoir conserver tout entier le droit de le desavouer. En effet on peut dire qu'ils l'ont deja fait, puisque dans le dernier catalogue de leurs Ecrivains imprimé à Rome en 1676. ils ont eu grand soin de marquer que le P. Nouet avoit fait au nom de la Compagnie la Refutation des *Lettres Provinciales ;* mais ils se sont bien gardez d'en dire autant de cet Ecrit dont ils n'y a pas un seul mot dans ce catalogue, & qu'on ne peut plus après cela regarder que comme une declaration de fort mauvaise foy & comme un desaveu desavoué.

4. Mais comment pouvez-vous prétendre de faire passer de telles pieces pour des desaveus, vous qui depuis ce tems-là avez paru si appliquez à détruire cette pensée dans les esprits, soit en publiant de nouveaux Livres qui remettoient sur pied les mêmes excés que vous faisiez semblant de desavouer, soit en substituant de nouvelles Apologies plus amples & plus autorisées en la place de celles qu'on venoit d'etouffer, & dont vous aviez honte vous-mêmes. De sorte que l'on peut dire sans exageration que toute vôtre conduite est une protestation publique & reelle contre le desaveu simulé que l'indignation publique avoit comme arraché à vos Peres. Car en même tems que le Pape & les Evesques foudroioient *l'Apologie* par leurs Censures, vous faisiez r'imprimer à Lyon un ouvrage infamé de vôtre Pere Tambourin que les Curez de Paris se crurent obligez de denoncer à Mrs. les Vicaires Generaux de M. le Cardinal de Retz Archeveque de Paris par une Requeste signée de trente Curez & presentée le 10. Octobre 1659. Ils disent dans cette Requeste que *l'on ne voit pas seulement dans ce Livre les erreurs de l'Apologie soutenues & autorisées, mais un grand nombre d'autres encore plus etranges & plus criminelles : desorte qu'il sembloit que cet Auteur eût entrepris de faire voir jusqu'à quel excés l'esprit humain estoit capable de se porter.* Ils ajoutent qu'il est d'autant plus necessaire de reprimer ces excés horribles, *que l'on voit que ceux qui s'en sont declarez les protecteurs s'animent & se fortifient tous dans la resolution de les soutenir avec une hardiesse encore plus grande qu'auparavant. Car au lieu de s'humilier sous tant de jugemens que l'Eglise a rendus contre eux, au lieu de se corriger au moins en quelque chose dans les nouveaux Livres de morale qu'ils produisent, pour faire paroître au contraire à*

tout

tout le monde combien ils méprisent l'autorité des Evesques, le jugement des Facultez de Theologie, & même celuy de Sa Saintété, & combien ils sont fermes dans le dessein de n'abandonner jamais aucune de ces opinions condamnées, ils ont fait imprimer aux yeux de toute la France dans une des principales villes du royaume avec approbation de leur Compagnie & le nom de l'Auteur, l'un des plus pernicieux & des plus abandonnez de leurs Casuistes; comme pour dire à tous les Evesques, à tous les Docteurs, à tous les Curez de France & même à Sa Saintété: Voila la Doctrine que nous soutenons, & que nous soutiendrons toûjours malgré toutes vos Censures & tous vos efforts. C'est ainsi qu'ils ont veritablement justifié leur APOLOGIE; mais en la maniere que l'Ecriture dit que Jerusalem a justifié Sodome & Samarie, en surpassant leurs iniquitez. Enfin ils finissent en assurant que ces Livres detruisent l'Evangile, les bonnes mœurs, & même la Société humaine.

Vous ne direz pas ce coup-ci que Tambourin n'a point esté autorisé par ses Superieurs : Puisque dans l'éloge que vous faites de luy dans le Catalogue de vos Ecrivains comme *d'un modele des mœurs les plus saintes*, vous lui donnez cette louange de n'avoir jamais rien entrepris que par l'ordre de ses Superieurs, en sorte même qu'après sa mort on trouva parmi ses papiers la permission qu'il avoit obtenue d'eux de s'abstenir de manger du sucre & des confitures. Car comme il faudroit à la Trappe une grande dispense pour pouvoir manger des confitures, il en faut une dans la Société pour n'en manger pas. Mais assurement Tambourin auroit mieux fait de manger des confitures, que d'empoisonner les esprits par les opinions & les maximes pernicieuses de ses Livres, où, comme disent encore les Curez de Paris dans leur Requeste, il n'attaque pas seulement quelque partie de la Religion, mais la ruine toute entiere dans l'interieur qui en est comme l'esprit, & dans l'exterieur qui en est comme le corps, dans tous les devoirs de pieté envers Dieu, & dans tous les offices de charité, de justice & de fidelité envers le prochain. Ils ajoutent qu'il ne reconnoist aucun vray precepte de croire en Dieu, d'esperer en Dieu, de prier Dieu, d'adorer Dieu, & qu'il reduit celuy de l'aimer à un cas si extraordinaire, que presque tous les fideles sont par là dispensez durant toute leur vie de l'amour de Dieu: *Que tout l'ordre de la justice civile, tous les liens de la Société humaine, toute la paix, tout l'honneur, & toute la sureté des familles sont absolument renversez par les homicides, les calomnies, les infidelitez, les vols, les usures, les mariages dereglez & scandaleux, que cet auteur soutient comme licites sous divers pretextes & sous divers noms.*

Voila quelle est la morale de Tambourin que vous avez crû devoir opposer aux Censures des Facultez de Theologie, des Eveques, & du Pape même pour relever l'honneur de l'Apologie Morale qu'il a composée par *l'ordre de ses Superieurs*, qu'il a publiée *avec leur permission*, qu'on n'a pû reprendre

Nihil absque moderatorum nutu aggrediebatur, & in illius schedulis exarata inventa est facultas abstinendi à dulciariis, à suis superioribus obtenta. Catalog. script. S. J.

dre, si on les en croit, que *par temerité*; qu'ils louent dans leur catalogue comme *une Doctrine solide*, & que cet Auteur a *defendue par leur commandement* exprés dans des Apologies qui n'ont aussi esté publiées que par leur ordre : *Cum scriptor quidam novitius nonnulla in ejus libris* TEMERE *carpsisset.... Apologiam quam,* MODERATORUM IMPERIO *contexuit in lucem edidit, ut* DOCTRINÆ SOLIDITATEM DEFENDERET, *non ut par pari referret.* Et on ne peut pas trouver mauvais que j'attribue aux Superieurs & à la Societé ces paroles de leur Catalogue, puis que jamais ouvrage ne fut plus le Livre de la Compagnie que celuy-là; & que l'on y voit au commencement une permission en bonne forme du R. P. Paul Oliva leur General, qui l'a fait examiner par plusieurs de ses Theologiens, & l'a fait imprimer sous ses yeux.

5. Vous n'en estes pas demeurez-là. Vôtre P. Honoré Fabri, l'un des favoris de vôtre General Oliva, ayant entrepris sous le nom de Bernard Stubrock de refuter Wendrock, en combattant sa troisiéme Preface (*Preloquium tertium*) qui fut ajoutée à la 3. edition de 1660, defend ouvertement *l'Apologie,* quoy qu'il avoue, comme je l'ay deja dit, que l'on avoit mal pris son tems pour la publier, & qu'elle n'estoit pas de saison. Mais il se garde bien d'en condamner la Doctrine, toute horrible & détestable qu'elle est. Il a si peur qu'on ne croie que la Societé se soit soumise au jugement que tant de Docteurs & tant d'Evesques en avoient porté, qu'il feint que Wendrock eût dit *que la Compagnie avoit approuvé leurs Censures & en avoient reconnu la justice,* pour avoir lieu de le refuter comme une calomnie injurieuse à la Societé. *Cela est faux,* dit-il hardiment. *Il est vray qu'elle a reçu celle de Rome, mais non pas les autres, lesquelles condamnant quelques opinions qui ne meritent aucune censure, la Societé n'a garde de souscrire à leur condamnation : sauf le jugement du S. Siege. Même entre ces Censures il y en avoit plus d'une qui contenoit de manifestes erreurs. Quelqu'un (luy-même sans doute) avoit fait une assez bonne critique de toutes ces Censures, (en mettant à part celle du S. Siege, qui n'y marque & n'y condamne aucune proposition) mais le respect & l'amour de la paix l'a empêché de la metre au jour....* Quoi qu'ils ne meritent gueres qu'on ait pour eux ce respect & ces egards, ajoute-t'il un peu plus bas : *Præ modestia & cultu etiam minus dignis debito.*

Il a même l'insolence de dire que les louanges que Wendrock a données à ces Evesques, *ne les rend pas peu suspects, & que c'est ce qu'il en peut dire de plus doux & de plus moderé :* NON *modicam, ut mitissimè loquar, suspicionem movet.* C'est ainsi qu'ils traitent même leurs meilleurs amis & leurs plus fideles protecteurs : car quand il y va de l'honneur de la Societé, on n'y connoist plus personne : & ni M. l'Archeveque de Paris, alors de Rouen, ni M. le Cardinal de Janson alors Evesque de Digne ne seront ni

moins

moins suspects, ni moins maltraitez que les autres. Le Premier, parce qu'il a esté si hardi que d'appeller l'Apologie *une espece de monstre dans la Theologie morale... & un ouvrage dont les principes sont faux, les raisonnemens trompeurs, les consequences pernicieuses, & la Doctrine opposée à celle de l'Evangile de Jesus-Christ : dans lequel en un mot se trouve ramassé par un etrange dessein ce qu'il y avoit de corruption & de relâchement epandu dans le grand nombre des Auteurs qui ont écrit de la morale depuis plusieurs siecles.* Le second, parce qu'il a dit dans sa Censure, qui est des plus belles, que *cette Apologie a fait horreur à tous les gens de bien : Que l'Auteur de ce mauvais livre s'est etudié à ramasser en un corps tous les poisons qui sont ramassez dans les Casuistes modernes : Que ce malheureux ouvrage meritoit tous les foudres dont il avoit esté frappé : Que toutes les regles de l'Evangile y sont ruinées, & qu'à la place de la morale chretienne on en substitue une toute payenne, & qui même en beaucoup de points feroit rougir de honte les Philosophes de l'antiquité.*

Mais peut-estre qu'au moins la Societé aura reconnu de bonne foi que le S. Siege, en defendant la lecture de ce pernicieux livre, en a jugé la Doctrine mauvaise. Point du tout. Ils sont bien éloignez d'un tel aveu. Ils n'osent pas s'elever contre le Decret de Rome : ils n'ont garde de se commettre avec ceux qui les peuvent humilier. Mais ils pretendent que ce Livre a esté condamné à peu prés comme on condamneroit à Rome le meilleur livre du monde, parce qu'en le publiant on auroit manqué à observer quelques regles de police prescrites par la Congregation de *l'Index*, comme de l'avoir fait imprimer sans y marquer le nom de l'Auteur, de l'Imprimeur, & du lieu de l'impression, sans approbation des Docteurs & sans permission des Superieurs. C'est selon luy, cette imprudence que les Censeurs de Rome ont punie dans le P. Pirot auteur de ce bel ouvrage, & peut-estre encore quelque petite dureté dans le stile : & c'est principalement, à ce qu'ils disent, ce dernier défaut qui déplut dans ce Livre au Pape Alexandre VII.

Voila comme en parle vôtre P. Fabri, en soutenant qu'il est tres-faux que la morale de la Societé y ait esté condamnée. *Ce Livre*, dit-il, *contient environ 54. propositions dont trois ou quatre sont certaines; quarante cinq autres plus probables que les propositions contraires; & celles qui restent sont moins probables ou improbables.*

Mais il y a bien de la mauvaise foy dans cet Ecrivain, & il n'y a pas moins de temerité & de presomption. Car un homme qui a demeuré aussi long-tems à Rome que luy, & qui en sçait les usages, n'a pû ignorer la difference qu'il y a entre les Decrets de la Congregation *de l'Indice* & ceux du S. Office, & que comme on met souvent dans les Decrets de *l'Index* des Livres dont la doctrine est saine, on n'en condamne jamais par ceux du S. Office que quand ils croient à Rome qu'il y a des erreurs qui meritent rent la cenſure. Or le Decret qui condamne l'Apologie eſt de ce Tribunal, & eſt un *Feria V*, comme on parle à Rome, qui n'eſt fait que pour ce ſeul Livre : circonſtances que l'on ſçait bien faire valoir en ce pays-là comme rendant les Decrets plus ſolennels & d'un plus grand poids. C'eſt donc un homme de bien mauvaiſe foy.

Il n'y a pas moins de temerité & d'inſolence, de ne compter pour rien, & de traiter même de la maniere du monde la plus indigne, des jugemens faits avec tant de maturité & de conſideration par tout ce qu'il y avoit d'Eveſques les plus éclairez & les plus eminents en zele & en pieté dans l'Egliſe de France, ſans parler de la Sorbonne.

Enfin s'imaginer qu'on croira ſur ſa parole que tous ces grands Eveſques ont pris l'alarme pour rien, & que ç'ont eſté des viſionnaires qui ſe ſont imaginé ſans aucun fondement que cette Apologie eſtoit un Livre monſtrueux *plein d'excés qui font horreur aux perſonnes qui ont la moindre teinture du Chriſtianiſme*, comme parle M. l'Eveſque d'Orleans dans ſa Cenſure : il faut, dis-je, avoir une étrange preſomption pour ſe laiſſer prevenir de cette opinion. Il ſera aſſurément plus aiſé aux perſonnes ſages de croire que ces defenſeurs de l'Apologie ſont dans un aveuglement deplorable, & que la hardieſſe avec laquelle ils s'élevent contre l'autorité ſacrée de l'Epiſcopat eſt une marque viſible de l'endurciſſement de leur cœur.

Il ne faut pas, Mon Pere, que vous pretendiez vous defendre en niant que ce faux Stubrock ſoit un vray Jeſuite, ni en diſant que c'eſt un particulier qui n'eſt point autoriſé par les Superieurs. C'eſt, comme j'ay dit, le P. Fabri qui a compoſé d'abord ces refutations de Wendrock vers l'an 1660. & 61. avec l'applaudiſſement de ſa Compagnie. C'eſt luy qui les fit r'imprimer de nouveau à Lyon dans un Recœuil Latin de pieces ſemblables auquel il donna pour titre : *R. P. Honorati Fabri Societatis Jeſu Theologi Apologeticus doctrinæ moralis ejuſdem Societatis*: avec une Approbation plus autentique, & plus nombreuſe qu'on n'en a peut-eſtre jamais vu à aucun Livre de Jeſuites, puiſqu'elle eſt ſouſcrite par neuf de leurs Theologiens, les PP. *Gibalin, Dulieu, Granon, De S. Rigaud, Gauterot, De la Chaiſe, Violet, Tiram & Le Bras.* Et aprés cette Edition de Lyon de 1607. on en fit une dés l'année ſuivante à Cologne augmentée de la moitié avec ces mêmes Approbations, & la Permiſſion du Provincial de la Province du Bas-Rhin. Le General a-t'il deſavoué ce Provincial & ces Theologiens ? Et a-t'il paru quelque marque publique d'improbation ? On ne l'oſeroit dire : & cela ſeul ſuffit pour dire qu'il a approuvé cet ouvrage luy & ſon Conſeil ; que c'eſt une nouvelle Apologie des Caſuiſtes de la Société que l'on a ſubſtitué à la place de celle dont le ſort avoit eſté ſi malheureux : & que c'eſt par conſequent une retractation de tous les deſaveus, tels qu'ils ſoient, que la neceſſité d'appaiſer le grand bruit les auroit forcez de donner dans le tems où la

Cour

Cour même & leurs meilleurs amis furent obligez de les abandonner à l'horreur publique & universelle de tout ce qu'il y avoit de gens raisonnables dans tous les estats de l'Eglise & du Royaume.

6. Enfin la providence nous en a fourni une nouvelle preuve par la découverte de vôtre Lettre circulaire, qui sera un monument eternel de la duplicité de vôtre conduite, & de vôtre obstination invincible à soûtenir les excés le plus déplorables de vos Casuistes. Ceux qui les combattent par le devoir de leur ministere, & ceux qui les censurent par l'autorité sacrée que Dieu leur a donnée pour la destruction de l'erreur, sont regardez dans cette Lettre comme *les ennemis de vôtre Societé*, & vous les traittez comme vos persecuteurs en vous faisant passer vous-mêmes pour les Martyrs *de la cause de Dieu*, c'est-à-dire de l'Apologie. Loin de la desavouer, cette honteuse Apologie, comme vous vouliez alors le faire croire, vous en mettiez vous-même les maximes en pratique par cette Lettre qui est comme un formulaire de medisance & de calomnie, envoié dans vos maisons pour y noircir la reputation de la Faculté de Theologie de Paris parce qu'elle avoit osé censurer le Livre d'un Jesuite, & y condamner la Morale de la Societé comme pernicieuse. Car c'est la doctrine de l'Apologie (p. 127. & 129. selon l'extrait des Curez de Paris) que l'Auteur approuve comme une opinion probable, enseignée par le P. Dicastillo & soûtenue par les Jesuites de Louvain, *Que ce n'est qu'un peché veniel de calomnier & d'imposer de faux crimes pour ruiner de créance ceux qui parlent mal de nous; & que cela n'est ni contre la charité, ni contre la justice.* Il semble même admirer la douceur & l'humanité de ce bon Pere envers les calomniateurs qui selon d'autres habiles Casuistes sont tuables en sureté de conscience. *Tout homme de bon sens*, dit l'Apologiste, *trouvera que Dicastillus est bien plus doux & plus humain envers les Calomniateurs, & ceux qui perdent injustement la renommée de leur prochain, que beaucoup d'excellens Theologiens qui dans les circonstances où Dicastillus permet de medire & de detracter, disent qu'on les peut tuer.*

La Sorbonne a donc plus d'obligation qu'elle ne pense aux Reverends Peres, qui entre les opinions probables, propres à sauver l'honneur de la Compagnie, qu'ils pouvoient mettre en pratique à l'égard de ces Docteurs, ont bien voulu choisir *la plus douce & la plus humaine.* Car enfin ils avoient, au jugement de ces Peres, parlé mal de la Compagnie, quoy que sans la nommer, & leur Censure passoit chez elle pour une persecution, & une calomnie contre sa doctrine. Cependant au lieu de leur envoyer des assassins pour les tuer, ils ont eu la bonté de n'envoyer dans le monde que des calomniateurs pour les décrier. Et afin que la calomnie fut plus uniforme, & plus reguliere, & qu'ils s'en acquittassent *tous de la même façon*, on en a envoyé aux Recteurs un directoire qui pût servir à conduire dans cette bonne œuvre, ceux à qui les Superieurs donneroient mission pour y travailler:

En

En attendant, disent-ils, *quelqu'autre remede*. Ce mot me fait peur. Mais je veux rejetter toutes les mauvaises idées qu'il pourroit reveiller dans mon imagination, & je finis cette preuve de la fausseté du desaveu de l'Apologie, en remarquant que cette Lettre convaincra tout le monde qu'il n'y a nulle sureté à se payer des desaveus de la Compagnie; *quelque net qu'y paroisse son procedé*, & que loin d'estre un témoignage de la docilité & de la sincerité de ceux qui les font, *ils suffisent* à la fin *pour decouvrir à tout le monde de quel costé est l'esprit d'opiniatreté & d'heresie*, dont vous accusez si injustement vos adversaires.

CONCLUSION.

JE NE SÇAY, Mon Pere, quelle impression pourra faire sur vôtre esprit ce que je viens de vous dire, ni si cette seconde Correction vous trouvera ou vous rendra plus docile que la premiere. Mais je suis assuré que tout le monde jugera que vous n'avez rien fait qui vaille de faire vôtre seconde Reponse, qui ne prouve rien de ce qu'elle avance de faits faux & calomnieux, & qui a donné lieu de faire voir au public qu'elle prouve tout le contraire de ce que vous avez pretendu.

1. Vous vouliez faire croire au monde que M. Arnauld avoit jetté le trouble dans le Diocese, & que sa conduite luy avoit attiré l'indignation du Prince. On voit au contraire plus que jamais que c'est vous & vos Confreres qui y avez causé tout le bruit : & la confusion dont vous vouliez couvrir M. Arnauld par rapport à S. A. est retombée sur vous.

2. Vous vouliez prouver que la doctrine de M. Arnauld est heretique, & luy mettre tous les Thomistes à dos. Et vous n'avez pu trouver d'erreurs en luy qu'en condamnant d'erreur la doctrine commune de toute l'Ecole de S. Thomas. De sorte que M. Arnauld n'estant heretique qu'en la maniere que le sont, selon vous, tous les Thomistes, c'est à eux desormais que vous aurez à faire : & ce Docteur pleinement justifié par vous-mêmes n'a plus qu'à estre spectateur du combat, & à voir comment vous vous tirerez d'affaire avec cette sçavante Ecole.

3. Vous accusiez M. Arnauld *de n'estre pas sincere* dans les declarations qu'il a faites de ses sentimens, & vous traitiez les Professeurs de Douay comme des perfides *qui avoient trompé leur Evesque par de fausses signatures*: vous n'avez pû prouver ces calomnies grossieres & on vous a fait voir au contraire par des preuves incontestables que c'est vous qui avez trompé l'Eglise & le Public en leur declarant que vous aviez desavoüé l'Apologie infame des Casuistes, & que vous la desavoüez encore maintenant; Vous qui estes plus attachez que jamais à la morale payenne qu'elle contient, & qui de sa defense faites l'affaire *& la cause de Dieu*, dans vôtre Lettre circulaire. Enfin vous pressiez

F

preſſiez M. Arnauld de ſouſcrire à la Cenſure la plus irreguliere, la plus injuſte & la plus nulle qui fut jamais pour preuve de ſa ſincerité à condamner les erreurs proſcrites par l'Egliſe dans les cinq propoſitions.   Et c'eſt luy au contraire qui lors que vous dites que vous deſavouez l'Apologie des Caſuiſtes & que vous n'y prenez point de part, a droit de vous dire à ſon tour, mais avec juſtice : *On vous en pourra croire lorſque vous renoncerez ouvertement* à la deteſtable Doctrine de cette Apologie.   *On vous en pourra croire lors que vous ſouſcrirez à la Cenſure de Sorbonne* contre ce livre, la plus reguliere, la plus moderée, la plus univerſellement approuvée de toutes les Cenſures. *On vous en pourra croire quand vous ſouſcrirez* aux Cenſures ſi juſtes, ſi eclairées, ſi ſolennelles, de tant d'Eveſques de l'Egliſe de France, & qui n'ont pas ſeulement eſté ſuivies de la ſentence du S. Siege, mais encore de l'applaudiſſement & de l'approbation de tous ceux qui ont quelque ſentiment de religion.

Que ſi vous ne pouvez pas, Mon Pere, vous reſoudre à vous ſoumettre à l'autorité de Jeſus-Chriſt, qui reſide dans les Eveſques, ni à vous retracter de vos calomnies, ni à rendre temoignage à l'innocence, à la verité & à la juſtice; tâchez au moins de prendre le parti de vous taire, comme celui qui eſt le plus favorable à voſtre reputation dans l'eſtat où vous eſtes : & ſi vous ne voulez pas profiter de cette ſeconde correction, profitez au moins de cet avis du ſage : *Stultus quoque ſi tacuerit, ſapiens reputabitur : & ſi compreſſerit labia ſua, intelligens.*   Proverb. 17. 28.

F I N.

QUATRIÉME
PLAINTE
DE
M. ARNAULD
DOCTEUR DE SORBONNE
AUX
RR. PP. JESUITES

Sur la prétenduë Lettre qu'ils viennent de publier sous
le nom d'un Inconnu, qui se declare estre, Auteur
des Lettres du Faux-Arnauld, & de la *Lettre à un*
Docteur de Douay, rimprimée à Paris sous ce nouveau titre : *Secrets du Parti de M. Arnauld décou-*
verts depuis peu.

JE me plains souvent de vous, Mes RR. PP. mais je ne laisse pas de
vous admirer. Vos démarches sont toujours étudiées, toujours my-
sterieuses : Et quoy que celles que vous avez faites depuis que l'affaire du faux Arnauld a éclaté dans le public, paroissent un peu deconcer-
tées, je vous y reconnois au travers de cet embarras, & j'y trouve tout
vostre esprit, & toute vostre addresse ordinaire.

La premiere scene de vostre comédie avoit commencé à Douay par *la*
Lettre à un Docteur de Douay sur les affaires de son Université; Et là mon
nom ne paroissoit en aucune sorte, lors mesme qu'enflez du bon succez
que vous vous promettiez de cette piece, vous ne preniez pas tant de soin
de vous cacher.

Cette Lettre aiant esté supprimée à Douay, & vous mesmes ne l'y osant
plus faire paroistre, vous la fistes rimprimer à Paris, deguisée par un

nouveau titre , par l'épurement du langage & par des changemens confiderables prefque à toutes les pages. Il parut mefme que vous l'aviez voulu faire paffer pour un livre tout nouveau , n'aiant point marqué dans le titre que ce fuft une feconde édition. C'eft là que mon nom commença à paroître, non feulement dans l'extrait d'une Lettre , d'où vous l'aviez fait éclipfer pour un temps, mais auffi dans ce titre injurieux, où vous vous découvrez vous-mefmes malgré que vous en ayez : *Secrets du Parti de M. Arnauld découverts depuis peu.*

Vous vous faites maintenant un plaifir de nous en annoncer une édition toute nouvelle par un Avertiffement qui en eft comme le precurfeur. Voicy apparemment de nouveaux myfteres que vous nous preparez. Je ne puis rien dire de ceux du livre mefme. Car on me mande que cette nouvelle édition n'avoit point encore paru, & que vos Peres de Paris fe contentoient de donner à leurs bons amis cet *Avertiffement,* comme une excellente piece qui met à couvert l'honneur de la Compagnie, & vous tire d'affaire.

Le Frontifpice de cette nouvelle Edition nous y fait voir le mefme titre que celuy de la 2. finon qu'on y a ajoufté ces mots : *Troifiéme Edition : avec un avertiffement touchant les Plaintes de M. Arnauld.* Et cecy mefme n'eft pas fans quelque petit myftere. Car par ces mots 3. *Edition*, on rappelle la 1. de Douay qui paroiffoit difgraciée : & la tentative qu'on avoit faite pour la fupprimer n'aiant pas réuffi, on fait femblant de n'y avoir pas penfé, en luy faifant l'honneur de la compter maintenant.

Autre myftere. C'eft que le deffein capital, & le principal avantage que vous avez eu en vûe dans cette 3. Edition, eftant d'avoir occafion de publier la pretendue Lettre d'un Inconnu, dont vous vous eftes avifez de faire comme voftre *homme vivant & mourant*, vous avez affecté de ne dire pas un mot de luy, ni dans le Frontifpice, ni dans le titre de l'*Avertiffement.*

A peine a-t-on commencé la lecture de celuy-cy , qu'on fe trouve au bout aprés une petite page & demie. Cela eft un peu court ; car je m'attendois , Mes R.R. PP. que voftre Ayertiffeur m'alloit faire l'honneur de m'entretenir quelque temps, & qu'il m'auroit éclairci fur beaucoup de chofes. Et je fuis furpris qu'il me quitte brufquement pour me laiffer avec un Inconnu, qui commence par repeter tout ce que l'autre venoit de me dire. La civilité vouloit qu'au moins celuy-ci me vint reprendre à la fin de cet entretien. Mais aprés qu'il a duré plus de huit pages, l'Avertiffeur ne revient point : & il laiffe finir la converfation par l'Inconnu, croiant avoir affez fait de la commencer.

Vous eftes à plaindre , Mes RR. Peres. Vos menfonges eftoient ufez. Il ne fe trouvoit plus perfonne qui vouluft croire, ni que de fi mechantes Lettres fuffent du véritable Antoine Arnauld, ni que le libelle diffamatoire, en quelque forme qu'il ait paru, eut efté fabriqué ailleurs que chez vous. Dans ce defefpoir vous vous eftes avifez d'introduire fur la fcene un nouveau

veau perfonnage, que vous affureriez n'eftre point Jefuite, afin que le monde frappé de ce nouveau fpectacle y donnaft toute fon attention & ne fon-
geaft plus à vous.

Vous nous produifez donc un morceau de Lettre de cet Inconnu comme une piece de confequence. Mais, pour venir tout d'un coup au but,
que peut fervir cette Lettre pour nous faire croire, ce que vous voudriez
que nous cruffions, que le faux Arnauld n'eft point un Jefuite, & que
les Jefuites ne font point entrez dans cette intrigue. Car 1. que fçavons-
nous fi ce n'eft point une Lettre faite à plaifir, n'eftant avouée de perfonne, mais nous eftant donnée par un Inconnu comme la Lettre d'un autre
inconnu. 2. Ce qui nous fortifie dans cette penfée eft que l'auteur de *l'A-
vertiffement*, & celuy de la Lettre fe reffemblent merveilleufement. Ils parlent tous deux bon François & le ftile de l'un & de l'autre ne convient
point au perfonnage que l'on fait jouer à l'Ecrivain de cette Lettre. Car il
fe dit eftre le faux-Arnauld. Or fi ce fourbe avoit fçu parler fi bien François fes Lettres ne feroient pas pleines de phrafes Walones, qu'on ne peut
dire qu'il y ait mifes exprés, puifque dans le deffein qu'il avoit de paffer
pour le veritable Arnauld, il devoit s'étudier à parler bon François, afin
de luy reffembler.

Enfin quand il fe trouveroit une perfonne qui fe declareroit auteur de la
Lettre, & de tout ce que s'attribue l'Inconnu qu'on dit l'avoir écrite,
nous aurions toûjours fujet de douter fi ce ne feroit point un amy des Jefuites, qui pour leur faire plaifir auroit bien voulu prendre fur luy tout ce
qu'il y a d'odieux dans cette affaire. Car il ne pourroit, quel qu'il fuft,
fe declarer pour auteur des Lettres écrites fous le nom de M. Arnauld, &
pleines de tant de menfonges, fans fe faire prendre pour un fort mal-hon-
nefte homme, qui ne fait point confcience de mentir. Or un menteur reconnu pour tel merite-t-il qu'on le croie? Et qui ne fe riroit de noftre
fimplicité, fi nous ajoûtions foy à un tel homme qui nous viendroit dire
en levant le mafque : Je fuis un tel, & je vous affure que ce n'eft point
un Jefuite, mais que c'eft moy qui fuis ce faux-Arnauld qui a eû l'addreffe par fes menfonges de fe faire prendre pour le veritable pendant plus
d'un an? Mais comment nous prouverez-vous, luy pourrions-nous dire,
que vous n'eftes pas un nouveau fourbe, qui pour obliger les Jefuites fe
veut faire paffer pour le faux-Arnauld, en fuivant l'exemple du premier
qui s'eft fait paffer pour le veritable. Il faut auparavant que nous fça-
chions quelle liaifon vous pouvez avoir avec ces Peres. Car le perfonnage
que vous dites avoir fait eftant fort vilain, il n'y a point d'apparence
que vous vous foiez pu refoudre à vous diffamer vous-mefmes par un tel
aveu, fans y eftre porté par quelque grande raifon, ou d'intereft, ou
d'affection, ou d'obeiffance aveugle.

Voilà, Mes Reverends Peres, ce que penferont d'abord tous les gens

A 2   d'efprit

d'efprit qui n'auroient pris aucun parti dans ce different, mais qui craindroient, feulement de paffer pour auffi fimples que ces bonnes gens dont
vous faites de fanglantes railleries, par ce qu'ils fe font laiffé tromper fi vilainement. Voicy un exemple qui achevera de faire voir plus évidemment,
que quand voftre Inconnu fe demafqueroit, il n'en feroit pas croiable en
tout ce qu'il dit pour prendre fur luy les fourberies dont on vous accufe.

Le livre plein d'erreurs d'un Jefuite Anglois fous le faux nom de *Daniel
à Jefu*, contre l'Evefque de Calcedoine, aiant efté cenfuré par les Evêques de France & par la Sorbonne, il parut quelque temps aprés une Apologie de ce livre cenfuré, tres-injurieufe aux Evêques & à la Sorbonne,
dont l'auteur fe nommoit fans aucun déguifement : *Hermannus Loëmelius
Antverpienfis Sacræ Theologiæ Licentiatus & Canonicus Lectoralis Ecclefiæ
Cathedralis Audomarenfis.* Perfonne ne doutoit que le livre & l'Apologie
fous le nom de *Spongia* n'euffent efté faites par un Jefuite Anglois nommé Jean Floide, & les Evêques en eftoient fort indignez ; mais les Jefuites
nioient que cela vint de leur Compagnie, & ils en donnerent aux Evêques
un defaveu figné des Principaux de leurs Peres. Ils infiftoient qu'on pouvoit
écrire à S. Omer, pour fçavoir s'il n'y avoit pas un Chanoine nommé *Hermannus Loëmelius*, qui réconnoiffoit avoir fait le livre dont les Evêques fe
plaignoient. C'étoit beaucoup plus Mes R.R. PP. que ce que vous faites
icy, pour nous perfuader que ce n'eft pas un Jefuite, mais un inconnu qui
eft le faux-Arnauld & l'auteur du libelle diffamatoire. Cependant *Hermannus Loëmelius* qui n'eftoit pas un inconnu, mais un veritable Chanoine de
S. Omer, eut beau fe déclarer Auteur du livre injurieux aux Evêques, vôtre Pere Philippe Alegambe continuant le Catalogue de vos Auteurs, commencé par Ribadeneyra, réconnut que Jean Floide Jefuite Anglois en eftoit
le veritable auteur. Encore donc que voftre Inconnu levât le mafque, &
qu'il fe nommât par fon nom, (ce qu'on doute qu'il ofe faire) on auroit
tout fujet de croire que ce feroit un autre *Loëmelius* que vous auriez engagé par de magnifiques promeffes, à rendre à la Société le mefme bon office que ce Chanoine de S. Omer luy avoit rendu en fon temps.

Cela fuffit pour donner une idée generale de voftre écrit. Venons
maintenant au particulier en redigeant par articles les calomnies, les fauffetez, les vanitez ridicules, & les autres égaremens de voftre *Avertiffement* & de la Lettre de voftre *Inconnu*.

§. I.

Calomnieufe accufation d'Herefie.

Rien ne vous eft plus ordinaire, Mes R.R. PP. que de fonder fur des
calomnies, ce que vous avez à dire contre ceux que vous n'aimez pas.
Et c'eft ce que vous n'avez pas manqué de faire icy en commençant voftre
Aver-

Avertiſſement en ces termes : *Lors que la Lettre à un Docteur de Douay com-*
mença à paroiſtre, le monde ne pouvoit croire que les faits dont elle parle fuſſent
veritables, & que les perſonnes qu'elle nomme, quoy que D'AILLEURS CON-
NUES POUR ESTRE FORT ATTACHE'ES AUX HERESIES DE JANSENIUS,
euſſent eſté capables d'écrire & de ſigner les choſes qui y ſont rapportées.

Vous faites entendre deux choſes par là. L'une qu'avant qu'on eut connoiſſance de ce qui eſt dit dans voſtre libelle, ces Meſſieurs que vous y
dechirez eſtoient *connus d'ailleurs pour fort attachez aux hereſies de Janſe-*
nius, c'eſt-à-dire, aux hereſies condamnées dans les 5. Propoſitions, attribuées à Janſenius.

La 2. que les Jeſuites ne ſont pas ceux à qui vous imputez cette opinion
que vous dittes que l'on avoit d'eux, mais que c'eſt le monde, c'eſt-à-
dire, le commun du monde de la Ville & Univerſité de Douay, & du
Pays d'alentour. Car vous l'imputez à ceux qui avoient de la peine à croire que ce que vous diſiez de ces Meſſieurs dans voſtre libelle fuſt veritable.
Or vos Peres de Douay & des Pays d'alentour, n'avoient garde d'en
douter, puis que c'étoient eux qui le débitoient.

C'eſt donc ce que l'on vous ſoutient eſtre une calomnie que vous ne
ſçauriez appuier d'aucune preuve. Car qu'alleguerez vous pour montrer
qu'avant qu'on euſt connoiſſance de voſtre libelle, ces Meſſieurs eſtoient
connus d'ailleurs du commun du monde pour eſtre fort attachées aux hereſies des 5. Propoſitions?

Direz vous, que c'eſt qu'on ne doutoit point qu'ils ne fuſſent fort attachés à la Doctrine de la celebre Cenſure de leur Faculté de l'an 1688.
que vous decriez autant qu'il vous eſt poſſible ? Car vous avez eſté aſſez
hardis pour accuſer de menſonge dans un livre avoué par toute la Compagnie, ce que les Docteurs de Louvain deputez à Rome avoient atteſté,
qu'aiant demandé qu'on examinaſt leur Cenſure de 1587. & celle de Douay
de l'année d'aprés, elles leur avoient eſté renduës, en leur declarant qu'on
n'y avoit rien trouvé qui ne ſe puſt ſoutenir. Et la preuve que voſtre
P. Tellier apporte pour montrer que cela ne peut eſtre, eſt que ce ſeroit
vouloir que le *Pape Innocent XI. euſt approuvé la doctrine de ces Cenſures, trop*
conforme, dit-il, *à celle qu'Innocent X. & Alexandre VII. ont condam-*
née par leurs Bulles. Et ſans ſortir de Douay, vos Profeſſeurs declamant
contre ces mêmes Cenſures, n'ont point eu honte de dire, *qu'elles ne*
peuvent avoir de poids & d'autorité que hors l'Egliſe.

Mais cela ne prouve pas que tout le monde à Douay ſoit de voſtre avis,
& que les perſonnes ſages y regardaſſent comme attachez à des ſentimens heretiques, ceux qu'ils trouvoient eſtre attachez à la doctrine d'une Cenſure qui eſt un des plus beaux monumens de l'habileté de ſes anciens Docteurs, & qui ayant eſté confirmée pour la ſeconde fois en 1649. l'a eſté
pour la troiſiéme au commencement de l'année derniere, à voſtre grande
con-

confusion. Cependant on trouve dans cette Censure tous les grands principes de la doctrine de la grace establis par l'Ecriture & par S. Augustin, & ces Messieurs n'en ont point d'autres. Comment donc auroient
ils passé pour avoir des sentimens heretiques, avant qu'on eust vu vostre
libelle, puis que vous avez esté obligez d'y rendre un témoignage avantageux à la *Catholicité de Mrs de la Verdure & de Cerf*, quoy que ç'ait esté
par leur avis que cette Censure, où le Molinisme est si fortement détruit,
a esté autorisée & confirmée de nouveau en 1690.

Direz-vous que ce qui avoit donné une si mauvaise opinion de leurs
sentimens, avant que le faux Arnauld leur eust tendu des pieges, est qu'ils
s'étoient declarez trop fortement pour les cinq Articles sur la matiere des
5. Propositions, envoyez par feu Mr. de Tournay à Alexandre VII. & approuvez par le Bref que le Pape écrivit ensuite, comme l'a témoigné encore depuis peu Mr. le Cardinal d'Estrées, qui estoit à Paris lors que ce
Bref y arriva en 1663. & qui se souvient fort bien de tout ce que les Evesques en dirent en ce temps-là. Il est vray que c'a esté l'occasion de la
fourberie.

Car un de vos Professeurs aiant parlé publiquement contre ces 5. articles avec beaucoup d'emportement, le Professeur de Ligny qui devoit
haranguer à son tour, entreprit de les defendre, & ce ne fut que 15. jours
aprés que le faux-Arnauld commença à luy écrire, pour s'insinuer dans son
amitié, & le faire tomber ensuite dans les pieges qu'il luy tendoit. Mais
bien loin que cette défense des 5. articles, qui est la derniere chose d'eclat
que ce jeune Professeur ait faite avant qu'il eut esté comme ensorcelé par
ce fourbe, l'ait pû faire connoistre pour avoir des sentimens heretiques
sur la matiere des 5. Propositions, que c'est au contraire ce qui a dû persuader à toutes les personnes raisonnables qu'il n'en avoit point, puis qu'ils
sont generalement approuvez par tous les défenseurs de la grace efficace par
elle-mesme, & que le sçavant Ordre de S. Dominique s'est hautement
declaré contre le libelle d'un Moliniste caché sous le nom de Crancbergh
qui veut faire croire par de pitoiables sophistiqueries que ces 5. Articles sont
heretiques dans le sens des disciples de S. Augustin, qu'il appelle Jansenistes, quoy qu'ils ne le soient pas dans celuy des Thomistes.

Alleguerez vous enfin que leur liaison avec les Carmes Dechaussez de
Douay avoit donné un juste sujet de les croire fort attachez aux heresies des 5. Propositions ? Ce pourroit bien estre vostre pensée, de la maniere dont vostre libelle parle de ces bons Religieux. Car on ne sçait ce que
vous voulez dire, quand vous nous venez conter, qu'en 1665. *un Recteur magnifique les empêcha de soutenir leurs Theses de Theologie qu'ils
avoient déja distribuées par la ville, par ce qu'on ne les trouva pas assez
éloignées de ces erreurs qui avoient esté heureusement inconnues jusques alors à
nostre Université.* Ce sont des enigmes qui me passent. Vous ne nous dites

tes point quelles eſtoient les Propoſitions de ces Peres, ni quelles eſtoient ces erreurs dont on ne les jugea pas aſſez éloignées, ni ſi ce ne fuſt point quelque Recteur de vos amis qui fit cette defenſe à voſtre ſolicitation. Quoy qu'il en ſoit de ce temps-là, il eſt certain que ces mémes Religieux ont depuis peu ſoutenu en toute liberté des Theſes qui ne vous ont pas plû, ſans que vous oſiez dire d'eux ce que vous dittes de ces Meſſieurs, *qu'ils ſont connus par tout le monde comme fort attachez aux hereſies des 5. Propoſitions.* On vous demande donc quelles preuves vous avez pour le pou-voir dire de ces Meſſieurs à cauſe de la liaiſon qu'ils auroient euë avec ces Religieux avant l'intrigue du faux-Arnauld.

J'inſiſte ſur ce point, parce qu'il eſt capital, & qu'il ne vous reſte rien pour vous défendre, meſme en apparence, ſi vous y eſtes mal-fondez. Car quand on vous demande comment vous avez pû croire que voſtre fourbe, quel qu'il ſoit, a pu en conſcience emploier tant de menſonges pour induire ces Meſſieurs à ſigner voſtre Theſe équivoque & captieuſe ; vous répondez que cette adreſſe eſtoit neceſſaire pour découvrir ces mauvais ſen-timens qu'ils avoient dans le cœur. Vous ſçaviez donc qu'ils avoient ces mauvais ſentimens dans le cœur. Et non ſeulement vous le ſçaviez, mais le commun du monde le ſçavoit auſſi à Douay. Il en faut donc venir à la preuve, & ſi vous n'en pouvez donner que des ſoupçons en l'air, vous demeurerez convaincus d'une trés-noire calomnie.

On voit encore par là que ce que vous dites de M. Gilbert vous eſt entierement inutile, pour juſtifier ce que dit voſtre Avertiſſeur, qu'avant qu'on euſt connoiſſance de voſtre libelle ces Meſſieurs que vous y déchirez *eſtoient connus d'ailleurs pour fort attachez aux hereſies de Janſenius.* Car quoy qu'ait pû enſeigner M. Gilbert dans ſon Traité de la grace que je n'ay point vû, ce n'eſtoit point un ſecret en 1690. pour la découverte duquel on ſe ſoit pû croire en droit d'emploier tant de menſonges & de fourberies. D'ailleurs j'apprends que les deux Profeſſeurs en Theologie Mrs. de Laleu, & Rivette avoient donné d'eux-meſmes des declarations ſur le ſujet de ce Traité à M. l'Eveſque d'Arras qui en avoit eſté entierement ſatisfait. Ce n'eſt donc point par ce qui a pû eſtre enſeigné par M. Gilbert que vous pou-vez faire voir que dés le mois de Juin de l'année derniere ces *Meſſieurs eſtoient connus à Douay pour eſtre fort attachez aux hereſies des 5. Propoſitions.* Don-nez-nous en d'autres preuves ſi vous en avez : & ſi vous n'en avez point, j'en concluray de nouveau que vous n'avez pû fonder voſtre pretendue réponſe à mes Plaintes, que ſur une manifeſte calomnie contre ces Meſſieurs de Douay.

§. II.

§. I I.

Fait important suppofé contre toute verité.

VOus paffez, Mes Reverends Peres, de cette calomnie à une fauffeté évidente, en fuppofant qu'on eut d'abord de la peine à croire les injurieufes declamations de voftre libelle; mais que *les Plaintes de M. Arnauld ont efté un moien tres-efficace de perfuader au public ce qui luy paroiffoit incroiable:* Et c'eft ce que vous attribuez *à la providence de Dieu qui a veillé par là à la fureté de la Religion.*

Vous voulez donc, Mes Peres, qu'il fuft important pour la fureté de la Religion qu'on ajoutaft une foy entiere à vos invectives, & que l'on fuft bien perfuadé que des Theologiens qui ont la reputation d'eftre fort pieux, avoient conçû de méchans deffeins contre la Religion, & formé le plan d'une nouvelle Eglife fur les ruines de celle que JESUS-CHRIST a choifie pour fon Epoufe. C'eft voftre premiere extravagance.

La feconde eft une fauffeté qui faute aux yeux. Il eftoit, dites-vous, du bien de la Religion que l'on cruft tout le mal que nous avions dit de ces Meffieurs dans noftre Lettre à un Docteur de Douay. Cependant on ne le vouloit point croire, tant cela paroiffoit incroyable. Mais nous fommes bien obligez à M. Arnauld de ce qu'il a publié la premiere Plainte, & nous la regardons comme un effet de la Providence qui veille à la fureté de la Religion, parce que cette Plainte a efté un moien tres-efficace pour perfuader à tout le monde que trois ou quatre Theologiens avoient formé le deffein de renverfer l'Eglife, ce qui avant cette Plainte leur paroiffoit incroiable. Pour juger fi ce difcours eft bien fenfé, on n'a qu'à demander à tous ceux qui ont lû la Plainte fi c'eft là l'impreffion qu'elle a faite dans leur efprit, & s'ils l'ont trouvée fort avantageufe à voftre deffein. Ce qui eft certain, eft que les Theologiens calomniez en ont efté contents, & qu'ils en ont écrit en ces termes à un de leurs amis : *Une ville qui va tomber dans les mains des ennemis, n'eft pas plus rejouie, lors que le fecours luy arrive, que nous l'avons efté en voiant la Plainte. Nos ennemis en ont déja ouy parler, & cela les met en de terribles apprehenfions,* ne reveletur turpitudo eorum, & comprehendantur in aftutia fua. *Nous travaillerons plus que jamais à déterrer les auteurs de la fourberie, & bien de gens nous donneront les mains dans cette recherche, tout le monde ayant intereft de découvrir les coupables, pour ne point laiffer impunis des impofteurs de cette nature.*

Mais il eft impoffible que le bon fens ne faffe juger par la feule lecture du Libelle & de la Plainte, que le contraire de tout ce que vous dites doit eftre arrivé.

Le Libelle a dû fe faire croire d'abord à un grand nombre de perfonnes,

&

& les prévenir contre les Theologiens accusez. Car comme on vous l'attribuoit, tous ceux qui n'estoient pas informez de vostre sçavoir-faire, n'ont pû s'empêcher d'ajoûter foy à ce que vous assuriez avec une merveilleuse confiance en promettant de faire voir les originaux des pieces, & en cachant de mauvaise foy les circonstances de cette affaire, capables de ruiner les inductions que vous en tiriez. Mais la Plainte ayant découvert tout ce mystere d'iniquité, a dû naturellement changer la disposition des esprits, & leur faire perdre la croiance qu'ils avoient eue aux accusations du Libelle. Voilà qui est naturel & qui ne manque point d'arriver en de semblables circonstances. C'a esté aussi l'effet de la 1. Plainte, & vous n'osez vous inscrire en faux contre ce qui en est dit dans la 2. *Qu'avant que cette premiere parust, vos Peres ne s'appliquoient qu'à decrier ces Theologiens de Douay qu'ils avoient entrepris de perdre. Et ils commençoient à y reüssir, parce que le public n'estoit pas informé de l'insigne fourberie qu'on avoit employée pour les surprendre. Mais quand on l'eut appris par la Plainte, les esprits changerent bien-tost de disposition. On admira la simplicité des Theologiens trompez; mais l'indignation se tourna toute contre les fourbes.*

Cependant cette imagination bourruë, que mes Plaintes n'ont servi qu'à rendre vostre cause meilleure, & à donner plus de creance à vostre libelle, vous a paru si solide, que c'est par là que vous commencez la Lettre de vostre Inconnu, à qui vous faites dire d'un air de Regent: *Je pardonne à M. Arnauld toutes les injures qu'il m'a dites en consideration du service que sa Plainte rend à l'Eglise.* Mais il n'appuie ce beau preambule que sur des faussetez manifestes, dont nous nous reservons à vous parler en son lieu.

§. III.

Divers reproches impertinens de l'Avertisseur.

JE mets ensemble trois ou quatre reproches tres-mal fondez & tout-à-fait impertinens que me fait vostre Avertisseur.

Le 1. est, *que j'ose encore me qualifier Docteur de Sorbonne.* Et pourquoy ne l'oserois-je pas? Est-ce que j'ay esté obligé de me degrader moy-mesme, & d'avoir égard à une censure aussi nulle qu'l'a esté, & pour la forme, & pour le fond, celle que vous prenez pour fondement de ce reproche? Mais dequoy vous meslez-vous, Mes Reverends Peres? Avez-vous commission de la Faculté de Theologie de Paris de veiller à ce que ses censures soient executées? Si cela est, commencez par celle de 1554. & ne dites plus que vostre Societé est utile à l'Eglise: car la Faculté jugea alors d'un commun consentement, qu'elle estoit plûtost pour la destruction que pour l'édification. Vous deviez au moins vous enquerir si depuis cette Censure informe d'une partie de la Faculté, je n'ay commencé à prendre la qualité

de

de Docteur de Sorbonne, que dans les deux Plaintes contre les fourberies du faux-Arnauld. Car quelle confusion sera-ce pour vostre Avertisseur, s'il se trouve d'une part que je l'ay prise en écrivant aux Papes, aux Cardinaux, aux Evesques, & aux Docteurs de la Faculté, sans que l'on se soit avisé de m'en faire aucun reproche? Et que de l'autre les Papes, les Cardinaux, les Evesques, & les Docteurs de ce Corps celebre me l'aient donnée, sans que personne y ait trouvé à redire? Or cela est ainsi. Je n'ay pas besoin de vous en donner des preuves. Vostre Avertisseur n'en vaut pas la peine.

Mais vous faites parler vostre Inconnu sur ce sujet d'un ton bien plus haut. Il prononce magistralement *que l'Eglise Catholique ne me reconnoist point pour Docteur.* Quelle vision! Est-ce que tout ce qui se trouve dans une Censure de la Faculté de Paris doit estre regardé comme un Decret irrevocable de toute l'Eglise Catholique? Souvenez-vous donc encore une fois du *Potiùs in destructionem, quàm in ædificationem,* de la Censure de 1554. Sçachez de plus de ce fanfaron, de quelle Eglise me croioit Docteur le S. Pape Innocent XI. lors qu'il me faisoit écrire par M. le Cardinal Cibo: *Perillustri & admodùm Reverendo D. Antonio Arnaldo Doctori Sorbonico.*

Le 2 Reproche que me fait vostre Avertisseur, est que mes Plaintes sont remplies d'injures & d'emportements selon mon stile ordinaire. Abuserez-vous toûjours, mes Reverends Peres, de l'équivoque des mots, en appellant *injures* toutes les veritez qu'on est obligé de vous dire, & ne voulant point que les faussetez que vous dites des autres soient prises pour des injures? Nostre Seigneur disoit-il des injures aux Pharisiens & aux Docteurs de la Loy, lors qu'il disoit tant de fois, *Malheur à vous Hypocrites?* S. Estienne en a-t-il dit aux Prestres & aux Senateurs des Juifs, lors qu'il leur disoit: *Testes dures & inflexibles: hommes incirconcis de cœur & d'oreilles?* S. Paul en disoit-il à Elymas, lors qu'il l'appelloit, *enfant du diable, plein de toute sorte de tromperie & de malice?* Et en disoit-il aux Galates en les nommant *insensez?* Tous les termes durs ne sont pas injurieux. Il faut pour cela qu'ils soient faux, ou qu'ils soient dits sans sujet. Les qualifications justes & necessaires ne sont point injurieuses en prenant ce mot en mauvaise part. J'ay donc pû appeler imposteur, fourbe, & faussaire l'auteur, quel qu'il soit, d'une des plus insignes fourberies qui fut jamais, & j'y ay esté obligé, parce qu'ayant écrit sous mon nom tant de lettres pleines de mensonges & de perfidies, on me les auroit pû imputer si je ne m'en estois plaint avec force. Il n'y a en cela ni injure ni emportement: mais il y en a de vostre costé. Car il n'y a point d'homme raisonnable qui ne reconnoisse que vostre Avertisseur n'a pû dire sans emportement & sans injure que mes Plaintes en sont remplies: & ce qui en est un surcroit, que c'est mon stile ordinaire d'estre injurieux & emporté. Pour

faire

faire ce portrait de moy fans fe rendre coupable de ce que vous m'imputez tres-injuftement, il faudroit avoir prouvé, non par des difcours en l'air, mais par des exemples réels, que j'ay avancé telle & telle calomnie, contre un tel auteur, Catholique ou Proteftant; & que j'ay pris ces faits faux pour fondement des termes durs dont j'ay ufé envers eux. Mais c'eft ce que j'ay fouvent défié tous mes adverfaires de trouver dans mes ouvrages: au lieu que j'ay trouvé de ces calomnies & de ces faits faux par centaines dans les vôtres. Il n'y a rien de plus commun dans les Ecrits polemiques que ces fortes de reproches que l'on fe fait les uns aux autres, d'écrire avec injure & emportement. Mais tous ceux qui voudront s'éclaircir fur cette matiere, afin de pouvoir difcerner ceux qui font ces reproches à tort de ceux qui les font avec raifon, peuvent lire dans le Renverfement de la Morale le dernier ch. du 1. livre, & je croy qu'ils y trouveront des regles fur cela qui les pourront fatisfaire.

Le 3. Reproche eft ce que vous dittes fur la 2. Plainte addreffée à vos Reverences. *Car il faut bien que les Jefuites repondent de tout ce qui arrive à Mr. Arnauld.* Eft-ce donc que ce Mr. Arnauld vous eft allé chercher à Douay fans que vous luy euffiez donné aucun fujet de penfer à vous? Eft-ce d'ailleurs qu'il eft bien certain que vous n'avez eu que peu ou point de part aux avantures de fa vie? Les deux Plaintes répondent affez à la 1. queftion. Quand on n'auroit pas autant de fujet qu'on en a de croire que c'eft quelqu'un des vôtres qui eft le faux-Arnauld, comme on eftoit affuré, que vous avez long-temps foutenu qu'il ny avoit point eu de fourberie dans cette affaire, & que c'eftoit le vray Mr. Arnauld qui écrivoit à ces Meffieurs, cela ne fuffifoit-il pas pour me plaindre à vousmefme d'un bruit fi injurieux à ma réputation que vous repandiez par tout? Et pour ce qui eft de la part que vous pouvez avoir eue à ce qui m'eft arrivé, je n'ay pas befoin d'en parler; ce font chofes trop publiques, & les preuves en font infinies. Si vous le defiriez j'en ferois aifément un livre entier.

§. I V.

Maniere foible dont les Jefuites fe defendent d'eftre entrez dans cette Intrigue.

SI quelqu'un avoit douté que les Jefuites fuffent entrez dans cette intrigue, il devroit changer de fentiment & n'en plus douter en confiderant la maniere dont ils s'en défendent. Il ne faut qu'entendre parler vôtre Avertiffeur.

Que les Jefuites foient entrez dans l'intrigue dont il fe plaint, on voit par la Plainte mefme, que c'eft une chofe qu'il dit en l'air: & qui merite

B 2 *d'au-*

d'autant moins d'estre refutée qu'on sçait qu'il est accoutumé à calomnier les Jesuites, & à leur imputer tout. Il devoit avoir prouvé le fait avant que de demander justice.

Remarquez, Mes Peres, qu'il ne dit point positivement que vous n'estes point entrez dans cette intrigue. Pour cette fois-là il a eu peur de mentir. Il s'est réduit à dire trois choses qu'il a crû qui pourroient tenir en suspens l'esprit de ses Lecteurs, mais qui par malheur pour luy se trouvent toutes trois fausses.

Car il est faux que je ne n'aye parlé qu'en l'air dans ma 2. Plainte de la part que vous aviez euë dans cette affaire. Voicy ce que j'en ay dit. On jugera si c'est n'en parler qu'en l'air. *Quoy que les Jesuites ne soient pas nommez dans la 1. Plainte, comme auteurs de la fourberie dont on se plaignoit, cela n'a pas empêché que tout le monde ne vous l'ait attribuée. On n'en doutoit point dans le Pays. On nommoit mesme ceux d'entre vous qui y avoient principalement travaillé, & on n'a pû raisonnablement l'imputer à d'autres. Car ce seroit une folie de s'imaginer qu'une intrigue conduite pendant plus d'un an avec tant d'ordre, de secret, & d'artifice, où il falloit de l'esprit & du plus rafiné, pour composer un si grand nombre de lettres malignes, & qui ne pouvoit s'executer que par beaucoup de personnes qui eussent l'affaire à cœur, & qui fussent d'intelligence, ait pû estre l'ouvrage d'un particulier.* C'est plus assurément que parler en l'air. On vous a aussi soutenu, ce que vous n'avez osé contredire, que vostre Lettre à un Docteur de Douay, où vous chantez vostre triomphe & recœuillez le fruit de vostre victoire, a esté publiquement venduë dans vos Colleges; & vostre P. Payen n'est pas plustost arrivé à Liege qu'il a commencé à la répandre, & qu'il en a fait present à des personnes d'esprit des plus qualifiez de la Ville. Il y a une autre chose que j'avois oublié de faire remarquer, c'est que ça esté tres-peu de temps depuis la dispute assez échaufée entre un de vos Professeurs & le Professeur de Ligni, que le fourbe commença d'écrire à ce dernier, & à luy donner des baisers de Judas pour luy faire sentir en suite les cruels effets de la plus honteuse perfidie. Le monde a eu tant d'horreur de la maniere dont on l'a traité en le réduisant à la derniere misere par la plus infame trahison, que pour appaiser un peu l'indignation du public, on a crû luy devoir rendre au moins les frais de son voyage, comme vostre Inconnu nous l'apprend. Mais c'est par la mesme que l'on pourroit découvrir, qui sont ces gens-de-bien à qui on a pû faire avoir ce demy-remords de conscience, si on vouloit serieusement approfondir cette affaire. Car on a des preuves que c'est sur vostre compte que l'argent a esté donné.

Ce que vous ajoutez est encore plus faux: *Que ce que j'en ay dit merite d'autant moins d'estre refuté, qu'on sçait que je suis accoutumé à calomnier les Jesuites,* On le sçait, Mes Peres? Marquez-nous donc qui sont ceux

hois

hors de chez vous, qui oseront soutenir qu'ils sçavent bien que je suis accoûtumé à vous calomnier. Je dis hors de chez vous. Car nous ayant appris dans vostre Lettre à un Docteur de Douay, *que tous les Jesuites sont*
appris depuis le Noviciat à regarder les Jansenistes sur le pied d'heretiques,
on peut bien ajoûter, & sur le pied aussi de calomniateurs, de menteurs
& de tout ce qu'il vous plaira. Comme il ne leur est permis de lire sur les
matieres du temps, que vos livres & vos libelles, où vous ne me traitez point autrement, ils n'est pas estrange qu'ils ayent tous de moy cette
opinion, hors quelques uns qui se detrompent malgré que vous en ayez
par quelques amis qui les instruisent de ce que vous leur cachez. Ne
craignez-vous point d'attirer sur vous un terrible jugement de Dieu en
corrompant vostre jeunesse par ces jugemens criminels dont vous leur
remplissez l'esprit & le cœur ? Vous prétendrez avoir droit d'en dire autant de nous. Il nous faut donc un Juge : & ce Juge sera le public. S'il est
vray *que je suis accoûtumé à vous calomnier,* il vous sera bien aisé de trouver
dans mes livres cinq ou six exemples de calomnies particulieres bien marquées & bien precises. Et c'est ce que l'on vous défie de faire, comme
on vous l'a déja dit : au lieu que l'on s'offre de tirer plus de 30. calomnies grossieres, de vos livres & de vos libelles que vous ne pourrez dé-
savoüer.

    Enfin vous finissez d'un ton plus bas, & qui ne marque que trop vôtre
défiance. C'est un fait, dittes vous, si les Jesuites ont esté auteurs ou
complices de cette fourberie ; & Mr. Arnauld devoit l'avoir prouvé avant
que de *demander justice.* Souvenez-vous, mes Peres, qu'a la fin de la premiere édition *des secrets découverts* vous parliez de la mesme sorte de cette autre question : si ces Messieurs avoient esté trompez. *Ce seroit à eux,*
disiez vous, à prouver le fait, puis qu'aprés les marques de leur peu de
de sincerité, ils ne doivent pas s'attendre qu'on les croie de rien sur leur parole.
Que pourroit on dire de plus fort, pour faire croire qu'on ne devoit pas
s'arrester à ce qu'ils disoient, quand ils se plaignoient d'avoir esté trompez ?
Cependant vous changez de note dans une autre édition de ces mesmes
Secrets. Vous reconnoissez pour certain ce que vous tachiez alors de rendre
douteux. Vous nous y faites paroistre un Inconnu qui avoüe la fourberie, qui s'en dit l'Auteur, & qui en tire vanité. C'est donc à luy presentement que nous aurons à faire. Mais il paroist si ressemblant à vostre
Avertisseur, qu'il est bien difficile de ne pas prendre l'un pour l'autre.

§. V.

Entrée de l'Inconnu semblable à celle de l'Avertisseur & encore plus fausse.

VOstre Inconnu commence bien brusquement : & c'est sans doute ce qui vous a fait dire que c'estoit un Extrait de Lettre.

Je pardonne à Mr. Arnauld toutes les injures qu'il m'a dittes, en consideration du service que sa Plainte rend à l'Eglise.

Estrange paradoxe! qu'un je ne sçay qui, que je n'ay jamais connu, & que je ne connois point encore, püisse prétendre que je luy aye dit beaucoup d'injures, qu'il est prest de me pardonner, à cause que j'ay appellé le faux-Arnauld, quel qu'il fust, Imposteur, Fourbe, & Faussaire, c'est-à-dire, parce que j'ay appliqué des qualitez essentielles à un certain crime, à celuy qui se trouveroit l'avoir commis. Il devroit donc aussi pardonner à Ciceron les injures qu'il luy a dittes dans ce passage des Offices rapporté à la fin de la 2. Plainte : *Omnes aliud agentes aliud simulantes, perfidi, improbi, malitiosi sunt.* Tous ceux qui font beaucoup de caresses à une personne, & qui ne le font qu'à dessein de luy tendre des pieges, *sont des gens malins, des méchants, & des perfides.* Si un homme se trouvoit mort dans son lit, percé de 30. coups de couteau, seroit-ce dire des injures à ce meurtrier que l'on ne connoistroit point, que de luy donner tous les noms qui conviendroient à celuy qui auroit commis une action si barbare? Le bon est qu'il me pardonne ces prétenduës injures en consideration du service que ma Plainte rend à l'Eglise. Mais quel service? C'est (ce que l'Avertisseur avoit déja dit; car ils s'entendent fort bien ensemble) qu'elle a rendu croiables les crüelles diffamations de quelques Theologiens de merite, que sans cela on auroit eu de la peine à croire. Autre paradoxe non moins insensé, comme on l'a déja fait voir. Ecoûtons neanmoins comment il prétend le prouver: *C'est que toute l'Europe est maintenant convainuë par le témoignage mesme de Mr. Arnauld qu'il n'y a pas un seul mot dans tout ce que j'ay cité, & qui a causé tant d'horreur aux Catholiques, qui n'ait esté écrit par la propre main des Chefs de cette Cabale.* Ce qu'il entend par ces citations sont celles de la Lettre à un Docteur de Douay. Or il y a dans cette Lettre de grands lambeaux des reponses que ces Messieurs de Douay croyoient faire au veritable Mr. Arnauld, d'où ce Fourbe a tiré le sujet de ses plus vehementes déclamations, jusques à dire de l'un d'eux que c'estoit un demoniaque & un enragé. Et il n'y a dans la Plainte pas un seul mot qui puisse prouver, que ces lambeaux de Lettres rapportez dans le Libelle ayent esté écrits de la propre main de ces Messieurs. Je n'ay pas eu besoin d'entrer dans ce détail. Cela ne me regardoit pas, & je

n'aje n'avois aucune obligation d'examiner les accufations particulieres du Libelle fondées fur ces Lettres. C'eſt donc une hardieſſe inſupportable d'aſſurer comme il fait, que toute l'Europe eſt maintenant convaincuë par le témoignage meſme de Mr. Arnauld, qu'il n'y a pas un ſeul mot dans tout ce qu'il a cité, qui n'ait eſté écrit par la propre main des Chefs de cette Cabale.

Vous direz peut-eſtre que j'ay appris au moins par ma Plainte, que ces Theologiens avoient ſigné voſtre miſerable Theſe. Mais ç'a eſté en apprenant en meſme-temps à toute l'Europe que vous leur aviez extor-qué cette ſignature par une infinité de menſonges & de fourberies. Il eſt vray cependant que vous n'avez point eu beſoin de mes Plaintes pour fai-re valoir cette ſignature, arrachée par de ſi méchantes voies. Car vous avez toûjours eu entre vos mains celle que voſtre fourbe les avoit engagez à faire legaliſer par un Notaire : dont vous avez tiré beaucoup de copies par des Notaires Apoſtoliques de vos amis, pour les répandre par tout. On peut donc dire à voſtre Inconnu, quel qu'il ſoit : *O plene omni dolo at-que fallacia !* Si vous n'eſtes pas Jeſuite, vous avez eſté leur valet & leur fourbe a gage, puis que cette piece ſi importante à leur deſſein, qui ne pouvoit eſtre qu'entre les mains de celuy à qui ces Meſſieurs l'avoient ad-dreſſée (c'eſt-à-dire entre les mains du veritable Mr. Arnauld, s'il n'y avoit point eu de tromperie, ou du faux-Arnauld, qui ſe faiſoit addreſſer tout ce que le veritable auroit dû recevoir) s'eſt toûjours trouvée entre les mains des Jeſuites.

Aprés tout, Mes Reverends Peres, ſi vous eſtes tous de l'avis de l'A-vertiſſeur & de l'Inconnu, & que vous croyez ſerieuſement, que ce vous a eſté un grand avantage que j'aye fait connoiſtre à toute l'Europe ce que vous avez fait faire à ces Meſſieurs par vos tromperies, on tachera dans de ſemblables occaſions de vous rendre les meſmes ſervices, en informant tou-te l'Europe de vos tours d'adreſſe, afin qu'il ne tienne pas à cela que nous ne ſoions bons amis.

§. VI.

Fanfaronades de l'Inconnu fort ſemblables à celles du P. Tellier.

VOus avez crû étourdir les gens par les fanfaronades de voſtre Inconnu. Mais c'eſt bien mal connoiſtre le monde, de n'avoir pas prevû que la maniere dont vous le faites parler ne pouvoit eſtre propre qu'à rebu-ter tous les honneſtes gens, bien loin de les perſuader de la bonté de vo-ſtre cauſe.

A l'égard des reproches que me fait M. Arnauld en me traitant d'impo-ſteur, de perfide, de ſacrilege [&, ce qui ſelon luy eſt pire que tout cela,

de

de Jesuite] *Je pretends bien luy donner satisfaction , & peut-estre plûtost qu'il ne s'imagine.*

Comment , Mes Peres , avez-vous laissé passer ces extravagances? Je n'ay traité d'*imposteur* , de *perfide* , & de *sacrilege* aucune personne en particulier , mais l'auteur des fausses lettres , quel qu'il fust. Ainsi tout ce que j'ay dit est , que celuy qui a écrit sous mon nom pour tromper des Theologiens , qui sans me connoistre pouvoient avoir quelque estime de moy , est un *imposteur* ; que celuy qui a emploié les plus tendres caresses envers un jeune Theologien pour le vôler & le traiter de la maniere la plus barbare , est un *perfide* ; & que celuy qui arrache par ses tromperies les secrets de la conscience d'un autre , est un *sacrilege*. Il faudroit avoir renversé les plus communes notions de la morale chrestienne , pour pouvoir trouver à redire à ces propositions. Il n'y auroit qu'une personne en particulier à qui on les auroit appliquées mal à propos , qui s'en pourroit plaindre , en disant: J'avoüe que je serois un imposteur , un perfide & un sacrilege , si j'avois fait ce que vous dites; mais je ne l'ay point fait. Cette Plainte seroit raisonnable. Mais qu'un je ne sçay qui , qui se tient bien masqué de peur qu'on ne le connoisse , vienne monter sur le theatre pour nous declarer , qu'il est celuy qui a fait tout ce qui vient d'estre dit , ce que j'ay pretendu ne se pouvoir faire sans meriter d'estre traité d'imposteur , de perfide & de sacrilege , & qu'il se vante d'un air insolent , *qu'il pretend bien me donner satisfaction , & peut-estre plûtost que je ne m'imagine* , c'est en verité , mes Reverends Peres , ce que tous les hommes de bon sens , auront peine à ne pas regarder comme un accés de folie. Mais quel besoin y avoit-il que ces sottises fussent accompagnées de cet insigne mensonge , *que selon moy traiter un homme de Jesuite , est quelque chose de pis , que de le traiter d'imposteur , de perfide & de sacrilege ?* N'avez point apprehendé que ce reproche si aigre & si faux à l'égard des Jesuites , ne fit entrevoir que c'est un Jesuite qui parle ? quoy que vostre Avertisseur ait dit que ce n'en estoit pas un : ce que la Lettre ne dit pas. Ecoutons les autres fanfaronnades.

Je pretends bien aussi découvrir le mystere de la premiere approbation donnée avec des explications...... J'ay sur cela des pieces qui ne surprendront pas moins le public que celles qu'on luy a déja données...... Je trouve ces Messieurs bien hardis de m'avoir attaqué là-dessus , eux qui sçavent ce que j'ay en main.

Cela est tellement du caractere de vostre P. Tellier , qu'on s'imagine l'entendre encore dans sa Défense des nouveaux Chrestiens. Car peut-on rien concevoir de plus semblable à ces menaces fieres & insolentes de vostre Inconnu , que ce que dit le P. Tellier dans l'article 4. de son ch. 1.

Les Jesuites auroient tort de se plaindre du Moraliste , puis qu'il ne pouvoit rien faire de plus avantageux pour eux , que de s'engager ainsi dans un mauvais pas , dont il ne sortira jamais , & qui sera pour luy le sujet d'une éternelle confusion. Et un peu plus bas.   *Les*

Les Jesuites sont bien éloignez de se plaindre de ce qu'il n'a mis jusques à present dans sa Morale que des histoires de l'autre monde. On l'avertit au contraire qu'il ne doit pas songer à le quitter encore si-tost. Il n'y a ni royaume, ni province dans les Orientales, ni Occidentales qu'il n'ait marquez dans l'esprit de ses lecteurs par quelques traits de médisance contre les Jesuites. On le forcera malgré qu'il en ait de repasser par tous ces endroits-là, & d'y faire, pour ainsi dire, AMENDE HONORABLE A LA VERITE' ET A LA CHARITE' QU'IL A SI INDIGNEMENT VIOLE'ES.

Voilà de terribles menaces. Le public sçait quel en a esté l'effet, & de quel costé a esté la confusion. Ceux qui ne le sçauroient pas le pourront apprendre du 3. volume de la Morale Pratique ch. 13. & des volumes suivans, dont l'un est l'Histoire de Dom Jean de Palafox, & l'autre celles de Dom Bernardin de Cardenas, & de Dom Philippe Pardo.

Ce mesme Défenseur de vos Missionnaires de la Chine, se trouvant bien empesché à répondre au témoignage peu avantageux qu'avoit rendu des Jesuites quelque temps avant sa mort M. de Solminihac Evesque de Cahors, dont M. l'Abbé du Ferrier avoit donné avis à quelques Evesques de ses amis : *C'estoit,* dit-il, *un pur mensonge du S. Du Ferrier, dont Dieu a permis que l'on ait depuis découvert la fausseté, comme nous dirons en son lieu.* Voilà qui est formel & précis. Vous ne faites point de conscience de noircir la reputation des plus gens de bien par des calomnies sans fondement, en faisant croire que vous en avez de bonnes preuves que vous direz en son lieu. Mais tout cela s'en est allé en fumée. On a produit de tres-bonnes preuves pour la justification de ce serviteur de Dieu si estimé par tous les bons Evesques de Languedoc, & vous n'avez osé dire un seul mot des pretenduës preuves du mensonge que vous luy aviez imputé tres-faussement.

Il en sera de mesme de ces menaces de vostre Inconnu : qu'il produira le mystere de la 1. Approbation avec des explications ; qu'il a des pieces à donner au public dont on sera bien surpris, & que ces Messieurs sont bien hardis de s'attaquer à luy, eux qui sçavent ce qu'il a en main.

Ce n'est pas là ce que ces Messieurs ont à craindre : mais ils auroient plus à apprehender ce que vous leur faites entrevoir dans la suite. Et c'est sur quoy il est bon de faire une reflexion particuliere.

§. VII.

Avec combien d'impertinence on fait parler l'Inconnu, comme si tout ce qui se fera dans cette affaire dependoit de luy.

IL est étrange, Mes Reverends Peres, que la grande opinion que vous avez de vostre credit vous fasse faire des imprudences qui ne sont pas concevables. S'en peut-on imaginer une plus grande, que de faire parler

C

vostre

voſtre Inconnu comme s'il eſtoit le maiſtre abſolu de tout ce qui ſe paſ-
ſera dans cette affaire? Que ces Meſſieurs auront beau dire, qu'on ne peut
dans la juſtice juger des Approbations qu'ils ont données par ſurpriſe à une
Theſe captieuſe, ſans les entendre; & qu'on doit examiner ces Approbations
dans le meſme ordre qu'ils les ont données, c'eſt-à-dire, la premiere avant
la ſeconde. Voſtre Inconnu leur declare qu'il ne pretend pas que cela ſe paſſe
ainſi. Il leur fait aſſez entendre qu'ils ne ſeront avertis de rien ; qu'on
pourra avoir égard à la premiere approbation qui eſt avec des explications,
puis qu'ils le veulent, mais qu'il faut auparavant qu'on ait jugé de la derniere où il n'y a point d'explication. *Voilà*, dit-il, *ſur quoy il faut* (Remarquez par deux fois ces termes *il faut*) *donner le temps aux fidelles, de
faire leurs Reflexions, afin qu'ils voient ſi le Janſeniſme eſt un phantôme.*

Ce n'eſt pas-là le langage d'un particulier qui n'oſeroit s'attendre qu'à ce
qu'il pourroit obtenir ſelon les regles de la juſtice; c'eſt le langage d'un
Corps par un de ſes membres, qui ſe promet tout de ſon credit & de ſa faveur. Enflé de cette confiance il parle en maiſtre. Il dit qu'il ne faut pas
cela, mais qu'il faut cecy. Ne vous attendez pas, fait-il entendre à ces
Meſſieurs, qu'on commencera par examiner voſtre premiere ſignature ac-
compagnée d'explications. Ce ſeroit trop hazarder pour nous. Car où en
ſerions-nous, ſi on en jugeoit comme on a fait à Louvain, & qu'on trouvaſt que noſtre Theſe équivoque y eſtant reſtreinte par ces explications à
des ſens orthodoxes, n'auroit plus rien qui en puſt rendre la ſignature
mauvaiſe, ſur tout dans les circonſtances où elle a eſté faite. Nous donne-
rons donc bon ordre qu'on ne commence point par là. Il faut auparavant
juger de la derniere qui eſt ſans explications. Et comme nous ne doutons
point que nous ne puiſſions trouver 4. ou 5. Docteurs qui pour nous faire
plaiſir la condamneront en cette maniere, nous ferons en ſorte qu'on s'en tienne
là, afin que les fidelles (par où nous entendons ceux que nous ne mettons
point dans la claſſe des Janſeniſtes) aient le temps d'y faire leurs reflexions,
& de reconnoiſtre par là ſi le Janſeniſme n'eſt qu'un phantôme. Rien ne
pourroit attirer plus d'indignation contre voſtre compagnie, Mes Péres,
que de reuſſir dans ce malheureux projet de perdre de pieux Theologiens,
en y employant des voies ſi injuſtes. Mais découvrir vous-meſmes ces
voies iniques, & en tirer vanité, c'eſt le dernier aveuglement.

L'air altier dont voſtre Inconnu continue ſes inſultes, a quelque choſe
encore de plus haïſſable : *Aprés cela*, dit-il (c'eſt-à-dire aprés que la Theſe
ſignée ſans explications aura eſté condamnée) *qu'on vienne à moy, j'en ſuis
content : mais de me juſtifier auparavant, ce ſeroit prendre le change, & c'eſt
à quoy M. Arnauld ne me reduira pas par ſes grands airs & par ſes manieres* SOTTEMENT *triomphantes.*

On reconnoiſt à ces ſots reproches *de grands airs*, & de *manieres ſotte-
ment triomphantes* que vous ne ſçauriez appuier d'aucun exemple, un de-

clamateur

clamateur de College , qui croit se faire valoir par quelques mots à la mode qu'il emploie sans jugement. Mais que veut-il dire par cette saillie : *Aprés cela , qu'on vienne à moy, j'en suis content.* Est-ce donc qu'aprés s'estre declaré, comme il fait dans cette Lettre , pour autheur d'un Libelle diffamatoire, s'il en fust jamais, & de tant de méchantes Lettres pleines de mensonges & de fourberies, il croit estre bien assuré *qu'on ne viendra à luy;* que quand il en *sera content?* Il faudroit que ce fust vous , mes Reverends Peres , qui luy eussiez donné cette assurance , & peut-estre bien d'autres , dont vous pourriez estre de mauvais garands. *Me justifier auparavant,* ajoûte-t-il , *ce seroit prendre le change , & c'est à quoy M. Arnauld ne me reduira pas par ses grands airs.* Il suppose qu'aiant reconnu qu'il a fait des actions que tout le monde juge estre punissables , il depend de luy de ne s'en justifier que quand il luy plaira ; que de la faire avant cela ce seroit prendre le change , & que c'est à quoy on ne le reduira pas , quoy qu'on luy puisse dire.

Ce que le public, Mes Peres , pourra comprendre par là , est que vous pretendez estre les maistres absolus de cette affaire ; qu'elle se traitera dans le cabinet ; qu'il n'y aura point proprement de juge qui en prenne connoissance ; qu'on la commencera par où vous voudrez , & par ce qui vous sera plus avantageux ; que vostre fourbe ne s'y justifiera que par forme ; que ce ne sera que quand il voudra , n'aiant point de partie en teste qui le presse de parler ; que vous ferez bien en sorte qu'il ne se trouvera point dans l'embarras où s'est trouvé vostre P. Payen ; & que quoy qu'on luy puisse dire, il aura droit de s'en mocquer, en l'appellant *de grands airs, & des manieres sottement triomphantes.*

Mais ne seroit-ce point aussi estre *sottement* credule , que de se fier à cette assurance , en s'exposant , si elle venoit à manquer , à estre puni pour des actions dont on se seroit chargé , qui ont paru si atroces à tous les honnestes gens , & si prejudiciables à la societé humaine , que si elles estoient exposées au jugement d'une Cour seculiere , rien ne pouroit empecher que tous les juges n'opinassent tout d'une voix à en faire une punition exemplaire.

On se mocqueroit bien sur tout de ce Declamateur, s'il pensoit arrester ses juges par cet impertinent discours : *Il s'agit icy de l'heresie dont on pretend convaincre une troupe de gens sur quantité de leurs lettres. Pourquoy confondre la cause de la Religion avec celle d'un particulier comme moy. Que je sois un scelerat & un infame , les lettres de ces Messieurs en sont elles moins leurs lettres?*

Croiez-vous , luy diroit-on , nous arrester par ces figures de Rethorique ? Il s'agit de l'heresie dont vous avez eu dessein de convaincre une troupe de gens par leurs propres lettres ; vous a-t-il esté permis pour cela d'extorquer ces Lettres par des fourberies & des trahisons qui ont fait horreur à tout le monde dés que le public en a esté informé ? *Mais pourquoy confondre,* dites-vous , *la cause de la Religion avec celle d'un particulier com-*

me

me moy? On ne les confondra point. On remettra aux Evêques & aux Docteurs ce qui regarde la Religion , & on punira le fourbe qui a voulu la troubler par ses calomnieuses filouteries. C'est un des moiens de l'assurer. Mais à quoy pensez-vous , luy diroit-on encore , quand vous ajoutez : *Que je sois un scelerat & un infame , ces lettres de ces Messieurs en font-elles moins leurs lettres?* N'avez-vous pas prevu qu'on vous pourroit dire avec encore plus de raison : *Que ces lettres soient de ces Messieurs tant qu'il vous plaira , en estes vous moins un scelerat & un infame,* vous qui vous estes attiré ces beaux titres & beaucoup d'autres semblables , en vous faisant honneur d'avoir joüé de suite ces deux personnages envers les mesmes personnes : le premier, d'un hypocrite & d'un perfide qui emploie toutes sortes de caresses & de mensonges pour se faire croire leur plus grand amy : l'autre , d'une beste farouche qui les dechire à belles dents par les calomnies les plus atroces. Et vous voudriez , Monsieur l'Inconnu , qu'on oubliast tout cela, qu'on n'y eust point d'égard , & qu'on s'attachast uniquement à ce que vous appellez la cause de la Religion , que vous voudriez bien reduire à sçavoir, si vous avez bien rencontré, vous ou ceux qui vous ont mis en besogne, en fabriquant une These si captieuse & si équivoque , qu'aiant pu paroistre orthodoxe à des personnes qui l'expliquoient benignement, elle pourra paroistre heretique à d'autres par le sens qu'ils y donneroient. Mais c'est proprement ce qui regarde la derniere figure de vostre Inconnu , & qui merite une nouvelle reflexion.

§. VIII.

Belle demande de l'Inconnu : En font-ils moins heretiques pour s'estre découverts à un Faux-Arnauld ?

IL ne me reste qu'à examiner la derniere interrogation de vostre Inconnu : *Ces Messieurs en sont-ils moins heretiques, pour ne s'estre découverts qu'au faux-Arnauld lors qu'ils pensoient se découvrir au veritable ?* Miserables sophistes , detournerez-vous toûjours l'esprit des lecteurs du veritable estat de la question? Il s'agit de sçavoir, si la signature d'une certaine These (qui fait tout le fort de vostre libelle) peut donner un juste sujet de croire qu'ils ont de mauvais sentimens touchant la grace. Or qui peut douter qu'il n'y ait beaucoup de choses à considerer pour ne se point tromper dans ce jugement ?

1. Il est certain qu'on juge bien mieux des sentimens d'un Theologien par ses propres oüvrages, que par ceux d'un autre qu'il auroit approuvez. Il n'est pas necessaire que celuy qui approuve une These, ou quelque autre piece , soit du sentiment de celuy qui l'a faite. Il n'y a point d'Ecole qui n'ait quelques sentimens particuliers. Les Theologiens d'un autre Ecole ne pourroient

roient donc jamais approuver leurs Thefes ou leurs livres. Il fuffit d'ordinaire pour un Approbateur ou un Cenfeur qu'il n'approuve rien qui foit
contraire à la foy ou aux bonnes mœurs. Outre cela, y aiant beaucoup de
propofitions qui fe peuvent prendre en divers fens, il peut arriver que l'Approbateur prenne en un bon fens, ce que l'Auteur auroit pris dans un mauvais fens. On fe tromperoit donc fi on jugeoit par là du vray fentiment de
l'Approbateur.

2. Il y a bien de la difference entre approuver une piece qui n'eft pas publiée, & en approuver une qui l'eft déja, pour quelque raifon particuliere,
telle que feroit celle d'empecher qu'elle ne fuft cenfurée & qu'on n'abufaft
de cette cenfure pour donner atteinte à quelque verité importante. Dans
le 1. cas un Approbateur ne doit point approuver une piece où il fe trouveroit des expreffions dures & choquantes, ou des propofitions équivoques qui pourroient eftre prifes en de mauvais fens, avant que cela foit
changé. Mais dans le fecond cas, où l'on ne peut rien changer, le mieux que
l'on pourroit faire feroit de marquer dans fon approbation ce qui pourroit
remedier à ces inconveniens.

3. Enfin un Theologien pourroit prendre moins de precaution, quand
c'eft un homme d'honneur & habile, qui le prie d'approuver quelque piece,
& qui l'affure en mefme temps, qu'elle eft déja approuvée par beaucoup de
fçavans hommes, que s'il en eftoit prié par un Inconnu.

Pour peu qu'on ait de bon fens & d'equité on doit demeurer d'accord,
qu'il n'eft pas toûjours fort fûr de juger des vrais fentimens d'un Theologien par quelque Approbation qu'il auroit donnée : & que fi on en vouloit juger par là, il feroit neceffaire de prendre garde aux divers cas que
j'ay marquez. Et c'eft par là auffi qu'il eft aifé de demefler, Mes Reverends Peres, ce que voftre Inconnu a voulu embrouiller par cette interrogation fophiftique : *Ces Meffieurs en font-ils moins heretiques, pour ne s'eftre
découverts qu'aux faux-Arnauld lors qu'ils penfoient fe découvrir au veritable ?*
J'ay déja remarqué le premier fophifme, *en font-ils moins heretiques ?* Comme fi on les avoit convaincus de l'eftre.

Le 2. plus fin & plus malicieux eft caché dans ces termes, *Pour s'eftre
découverts au faux-Arnauld, lors qu'ils penfoient fe découvrir au veritable.*

Car l'idée que cela donne, eft qu'Antoine A*** qui leur écrivoit, les
avoit priez de luy découvrir ce qu'ils n'ofoient dire ouvertement touchant
la grace, & qu'ils l'avoient fait penfant répondre au veritable Mr. Arnauld.
Or il n'y a rien de plus faux que cette idée, comme il paroift par les Lettres
du fourbe, qui ne les folicita d'approuver fa frauduleufe Thefe, qu'en
affurant qu'elle avoit efté foûtenuë à Malines, & que la crainte qu'on
avoit qu'elle ne fuft cenfurée par l'Archevefque & que cette Cenfure ne
fift beaucoup de tort à la Doctrine de S. Auguftin, eft ce qui le faifoit
travailler à en avoir le plus d'Approbations qu'il pourroit, afin d'arrefter
cette Cenfure.

On

On doit compter pour un 3. sophisme, le silence que vous avez affecté dans vostre Lettre à un Docteur de Douay, touchant la fabrication de cette Thèse. Elle y paroist approuvée par trois de ces Messieurs de Douay, sans que l'on sçache ce que c'est, d'où elle vient, qui l'a faite, si elle a esté imprimée auparavant, & où : ou si c'est la première fois qu'on en a ouy parler. Si vous n'aviez envuë que la cause de la Religion auriez-vous eu besoin de ces articles? Qui ne voit donc que vostre dessein a esté de faire d'abord un grand bruit, comme si l'Eglise courroit fortune d'estre renversée, afin de prevenir la Cour, & d'en obtenir quelque ordre contre ces Messieurs avant que l'on eust appris le détail de cette affaire, dont on n'a pas esté plustost informé, que toute la terre s'est soûlevée contre cet effroiable tissu de mensonges & de perfidies.

C'a esté dans la mesme vuë de faire réüssir promptement vostre complot, que vous avez affecté de ne me point nommer dans vostre Libelle, quoy que selon vos idées j'eusse dû estre le plus criminel de toute cette cabale conjurée contre la Religion, comme vous l'appellez. Mais vous avez apprehendé que si j'avois pû entrevoir que vous m'eussiez donné quelque part dans cette intrigue, je me fusse recrié contre une si grande méchanceté : ce qui vous auroit osté le temps dont vous aviez besoin pour prevenir la Cour contre ces Messieurs.

C'est dans ces dissimulations & ces réticences frauduleuses que vous faites principalement consister toute vostre addresse de sophistes. Car vous ne dittes plus rien dans vostre Avertissement, ni dans la Lettre de vostre Inconnu, qui n'ait esté ruïné par les Plaintes, & par les Ecrits de ces Messieurs que vous faites semblant de n'avoir pas vus. On vous en a marqué deux Latins dans la 2. Plainte, dont le 1. a pour titre : *Epistola ad quemdam sacræ Theologiæ Baccalaureum, continens explicationes Theseos ad mentem S. Augustini, ab Approbatoribus Duacensibus missas, & ab authore Libelli suppressas;* l'autre, *Conclusiones Theologicæ, quibus suam de gratia & libero arbitrio sententiam complectuntur duo hujus Universitatis Duacensis sacræ Theologiæ Professores.* Et il en a depuis paru un troisième qui met encore dans un plus grand jour l'innocence de ces Theologiens & la malice de leurs ennemis. Il a pour titre : *Justificatio duorum Universitatis Duacensis Professorum : contra atroces calumnias Libelli famosi cui titulus,* Lettre à un Docteur de Douay, *Per Eruditissimum Dom. Philippum Rivette, &c.*

Des réponses solides à ces Ecrits Theologiques, si vostre cause vous permettoit d'en faire de telles, vous feroient bien plus d'honneur, que la peine que vous prenez de répandre en differentes manieres & sous de nouveaux titres un mechant libelle, qui ne peut estre qu'un témoignage de vostre malignité, & de vostre impuissance à colorer une si mechante entreprise.

§. IX.

§. IX.

Calomnie atroce & insensée, pour justifier ce titre : Secrets du Parti de M. Arnauld découverts depuis peu.

C'Est icy, Mes RR. PP. un des principaux sujets de cette 4. Plainte, qui n'est proprement qu'une suite de la seconde. J'y avois fait remarquer, que vos Confreres de Douay & ceux qu'ils s'estoient associez, avoient affecté de ne me point nommer dans leur Lettre à un Docteur de Douay. Outre la raison que j'en ay donnée dans cette Plainte, ils ont pu encore en avoir une autre, qui est que les Theologiens à qui ils attribuoient de si mechans desseins contre l'Eglise en paroistroient plus coupables, si le public se persuadoit qu'ils les avoient conçus d'eux-mêmes sans y estre poussez par personne. Mais le bruit qu'avoit fait par tout la découverte des fourberies employées pour les tromper obligea vos Confreres de Paris de prendre d'autres mesures. Ils se flattoient qu'en faisant imprimer cette mesme *Lettre à un Docteur de Douay*, sous ce nouveau titre, *Secrets du Parti de M. Arnauld découverts depuis peu*, ils feroient croire à bien du monde que M. Arnauld est à la teste d'un party, dont on a découvert à Douay les secrettes pratiques, & les funestes intelligences ; & que par là tout ce qu'il y a dans ce Libelle d'horrible & d'atroce retomberoit sur ce Docteur : c'est à dire qu'ils le feroient considerer comme le Chef de gens *qui ont conçu de malheureux desseins contre la Religion, & à qui l'esprit d'erreur & de cabale qui les possede à fait former le plan d'une nouvelle Eglise sur les ruines de celle que* Jesus-Christ *a prise pour son Epouse.*

J'ay fait voir ensuite qu'il n'y a pas de sens commun dans ces accusations outrées. Mais voicy comme j'ay monstré l'impossibilité qu'il y avoit de les faire tomber sur moy. Je vous ay demandé, Mes Peres ; si ce ne seroit pas une horrible calomnie de me decrier comme le *Chef d'un Parti* qui auroit conçu de mauvais desseins contre la Religion, à cause seulement qu'un fourbe auroit pris mon nom en écrivant à des personnes avec qui je n'ay jamais eu aucune habitude, & en les portant par une infinité de mensonges à approuver une These, dont j'avois aussi peu de connoissance, que de ce qui se passe aux terres Australes. Il faut bien, ai-je dit, que vous l'avouiez. Car qui est l'homme de bien qu'on ne pût perdre d'honneur, si ce qu'un faussaire, qu'il ne connoistroit point, avoit écrit sous son nom, luy pouvoit estre imputé. Ainsi, ai-je dit encore, ce titre outrageux ne peut avoir pour fondement qu'une opiniastreté insensée à soutenir toûjours après une manifeste conviction de la fourberie, que c'est le veritable M. Arnauld qui a remué toute cette intrigue, & que c'est à luy par consequent qu'on doit imputer tout ce que vous pretendez que les autres ont fait de mal,

puis

puis qu'ils ne l'auroient fait qu'en y eftant follicitez par mes Lettres.

Voilà, Mes Peres, ce que tout le monde auroit cru eftre capable de vous faire repentir de m'avoir fait entrer par voftre faux titre dans cette affaire de Douay.

Mais vous eftiez trop engagez pour reculer. Vous n'aviez autre chofe à donner au public que ces prétendus *fecrets*, & vous aviez befoin d'en faire une édition toute nouvelle pour avoir occafion de détefter la Lettre de voftre Inconnu. Il falloit donc ou reprendre l'ancien titre de *Lettre à un Docteur de Douay*, ce qui vous a paru trop humiliant, ou défendre le nouveau à quelque prix que ce fuft, & vous obftiner à foutenir que ce font les fecrets du parti de M. Arnauld qui ont efté découverts depuis peu à Douay. Quoy que ce dernier fuft plus conforme à voftre genie, vous n'avez ofé le prendre vous-mefmes à découvert; mais vous avez cru en devoir charger voftre Inconnu, qui n'ayant pû fe declarer le faux-Arnauld & l'auteur du Libelle, fans avoir renoncé à toute pudeur, vous a paru propre à étourdir les efprits foibles par fa confiance & par fon audace. On en peut juger par fon debut. *Mais le vray Arnauld a fujet de fe plaindre? Paffe. Qu'il fe plaigne de moy, pourvû qu'il fente en mefme temps combien toute l'Eglife a fujet de fe plaindre de luy.*

Le vray Arnauld s'eft plaint d'un impofteur qui ayant pris fon nom luy a fait dire cent & cent menfonges, & tramer cent perfidies; & voicy un homme qui declare effrontement, qu'il eft cet impofteur dont le vray Arnauld s'eft plaint. Or tout impofteur reconnu pour tel eft indigne de toute creance. N'avez-vous donc point de honte, Mes Peres, de vouloir que l'on croie celuy-cy, quand il affure *que toute l'Eglife a bien plus de fujet de fe plaindre de ce vray Arnauld, que le vray Arnauld n'en a de fe plaindre de fes fourberies?*

Il dira (continue-t-il) *que ce n'eft pas luy qui a gafté les Docteurs de Douay, qu'il ne leur a jamais ni parlé ni écrit, qu'il ne les connoift pas mefme.*

Vous luy faites mal deviner, mes Reverends Peres, ce que luy dira le vray Arnauld. Car il n'aura garde de dire que ce n'eft pas luy qui a gafté les Docteurs de Douay. Ce feroit avouer qu'ils font *gaftez* ou par luy ou par quelques autres; au lieu que les Ecrits qu'ils ont donnez au public font voir évidemment, que ce ne font point eux qui font *gaftez*, mais que ce font leurs ennemis à qui la haine & la jaloufie ont gafté l'efprit & le cœur. Lors donc que j'ay dit que jamais je n'avois eu aucune habitude avec eux, ç'a efté feulement pour faire entendre, que c'eftoit une extravagance manifefte, de vouloir que les fecrets de ces Docteurs, que vous pretendiez avoir découverts depuis peu, fuffent les fecrets du parti de M. Arnauld; puis que ne les connoiffant en aucune forte, il n'avoit garde d'avoir part à leurs fecrets. Cependant voftre Inconnu pouffe fa pointe encore plus fierement.

A qui penfe-t-il faire illufion par un femblable langage? Il leur a écrit tous

les

les livres qu'il a imprimez jusques icy & qui ont servi à les corrompre.

Mais à qui pense-t-il luy mesme faire illusion par une telle replique ? Tout homme qui imprime un livre est censé l'avoir écrit à tous ceux qui le pourront lire dans la suite de tous les âges. Soit. Mais s'ensuit-il de là, que tous ceux qui le liront doivent estre considerez comme le parti de l'auteur de ce livre. C'est la 1. sottise. La 2. est, ce qu'il dit, que les livres du vray Arnauld ont servi à corrompre ces Messieurs. Oubliera-t-il toûjours que s'estant declaré un des plus grands menteurs qui fust jamais, il n'a nul droit de se faire croire ? A qui pense-t-il donc faire illusion, en nous assurant sans autre preuve que sa parole, que ces Messieurs ont l'esprit corrompu par de mauvais sentimens, & que ce sont les livres du vray Arnauld qui le leur ont corrompu ? Est-ce qu'il remet à Vos Reverences à prouver l'un & l'autre de ces deux points ? Venez donc à son secours, on vous le permet, pourvû que vous aiez reconnu auparavant qu'il n'y a rien de plus ridicule que la maniere dont il s'y prend pour soûtenir vostre miserable cause. Aprés cela vous aurez deux choses à faire : l'une, de marquer en termes clairs & precis les dogmes capables de renverser la Religion, que vous avez découvert estre tenus par ces Messieurs. C'est ce que vous ne sçauriez faire qu'en répondant solidement à leurs trois écrits. La 2. est, de monstrer ces mesmes dogmes capables de renverser la Religion dans les livres du vray Arnauld. Et c'est ce qu'on est encore plus assuré que vous ne ferez jamais. Et cependant ce ne seroit pas assez pour justifier vostre titre : *Les secrets du parti de M. Arnauld découverts depuis peu.* Car les principaux livres du vray Arnauld touchant la grace aiant esté publiez il y a 50. 40. ou 30. ans, si c'estoit de là que ces Messieurs auroient pris leurs prétendus méchans dogmes, comment pourroit-on dire que ce sont *des secrets qui n'ont esté découverts que depuis peu ?* Tout ce que les yeux les plus penetrans, qui sont ceux de la jalousie & de la haine, ont pû trouver dans ces livres, qu'ils se sont imaginé estre censurable, a esté une seule proposition : & on a fait voir par des écrits sans réponse que c'a esté malheureusement pour eux qu'ils l'ont censurée. Mais écoutons encore nostre Inconnu.

Ce vray Arnauld les a séduits, sans les connoistre, à un point que depuis 15. ans ils luy estoient dévouez, quoy qu'ils ne l'eussent jamais vû. Ce n'est pas moy qui leur preste cela, ce sont eux mesmes qui se sont expliquez en ces termes. Qu'on voie maintenant, si ç'a esté une imposture de dire, que ces Docteurs estoient du parti de M. Arnauld. Ils en estoient jusqu'à estre prests de sacrifier leurs biens, leur liberté, leur vie. Et il y a à la marge : *Secrets du parti de M. Arnauld*; pour monstrer que c'estoit cela qu'il avoit entrepris de justifier.

Autre illusion de vostre Phantôme. Il abuse de l'équivoque du mot de séduire. Car au lieu qu'il signifie proprement *induire en erreur,* il est visible

D par

par la fuite de fon difcours qu'il le prend icy en un autre fens, & qu'il veut marquer que M. Arnauld avoit feduit ces Docteurs en les attachant à luy, comme on s'attache à un Auteur dans les livres duquel on trouve des caractéres de verité, de fincerité, & d'honnefteté. Mais on ne peut dire que ce foit l'attache qu'avoient ces Meffieurs aux livres du vray M. Arnauld, qui les a portez à figner la Thefe dont le faux Arnauld leur a demandé l'approbation. S'il avoit fuppofé que l'autorité de ce Docteur leur feroit faire tout ce qu'il voudroit, il leur auroit écrit en ces termes : Je vous envoie une Thefe que j'ay compofée fur ce que j'ay enfeigné en divers ouvrages. Vous ne devez point craindre de l'approuver, j'ay de quoy la foûtenir, & voftre approbation me fervira pour la faire approuver à d'autres. Voilà ce qu'auroit dit naturellement une perfonne qui auroit cru pouvoir emporter ces jeunes Theologiens par l'autorité d'un ancien Docteur foûs le nom duquel il leur écrivoit. Mais voftre fourbe s'y eft pris d'une maniere toute oppofée. Il a entaffé menfonges fur menfonges, comme il a efté remarqué dans la premiere Plainte.

1. Que cette Thefe avoit efté foutenue à Malines. 2. Que M. l'Arch-Evefque de Malines perfecutoit cruellement l'Ecclefiaftique qui l'avoit foutenue. 3. Que les ennemis de S. Auguftin en follicitoient vivement la cenfure, ce qui feroit un extreme tort à la doctrine de ce Saint. 4. Que pour empecher ce coup, il avoit accumulé un grand nombre d'approbations. 5. Qu'il en avoit des Evefques de France, & des Docteurs de Sorbonne. 6. Qu'il en avoit auffi des principaux Docteurs de Louvain. 7. Enfin des plus habiles gens de l'Europe. 8. Qu'il ne manquoit que des approbations de Douay, pour arrefter ce coup fi fatal à la doctrine de S. Auguftin, & pour faire triompher la verité. Que fi aprés cela ils ont figné la Thefe avec des explications qui en rectifioient les mauvais fens, il eft vifible que ce n'a point efté par déference à la doctrine de mes livres, mais que tout ce que la fuppofition de mon nom y a contribué, eft qu'ils n'ont pas cru que je fuffe capable de les tromper par des menfonges groffiers, tels que font ceux que je viens de rapporter. Or vous feriez bien déraifonnables, mes Peres, fi vous vous imaginiez que cela fuffife pour autorifer voftre nouveau Titre: *Secrets du parti de M. Arnauld découverts depuis peu.*

§. X.

Reflexion fur l'autorité que les Jefuites fe donnent de traiter d'heretiques qui il leur plaift.

Comme voftre Inconnu fuit parfaitement voftre efprit, Mes Reverends Peres, on n'eft pas furpris de voir qu'il ait fuppofé de plein droit, que ces Meffieurs de Douay eftoient convaincus de foutenir des herefies capables
bles

bles de renverser la Religion, & qu'ils avoient pris ces herefies des livres de M. Arnauld. C'eft voftre methode ordinaire, auffi propre à tromper les fimples & à feduire le petit peuple, qu'à attirer fur vous l'indignation de tous les gens d'efprit. On n'a qu'à comparer vos livres avec ceux de vos adverfaires, en lifant les uns & les autres avec attention; & il eft certain que la difference qu'on y trouvera, eft qu'on ne dit rien pour fe défendre contre vous qu'on ne prouve bien, & que vous ne dittes rien contre eux qui foit appuié de la moindre preuve folide.

Ces Theologiens de Douay, avant mefme que le faux-Arnauld les eût fourbez, *eftoient connus pour eftre fort attachez aux herefies des* 5. *Propofitions.* C'eft l'idée que vous en donnez par tout. Sur quoy cela eft-il fondé? Sur ce qu'il vous plaift de le dire.

Ce font les livres de M. Arnauld qui les avoient gaftez. C'eft encore ce que vous dittes, fans fçavoir s'ils avoient lu ces livres qui font maintenant fort rares; fans pouvoir dire ce qu'il y a dans ces livres, qui ne foit pas approuvé de toutes les écoles qui font profeffion de fuivre la doctrine de faint Auguftin touchant la grace. Il n'importe. Il faut que ces livres foient pleins d'erreurs, parce que vous le dittes, & que vous avez entrepris de le faire croire.

Ces Meffieurs de Douay font une preuve convaincante, qu'il y a une fecte d'heretiques Janfeniftes, & que ce n'eft pas un phantôme. Et fur quoy eft appuiée cette preuve? Sur ce que vous les jugez tels; & que vous trouvant dans l'impuiffance de répondre à des écrits tres-folides qu'ils ont publiez pour leur juftification, qui ont efté approuvez par de fort fçavans Theologiens, vous eftes affez lâches pour les diffimuler, & pour vouloir qu'on n'y ait aucun égard, parce que voftre deffein eftoit de les faire condamner fur voftre parole, fans qu'on leur donnaft aucun lieu de fe défendre.

Ces diffimulations font un des moiens que vous mettez les plus en ufage pour tromper le monde. Vous reproduifez en ces pays-cy des pieces refutées & mifes en poudre il y a trente ans, comme fi c'eftoit de nouvelles découvertes. Et je viens d'apprendre prefentement que vous répandez par tout, pour donner de l'horreur au petit peuple de ceux que vous decriez fous le nom de Janfeniftes, un des plus mechans libelles que l'efprit de calomnie vous ait fait enfanter, & dont j'ay parlé dans ma premiere Plainte. Vous luy avez donné pour titre: *Reglemens & Inftructions de Meffieurs les Difciples de S. Auguftin, & la fin de leur union.* C'eft ce que vous avez détaché d'une prétendue Lettre circulaire des Ecclefiaftiques de Port-Royal, que vous fiftes courir fous leur nom, il y a plus de 30. ans. Et pour aller au-devant du defaveu qu'on en feroit, vous avez eu la malice de mettre à la fin: *Si par malheur ces Inftructions tomboient entre les mains des ennemis, les Difciples de S. Auguftin les defavoueront ou de bouche ou par écrit, s'il eft expedient pour le bien de cette union.*

Mais

Mais rien n'est comparable en ce genre de dissimulation & d'audace, à ce qu'a fait vostre P. Bouhours. Il y a 23. ans qu'il publia une Lettre à un Seigneur de la Cour contre la Requeste presentée au Roy par les Ecclesiastiques de Port-Royal. On y répondit: & l'aiant convaincu de toutes sortes d'excés, & principalement de mensonges & de calomnies, on le reduisit au silence. vingt ans après pour s'en faire honneur, il la fit rimprimer parmy ses opuscules, sans dire un seul mot de la Réponse qu'on y avoit faite dés le temps qu'elle parut. On le luy a reproché dans la 3. Dénonciation du peché philosophique, & on y a fait remarquer trois insignes calomnies sur lesquelles on l'avoit couvert de confusion dés l'année 1668. Il n'en est pas devenu plus sage, & ayant à répondre à la refutation qu'on avoit faite d'une pitoiable recrimination fourrée dans sa 1. Lettre sur le peché philosophique, il trouva que le plus court estoit de rimprimer pour la 3. fois la mesme Lettre à un Seigneur de la Cour, parce qu'il prétendoit y avoir prouvé que les Jansenistes estoient heretiques, & que c'estoit tout ce qu'il avoit à faire pour justifier sa recrimination, que de leur dire les mesmes injures. C'est comme ce grand Apologiste de la Societé s'en expliqua dans un Avertissement, qu'il feint avoir esté fait par un autre Jesuite de ses amis. Mais pour signaler davantage son ressentiment, il luy plaisoit de me nommer en particulier en me donnant la qualité de *vieil heretique*. Je ne dois pas m'en fâcher. On ne se fâche pas des injures que nous dit un homme qui est hors de son bon sens. Ecoutons donc de sang froid ce que nous conte le P. Bouhours dans son Avertissement.

Pour toute Réponse, on a jugé à propos de faire paroistre la Lettre à un Seigneur de la Cour, qui parut il y a 20. ans, lors qu'il fallut convaincre les Jansenistes d'heresie. Comme ils ne disent rien de nouveau pour se défendre du nom, & de la qualité d'heretiques, ce seroit une dépense inutile de composer une piece nouvelle sur ce sujet. A quoy bon changer de réponse, puisque M. Arnauld n'a changé ni de doctrine ni de conduite? Il est aujourd'huy ce qu'il a toûjours esté: L'age ne l'a fait que confirmer dans ses premieres erreurs .... Pour battre un vieil heretique, on ne devoit pas chercher d'autres armes que celles dont on l'avoit déja battu. Et un peu plus bas. *Mais ce n'est pas ce qui embarasse ces Messieurs. Au fond ils ne sont pas trop fachez d'estre heretiques: par là ils font parler d'eux. Qui penseroit à M. Arnauld, s'il pensoit comme les autres?*

On n'a pas laissé sans réponse de si étranges emportemens. Un de mes amis a fait voir les égaremens de ce Pere d'une maniere fort humiliante pour luy dans un Ecrit intitulé: *Le P. Bouhours convaincu de nouveau de ses anciennes impostures, faussetez & calomnies* : Et tout fier qu'il est, on est bien assuré qu'il n'y repliquera pas. Cependant on sera peut-estre bien-aise de voir icy en peu de mots le denombrement des sottises de la periode que je viens de rapporter, parce que rien n'est plus propre à faire voir, que l'eloquence pré-

tenduë

faifant ni l'écriture, ni le feing, ni le cachet de perfonne. Voftre P. Valentia aura encore moins merité le nom de fauffaire, lors que lifant un paffage de S. Auguftin devant le Pape Clement VIII. qui prefidoit en perfonne à la celebre Congregation *de Auxiliis*, il ne lut point un mot qui eftoit dans le livre qu'il lifoit, & en lut un autre qui n'y eftoit pas, & qui changeoit tout le fens du paffage.

Cet exemple peut eftre ajoufté à d'autres rapportez dans les Provinciales, où par la definition d'un mot vous faites juger des chofes tout autrement que l'on ne fait d'ordinaire.

§. XII.

Embarras de l'Inconnu pour éviter d'eftre pris pour un fourbe qui doit eftre en horreur à tous les honneftes gens.

JAmais voftre Inconnu ne paroift plus poffedé de l'efprit d'étourdiffement, de contradiction & de vertige, que lors qu'il s'agit d'avouer ou de nier, qu'il a pris le nom du vray Arnauld pour tromper ces Meffieurs.

C'eft l'avouer que de dire comme il fait dés l'entrée de fa Lettre : *Je pardonne à M. Arnauld toutes les injures qu'il m'a dites.* Car il n'a pû prendre pour ces injures qu'il veut bien me pardonner, que ce que j'ay dit dans ma 1. Plainte adreffée à M. l'Evefque d'Arras, que je me plaignois *des impofteurs qui pendant plus d'un an ont fait écrire fous mon nom à plufieurs Theologiens un grand nombre de Lettres pleines de menfonges & de fourberies.* Il reconnoift donc que c'eft luy que ces injures regardent, puifqu'il fe fait honneur de les pardonner à M. Arnauld. Il y a encore beaucoup d'autres endroits où il avoue qu'il a écrit ces Lettres fous le nom d'un Janfenifte.

Mais lors que l'on tire de cet aveu une preuve qu'il eft un grand fourbe, il ne veut plus l'avouer, & voicy comme il s'en défend.

Du moins, dira-t-on, il a pris le nom d'Arnauld. Mais cela n'eft point. J'ay figné tantoft l'Abbé de la Croix : tantoft A. A. tantoft Antoine A***. Et fur cela M. Arnauld me traite de fauffaire. Et qui luy a dit que je ne m'appelle pas Antoine, & que mon furnom ne commence pas par un A. ? C'eft donc ce qui doit attirer fur moy l'horreur de tous les honneftes gens, d'avoir figné Antoine A. parce que cela a trompé des perfonnes qui vouloient eftre trompées ?

Pitoiable Chicaneur ! qui n'a pû éviter de paffer pour fourbe qu'en fe fervant d'une défaite que j'ay bien prévû que l'on pourroit faire, mais dont j'ay fait voir en mefme temps l'inutilité & la fauffeté ; ce que ce faux Arnauld a diffimulé de tres-mauvaife foy. Voicy mes paroles.

„On ne peut pas dire que mon furnom n'eftant nulle part, ce peut eftre „un autre Antoine, qui n'aura point voulu paffer pour autre que ce qu'il

„eft

„eſt; mais qui aura eſté bien-aiſe de ne ſe faire connoiſtre qu'à demy. Cela
„ne ſe peut alleguer avec la moindre couleur. Car il y a pluſieurs endroits
„dans ces Lettres, ou celuy qui les écrit ſe declare eſtre *Antoine Ar-*
„*nauld.* Il ſe dit dans l'une auteur du livre intitulé *Queſtion curieuſe,*
„quoy qu'il ſoit tres-faux que ce livre ſoit de moy : "*Je viens,* dit-il, *de*
„*donner au public un livre ſous le titre de* QUESTION CURIEUSE *touchant*
„M. *Arnauld.* *Comme je me ſuis attiré beaucoup d'ennemis ſur les bras pour*
„*les intereſts de la verité, on parle de moy preſque par tout avec excés en*
„*bien & en mal. Pour que mon portrait ne ſoit ni fardé ni défiguré, j'ay fait*
„*l'hiſtoire de ma vie.* Il n'y a donc point de milieu. Il faut que cet An-
„toine A. ſoit le veritable *Antoine Arnauld,* ou que ce ſoit un fourbe qui
„a voulu paſſer pour luy.

　　Quelle diſſimulation d'avoir vû cela dans ma Plainte, & de nous venir dire
qu'on a grand tort de le traiter de fourbe ; puis qu'il faudroit pour cela
qu'il euſt voulu paſſer pour le vray M. Arnauld. *Mais cela n'eſt point,*
(dit-il avec une hardieſſe inconcevable) N'eſt-ce donc pas bien à propos
qu'il ſe recrie, comme ſi on luy avoit fait une grande injure : *C'eſt donc*
là ce qui doit attirer ſur moy l'horreur de tous les honneſtes gens, d'avoir ſigné
Antoine A. *parce que cela a trompé les perſonnes qui vouloient bien eſtre*
trompées.

　　C'eſt reconnoiſtre tacitement que ſi en ſignant Antoine A.*** il avoit eu
le deſſein de paſſer pour Antoine Arnauld, il n'auroit pas ſujet de ſe plaindre qu'on l'euſt repreſenté comme un fourbe qui doit eſtre en horreur à
tous les honneſtes gens. Or il y a cent choſes dans ſes Lettres, dont je me
ſuis contenté d'en rapporter une, qui font voir manifeſtement qu'il a voulu paſſer pour Antoine Arnauld, & que ſi ces Meſſieurs l'ont pris pour ce
Docteur, c'eſt qu'il les a trompez par ſes menſonges, & non qu'ils aient
bien voulu eſtre trompez. Il ne doit donc pas trouver étrange qu'on le regarde comme un fourbe qui doit eſtre en horreur à tous les honneſtes gens.

　　Mais voicy ce qui fait encore plus voir les contradictions de ce chicaneur.
Pour n'eſtre pas mis au rang de ces menteurs en matiere de Religion que ſaint
Auguſtin condamne ſi fortement, il dit ; *Qu'il faut mettre une grande dif-*
ference entre celuy qui feint d'eſtre luy-meſme Janſeniſte, ce qui n'eſt jamais
permis, & celuy qui écrit un Lettre au nom d'un veritable Janſeniſte, ce qui
bien ou mal ne peut eſtre pris pour une feinte en matiere de Religion. Cette diſtinction n'eſt qu'une chicane, comme il ſeroit aiſé de le monſtrer par le livre de S. Auguſtin contre le menſonge. Mais la ſuppoſant telle que la met
l'Inconnu, voicy la contradiction où il tombe neceſſairement, pour éviter
d'une part de paſſer pour fourbe, & pour éviter de l'autre d'eſtre condamné comme un menteur en matiere de Religion.

　　Car pour éviter le premier il faudra qu'il diſe : On a tort de me traiter
de fourbe, puis qu'il faudroit pour l'eſtre que j'euſſe écrit mes Lettres
　　　　　　　　　　　　　　　　　　　　　　　　　　　　　　　　　　ſous

fous le nom d'un Janfenifte, ce qu'on ne fçauroit monftrer que j'aye fait. Et pour l'autre, il faudra qu'il dife : On ne peut pas me condamner comme un menteur en matiere de Religion ; car il faudroit pour cela que je n'euffe pas écrit mes Lettres fous le nom d'un Janfenifte : or on voit affez que c'eft fous le nom de M. Arnauld que je les ay écrites, & non fous mon propre nom.

J'avois oublié de faire reflexion fur une chofe, qui doit fervir de nouvelle preuve que l'Inconnu, que vous produifez comme eftant le faux-Arnauld, ne l'eft pas. C'eft fur ce qu'il dit : *J'ay figné tantoft l'Abbé de la Croix, tantoft A. A. tantoft Antoine A.* ce qui pourroit faire croire qu'il a figné communement *l'Abbé de la Croix,* & que c'eft plus rarement qu'il a figné *Antoine A.* Or tout cela eft tres-faux. Sa fignature ordinaire eftoit, *Antoine A.**** Il n'a jamais figné, *l'Abbé de la Croix,* mais feulement une fois ou deux, *de S.te Croix,* après avoir averti que c'eftoit un nom qu'il prennoit en de certains pays. Il n'eft donc pas le faux-Arnauld, puis que s'il l'eftoit, il n'auroit pas oublié de quelle maniere il a figné les Lettres qu'il a voulu qui fuffent prifes pour eftre du vray M. Arnauld.

§. XIII.

Si on ne peut reprocher au Faux-Arnauld d'avoir efté fourbe, qu'on ne le puiffe auffi reprocher à M. Pafcal.

NOftre Inconnu change maintenant de ton. Il ne nie plus que ce ne foit fous mon nom qu'il a debité les menfonges qui ont trompé ces Meffieurs ; mais il confent d'eftre puni de cette fourberie, pourvu que ceux qui luy ont donné l'exemple le foient auffi avec luy.

Que fi c'eft, dit-il, *un fi grand crime à moy d'avoir pris le nom d'un Janfénifte, je confens d'en eftre puni. Mais je veux qu'on fçache ce qui m'en a fait venir la penfée. C'eft, dira-t-on, la morale de la Société ? Abus. C'eft celle de Port-Royal. Ce font les Lettres Provinciales, où j'ay vu M. Pafcal, ce défenfeur de la faine & rigoureufe Morale, raconter avec beaucoup de complaifance, & comme une fort belle action, la maniere dont il feint d'avoir contrefait le Molinifte, tantoft pour faire caufer un vieux Docteur, tantoft pour tirer les fecrets d'un Jefuite, & abufer de fa fimplicité. C'eft peut eftre un mauvais exemple que j'ay fuivi : mais ceux qui me l'ont donné ne m'en doivent pas faire un reproche.*

Il joint à cet exemple celuy d'un je ne fçai quel Evêque, qu'il dit avoir écrit je ne fçay quoy à M. Gilbert. Mais comme il avoue que cela m'eft inconnu, & que d'ailleurs il ne merite pas qu'on croie rien de ce qu'il dit, aiant fait une fi longue profeffion de mentir, il ne me preffe pas fur cela, & il en revient à l'autre en ces termes.

E

Mais

Mais M. Pascal? Apparememnt M. Arnauld ne songeoit pas à ce cher ami.

Non certainement je ne pensois pas à M. Pascal quand je me suis plaint du Fourbe qui m'a fait dire tant de mensonges, & tramer tant de trahisons. Car comment aurois-je pu m'imaginer qu'il se trouveroit des gens assez depour-vus de sens commun, pour me reprocher que je ne pouvois traiter de fourbe le faux-Arnauld, que je ne fusse obligé de reconnoistre, que M. Pascal, *mon cher amy*, l'a esté aussi-bien que luy.

L'absurdité de cette comparaison est si manifeste, que je ne sçay comment m'y prendre pour la faire sentir à ceux qui ne la sentiroient pas d'eux-mêmes. J'ay pensé que le meilleur moien estoit de marquer ce que signifient ces mots: *Fourbe, Fourber, Fourberie*. Voilà ce que j'en trouve dans le dernier & le plus ample de nos Dictionnaires François, en attendant celuy de l'Academie.

,, FOURBE. Trompeur avec addresse & dissimulation. Lors qu'on à dé-
,, couvert qu'un homme est fourbe, on n'a plus de creance en luy. Ce mot
,, vient de l'Italien *Furbo* qui peut avoir esté fait du Latin *Furvus*, qui signi-
,, fie *noir*; d'où vient qu'on dit *une ame noire*.

,, FOURBER. Tromper adroitement, finement. Ceux qui agissent avec
,, sincerité sont ceux qu'on *fourbe* plus aisément.

,, FOURBERIE. Action de fourbe; ou coustume qu'on a de tromper &
,, déguiser. La fourberie est le vice des lâches, des gens de neant.

Il n'est pas difficile, Mes Reverends Peres, d'appliquer tout cela au faux-Arnauld. Une année d'exercice dans cet infame mestier de trompeur luy a fait assez meriter le nom de Fourbe. Il s'est monstré inépuisable à diversi-fier ses manieres de tromper, & à multiplier ses mensonges: & ce qui est arrivé à ces Messieurs de Douay est une grande preuve de la verité de cette sentence: *Que ceux qui agissent avec sincerité sont ceux qu'on* FOURBE *plus aisément.*

C'est à vous, Mes Peres, à nous faire voir qu'on le peut aussi appliquer aux Lettres Provinciales, & qu'on y trouve de semblables tromperies.

M. Pascal y a caché son nom. Il n'y a point d'homme d'honneur qui luy eust pu conseiller de faire autrement. Mais a-t-il pris celuy d'un autre? A-t-il emprunté celuy de quelque homme devoué à vostre Société, pour engager vos Peres à luy découvrir leurs secrets? A-t-il au moins donné de grandes loüanges à la morale de vos Casuistes dans ses premieres Lettres, pour la decrier dans les dernieres? Enfin qui a-t-il trompé? Car ce n'est que pour avoir trompé qu'on peut estre appellé Fourbe.

Vous en estes reduits à dire, *Qu'il raconte avec beaucoup de complaisance & comme une belle action la maniere dont il feint d'avoir contrefait le Moli-niste, tantost pour faire causer un vieux Docteur, tantost pour tirer les secrets d'un Jesuite & abuser de sa simplicité.*

Quelle puerilité! Y a-t-il homme au monde qui croie que M. Pascal a

trompé

trompé perfonne par tout ce que vous dittes là ? A-t-il jamais fait caufer un vieux Docteur fur la matiere de la grace ? A-t-il parlé ou écrit à aucun Jefuite fur la morale de la Compagnie ? Comment donc pouvez vous dire qu'il a abufé de la fimplicité d'un Jefuite ? En peut-il avoir abufé, fans luy avoir ni écrit ni parlé.

Pourquoy donc, direz vous, nous conte-t-il dans fes Lettres les entretiens qu'il a eus avec quelques Docteurs, comme dans la 1. & dans la 2. ou avec un Jefuite, comme dans fept de fes Lettres où il traite de la morale, depuis la 4. jufques à la dixiéme ? N'eft-ce pas tromper le monde que de luy raconter des entretiens que l'on n'a pas faits ?

Non, Mes Peres, ce n'eft pas le tromper, quand il fçait bien d'ailleurs que ces entretiens n'ont pas efté faits, & qu'on ne s'en fert que pour faire mieux entendre ce qu'il eft bon que le monde fçache. Or depuis que l'ufage des Dialogues a efté introduit parmy les gens de Lettres, il faudroit eftre dans une ignorance groffiere, pour ne fçavoir pas qu'on ne doit point prendre tout ce qui fe dit par les Interlocuteurs, comme des difcours qu'ils auroient eus veritablement enfemble ; mais comme ayant tous efté faits par l'auteur du Dialogue. Ciceron dit agreablement fur cela à un de fes amis, qu'il avoit pris pour interlocuteur dans un de fes livres de philofophie : *Vous ferez furpris que je vous aye fait dire ce que vous n'avez point dit ; mais vous fçavez que c'eft la coûtume des Dialogues.* SED *nofti morem Dialogorum.* Vous vous feriez donc mocquer de vous, Mes Peres, fi vous alleguiez ces manieres, communes à tous les Dialogiftes, qui fe trouvent dans les Provinciales, pour comparer M. Pafcal avec voftre faux-Arnauld, & pretendre que ce dernier ne peut eftre fourbe que l'autre ne le foit auffi. Ce feroit vouloir faire paffer pour des fourbes, non feulement les plus eftimez des anciens Philofophes, comme Platon, Ciceron, Lucien, mais auffi les plus confiderables des faints Docteurs, comme S. Auguftin dans plufieurs ouvrages de fon 1. Tome ; S. Jerome dans fon Dialogue contre les Luciferiens, & fes trois livres contre les Pelagiens ; Theodoret dans fes Dialogues contre les Eutychiens ; & l'Auteur mefme du Livre *De l'Imitation de* JESUS-CHRIST, dont le 3. livre ne contient prefque autre chofe que des Entretiens de JESUS-CHRIST avec l'Ame.

Je vous dis donc encore une fois, Mes Reverends Peres, que jamais perfonne n'a donné moins de fujet que M. Pafcal d'eftre accufé de fourberie & de tromperie. Il n'a écrit qu'au public, & fes Lettres de fon cabinet eftoient portées à l'Imprimeur. Jamais perfonne en les lifant n'en a eu d'autre idée que celle qu'il a voulu qu'on en euft. Loin de faire femblant d'approuver dans la morale de vos Auteurs ce qu'il ne trouvoit pas conforme à celle de J. C. dés fa 4. Lettre il en combat de toute fa force un des plus dangereux principes, qui eft qu'on ne peche point devant Dieu quand on ne croit point pecher. Dés le commencement de la 5. il fe fait

découvrir

découvrir par son ami par quel esprit & par quel motif les Casuistes de la Compagnie se sont laissé aller à tant de relâchemens : & c'est ce qui luy fait entreprendre de s'en informer en parlant à quelqu'un d'eux. Est-ce là cacher son dessein, comme a fait un an durant vostre faux-Arnauld ? Est-ce se mettre au rang des fourbes selon la definition que Ciceron en a donnée : *Aliud agentes, aliud simulantes ?*

Vous voudriez bien au moins pouvoir faire croire au monde, *qu'il a abusé de la simplicité d'un Jesuite*, comme vostre faux-Arnauld a abusé de la simplicité de ces Messieurs. Je vous ay déja fait voir que cela est impertinent, puisqu'il n'a ni écrit ni parlé à aucun Jesuite sur le sujet de leur morale. Mais il a de plus esté si religieux à ne pousser pas trop loin la liberté que donne ce genre d'écrire par dialogue, qu'il n'a fait dire au Jesuite son interlocuteur que ce qu'il trouvoit dans les livres de vos auteurs, & ce qu'il monstroit aussi-tost, en citant le livre, le chapitre, l'article, &c. C'est pourquoy aussi ceux de vos Peres qui tâcherent en ce temps-là de répondre à ses Lettres, se garderent bien de luy reprocher d'avoir *abusé de la simplicité d'un Jesuite* en tirant de luy par adresse ce qu'il jugeoit capable de décrier leur Morale ; mais ils se plaignirent seulement que quelques-uns des passages citez dans ses Lettres n'avoient pas esté fidellement rapportez : sur quoy Wendrock & M. Pascal luy-mesme dans ses dernieres Lettres ont pleinement satisfait le public.

Il arriva une autre chose en ce temps-là mesme, qui fait bien voir la sincerité de M. Pascal. Les Curez de Rouen estonnez de tant de corruptions de la Morale de J. C. qui se trouvoient ramassées dans ces Lettres, se voulurent assurer si les citations en estoient fidelles. Et comme il y a dans cette ville-là une Bibliotheque publique fournie de toutes sortes de livres, "Ils "resolurent dans une de leurs assemblées de consulter les livres d'où l'on "disoit qu'estoient tirées ces méchantes propositions, afin d'en demander la "condamnation par les voies canoniques, si elles se trouvoient dans les li- "vres des Casuistes ; & si elles ne s'y trouvoient pas, poursuivre la Censure "des Lettres Provinciales, qui les rapportoient & en citoient les auteurs. "Six d'entre eux furent nommez par la Compagnie pour s'emploier à ce tra- "vail. Ils y vacquerent un mois entier avec toute la fidelité & l'exacti- "tude possible. Ils chercherent les textes alleguez : ils les trouverent dans "leurs originaux & dans leur source mot pour mot comme ils estoient "citez. Ils en firent les extraits, & rapporterent le tout à leur Conference dans "une 2. Assemblée : en laquelle pour une plus grande precaution il fut ar- "resté, que ceux d'entre eux qui voudroient estre plus éclaircis sur cette "matiere, se rendroient avec les deputez en un lieu où estoient les livres, "pour les consulter derechef, & en faire telle conference qu'ils voudroient. "Cet ordre fut gardé, & les cinq ou six jours suivans, il se trouva jus- "ques à dix ou onze Curez à la fois, qui firent encore la recherche des "passa-

„paſſages ; les collationnerent ſur les auteurs , & en furent ſatisfaits.

Je ne ſçay , Mes Reverends Peres , ſi vous trouverez qu'il vous ſoit avantageux de m'avoir engagé dans ce diſcours, qui apprendra à bien des gens ce que vous voudriez bien qu'on euſt oublié. Mais vous m'y avez forcé en nous debitant la Lettre d'un Inconnu , qui en voulant bien paſſer pour le faux-Arnauld , a eſté aſſez fat pour nous vouloir perſuader, qu'en trompant pendant plus d'un an de pieux Theologiens par une infinité de menſonges , il n'a fait que ſuivre l'exemple de M. Paſcal dans ſes Lettres Provinciales. J'avois déja vû cette ridicule penſée dans la Lettre manuſcrite d'un de vos Peres , mais je n'aurois jamais crû que vous fuſſiez aſſez depourvus de ſens commun pour la laiſſer imprimer.

§. XIV.

Maximes pernicieuſes ſur leſquelles l'Inconnu fonde le traitement qu'on a fait au Profeſſeur de Ligny.

VOus n'avez pû , Mes RR. PP. publier vous-meſmes la Lettre de voſtre Inconnu , ſans faire entendre que vous l'approuvez. Car ç'auroit eſté une grande imprudence de la donner au public , ſi vous aviez crû qu'elle continſt des maximes tres pernicieuſes , qu'on auroit eu droit de vous imputer. Examinons donc ce que dit ce faux Arnauld de la conduite qu'on a tenue envers M. de Ligny , & ſur quelles maximes il ſe fonde pour faire croire , qu'on n'a rien fait à l'égard de ce jeune homme qui ne ſoit fort juſte.

Je croy M. de Ligny bien plus raiſonnable que M. Arnauld ſur l'article du voiage de Carcaſſone. Car pour peu qu'il ſe connoiſſe , & qu'il ſe faſſe juſtice, il conviendra que le moins que l'on puſt faire pour l'empecher de gaſter tout dans l'Univerſité de Douay , eſtoit de le depayſer , en luy faiſant faire un voiage qui ne luy coutaſt rien. M. Arnauld avoue luy-meſme qu'on luy avoit promis de le rembourſer des frais du voiage. Cela s'eſt executé de bonne foy. De quoy donc ſe plaindroit-il ? Ses livres ne ſont pas perdus. Ils ſont entre les mains de perſonnes à qui il appartient d'en prendre connoiſſance. Ce ſera à eux à voir ſi une Bibliotheque comme celle-là doit eſtre renduë ou confiſquée. Il eſt toûjours bon qu'on ſçache cela par avance.

Jamais Filou ne n'y eſt pris plus cavalierement , pour juſtifier ſes fourberies , que le fait icy voſtre faux Arnauld. De tout ce qui s'eſt paſſé dans cette intrigue ſi mal-honneſte , rien n'a plus choqué toutes les perſonnes qui ont de l'humanité , que la maniere dont les Acteurs de cette piece ont traité ce jeune Profeſſeur , qui a eſté aſſez bon & aſſez ſimple pour donner dans tous leurs pieges. Je ne repete point ce que j'en ay dit dans les deux premieres Plaintes. Mais loin que voſtre Inconnu , qui ſe declare auteur de

cette

cette vilaine intrigue en ait quelque honte , il n'y a point d'endroit de ſa Lettre où il paroiſſe plus enjoué , & plus de l'humeur de ceux dont parle le Sage : *Qui lætantur cùm malè fecerint , & exultant in rebus peſſimis.* Il pretend meſme que M. de Ligny , pour peu qu'il ſoit raiſonnable , doit eſtre fort content de luy , & qu'il n'a garde d'approuver ce que M. Arnauld dit ſur ſon ſujet contre l'impoſteur. Et toutes ces extravagances , Mes Reverends Peres , doivent eſtre de voſtre gouſt , puis que c'eſt vous au moins qui les donnez au public.

Mais laiſſant là ce qu'il y a de plus inſenſé dans cette juſtification , elle peut eſtre reduite à 6. ou 7. Articles.

Le 1. Que ce jeune Profeſſeur eſtoit capable de tout gaſter dans l'Univerſité de Douay.

Le 2. Que cela eſtant , le moins que l'on pouvoit faire eſtoit de l'en chaſſer , en luy faiſant faire un voiage.

Le 3. Que c'eſt ce que l'on a fait par le voiage de Carcaſſone.

Le 4. Qu'on luy avoit promis de le rembourſer des frais de ce voiage : & que cela s'eſt executé de bonne foy.

Le 5. Qu'ayant reçu l'argent de ce que ſon voiage luy a couſté , il n'a plus droit de ſe plaindre.

Le 6. Qu'il a eſté à propos de luy enlever par adreſſe ſes livres & ſes papiers. Ce qui s'appelle vulgairement vôler.

Le 7. Mais que ces livres ne ſont pas perdus ; & que l'on verra ſi une telle Bibliotheque doit eſtre renduë ou confiſquée.

Voilà , Mes Reverends Peres , ce qu'il eſt bon d'examiner , puis que cet échantillon donnera moien de juger de tout le reſte de l'intrigue.

Du 1. ARTICLE. C'eſt le fondement de tous les autres. Car voſtre Inconnu fait aſſez entendre , qu'on n'a pris le deſſein de fourber le Profeſſeur , que parce qu'il eſtoit capable de gaſter tout dans l'Univerſité de Douay. Il faut donc qu'on l'ait jugé tel dés le mois de Juin de l'année dernière 1690. Or par qui pouvez-vous dire qu'il a eſté jugé ſi méchant ? Ce n'a eſté certainement ni par le Recteur Magnifique , ni par M. l'Eveſque d'Arras. Vous ſerez donc reduits à dire que c'eſt dans voſtre College de Douay qu'on a porté de luy ce jugement , enſuite de la hardieſſe qu'il avoit euë de défendre la doctrine des 5. Articles ſur la matiere des 5. Propoſitions , contre les declamations de l'un de vos Profeſſeurs.

Ainſi ce 1. article , qui eſt comme j'ay déja dit le fondement de tous les autres , doit eſtre fondé ſur la poſſeſſion d'un droit qu'il paroiſt par beaucoup d'exemples que vous mettez ſouvent en pratique , qu'on peut exprimer en ces termes.

Quand nous ſommes établis dans une ville d'Univerſité nous avons droit d'inſpection ſur les Profeſſeurs & les membres de cette Univerſité ; & de juger qui ſont ceux qui y peuvent faire du bien & du mal par rapport à la
veritable

veritable Theologie & à la bonne Morale , qui eſt celle que nous enſeignons. Et c'eſt par ce droit , que nous avons jugé que le Profeſſeur de Ligny ne pourroit que tout gaſter dans l'Univerſité de Douay.

C'eſt aux Puiſſances Eccleſiaſtiques & Seculieres à prendre garde ſi la prétention d'un tel droit n'eſt point prejudiciable au repos public.

Du 2. ARTICLE. Il ſemble, Mes Peres, que vous auriez dû au moins vous contenter de juger deſavantageuſement de ceux qui n'approuvent pas voſtre doctrine, ou voſtre conduite ; mais que pour empecher qu'ils ne *gaſtaſſent tout* dans une Univerſité , vous deviez vous adreſſer ou au Recteur Magnifique ou à l'Eveſque. Vous avez apprehendé que ces voies d'une juſtice reglée ne fuſſent pas ſures pour venir à bout de vos deſſeins. Vous avez donc accouſtumé d'en prendre d'autres : & une des plus ordinaires , eſt de prevenir les Puiſſances par vos calomnies, contre ceux que vous voulez *depayſer*. Il y a icy quelque choſe de particulier. C'eſt que vous avez voulu devoir tout à voſtre induſtrie. Et ainſi le fondement du 2. article doit eſtre : Il nous eſt permis d'uſer d'adreſſe , ſans recourir à d'autres , pour *depayſer* ceux que nous avons jugé qui gaſteroient tout dans une Univerſité.

Du 3. ARTICLE. Il y a des adreſſes plus innocentes les unes que les autres , comme auroit eſté de faire donner effectivement à ce jeune Profeſſeur un benefice aſſez conſiderable dans une ville du Royaume. Mais celles que vous avez emploiées pour l'envoier à Carcaſſone ne ſont pas de ce genre-là. C'eſt la ſuppoſition continuée pendant un an du nom d'un Docteur , à qui ce jeune homme croioit envoier ſes Réponſes. Ce ſont des Lettres pleines de toutes ſortes de menſonges , de feintes careſſes, pour étouffer à la fin ceux qu'on auroit fait ſemblant d'embraſſer , & (ce qui eſt encore plus horrible) un langage trompeur en matiere de Religion , voſtre faux Arnauld appellant toûjours *verité* , *bon parti* , *cauſe de Dieu* , ce qu'il croioit dans ſon cœur eſtre la cauſe du diable , & une doctrine heretique , capable de renverſer l'Egliſe. Il n'y en a point envers qui on ait plus uſé de tous ces méchants artifices que ce jeune Profeſſeur. Ainſi on ne voit pas que tout ce qu'on a fait à ſon égard puiſſe avoir eu d'autre fondement , que ce qu'on a remarqué il y a long-temps eſtre un des plus pernicieux principes de voſtre Morale , que vous pourriez exprimer ainſi ſi vous vouliez eſtre ſinceres. Quand nous avons un bon deſſein (comme de *depayſer* une perſonne que nous avons jugé gaſter tout dans une Univerſité) nous croions nous pouvoir ſervir de menſonges , de perfidies , & d'autres ſemblables moiens , dont les hommes ont accouſtumé d'avoir de l'horreur , & que les Paiens meſmes croioient ne pouvoir eſtre emploiez que par des méchans , ſelon cette parole de Ciceron que l'on nous a fait remarquer : *Omnes aliud agentes , aliud ſimulantes , perfidi , improbi , malitioſi ſunt.*

Du 4. ARTICLE. C'eſt un grand menſonge , de dire qu'on ait exécuté

déde bonne foy ce qu'on luy avoit promis touchant le rembourfement des frais de fon voyage. Voftre faux Arnauld luy avoit promis que tous ces frais luy feroient rembourfez *chez le S. Prelat, où il trouveroit fes livres, fes papiers, & fes petits meubles d'eftude.* Et que mefme eftant arrivé à Carcaffonne, le Doyen de cette Eglife, que cet Impofteur difoit eftre fon grand amy, avoit ordre de luy compter tout l'argent qu'il fouhaiteroit. Et voicy comme tout cela s'eft exécuté de bonne foy. Le jeune Ecclefiaftique eftant arrivé à Carcaffonne, après avoir dépenfé tout fon argent, trouva que le Doyen de cette Eglife n'avoit aucune habitude avec M. Arnauld : & que tout ce que le Fourbe avoit dit de luy n'eftoit qu'illufion. Il en fut fi troublé, qu'il ne favoit ce qu'il difoit, de forte que ce Doyen, qui paroift fort honnefte homme, le prift pour un courreur & un vagabond : & le reçût affez mal, dont il a depuis témoigné du regret à un de fes amis de Paris, qui luy avoit écrit ce qu'on avoit découvert de cette affaire. Voila ce que porte la fin de la Lettre de ce Doyen : *Je fuis faché de n'avoir pas connu le merite, & le malheur de cet honnefte Ecclefiaftique, & je me reprocheray toute ma vie de ne l'avoir pas affifté dans une conjoncture fi facheufe. Mais en verité il y avoit fi peu d'apparence en ce qu'il difoit, & la furprife luy faifoit garder fi peu d'ordre dans fon difcours, que je traitay de courreur celuy que je voudrois maintenant avoir traité avec toute l'affection poffible.*

Eft-ce là, Mes Peres, avoir exécuté de bonne foy ce qu'avoit promis voftre faux Arnauld à ce jeune Ecclefiaftique ? Eft-ce là l'effet de ces paroles fi touchantes de fa derniere Lettre ? *A Dieu, mon tres cher fils : nous voilà enfin arrivez à cet heureux moment, qui va bien toft nous donner la fatisfaction de la plus douce entrevue. Cette efperance me confole au delà de ce que je vous fçaurois dire, & me foutient dans ma vieilleffe.* Il y a peu d'exemples d'une fi lâche trahifon. Cependant voftre Inconnu qui s'en reconnoift l'auteur, loin d'en rougir, en triomphe. Pouvoit-on, dit-il, faire moins, pour empecher qu'il ne gaftat l'Univerfité de Douay, que de le *depayfer* en cette maniere, c'eft-à-dire en le reduifant par un evenement fi peu attendu à un tel accablement de corps & d'efprit, qu'il n'y auroit pas lieu de s'étonner qu'il en fut mort de faififfement & de douleur, de fe voir joué avec tant d'infulte & de perfidie.

Du 5. ARTICLE. Mais enfin, dit l'Inconnu, le jeune Profeffeur a efté rembourfé des frais de fon voiage : de quoy donc fe plaindroit-il ? On fçavoit que M. de Ligni avoit reçu par les mains d'un Doyen longtemps depuis fon retour 300. florins pour les frais de fon voyage, mais fans qu'il fçuft luy-mefme fi c'eftoit une liberalité, ou une reftitution qu'on luy faifoit. C'eft vous, Mes Peres, qui nous apprenez maintenant par voftre Inconnu, que c'eftoit une reftitution. On le veut bien croire, & cela nous apprend bien des chofes 1. Qu'il n'y a gueres d'apparence qu'un particulier ait efté fi liberal, fur tout paroiffant auffi peu converti que voftre

faux-

faux-Arnauld, puisque c'est dans le mesme temps qu'il fait vanité de ses crimes. 2. On ne peut douter que cela ne soit venu de vous, Mes RR. PP. Car estant assez riches pour pouvoir sacrifier trois cent florins à l'honneur de vostre Compagnie, vous avez pu croire le devoir faire en cette rencontre, parce que vous n'avez pas ignoré, que rien n'a tant excité contre vous l'indignation du public, que la maniere dont vous aviez traité ce jeune Ecclesiastique, en l'engageant par vos fourberies à ce voiage de Carcassonne.

Ce n'est donc pas sans raison que vous avez supposé que la restitution de ces frais diminueroit un peu cette indignation, & seroit pris pour un commencement de repentir. Mais vous vous trompez fort si vous vous estes imaginé en devoir estre quittes pour cela, & que vous auriez droit de dire, comme fait vostre Inconnu : Il a reçu les frais de son voiage ; dequoy donc se plaindroit-il?

C'est justement comme si une troupe de voleurs avoient pris à un gentilhomme 30. pistolles qui auroient esté dans sa bourse, & mille écus qu'ils auroient trouvé dans sa valize, avec une monstre d'or & de petits meubles d'argent, tasse, cuilliers, fourchettes ; mais que par un reste de bonté assez extraordinaire à ces gens-là, ils luy eussent rendu ses 30. pistolles sur la priere qu'il leur en auroit faite, à cause du besoin qu'il en avoit pour achever son voiage. Auroient-il droit d'exiger de luy qu'il fust tout à fait contents d'eux ? Jugez vous par là, Mes RR. PP. Vous avez commencé à abismer ce jeune homme par les frais des actes de licence que vous luy avez fait faire, sous pretexte d'enseigner avec plus d'autorité dans un prétendu Seminaire, qui ne subsistoit que dans vos mensonges. Vous l'avez porté par là suite de la mesme fourberie à quitter la chaire de philosophie qui luy donnoit dequoy subsister. Vous l'avez engagé par un tissu de fausses promesses & de caresses perfides au voiage de Carcassonne, à la fin duquel il s'est trouvé sans avoir un sou à plus de 2. cent lieues de son pays. Et dans le mesme temps vous l'attaquiez dans son honneur par vostre libelle diffamatoire, de la maniere du monde la plus cruelle, en faisant valoir contre luy ce que vous en aviez arraché par vos trahisons ; & après cela vous pretendrez avoir satisfait suffisamment à tout ce qu'il pourroit demander de vous pour toutes les pertes que vostre malice luy a fait souffrir, en luy remboursant ce qu'il a dit avoir depensé dans ce voiage. Est-il possible, Mes RR. PP. que vous aiez pu approuver dans la Lettre de vostre Inconnu cet extravagante resolution : Que lors qu'un homme a souffert trois ou quatre pertes considerables par la malice d'un autre, il doit estre satisfait, pourvu qu'on en repare une, quand ce ne seroit pas la plus grande ; & que le mechant homme qui les luy a fait souffrir a droit de le renvoier comme tout à fait déraisonnable, s'il ose encore se plaindre qu'on luy a fait tort?

Du 6. ARTICLE. L'Inconnu n'ose pas nier qu'on n'ait volé les papiers

F &

& pour plus de 40. écus de livres au S.ᴿ de Ligni , par une tres-n fame filouterie : mais diffimulant la maniere dont on les luy a enlevez , il pretend
qu'il n'a pas droit de s'en plaindre , parce qu'ils ne font pas perdus , & que le
fort de cette bibliotheque eft jufqu'à prefent incertain , la refolution n'eftant
pas encore prife fi elle luy fera renduë ou fi elle fera confifquée.

　　Voftre faux Arnauld fe mocque du monde d'une maniere trop groffiere.
Il ne s'agit point fi ces livres font perdus , ils n'ont garde de l'eftre , vous
avez trop de foin de les bien garder; mais par quel droit vous les luy avez
volez auffi-bien que fes papiers. Tout ce que vous dittes dans voftre libelle
pour donner quelque couleur à ce vol , eft que c'eftoit *des vilainies & des*
ordures , des égoufts dans lefquels il fe veautroit , ce qui eftoit caufe *qu'il ne*
pouvoit rien donner qui ne fentît la cloaque & la pourriture. C'eft la maniere
brutale dont vous avez qualifié les livres fuivans que vous avez choifis entre les autres , comme eftant felon vous les plus mechants : *La Morale pra-*
tique des Jefuites. 4. Tomes; Les Imaginaires & les Vifionaires; Wendrochii
Notæ in Epiftolas Provinciales Montaltii; La Morale des Jefuites 3. Tomes;
Le Phantôme du Janfenifme; Pauli Irenæi caufâ Janfeniana; Le Teftament
de Mons 2. Tomes; La Frequente Communion.

　　Mais vos Peres de Paris , qui ont corrigé ce libelle avant que de le donner
fous le nouveau titre de *Secrets du Parti de M. Arnauld* , ont eu honte de
ces baffes & vilaines qualifications qui font foulever le cœur à tous les honneftes gens , & qui ne peuvent eftre que du gouft des laquais & des harange-
res. Ils fçavoient trop combien ces livres , dont voftre Walon parloit fi
indignement , font eftimez dans Paris , & qu'ainfi le meilleur moyen de faire
decrier leur piece comme une Satyre auffi outrageufe qu'impertinente , feroit d'y laiffer ces *ordures* , ces *vilainies* , ces *égoufts* , ces *cloaques* , ces
pourritures. Tout cela ne paroift donc plus dans le libelle reformé , & on
a efté reduit à y mettre à la place , cette autre impertinence ; *pieces pour la*
pluspart plus connuës en Greve & au Champ de Flore , que dans les bibliotheques
bien catholiques. Il faut donc qu'il n'y ait à Paris que peu ou point de bibliotheques *bien catholiques* , puis qu'on auroit bien de la peine à en rencontrer où ces livres là ne fe trouvent , à moins que ce ne fuffent des
bibliotheques qui ne continffent que des livres d'un certain genre d'études ,
comme d'Hiftoire , de Jurifprudence , ou de Medecine.

　　Quoy qu'il en foit vous n'avez pu voler ces livres à ce jeune Profeffeur ,
qu'en pretendant qu'il vous eft permis de voler avec addreffe tous les livres
qui font dans l'Index , ou que vous jugez qui y devroient eftre. On doute cependant que voftre Inconnu , qui fait tant le fier , fuft affez hardy pour fe
nommer , & fe défendre par cette raifon dans une Juftice reglée , où il auroit efté cité pour rendre compte de fon vol. Il feroit à craindre qu'on n'en
vouluft faire un exemple à la follicitation de tous ceux qui ont des livres.
Car ne fe pouvant pas faire qu'il n'y en ait beaucoup de défendus , ils au-
　　　　　　　　　　　　　　　　　　　　　　　　　　　　　　　roient

roient à apprehender que leurs propres valets ne les leur volaſſent par principe de conſcience, en ſuivant les maximes de vos *Secrets découverts.* C'eſt à ceux qui ſont chargez de pourvoir à la ſureté publique de prevenir les conſequences de cette nouvelle morale. Mais en attendant ce ne ſera pas une precaution inutile aux particuliers qui ont des livres que vous pouvez prendre pour des *ordures*, de n'avoir point de valets qui ſe conduiſent par vos avis.

Du 7. Article. Enfin ce qui doit oſter au pauvre M. de Ligny tout lieu de ſe plaindre, ſi on en croit voſtre Inconnu, eſt qu'il eſt incertain ſi ſa biblioteque luy ſera rendue, ou ſi elle ſera confiſquée. Belle conſolation pour un homme qu'on a ſi vilainement filouté! Mais c'eſt meſme avec un air d'inſulte qu'on luy fait cette alternative. Car que veulent dire ces paroles; *Il eſt toûjours bon que l'on ſçache cela par avance*; ſinon, reſolvez-vous à tout, & ne ſoiez pas ſurpris ſi on ne vous rend pas vos livres; c'eſt qu'on les aura confiſquez. Mais voſtre Inconnu eſt un étourdy qui ſe fait fort de bien des choſes, que S. M. ne ſouffrira pas que vous introduiſiez dans ſon Royaume. Car l'autorité des Tribunaux de l'Inquiſition & de l'Index n'y eſtant pas reconnue, comment pourriez vous pretendre, que l'on duſt vous écouter lors que vous demanderiez que l'on confiſquaſt les livres qui y auroient eſté prohibez? Rien certainement, Mes Peres, ne ſeroit plus capable de ſoulever contre vous tous les gens de lettres, que ſi on ſçavoit que vous avez la penſée de vouloir introduire en France une telle ſervitude.

§. X V.

Raiſon que donne l'Inconnu de ce qu'il ſe cache, tres-injurieuſe à ceux dont il feint de craindre les violences.

IL n'y a rien, Mes R R. P P. qui me donne plus de ſujet de me plaindre de vous, & de vous demander juſtice de l'injure que vous me faites, que ce que dit voſtre Inconnu pour rendre raiſon de ce qu'il ſe cache. Car c'eſt en formant de moy & de mes amis le jugement le plus criminel que l'on puiſſe concevoir.

Du reſte, dit-il, *on ne doit nullement eſtre ſurpris de voir que je cache mon nom. On le ſçauroit ſi je n'avois à craindre que mes Juges Eccleſiaſtiques & Seculiers. Mais la vengeance de tout un parti, & d'un parti tel que celuy des Janſeniſtes a dequoy ſe faire redouter.*

Declamation, Mes Reverends Peres, folle & inſenſée, & où il n'y a pas la moindre ombre de ſens commun! On n'eſt point ſurpris que voſtre nouveau Fourbe cache ſon nom. On le ſeroit bien davantage s'il ſe nommoit: & il y a bien des gens qui gageroient qu'il ne levera jamais le maſque ſous lequel vous l'avez caché avant que de le produire ſur voſtre Theatre, pour y jouer tous les perſonnages que vous avez trouvé propres à

ſauver

fauver l'honneur de la Compagnie. A moins que ce fuſt un pur fantôme, ce ne pourroit eſtre qu'un miſerable valet, qui n'aiant point d'honneur à perdre auroit eſté aſſez lâche pour vouloir bien vous rendre ce honteux ſervice de paſſer pour l'auteur & l'executeur de toutes vos fourberies. Ainſi, Mes Peres, c'eſt vous meſmes qui avez intereſt de le cacher. Car s'il venoit à paroiſtre, qui vous pourroit aſſurer qu'on n'en fiſt pas un exemple, comme on a fait du Delateur de Beauvais, & qu'alors il ne ſe trouvaſt obligé, pour diminuer l'énormité de ſon crime, de nier qu'il fuſt celuy qu'il avoit feint d'eſtre, pour vous complaire, & de decouvrir qui eſt le veritable auteur du libelle, auſſi-bien que des Lettres écrites ſous le nom d'Antoine Arnauld. Voilà ce qui fait croire à tous les hommes ſenſés, que vous ne ſouffrirez jamais que voſtre Inconnu ſe demaſque.

Mais pour la raiſon que vous luy en faites apporter, je vous le repeté encore, c'eſt la plus grande folie que l'on ſe puiſſe imaginer. Il ne craint pas ſes juges ni Eccleſiaſtiques ni Seculiers, mais il craint la vengeance de tout un parti tel que celuy des Janſeniſtes. Terreur panique, s'il y en eut jamais ! Et où eſt-il ce parti qu'il craint & qu'il dit eſtre ſi redoutable ? Ceux à qui vous donnez ce nom peuvent eſtre en grand nombre : mais eſtant répandus par tout où il vous plaiſt de les mettre, ſans qu'ils ſe connoiſſent, comment peuvent-ils faire un parti dont la vengeance ſoit à craindre ?

Vous devriez roügir, Mes R R. PP. de parler encore de ce pretendu parti, après la confuſion que vous en avez reçue il y a plus de 23. ans, par la refutation de la fameuſe Lettre de voſtre P. Bouhours à un Seigneur de la Cour. „On y fiſt voir, comment vous aviez formé ce parti, & de quelle ſorte „vous y aviez mis tout ce qui eſtoit neceſſaire pour le rendre plus terrible. S'il „avoit beſoin de grandes richeſſes pour executer de grand deſſeins, vous luy „donniez des millions en telle quantité qu'il vous plaiſoit. S'il falloit des ar-„mées, vous luy en dreſſiez de toutes preſtes; & afin qu'on n'en doutaſt „point, vous aſſuriez qu'ils avoient fait porter parole à feu M. le Duc d'Or-„leans de 12. mille hommes, que ces Janſeniſtes vouloient lever & entrete-„nir pour luy contre le ſervice du Roy. Vous les faiſiez rechercher par M. „le Prince, lors qu'il eſtoit en Flandre. Vous leur faiſiez faire des ligues „avec Cromwel. Vous leur faiſiez entretenir des penſionaires dans toutes les „Compagnies & par toute la France, & diſtribuer tous les ans des ſommes „immenſes. Il eſt vray, ajoûta-t-on, que pour peu que les perſonnes qui „ont du ſens commun conſiderent les choſes de prés, ils ſe mocquent de la „folie de tous ces bruits; mais les politiques de College ne laiſſent pas de s'en „nourrir. Ils aiment à former des conjectures, à ſe repreſenter des dangers, „& à ſe flatter d'eſtre prudens, en prevoiant les moiens de les prevenir. Ils „y appliquent enſuite les exemples que l'hiſtoire fournit de tous les trou-„bles qui ſe ſont excitez dans les Etats à cauſe de la Religion; & quoy „qu'il n'y ait nul rapport & nulle proportion entre les choſes qu'ils com-
„parent,

,, parent, cela n'empeche pas qu'ils ne se croient habiles & sages, en faisant
,, apprehender des Janseniftes tous les maux que les herefies de Luther & de
,, Calvin ont caufez dans l'Europe.

Cependant quelque redoutable que vous fiffiez en ce temps-là ce parti
des Janseniftes, il ne paroift pas que vous vous fuffiez avifez de feindre
alors, qu'il n'eftoit pas fûr de l'attaquer à vifage découvert. Car fi on en
avoit eu l'idée que voftre Inconnu voudroit qu'on en euft prefentement,
d'où vient qu'un fi grand nombre d'auteurs, tant du dedans que du dehors de la Compagnie, les ont déchirez cruellement fans cacher leur nom?
D'où vient que le Sr Fileau n'a point apprehendé leur vengeance, en les
faifant paffer dans un livre qui portoit fon nom, pour d'abominables Deïftes
qui avoient entrepris d'abolir tous les myfteres de la Religion Chreftienne?
D'où vient que voftre P. Meynier a efté auffi hardi que ce Laïque, en con-
firmant fon horrible impofture du Deïfme de Bourgfontaine, & y ajoûtant, qu'un Monaftere de filles particulierement confacrées à l'adoration
perpetuelle de J. C. dans l'Euchariftie, eft d'intelligence avec Geneve contre
la foy de ce divin Sacrement? D'où vient que voftre P. Annat fans fe cacher a efté le premier auteur de cette derniere calomnie qu'il prétendoit
avoir tirée du livre de la Frequente Communion? D'où vient que
voftre P. Brifacier n'a point cru non plus fe devoir cacher, pour debiter
tant de menfonges & de médifances dans fon Janfenifme confondu? D'où
vient que le Sr. Mallet s'eft fait honneur de renouveller tout ce qu'on a
dit de plus atroce contre ces Meffieurs dans fon pitoiable livre contre la
Verfion de Mons? Et d'où vient enfin que vos Peres Dechamps & Bouhours ont eu l'audace depuis peu d'années de nous traiter ouvertement d'heretiques, fans qu'il leur en foit arrivé d'autre mal que l'infamie publique
que des calomniateurs fi outrez ne fçauroient jamais éviter? Tant d'exemples, & une infinité d'autres que j'omets, font une preuve convaincante,
que fi voftre Inconnu cache fon nom, ce n'eft point qu'il ait peur, que les
pretendus Janseniftes ne le traitaffent mal s'ils le connoiffoient: mais c'eft
d'une part qu'il apprehende de paffer dans l'efprit de tous les honneftes gens
pour un fcelerat & pour un infame: & que de l'autre, il n'eft pas tout à
fait affuré de n'avoir pas à craindre quelque chofe de pis que cette infamie,
s'il paroiffoit infulter à la juftice, en fe nommant publiquement comme auteur de tant de crimes.

Defcendons neanmoins dans un détail plus capable de vous convaincre,
Mes RR. PP. que vous n'avez pû vouloir faire croire qu'il apprehendoit
effectivement ce qu'il feint d'apprehender, fans un jugement criminel contre ceux que vous appellez Janseniftes, dont il vous a plû depuis quelque
temps me faire le chef.

Il y a trois chofes que les hommes peuvent craindre de perdre par la vengeance des perfonnes qu'ils auroient offenfez. L'honneur & la reputation:
La

La liberté & les autres biens de cette nature: La vie corporelle & ce qui y a rapport. Il faut donc, que ce que l'Inconnu feint d'apprehender de la part des Janseniftes soit compris sous quelqu'une de ces trois chofes.

Ce n'eft pas l'honneur & la reputation que les Janseniftes luy ôteroient s'il se nommoit; car on n'a plus rien à faire sur ce sujet. On a découvert à toute l'Europe les fourberies du faux-Arnauld, & tout le monde en a eu tant d'indignation, qu'il n'y a plus moien d'empêcher, que ce faux-Arnauld, quel qu'il soit, ne soit détefté comme un fourbe insigne; & encore plus que jamais, lors que l'on sçaura par l'aveu de l'Inconnu, que l'auteur des fausses Lettres l'eft aussi de la Lettre à un Docteur de Douay, où il donne cent coups de poignard à ceux à qui il avoit donné auparavant cent baisers de Judas. Lors donc qu'il se nommera, le public n'aura qu'à appliquer à sa personne en particulier, ce qu'il pense déja de l'imposteur en general. Ce ne seront point les pretendus Janseniftes, mais ce sera luy-mesme qui se couvrira de confusion.

Pour la liberté & les autres biens de cette nature, vous vous rendriez ridicules à toute la terre, Mes R.R. PP. si vous entrepreniez de faire croire que voftre Inconnu a eu peur effectivement, que venant à eftre connu, les Janseniftes ne le fiffent ou emprifonner, ou exiler, ou priver de son bien s'il en a, par d'autre voie que celle d'une justice reglée. Tout le monde sçait assez que c'eft souvent ce que vous faites craindre aux pretendus Janseniftes; mais qu'ils n'ont ni le pouvoir ni la volonté de le faire craindre à personne. Et que quand il arrive que ceux qui les ont offensez par leurs calomnies souffrent la prison & d'autres peines, comme il eft arrivé à un fameux Delateur, ce n'eft point par leurs follicitations, mais c'eft seulement par le zele que Dieu inspire aux Puissances établies de Dieu *ad vindictam malefactorum, laudem verò bonorum*, qui ne croient pas en conscience pouvoir laisser impunis de tels excez. Ce n'eft pas mesme de quoy il s'agit icy. Car ces fortes d'emprifonnemens, & autres peines qui s'ordonnent par la voie de la justice, regardent les Juges. Or voftre Inconnu declare qu'il ne craint rien de la part de ses Juges, ni Ecclesiaftiques ni Seculiers.

Ce ne pourroit donc eftre qu'à l'égard de sa vie, que voftre Inconnu craindroit la vengeance des Janseniftes, s'il venoit à eftre connu, parce qu'il eft vray que des particuliers quoy que sans-credit, quand ils sont souverainemeut méchans, peuvent avoir de noirs desseins d'attenter, par le fer ou par le poison, à la vie de ceux qui les auroient offensez.

Mais s'il faut un degré de malice tout à fait extraordinaire pour eftre capable d'un tel attentat, il faut avoir une étrange corruption de cœur en matiere de jugement temeraire, pour avoir fait imprimer la pretendue Lettre d'un Inconnu, qui donne pour raison de ce qu'il cache son nom, qu'il craint que les Janseniftes n'attentent à sa vie, pour se vanger de ce qu'il a fait contre eux.

Vous

Vous avez esté obligez de reconnoistre dans la Preface de vostre Défense des nouveaux Chrestiens , que ceux que vous regardez comme les principaux Jansenistes , *ne sont pas des gens sans merite , ni qui n'aient aucun*
credit parmy les Catholiques : que ce sont des personnes qui se distinguent dans
le monde par leur esprit & leurs autres bonnes qualitez , & qu'avec cela ils
ont parmi beaucoup de gens la reputation d'avoir une morale tres pure. N'est-
ce donc pas renverser toutes les regles de la charité & de la justice , que de
vouloir bien qu'un Inconnu ose dire de personnes , dont le public juge si
avantageusement , par l'aveu mesme de leurs adversaires; Je n'ose me nommer ,
parce que les aiant offensez je craindrois , s'ils me connoissoient , que pour
se vanger ils ne me fissent perir par le fer ou par le poison. Car nous venons de faire voir qu'il n'y a que cela seul qu'il pourroit feindre d'apprehender de la vengeance des Jansenistes. Vous n'avez donc pû , Mes Peres ,
approuver cette crainte de vostre Inconnu , que par cette maxime qui se
trouve repandue dans tous vos libelles , qu'il n'y a point de si méchante
disposition , qu'on ne puisse en soupçonner par des Ecrits publics ceux
qu'on a pris à tâche de décrier.

On a esté bien plus équitable envers vous sur ce mesme sujet de la crainte qu'on pourroit avoir , que ceux que nous aurions offensez n'attentassent
à nostre vie. Car sur ce qu'on vous a reproché que vous n'avez jamais condamné comme detestable ce qui a esté enseigné par vostre P. l'Amy , *qu'il*
est permis à un Ecclesiastique ou à un Religieux de tuer un calomniateur qui
menace de semer des accusations de crimes scandaleux de sa communauté ou de
luy , s'il n'y a point d'autre moien de l'empecher , vous avez prétendu , que
nous n'estions pas nous-mesmes persuadez que ce fust là vostre doctrine ,
parce que si cela estoit , aiant écrit tant de choses contre vous , nous aurions esté dans de continuelles craintes que vous n'eussiez emploié le fer ou le
poison , pour nous défaire de si dangereux ennemis. Mais on vous a répondu ,
que vous vous trompiez , & que nous n'avions eu ni dû avoir cette crainte , "Parce qu'afin qu'une crainte soit raisonnable , lors mesme que ce que
,, l'on craint est un grand mal , il faut qu'elle soit proportionnée à la pro-
,, babilité de l'évenement. Or on s'est mocqué de vous avec raison lorsque
,, pour rendre cet évenement plus probable , vous nous representiez 15. ou
,, 20. mille Jesuites blessez en la partie la plus sensible , qui est la reputation ,
,, qui auroient pû prendre le dessein de se défendre , *defensione occisivâ ,*
,, comme parlent les Docteurs de Louvain dans la Censure de la proposition
,, du P. l'Amy. On vous a dit 1. qu'une conspiration de cette nature venant
,, à estre sçue , seroit capable de ruiner d'honneur toute la Societé. Car il
,, n'y a rien que le monde ait plus en horreur , que les assassinats & les
,, empoisonnemens. 2. L'execution n'en seroit pas facile. Ce seroit le gre-
,, lot que les rats resolurent de pendre au cou du chat. On ne se hazarde
,, pas facilement quand il y va de la corde ou de la roue. 3. Cela se feroit-il

,, par

„ par un Jesuite, ou par quelque scelerat qu'ils auroient aposté? Egale dif-
„ ficulté dans l'un & dans l'autre. Ce seroit une étrange chose, qu'un Jesuite
„ enfonçât le poignard dans le sein d'un Janseniste. Un homme aposté
„ peut estre infidelle & découvrir un si damnable dessein, ou le confesser
„ estant pris. C'est donc un tres méchant argument pour prouver que vos
„ adversaires mesmes ne croient pas que vostre doctrine soit telle qu'on la
„ trouve dans vos livres, de ce que *vous n'avez pas encore emploié*, à ce
„ que vous dites, *ni le fer ni le poison pour vous vanger & pour vous défaire*
„ *de ceux que vous appellez de si dangereux ennemis.*

On monstre en suite combien vous avez donné de justes sujets de vous
craindre, tant à l'egard de la reputation & de l'honneur, qu'à legard de la
liberté & des autres biens de cette nature : qui sont deux points sur lesquels vous n'oseriez dire, que vostre Inconnu ait eu rien à apprehender de
nous s'il se découvroit. Puis donc que pour ce qui regarde la vie nous
n'avons cru devoir rien craindre de vous, quelque sujet que nous en donnast la doctrine meurtriere de vostre P. Lamy ; on a bien moins de sujet
de craindre sur ce point & sur aucun autre qui regarde la vengeance, ceux
qui ont combattu avec tant de zéle tout ce que vos Casuistes ont enseigné
sur ce sujet de contraire à l'esprit de l'Evangile.

Que vostre Inconnu demeure donc dans ses tenebres, tant qu'il plaira à
vos Reverences. Ce n'est pas à moy à l'en tirer. Mais qu'il ne nous vienne
pas dire que c'est qu'il nous craint. Nous vous renverrions à ce que fait
dire le Poëte à un de ses heros contre un lâche declamateur qui feignoit
une semblable crainte pour rendre ce Prince odieux.

Quid cum se pavidum contra mea jurgia fingit,
Artificis scelus, & formidine crimen acerbat.

Enfin, Mes Péres, vous n'estes pas prudens de parler de ceux qui se
font craindre, & qui donnent sujet de croire qu'on ne les attaque pas impunément. C'est réveiller mal à propos le souvenir de la confusion que
vous avez reçûe depuis peu au Parlement de Rouen. Un jeune Avocat
y estoit chargé de la cause des parens d'un Abbé, qui avoit donné son bien
aux Jesuites à fond perdu, contre la Declaration du Roy qui défend de
faire à d'autres qu'aux hospitaux ces sortes de donations. Montant au Palais il fut arresté par quelques Jesuites qui luy demanderent s'il n'alloit pas
plaider contre eux. Il leur repondit qu'il ne les connoissoit pas. N'est ce
pas vous, luy dirent ils, qui allez plaider pour les parens de l'Abbé de S.
Martin. Il le leur avoüa. Et en mesme temps ils luy dirent, *Qu'il devoit*
savoir qu'on ne plaidoit pas impunement contre les Jesuites. L'Avocat prit
à témoins tous ceux qui avoient entendu ce que les Jesuites luy avoient
dit. Et l'audiance estant ouverte, avant que de plaider, il dit qu'il avoit
une grace à demander à la Cour ; ce qui luy aiant esté accordé, il raconta ce que les Jesuites luy venoient de dire, *qu'on ne plaidoit point impune-*
ment

ment contre eux, & il produifit fes temoins qui eftoient en grand nombre. La Cour prononça, & mit la perfonne & les biens de l'Avocat en la fauvegarde des Jefuites. Vous fcavez, mes Peres, ce que cela fignifie. Ceux qui ne le fcauront pas le pourront apprendre du Dictionaire de Furetiere. *Lors*, dit-il, *qu'un plaideur eft menacé par fa partie, on luy donne une fentence qui le met en la fauvegarde & en la protection du Roy, de la juftice & de fa partie adverfe; c'eft-à-dire, que s'il luy eft fait quelque violence en fa perfonne, ou en fes biens, on l'impute à cette partie.* C'eft une vilaine tâche pour des Religieux qu'il en faille venir là, pour fe mettre à couvert de leurs menaces. Il faudroit au moins que vous euffiez pû apporter des exemples de pareilles fentences rendues contre des Janfeniftes, pour pouvoir donner quelque couleur à la crainte chimerique de voftre Inconnu.

§. XVI.

Sur ce que dit l'Inconnu, qu'il a eu l'honneur de rendre compte de fa conduite au Roy & à fes Miniftres.

ON doit avoir tant de refpect pour le nom de fa Majefté par tout où il fe trouve, que voftre Inconnu aiant fait entrer ce nom augufte à la fin de fa lettre, on fe fent obligé de n'en parler qu'avec beaucoup de retenue.

C'a efté fans doute, Mes Reverends Peres, dans cette vuë, que vous avez refervé pour la conclufion de cette lettre d'ailleurs fi pleine de fanfaronades, ce que vous avez cru de plus propre à étonner le monde, & à arrefter la liberté que l'on prend naturellement de condamner les fourbes & les fourberies. Et il eft certain que rien ne paroiffoit plus capable d'avoir cet effet, que ce que vous luy faites dire de ce grand Prince & de fes Miniftres avec une merveilleufe confiance.

Preuve que ce que je dis icy n'eft ni un detour, ni une feinte, j'ay eu l'honneur de rendre moy mefme raifon de ma conduite au Roy & à fes Miniftres. Sa Majefté fçait qui je fuis, & où je demeure; & je fuis preft à le declarer quand elle me l'ordonnera.

Il avoit à monftrer ce qu'il venoit de dire, que la feule crainte d'être mal-traité par les Janfeniftes l'obligeoit à cacher fon nom, n'eftoit ni un detour ni une feinte. Or quelle preuve nous peut-il donner qu'une peur fi chimerique, & qui ne pourroit eftre fondée que fur un jugement tres criminel contre fon prochain, comme on vient de le faire voir, n'eft point une feinte? C'eft, dit-il, *que j'ay eu l'honneur de rendre moy mefme raifon de ma conduite au Roy & à fes Miniftres.* C'eft ce qu'auroit pu dire auffi le Delateur de Beauvais. Car s'il n'avoit rendu compte de fon accufation au Roy ou à fes Miniftres, on n'auroit pas emprifonné en mefme

G

temps

temps six Ecclesiastiques de merite du nombre de ceux que vous faites passer pour Jansenistes, qu'il avoit pretendu estre coupables de crimes d'Estat. S'enfuit-il de là qu'il eust pu cacher son nom à ceux mesme qu'il avoit accusez, & demeurer inconnu sous pretexte qu'il n'auroit pu se faire connoistre au commun du monde sans estre exposé à la vengeance des Jansenistes, qui est la raison que donne vostre Faux-Arnauld, de ce qu'il cache son nom aux Theologiens mesmes qu'il fait gloire d'avoir dechirez d'une maniere tres envenimée. Sa pretendue *preuve*, est donc miserable, quand le fait qu'il conte seroit constant, & quand on le voudroit prendre selon l'idée qu'il voudroit que l'on en eust.

Ce sont les deux points qui me restent à examiner : Si on ne peut point raisonnablement douter du fait dont il tire vanité : Et si, quand il en seroit quelque chose, cela devroit estre pris pour une marque qu'on approuve sa conduite, & qu'il n'a rien à craindre de la part de ses Juges ni Ecclesiastiques ni Seculiers.

On ne pourroit pas raisonnablement douter qu'une personne n'eust vû le Roy & ne luy eust parlé d'une certaine affaire, si c'estoit un homme connu qui l'assurast dans une lettre imprimée portant son nom. Car il n'est pas à presumer qu'un homme se nommant fust assez hardi, pour se vanter d'avoir eu l'honneur de parler au Roy, s'il n'en estoit rien. Mais ce n'est pas la mesme chose dans les circonstances de cette lettre.

Celuy qui y parle veut qu'on le prenne pour un homme qui a fait pendant plus d'un an le métier d'un des plus grands menteurs qui fut jamais. Est-ce le moyen de s'attirer la creance du monde à l'égard de quoy que ce soit.

Mais, dira-t-on, on le connoist presentement, & on sçait qu'il n'est plus dans cette disposition de mentir. C'est tout ce qu'on pourroit dire s'il s'estoit nommé. Mais il n'en est pas là. Il fait profession de ne se point faire connoistre, & on ne nous donne sa lettre que sous le nom d'un Inconnu, qui par consequent n'auroit point de honte à essuier, si on venoit à découvrir que ce qui y est dit du Roy & de ses Ministres, est faux. Et ce seroit en vain qu'on auroit recours aux publicateurs du libelle où cette lettre est inserée; ils affectent eux-mesmes d'estre inconnus. Et quoy que tout le monde sçache que c'est vous, mes Peres, qui avez fait imprimer à Paris cet Avertissement & la Lettre de cet Inconnu dans une nouvelle edition des *Secrets*, & qui en avez fait faire une autre impression dans les Pays-bas, vous ne vous croirez pas moins en droit de tout desavouër quand il vous plaira, ou de dire que cette lettre vous est tombée entre les mains, sans que vous sçachiez de qui elle est.

Ces réponses seroient à peu prés de mesme nature que celles de vostre P. Payen, dont vous prétendez que l'on s'est dû contenter. On ne voit donc pas quel seroit le fondement, qui nous obligeroit de croire ce qui fait le triomphe de vostre Inconnu.   Mais

Mais fuppofons qu'il foit vray qu'il a rendu compte de fa conduite au Roy & à fes Miniftres. Cela peut ne fignifier autre chofe finon que vous avez eu affez de credit pour obtenir du Roy, qu'il voulût bien écouter un homme qui fe nommeroit à Sa Majefté, & qui l'affureroit que c'eft luy qui a écrit plufieurs lettres à des Theologiens de Douay, pour découvrir leurs fecrets : & que le Roy fe l'eftoit tenu pour dit, fauf à examiner plus à fond ce que l'on devoit juger de cette conduite, comme on avoit fait des accufations du Delateur de Beauvais, qui s'eftoit auparavant pû vanter auffi bien que voftre Inconnu, qu'il avoit eu l'honneur de rendre compte de fa conduite au Roy ou à fes Miniftres.

Voicy donc, Mes Peres, le meilleur confeil que l'on vous puiffe donner pour fauver l'honneur de voftre Societé. Il s'agit d'ofter l'opinion que tout le monde a, que vous eftes les principaux acteurs d'une intrigue fi generalement condamnée. Tout ce qui en a paru jufques icy n'a pû fervir qu'à fortifier cette opinion. On ne trouve que vous, qui aiez pû avoir tant de paffion de faire paffer pour heretiques ces Theologiens de Douay. L'occafion d'éclat qui a precedé immediatement le manege du Faux Arnauld, a efté une conteftation affez échaufée entre un de vos Profeffeurs en Philofophie, & le Profeffeur de Ligny. Pendant tout le tems que le fourbe a joué fon rôle vous en avez attendu le fuccez en demeurant affez paifibles. Quand ce rôle a efté achevé, le premier éclat pour en recueillir le fruit, a efté le Libelle qui s'eft certainement debité dans vos Colleges. Les lettres & les papiers qui fe font dû trouver entre les mains du Faux Arnauld, fe font trouvez chez vous, & vous les avez montrez à qui les a voulu voir. Vous en avez fait faire des copies collationnées devant des Notaires Apoftoliques, que vous avez envoyées par tout. Il fe trouve auffi que vous eftes les maiftres des livres volez. Voftre P. Payen qui n'a pû nier qu'il n'ait eu ces originaux, les a fait transporter ailleurs; mais il n'a jamais voulu dire par qui & comment il les avoit eus. Vos variations ont dû eftre regardées comme de puiffans indices de la part que vous avez eue dans cette affaire de tenebres. Il y a preuve, & vous n'avez ofé le nier, que des Jefuites ont affuré d'abord, qu'il n'y avoit point eu de fourberie, & que les Lettres eftoient du vray M. Arnauld. Un de vos Theologiens qui d'Anvers eft paffé à Louvain m'a auffi attribué la Thefe. C'eftoit tellement ce que vous vouliez que l'on cruft, que le publicateur des *Secrets* dit à la fin dans un Avertiffement, qu'il venoit d'apprendre que ces Meffieurs fe plaignoient d'avoir efté trompez. Mais loin d'en demeurer d'accord, il dit que c'eft un fait, & qu'ils eftoient obligez de le prouver. Cela a efté jufques à faire courir le bruit que la 1. Plainte n'eftoit pas de moy : mais après la feconde vous avez changé de langage, & vous avez prétendu, que vous n'aviez jamais voulu faire croire que les lettres fuffent du vray M. Arnauld. L'empreffement que vous témoignez à faire valoir le Libelle, à l'imprimer en diverfes formes, à y faire

paroiftre

paroiftre l'Approbation de Nicolas du Bois voftre Approbateur d'office,
& à le debiter par tout, fait juger à tout le monde que cette affaire vous
tient trop au cœur pour n'y avoir point eu de part. Les trois cent florins
rendus au Profeffeur de Ligni par un Ecclefiaftique de vos amis, pour les
frais de fon voyage de Carcaffone, confirme beaucoup ce que l'on croioit
dejà, veu le peu de probabilité qu'il y a, qu'un je ne fçai qui euft eu le pouvoir & la volonté de faire cette depenfe. Enfin la Lettre de l'Inconnu que
vous avez regardée comme voftre derniere reffource, pour mettre voftre
honneur à couvert, eft au contraire ce qui achevera de combler la mefure
de toutes ces preuves fi vous en demeurez-là, c'eft-à-dire, fi vous vous contentez de nous produire un homme mafqué, qui prend fur luy tout ce que
l'on vous attribue.

Il n'y auroit donc qu'un feul moien de contrebalancer tout ce qui eft à
voftre charge. C'eft que vous preffaffiez vous-mefmes Sa Majefté de nommer des Juges qui ne fuffent fufpects à aucune des parties, devant qui voftre
Inconnu, qui fe tient fi fort de n'avoir rien fait que de louable, comparût
à vifage découvert, pour répondre à ce que luy feroit demander un contra-
dicteur legitime fur ces deux points : Le premier s'il eft vraiment ce qu'il
dit eftre, le faux-Arnauld & l'auteur du Libelle ; fur quoy il y auroit tant
de queftions à luy faire, qu'il feroit difficile qu'il ne fe coupaft fouvent : Le
fecond par quelles regles de confcience il a peu croire luy eftre permis d'inventer une infinité de menfonges, & d'emploier tant de careffes & de trahifons, pour induire de jeunes Theologiens à figner comme de grandes veritez ce qu'il croioit eftre des herefies capables de renverfer la Religion.

Tout le monde vous loueroit, Mes Peres, fi vous prenniez ce parti,
& qu'on vous vift travailler de bonne foy à faire juger cette affaire par des
Juges éclairez & d'une integrité reconnue, qui s'appliquaffent ferieufement
à rechercher les veritables autheurs de cette intrigue fans favorifer perfonne.
Ce feroit un grand prejugé pour voftre innocence & voftre Inconnu ne le
pourroit trouver mauvais puis qu'il declare hautement ; *qu'il ne craint au-*
cuns Juges ni Ecclefiaftiques ni Seculiers : Et qu'il eft pret de fe nommer
quand Sa Majefté l'ordonnera. C'eft de luy mefme qu'il parle ainfi. Car
il n'a pas ofé feindre que S. M. luy ait defendu de fe nommer jufques à
ce qu'il en euft ordre. Il a donné luy mefme une autre raifon de ce qu'il fe
cachoit, qu'on a fait voir eftre tres mechante. Comme il y va donc beaucoup de l'honneur de voftre Societé qu'il fe nomme, il ne peut pas vous
le refufer, fans temoigner qu'il craint autre chofe en fe nommant, que d'e-
ftre mal traité par les Janfeniftes.

CONCLUSION.

C'eſt par où je finis, Mes Reverends Peres. Il n'y à nulle vrai-ſemblance, qu'un particulier non Jeſuite ait fait tout ce que comprend la longue hiſtoire de la fourberie de Douay, ſans la participation de vos Peres; Que ce particulier ait pris de luy meſme la reſolution de ſe cacher ſous mon nom pour tromper de jeunes Theologiens; Qu'il ait eu aſſez de malice & aſſez d'habilité pour compoſer la Theſe frauduleuſe qui a eſté la principale piece de cette Intrigue; Qu'il ait eu aſſez de fecondité d'eſprit dans le mal pour inventer tant de menſonges, tant de flatteries, tant de perfides careſſes, & aſſez de corruption de cœur, pour ſe croire tout cela permis; Qu'il ait trouvé dans luy meſme ſans l'aide d'aucun de vos Ca-ſuiſtes, de quoy ſe ſoutenir contre les remords de ſa conſcience, lorſque par un addreſſe ſacrilege il s'eſt fait écrire par un Preſtre qu'il trahiſſoit, tou-te la ſuite de ſa vie, que ce Preſtre penſoit n'écrire qu'à une perſonne qu'il vouloit prendre pour le Directeur de ſa conſcience; Qu'il ait pu ſe former par un rafinement de probabiliſme de nouvelles regles de morale qui luy ont fait croire, qu'il pouvoit ſans peché violer un des Commandemens du de-calogue, en volant à deux de ces Theologiens leurs livres & leurs papiers, par deux differentes tromperies; Et enfin que ſans prendre conſeil que de ſon faux zele, il ait paſſé tout d'un coup du ton radouci d'un traître, aux plus violens emportemens d'un delateur envenimé.

Vous aürez ſans doute, Mes Peres, beaucoup de peine à donner à cette hypotheſe quelque ombre de vraiſemblance. Mais ſi elle en pouvoit avoir, ce ne pourroit eſtre que par la confiance que témoigne voſtre Inconnu, de n'avoir rien à craindre, en ſe nommant, de quelques Juges que ce ſoit Ec-cleſiaſtiques ou Seculiers. Car ſi en obſervant toutes les regles de la juſtice ſans acception de perſonne, & en faiſant toutes les enqueſtes neceſſaires, les Juges demeuroient perſuadez, qu'un tel connu de diverſes perſonnes par ſon veritable nom & ſa qualité, eſt l'unique Auteur des Lettres du faux-Arnauld, & du Libelle en quelque forme qu'il ait paru, ſans que les Jeſuites y aient eu aucune part: je vous donne ma parole, Mes RR. Peres, que je vous laiſſe-rai en repos ſur cette affaire, & que je ne m'addreſſeray plus qu'à cet hom-me quel qu'il ſoit, pour demander juſtice devant ces meſmes Juges, de l'injure qu'il m'auroit faite, en m'attribuant ſes fourberies, ſes larcins, & ſes trahiſons, pour tromper des Theologiens, qui avoient quelque eſtime pour moy, quoy qu'ils ne me connuſſent pas.

C'eſt ſur quoy, Mes Peres, j'attends voſtre réponſe, & je ne doute point que le public ne vous la demande auſſi-bien que moy. Cependant, quoy que vons aiez eu la hardieſſe de me ſepater de l'Egliſe, en me traitant de *vieil heretique*, je ne vous imiteray pas. Je deploreray vos emportemens;

je

je prieray Dieu qu'il vous les pardonne: mais je ne laiſſeray pas de regarder ceux-meſmes d'entre vous, qui m'ont traité ſi indignement, comme mes freres en noſtre Seigneur, & d'avoir pour eux cette charité particuliere, que Dieu veut que nous ayons pour tous ceux que l'Egliſe noſtre commune Mere renferme dans ſon ſein, & dans ſa communion viſible.

Ce 16. Decembre 1691.

F I N.

E R R A T A.

Page	ligne	faute	correction
5.	24.	1688.	1588.
24.	7.	deteſter.	debiter.
37.	33.	n'y.	s'y.
49.	36.	un.	une.
50.	35.	Inconnn.	Inconnu.
52.	6.	probabiliré.	probabilité.
ibid.	penult.	refuter.	refuſer.
54.	dern.	ſein.	ſein.

AVIS

Sur une correction à faire dans cette Quatriéme Plainte de M. Arnauld Docteur de Sorbonne aux RR. Peres Jesuites touchant la Fourberie de Douay.
§. XV. page 48.

Quand on rapporte des faits sur la foy d'autruy il est difficile que l'on dise toûjours les choses avec toute l'exactitude que l'on souhaitteroit. En voici un exemple. J'ay parlé sur la fin de ma quatriéme Plainte touchant la fourberie de Douay, de ce qui s'estoit passé tout recemment entre les Jesuites & un Avocat au Parlement de Rouen au sujet du procés qu'avoient ces Peres avec les Parens du feu Abbé de S. Martin, & je l'ay fait de la meilleure foy du monde. Mais j'aprens tout presentement par une personne mieux informée, que l'affaire s'est passée autrement que je ne l'ay dit à l'égard de plusieurs circonstances : & en voici la verité exacte, comme on m'en assure. Avant que M. Gautier Avocat des Parens entrât dans la Chambre, le P. du Mouchel Jesuite & un autre qu'il avoit pour Compagnon, l'aborderent dans la Salle du Palais. Le P. du Mouchel portant la parole luy demanda si c'estoit luy qui estoit chargé de la Cause qui se devoit plaider contr'eux. A quoy il répondit, que c'estoit luy-même. *Je vous trouve bien hardi*, repartit le Jesuite, *d'oser plaider contre nous.* Et continuant d'un air menaçant, *Savez-vous*, dit-il à l'Avocat, *à qui vous avez à faire? Estes-vous bien informé qui nous sommes?* M. Gautier fut un peu surpris d'un choc si imprévu & si fier, & se contenta de luy répondre avec beaucoup de modestie & d'honnesteté, qu'il ne diroit rien dans son Playdoier dont ils dûssent avoir sujet d'estre mal-satisfaits. Sur quoy le P. du Mouchel luy repliqua, que s'il en usoit autrement M. le President de la Ferté l'en remercieroit. On voit bien ce que signifie ce dernier mot en cette rencontre. Aprés cette menace le Pere quitta l'Avocat d'une maniere brusque & en grondant. M. Gautier tout ému de cette avanture la raconta sur le champ à plusieurs Avocats qu'il rencontra en son chemin, & comme elle se répandit en peu de tems dans le Palais & dans toute la Ville, tout le monde fut indigné d'une telle conduite, qui fait voir qu'il est plus aisé & plus sûr de plaider contre le Roy (ce qui se fait tous les jours) que de plaider contre les Jesuites. Cela n'empecha pas l'Avocat de plaider quelques jours aprés la cause de ses parties, & il le fit avec autant de delicatesse que d'erudition : en sorte que M. l'Avocat General ajant conclu en sa faveur, tout l'Auditoire, qui estoit fort grand ce jour-là, s'attendoit à un Arrest solennel qui luy ajugeroit ses demandes. Mais la cause fut appointée.

Il n'est donc pas vray, ce qu'on a dit dans la IV. Plainte sur la foy d'u-
ne

AVIS.

ne Lettre, que l'Avocat fe foit plaint à la Cour, ni qu'il y ait eu rien de prononcé contre les Jefuites en faveur de M. Gautier fur ce petit incident; ce qu'il faut attribuer à la moderation de cet Avocat, qui ne crut pas devoir fe prévaloir du droit que les lois luy donnoient de demander à la Cour fa protection. Il n'eft pas vray auffi que le P. du Mouchel ait dit à l'Avocat, *Qu'il devoit favoir qu'on ne plaidoit pas impunément contre les Jefuites*; puis qu'il luy dit feulement *Qu'il le trouvoit bien hardi d'ofer plaider contr'eux*: luy demanda, *S'il favoit à qui il avoit à faire*: & enfin, *S'il eftoit bien informé qui ils eftoient.*

Je n'ay nulle peine à faire cette retractation devant le Public, & j'y trouve mefme un double avantage. Car outre que je rens toûjours avec joye témoignage à la verité, quand même il me pourroit eftre defavantageux; je croy qu'en cette occafion le Lecteur jugera bien que les vraies paroles du P. du Mouchel eftant plus fortes que celles qu'on luy avoit attribuées fort innocemment, elles font auffi plus propres à foutenir ce que j'avois à prouver. La fierté, l'air imperieux & menaçant, l'entêtement du grand credit & du pouvoir immenfe de la Compagnie, & enfin tout ce que le Jefuite auroit pû faire entendre par ces paroles, *Qu'on ne plaide pas impunément contre les Jefuites*, fe trouve dans les premieres d'une maniere beaucoup plus claire & plus odieufe que dans ces dernieres. Ainfi il n'y a rien à gagner pour les Peres Jefuites dans cet échange. Ce qu'on avoit dit qui s'eftoit paffé entre la Cour & l'Avocat fe trouve faux: mais ce que l'on a avancé touchant l'entretien de l'Avocat & des Jefuites fe trouve pour le fond de la chofe encore plus vray qu'on ne l'avoit dit: & tout ce que j'en ay voulu tirer touchant le danger qu'il y a d'avoir à faire aux Jefuites, y paroift beaucoup mieux fondé qu'il ne l'eftoit.

Voilà à quoy je m'en tiens. Et fi les Jefuites me font un procés fur la fauffeté des circonftances que je retracte ici avec plaifir, ils doivent, s'ils veulent agir de bonne foy, parler auffi du fond de cette petite avanture, & s'infcrire en faux, s'ils l'ofent, contre le recit abregé que j'en viens de faire fur de meilleurs memoires que les premiers.

CE 1. MARS 1692.